大学文科基本用书·中国语言文学

DAXUE WENKE JIBEN YONGSHU · ZHONGGUO YUYAN WENXUE

中国古代文学作品选注

隋唐五代宋辽金元

（第三版）

谢 孟 选注

图书在版编目(CIP)数据

中国古代文学作品选注.隋唐五代宋辽金元/谢孟选注.—3版.—北京:北京大学出版社,2017.8
(大学文科基本用书·中国语言文学)
ISBN 978-7-301-28624-1

Ⅰ.①中… Ⅱ.①谢… Ⅲ.①中国文学—古典文学研究—隋唐时代—高等学校—教材②中国文学—古典文学研究—五代十国时期—高等学校—教材③中国文学—古典文学研究—辽宋金元时代—高等学校—教材 Ⅳ.①I206.2

中国版本图书馆 CIP 数据核字(2017)第 194313 号

书　　　名	中国古代文学作品选注·隋唐五代宋辽金元(第3版) ZHONGGUO GUDAI WENXUE ZUOPIN XUANZHU
著作责任者	谢　孟　选注
责任编辑	徐　迈　蒲南溪
标准书号	ISBN 978-7-301-28624-1
出版发行	北京大学出版社
地　　　址	北京市海淀区成府路 205 号　100871
网　　　址	http://www.pup.cn　新浪微博:@北京大学出版社
电子邮箱	编辑部 wsz@pup.cn　总编室 zpup@pup.cn
电　　　话	邮购部 62752015　发行部 62750672　编辑部 62752022
印刷者	北京虎彩文化传播有限公司
经销者	新华书店
	965 毫米×1300 毫米　16 开本　23.5 印张　397 千字 2002 年 1 月第 2 版 2017 年 8 月第 3 版　2025 年 7 月第 5 次印刷
定　　　价	68.00 元

未经许可,不得以任何方式复制或抄袭本书之部分或全部内容。
版权所有,侵权必究
举报电话: 010-62752024　电子邮箱: fd@pup.cn
图书如有印装质量问题,请与出版部联系,电话: 010-62756370

修 订 说 明

本书原为我社出版的中央广播电视大学(现国家开放大学)中国古代文学课程的教材《中国古代文学作品选》，曾先后于1986和2002年改版与修订。为适应全国高校本科中国古代文学课程教学的发展，同时满足众多古代文学及传统文化爱好者的需求，我社特邀该书原作者于2015至2017年做了这次全面的修订。此书将与我社2016年修订出版的《中国文学史纲》配套使用。

本书全套分为三册：上册"先秦两汉魏晋部分"；中册"隋唐五代宋辽金元部分"，其元代部分只收录话本；下册"元(续)明清部分"，其元代部分则包括诗、词、曲。全书收录了中国古代文学课程教学的重点作品，即各代重要作家的代表作品，兼顾题材的广泛性和风格的多样性。这些作品按作家时代的先后编排；同一作家的作品，则以诗、词、曲、文、小说、戏剧的顺序分类编次。这与历来古代文学课程教学计划的进度安排基本吻合。为方便读者阅读，注释立足于疏通文字，尽可能简明扼要；有的地方则选列几种说法，供参考。对作家的生平事迹仅作简略介绍，一般采用通行的观点。我们注释时参考了近年出版的一些注本和专著，所采各家之说，难以一一注明。

本书的选编及修订工作均由国家开放大学经验丰富的一线教师承担：上册——韩传达教授、隋慧娟讲师(本次修订的上册增加部分全部由隋慧娟讲师编写)，中册——谢孟教授，下册——严冰编审。这套历经三十余年教学实践检验的作品选注在此次全面修订中，不仅仅补充吸收了近年学界的研究成果，并适当加入作品的鉴赏引导，而且选篇也做了较大增补，如上册增加了曹丕《典论·论文》等重要古代文论篇章；中册则增加了一些颇具代表性的诗词及散文作品。我们的这些努力和尝试，乃为扩大读者的古代文学视野，增加传统文化修养，以便于今后的自学和提高。

希望新版的《中国古代文学作品选注》能为读者提供一条可靠、扎实的门径，不论篇章记诵还是欣赏理解，都能更上一层楼。我们也恳切期盼专家、学者及广大读者批评指正。

北京大学出版社文史哲事业部
2017年8月

目 录

隋 唐 五 代

薛道衡 ··· 3
  人日思归 ··· 3
王 绩 ··· 4
  野望 ··· 4
卢照邻 ··· 5
  长安古意 ··· 5
骆宾王 ··· 8
  在狱咏蝉 ··· 8
王 勃 ··· 9
  杜少府之任蜀州 ··· 9
  滕王阁 ··· 9
杨 炯 ·· 11
  从军行 ·· 11
刘希夷 ·· 12
  代悲白头翁 ·· 12
沈佺期 ·· 14
  杂诗[闻道黄龙戍] ·· 14
宋之问 ·· 15
  寒食还陆浑别业 ·· 15
贺知章 ·· 16
  咏柳 ·· 16
  回乡偶书[少小离家老大回] ·································· 16

张 说 …………………………………………………… 17
  邺都引 …………………………………………… 17
张若虚 ………………………………………………… 19
  春江花月夜 ……………………………………… 19
王 湾 …………………………………………………… 21
  次北固山下 ……………………………………… 21
王 翰 …………………………………………………… 22
  凉州词[葡萄美酒夜光杯] ……………………… 22
陈子昂 ………………………………………………… 23
  感遇[兰若生春夏] ……………………………… 23
    [圣人不利己] ……………………………… 23
    [丁亥岁云暮] ……………………………… 24
    [朔风吹海树] ……………………………… 25
    [本为贵公子] ……………………………… 25
  燕昭王 …………………………………………… 25
  登幽州台歌 ……………………………………… 26
张九龄 ………………………………………………… 27
  感遇[兰叶春葳蕤] ……………………………… 27
    [江南有丹橘] ……………………………… 27
  望月怀远 ………………………………………… 28
王之涣 ………………………………………………… 29
  登鹳雀楼 ………………………………………… 29
  凉州词[黄河远上白云间] ……………………… 29
孟浩然 ………………………………………………… 30
  秋登万山寄张五 ………………………………… 30
  临洞庭 …………………………………………… 31
  过故人庄 ………………………………………… 31
  宿建德江 ………………………………………… 31
  春晓 ……………………………………………… 32
  留别王维 ………………………………………… 32
  宿桐庐江寄广陵旧游 …………………………… 32
崔 颢 …………………………………………………… 33
  黄鹤楼 …………………………………………… 33

李颀 ……………………………………… 34
　古从军行 ………………………………… 34
　送陈章甫 ………………………………… 35
王昌龄 ……………………………………… 36
　从军行[琵琶起舞换新声] …………… 36
　　　　[青海长云暗雪山] …………… 36
　　　　[大漠风尘日色昏] …………… 37
　出塞[秦时明月汉时关] ………………… 37
　芙蓉楼送辛渐[寒雨连江夜入吴] …… 37
　长信秋词[奉帚平明金殿开] ………… 38
王维 ………………………………………… 39
　少年行[出身仕汉羽林郎] …………… 39
　陇西行 …………………………………… 40
　陇头吟 …………………………………… 40
　新晴野望 ………………………………… 41
　寓言二首[朱绂谁家子] ……………… 41
　山居秋暝 ………………………………… 42
　终南山 …………………………………… 42
　观猎 ……………………………………… 42
　汉江临眺 ………………………………… 43
　使至塞上 ………………………………… 43
　鹿柴 ……………………………………… 44
　竹里馆 …………………………………… 44
　鸟鸣涧 …………………………………… 44
　相思 ……………………………………… 44
　送元二使安西 …………………………… 45
　送沈子福归江东 ………………………… 45
李白 ………………………………………… 46
　黄鹤楼送孟浩然之广陵 ………………… 46
　丁都护歌 ………………………………… 47
　蜀道难 …………………………………… 47
　子夜吴歌[长安一片月] ……………… 49
　行路难[金樽清酒斗十千] …………… 49

古风[西上莲花山] ………………………………… 50
　　　[大车扬飞尘] …………………………… 50
　　　[羽檄如流星] …………………………… 51
梦游天姥吟留别 ……………………………………… 51
答王十二寒夜独酌有怀 ……………………………… 53
将进酒 ………………………………………………… 55
闻王昌龄左迁龙标遥有此寄 ………………………… 55
独坐敬亭山 …………………………………………… 56
静夜思 ………………………………………………… 56
秋浦歌[炉火照天地] ………………………………… 56
　　　[白发三千丈] …………………………… 56
赠汪伦 ………………………………………………… 57
早发白帝城 …………………………………………… 57
望庐山瀑布[日照香炉生紫烟] ……………………… 57
望天门山 ……………………………………………… 58
宿五松山下荀媪家 …………………………………… 58

高　适 ……………………………………………… 59
燕歌行 ………………………………………………… 59
封丘作 ………………………………………………… 60

储光羲 ……………………………………………… 62
钓鱼湾 ………………………………………………… 62

刘长卿 ……………………………………………… 63
送灵澈上人 …………………………………………… 63
逢雪宿芙蓉山主人 …………………………………… 63

杜　甫 ……………………………………………… 64
望岳 …………………………………………………… 64
兵车行 ………………………………………………… 65
丽人行 ………………………………………………… 65
后出塞[朝进东门营] ………………………………… 67
自京赴奉先县咏怀五百字 …………………………… 67
赠李白 ………………………………………………… 69
醉时歌 ………………………………………………… 70
春望 …………………………………………………… 72

北征 ……………………………………… 72
羌村［峥嵘赤云西］ …………………… 75
　　　［群鸡正乱叫］ …………………… 75
新安吏 …………………………………… 76
石壕吏 …………………………………… 76
无家别 …………………………………… 77
蜀相 ……………………………………… 78
春夜喜雨 ………………………………… 78
茅屋为秋风所破歌 ……………………… 79
闻官军收河南河北 ……………………… 79
宿府 ……………………………………… 80
旅夜书怀 ………………………………… 80
白帝 ……………………………………… 80
秋兴八首［玉露凋伤枫树林］ ………… 81
又呈吴郎 ………………………………… 81
登高 ……………………………………… 82
登岳阳楼 ………………………………… 82
江南逢李龟年 …………………………… 82

岑　参
逢入京使 ………………………………… 84
走马川行奉送出师西征 ………………… 84
白雪歌送武判官归京 …………………… 85

元　结
贫妇词 …………………………………… 86

顾　况
过山农家 ………………………………… 87

张志和
渔父歌［西塞山前白鹭飞］ …………… 89

韦应物
滁州西涧 ………………………………… 90
调笑令［胡马］ ………………………… 90

卢　纶
和张仆射塞下曲［月黑雁飞高］ ……… 91

李 益 ······ 92
    夜上受降城闻笛 ······ 92
    塞下曲 ······ 92
孟 郊 ······ 94
    寒地百姓吟 ······ 94
贾 岛 ······ 95
    访隐者不遇 ······ 95
王 建 ······ 97
    水夫谣 ······ 97
    田家行 ······ 97
    宫中调笑[团扇] ······ 98
张 籍 ······ 99
    野老歌 ······ 99
韩 愈 ······ 100
    山石 ······ 100
    早春呈水部张十八员外郎 ······ 101
    杂说[世有伯乐] ······ 101
    师说 ······ 102
    送李愿归盘谷序 ······ 104
李公佐 ······ 106
    南柯太守传 ······ 106
刘禹锡 ······ 114
    竹枝词[杨柳青青江水平] ······ 114
    乌衣巷 ······ 114
    酬乐天扬州初逢席上见赠 ······ 115
白居易 ······ 116
    观刈麦 ······ 116
    轻肥 ······ 117
    长恨歌 ······ 117
    上阳白发人 ······ 121
    红线毯 ······ 122
    杜陵叟 ······ 122
    卖炭翁 ······ 123

琵琶行	124
忆江南［江南好］	126
长相思［汴水流］	126

李 绅 127
悯农二首［春种一粒粟］	127
［锄禾日当午］	127

柳宗元 128
渔翁	128
江雪	128
捕蛇者说	128
三戒［临江之麋］	130
［黔之驴］	130
［永某氏之鼠］	131
至小丘西小石潭记	132

白行简 134
李娃传	134

元 稹 144
田家词	144
莺莺传	145

蒋 防 152
霍小玉传	152

李 贺 159
雁门太守行	159
天上谣	159
金铜仙人辞汉歌	160
老夫采玉歌	161
秋来	161
致酒行	162
蝴蝶飞	162

杜 牧 163
过华清宫绝句［长安回望绣成堆］	163
［新丰绿树起黄埃］	163
江南春绝句	164

早雁 ································· 164
　　泊秦淮 ······························· 164
　　山行 ································· 165
　　秋夕 ································· 165
敦煌词 ································· 166
　　望江南[莫攀我] ······················· 166
无名氏 ································· 167
　　菩萨蛮[平林漠漠烟如织] ··············· 167
　　忆秦娥[箫声咽] ······················· 167
温庭筠 ································· 169
　　过五丈原 ····························· 169
　　商山早行 ····························· 170
　　菩萨蛮[小山重叠金明灭] ··············· 170
　　　　　[玉楼明月长相忆] ··············· 171
　　梦江南[梳洗罢] ······················· 171
李商隐 ································· 172
　　初食笋呈座中 ························· 172
　　重有感 ······························· 172
　　回中牡丹为雨所败[浪笑榴花不及春] ····· 173
　　隋宫 ································· 174
　　无题[相见时难别亦难] ················· 175
　　夜雨寄北 ····························· 175
　　贾生 ································· 175
　　锦瑟 ································· 176
皮日休 ································· 177
　　橡媪叹 ······························· 177
韦　庄 ································· 178
　　台城 ································· 178
　　菩萨蛮[人人尽说江南好] ··············· 178
　　女冠子[四月十七] ····················· 179
聂夷中 ································· 180
　　咏田家 ······························· 180

杜荀鹤 ····································· 181
 山中寡妇 ································· 181
裴　铏 ····································· 182
 聂隐娘 ··································· 182
冯延巳 ····································· 185
 蝶恋花[几日行云何处去] ················· 185
李　璟 ····································· 186
 摊破浣溪沙[菡萏香销翠叶残] ············· 186
李　煜 ····································· 187
 虞美人[春花秋月何时了] ················· 187
 相见欢[林花谢了春红] ··················· 188
 　　　[无言独上西楼] ··················· 188
 浪淘沙[帘外雨潺潺] ····················· 188

宋 辽 金 元

王禹偁 ····································· 191
 对雪 ····································· 191
 村行 ····································· 192
 待漏院记 ································· 192
杨　亿 ····································· 195
 泪 ······································· 195
林　逋 ····································· 197
 山园小梅 ································· 197
潘　阆 ····································· 199
 忆余杭[长忆观潮] ······················· 199
范仲淹 ····································· 200
 渔家傲[塞下秋来风景异] ················· 200
 岳阳楼记 ································· 200
柳　永 ····································· 203
 雨霖铃[寒蝉凄切] ······················· 203
 望海潮[东南形胜] ······················· 204
 夜半乐[冻云黯淡天气] ··················· 204

八声甘州［对潇潇暮雨洒江天］ ……………… 205
晏　殊 …………………………………………… 206
　浣溪沙［一曲新词酒一杯］ …………………… 206
　蝶恋花［槛菊愁烟兰泣露］ …………………… 206
宋　祁 …………………………………………… 207
　玉楼春［东城渐觉风光好］ …………………… 207
张　先 …………………………………………… 209
　天仙子［《水调》数声持酒听］ ……………… 209
梅尧臣 …………………………………………… 211
　汝坟贫女 ………………………………………… 211
　鲁山山行 ………………………………………… 212
欧阳修 …………………………………………… 213
　食糟民 …………………………………………… 213
　戏答元珍 ………………………………………… 214
　踏莎行［候馆梅残］ …………………………… 214
　朋党论 …………………………………………… 214
　五代史伶官传序 ………………………………… 216
　醉翁亭记 ………………………………………… 218
　秋声赋 …………………………………………… 219
苏舜钦 …………………………………………… 221
　沧浪亭记 ………………………………………… 221
　城南感怀呈永叔 ………………………………… 223
　淮中晚泊犊头 …………………………………… 224
周敦颐 …………………………………………… 225
　爱莲说 …………………………………………… 225
曾　巩 …………………………………………… 226
　墨池记 …………………………………………… 226
王安石 …………………………………………… 228
　河北民 …………………………………………… 228
　明妃曲［明妃初出汉宫时］ …………………… 228
　示长安君 ………………………………………… 229
　秣陵道中口占二首［经世才难就］ …………… 229
　书湖阴先生壁［茅檐长扫静无苔］ …………… 230

泊船瓜洲 230
　　桂枝香［登临送目］ 230
　　伤仲永 231
　　答司马谏议书 232
　　游褒禅山记 233
王　令 236
　　暑旱苦热 236
晏幾道 237
　　临江仙［梦后楼台高锁］ 237
　　鹧鸪天［彩袖殷勤捧玉钟］ 237
苏　轼 239
　　游金山寺 239
　　六月二十七日望湖楼醉书［黑云翻墨未遮山］ 240
　　吴中田妇叹 240
　　饮湖上初晴后雨［水光潋滟晴方好］ 241
　　於潜女 241
　　题西林壁 241
　　惠崇春江晚景［竹外桃花三两枝］ 242
　　荔枝叹 242
　　六月二十日夜渡海 243
　　江城子［十年生死两茫茫］ 243
　　江城子［老夫聊发少年狂］ 244
　　水调歌头［明月几时有］ 244
　　浣溪沙［麻叶层层苘叶光］ 245
　　念奴娇［大江东去］ 245
　　水龙吟［似花还似非花］ 246
　　喜雨亭记 247
　　文与可画筼筜谷偃竹记 248
　　前赤壁赋 250
　　记承天寺夜游 252
　　石钟山记 252
黄庭坚 255
　　寄黄几复 255

雨中登岳阳楼望君山[投荒万死鬓毛斑] ……………… 255
　　　　　　　　　　[满川风雨独凭栏] ……………………… 256
秦　观 …………………………………………………………… 257
　鹊桥仙[纤云弄巧] …………………………………………… 257
　浣溪沙[漠漠轻寒上小楼] …………………………………… 257
　踏莎行[雾失楼台] …………………………………………… 258
贺　铸 …………………………………………………………… 259
　青玉案[凌波不过横塘路] …………………………………… 259
张　耒 …………………………………………………………… 260
　海州道中[秋野苍苍秋日黄] ………………………………… 260
陈师道 …………………………………………………………… 261
　春怀示邻里 …………………………………………………… 261
周邦彦 …………………………………………………………… 262
　苏幕遮[燎沉香] ……………………………………………… 262
　玉楼春[桃溪不作从容住] …………………………………… 262
李清照 …………………………………………………………… 264
　夏日绝句 ……………………………………………………… 264
　如梦令[昨夜雨疏风骤] ……………………………………… 264
　一剪梅[红藕香残玉簟秋] …………………………………… 264
　醉花阴[薄雾浓云愁永昼] …………………………………… 265
　渔家傲[天接云涛连晓雾] …………………………………… 265
　声声慢[寻寻觅觅] …………………………………………… 266
　永遇乐[落日熔金] …………………………………………… 266
　《金石录》后序 ……………………………………………… 267
陈与义 …………………………………………………………… 273
　伤春 …………………………………………………………… 273
　牡丹 …………………………………………………………… 273
张元幹 …………………………………………………………… 274
　贺新郎[梦绕神州路] ………………………………………… 274
岳　飞 …………………………………………………………… 276
　满江红[怒发冲冠] …………………………………………… 276
陆　游 …………………………………………………………… 277
　游山西村 ……………………………………………………… 277

关山月 ··· 277
　　五月十一日夜且半,梦从大驾亲征,尽复汉唐故地,见城邑人
　　　物繁丽,云:西凉府也。喜甚,马上作长句,未终篇而觉。乃
　　　足成之 ··· 278
　　夜泊水村 ··· 278
　　病起 ··· 279
　　书愤 ··· 279
　　临安春雨初霁 ··· 280
　　秋夜将晓出篱门迎凉有感[三万里河东入海] ················· 280
　　十一月四日风雨大作[僵卧孤村不自哀] ························· 280
　　喜雨歌 ··· 281
　　示儿 ··· 281
　　钗头凤[红酥手] ··· 281
　　卜算子[驿外断桥边] ··· 282
　　诉衷情[当年万里觅封侯] ··· 282
范成大 ··· 283
　　后催租行 ··· 283
　　州桥 ··· 283
　　四时田园杂兴[梅子金黄杏子肥] ··································· 284
　　　　　　　　[昼出耘田夜绩麻] ··································· 284
　　　　　　　　[采菱辛苦废犁锄] ··································· 284
　　　　　　　　[新筑场泥镜面平] ··································· 284
杨万里 ··· 285
　　过百家渡四绝句[园花落尽路花开] ······························· 285
　　初入淮河四绝句[船离洪泽岸头沙] ······························· 285
　　　　　　　　　[两岸舟船各背驰] ······························· 286
张孝祥 ··· 287
　　六州歌头[长淮望断] ··· 287
　　念奴娇[洞庭青草] ··· 288
辛弃疾 ··· 289
　　水龙吟[楚天千里清秋] ··· 289
　　太常引[一轮秋影转金波] ··· 290
　　菩萨蛮[郁孤台下清江水] ··· 290

摸鱼儿[更能消、几番风雨] ……………………………… 291
祝英台近[宝钗分] …………………………………… 292
清平乐[绕床饥鼠] …………………………………… 292
青玉案[东风夜放花千树] …………………………… 292
西江月[明月别枝惊鹊] ……………………………… 293
鹧鸪天[陌上柔桑破嫩芽] …………………………… 293
沁园春[叠嶂西驰] …………………………………… 293
贺新郎[绿树听鹈鴂] ………………………………… 294
永遇乐[千古江山] …………………………………… 295

陈　亮 ……………………………………………………… 296
　念奴娇[危楼还望] …………………………………… 296

刘　过 ……………………………………………………… 297
　沁园春[斗酒彘肩] …………………………………… 297

姜　夔 ……………………………………………………… 298
　扬州慢[淮左名都] …………………………………… 298
　点绛唇[燕雁无心] …………………………………… 299

林　升 ……………………………………………………… 300
　题临安邸 ……………………………………………… 300

叶绍翁 ……………………………………………………… 301
　游园不值 ……………………………………………… 301

刘克庄 ……………………………………………………… 302
　军中乐 ………………………………………………… 302
　沁园春[何处相逢] …………………………………… 302
　贺新郎[北望神州路] ………………………………… 303

刘辰翁 ……………………………………………………… 304
　柳梢青[铁马蒙毡] …………………………………… 304

周　密 ……………………………………………………… 305
　文山书为北人所重 …………………………………… 305

文天祥 ……………………………………………………… 306
　金陵驿[草合离宫转夕晖] …………………………… 306
　正气歌序 ……………………………………………… 306

郑思肖 ……………………………………………………… 308
　寒菊 …………………………………………………… 308

蒋　捷 ……………………………………………………… 309
　　贺新郎［深阁帘垂绣］ …………………………… 309
谢　翱 ……………………………………………………… 310
　　西台哭所思 ………………………………………… 310
汪元量 ……………………………………………………… 311
　　湖州歌［太湖风卷浪头高］ ……………………… 311
赵延寿 ……………………………………………………… 312
　　失题［黄沙风卷半空抛］ ………………………… 312
吴　激 ……………………………………………………… 313
　　人月圆［南朝千古伤心事］ ……………………… 313
王若虚 ……………………………………………………… 314
　　焚驴志 ……………………………………………… 314
董解元 ……………………………………………………… 317
　　西厢记诸宫调［小亭送别］ ……………………… 317
元好问 ……………………………………………………… 320
　　岐阳三首［百二关河草不横］ …………………… 320
　　癸巳五月三日北渡三首［随营木佛贱于柴］ …… 321
　　　　　　　　　　　　［白骨纵横似乱麻］ …… 321
　　雁门道中书所见 …………………………………… 321
　　摸鱼儿［问人间情是何物］ ……………………… 322
宋元话本 …………………………………………………… 324
　　碾玉观音 …………………………………………… 324
　　错斩崔宁 …………………………………………… 336
　　快嘴李翠莲记 ……………………………………… 347

隋唐五代

薛道衡

薛道衡(540—609),字玄卿,河东汾阴(今山西万荣)人。历仕北齐、北周。入隋,官至司隶大夫,后为炀帝所害。明人辑有《薛司隶集》。

人 日 思 归①

入春才七日,离家已二年②。人归落雁后③,思发在花前④。

①此诗为作者聘陈时作。人日,农历正月初七。 ②已二年:指由旧岁进入新年。③落雁后:是说春天大雁飞回北方故地,而自己仍在南方羁留。 ④思发:归思已动。在花前:在春花竞放之前。

王　绩

王绩(约585—644),字无功,号东皋子,绛州龙门(今山西河津)人。隋末任秘书正字,唐初待诏门下省。后弃官还乡,放诞纵酒。他对五律的形成有所贡献。后人辑有《东皋子集》。

野　　望①

东皋薄暮望,徙倚欲何依②?树树皆秋色,山山唯落晖。牧人驱犊③返,猎马带禽④归。相顾无相识,长歌怀采薇⑤。

①此诗作于隐居东皋(今山西河津东皋村)时。　②徙(xǐ喜)倚:流连徘徊。依:依托。　③犊(dú读):小牛。　④禽:鸟。此泛指猎获物。　⑤采薇:用伯夷、叔齐隐于首阳山采薇而食的典故,表达易代之感,同时抒发彷徨无依的苦闷。伯夷和叔齐是商朝孤竹君的两个儿子,孤竹君指定叔齐为继承人;孤竹君死后兄弟二人相互谦让,遂逃至周国。周武王伐纣,他们叩马力谏阻止,未果。周灭商后,他们耻食周粟,逃至首阳山,以采薇充饥,饿死在那里。伯夷和叔齐成了封建社会高尚守节的典型。事见《孟子·万章下》《史记·伯夷传》、韩愈《伯夷颂》。薇,野生豆科植物,又叫巢菜、野豌豆,初生时可食用。

卢照邻

卢照邻(约635—约689),字升之,号幽忧子,幽州范阳(今北京附近)人。"初唐四杰"之一。曾任新都尉,后为风痹症所困,投颍水而死。后人辑有《幽忧子集》。

长安古意①

长安大道连狭斜②,青牛白马七香车③。玉辇纵横过主第④,金鞭络绎向侯家⑤。龙衔宝盖承朝日⑥,凤吐流苏带⑦晚霞。百尺游丝⑧争绕树,一群娇鸟共啼花。啼花戏蝶千门⑨侧,碧树银台万种色⑩。复道交窗作合欢⑪,双阙连甍垂凤翼⑫。梁家画阁天中起⑬,汉帝金茎⑭云外直。楼前相望不相知,陌上相逢讵相识⑮?借问吹箫向紫烟,曾经学舞度芳年⑯。得成比目何辞死,愿作鸳鸯不羡仙。比目鸳鸯真可羡,双去双来君不见?生憎帐额绣孤鸾,好取门帘帖双燕⑰。双燕双飞绕画梁,罗帷翠被郁金香⑱。片片行云着蝉鬓⑲,纤纤初月上鸦黄⑳。鸦黄粉白车中出,含娇含态情非一。妖童宝马铁连钱㉑,娼妇盘龙金屈膝㉒。御史府中乌夜啼,廷尉门前雀欲栖㉓。隐隐朱城临玉道㉔,遥遥翠幰没金堤㉕。挟弹飞鹰杜陵北㉖,探丸借客渭桥㉗西。俱邀侠客芙蓉剑㉘,共宿娼家桃李蹊㉙。娼家日暮紫罗裙,清歌一啭口氛氲㉚。北堂夜夜人如月,南陌朝朝骑似云㉛。南陌北堂连北里㉜,五剧三条控三市㉝。弱柳青槐拂地垂,佳气红尘㉞暗天起。汉代金吾㉟千骑来,翡翠屠苏鹦鹉杯㊱。罗襦㊲宝带为君解,燕歌赵舞为君开㊳。别有豪华称将相,转日回天不相让㊴。意气由来排灌夫㊵,专权判不容萧相㊶。专权意气本豪雄,青虬紫燕坐春风㊷。自言歌舞长千载,自谓骄奢凌五公㊸。节物㊹风光不相待,桑田碧海须臾改㊺。昔时金阶白玉堂,即今唯见青松在。寂寂寥寥扬子㊻居,年年岁岁一床书。独有南山⁴⁷桂花发,飞来飞去袭人裾⁴⁸。

①长安:我国古都之一,故址在今陕西西安市附近。诗中描写的是汉代长安,借以反映唐代长安的盛况,并揭露了当时贵族们骄奢淫逸的生活。古意:与"拟古""怀古"之意相仿。　②狭斜:小巷。　③青牛白马:古代驾车,牛、马并用。魏文帝曾以青牛为轭的文车迎接美人。七香车:用多种香木制成的华贵的车。　④玉辇(niǎn 碾):帝王的车。此泛指贵人所乘的车。过:访。主第:此泛称贵族之家。　⑤金鞭:指车马。侯家:犹侯门。指显贵人家。　⑥龙衔宝盖:是说车盖的支柱雕成龙形,车盖好像被衔在龙口里。宝盖,华盖,华美的车盖。古时车上张有遮阳挡雨的圆形伞盖。承朝日:承接着朝阳。　⑦凤吐流苏:是说车盖上沿所雕的立凤嘴端悬挂着流苏。流苏,下垂的缨子,用五彩羽毛或丝线制成。古代用作车马、帐幕的装饰品。带:映带,互相辉映。　⑧游丝:指春天在空中飘扬的虫类所吐的丝。　⑨千门:指众多的宫门。　⑩银台:白石砌的亭台。万种色:指由鸟、花、蜂、蝶、树、台以及宫门等相互映衬而成的绚丽色彩。　⑪复道:楼阁之间的空中通道,因上下不止一层,故称。交窗:花格子窗。合欢:又名马缨花,落叶乔木,二回偶数羽状复叶,小叶甚多,呈镰状,夜间成对相合。这里指一种形似合欢的、对称的窗格花纹图案。　⑫阙:宫门前的望楼。甍(méng 萌):屋脊。垂凤翼:是说双阙之上饰以凤凰,垂着两翅。　⑬梁家画阁:东汉顺帝外戚梁冀在洛阳大造宅第,楼阁周通,雕梁画栋。此指豪贵之家。天中起:矗立空中,状楼阁之高。　⑭金茎:指铜柱。汉武帝好神仙,于建章宫内立二十丈高的铜柱,上置铜盘,以承露水。　⑮"楼前"二句:是说豪贵家的侍妾、女乐的苦闷。楼,指梁家画阁。相望,指楼上的女子与楼下的男子相互伫望。不相知,指有情而无法相亲。陌,路。　⑯"借问"二句:是说她们学习歌舞度过青春,并羡慕美满的爱情婚姻。吹箫,指春秋时秦穆公的女儿弄玉。传说她跟丈夫萧史学吹箫作凤鸣,其父筑凤台给他们居住,后来两人成仙飞去。向紫烟,指飞升。紫烟,云。芳年,少年。　⑰"比目"四句:是说那位舞女也在羡慕鸳鸯。君,你,此泛指。生憎,最厌恶。额,檐。孤鸾,象征独居。鸾,凤一类的鸟。双燕,象征爱情。　⑱"罗帷"句:是说罗帷和翠被用郁金香熏过。帷,帐幔。翠被,用翠鸟羽毛制成的锦被。郁金香,一种名贵的香,传说出自大秦国(即罗马帝国)。　⑲片片行云:形容妇女的发髻层层叠叠,卷曲如行云。着:用,采用的是。蝉鬓:古代妇女的一种发式,即将鬓发梳得像蝉翼,也像缥缈的云片。　⑳纤纤:细弱的样子。初月:弯月,这里指额黄的图形。上:即涂上。鸦黄:嫩黄色。此即额黄,在额头涂上黄色图形,是六朝和唐代女子的一种打扮。　㉑妖童:指随从的歌童。妖,艳。铁连钱:指有圆钱似的青色斑纹。　㉒娼妇:指随从的歌伎舞女,与后文的娼家有别。盘龙:指屈膝上的雕纹形状。屈膝,又名屈戌,阖叶,用于屏风、橱柜、门窗等上面连接扇页的一种金属零件。　㉓"御史"二句:是说御史、廷尉这类官没有权势,以致门前冷落,无人过问。御史,司弹劾的官。乌夜啼,《汉书·

朱博传》说,御史府中的柏树上常有成千的野乌鸦栖宿,每天傍晚来,次日清晨尽去,称"朝夕乌"。此用其事。廷尉,掌刑法的官。雀欲栖,《史记·汲郑列传》说,翟公为廷尉,罢官后,少有客来,门前可设雀罗。此用其事。 ㉔隐隐:隐约可辨。朱城:宫城。玉道:形容宫城里平坦的大道。 ㉕翠㡰(xiǎn 显):指妇女所乘的华丽的车。㡰,车幔。没:隐没。金堤:形容坚固的石堤。 ㉖挟:持。弹:弹弓。杜陵:汉宣帝陵墓,在长安东南。 ㉗探丸:探取弹丸。《汉书·尹赏传》载,长安少年有助人报仇、谋杀官吏的秘密组织。每次行动前设赤、白、黑三种弹丸,让同伙探取,得赤丸者杀武官,得黑丸者杀文官,得白丸为行动中死去的同伙办丧事。借客:替人,助人。渭桥:在长安西北渭水上。 ㉘芙蓉剑:春秋时越国所铸的宝剑名。此泛指宝剑。 ㉙桃李蹊:桃李树下的小径。古谚:"桃李不言,下自成蹊。"此指娼家居处来往的人很多。 ㉚啭(zhuàn 撰):婉转歌唱。口氛氲(yūn 晕):指口中散发出浓郁的香气。 ㉛"北堂"二句:北堂、南陌,指长安娼家居处。人如月,形容娼女貌美。骑似云,形容乘马的来客极多。 ㉜北里:即长安娼妓聚居的平康里,因在长安北门附近,故称。 ㉝五剧:数条道路交错之处,俗称五剧乡。剧,道路交错。三条:三面相通的路。控:贯通。三市:每日多次集市。"三"非实指。 ㉞佳气红尘:形容车马杂沓的热闹气氛。 ㉟金吾:即"执金吾",官名,统率禁军,负责巡防京师。此泛指禁军的军官。 ㊱翡翠:形容酒的颜色。屠苏:美酒名。鹦鹉杯:用鹦鹉螺(形状略似鹦鹉的一种海螺)制成的酒杯。 ㊲罗襦(rú 如):丝绸短袄。 ㊳燕歌赵舞:古燕、赵地区以歌舞著称,此泛指美妙的歌舞。开:举行,引申为表演。 ㊴"别有"二句:是说在上述人物之外,另有一种号称将相的豪贵权臣,他们恃势骄横,互不相让。转日回天,形容权势之大。日,天,常指皇帝。转、回,暗寓操纵。让,容让。 ㊵排:排斥。灌夫:汉武帝时将军,勇猛任侠,尝使酒骂座,后被丞相田蚡(fén 坟)杀害。 ㊶判:截然,绝对。萧相:指汉高祖丞相萧何。据《史记·萧丞相世家》载,刘邦定天下后群臣争功,高祖以为萧何功劳最大,封为酂侯,功臣都不服。经高祖解释,才勉强评定萧何第一,曹参第二。萧何在朝有着仅次于高祖的权力。 ㊷"青虬(qiú 求)"句:极言得意的样子。青虬、紫燕,均骏马名。 ㊸凌:凌驾,高出。五公:指汉代的张汤、杜周、萧望之、冯奉世、史丹五个著名的权贵。 ㊹节物:四季的景物。 ㊺"桑田"句:是说世事变化。桑田碧海,《神仙传》载,麻姑对王方平说,自接待以来,曾见东海三次变成桑田。须臾(yú 鱼),片刻。 ㊻扬子:指汉代扬雄。他仕途失意后闭门著《太玄》《法言》。左思《咏史》其四:"寂寂扬子宅,门无卿相舆。寥寥空宇中,所讲在玄虚。言论准宣尼,辞赋拟相如。悠悠百世后,英名擅八区。"这里作者用以自况。 ㊼南山:指长安附近的终南山。 ㊽裾(jū 居):衣服的前襟。

骆宾王

骆宾王(约640—约684),婺州义乌(今浙江义乌)人。曾任临海丞。后随徐敬业起兵讨武则天,兵败后下落不明。骆宾王为"初唐四杰"之一,与王勃等以诗文齐名。有《骆宾王文集》、清人陈熙晋笺注的《骆临海全集》。

在狱咏蝉①

西陆蝉声唱②,南冠客思侵③。那堪玄鬓影④,来对白头吟⑤。露重飞难进⑥,风多响易沉⑦。无人信高洁⑧,谁为表予心?

①唐高宗仪凤三年(678)作者因上书得罪武后,被诬下狱。此诗写于狱中,诗前有序,说明用意在抒写忧郁,因蝉起兴,又借蝉自况。　②西陆:指秋天。《隋书·天文志中》:"日循黄道东行,一日一夜行一度。三百六十五日有奇而周天,行东陆谓之春,行南陆谓之夏,行西陆谓之秋,行北陆谓之冬。"　③南冠:楚冠,此指囚犯。《左传·成公九年》:"晋侯观于军府,见钟仪,问之曰:'南冠而絷者(戴楚冠而被缚者)谁也?'有司对曰:'郑人所献楚囚也。'"后世遂以南冠代称囚犯。客思:指在狱思乡的情绪。思,思绪。侵:渐,指渐深。　④那堪:哪能忍受。玄鬓:指蝉。因蝉翼而想到黑色的蝉鬓(见卢照邻《长安古意》注⑲)。玄,黑色。　⑤白头吟:是说秋蝉正对着自己哀吟。白头,作者自指,以表现忧愁深重。汉乐府《杂曲歌辞·古歌》:"座中何人,谁不怀忧?令我白头。"　⑥飞难进:是说蝉难以高飞。　⑦响:指蝉声。沉:没,掩盖。　⑧高洁:指蝉。古人以为蝉"饮露而不食",所以说它高洁。这里作者自喻。

王 勃

王勃(约650—约676),字子安,绛州龙门(今山西河津)人。曾任虢州参军。后溺水受惊而死。"初唐四杰"之一。曾与卢照邻等有志改变当时"争构纤微,竞为雕刻"的诗风。他们对五言律诗形式的建设及七言歌行的提高有较大贡献。有明人辑《王子安集》、清人蒋清翊《王子安集注》。

杜少府之任蜀州①

城阙辅三秦②,风烟望五津③。与君离别意,同是宦游人④。海内存知己⑤,天涯若比邻⑥。无为在歧路⑦,儿女共沾巾⑧。

①少府:唐时称县尉为少府。之任:赴任。蜀州:即蜀地。州,一作"川"。 ②"城阙"句:写送别之地。城阙,指唐代的都城长安。辅三秦,以三秦为畿辅。辅,佐,护持。三秦,今陕西一带,本为战国时秦国旧地。项羽入长安,将它分为雍、塞、翟三国,封秦将章邯等三人为王,号称三秦。这里泛指长安附近的关中之地。 ③"风烟"句:是说遥望五津,风烟迷茫。五津,指当时蜀中从灌县以下至犍为一段岷江边的五个渡口。此泛指杜少府要去的地方。 ④宦游人:为了做官而远游的人。 ⑤海内:四海之内,即国境内。 ⑥天涯:指远隔一方的人。涯,边。比邻:近邻。古时五家相连为比。 ⑦无:通"毋",不要。歧路:岔路,指分手之处。 ⑧"儿女"句:是说像青年似的让别泪沾湿佩巾。沾,湿。

滕 王 阁①

滕王高阁临江渚②,佩玉鸣鸾罢歌舞③。画栋朝飞南浦④云,珠帘暮卷西山⑤雨。闲云潭影⑥日悠悠,物换星移几度秋⑦?阁中帝子⑧今何在?槛⑨外长江空自流。

①唐高宗上元二年(675),作者探望父亲路过洪州(今属江西南昌市),参加了州都督在阁上举行的一次宴会,并作《滕王阁序》及此诗。滕王阁,唐高祖第二十二子滕王元婴任洪州都督时所建,故址在今南昌市西章江门上,下临赣江。　②江:指赣江。渚(zhǔ主):小洲。这里指江边。　③佩玉鸣鸾:此指滕王当年的行踪。《礼记·玉藻》:"君子在车则闻鸾和之声,行则鸣佩玉。"佩玉,古代贵族衣带上系以为饰的玉器。鸣鸾,古代皇帝或贵族所乘车的马勒上挂有状如鸾鸟的铃铛,行动则鸣。鸾,传说中凤凰一类的鸟。罢歌舞:是说滕王已去,歌舞之声久已消歇。　④画栋:指阁中彩绘的栋梁。南浦:指送别之地。《九歌·东君》:"子交手兮东行,送美人兮南浦。"浦,水口。　⑤西山:古名厌原山,又名南昌山,在章江门外三十里。　⑥潭影:指潭中景物的倒影。　⑦物:指四季景物。移:转,运行。秋:指年。⑧帝子:指滕王。　⑨槛(jiàn剑):栏杆。

杨　炯

杨炯(约650—?),华阴(今陕西华阴)人。十二岁举神童,后授校书郎,官盈川令。"初唐四杰"之一。长于五律。明人辑有《盈川集》。

从　军　行①

烽火照西京②,心中自不平。牙璋辞凤阙,铁骑绕龙城③。雪暗凋旗画④,风多杂鼓声。宁为百夫长⑤,胜作一书生。

①《从军行》:乐府《相和歌辞·平调曲》名。歌词以王粲《从军行》五首为最早,后人多以此题写边塞情况和战士生活。　②"烽火"句:是说边塞的报警,传到京城。唐制,按敌情的缓急,逐级增加烽火的炬数,最高四炬。两炬以上皆传至京城。西京,指唐代长安。唐显庆二年(657)以洛阳为东都,因称长安为西都,一称西京。　③"牙璋"二句:是说将军奉命出征,骑兵包围了敌方重镇。牙璋,古时发兵的一种符信,首似刀而无刃,旁出有牙,故称。凤阙,泛指王宫。铁骑(jì季),精壮的骑兵。龙城,匈奴祭祀天地祖先的地方,为匈奴的政治中心地,故址在今蒙古人民共和国鄂尔浑河东侧。这里泛指敌方要地。　④雪暗:形容雪大天阴。凋旗画:是说军旗上的彩绘变得暗淡模糊。　⑤百夫长:泛指下级军官。

刘希夷

刘希夷(651—?),字庭芝,汝州(今河南临汝)人。25岁时中进士。初唐诗人。《旧唐书·文苑传》称其"善为从军、闺情之诗,词调哀苦,为时所重。"《全唐诗》存其诗35首。

代悲白头翁①

洛阳城东桃李花,飞来飞去落谁家?洛阳女儿惜颜色,行逢落花长叹息②。今年落花颜色改,明年花开复谁在?已见松柏摧为薪③,更闻桑田变成海④。古人无复洛城东,今人还对落花风。年年岁岁花相似,岁岁年年人不同。寄言全盛红颜子,应怜半死白头翁。此翁白头真可怜,伊昔红颜美少年⑤。公子王孙芳树下,清歌妙舞落花前。光禄池台文锦绣⑥,将军楼阁画神仙。一朝卧病无相识,三春行乐在谁边?宛转蛾眉能几时?须臾鹤发乱如丝⑦。但看古来歌舞地,惟有黄昏鸟雀悲。

①题又作《代白头吟》《白头吟》《白头翁吟》等。代,此处作"拟"解,模仿。《白头吟》为汉乐府相和歌楚调曲旧题,谓其含义为"疾人相知,以新间旧,不能至于白首,故以此为名。"(语见宋代郭茂倩《乐府诗集》卷41)此诗则从红颜女子青春渐逝的人生经历和感触,写至对前盛后衰的白头老翁的悲怜和联想,逼近青春易逝、富贵无常的主题。诗人认真地思考着人生,眷恋和憧憬着生活中的美,以真挚的情感抒发着一种空灵并富有哲理性的迷人的忧伤,在卢、骆改造宫体诗的基础上又向前跨越了可贵的一步。本诗虽是拟乐府,但以精妙的构思开拓出全新的意境和清丽宛转的风格。语言流丽畅达,自成一家。多用对比手法、重叠语句,循环复沓,或以问句引领,一唱三叹,令一腔韶华不再的无奈辛酸在追问、咏叹中被层层着色,具有强大的穿透力。该诗自初唐以来即传为名篇。它的语言风格及艺术意境等方面,在后来张若虚《春江花月夜》、曹雪芹《红楼梦·葬花词》的创作中可或多或少见其影响。"白头翁:白发老人。
②"洛阳女儿"二句:描写洛阳女儿极为珍惜春天鲜艳色彩和少女姣好容颜的心态,

以及与现实情景所形成的强烈反差。行逢:路遇。行,路。杨树达《积微居小学述林·诗周颂天作篇释》:"行,《朱子集传》训为路,是也。" ③"松柏"句:松柏被砍伐作柴薪。《古诗十九首》:"古墓犁为田,松柏摧为薪。" ④"桑田"句:《神仙传》:"麻姑谓王方平曰:'接待以来,已见东海三为桑田'。" ⑤伊:他。指白头翁。 ⑥光禄:光禄勋。用东汉马援之子马防的典故。《后汉书·马援传》(附马防传)载:马防在汉章帝拜光禄勋,生活很奢侈。文锦绣:此指以锦绣装饰池台中物。文,同"纹"。将军:指东汉贵戚梁冀。他曾为大将军,《后汉书·梁冀传》载,梁冀大兴土木,建造府宅。 ⑦宛转蛾眉:本为年轻女子的面部化妆,此代指青春年华。须臾:片刻。鹤发:白发。

沈佺期

沈佺期(约656—约714),字云卿,相州内黄(今河南内黄)人。高宗上元二年(675)中进士,官至太子少詹事。曾因贪污及依附张易之,被流放驩州。诗与宋之问齐名,世称"沈宋"。他们的诗歌多为宫廷应制之作,而在形式上总结了六朝以来诗律的成就,完成了律诗的体制。沈尤长七律。明人辑有《沈佺期集》。

杂　　诗①

其　　三

闻道黄龙戍②,频年不解兵③。可怜闺里月,长在汉家营④。少妇今春意,良人昨夜情⑤。谁能将旗鼓⑥,一为取龙城⑦。

①本题共三首,均写闺中少妇与戍边丈夫的相忆。　②黄龙戍:唐时要塞,在今辽宁开原北。　③频年:连年。解兵:撤兵。　④"可怜"二句:意谓思妇凝望以寄情的月亮,同时照耀着边营,常为征人所见。　⑤"少妇"二句:是说闺中少妇与戍边丈夫时常相互思念。良人,指丈夫。　⑥将(jiàng匠):统率指挥。旗鼓:此指军队。　⑦龙城:见杨炯《从军行》注③。

宋之问

宋之问(约656—约712),一名少连,字延清,虢州(今河南灵宝)人,一说汾州(今山西汾阳)人。上元进士,官至考功员外郎。曾先后谄事张易之和太平公主。睿宗时贬钦州,玄宗初年赐死。长于五律。明人辑有《宋之问集》。

寒食还陆浑别业①

洛阳城里花如雪,陆浑山中今始发②。旦别河桥杨柳风,夕卧伊川桃李月③。伊川桃李正芳新④,寒食山中酒复春⑤。野老不知尧舜力,酣歌一曲太平人⑥。

①寒食:节名,在清明前两天。《荆楚岁时记》:"冬至后一百五日,谓之寒食,禁火三日。"还:回。陆浑别业:指作者任员外郎时在陆浑所建的庄园。陆浑,古县名,治所在今河南嵩县东北。别业,即别墅。业,产业,田产。 ②"洛阳"二句:是说洛阳城中的杨花柳絮已盛,而陆浑山间的杨柳才初发嫩叶。山中较平阔地带气温低,春来稍晚。③"旦别"二句:是说早晨辞别洛阳,晚上便回到陆浑别墅。河桥,指横跨洛水的桥梁。此代指洛阳。唐代的洛阳城被洛水中分为南北两半。一说河桥即河阳桥,在河南孟县南富平津(即孟津)上,为晋代河南尹杜预所造。此说恐非。因地理上孟津在洛阳正北,伊川在洛阳正南,自洛阳至伊川不经孟津。伊川,古地名,今伊河流域嵩县至汝阳一带。此指陆浑。桃李月,照耀着桃李树的月光。 ④正芳新:正新吐芳香,即刚开花。 ⑤酒复春:是说醉酒时更感到春的归来。 ⑥"野老"二句:是说山野人不知有君,尽兴高歌,享太平之乐。相传帝尧之世,天下太平,百姓无事,有老人击壤而歌曰:"日出而作,日入而息。凿井而饮,耕田而食。帝力于我何有哉!"尧、舜,唐尧和虞舜,相传为远古的两位圣明之君,后来成为称颂帝王的套语。

贺知章

贺知章(约659—约744),字季真,自号"四明狂客",会稽永兴(今浙江萧山)人。武则天时中进士,官至秘书监,玄宗天宝初还乡为道士。他放诞好酒,善书草隶。《全唐诗》存其诗一卷。

咏　柳①

碧玉②妆成一树高,万条垂下绿丝绦③。不知细叶谁裁出,二月春风似剪刀④。

①《咏柳》:诗题一作《柳枝词》。袁行霈云:"好诗都是富于启发性的,言尽而意远,都能通过一两个突出的形象,唤起读者的联想,启发读者在自己的头脑里构成无数新鲜的画面。这首诗正是这样,它通过一株柳树,写出了整个的春天,通过像剪刀一样的春风,赞美了一切创造性的劳动。像这样新颖的构思,以及由此造成的高雅的意境,是十分难得的。"(见谢孟《现代教育论集·袁行霈教授的讲授艺术》)　②碧玉:此形容柳树碧绿鲜嫩的枝叶。　③丝绦(tāo 掏):丝带。这里形容柳条。　④"不知"二句:是说春风像剪刀似的裁剪出片片柳叶。

回乡偶书①

其　一

少小离家②老大回,乡音无改鬓毛衰③。儿童相见不相识,笑问客从何处来。

①本题共二首,写于辞官还乡之后,时年八十有余。　②离家:一作"离乡"。　③无改:一作"难改"。鬓毛衰(cuī 摧):是说鬓发疏落、变白。衰,《唐诗别裁》卷十九说"恐是摧之误"。摧,凋落。

张 说

张说(667—731),字道济,一字说之,原籍河东(今山西永济)人,后徙居洛阳。历仕武后、中宗、睿宗、玄宗四朝。曾三度执掌大权,玄宗时为中书令,封燕国公。后为集贤院学士、尚书左丞相。但其仕途坎坷,曾被流放一次、贬谪两次。张说能诗擅文,有《张燕公集》。《全唐诗》录存其诗四卷,计350首。其诗法精妙,风格朴实遒劲,同时提出实用与滋味并存、风骨与文采相生的文学创作主张,被认为是盛唐文学的一位开路人。

邺 都 引①

君不见魏武草创争天禄,群雄睚眦相驰逐。昼携壮士破坚阵,夜接词人赋华屋②。都邑缭绕西山阳,桑榆漫漫漳河曲③。城郭为墟人代改,但见西园明月在。邺旁高冢多贵臣,蛾眉曼睩共灰尘④。试上铜台歌舞处,惟有秋风愁杀人⑤。

①此诗为开元元年(713)作者被贬为相州刺史后所作。邺(yè夜)都,三国时代魏国的都城,在今河北省临漳县西,当时属相州所辖。引,诗体名。　②开篇四句:概述曹操的文武事业。魏武,指曹操。曹操汉末受封魏王,其子丕代汉称帝,追尊操为太祖武帝。草创,开始创立基业。天禄,天赐的福禄。《书·大禹谟》:"四海困穷,天禄永终。"此引申为天命。群雄,指当时与曹操争霸者。睚眦(yá zì牙字),怒目而视。赋华屋,在华丽的建筑里吟诗作赋。或解为吟咏华屋。亦可。　③"都邑"二句:写邺都的形势及繁荣景象。都邑,大小城市。桑榆,此喻日暮。《太平御览》三引《淮南子》:"日西垂景在树端,谓之桑榆。"漳河,水名。源出山西的清、浊漳水,至河南林县合为漳河,流经临漳。　④"城郭"四句:写邺都繁华衰败。郭,古时在城的外围加筑的一道城墙。又称外郭,即外城。人代,人事、朝代。西园,即铜雀园,为曹操所建。曹氏父子常在这里同文士夜游、宴会赋诗。高冢(zhǒng 种),高大的坟墓。蛾眉曼

眸,语出《楚辞·招魂》:"蛾眉曼睩,目腾光些。"蛾眉,漂亮的眉毛。曼,美。睩(lú卢),瞜的异体字。瞳子,眼珠子。四字形容女子眉眼的美,用以代指美女。　⑤篇末二句:抒写登临铜台的悲情,物是人非,无限伤感。铜台,即铜雀台。汉建安十五年(210)曹操造台,高二丈五尺,楼顶置铜雀。曹操"遗令"其歌伎定时登台歌舞,娱乐他的灵魂。

张若虚

张若虚(约660—约720),扬州(今江苏扬州)人。官兖州兵曹。与贺知章、张旭、包融齐名,号"吴中四士"。初唐诗人。《全唐诗》存其诗二首。所作《春江花月夜》前人评为"以孤篇压倒全唐"。

春江花月夜①

春江潮水连海平②,海上明月共潮生③。滟滟④随波千万里,何处春江无月明!江流宛转绕芳甸⑤,月照花林皆似霰⑥。空里流霜不觉飞,汀上白沙看不见⑦。江天一色无纤尘,皎皎空中孤月轮。江畔何人初见月?江月何年初照人?人生代代无穷已,江月年年只相似。不知江月待何人,但见长江送流水。白云一片去悠悠,青枫浦上不胜愁⑧。谁家今夜扁舟子⑨?何处相思明月楼⑩?可怜楼上月徘徊,应照离人妆⑪镜台。玉户帘中卷不去,捣衣砧上拂还来⑫。此时相望不相闻⑬,愿逐月华⑭流照君。鸿雁长飞光不度,鱼龙潜跃水成文⑮。昨夜闲潭梦落花⑯,可怜春半不还家。江水流春去欲尽,江潭落月复西斜。斜月沉沉藏海雾,碣石潇湘无限路⑰。不知乘月几人归,落月摇情满江树。

①《春江花月夜》:乐府《清商曲辞·吴声歌曲》旧题,相传曲调始创于陈后主。 ②"春江"句:是说江水连接大海,春潮高涨时江海不分。 ③共潮生:是说明月初生,似从浪潮中涌出。 ④滟滟:水光闪动的样子。 ⑤宛转:曲折。芳甸(diàn 淀):遍生花草的原野。 ⑥霰(xiàn 线):雪珠。 ⑦"空里"二句:是说在洁白的月光下,空中的霜和小洲上的白沙都分辨不清了。古人以为霜是天降的,常说"飞霜"。汀(tīng 厅),小洲。 ⑧"白云"二句:以白云离青枫浦象征人的分别。青枫浦,此泛指水边。浦,水口。不胜(shēng 升)愁,是说不禁离愁之苦。 ⑨扁(piān 偏)舟子:

飘荡江湖的客子。扁舟,孤舟。 ⑩明月楼:指月夜闺楼中的思妇。 ⑪妆,一作"玉"。 ⑫"玉户"二句:是说月光带着离愁照入闺中和砧(zhēn 珍)上,思妇欲挥不去。以此写离愁深而难遣。玉户,指闺楼。玉,一作"遮"。砧,指捣衣石。拂,挥。⑬相闻:互通音讯。 ⑭逐:随。月华:月光。 ⑮"鸿雁"二句:意谓善于长途飞翔的鸿雁尚且不能随月光飞渡到丈夫的身边;潜跃的鱼龙也只能泛起一层层波纹,而难以游到丈夫跟前。 ⑯"昨夜"句:是说昨夜梦见花落江潭,感到春事将尽。 ⑰碣石:山名,在今河北昌黎县北。潇、湘:二水名,在湖南零陵县合流,称"潇湘"。这里以碣石潇湘泛指地北天南。无限路:极言离人相距遥远。

王　湾

　　王湾(生卒年不详),洛阳(今河南洛阳)人。先天年间(712—713)进士,官至洛阳尉。《全唐诗》存其诗十首。

次北固山下①

　　客路青山外②,行舟绿水前。潮平③两岸阔,风正④一帆悬。海日生残夜,江春入旧年⑤。乡书何处达?归雁洛阳边⑥。

①一本题作《江南意》。次,停宿。北固山,在今江苏镇江市北,三面临长江。　②"客路"句:是说旅途远在青山之外。　③潮平:是说江水高涨而又十分平静。　④风正:风顺。　⑤"海日"二句:是说海上的朝阳刚一破晓就升起,江上的新春在头年的年末便到来了。残夜,夜阑将晓。入旧年,指春暖早到。旧年,此指前一年的末尾。　⑥"乡书"二句:是说想把家信托给北飞的鸿雁捎回洛阳。

王 翰

王翰(生卒年未详),字子羽,并州晋阳(今山西太原)人。睿宗景云元年(710)中进士。曾任驾部员外郎、仙州别驾,贬道州司马。喜交结才士豪侠、纵酒游乐。盛唐诗人。《全唐诗》存其诗十五首。

凉 州 词①

其 一

葡萄美酒夜光杯②,欲饮琵琶马上催③。醉卧沙场④君莫笑,古来征战几人回?

①这组诗共二首。《凉州词》,唐代乐府《凉州》曲的歌词。凉州,唐代陇右道凉州治姑臧县(今甘肃武威县),辖今甘肃永昌以东、天祝以西一带。 ②夜光杯:上等白玉制成的酒杯,此指精致华美的酒杯。东方朔《十洲记》说,周穆王时,西胡献夜光常满杯。杯是白玉之精,光明夜照。夕出杯于庭,天比明,而水汁已满。 ③琵琶马上:是说在马上弹奏琵琶的声音。催:催饮。这里有借乐助饮之意。 ④沙场:战场。

陈子昂

陈子昂(661—702),字伯玉,梓州射洪(今四川射洪)人。二十四岁中进士,以上书论政,为武则天所赞赏,官右拾遗,并两次出征边塞。后解职还乡,为县令段简诬害死于狱。他大胆提倡诗歌革新,标举汉魏风骨,强调兴寄,反对柔靡之风;其创作大都刚劲质朴,较有社会内容。有《陈伯玉集》。

感　　遇①

其　　二

兰若②生春夏,芊蔚③何青青。幽独空林色④,朱蕤⑤冒紫茎。迟迟白日晚,袅袅秋风生⑥。岁华尽摇落⑦,芳意竟何成⑧!

①本题共三十八首,是一组抒写生活感受的诗,又每每涉及政事。非一时一地所作。　②兰:香草名,属菊科。若:杜若,又名杜衡,一种生长在水边的香草。　③芊(qiān千)蔚:草木茂盛的样子。　④"幽独"句:是说兰草和杜若幽雅,秀色使林中群芳相形见绌。　⑤蕤(ruí 瑞阳平):花下垂的样子。此指花。冒:突出。此指开放。　⑥"迟迟"二句:是说时光渐渐消逝。秋天又来了。迟迟,徐行的样子。袅(niǎo 鸟)袅,微弱细长的样子。　⑦岁华:指兰若一年一度开花,双关人生的少壮年华。华,花。摇落:凋零。　⑧芳意:指花的美意,借指作者的理想抱负。竟何成:是说未得实现。竟:终究。

其　十　九①

圣人②不利己,忧济在元元③。黄屋非尧意④,瑶台⑤安可论?吾闻西方化⑥,清净道弥敦⑦。奈何穷金玉,雕刻以为尊⑧?云构⑨山林尽,瑶图珠翠烦⑩。鬼工⑪尚未可,人力安能存⑫?夸愚适增累,矜智道逾昏⑬。

①武则天曾"削发为比丘尼",执政后广建佛寺,造大型佛像,浪费了巨大的人力和物力。此诗对武后既不合王道又不合佛法的行为提出了尖锐的批评。 ②圣人:指贤君。 ③忧济:关心、救助。元元:平民百姓。 ④黄屋:古代帝王车盖,以黄丝绸为盖里,故名。尧意:指远古贤君唐尧尚俭爱民的本意。 ⑤瑶台:美玉砌成之台。极言其华丽。《淮南子·本经训》载,商纣王曾筑瑶台。 ⑥西方化:指来自西方的佛教。化,习俗。 ⑦"清净"句:越清净佛法越宏大。清净,佛家指远离一切罪恶烦恼。敦,大。 ⑧尊:指对佛教教义的尊重。 ⑨云构:高耸入云的建筑。此指佛殿。 ⑩瑶图:精美的图形。此指佛像。 ⑪鬼工:极言技艺精巧,似非人力所能为。 ⑫存:至,达到。 ⑬"夸愚"二句:互为文义,总结全诗。愚,指精修广建佛寺这种蠢事。智,指武后自以为是智巧之举。道,兼指王道与佛法(佛教教义)。两句说,以穷奢极丽的佛殿夸耀于民,并自以为得计,只能增添国家的忧患,使王道与佛法愈加不明。

其二十九①

丁亥岁云暮②,西山事甲兵③。赢粮匝邛④道,荷戟争羌城⑤。严冬阴风⑥劲,穷岫泄云⑦生。昏曀⑧无昼夜,羽檄⑨复相惊。拳跼竞万仞,崩危走九冥⑩。籍籍⑪峰壑里,哀哀冰雪行。圣人御宇宙⑫,闻道泰阶平⑬。肉食谋何失,藜藿缅纵横⑭。

①垂拱三年(687),武后打算开凿蜀山道路,先由雅州进攻羌人。诗人上《谏雅州讨生羌书》,历数此次武攻之弊。这首诗作于同时。 ②丁亥:垂拱三年纪年的干支。岁云暮:即岁暮,指十二月。云,语助词。 ③西山:又名雪岭,在今四川成都西面。事甲兵:如说将发动战争。事,作。 ④赢粮:背负干粮。赢,裹。匝(zā扎):环绕。邛(qióng穷):邛崃山,今名大关山,位于四川西部岷江与大渡河之间。从此句至"哀哀冰雪行",皆为诗人设想战争发生后的种种情形。 ⑤争:一作"惊"。羌城:泛指今四川西部羌人聚居之地。 ⑥阴风:北风。 ⑦穷岫(xiù袖):深山。泄云:冒出来的云气。 ⑧昏曀(yì益):昏暗。 ⑨羽檄(xí习):军事文书,上插羽毛以示紧急。一作"羽书"。 ⑩"拳跼(jú局)"二句:是说士卒们缩卷着身子,十分困难地去争占万仞高地;冒着山石随时可能崩塌的危险,行进在幽暗的峡谷深处。拳跼,卷曲。万仞,指高山。八尺(一说七尺)为一仞。九冥,指极深的山谷。 ⑪籍籍:形容拥挤杂乱的样子。 ⑫御宇宙:统治天下。 ⑬泰阶平:泰阶,星名,又称三台、三阶。古以为天上泰阶平则天下太平,故常用泰阶平代称天下太平。 ⑭"肉食"二句:《说苑·善说篇》载东郭祖朝答晋献公云:"设使肉食者一旦失计于庙堂之上,若臣等之藿食

者宁得无肝胆涂地于中原之野与?"这里暗用其意。《左传·庄公十年》:"肉食者鄙,未能远谋。"诗中的"肉食"即肉食者,指享有厚禄的贵官,这里实指作者在谏书里所说的想借用兵谋取私利的奸臣。藜藿,野菜,此代称以野菜充饥的贫苦百姓。缅纵横,如说流离远方。缅,远。唐代前期实行府兵制,士卒从民间征调,故诗中所说流离远方的人民,当指被征调来打仗的兵士。

其 三 十 四

朔风吹海①树,萧条边②已秋。亭③上谁家子,哀哀明月楼④。自言幽燕⑤客,结发事⑥远游。赤丸杀公吏,白刃报私仇⑦。避仇至海上,被役⑧此边州。故乡三千里,辽水⑨复悠悠。每愤⑩胡兵入,常为汉国羞⑪。何知七十战,白首未封侯⑫!

①朔风:北风。海:指渤海。 ②边:边塞。 ③亭:亭堠,边塞的哨所。 ④楼:指亭堠上的戍楼。 ⑤幽燕:战国时燕国旧地,汉代以后置幽州,故连称"幽燕"。今河北、辽宁一带地区。 ⑥结发:古时男子二十岁束发而冠,以示成人。事:从事。 ⑦"赤丸"二句:是戍卒自述他以往的游侠生活。赤丸,见卢照邻《长安古意》注㉗。 ⑧被役:服役。 ⑨辽水:即辽河,有东西二源,在辽宁昌图县汇合。 ⑩愤:感到愤怒。 ⑪为汉国羞:指为将帅无能,抵御不力而深感羞愧。 ⑫"何知"二句:借李广的遭遇为奋勇抗敌的将士鸣不平。《史记·李将军列传》载,汉武帝时名将李广,自结发与匈奴打了七十余仗,到六十几岁还未能封侯。

其 三 十 五①

本为贵公子,平生实爱才②。感时思报国,拔剑起蒿莱③。西驰丁零④塞,北上单于台⑤。登山见千里,怀古心悠哉。谁言未忘祸⑥,磨灭成尘埃。

①陈沆《诗比兴笺》:"自伤壮志不遂也。"诗写垂拱二年(686)随乔知之北征时的感慨,描绘自己欲有所为的精神面貌。 ②"本为"二句:《新唐书》卷一百七说陈子昂"以富家子,尚气决,弋博自如……轻财好施,笃朋友",可佐证。 ③蒿莱:如说草野之间。 ④丁零:我国古代北方种族名。《晋书》称敕勒,《隋书》作铁勒。 ⑤单(chán婵)于台:《汉书·武帝纪》:元封元年(前110),"出长城,北登单于台"。故址在今内蒙古自治区呼和浩特市西。单于,古代匈奴最高首领的称号。 ⑥祸:指边患。

燕 昭 王①

南登碣石馆②,遥望黄金台③。丘陵尽乔木,昭王安在哉?霸图怅已矣④,驱马复归来。

①这诗是《蓟丘览古赠卢居士藏用七首》之二。组诗序云:"丁酉岁(697),吾北征。出自蓟门,历观燕之旧都,其城池霸迹已没矣。乃慨然仰叹,忆昔乐生、邹子群贤之游盛矣。因登蓟丘,作七诗以志之,寄终南山卢居士。亦有轩辕遗迹也。"蓟门亦名蓟丘,在今北京德胜门外。燕昭王:战国时燕国的中兴之主姬平,齐破燕后二年即位。他"卑身厚币以招贤者",使乐毅、邹衍等人争相赴燕,帮助燕国打败了齐国。诗人借缅怀燕昭王抒壮志难酬的苦闷。　②碣石馆:即碣石宫,故址在今北京市南。《史记》卷七十四:邹衍"如燕,昭王拥彗(帚)先驱,请列弟子之座而受业,筑碣石宫,身亲往师之"。馆,一作"坂"。　③黄金台:又称金台、燕台。故址在今河北易县东南北易水南。相传为燕昭王筑,置千金于台上,延请天下之士。　④霸图:指燕昭王争霸的雄图。已矣:是说已成过去。暗含自己未遇良主的惆怅。据《新唐书》卷一百七,诗人随建安郡王武攸宜北讨契丹,任参谋,见军事失利,屡谏用兵之策,不纳,"子昂知不合,不复言"。

登幽州台歌①

前不见古人②,后不见来者③。念天地之悠悠,独怆然而涕④下。

①据卢藏用《陈氏别传》,这诗是在作《蓟丘览古》后挥泪而成的。幽州台就是蓟丘,唐时属幽州,故名。　②古人:指像燕昭王那样礼贤下士、任用贤能的人。　③来者:指后世的贤者。　④怆(chuàng 创去声)然:悲伤地。涕:泪。

张九龄

张九龄(678—740),字子寿,韶州曲江(今广东韶关市)人。唐中宗景龙初年进士,玄宗时官至中书令,为开元贤相之一。后因李林甫排挤,贬为荆州长史。诗以格调刚健著称。有《张曲江集》。

感　　遇①

其　　一

兰叶春葳蕤②,桂华秋皎洁。欣欣此生意,自尔为佳节③。谁知林栖者④,闻风坐相悦⑤。草木有本心⑥,何求美人折⑦?

①本题共十二首,皆罢相谪荆州长史后作。多以比兴寄托情志。这诗以兰、桂自比坚贞不移、纯正不阿的品格。　②兰:指兰草。葳(wēi威)蕤:形容枝叶繁盛。　③"欣欣"二句:是说春兰秋桂欣欣向荣,生机盎然,使得春、秋成为一年中美好的季节。自,由于。尔,这。　④林栖者:山林隐士。　⑤坐:因。悦:慕。　⑥本心:此处双关贤者的本志。　⑦"何求"句:喻贤者不博取高名,求人赏识。

其　　七①

江南有丹橘,经冬犹绿林。岂伊地气暖?自有岁寒心②。可以荐嘉客③,奈何阻重深④。运命唯所遇,循环不可寻⑤。徒言树桃李,此木岂无阴⑥?

①诗取意于屈原《九章·橘颂》"受命不迁,生南国兮",又取意于《古诗》(橘柚垂嘉实)"委身玉盘中,历年冀见食",以丹橘自喻,感叹虽有岁寒后凋的品格,但因被排挤

到南方,不为朝廷所用。　②"岂伊"二句:是说丹橘经冬犹绿,哪是由于江南地气温暖,只因它有耐寒的本性。伊,那,指江南。地气暖,用《周礼·冬官》:"橘逾淮而北为枳……此地气然也。"岁寒心,用《论语·子罕》:"岁寒,然后知松柏之后凋也。"此双关坚贞品格。　③荐:奉献。　④重:重叠。指山岭。深:指江河。　⑤"运命"二句:是说个人的命运只因遭遇不同而各异,祸福的根由无从推究,这正如在环形里探索,永远寻不出端倪。　⑥"徒言"二句:是说世人光说种桃李如何好,难道橘树就没有桃李那些用处么?徒,但是。树,栽种。阴,树荫。二句典出《韩诗外传》,赵简子说:"大春树桃李,夏得阴其下,秋得食其实。"

望月怀远①

海上生明月,天涯共此时②。情人怨遥夜③,竟夕④起相思。灭烛怜光满⑤,披衣觉露滋⑥。不堪盈手赠⑦,还寝梦佳期⑧。

①怀远:意即怀念远方的亲人。　②"天涯"句:是说此时与天涯的亲人共望一轮明月。　③情人:多情的人。遥夜:长夜。　④竟夕:终夜。　⑤"灭烛"句:是说熄灭烛火顿见月光盈屋,更觉其可爱。怜,爱怜。　⑥滋:沾润。　⑦不堪:不能。盈手:满手。指捧起满把月光。赠:指赠远人。　⑧寝:卧室。佳期:相会之期。

王之涣

王之涣(688—742),字季陵,并州(今山西太原)人,后徙绛郡(今山西新绛县)。官文安县尉。性豪放,好漫游,盛唐著名诗人之一。诗以描写边塞风光著称,长于绝句。《全唐诗》存其诗六首。

登鹳雀楼①

白日依山尽,黄河入海流。欲穷千里目,更上一层楼②。

①鹳(guàn 灌)雀楼:旧址在今山西永济西南城上,楼有三层,面对中条山,下临黄河,因常有鹳雀住在上面,故名。鹳,鹤一类的水鸟。　②"欲穷"二句:是说要想眼界更广,则须站得更高。穷,尽。千里目,目及千里。

凉 州 词①

其 一

黄河远上白云间,一片孤城万仞②山。羌笛何须怨杨柳?春风不度玉门关③。

①本组诗共二首。见21页王翰《凉州词》注①。　②仞(rèn 认):古时八尺为一仞。　③"羌(qiāng 腔)笛"二句:是说玉门关外的边塞地区春意甚少,因此不必吹羌笛来抱怨杨柳所引起的客愁。羌,我国古代西部的少数民族。杨柳,古有折柳送别的习俗。北朝乐府《折杨柳歌辞》:"上马不捉鞭,反折杨柳枝。蹀座吹长笛,愁杀行客儿。"这里兼写了吹笛、折柳和怨别。玉门关,在凉州境,今甘肃敦煌西,为古代通往西域必经的关塞。

孟浩然

孟浩然(689—740),襄阳(今湖北襄阳)人。早年在家乡隐居读书,壮年曾漫游巴、蜀、吴、越、湘、赣等地,曾一度入长安求仕,失意而还归故园。以山水田园诗著称,诗风恬淡孤清,独具一格。有《孟浩然集》。

秋登万山寄张五①

北山②白云里,隐者③自怡悦。相望始登高,心随雁飞灭④。愁因薄暮起,兴是清秋发⑤。时见归村人⑥,平沙渡头⑦歇。天边树若荠⑧,江畔舟如月。何当载酒来,共醉重阳节⑨。

①诗题又作《秋登兰山寄张五》《九月九日岘山寄张子容》《秋登万山寄张文僭》。秋登,当指重阳节登高。万山,在诗人家乡襄阳的西北。张五,其人未详。一说是诗人同乡至交张子容,一说是张谭。　②北山:即万山。一说泛指北面的山;一说指襄阳鹿门山附近的白鹤岩,乃张子容隐居处。　③隐者:作者自指。一说指张五。　④"相望"二句:是说由于思念远方的友人才来登高相望,此刻自己的心已随着大雁飞到友人的身旁。古有鱼雁传书的说法,这里用其意,希望大雁能带去思念之情。始,一作"试"。"心随"句,一作"心飞逐鸟灭"。　⑤"愁因"二句:是说一片暮色引起思友的惆怅,而在秋高气爽的季节,又引动自己观赏景色的兴致。　⑥归村人:一作"村归人"。　⑦平沙:又作"沙行""沙平"。渡头:渡口,有船或筏子摆渡的地方。　⑧荠(jì):指荠菜。　⑨"何当"二句:是说盼着张五带上美酒来到这里,在重阳佳节一道痛饮。何当,何时当能。重阳节,农历九月九日。古以为"九"是阳数,日、月都是"九",两阳相重,故称重阳节。重阳登高,最早见于梁代吴均《续齐谐记》,相传能避灾祛瘟。后形成这天插茱萸、饮菊花酒、观景赏菊、亲友聚饮等风俗。

临 洞 庭[①]

八月湖水平,涵虚混太清[②]。气蒸云梦[③]泽,波撼岳阳城[④]。欲济无舟楫[⑤],端居耻圣明[⑥]。坐观垂钓者,徒有羡鱼情[⑦]。

[①]诗题一作《望洞庭湖赠张丞相》。张丞相,指张说。他在玄宗时曾任中书令,封燕国公。坐累徙岳州。后又为尚书右丞相兼中书令。此诗或写于诗人游湘地、张说贬官岳州时。孟浩然写此诗赠张丞相,希望得到他的引荐。 [②]"八月"二句:是说八月洞庭湖秋水上涨,与岸平,湖面与天空浑然一体。涵,包含。虚,空。太清,天。 [③]云、梦:古时二泽名,位处洞庭湖北岸。云在大江北,梦在大江南,后来大部淤成陆地。 [④]撼:摇动。岳阳城:即今湖南岳阳市,在湖南省东北部,濒临洞庭湖。 [⑤]"欲济"句:意思双关,既说无船渡湖,又指欲仕而无人引荐。济,渡。楫(jí吉),划船的用具。 [⑥]端居:闲居。耻圣明:有愧于圣明之世。 [⑦]"坐观"二句:《淮南子·说林训》:"临河而羡鱼,不如归家织网。"比喻倘若无人援引,则空有从政的愿望。垂钓者,喻仕者。羡鱼情,喻自己出仕的愿望。

过 故 人 庄

故人具鸡黍[①],邀我至田家[②]。绿树村边合[③],青山郭[④]外斜。开筵面场圃[⑤],把酒话桑麻[⑥]。待到重阳[⑦]日,还来就菊花[⑧]。

[①]故人:老友。具:备。鸡黍:泛指丰美的饭菜。黍,黄米。 [②]田家:农舍。 [③]合:连。 [④]郭:外城。 [⑤]开筵(yán延):摆上酒席。筵,一作"轩",即窗户。面:面对着。场:打谷场。圃:菜园。 [⑥]话桑麻:泛指闲谈农事。 [⑦]重阳:即重阳节,详见《秋登万山寄张五》注⑧。 [⑧]就菊花:指赏菊。就,近。

宿 建 德 江[①]

移舟泊烟渚[②],日暮客愁新[③]。野旷天低树[④],江清月[⑤]近人。

[①]本题一作《建德江宿》。建德江,浙江上游的一段;因其在建德市境内,故称。 [②]烟渚(zhǔ煮):傍晚烟气笼罩着的小洲。 [③]"日暮"句:是说暮色引起旅客新的愁思。 [④]"野旷"句:原野空阔,纵目远望,似乎天空比树还低。 [⑤]月:指江中月影。

春　晓①

春眠不觉晓,处处闻啼鸟。夜来风雨声,花落知多少②。

①晓:拂晓。天刚亮的时候。　②"夜来"二句:一作"欲知昨夜风,花落无多少"。

留别王维①

寂寂竟何待,朝朝空自归②。欲寻芳草去,惜与故人违③。当路谁相假④,知音世所稀。只应守寂寞⑤,还掩故园扉⑥。

①原题为《留别王侍御维》,作于诗人不得已隐退之时。　②"寂寂"二句:意思是,落第后在京求人汲引,却总是失望而归。　③"欲寻"二句:是说想从此隐逸而去,但又不忍与王维分离。芳草,指春草。《楚辞·招隐士》:"王孙游兮不归,春草生兮萋萋。"此用其意,以芳草茂生之地比喻隐逸之所。故人,老朋友,此指王维。违,离别。　④当路:指当道的人,即当权者。相假:相助,相引荐。假,借。　⑤寂寞:一作"索寞"。　⑥扉(fēi非):门扇。

宿桐庐江寄广陵旧游①

山暝听猿愁②,沧江③急夜流。风鸣两岸叶④,月照一孤舟⑤。建德非吾土,维扬忆旧游⑥。还将两行泪,遥寄海西头⑦。

①桐庐江:源出杭州於潜县界天目山,南流至县东一里入浙江。广陵:古之广陵郡,即今之扬州市。旧游:昔日交游的友人。　②"山暝"句:是说在山里一到黄昏便听见令人发愁的猿叫声。暝(míng鸣),日落、天黑。　③沧江:青绿色的江水。　④"风鸣"句:是说晚风将两岸的树叶吹得哗哗作响。　⑤孤舟:孤独的船。　⑥"建德"二句:是说建德并非我的故乡,而维扬却使我回忆起许多旧游。建德,县名,三国吴分富春地置,孙皓初封建德侯。即此。隋废入金华县,唐复置。今属浙江金华道。维扬,谓扬州。《梁溪漫志》:"古今称扬州为惟扬,盖取禹贡淮海惟扬州之语。今则易惟作维矣。"刘希夷《江南曲》:"天际望维扬。"　⑦海西头:此指情深意长,虽远犹近。隋炀帝《泛龙舟歌》:"借问扬州在何处?淮南江北海西头。"

崔　颢

崔颢(？—754)，汴州(今河南开封)人。开元间中进士，天宝中任尚书司勋员外郎。明人辑有《崔颢集》。

黄　鹤　楼①

昔人②已乘黄鹤去，此地空余黄鹤楼。黄鹤一去不复返，白云千载空悠悠③。晴川历历汉阳树，芳草萋萋鹦鹉洲④。日暮乡关⑤何处是？烟波江上使人愁。

①黄鹤楼：故址在今湖北武昌蛇山黄鹄矶上，下临长江。楼因山而名(古"鹄"字与"鹤"字通)。相传三国吴黄武年间创建，后屡毁屡修。昔日黄鹤楼，轩昂宏伟，辉煌瑰丽，几疑"仙宫"，后人曾附会了许多神话。　②昔人：指传说中的仙人，一说三国蜀费文祎在此楼乘鹤登仙，一说仙人子安曾乘黄鹤经过这里。　③悠悠：无穷尽的样子。　④"晴川"两句：是说隔着江水，汉阳的树木清晰可见，鹦鹉洲上的春草也长得茂盛喜人。历历，分明的样子。汉阳，在武昌西北，与黄鹤楼隔江相望。萋萋，茂密的样子。鹦鹉洲，唐时在汉阳西南长江中，明末逐渐沉没。相传因东汉末年祢衡作《鹦鹉赋》而得名，祢衡被黄祖杀害，葬于洲上。　⑤乡关：乡城，故乡。

李 颀

李颀(qí棋)(690—751),东川(今四川三台)人,流寓颍阳(今河南许昌附近)。开元年间进士,曾任新乡县尉,后辞官归隐。擅长七古,风格豪放。有《李颀诗集》。

古从军行①

白日登山望烽火,黄昏饮马傍交河②。行人刁斗③风沙暗,公主琵琶④幽怨多。野云万里无城郭,雨雪纷纷连大漠。胡雁哀鸣夜夜飞,胡儿眼泪双双落。闻道玉门犹被遮,应将性命逐轻车⑤。年年战骨埋荒外⑥,空见蒲桃入汉家⑦。

①《从军行》:此诗是拟古题,故名《古从军行》。 ②交河:故城遗址在今新疆维吾尔自治区吐鲁番西北五公里处,是两条小河交叉环抱的一个小岛,为唐代安西都护府治所。 ③行人:出征的人。刁斗:古代军用铜器,容量一斗,白天做炊具,夜间敲击代替更柝。 ④公主琵琶:相传汉武帝与乌孙和亲,以江都王刘建之女细君为公主,嫁乌孙王。远嫁时,令人在马上弹琵琶来解除她途中的思乡之情,故称"公主琵琶"。琵琶,原是马上弹奏的一种弦乐器。 ⑤"闻道"二句:是说皇帝不准罢兵,战士还得豁出性命随将军打仗。据《史记·大宛传》:汉武帝太初元年,命李广利攻大宛,欲至贰师城取善马。攻战不利,请罢兵。武帝闻之大怒,"使使遮玉门曰:'军有敢入者辄斩之。'"玉门,玉门关,汉武帝置,因西域输入玉石取道于此而得名,故址在今甘肃敦煌西北小方盘城,和西南的阳关同为当时通往西域各地的交通门户。遮,掩,指掩上关门。逐,跟随。轻车,汉时有轻车将军及轻车都尉,唐时有轻车都尉。这里泛指将帅。 ⑥荒外:边远之地。 ⑦空:只。蒲桃:即葡萄。汉家:指汉宫。

送陈章甫①

四月南风大麦黄,枣花未落桐阴长。青山朝别暮还见,嘶马出门思旧乡②。陈侯立身何坦荡③,虬须虎眉仍大颡④。腹中贮书一万卷,不肯低头在草莽⑤。东门酤酒饮我曹,心轻万事如鸿毛。醉卧不知白日暮,有时空望孤云高⑥。长河浪头连天黑,津口停舟渡不得。郑国游人未及家,洛阳行子空叹息⑦。闻道故林相识多,罢官昨日今如何⑧?

①陈章甫:江陵人,开元进士,家居洛阳。他在《与吏部孙员外书》中说,"因籍有误,蒙袂而归"。此诗可能是送陈回乡之作。 ②"青山"二句:是说陈由朝别暮见的青山,勾起了对久别不见的旧乡的思归之情。嘶马,马叫以示登程。 ③侯:尊称。坦荡:心胸开阔,光明磊落。 ④虬(qiú 求)须:蜷曲的胡须。仍:再加上。大颡(sǎng 嗓):宽阔的脑门。 ⑤在草莽:在野的意思。 ⑥"东门"四句:说陈出仕却不得志,兼写他豪放豁达。酤(gū 姑)酒,买酒。我曹,我辈。 ⑦"郑国"二句:紧承上二句,写作者和陈章甫因风浪都回不了家。郑国游人,作者自称,他家居颍阳,春秋时为郑国属地。洛阳行子,指陈章甫。行子,出行的人。 ⑧"闻道"二句:是说陈章甫这次罢官回家,不知那里的旧相识是否还能相待如故。故林,故园。

王昌龄

王昌龄(698？—756)，字少伯，京兆万年(今陕西西安)人。一作太原(今山西太原)人。开元进士，官至江宁(今南京)丞。因安史乱还乡，道出亳州，为刺史闾丘晓所杀。盛唐负有盛名的诗人之一。其诗擅长七绝，格调高昂。明人辑有《王昌龄集》。

从 军 行①

其 二

琵琶起舞换新声，总是关山旧别情②。撩乱边愁听③不尽，高高秋月照长城。

①《从军行》：见李颀《古从军行》注①。这组诗共七首。　②"琵琶"二句：是说伴奏的琵琶虽然改弹了新曲，但曲调中仍流露出往日对故土的依恋之情。新声，新作的乐曲。关山，泛指关陇山川。此指征人的故乡。　③边愁：指戍卒久留边塞的愁绪。听，一作"弹"。

其 四

青海长云暗雪山①，孤城遥望玉门关②。黄沙百战穿金甲③，不破楼兰④终不还。

①青海：指今青海省西宁市西的青海湖，当年是唐与吐蕃争夺交战之地。雪山：即今甘肃省的祁连山。　②玉门关：见李颀《古从军行》注⑤。　③穿：磨破。金甲：铠甲。　④楼兰：汉时西域的鄯善国，在今新疆维吾尔自治区鄯善县东南一带地方。汉昭帝时，楼兰王与匈奴勾通，屡杀汉朝使臣，大将军霍光派傅介子用计杀楼兰王而返。

其　五

大漠风尘日色昏,红旗半卷出辕门①。前军夜战洮河②北,已报生擒吐谷浑③。

①辕门:军营的门。古时行军扎营,以车环卫,于出入处将两车的车辕相向竖起,对立如门。　②洮(táo桃)河:即洮水,在甘肃省西南部。　③吐谷浑(tǔ yù hún 土浴魂):亦作吐浑,古代一民族名,原为鲜卑的一支。唐时据有洮水西南等地,时扰边疆,后被唐高宗和吐蕃的联军所败。这里泛指敌人的首领。

出　塞①

其　一

秦时明月汉时关②,万里长征人未还。但使龙城飞将③在,不教胡马度阴山④。

①《出塞》:乐府旧题,汉武帝时李延年据西域乐曲改制。属《相和歌辞·鼓吹曲》。本题共二首。　②"秦时"句:是说自秦汉以来,明月便照临关塞。意即秦汉已筑长城防御外敌。　③龙城飞将:指汉朝右北平太守李广,他勇敢善战,威震龙城,被匈奴称为"飞将军",远避而不敢入塞。龙城,又作"卢城",指卢龙县,为唐北平郡(即汉右北平)治所。此处泛指边关。　④胡:泛指西北少数民族。此指当时常来扰边的匈奴。阴山:昆仑山脉北支。起于河套西北,绵亘于内蒙古自治区,东与内兴安岭相接,为古代抵御北方游牧民族的屏障。汉武帝时屯兵镇守,以御匈奴。

芙蓉楼送辛渐①

其　一

寒雨连江夜入吴②,平明送客楚山孤③。洛阳亲友如相问,一片冰心在玉壶④。

①本题共二首。芙蓉楼,故址在今江苏镇江西北角。辛渐,作者为江宁县丞时的诗友。天宝元年(742)作者出为江宁丞,此诗写于任内。　②吴:芙蓉楼所在属古吴地,

故称。　③平明:天刚亮的时候。楚山孤:沿客人所去的方向远望,只见楚山孤耸。楚,辛渐入洛路线为古时楚地,故称。　④"一片"句:是说自己心地纯洁得像玉壶里的冰,未受功名利禄等世情玷污。鲍照《白头吟》:"直如朱丝绳,清如玉壶冰。"此用其意。

长 信 秋 词①

其　三

奉帚平明金殿开②,且将团扇共徘徊③。玉颜不及寒鸦色,犹带昭阳日影来④。

①本题共五首。《乐府诗集》题作《长信怨》,属《相和歌辞·楚调曲》。汉成帝爱妃班婕妤,因成帝转宠赵飞燕而被遣长信宫侍奉太后,曾作《团扇》诗以寄哀怨。此诗借班婕妤事咏失宠宫妃的凄凉境况。　②"奉帚"句:是说每当黎明长信宫殿刚一打开,(班婕妤)便恭敬地拿着扫帚去打扫。　③"且将"句:是说(打扫宫殿后)姑且手握团扇和它一道徘徊。《团扇》诗云:"常恐秋节至,凉飙夺炎热。弃捐箧笥中,恩情中道绝。"此暗用其意。团扇秋来见弃,与班婕妤失宠遭遇同病相怜。共,一作"暂"。　④"玉颜"二句:是说自己美丽的容貌还不及寒鸦光彩,寒鸦尚且能带着昭阳殿的日光飞来(而自己却永远失去了面见君王的机会)。昭阳,汉宫殿名。赵飞燕居此殿,成帝常来住宿游乐。

王 维

王维(701—761),字摩诘,原籍祁(今山西祁县),其父迁居蒲州(治今山西永济西),遂为河东人。开元进士,官至给事中,曾奉使出塞。安禄山叛军陷长安时曾受职,乱平,降为太子中允,后官至尚书右丞,世称王右丞。晚年居蓝田辋川,过着亦官亦隐的优游生活。笃志奉佛,唯以禅诵为事。盛唐大诗人,被认为是山水田园诗派的主要代表作家。袁行霈云:"王维是具有多方面技巧的诗人。王维诗用来叙事的时候,往往是从大处落墨,简约而宏深,它既不像李白那样以一泻千里的气势取胜,也不像杜甫那样以叙事和议论的周详见长,而是纲举目张,荦荦大方。"(见《中国文学史纲·魏晋南北朝 隋唐五代文学》)且精于绘画、音乐、书法。有赵殿成《王右丞集笺注》。

少 年 行①

出身仕汉羽林郎②,初随骠骑战渔阳③。孰知不向边庭苦,纵死犹闻侠骨香④。

①诗人早年作,同题共四首,此选其二。该诗塑造一位从戎戍边的少年英雄形象,讴歌为国献身的精神,同时表现了作者青年时期积极进取的思想。少年行,《乐府诗集》(卷66)录此于《杂曲歌辞·结客少年场行》后。 ②出身:委身事君。羽林郎:官名,汉代属光禄勋,后更名羽林骑。又唐时有左右羽林军,为皇家禁军之一。 ③骠骑(piào jì 票寄):官名,即骠骑将军。汉武帝元狩二年(前121)始置。此指统帅军队的将领。渔阳:地名。汉置渔阳郡,治所在今北京密云县西南;又唐有渔阳县,在今天津市蓟县。 ④"孰知"二句:"是说少年深深知道不宜去边庭受苦,但是,少年的想法是哪怕死在边疆上,还可以流芳百世。'孰(shú 熟)知',熟知,深知。"(见林庚、冯沅君主编《中国历代诗歌选》)向:去。边庭:边疆。犹:还。侠:豪侠之士。

陇　西　行①

十里一走马,五里一扬鞭②。都护③军书至,匈奴围酒泉④。关山正飞雪,烽戍断无烟⑤。

①《陇西行》:乐府《相和歌辞·瑟调曲》名。陇西,秦置郡名,在今甘肃临洮。　②"十里"二句:是说乘上驿马递送报警的军书,一挥鞭就是五里路,再一会儿便跑了十里的路程。古代封土为坛,以计里程,叫堠。五里只堠,十里双堠。走,跑。　③都护:官名。都护意即总监。唐代在边境先后设置六大都护府,每府有大都护、副大都护(或副都护),管理辖境的边防、行政和各族事务。　④酒泉:郡名。在今甘肃酒泉东北。　⑤"关山"二句:是说由于大雪弥漫,白天看不清放烟的报警信号,烽火台之间失去了联系。说明为何以驿马传递军书。烽戍,即烽堠,烽火台。古代边防以烽火(即烽烟)为报警信号,白天燃烟叫"燧",夜里举火叫"烽"。边境筑有烽火台,备柴草,遇有敌情,则燃烟、举火告警,各台递相传报。

陇　头　吟①

长安少年游侠客,夜上戍楼看太白②。陇头明月迥临关③,陇上行人夜吹笛。关西④老将不胜愁,驻马⑤听之双泪流。身经大小百余战,麾下偏裨万户侯⑥。苏武才为典属国,节旄空尽海西头⑦。

①《陇头吟》:乐府古题,《乐府诗集》载入《横吹曲辞·汉横吹曲》。陇头,即陇山,又叫陇坂、陇坻、陇首,在今陕西陇县西北。　②戍楼:边防驻军的瞭望楼。看太白:是说少年关心战事,希望立功。太白,即金星,主兵象。古人据其出没预测战事的进程和吉凶。　③迥(jiǒng窘):远,这里有高的意思。关:指陇山下的陇关,即大震关,古时为秦、雍喉隘。　④关西:指函谷关以西,即今陕、甘一带。《后汉书·虞诩传》载汉谚:"关西出将,关东出相。"　⑤驻马:停马。驻,车马停止。　⑥麾(huī挥)下:部下。麾:指挥用的旗子。偏裨(pí脾):副将。万户侯:食邑万户的侯爵。　⑦"苏武"二句:借苏武的遭遇,慨叹关西老将有功而不得赏。汉武帝时苏武出使匈奴,被扣,置于北海(今俄罗斯西伯利亚贝加尔湖)上,命牧公羊,说公羊怀孕时方能回国。他杖汉节(使臣所持的符节)牧羊十九年,节旄(符节上所饰的犛牛尾)尽落。但回国后,汉昭帝只给了他典属国(掌管外国归服等事物)这样的小官。空尽,白白地落尽。

新晴野望①

新晴原野旷②,极目无氛垢③。郭门临④渡头,村树连溪口。白水明田外⑤,碧峰出山后。农月⑥无闲人,倾家事南亩⑦。

①诗题一作《新晴晚望》。 ②旷:空而宽阔。 ③极目:尽目力所见。氛垢:尘雾。 ④郭:外城。临:近。 ⑤"白水"句:是说田野外的江水在晴空辉映下显得异常明亮。 ⑥农月:农事繁忙的月份。 ⑦倾家:全家出动。事南亩:在田地劳动。南亩,向南的农田。由于南亩向阳,利于农作物生长,古人田土多向南开辟。后以南亩泛称农田。

寓言二首①

其 一

朱绂②谁家子?无乃金张③孙。骊驹从④白马,出入铜龙门⑤。问尔何功德?多承明主恩⑥。斗鸡平乐馆⑦,射雉上林园⑧。曲陌车骑⑨盛,高堂珠翠⑩繁。奈何轩冕⑪贵,不与布衣⑫言!

①诗人早年之作。寓言,是说诗中寓有讽刺之意,不同于今天所说的寓言故事。 ②朱绂(fú 浮):朱红色的绣有黑青相间如"亞"形花纹的礼服。这里泛指贵族服装。绂,又作"黻"。 ③无乃:莫不是。金张:指汉宣帝时的权贵金日䃅(mì dí 密敌)和张安世。后来以"金张"代指一般贵族权要。 ④骊(lí 离):纯黑色的马。驹(jū 居):少壮的马。从:跟随。 ⑤铜龙门:汉宫门之一。其门楼上有铜龙,故名。 ⑥承恩:承受皇帝的恩泽。这里指通过封建关系而得到皇帝的恩宠厚爱。 ⑦斗鸡:使两鸡相斗,观其胜负,以为娱乐。这种游戏始自战国,起于民间,后为封建统治者采用,汉、唐时代尤甚。平乐馆:即平乐观,在洛阳西门外,汉明帝所造,是汉代豪贵斗鸡走狗的娱乐场所。 ⑧雉(zhì 秩):野鸡。上林园,即汉代的上林苑。苑址在长安西,周围三百里,离宫七十所,苑中养百兽,供皇帝秋冬季节猎取。 ⑨曲陌:曲折的街道。骑(jì 寄):泛指骑马的人。 ⑩珠翠:珍珠翡翠之类的首饰,这里用来代指盛妆的姬妾、乐妓。 ⑪轩冕:泛指官位爵禄。轩,一种曲辕有辐的车,春秋战国时为卿大夫及诸侯夫人所乘。冕,冕服,古代统治者举行吉礼时所用的礼服。 ⑫布衣:指平民百姓。古时平民百姓除老人可着丝织品外,其余均穿布制的衣服,故称。

山居秋暝①

空山新雨②后,天气晚来秋③。明月松间照,清泉石上流。竹喧归浣女④,莲动下渔舟。随意春芳歇,王孙自可留⑤。

①暝(míng明):夜色初临。　②新雨:刚下的雨。　③晚来秋:即秋暝,秋日薄暮已临。　④竹喧:是说竹林中传出喧笑声。浣(huàn幻)女:水边洗衣物的女子。⑤"随意"二句:《楚辞·招隐士》:"王孙游兮不归,春草生兮萋萋。……王孙兮归来,山中兮不可以久留。"此反用其意,是说春草任随它凋谢去吧,秋色如此令人流连,王孙自可留居山中。随意,指随春芳之意。春芳,此指春草。歇,消歇,凋谢。王孙,贵族的子孙。

终　南　山①

太乙近天都②,连山到海隅③。白云回望合,青霭入看无④。分野中峰变,阴晴众壑殊⑤。欲投人处⑥宿,隔水问樵夫⑦。

①题又作《终南山行》《终山行》。本篇大约作于开元末至天宝初,当时作者在终南别业过着亦官亦隐的生活。终南山,在陕西长安南五十里,秦岭主峰之一。　②太乙:即终南山。又作太一、太壹。天都:帝都。此指长安。　③"连山"句:是说终南山与他山毗连不绝,直到海边。隅(yú愚),靠边的地方。　④"白云"二句:是说终南山很高,四望白云缭绕,连成一片;高处笼罩着青青的雾霭,进入其中,又觉若有若无。⑤"分野"二句:是说终南山很大,一峰之隔往往属于不同的分野;同一时间内,各山谷间的阴晴也有所不同。分野,古人将天上二十八宿的星座,与地上的州国对应起来,分成若干界域,称为"分野"。　⑥人处:有人居住的地方。　⑦樵(qiáo桥)夫:打柴的人。

观　猎①

风劲角弓②鸣,将军猎渭城③。草枯鹰眼疾,雪尽马蹄轻④。忽过新丰市⑤,还归细柳营⑥。回看射雕⑦处,千里暮云平。

①诗题一作《猎骑》。　②劲:强劲。角弓:用牛角装饰的硬弓。　③渭城:秦代的都

城咸阳,汉代改称渭城,在今陕西西安市西北渭水北岸。　④"草枯"二句:是说荒原草枯,猎物无所藏身,更显得鹰眼的锐利;残雪被风吹尽,马奔时蹄上没有沾滞,更见出轻捷。鹰,猎鹰。　⑤新丰市:在长安东北,即今陕西新丰镇。　⑥细柳营:在长安西,为汉代名将周亚夫屯兵处。这里泛指军营。　⑦射雕:据《北史》载,斛律光在洹桥校猎时曾射中一大雕的颈部,被赞为"射雕手"。这里暗用此事美赞将军的武艺。雕,又名鹫,一种飞翔迅捷的猛禽。

汉江临眺①

楚塞三湘接,荆门九派通②。江流天地外,山色有无中③。郡邑浮前浦,波澜动远空④。襄阳好风日,留醉与山翁⑤。

①汉江:即汉水。源于陕西宁强县嶓冢山。初名漾水,经褒城会褒水后始称汉水,入湖北经襄阳,至汉阳流入长江。临眺:登高远望。一作"临泛"。　②"楚塞"二句:是说汉江远连湘水、长江。楚塞,楚国的边地。战国时,汉水一带属楚国北疆。三湘,代称湖南境内的湘水。湘水与漓水合称漓湘,与蒸水合称蒸湘,合潇水称潇湘,故称"三湘"。荆门,山名,在今湖北宜都市西北,位于长江南岸,与北岸虎牙山相对,共为楚之西塞。九派,指长江在这一带的分支。九,泛言其多。派,支流。　③"江流"二句:是说地阔江远,极目望去,如流天外,天云江雾,瞬息万变,山色忽隐忽现,时有时无。　④"郡邑"二句:是说水势盛大,城市像在水滨前飘浮,远处的天空好像与波涛一起翻涌。郡邑,指城市。浦,水滨。　⑤"襄阳"二句:是说时逢襄阳好风日,愿意留下来与山简那样的友人畅饮。襄阳,位于汉江南岸,今湖北襄阳市。即诗人临眺之地。山翁,指晋代山简。山简曾任镇南将军,守襄阳,有政绩,好饮酒。

使至塞上①

单车欲问边②,属国过居延③。征蓬④出汉塞,归雁入胡天。大漠孤烟直⑤,长河⑥落日圆。萧关逢候骑,都护在燕然⑦。

①开元二十五年(737)春,河西节度副大使崔希逸战胜吐蕃。作者奉使出塞宣慰,此诗作于赴河西节度府凉州的途中。使,出使。　②单车:轻车简从。问:慰问。边:边塞。　③属国:典属国的简称,秦汉官名。参见王维《陇头吟》注⑦。唐时有以"属国"代称使臣。此为作者自称。居延:汉末设县,在今甘肃张掖西北。　④征蓬:随风远飞的蓬草,比喻征人。此为作者自指。　⑤大漠:沙漠。孤烟:即狼烟。古代报警的燧烟燃狼粪,取其烟直而聚(见《酉阳杂俎》)。故此说"孤烟直"。　⑥长河:指黄

河。 ⑦"萧关"二句：是说在萧关的侦察兵那里得知，都护还在更远的地方。萧关，在今宁夏回族自治区固源县东南，为关中四关之一。候骑(jì记)，骑马的侦察兵。都护，见王维《陇西行》注③。燕(yān烟)然，山名，即今蒙古人民共和国赛音诺颜部境内的杭爱山。后汉车骑将军窦宪大破北单于，登燕然山刻石纪功而还。事见《后汉书·窦宪传》。

鹿　柴①

空山不见人，但闻人语响。返景②入深林，复照青苔上。

①作者晚年在辋川别墅与裴迪唱和、吟咏当地景物，自辑其五绝二十首，题名为《辋川集》。此诗是《辋川集》中第五首。鹿柴(zhài寨)，辋川别墅之一处。柴，同"寨"，栅栏。一作"砦"。因用带枝杈的树木植地编成，形似鹿角，故称"鹿柴"。　②返景：夕阳返照的光。景，阳光。

竹　里　馆①

独坐幽篁②里，弹琴复长啸③。深林人不知，明月来相照。

①此诗是《辋川集》中第十七首。　②幽篁(huáng黄)：深密幽暗的竹林。　③啸：蹙口出声，古人一种抒情举动。

鸟　鸣　涧①

人闲桂花②落，夜静春山空。月出惊山鸟，时鸣春涧中。

①《鸟鸣涧》是《皇甫岳云溪杂题》五首之一，这组诗均写皇甫岳别墅中的景色。皇甫岳，作者的朋友，可能是唐宪宗时的宰相皇甫镈的一个堂兄弟。云溪(xī希)，皇甫岳别墅的所在地，或在长安近郊，未详。涧，夹在两山间的水沟。　②闲：寂静的意思。桂花：即木樨，有春花、秋花、四季花等不同种类，这里所写的当是春日发花的一种。

相　思

红豆①生南国，春来发几枝②。劝君多采撷③，此物最相思。

①红豆:红豆树、海红豆及相思子等植物种子的统称。朱红色,有的一端黑色,或有黑色斑点,形如豌豆而微扁。相传古时有人死在地边,其妻甚为思念,哭于树下而卒,化为红豆。故古人常以红豆象征爱情和相思。　②春来:一作"秋来"。发几枝:是说红豆树又新长出多少枝条。　③撷(xié 协):摘取。

送元二使安西①

渭城朝雨浥②轻尘,客舍青青柳色新。劝君更尽一杯酒,西出阳关③无故人。

①本题又作《阳关曲》《渭城曲》《阳关三叠》。《乐府诗集》收入《近代曲辞》。元二,其事迹不详。使,出使。安西,唐设安西都护府,治所在今新疆维吾尔自治区库车县境。　②渭城:见诗人《观猎》注③。浥(yì 邑):通"挹",沾湿。　③阳关:汉置,在今甘肃敦煌西,与玉门关同为通往西域的要道。因在玉门关南面,故称"阳关"。参见李颀《古从军行》注⑤。

送沈子福归江东①

杨柳渡头行客稀,罟师荡桨向临圻②。惟有相思似春色,江南江北送君归。

①题一作《送沈子福之》。沈子福:其事迹未详。江东:长江在芜湖、南京间作西南、东北流向。习惯上称自此以下的长江南岸地区为江东。　②罟(gǔ 古)师:渔人,此借指船夫。罟,网。临圻(qí 其):此指江东近岸之地。临,临近。圻,同"埼",弯曲的河岸。

李 白

　　李白(701—762),字太白,号青莲居士。祖籍陇西成纪(今甘肃秦安东),隋末其先人流寓碎叶(今哈萨克斯坦境内巴尔喀什湖南面的楚河流域),李白诞生于此。五岁随父迁居绵州昌隆(今四川江油)青莲乡。早年在蜀中就学漫游,吟诗作赋,并好行侠。二十五岁出川,漫游各地。天宝初年,经道士吴筠等荐举,到长安供奉翰林。因屡遭谗毁,不久即弃官离京。安史乱中,怀着平乱之志,曾入永王李璘幕府。后因永王兵败受累,流放夜郎。中途遇赦东还。三年后病死于当涂(今属安徽)。其诗强烈抨击权贵,蔑视礼教,揭露社会黑暗,讴歌自己进步的政治理想,表现出崇高的爱国主义精神。有些诗不时流露出怀才不遇、人生如梦等消极情绪。丰富的想象,大胆的夸张,深入浅出的语言,雄奇豪放的风格,使他成为继屈原之后,古代积极浪漫主义诗歌的最杰出的代表。今存诗近一千首,有清代王琦注《李太白全集》。

黄鹤楼送孟浩然之广陵①

　　故人西辞②黄鹤楼,烟花③三月下扬州。孤帆远影碧空④尽,惟见长江天际流。

①作者在安陆居住时认识了孟浩然,这诗大约是送孟浩然游吴越时所作。黄鹤楼,见崔颢《黄鹤楼》注①。之,往。广陵,今江苏扬州市。　②故人:指孟浩然。西辞:黄鹤楼在广陵西,辞别黄鹤楼往东去广陵,故云。　③烟花:形容柳如烟、花似锦的繁华春色。　④空:一作"山",见《全唐诗》卷一百七十四。

丁都护歌①

云阳上征②去,两岸饶商贾③。吴牛喘月时④,拖船一何苦。水浊不可饮,壶浆半成土⑤。一唱《都护歌》⑥,心摧⑦泪如雨。万人凿盘石⑧,无由达江浒⑨。君看石芒砀⑩,掩泪悲千古⑪。

①《丁都护歌》:乐府《清商曲辞·吴声歌曲》名。一名《阿督护》。开元中,润州刺史齐澣开凿伊娄渠,自润州直通长江,为南运河的一部分。此诗即写运河上纤夫们的惨重劳役。 ②云阳:唐属润州,今江苏丹阳县。上征:逆水上行。 ③饶:多。商贾(gǔ古):商人。 ④"吴牛"句:指气候炎热。据说吴地水牛怕热,看见月亮竟以为是太阳,便气喘不止。 ⑤"壶浆"句:是说河水混浊如泥浆,盛入壶中,一半沉淀为土。 ⑥《都护歌》:《宋书·乐志》:"《都护哥(歌)》者,彭城内史徐逵之为鲁轨所杀,宋(南朝)高祖(刘裕)使府内直督护丁旿收殓殡霾(埋)之。逵之妻,高祖长女也,呼旿至阁下,自问殓送之事,每问辄叹息曰:'丁督护!'其声哀切,后人因其声,广其曲焉。"都护,一说指当时监督之有司。 ⑦摧:裂。 ⑧盘石:大石。盘,同"磐"。 ⑨无由:无从。达:到达。江浒:长江边。浒,水边。 ⑩芒砀(máng dàng 茫荡):即茫荡,这里形容石头又大又多。 ⑪掩泪:掩面哭泣。悲千古:是说为自古以来劳力者的艰辛而慨叹不已。

蜀道难①

噫吁嚱②,危乎高哉③!蜀道之难,难于上青天。蚕丛及鱼凫④,开国何茫然⑤。尔来四万八千岁,不与秦塞通人烟⑥。西当太白有鸟道⑦,可以横绝峨眉巅⑧。地崩山摧壮士死⑨,然后天梯石栈⑩相钩连。上有六龙回日之高标⑪,下有冲波逆折之回川⑫。黄鹤之飞尚不得过,猿猱⑬欲度愁攀援。青泥何盘盘⑭,百步九折萦岩峦⑮。扪参历井仰胁息⑯,以手抚膺⑰坐长叹。问君西游⑱何时还,畏途巉岩不可攀⑲。但见悲鸟号⑳古木,雄飞雌从绕林间。又闻子规㉑啼夜月,愁空山㉒。蜀道之难,难于上青天,使人听此凋朱颜㉓。连峰去天不盈㉔尺,枯松倒挂倚㉕绝壁。飞湍瀑流争喧豗㉖,砯崖转石万壑雷㉗。其险也如此,嗟尔远道之人胡为乎㉘来哉!剑阁峥嵘而崔嵬㉙,一夫当关,万夫莫开。所守或匪亲,化为狼与豺㉚。朝避猛虎,夕避长蛇。磨牙吮㉛血,杀人如麻。锦城㉜虽云乐,不如早还家。蜀道之难,难于上青天,侧身西望长咨嗟㉝!

李白

①《蜀道难》:乐府《相和歌辞·瑟调曲》名。郭茂倩《乐府诗集》引《乐府解题》云:"《蜀道难》备言铜梁、玉垒(二蜀中地名)之阻。"此诗约作于唐玄宗开元末,诗人初入长安时。　②噫吁嚱(yī xū xī一虚希):惊叹声。这三字都是惊叹词。　③危乎高哉:高啊高啊。危即高,此叠用,以加强对蜀道艰险的惊叹。　④蚕丛、鱼凫(fú浮):传说中古蜀国的两个先王。　⑤茫然:是说蜀国开国久远,其事迹渺茫难详。　⑥"尔来"二句:是说蜀、秦两地长期隔绝。战国时秦惠王灭蜀,置蜀郡,从此蜀地才与秦交通。尔来,指从开国以来。四万八千岁,形容时间久远,未必实数。秦塞(sài赛),犹言秦地。秦中自古称四塞之国。塞,险要的地方。　⑦太白:山名,在今陕西眉县东南。鸟道:鸟飞的径道。指太白山高入云端,无路可通,唯有飞鸟可度。　⑧横绝:横渡。峨眉:山名,在今四川峨眉县西南。巅:山顶。　⑨"地崩"句:据《华阳国志·蜀志》所载,秦惠王知蜀王好色,特送他五个美女。蜀王派五个大力士去迎接。回到梓潼时,见一大蛇钻入山洞中,五力士共同抓住蛇尾往外拉,忽然间山崩地裂,把五个壮士和美女全埋在底下,山也分成了五岭。秦王因此打通了蜀地。　⑩天梯:形容山路陡峭,有如登天的梯子。石栈(zhàn站):在高山险绝处凿石架木而成的道路。　⑪六龙:古代神话记载,给日神赶车的羲和,每天驾着六条神龙拉的车子,载着太阳在空中运行。回日:是说太阳车至此要迂回绕道而过。高标:指蜀中的最高山峰。标,本义是树梢,此引申为峰巅。　⑫冲波:奔腾的波涛。逆折:往回倒流。回川:旋涡。　⑬猱(náo挠):猿类动物,体矮小,攀缘树木轻捷如飞。　⑭青泥:岭名,在今陕西略阳县西北,为当时入蜀要道。盘盘:迂回曲折的样子。　⑮萦(yíng营):盘绕。岩峦:山峰。　⑯扪(mén门):抚摸。参(shēn身)、井:均为星宿名。参宿是蜀地的分野(古人将天上二十八宿的星座,与地上的州国对应起来,分成若干界域,称"分野"),井宿是秦地的分野。"扪参历井",是说由秦入蜀好似摸到参星,擦过井宿。历:越过的意思。胁息:屏住呼吸。　⑰膺(yīng鹰):胸。　⑱君:此指入蜀的友人。西游:指入蜀。　⑲畏途:艰险可怕的道路。巉(chán蝉)岩:山势险峻。　⑳号:悲鸣。　㉑子规:即杜鹃鸟,又名杜宇,相传为古代蜀王杜宇(号望帝)的魂魄所化,蜀地最多,暮春即鸣。其声凄切,似乎在说:"不如归去!"故在古诗文中,常以杜鹃悲啼衬托离人的乡思。　㉒愁空山:是说愁满空山。　㉓凋朱颜:容颜失色。　㉔去:离。盈:满。　㉕倚:靠,依。　㉖飞湍(tuān团阴平):如飞的急流。瀑(pù铺去声)流:瀑布。喧豗(huī灰):喧闹声。　㉗"砯(pīng乒)崖"句:是说急流在一道道山沟中奔腾冲击,使石翻滚,发出雷鸣般的声响。砯,水击岩石声,此作动词冲击解。　㉘胡为乎:为什么。　㉙剑阁:大、小剑山之间的一条三十里长的栈道,在今四川剑阁县北。峥嵘:高峻的样子。崔嵬(wéi围):高险崎岖。　㉚"一夫"四句:西晋张载《剑阁铭》:"一人荷载,万夫趑趄(zī jū资居,犹豫不进)。形胜之地,匪亲弗居。"此化用其语,以状剑阁的险要。或匪亲,如果不是可信赖的人。匪,同"非"。化,变。一说狼、

豺及下两句的猛虎、长蛇,均比喻分裂者或叛乱者。　㉛吮(shǔn 顺上声):吸。　㉜锦城:锦官城的简称,即成都,蜀国的都城。　㉝咨嗟(zī jiē 资皆):叹息。

子夜吴歌①

其　三

长安一片月,万户捣衣②声。秋风吹不尽,总是玉关情③。何日平胡虏,良人罢④远征?

①《子夜吴歌》:乐府《清商曲辞·吴声歌曲》名。这组诗又名《子夜四时歌》,有春歌、夏歌、秋歌、冬歌各一首,此诗为《秋歌》。　②捣(dǎo 岛)衣:古代妇女制衣前先将衣料放在石砧上,用杵捶击,以便于制作。　③玉关情:指思念远戍边关的丈夫之情。玉关,玉门关。参见王之涣《凉州词》其一注③及李颀《古从军行》注⑤。此泛指边塞。　④良人:妻子对丈夫的称呼。罢:停止。

行　路　难①

其　一

金樽清酒斗十千②,玉盘珍羞直③万钱。停杯投箸④不能食,拔剑四顾心茫然。欲渡黄河冰塞川,将登太行雪满山。闲来垂钓碧溪上,忽复乘舟梦日边⑤。行路难,行路难,多歧路,今安在⑥?长风破浪会有时,直挂云帆济沧海⑦。

①《行路难》:乐府《杂曲歌辞》旧题。这组诗共三首,为天宝三年(744)作者被逸离长安时所作。　②樽(zūn 尊):古代的盛酒器具。斗十千:一斗值钱十千,说明酒美价昂。斗,酒器,此作量词用。　③羞:同"馐",珍美的菜肴。直:同"值"。　④箸(zhù 助):筷子。　⑤"闲来"二句:是说自己目前虽然退隐,仍希望有一天能忽然回到皇帝身边。相传吕尚在未遇周文王时,曾在渭水的磻溪钓鱼;伊尹受商汤聘请前,曾梦见乘船从日月旁边经过。此用吕、伊故事。　⑥"多歧"二句:是说人生道路艰难,我今置身何处。　⑦"长风"二句:是说总有一天自己会乘风破浪去实现理想。会,当。云帆,高帆。济,渡。

古　风①

其　十　九②

　　西上莲花山③,迢迢见明星④。素手把芙蓉⑤,虚步蹑太清⑥。霓裳曳广带⑦,飘拂升天行。邀我登云台⑧,高揖卫叔卿⑨。恍恍⑩与之去,驾鸿凌紫冥⑪。俯视洛阳川⑫,茫茫走胡兵⑬。流血涂野草,豺狼尽冠缨⑭。

①古风:即古诗。这组诗共五十九首,不是同一时期的作品。　②此诗约作于至德元载(756)正月安禄山在洛阳称帝之后。　③莲花山:即莲花峰,西岳华山(在今陕西华阴境内)的最高峰。　④迢迢:远远地。明星:神话中的华山仙女名。　⑤素手:洁白的手。把:持。芙蓉:即莲花。　⑥虚步:凌空而行。蹑(niè聂):登。太清:天空。　⑦霓(ní尼)裳:彩虹做的衣裳。曳(yè业):拖曳着。　⑧云台:华山北峰名。　⑨高揖(yī伊):参拜的意思。揖,旧时拱手礼。卫叔卿:传说中的仙人。据说汉武帝曾派人寻访,见他在华山上与数人博戏。　⑩恍恍:恍惚。　⑪鸿:大雁。凌紫冥:飞升入天。紫冥,天空。　⑫川:平川,原野。　⑬胡兵:指安禄山叛军。天宝十四载十二月,叛军攻破洛阳。　⑭豺狼:指安禄山及其部下。冠缨(yīng英):代指做官。缨,系帽的带子。

其　二　十　四①

　　大车扬飞尘,亭午暗阡陌②。中贵③多黄金,连云开甲宅④。路逢斗鸡者,冠盖何辉赫。鼻息干虹霓,行人皆怵惕⑤。世无洗耳翁,谁知尧与跖⑥!

①本诗作于天宝初年作者官翰林时。　②亭午:正午。阡陌:田间小道。南北向的称"阡",东西向的称"陌"。这里借指长安城中纵横交错的道路。　③中贵:显贵的侍从宦官。　④连云:形容高而多。开:设,建。甲宅:头等住宅。　⑤"路逢"四句:是说供奉玄宗的斗鸡侍者的衣冠、车盖十分显赫,气焰甚高。斗鸡,玄宗爱好的一种游戏。当时有以善斗鸡而得官者。干虹霓,上冲宵霓。怵(chù触)惕,恐惧警惕。　⑥"世无"二句:是说世界上已无许由那样不慕荣利的人,谁还能分辨圣贤与盗贼呢!洗耳翁,指许由。他不接受尧的让位,隐于颍水之阳。尧又召为九州长,他认为这话玷污了耳朵,便跑到水边洗耳。尧,传说中的贤君,详见宋之问《寒食还陆浑别业》注⑥。跖(zhí直),即盗跖,传说中古代的大"盗"。

其三十四①

羽檄如流星②,虎符合专城③。喧呼救边急,群鸟皆夜鸣。白日曜紫微,三公运权衡。天地皆得一,澹然四海清④。借问此⑤何为,答言楚⑥征兵。渡泸及五月⑦,将赴云南征。怯卒⑧非战士,炎方⑨难远行。长号别严亲⑩,日月惨光晶⑪。泣尽继以血,心摧两无声⑫。困兽当猛虎,穷鱼饵奔鲸⑬。千去不一回,投躯岂全生。如何舞干戚,一使有苗平⑭!

①天宝十年四月,杨国忠贪图战功,命剑南节度使鲜于仲通讨南诏国(在今云南西部洱海附近),大败于泸南,士卒死六万。杨国忠掩败叙功,募兵以图再战。百姓听说南诏多瘴疠,不肯应征。杨国忠派御史分道捕人,连枷押往军中。父母妻子送之,哭声震野。十三载,命剑南留后李宓率师七万击南诏,全军覆没。杨国忠再次谎报战功,又发兵征讨,前后死伤近二十万人。这首诗缘此事而发,当作于这个时期。 ②羽檄:见陈子昂《感遇》其二十九注⑨。流星:形容急速。 ③虎符:兵符,以铜制成虎形,中分两半,右半留京都,左半给州郡长官。持右半与左半验合方可调兵。专城:指州郡的长官。 ④"白日"四句:是说皇帝临朝,大臣运用谋略,四海安宁,合乎治道。白日,指皇帝。曜(yào 耀),照耀。紫微,指朝廷。三公,唐以太尉、司徒、司空为三公,是朝廷最高的大臣。一,即老子所说的"道"。《老子》上说:"天得一以清,地得一以宁。"澹(dàn 淡)然,安然。 ⑤此:指"喧呼"二句所述之事。 ⑥楚:泛指南方。 ⑦泸:水名,今云南金沙江。及五月:趁着五月。据说泸水多瘴气,三、四月渡之必死,五月以后稍好。 ⑧怯卒:胆怯的士卒。 ⑨炎方:炎热的地方,指南诏。 ⑩长号:大声痛哭。严亲:此泛指亲人。 ⑪"日月"句:是说日月都为之惨淡失明。 ⑫心摧:悲痛得心欲碎。两无声:是说征人和送行的亲人都泣不成声。 ⑬"困兽"二句:是说以"困兽""穷鱼"般的"怯卒",去对付"猛虎""奔鲸"一样凶猛的敌人,等于白送死。当,抵。饵,钓饵,此用作动词,喂。 ⑭"如何"二句:是说如何能像舜那样,不以武力,而以文德来平息边患。《艺文类聚》卷十一:"有苗氏负固不服,禹请征之。舜曰:'我德不厚而行武,非道也。吾前教由未也!'乃修教三年,执干戚而舞之。有苗请服。"舞干戚,舞者手里拿着干和戚。干,盾。戚,古兵器,斧的一种。

梦游天姥吟留别①

海客谈瀛洲②,烟涛微茫信难求③。越人语天姥,云霞明灭或可睹。天姥连天向天横,势拔五岳掩赤城④。天台⑤四万八千丈,对此欲倒东南倾⑥。我欲因之⑦梦吴越,一夜飞度镜湖⑧月。湖月照我影,送我至剡溪⑨。谢公宿处⑩今尚在,渌水荡漾清猿⑪啼。脚著谢公屐⑫,身登青云梯⑬。半壁⑭见海日,空中闻天鸡⑮。千岩万转路不定,迷花倚石忽已暝⑯。熊咆龙吟殷岩泉,慄深林兮惊层巅⑰。云青青兮欲雨,水澹澹⑱兮生烟。列缺⑲霹雳,丘峦崩摧。洞天石扉⑳,訇然㉑中开。青冥㉒浩荡不见底,日月照耀金银台㉓。霓为衣兮风为马,云之君㉔兮纷纷而来下。虎鼓瑟兮鸾回车,仙之人兮列如麻。忽魂悸㉕以魄动,恍惊起而长嗟㉖。惟觉时㉗之枕席,失向来之烟霞㉘。世间行乐亦如此㉙,古来万事东流水。别君去兮何时还,且放白鹿㉚青崖间,须行即骑访名山。安能摧眉折腰事㉛权贵,使我不得开心颜。

①题又作《梦游天姥(mǔ 母)山别东鲁诸公》《别东鲁诸公》,为天宝初年作者将由东鲁游吴越时所作。天姥,山名,在今浙江嵊州市东。吟,歌行体的一种。留别,留赠给分别的人。　②海客:海上来客。瀛(yíng 营)洲:传说东海中仙人所居山名。③微茫:隐约,迷离。信:实在。求:寻访。　④拔:超出。五岳:东岳泰山,西岳华山,南岳衡山,北岳恒山,中岳嵩山,总称"五岳",是我国古代以为最高的五大名山。赤城:山名,在今浙江天台县北。　⑤天台:山名,在今浙江天台县北,天姥山东南,与赤城山同为仙霞岭支脉。　⑥"对此"句:是说天台山虽高,但与天姥相比,仍显得气势不足,仿佛要被压倒似的。此,指天姥山。　⑦因:据。之:指前面越人的话。　⑧镜湖:又名鉴湖、长湖、大湖、庆湖,在今浙江绍兴市南。　⑨剡(shàn 善)溪:水名,在今浙江嵊州市南,即曹娥江上游。　⑩谢公宿处:指南朝宋代诗人谢灵运当年旅游剡溪时的投宿处。谢灵运《登临海峤》诗云:"暝投剡中宿,明登天姥岑。"　⑪渌(lù 录)水:清澈的流水。清猿:清字形容猿的啼声清厉。　⑫谢公屐(jī 基):谢灵运游山用的一种特制木鞋,鞋下有齿,上山时可去掉前齿,下山时可去掉后齿,便于行走山路。⑬青云梯:指高入云霄的山路。　⑭半壁:半山腰。壁,指石壁。　⑮天鸡:古代传说东南方有桃都山,山上有桃都树,树枝间相距三千里,上有天鸡。每当朝晖照到树上,天鸡即鸣,天下的鸡也随之而鸣。　⑯暝:指薄暮时。　⑰"熊咆"二句:是说熊咆龙吟之声震荡在岩石、泉水之间,使深林战栗,高崖惊惧。殷(yǐn 引),震动。司马相如《上林赋》:"殷天动地。"层巅,一重重的高山之巅。　⑱澹(dàn 旦)澹:水波动荡的样子。　⑲列缺:闪电。　⑳洞天:神仙居所。扉(fēi 非):门。　㉑訇(hōng 轰)然:大声地。　㉒青冥:远空。　㉓金银台:神仙居处。据《史记·封禅书》载,齐威王、宣王、燕昭王时,曾使人入海求三神山,至者见其以"黄金银"为宫阙。郭璞《游仙诗》:"神仙排云出,但见金银台。"　㉔云之君:云神。这里泛指出现于云中的神仙。　㉕悸:害怕得心跳。　㉖恍:心神不定的样子。长嗟:长叹。　㉗觉时:指梦醒时。　㉘向来:原来,指刚才。烟霞:指仙境。　㉙如此:是说如同梦中的景象变化莫测。　㉚白鹿:传说中神仙常用的坐骑。　㉛摧眉:低头。折腰:弯腰。事:服侍。

答王十二寒夜独酌有怀①

　　昨夜吴中雪,子猷佳兴发②。万里浮云卷碧山,青天中道流孤月。孤月沧浪河汉③清,北斗错落长庚④明。怀余对酒夜霜白,玉床金井冰峥嵘⑤。人生飘忽百年内,且须酣畅万古情。君不能狸膏金距学斗鸡⑥,坐令鼻息吹虹霓⑦。君不能学哥舒⑧,横行青海夜带刀,西屠石堡取紫袍⑨。吟诗作赋北窗里,万言不直⑩一杯水。世人闻此皆掉头⑪,有如东风射马耳⑫。

　　鱼目亦笑我,谓与明月同⑬。骅骝拳跼⑭不能食,蹇驴⑮得志鸣春风。《折杨》《黄华》合流俗,晋君听琴枉清角⑯。巴人谁肯和《阳春》⑰,楚地由来贱奇璞⑱。黄金散尽交不成,白首为儒身被轻。一谈一笑失颜色,苍蝇贝锦喧谤声⑲。曾参岂是杀人者,谗言三及慈母惊⑳。与君论心握君手,荣辱于余亦何有㉑?孔圣犹闻伤凤麟㉒,董龙更是何鸡狗㉓!一生傲岸苦不谐㉔,恩疏媒劳志多乖㉕。严陵㉖高揖汉天子,何必长剑拄颐事玉阶㉗!达亦不足贵,穷亦不足悲。韩信羞将绛灌比,祢衡耻逐屠沽儿㉘。君不见李北海㉙,英风豪气今何在?君不见裴尚书㉚,土坟三尺蒿棘居。少年早欲五湖去㉛,见此弥将钟鼎疏㉜。

①本诗约作于天宝八载六月之后。王十二:李白的朋友,排行十二,名字不详。他曾写了一首《寒夜独酌有怀》赠李白,李白这首是答诗。　②"昨夜"二句:《世说新语·任诞》记载:"王子猷居山阴,夜大雪,眠觉,开室,命酌酒,四望皎然。……忽忆戴安道,时戴在剡,即便夜乘小船就之。经宿方至,造门不前而返。人问其故,王曰:'吾本乘兴而行,兴尽而返,何必见戴?'"此用其事。这里以子猷指王十二。他们同姓,且王十二寒夜独酌时怀念李白,与子猷雪夜怀念戴安道有相似处,故以之作比。　③沧浪:苍凉寒冷。河汉:银河。　④北斗:星名。错落:交错纷杂。长庚:即金星。⑤床:此指井架。玉、金:形容月下井床的美洁。峥嵘:这里形容冰厚而奇突。　⑥能:会。下同。狸膏:狐狸油。狐捕鸡为食,斗鸡时以狸膏涂于鸡头,对方的鸡闻到气味便逃走。金距:装在鸡爪上的金属芒刺,用以刺伤对方的鸡。斗鸡:参见《古风》其二十四注⑤。　⑦"坐令"句:极言斗鸡者气焰之盛。参见《古风》其二十四。　⑧哥舒:指安西节度使哥舒翰。民谣说:"北斗七星高,哥舒夜带刀。"　⑨"西屠"句:天宝八载哥舒翰攻取石堡城,得到玄宗嘉奖,拜特进鸿胪员外卿。紫袍:唐制三品以上着紫袍,此代指高官厚位。　⑩直:同"值"。　⑪掉头:指不愿理睬。掉,转。　⑫"有如"句:是说就像马耸着耳朵不怕风吹一样,"世人"根本听不进你的话。射,吹。⑬"鱼目"二句:用"鱼目混珠"成语,说那些鱼目般的世俗小人也讥笑我,夸耀他们如

同明月珠。明月,明月珠,此喻贤能。 ⑭骅骝(huá liú 华留):赤色的骏马。此喻贤能。拳跼:参见陈子昂《感遇》其二十九注⑩。 ⑮蹇(jiǎn 剪)驴:跛驴,此喻世俗小人。 ⑯"《折杨》"二句:是说曲高和寡,贤能之士不被任用。《折杨》、《黄华》,古代流行的两支通俗歌曲。晋君,指春秋时代的晋平公。清角,相传为黄帝所作的乐调,只能演奏给有才德的人听。晋平公德薄,却强迫师旷为他演奏,结果风雨大作,平公吓病,晋国也遭了三年大旱。事见《韩非子·十过》。 ⑰"巴人"句:是说那些爱唱通俗歌曲《下里巴人》的人,总不肯相和而唱高雅的歌曲《阳春白雪》。此喻自己才德高而知音少。巴人,既指《下里巴人》曲,也指唱这种曲子的"世人"。《巴人》与《阳春》都是春秋战国时代楚国的歌曲。 ⑱"楚地"句:《韩非子·和氏》载,和氏得玉璞(内藏美玉的石头),献楚厉王,王以为是骗他,断和氏左足。武王即位,又献,王又断其右足。至文王即位,命玉工凿开了璞,才发现了美玉。此用和氏献璞故事讽刺玄宗不识人才。由来,从来。 ⑲"一谈"二句:是说小人的谗谤声比比皆是,谈笑间闻之令人失色。苍蝇,即青蝇,喻谗人。典出《诗经·小雅·青蝇》。贝锦,像贝壳一样有文采的锦,喻谗人的花言巧语。语出《诗经·小雅·巷伯》。 ⑳"曾参"二句:刘向《新序·杂事》说,曾参在郑国时,有个同姓名的人杀了人。别人两次告诉曾参的母亲,说她儿子杀了人,她都不信,第三次她竟然也相信了,投杼下机,逾墙而逃。这二句是说谗言可畏。 ㉑亦何有:又算什么。 ㉒"孔圣"句:是说孔子这个圣人尚且为不能实现政治理想而感伤,何况自己呢!伤凤麟,古以为麒麟和凤凰这些祥瑞之物,只有天下太平时才会出现。孔子曾为凤鸟不至而哀叹(见《论语·子罕》),并为麒麟被获而悲愁(见《公羊传》),以为生逢乱世,理想落空。 ㉓"董龙"句:借王堕斥骂董龙的话,斥骂玄宗的宠臣李林甫、杨国忠之流。前秦宰相王堕,性刚峻,右仆射董荣(小字龙)以佞幸得宠,王堕疾之如仇,每上朝不与之交言。有人劝他敷衍一下,他骂道:"董龙是何鸡狗,而令国士(指自己)与之言乎!"事见《十六国春秋》。 ㉔傲岸:高傲。苦不谐:苦于与世俗不协调。 ㉕"恩疏"句:《楚辞·九歌·湘君》:"心不同兮媒劳,恩不甚兮轻绝。"此借用其语,是说自己虽被吴筠荐举入都,却不为玄宗赏识,致使壮志未酬。恩疏,此指皇恩薄少。乖,不顺利。 ㉖严陵:隐士严光,字子陵,此是简称。严光少时与后汉光武帝刘秀是同学,光武即位,他不愿称臣,仍以朋友之礼相见,长揖而不肯下拜。 ㉗长剑拄颐:佩剑长可支腮。事玉阶:在殿前玉阶上侍奉皇帝。 ㉘"韩信"二句:是说自己羞与凡庸的人同列。汉初韩信本封王,后降为淮阴侯,与绛侯周勃、颍阴侯灌婴同爵。他不服,羞与绛、灌同列。祢(mí 弥)衡,东汉末人。他到魏国的都城许都(今河南许昌)后,有人问他与陈长文、司马伯达的交往如何,他答道:"吾焉能从屠沽儿耶!"屠沽儿,杀猪卖酒的人,过去为封建士大夫所贱视。 ㉙李北海:指玄宗时北海太守李邕。李邕颇有文名,刚直重义。天宝六年被李林甫所害。 ㉚裴尚书:指曾任刑部尚书的裴敦复。他因立有战功,受李林甫猜忌而贬为淄川太守,与李邕同时遇害。 ㉛"少年"句:春秋时越国大夫范蠡,助越王勾践打败吴国,功成身退,泛舟于五湖。此借范蠡说自己早年就有浪迹江湖之意。五湖,指具区(今太湖)、兆漏(今兆湖)、彭蠡(今鄱阳湖)、青草、洞庭五湖。　㉜此:指李邕、裴敦复遭忌遇害这类祸事。弥:愈加。钟鼎:代指高官厚位。古代贵族鸣钟列鼎而食。鼎,烹煮用的器物,三足两耳。疏:远。

将　进　酒[①]

　　君不见黄河之水天上来,奔流到海不复回。君不见高堂明镜悲白发,朝如青丝暮成雪。人生得意须尽欢,莫使金樽空对月。天生我材必有用,千金散尽还复来。烹羊宰牛且为乐,会[②]须一饮三百杯。岑夫子,丹丘生[③],将进酒,杯莫停。与君歌一曲,请君为我侧耳听。钟鼓馔玉[④]不足贵,但愿长醉不愿醒。古来圣贤皆寂寞[⑤],惟有饮者留其名。陈王昔时宴平乐[⑥],斗酒十千恣欢谑[⑦]。主人何为言少钱,径须沽取对君酌[⑧]。五花马[⑨],千金裘[⑩],呼儿将[⑪]出换美酒,与尔同销[⑫]万古愁。

[①]《将进酒》:乐府《鼓吹曲辞·汉铙歌》曲名。将(qiāng 枪),请。此诗作于天宝十一年,是时作者在嵩山友人元丹丘处。《乐府诗集》第十六卷《将进酒》解题:"古词曰:'将进酒,乘大白。'大略以饮酒放歌为言。"　[②]会:当。　[③]岑(cén)夫子:指岑勋,南阳人。曾作颜真卿所书《西京千福寺多宝佛塔感应碑》的碑文。李白的好友。丹丘生:即元丹丘。岑、元曾招李白相会,李白有《酬岑勋见寻就元丹丘对酒相待以诗见招》诗纪实。　[④]钟鼓馔(zhuàn 篆)玉:指富贵生活。钟鼓,指古代贵族音乐。馔玉,形容食物像玉一般精美。馔,饮食,吃喝。　[⑤]寂寞:默默无闻。　[⑥]陈王:指陈思王曹植。平乐:观名。在洛阳西门外,为汉代豪贵斗鸡走狗的娱乐场所。　[⑦]斗酒十千:一斗酒值钱十千,此言酒价昂贵。斗,酒器,此作量词用。曹植《名都篇》:"归来宴平乐,美酒斗十千。"恣,纵情。谑(xuè):戏。　[⑧]径须:只管。沽:买。酌(zhuó 茁):斟酒。　[⑨]五花马:指名贵的马。一说毛色作五花纹,一说马鬣(liè 劣)马颈上的长毛)修剪成五瓣。　[⑩]裘(qiú 求):皮衣。　[⑪]将:拿。　[⑫]销:同"消"。

闻王昌龄左迁龙标遥有此寄[①]

　　杨花落尽子规[②]啼,闻道龙标过五溪[③]。我寄愁心与[④]明月,随君直到夜郎[⑤]西。

[①]天宝年间,王昌龄被贬为龙标(今湖南黔阳)尉。李白获悉而作此诗寄之。左迁,

指贬官。古人以右为上,左为下。 ②子规:鸟名,见李白《蜀道难》注㉑。 ③五溪:指雄溪、樠(mán 蛮)溪、西溪、沅溪、辰溪。在今湖南西部和贵州东部。 ④与:给。 ⑤夜郎:古夜郎国,在今贵州桐梓县东。此指唐时的夜郎县,贞观八年(634)由龙标分置的三县之一,天宝元年更名为峨山。因此与龙标实为一地。诗中用夜郎名,取其可联想古夜郎国,见其地处偏远。

独坐敬亭山①

众鸟高飞尽,孤云独去闲。相看两不厌,只有敬亭山②。

①敬亭山:原名昭亭山,在今安徽宣城北。山上旧有敬亭,为谢朓吟咏处。 ②"相看"二句:这里把山人格化,是说人与山彼此相看不厌。

静 夜 思①

床前明月光②,疑是地上霜。举头望明月③,低头思故乡。

①诗题一作《夜思》。 ②明月光:一作"看月光"。 ③望明月:一作"望山月"。

秋 浦 歌①

其 十 四

炉火照天地,红星乱紫烟②。赧郎明月夜,歌曲动寒川③。

①本题共十七首,是诗人在秋浦所作。秋浦,唐代县名,境内有秋浦水,在今安徽贵池西。这里是当时银和铜的产地。 ②"炉火"二句:这两句描写冶矿场面。炉,冶炼炉。红星,火星。紫烟,浓烟。 ③"赧(nǎn 南上声)郎"二句:是说被炉火映红了脸的工人们趁着月色一边劳动,一边歌唱,歌声震荡着寒夜的水面。赧郎,指冶炼工人。赧,原意是羞愧脸红,这里仅是脸红。

其 十 五

白发三千丈,缘愁似个①长。不知明镜里,何处得秋霜②?

①缘:因。个:指示代词,这,那。 ②秋霜:形容头发白如秋霜。

赠 汪 伦①

李白乘舟将欲行,忽闻岸上踏歌②声。桃花潭③水深千尺,不及汪伦送我情。

①天宝末年,作者游泾县(今属安徽)桃花潭,当地村民汪伦常酿美酒款待,他写了此诗留别。 ②踏歌:手拉着手歌唱,踏步以为节拍,是民间的一种歌唱方式。 ③桃花潭:在泾县西南。

早发白帝城①

朝辞白帝彩云间,千里江陵一日还。两岸猿声啼不尽,轻舟已过万重山②。

①这首诗约写于乾元二年(759)春,作者流放夜郎,行至白帝城(今重庆奉节)遇赦,将还江陵(今属湖北)时所作。早发,清早出发。 ②郦道元《水经注·江水注》:"有时朝发白帝,暮到江陵,其间千二百里,虽乘奔御风,不以疾也。……每至晴初霜旦,林寒涧肃,常有高猿长啸,属引凄异,空谷传响,哀转久绝。故渔者歌曰:'巴东三峡巫峡长,猿鸣三声泪沾裳!'"可与此诗参读。彩云间,形容白帝城高耸入云端。尽,一作"住"。

望庐山瀑布①

其 二

日照香炉生紫烟②,遥看瀑布挂前川③。飞流直下三千尺,疑是银河落九天④。

①本题共二首。题一作《望庐山瀑布水》。 ②"日照"句:是说在阳光照耀下,紫绕着香炉峰(庐山北峰)的烟雾呈现紫色。 ③挂前川:瀑布下接河流,像是悬挂在河上。 ④落九天:从高空落下。九天,九重天,形容极高的天空。

望天门山①

天门中断楚江开②,碧水东流直北回③。两岸青山相对出,孤帆一片日边来④。

①天门山:在安徽当涂县与和县境内,也叫梁山。西梁山与东梁山(又叫博望山)夹江对峙,好像一道门似的。　②天门中断:是说天门山从中切断,分成两山。楚江:安徽为古楚国地域,故称流经这里的一段长江作楚江。开:通。　③直北回:转向正北流。长江在天门至芜湖一段突然转流正北方向。　④"孤帆"句:是说孤舟从水天相接处驶来,就好像来自太阳旁边。

宿五松山下荀媪①家

我宿五松下,寂寥无所欢。田家秋作②苦,邻女夜舂③寒。跪进雕胡④饭,月光明素盘⑤。令人惭漂母⑥,三谢不能餐。

①五松山:在今安徽铜陵市南。媪(ǎo袄):老妇人。　②秋作:秋日的劳作。　③舂(chōng充):把谷类的壳捣掉。　④跪:古人席地而坐,膝着席、股贴脚叫坐,膝着席耸身以示敬意叫跪。进:指进饭。雕胡:即菰(gū孤)米,生水中,秋季结实,色白而滑,可做饭。　⑤"月光"句:是说月光照着盛满饭菜的白盘。　⑥漂母:洗衣老妇,此指荀媪。据《史记·淮阴侯列传》载,汉代韩信少时穷困,曾在淮阴城下垂钓。有一漂母见其饥饿,赠予饭吃。后韩信封楚王,报以千金。

高 适

高适(约706—765),字达夫,渤海蓨(tiáo,今河北景县)人。少贫寒,潦倒失意。二十岁后浪游长安、蓟门、梁、宋等地。四十岁后举有道科,授封丘尉,不久辞去。后客游河西,在哥舒翰幕中掌书记。安史乱后升任西川节度使等官,终散骑常侍。盛唐著名诗人。其诗以七言歌行为佳,反映边塞生活的作品感情深厚。与岑参齐名,并称"高岑"。有《高常侍集》。

燕 歌 行①

汉家烟尘在东北②,汉将辞家破残贼。男儿本自重横行③,天子非常赐颜色④。摐金伐鼓下榆关⑤,旌旆逶迤碣石⑥间。校尉羽书飞瀚海⑦,单于猎火照狼山⑧。山川萧条极边土⑨,胡骑凭陵杂风雨⑩。战士军前半死生⑪,美人帐下⑫犹歌舞。大漠穷秋塞草衰⑬,孤城落日斗兵稀。身当恩遇恒轻敌⑭,力尽关山未解围⑮。铁衣⑯远戍辛勤久,玉箸⑰应啼别离后。少妇城南⑱欲断肠,征人蓟北⑲空回首。边庭飘飖那可度⑳,绝域苍茫㉑更何有。杀气三时作阵云㉒,寒声一夜传刁斗㉓。相看白刃血纷纷,死节从来岂顾勋㉔?君不见沙场征战苦,至今犹忆李将军㉕!

①《燕歌行》:乐府《相和歌辞·平调曲》名。此诗写于开元二十年。原序云:"开元二十六年,客有从御史大夫张公出塞而还者,作《燕歌行》以示,适感征戍之事,因而和焉。"序中所说的"张公",指张守珪。他在开元二十三年因与契丹作战有功,拜辅国大将军兼御史大夫。其部将败于奚族余部,张隐瞒败状而妄奏功,事泄,贬括州刺史。高适从"客"处得悉实情,作此诗暗寓讽刺之意。 ②汉家:汉代。此指唐代。烟尘在东北:开元十八年以后的数年间,唐与东北边境的契丹、奚常有战事,故云。烟尘,指战争。 ③横行:指驰骋奋战。 ④赐颜色:给面子,即赏识。 ⑤摐(chuāng

窗)金伐鼓:指行军。枹,撞击。金,指钲、铃一类的铜制乐器,行军时敲打以节制步伐。伐,击。下:出。榆关:即山海关。 ⑥旌旆(jīng pèi 晶佩):指军中的各种旗帜。旌,用羽毛装饰的旗子。旆,边上镶着杂色的旗子。逶迤(wēi yí 威宜):延续不绝的样子。迤,一作"崄"。碣石:山名,在今河北昌黎北,离渤海约四五十里。 ⑦校尉:武官名,位次于将军。羽书:即"羽檄",见李白《古风》其三十四注②。瀚海:沙漠。此指今内蒙古自治区东北西拉木伦河上游一带的沙漠,当时为奚族所占。 ⑧单(chán 缠)于:古代匈奴部族的君主。这里用作北方民族首领的通称。猎火:打猎时燃起的火。古代游牧民族出征前往往举行大规模的打猎活动,作为军事演习。狼山:即狼居胥山,在今内蒙古自治区克什克腾旗西北一带。 ⑨"山川"句:是说汉军转战来到景色萧条的狼山一带。极,穷尽。 ⑩"胡骑"句:是说敌人的骑兵来犯,其势凶猛,有如风雨交作。凭陵,侵凌,进逼。 ⑪军前:军事前线。半死生:死生的机会各半。指出生入死。 ⑫帐下:军帅的营帐中。 ⑬穷秋:深秋。衰:枯。一作"腓"。 ⑭当:承受。恩遇:指皇帝的恩德、厚待。恒:长久,经常。轻敌:蔑视敌人。 ⑮"力尽"句:是说士卒们豁出性命去战斗,仍不能解除敌人的围困。 ⑯铁衣:铠甲。此借指远征士兵。 ⑰玉箸(zhù 助):玉石做的筷子,这里用来形容思妇的眼泪。 ⑱城南:长安城之南。唐代长安城北为宫廷所在地,城南为居民住宅区。 ⑲蓟北:此泛指今河北、东北边地。 ⑳边庭:边疆。飘飖:随风飘荡的样子。度:越。 ㉑绝域:极远的边疆。苍茫:旷远迷茫。 ㉒三时:指晨、午、晚,即一整天,与下句"一夜"相对。阵云:战云。 ㉓一夜:整夜。刁斗:见李颀《古从军行》注③。 ㉔死节:为国事而奋不顾身的志节。勋:功勋。 ㉕李将军:指汉代名将李广。据载,他作战时身先士卒,平时能与士卒同甘苦。参见王昌龄《出塞》其一注③。此以李广的爱护士卒,讽刺张守珪不恤士卒。

封　丘　作①

我本渔樵孟诸野②,一生自是悠悠者③。乍可④狂歌草泽中,宁堪作吏风尘下⑤。只言小邑无所为⑥,公门百事皆有期⑦。拜迎官长心欲碎,鞭挞黎庶⑧令人悲。归来向家⑨问妻子,举家尽笑今如此⑩。生事应须南亩田,世情付与东流水⑪。梦想旧山⑫安在哉,为衔君命且迟回⑬。乃知梅福徒为尔⑭,转忆陶潜《归去来》⑮。

①此诗作于封丘县尉(位在县令之下,主治安缉察)任上。封丘,即今河南封丘县。 ②渔:捕鱼。樵:打柴。孟诸:泽名,在今河南商丘市东北。野:山野之间。 ③悠悠者:无所拘束的人。 ④乍可:只可。 ⑤宁堪:怎能。风尘:指纷扰的人世。 ⑥邑:县城。无所为:无事可做。 ⑦公门:衙门。期:期限。 ⑧挞(tà 榻):打。黎庶:百

姓。　⑨向家:面对家里的人。　⑩"举家"句:是说全家都笑话自己:"如今当官的都是这样。"　⑪"生事"二句:是说应靠种田谋生,而将利禄世情付诸东流,不再去管它。生事,生计。应须,应靠。南亩,田亩,即农田。参见王维《新晴野望》注⑦。　⑫旧山:指故乡。　⑬衔:奉。君命:皇帝的任命(指任封丘尉)。且:暂且。迟回:犹豫不决。　⑭梅福:西汉人,曾任南昌尉,后弃官归隐寿春,居家读书。徒为尔:只是为了这个缘故。此指梅福弃官的原因,即不堪前述自己为官所痛苦的事情。　⑮"转忆"句:是说转而想到陶潜和他的《归去来辞》。表示要弃官归田。

储光羲

储光羲(707—约760),兖州(治所在今山东兖州北)人。开元十四年进士。曾在终南山隐居,官监察御史。安史之乱后被贬岭南。有《储光羲集》。

钓 鱼 湾[①]

垂钓绿湾春,春深杏花乱[②]。潭清疑水浅,荷动知鱼散。日暮待情人[③],维[④]舟杨柳岸。

[①]本篇是组诗《杂咏五首》的第四首。 [②]乱:形容花瓣纷纷飘零。 [③]情人:这里泛指知己。 [④]维:系。

刘长卿

刘长卿(约709—780),字文房,河间(今属河北)人。开元进士。性刚直,因忤权贵下狱,并遭贬。官终随州刺史。所咏多羁旅情怀、孤清境界。善写景,长五言,人称"五言长城"。有《刘随州诗集》。

送灵澈上人①

苍苍竹林寺②,杳杳钟声晚③。荷笠④带夕阳,青山独归远⑤。

①灵澈:当时著名的诗僧。上人:和尚的尊称。 ②苍苍:青葱茂密的样子。竹林寺:隋时所建,故址在今江苏镇江市南。 ③杳(yǎo 咬)杳:幽远。钟声晚:古代寺院晨昏鸣钟。 ④荷笠:挂在背上的斗笠。斗笠是竹篾等编制的遮阳挡雨的帽子。 ⑤"青山"句:是说目送诗僧往竹林寺所在的青山独自归去,越行越远。

逢雪宿芙蓉山主人①

日暮苍山远,天寒白屋②贫。柴门闻犬吠,风雪夜归人。

①芙蓉山:名芙蓉山者甚多,此何指不详。主人:即留宿诗人者。 ②白屋:平民的住屋。古代平民的住屋以白茅覆顶或不加任何漆饰,故称。

杜 甫

杜甫(712—770),字子美。河南巩县人(一说洛阳人),祖籍襄阳(今湖北襄阳)。青年时代曾漫游吴、越、齐、鲁。三十五岁到长安求仕,寓居十年,不得志。及安禄山军陷长安,逃至凤翔,谒见肃宗,官左拾遗,后出为华州司功参军。乾元二年弃官,经秦州、同谷入蜀,筑草堂于成都浣花溪。一度在剑南节度使严武幕中任参谋,并检校工部员外郎。后因严武卒,携家东下,流寓夔州。出蜀后,漂泊于岳州、潭州、衡州一带,病死在湘水上。唐代大诗人。他的许多优秀之作,展现了唐代由盛转衰的历史过程,世称"诗史"。其艺术造诣为历代所尊崇,达到了我国古典诗歌现实主义的高峰。今存诗一千四百余首,有仇兆鳌《杜诗详注》。

望 岳①

岱宗夫如何②?齐鲁青未了③。造化钟神秀④,阴阳割昏晓⑤。荡胸生曾云⑥,决眦入归鸟⑦。会当凌绝顶⑧,一览众山小。

①开元二十三年,作者赴洛阳应进士考试,不第。两年后,第一次游齐、赵(今山东、河北),此诗约作于这个时候。望,眺望。岳,指东岳泰山,在今山东境内。　②岱宗:泰山的尊称。夫如何:怎么样。夫,语助词,无义。　③"齐鲁"句:是说泰山的青色在齐鲁广大地区都能望见。齐、鲁,原是春秋两个国名,都在今山东境内。齐在泰山南,鲁在泰山北。此作这一地区的代称。未了,不尽。　④造化:指大自然、天地。钟:聚集。神秀:神奇、秀丽的景色。　⑤"阴阳"句:是说由于泰山高大,在同一时间里山南山北明暗有别,判若晨昏。阴,指山的北面。阳,指山的南面。割,分。　⑥"荡胸"句:是说远望层云叠起,禁不住胸怀激荡。曾,同"层"。　⑦"决眦(zì自)"句:是说目送归鸟入没,眼眶几乎都要睁裂了。决,裂。眦,眼眶。　⑧会当:合当。凌:登上。绝顶:最高峰。

兵　车　行[①]

车辚辚[②],马萧萧[③],行人[④]弓箭各在腰。耶娘妻子走[⑤]相送,尘埃不见咸阳桥[⑥]。牵衣顿足拦道哭,哭声直上干[⑦]云霄。道傍过者问行人,行人但云点行频[⑧]。或从十五北防河,便至四十西营田[⑨]。去时里正与裹头[⑩],归来头白还戍边。边庭流血成海水,武皇开边[⑪]意未已。君不闻汉家山东二百州[⑫],千村万落生荆杞[⑬]。纵有健妇把锄犁,禾生陇亩无东西[⑭]。况复秦兵耐苦战[⑮],被驱[⑯]不异犬与鸡。长者虽有问,役夫敢伸恨?且如今年冬,未休关西卒[⑰]。县官急索租,租税从何出?信知生男恶[⑱],反是生女好。生女犹得嫁比邻[⑲],生男埋没随百草。君不见青海头[⑳],古来白骨无人收。新鬼烦冤[㉑]旧鬼哭,天阴雨湿声啾啾[㉒]!

①《兵车行》:为作者自拟的新题。行,古诗的一种体裁。此诗约写于天宝十载,可能是针对用兵南诏事而作,其历史背景参见李白《古风》其三十四注①。　②辚(lín 林)辚:车辆走动声。　③萧萧:马鸣声。　④行人:指被征出发的战士。　⑤耶:同"爷"。妻子:妻及子女。走:前往。　⑥"尘埃"句:是说沿路灰尘弥漫,咸阳桥也看不见了。咸阳桥,即中渭桥,故址在原陕西咸阳西南渭水上。　⑦干:冲上。　⑧"行人"句:自此至篇末均是"行人"的答话。但云:只说。点行频:征调频繁。点行,按户籍点招壮丁。　⑨"或从"二句:是说有的人十五岁起就远戍西北,直到四十岁还没回家。北防河、西营田,均泛指西北边防。开元十五年十二月,为防吐蕃入侵,朝廷曾召兵在黄河以西,今甘肃一带屯驻,地当西北一带。营田,屯田。　⑩里正:里长。唐制百户为一里,设里正。与裹头:替壮丁裹扎头巾。说明当时壮丁年幼。古以皂罗三尺为裹头,称头巾。　⑪武皇:汉武帝。此借指唐玄宗。开边:用武力扩张疆土。　⑫汉家:指唐朝。山东:指华山以东。二百州:唐代潼关以东有七道,共二百十七州,此约举成数。诗中实指关东以外广大地区。　⑬荆杞(qǐ 启):荆棘和杞柳。此泛指野生灌木。　⑭"禾生"句:是说田里的庄稼种得不成行列。　⑮秦兵:关中兵。关中为古秦地。此指眼前被征调的壮丁。耐苦战:善于吃苦耐战。　⑯驱:驱遣。　⑰未休:指征调不止。关西卒:即"秦兵"。函谷关以西称关西。　⑱信知:确知。恶(è 扼):不好。　⑲比邻:邻里。　⑳青海头:青海湖边,在今青海东部,唐军与吐蕃常在此作战。　㉑烦冤:含冤愁苦。　㉒啾(jiū 纠)啾:古人想象中的鬼哭声。

丽　人　行[①]

三月三日[②]天气新,长安水边[③]多丽人。态浓意远淑且真[④],肌理细腻骨肉匀⑤。绣罗衣裳照暮春,蹙金孔雀银麒麟⑥。头上何所有？翠为㔩叶垂鬓唇⑦。背后何所见？珠压腰衱稳称身⑧。就中云幕椒房亲⑨,赐名大国虢与秦⑩。紫驼之峰出翠釜⑪,水精之盘行素鳞⑫。犀箸厌饫久未下⑬,鸾刀缕切空纷纶⑭。黄门飞鞚不动尘,御厨络绎送八珍⑮。箫鼓哀吟⑯感鬼神,宾从杂遝实要津⑰。后来鞍马何逡巡⑱,当轩下马入锦茵⑲。杨花雪落覆白蘋,青鸟飞去衔红巾⑳。炙手可热势绝伦㉑,慎莫近前丞相嗔㉒！

①此诗约作于天宝十二载。因从曲江春游的贵妇写起,故名《丽人行》。天宝十一年,杨国忠任右丞相,杨贵妃的三个姐姐均封国夫人。作者在诗中揭露杨家兄妹的骄奢。　②三月三日:农历三月三日,为上巳节。古有祓禊之俗,到水边洁身以祓除不祥。后固定为农历三月三日,其内容也改为在水边举行游春一类活动。　③水边:指长安城南的曲江边。　④态浓:姿容艳丽。意远:神情高远不凡。淑且真:又娴静又端庄。　⑤肌理:肌肤的纹理。骨肉匀:体格匀称。　⑥"蹙(cù 促)金"句:是说在罗衣裳上用金、银线绣着孔雀和麒麟。蹙,用抠紧的线刺绣,使刺绣品的纹路绉缩起来。　⑦翠:翡翠,绿色硬玉。㔩(è 饿)叶:妇女装饰用的头花。唇:边。　⑧"珠压"句:齐腰的后襟上缀着珍珠,压垂下来,紧贴腰身,使衣服显得非常合体。衱(jié 劫),衣后襟。　⑨"就中"句:以下写杨氏姊妹。就中,其中。云幕椒房:指后妃居处。云幕,如云的帐幕。椒房,汉未央宫有椒房殿,以椒(香料)和泥涂壁。亲:亲属。　⑩赐名:赐以名爵,指赐以封号。唐制文武官一品及国公之母、妻封国夫人,是官吏眷属中最高的封号。虢(guó 国)与秦:唐玄宗封杨贵妃的大姐为韩国夫人、三姐为虢国夫人、八姐为秦国夫人。因限于诗句字数,举二以概三。　⑪紫驼之峰:深色骆驼的驼峰肉,为当时极名贵的食物。翠釜(fǔ 斧):华美的炊具。釜,锅。　⑫水精:即水晶。行:盛。素鳞:白色的鱼。　⑬"犀箸(zhù 助)"句:是说什么名贵的菜肴都吃腻了,感到没有可下筷子的菜。犀箸,用犀牛角制成的筷子。厌饫(yù 浴),吃腻了。饫,饱。　⑭"鸾刀"句:是说厨师细切精制,白忙了一阵。鸾刀,饰有铃的刀。鸾,铃,声如鸾鸣。缕切,细切。纷纶,繁忙的样子。　⑮"黄门"二句:是说唐玄宗又派宦官送来御厨精制的名贵食品。黄门,即宦官。飞鞚(kòng 控),飞驰的马。鞚,马笼头,此指马。不动尘,形容马行平稳,没扬起尘土。御厨,皇帝的厨房。八珍,此泛指多种珍美的菜肴。　⑯哀吟:指音乐柔细、婉转、缠绵。　⑰宾从:宾客、随从。杂遝(tà 榻):众多。实要津:堵塞了交通要道。　⑱后来鞍马:最后骑马来的人,指杨国忠,亦即下文的丞相。逡(qūn 群阴平)巡:徘徊。此形容神态舒缓,大模大样的样子。　⑲当轩下马:直到厅堂前才下马。锦茵:彩色织花的地毯。　⑳"杨花"二句:描写暮春景物,影射杨国忠与虢国夫人的暧昧关系。杨花,柳絮。谐杨姓。覆、盖。白蘋:大的浮萍。古有杨花入水化蘋之说。青鸟,古代神话中西王母的使者。因西王母和汉武帝的故事,后被用作男女间的信使。红巾,妇女所用的红手帕。古代妇女常以巾帕

之类作为表示感情的信物。 ㉑炙(zhì治)手可热:热得烫手,形容气焰之盛。势绝伦:权势无与伦比。 ㉒嗔(chēn抻):生气。

后 出 塞①

其 二

朝进东门营②,暮上河阳桥③。落日照大旗④,马鸣风萧萧。平沙列万幕⑤,部伍各见招⑥。中天⑦悬明月,令严夜寂寥。悲笳⑧数声动,壮士惨不骄⑨。借问大将谁? 恐是霍嫖姚⑩。

①这组诗共五首,作于天宝十四年冬安禄山之乱前夕。 ②东门营:洛阳上东门的军营。 ③河阳桥:横跨黄河的浮桥,在今河南孟州市南,相传为晋代河南尹杜预所造。为通往河北的要道。 ④大旗:此指大将的旗帜。 ⑤平沙:广阔的沙滩。万幕:是说营帐极多。 ⑥部伍:部曲行伍。各见招:各自集合部队。见招,被召集。 ⑦中天:天空。 ⑧笳(jiā家):胡笳,西北少数民族的一种管乐器。 ⑨惨不骄:是说凄楚悲切。 ⑩霍嫖(piāo飘)姚:汉武帝时名将霍去病为剽姚校尉,从大将军卫青出塞。嫖姚,同"剽姚"。此以霍去病借指安禄山。

自京赴奉先县咏怀五百字①

杜陵有布衣②,老大意转拙③。许身④一何愚,窃比稷与契⑤。居然成濩落⑥,白首甘契阔⑦。盖棺事⑧则已,此志常觊豁⑨。穷年忧黎元⑩,叹息肠内热。取笑⑪同学翁,浩歌弥激烈⑫。非无江海志⑬,潇洒送日月⑭。生逢尧舜君⑮,不忍便永诀⑯。当今廊庙具⑰,构厦岂云缺⑱? 葵藿⑲倾太阳,物性固难夺⑳。顾惟蝼蚁辈㉑,但自求其穴。胡为慕大鲸㉒,辄拟偃溟渤㉓? 以兹悟生理㉔,独耻事干谒㉕。兀兀遂至今,忍为尘埃没。终愧巢与由㉘,未能易其节㉙。沉饮聊自适㉚,放歌破愁绝㉛。岁暮百草零,疾风高冈裂。天衢阴峥嵘㉜,客子中夜发㉝。霜严衣带断,指直不能结。凌晨过骊山㉞,御榻在嵽嵲㉟。蚩尤㊱塞寒空,蹴㊲踏崖谷滑。瑶池气郁律㊳,羽林相摩戛㊴。君臣留欢娱,乐动殷胶葛㊵。赐浴皆长缨㊶,与宴非短褐㊷。彤庭所分帛㊸,本自寒女出。鞭挞其夫家,聚敛贡城阙㊹。圣人筐篚恩㊺,实欲邦国活㊻。臣如忽至理㊼,君岂弃此物? 多士㊽盈朝廷,仁者宜战栗㊾。况闻内金盘㊿,尽在卫霍室㈤。中堂有神仙,烟雾蒙玉质。煖客貂鼠裘,悲管逐清瑟。劝客驼蹄羹,霜橙压香橘㉒。朱门酒肉臭,路有冻死骨。荣枯咫尺㉓异,惆怅难再述。

北辕就泾渭㊿,官渡又改辙㊿。群水从西下,极目高崒兀㊿。疑是崆峒来㊿,恐触天柱折㊿。河梁幸未坼,枝撑声窸窣㊿。行旅相攀援,川广不可越。老妻寄异县㊿,十口隔风雪。谁能久不顾?庶往共饥渴㊿。入门闻号咷㊿,幼子饿已卒。吾宁舍一哀㊿,里巷亦呜咽。所愧为人父,无食致夭折。岂知秋禾登㊿,贫窭有仓卒㊿。生常免租税,名不隶征伐㊿。抚迹㊿犹酸辛,平人固骚屑㊿。默思失业徒㊿,因念远戍卒。忧端齐终南㊿,澒洞不可掇㊿。

①此诗为天宝十四载十一月作。是时正值安禄山叛乱前夕,而玄宗却还在骊山华清宫与杨贵妃纵情享乐。作者由长安往奉先(今陕西蒲城)探亲,途经山下忧愤交集,回家后便写了这首诗。　②杜陵:在长安东南,原是汉宣帝的陵墓。杜甫的远祖杜预是京兆杜陵人,所以他常自称为"京兆杜甫""杜陵布衣""杜陵野老"。布衣:平民百姓。　③拙:这里有愚直、真率之意。　④许身:期待自身。　⑤窃:私下。稷(jì寂):舜的农官。契(xiè谢):舜时司徒。均为传说中的贤臣。　⑥居然:果然。濩(huò豁)落:即瓠落。此指大而无用,无所成就。　⑦甘:甘心。契阔:勤苦。　⑧盖棺:即身死。事:指自比稷契的大志。　⑨觊(jì既)豁:希望达到。　⑩穷年:一年到头。黎元:老百姓。　⑪取笑:招人讥笑。　⑫浩歌:放声歌唱。此言自守志趣。弥:越发。　⑬江海志:隐遁江海的愿望。　⑭"潇洒"句:是说随意打发光阴。　⑮尧舜君:此指唐玄宗。　⑯诀(jué决):辞别。　⑰廊庙:指朝廷。具:才具。　⑱构厦:建造巨屋。缺:指缺少栋梁之材。　⑲葵藿:作者自比,表其对君主的忠诚。葵,一种蔬菜。藿,豆叶。曹植《求通亲亲表》:"若葵藿之倾叶,太阳虽不为之回光,然终向之者,诚也。"　⑳夺:强行改变。　㉑顾:望。惟:思。蝼蚁辈:比喻目光短浅的人。这里指一般的小人物。　㉒胡为:为何。大鲸:比喻有为之士。　㉓辄:每每。拟:打算。偃:休息。溟渤:茫无边际的大海。　㉔以兹:因此。生理:生计。此指人生的道理。　㉕事干谒(yè业):从事奔走权门、请求引荐一类的事情。干,干禄,即求官。谒,求见。　㉖兀(wù误)兀:勤苦的样子。　㉗忍:怎忍的意思。　㉘巢与由:巢父和许由,相传他们是古代极清高的隐者。　㉙易其节:指改变"许身稷契"的初志。　㉚沉饮:喝醉酒。聊自适:暂且自我安慰。　㉛愁绝:极愁。　㉜天衢(qú渠):天空。峥嵘:此处形容层云叠起。　㉝客子:作者自谓。中夜:半夜。发:出发。　㉞骊山:在长安东六十里,今陕西临潼境内。　㉟御榻:皇帝的坐榻,即寝宫。此指华清宫。唐玄宗每年冬天至初春常携嫔妃来此避寒作乐。嵽嵲(dié niè蝶聂):高峻之山。此指骊山。　㊱蚩尤:远古传说蚩尤与黄帝作战,作大雾。此借指雾。　㊲蹴(cù促):踩。　㊳瑶池:神话中西王母与周穆王宴会之地。此指华清宫内的温泉浴

池。郁律：暖气蒸腾的样子。 ㊴羽林：皇帝的卫队。摩戛（jiá 夹）：武器相触。此形容卫兵众多。 ㊵殷（yǐn 引）：震动。胶葛：空旷深远的样子。这里形容乐声远近传布，四处荡漾。 ㊶长缨：指权贵。缨，帽带。 ㊷短褐：粗布短衣。此指平民百姓。㊸彤（tóng 铜）庭：朝廷。彤，红色，宫殿饰色。帛（bó 驳）：丝织品的总称。 ㊹聚敛（liǎn 脸）：聚集。此指搜刮。城阙：京城。 ㊺圣人：指皇帝。筐篚（fěi 匪）恩：古代礼制，天子宴会时，用筐篚盛着币帛分赐大臣，以示恩宠。筐、篚，都是盛物的竹器。㊻邦国活：使国家得以生存发展。 ㊼忽：忽视。至理：最高原则，指"实欲邦国活"。㊽多士：指权贵们。 ㊾"仁者"句：是说一切有"仁"心的人都应对此感到触目惊心。㊿内金盘：泛指宫内珍宝。 (51)卫霍：卫青与霍去病，都是汉武帝的外戚。此指杨氏一家。 (52)"中堂"六句：设想杨家的宴会盛况。神仙，唐时对歌伎的一种称呼。烟雾，指香雾。玉质，洁美的身体。悲、清，均形容乐声。逐，伴随。此指管、弦相互伴奏。 (53)荣：指朱门的豪华。枯：指冻死骨。咫（zhǐ 旨）尺：形容距离很近。咫，古代长度名，周制八寸，合今市尺六寸二分二厘。 (54)北辕：车向北行。泾、渭：二水名，汇合于应昭县（今陕西临潼）。 (55)官渡：公家设立的渡口。此指泾、渭二水的渡口。改辙：改道。指渡口换到另一条道上。 (56)崒（cù 促）兀：危峻的样子，这里形容波涌之势。 (57)"疑是"句：泾、渭二水均发源陇西，故云。崆峒（kōng tóng 空铜），山名，在甘肃境内。 (58)天柱折：《淮南子·天文训》："昔者共工与颛顼（zhuān xū 砖虚）争为帝，怒而触不周之山，天柱折，地维绝。"此形容水势凶猛。 (59)河梁：河桥。坼（chè 彻）：毁。 (60)枝撑：指架桥的柱子。窸窣（xī sū 西苏）：摇动声。 (61)行旅：行人旅客。相攀援：相互牵携。 (62)寄：客居。异县：指奉先。 (63)庶：希望。共饥渴：共度艰苦日子。 (64)号咷（táo 逃）：号哭，大哭。 (65)宁：怎能。舍一哀：抛却一哀之礼，即忍不住悲痛，逢人便哭。一哀，按古代士大夫丧礼，主家守灵时，凡有人来祭奠，须先哭一场再行礼，谓之"一哀"。又按"父不祭子"的规定，杜甫本不必履行"一哀"礼制。 (66)里巷：指邻居。 (67)秋禾登：庄稼秋收。 (68)窭（jù 具）：贫。仓卒（cù 醋）：突然。此指幼子意外夭折。 (69)"生常"二句：是说世代为官，自己也在朝廷任职，按例享有免租免役的封建特权。隶，属。 (70)抚迹：追抚往事，指幼子饿死。(71)平人：平民。骚屑：不安。 (72)失业徒：失去产业的人。 (73)忧端：愁绪。终南：山名，见王维《终南山》注①。 (74)澒（hòng 讧）洞：形容水浩大无边的样子。掇（duō 多）：拾取，收拾。

赠李白[1]

二年客东都[2]，所历厌机巧[3]。野人对腥膻，蔬食常不饱[4]。岂无青精饭，使我颜色好[5]。苦乏大药资，山林迹如扫[6]。李侯金闺彦[7]，脱身事幽讨[8]。亦有梁宋游[9]，方期拾瑶草[10]。

①杜甫一生共写了两首《赠李白》,这是第一首,写于天宝三载(744)。前八句自叙客居洛阳两年间的经历和感受,后四句写对李白的牵挂和相约。 ②东都:指洛阳。洛阳位处当时皇城长安之东,故称。 ③"所历"句:是说所经历的都是令人厌恶的奸刁巧诈、钩心斗角的事情。 ④"野人"二句:是说相对朱门大户日食珍羞,自己连素食亦常不足。野人:杜甫谦称自己。腥:鱼虾之类。膻(shān 山):牛羊肉之类。 ⑤青精饭:用南烛草木叶,杂以茎皮,煮后取汁,用以浸米蒸饭,曝干,作青色,叫"青精饭"。道家认为久服能益颜长寿,故云"使我颜色好"。 ⑥"苦乏"二句:是说本想到山林去炼药,但苦于缺乏资财,只好望而却步了。大药:指道家所服烧炼的金丹。唐代道教盛行,炼丹服药求长生者甚夥,李白即其中一员。迹如扫:绝迹。 ⑦李侯:尊称李白。金闺彦:指朝廷杰出的才士。江淹《别赋》:"金闺之诸彦,兰台之群英。"语出此。天宝元年,李白到长安,玄宗命他供奉翰林,专掌密命,故云。 ⑧脱身:指脱离宫廷。李白醉中令高力士脱靴,力士以为耻,便进谗杨贵妃。白自知不为所容,便自求还山,故云。事幽讨:意即在山林中从事采药和访道。 ⑨梁、宋:今河南省开封至商丘一带。杜甫于开元二十七年(739)六月与正在游梁、宋的高适不期而遇,并产生"亦游"梁、宋的打算;这时便与李白约定同游,采药访道。钱谦益云:"(杜)公在梁宋亦与白同游,《遣怀》《昔游》二诗所云是也。" ⑩拾瑶草:采玉芝。据说服后能长生不老。

醉　时　歌①

　　诸公衮衮登台省,广文先生官独冷②。甲第纷纷厌粱肉,广文先生饭不足③。先生有道出羲皇,先生有才过屈宋④。德尊一代常坎轲,名垂千古知何用⑤!杜陵野客人更嗤,被褐短窄鬓如丝⑥。日籴太仓五升米,时赴郑老同襟期⑦。得钱即相觅,沽酒不复疑⑧。忘形到尔汝,痛饮真吾师⑨。清夜沉沉动春酌,灯前细雨簷花落⑩。但觉高歌有鬼神,焉知饿死填沟壑⑪?相如逸才亲涤器,子云识字终投阁⑫。先生早赋《归去来》,石田茅屋荒苍苔⑬。儒术于我何有哉?孔丘盗跖俱尘埃⑭。不须闻此意惨怆,生前相遇且衔杯⑮!

①此诗作于天宝十三载春。原注:"赠广文馆博士郑虔(qián 前)。"广文馆设于天宝九载,属国子监。置博士四人,掌管学生备考进士之事。郑虔是杜甫在长安时期的好友,此诗因写与郑虔同在穷困中借酒遣闷,故名《醉时歌》。 ②衮衮(gǔngǔn 滚滚):众多貌。台:御史台,包括台院、殿院、察院三院。省:即中书省、尚书省、门下省

三省。台、省均为唐中央政府之秉政机构。广文先生:指郑虔。官独冷:地位冷寞。广文馆后来因风雨倒塌,亦无人来修缮,郑虔只好移寓国子监。故云。 ③甲第:头等住宅。此代指豪门士族。厌:同"餍",饱足。粱肉:泛指美食。《新唐书·本传》:"(虔)在官贫约甚,澹如也。" ④"先生"二句:是说郑虔的道德水准超出了伏羲氏,他的文才也超越了屈原和宋玉。《尚书·大传》以遂人、伏羲、神农为三皇。屈原、宋玉均为战国时代辞赋家。郑虔曾献诗歌和书画给玄宗,玄宗题曰:"郑虔三绝。" ⑤德尊:即德高。坎轲:车行不利,比喻人不得志。"名垂"句:是说身后纵使名垂千古,又有何用呢?即杜甫《梦李白》诗:"千秋万岁名,寂寞身后事"之意。此乃愤激之言,并非当真认为垂名无用。以上概述郑虔遭遇。 ⑥杜陵野客:杜甫自称。人更嗤(chī痴):是说自己之受讥笑,更盛于郑虔之受冷遇。更,一本作"见"。被(pī披):穿着。褐(hè贺):指粗布衣服,古时贫贱者所穿。最早用葛和兽毛织成,后通常指大麻和兽毛的粗加工品。鬓如丝:或指鬓毛稀少。贺知章《回乡偶书》:"少小离家老大回,乡音无改鬓毛衰。" ⑦"日籴(dí笛)"二句:是说天天去买太仓发放的低价米,时时惦记去郑虔那里寻找知音。籴:买入粮食。太仓:京师所设的御仓。《旧唐书·玄宗本纪》:天宝二十载"八月,京城霖雨,米贵,令出太仓米十万石,减价粜(tiào跳,卖出粮食)与贫人,每人每日五升。"郑老:杜甫昵称郑虔。郑较诗人年长约二十岁,二者可谓忘年交。同襟(jīn今)期:相同的襟怀、志趣。 ⑧"得钱"二句:是说无论谁得了钱都即刻买酒找对方同饮,毫不迟疑。 ⑨忘形:不拘少长等形迹。尔汝:彼此亲密无间,以"尔""汝"相称。"痛饮"句:是说但凡能尽情畅饮者便是我的老师,并非仅指郑虔。或有相互劝酒之意。真,一作"直"。以上叙述彼此友情。 ⑩清夜:寂静的夜晚。沉沉:夜深貌。动春酌:萌发了春饮的念头。前蜀韦庄《对酒》诗:"何用岩栖隐姓名,一壶春酎可忘形。"簷花落:王嗣奭云,"簷水落而灯光映之如银花"。 ⑪"但觉"句:言诗句可惊动鬼神。即杜甫《寄李十二白二十韵》:"笔落惊风雨,诗成泣鬼神"之意。焉知:怎知。 ⑫相如:指汉代辞赋家司马相如。逸才:杰出的才学。亲涤器:《汉书·司马相如传》"相如与(卓文君)俱之临邛,尽卖车骑,买酒舍,乃令文君当垆,相如身自著犊鼻裈,与庸保杂作,涤器于市中"。子云:即扬雄。识字:史称扬雄博学,多识奇字(古文字)。投阁:王莽时,刘棻因献符命得罪,而扬雄尝教棻作奇字,遂遭连及。时扬雄校书天禄阁,使者来收雄,雄从阁上跳下,险些摔死。两句盖借古人以自慰。 ⑬归去来:即《归去来辞》。《宋书·隐逸传》:"陶潜解印绶去职,赋《归去来》。"其辞曰:"田园将芜胡不归?"石田:此指瘠田。此以石田等三物比喻穷儒之贫困。两句劝说郑虔早些弃官回家。 ⑭儒术:儒家之道,此指饱学。何有:何用。盗跖(zhí直):传为春秋时鲁国大盗。两句意谓不论贤愚,终归一死。 ⑮闻此:指闻上面"尘埃"句之述。衔(xián闲)杯:指饮酒。王嗣奭曰:"此篇总属不平之鸣,无可奈何之词,非真谓垂名无用,非真谓儒术可废,亦非真欲孔、跖齐观,又非真欲同寻醉乡也。公《咏怀》诗云:'沉醉聊自适,放歌破愁绝。'即可移作此诗之解。"

春　　望①

国破山河在,城春草木深。感时花溅泪,恨别鸟惊心②。烽火连三月③,家书抵④万金。白头搔更短,浑欲不胜簪⑤。

①此诗是至德二年(757)三月,在沦陷后的长安所作。　②"感时"二句:是说感慨国事时局,见花而流泪,觉得花也在落泪;怅恨与家人离别,听鸟鸣而惊心,觉得春鸟也在心惊。　③"烽火"句:是说战火延续了整整一春。　④抵:值。　⑤"白头"二句:是说自己的白发越搔越稀少,竟然连簪(zān)子也插不稳了。此形容因战乱而焦愁万分。簪,古代成年男子用以束发连冠的头饰。

北　　征①

皇帝二载②秋,闰八月初吉③,杜子将北征,苍茫问④家室。维时遭艰虞⑤,朝野少暇日。顾惭恩私被⑥,诏许归蓬荜⑦。拜辞诣阙下⑧,怵惕⑨久未出。虽乏谏诤姿⑩,恐君有遗失。君诚中兴主⑪,经纬固密勿⑫。东胡⑬反未已,臣甫愤所切⑭。挥涕恋行在⑮,道途犹恍惚。乾坤含疮痍⑯,忧虞何时毕？靡靡逾⑰阡陌,人烟眇⑱萧瑟。所遇多被伤,呻吟更流血。回首凤翔县,旌旗晚明灭。前登寒山重⑲,屡得饮马窟⑳。邠郊入地底㉑,泾水中荡潏㉒。猛虎㉓立我前,苍崖吼时裂㉔。菊垂今秋花,石戴古车辙㉕。青云动高兴,幽事亦可悦㉖。山果多琐细㉗,罗生杂橡栗㉘。或红如丹砂,或黑如点漆。雨露之所濡㉙,甘苦㉚齐结实。缅思桃源㉛内,益叹身世拙㉜。坡陀望鄜畤㉝,岩谷互出没。我行已水滨,我仆犹木末㉞。鸱鸟㉟鸣黄桑,野鼠拱乱穴㊱。夜深经战场,寒月照白骨。潼关百万师,往者散何卒㊲？遂令半秦民㊳,残害为异物㊴。

况我堕胡尘㊵,及归尽华发㊶。经年㊷至茅屋,妻子衣百结㊸。恸哭松声回,悲泉共幽咽㊹。平生所娇儿,颜色白胜雪㊺。见爷背面啼,垢腻脚不袜。床前两小女,补绽才过膝㊻。海图拆波涛,旧绣移曲折㊼。天吴及紫凤㊽,颠倒在裋褐㊾。老夫情怀恶,呕泄卧数日。那无㊿囊中帛,救汝寒凛慄㉛？粉黛亦解苞㉜,衾裯稍㉝罗列。瘦妻面复光,痴女头自栉㉞。学母无不为,晓妆随手抹。移时施朱铅㉟,狼籍㊱画眉阔。生还对童稚,似欲忘饥渴。问事竞挽须㊲,谁能即嗔喝㊳。翻思㊴在贼愁,甘受杂乱聒㊵。新归且慰意,生理焉得说⑥¹？

　　至尊尚蒙尘⑥²，几日休练卒⑥³？仰观天色改，坐觉妖氛豁⑥⁴。阴风西北来，惨澹随回纥⑥⁵。其王愿助顺⑥⁶，其俗善驰突⑥⁷。送兵五千人，驱马一万匹。此辈少为贵⑥⁸，四方服勇决⑥⁹。所用皆鹰腾⑦⁰，破敌过箭疾。圣心颇虚伫，时议气欲夺⑦¹。伊洛指掌收，西京不足拔。官军请深入，蓄锐伺俱发。此举开青徐，旋瞻略恒碣⑦²。昊天⑦³积霜露，正气有肃杀⑦⁴。祸转亡胡岁，势成擒胡月。胡命其⑦⁵能久？皇纲⑦⁶未宜绝。

　　忆昨狼狈初⑦⁷，事与古先别⑦⁸。奸臣竟菹醢⑦⁹，同恶随荡析⑧⁰。不闻夏殷衰，中自诛褒妲⑧¹。周汉获再兴，宣光⑧²果明哲。桓桓陈将军⑧³，仗钺⑧⁴奋忠烈。微尔人尽非⑧⁵，于今国犹活。凄凉大同殿⑧⁶，寂寞白兽闼⑧⁷。都人望翠华⑧⁸，佳气向金阙⑧⁹。园陵⑨⁰固有神，扫洒数不缺⑨¹。煌煌太宗业，树立甚宏达⑨²。

①这首诗写于至德二载秋。是时作者任左拾遗，因上疏救房琯，触怒肃宗，从凤翔放还鄜(fū肤)州探亲。鄜州在凤翔东北，故称"北征"。征，旅行。　②二载：即肃宗至德二年。　③初吉：朔日，初一。　④苍茫：渺茫。问：探望。　⑤维：发语词。艰虞：艰难忧虑。　⑥顾惭：回顾起来深感惭愧。恩私被：皇恩独加于己。　⑦蓬荜(bì毕)：蓬门荜户，即草屋。此形容自己家屋简陋。荜，荆条或竹条一类东西。　⑧诣(yì异)：至。阙下：指朝廷下。　⑨怵(chù畜)惕：惶恐不安。　⑩谏诤(zhèng政)姿：指勇于谏诤的品质和表现。诤，即谏，照直说出人的过错，让人改正。杜甫此时期官左拾遗，有谏诤之责。　⑪中兴主：能力挽危难的皇帝。中兴，由衰落而重新兴盛。　⑫经纬：织布的纵线和横线。引申为有条不紊地处理问题。此指处理国家大事。密勿：周密勤勉。　⑬东胡：指安禄山之子安庆绪。这年正月他杀父称帝，盘踞洛阳，继续反叛唐朝廷。安氏为奚族人，故称"东胡"。　⑭"臣甫"句：是说自己愤慨于所关切的事。　⑮行在：皇帝的临时驻地。此指凤翔。　⑯乾坤：天地，此指整个国家。疮痍(yí夷)：创伤。此喻战乱的摧残。　⑰靡靡：迟迟的样子。逾：越过。　⑱眇(miǎo秒)：少。　⑲重：重叠。　⑳饮马窟：行军路上饮马的水洼。　㉑"邠(bīn宾)郊"句：泾(jīng晶)水从邠州(今陕西邠县)北部流过，形成盆地。作者从山上下望，邠州郊原如在地底。郊，郊原，盆地。　㉒荡潏(jué决)：河水涌流的样子。　㉓猛虎：此形容怪石的形状。　㉔吼时裂：是说晚风怒号，苍崖像要被震得裂开一样。　㉕"菊垂"二句：是说花新山古。戴，印上。　㉖"青云"二句：是说仰望高天青云，不禁兴致勃发；山间幽静的景色，也叫我赏心悦目。　㉗琐细：细小。　㉘罗生：遍生。橡栗：即橡子，似栗而小，橡树的果实。其仁可磨粉充饥。　㉙濡(rú如)：滋润。　㉚甘苦：甜的苦的。　㉛缅思：遥想。桃源：指陶潜在《桃花源记》里所描绘的世外桃

源。 ㉜拙：指不善于处世。 ㉝坡陀：山冈起伏。鄜畤（zhì 志）：即鄜州。畤，古时祭天神的祭坛。春秋时秦国曾在鄜州祭祀白帝。 ㉞“我行”二句：是说自己归家心切，举步急促，仆从总跟不上。已水滨，指已下山冈。犹木末，指还在山冈上。木末，树梢。 ㉟鸱（chī 吃）鸟：鸱鸮。像猫头鹰一类的鸟，一说似黄雀而体小。 ㊱拱（gǒng 巩）乱穴：拱立于杂乱的洞穴之间。拱，拱手。动物直立时前肢常做拱手状。㊲“潼关”二句：天宝十五载六月，哥舒翰率二十万军队守潼关，在杨国忠督逼下不得已出关与安军交战，全军覆没。往者，以往。散，溃败。卒，快。 ㊳半秦民：指关中一半的人民。 ㊴为异物：化为异物，指死。 ㊵堕胡尘：指至德元年八月，作者从鄜州往灵武途中为乱兵俘获，困守长安事。 ㊶华发：白发。 ㊷经年：过了一年。作者从离家“堕胡尘”至今已整整一年。 ㊸百结：衣服补了又补。 ㊹“恸（tòng 痛）哭”二句：是说恸哭声与松涛声一起回荡，泉水呜咽与作者的抽噎浑然一体。 ㊺白胜雪：指面色苍白。 ㊻“补绽”句：是说破旧衣裳经过缝补加接仍十分短小，穿上才刚过膝盖。 ㊼“海图”二句：是说破旧衣裳缝补后，原先绣的波涛图案已被拆散、移动，歪扭错乱了。海图，丝织品上绣制的波涛图案。曲折，指衣上的绣纹。 ㊽天吴、紫凤：均指刺绣图案。天吴，神话里虎面人身的水神。 ㊾裋（shù 树）褐：粗布衣服。裋，一作“短”。 ㊿那无：岂无。 (51)寒凛慄：冷得发抖。 (52)黛：画眉用的青色颜料。苞：同“包”。指粉黛包。 (53)衾（qīn 钦）：被子。裯（chóu 筹）：床帐。稍：少。(54)痴女：不懂事的女儿。爱称。栉（zhì 至）：梳头。 (55)移时：费时甚多。施：用，此指涂抹。朱：胭脂之类。铅：铅粉。 (56)狼籍：散乱的样子。 (57)须：胡须。 (58)嗔喝：怒斥。 (59)翻思：回想。 (60)聒（guā 刮）：乱吵嚷。 (61)生理：生计，指家庭生计的事。焉得说：哪用得着去说。 (62)至尊：指皇帝。蒙尘：遭乱奔走在外。 (63)休练卒：停止练兵，即结束战争。 (64)觉：此有仿佛感到的意思，说明急切希望。妖氛：战乱的气氛。豁：散开。 (65)“阴风”二句：是说西北的回纥（hé 河）骑兵来势凶猛，沿途卷起遮天蔽日的风沙。惨澹，惨暗无光。回纥，唐代西北一部族名。 (66)“其王”句：这年九月，回纥王怀仁可汗遣其子叶护率四千多精兵至凤翔，帮助唐王朝平定叛乱。(67)驰突：奔驰冲击。 (68)少为贵：以少为贵。 (69)勇决：勇猛坚决。 (70)鹰腾：鹰似的强健迅疾。 (71)“圣心”二句：是说皇帝依重回纥，而当时的舆论却不希望重用回纥兵力。虚伫：谦逊地期待。夺：改变成议。 (72)“伊洛”六句：是说官军有可能收复两京，恢复中原，直捣贼巢。伊、洛，伊水和洛水，都流经东京洛阳，此代指洛阳。指掌，比喻容易。收，收复。西京，长安。不足拔，不值一拔，意即易于攻克。请深入，请求进军。俱发，指官军一起进发。开青徐、略恒碣，指打入安史叛军所据之地。青徐，青州和徐州，分别在今山东省与江苏省北部。略，取。恒碣，指在今山西省的恒山和在今河北省的碣石山。旋瞻，转眼即见。 (73)昊（hào 浩）天：秋天。 (74)“正气”句：是说秋天一片肃杀之气，正好用兵平叛。 (75)其：岂。 (76)皇纲：指唐王朝的政权、法度。 (77)“忆昨”句：是说回忆当初玄宗仓皇奔蜀事。 (78)别：不同。 (79)奸臣：指杨国忠。菹醢(zū hǎi租海):砍成肉酱。《资治通鉴·唐纪三十四》载,杨国忠在马嵬驿,"军士追杀之,屠割支体,以枪揭其首于驿门外"。 ⑧同恶:指杨贵妃家族及其党羽。荡析:荡涤离析。 ⑧"不闻"二句:是说没听说夏、殷、西周在末世之时,能靠自己的力量灭掉妹喜、妲己、褒姒(sì四)这些祸国的宠妃。意指唐玄宗能除去杨氏祸根。褒,褒姒,周幽王的妃子。旧说西周因幽王宠褒姒而亡。妲,妲己,殷纣王的妃子。旧说殷朝因纣王宠妲己而亡。又,旧说夏桀因宠妹喜而亡国。这里上、下句参错用三朝事。 ⑧宣光:周宣王和汉光武帝。他们分别是振兴西周、建立东汉的中兴之主。这里喻肃宗。 ⑧桓桓:威武的样子。陈将军:指龙武将军陈玄礼。其士卒杀死杨国忠后,他又请求玄宗处死杨贵妃。 ⑧钺(yuè越):斧一类的武器。 ⑧微:没有。尔:你,指陈玄礼。非:此指沦为异族。 ⑧大同殿:在长安南内兴庆宫勤政楼北,是玄宗当年朝见群臣的地方。 ⑧白兽闼(tà榻):即宫中的白兽门。 ⑧都:京都,指长安。翠华:饰有翠羽的旌旗,是皇帝仪仗的一种。 ⑧佳气:吉祥的气象。古以为观气象而能预知运数。金阙:唐宫。 ⑨园陵:指唐初一些帝王的陵墓。 ⑨"扫洒"句:是说肃宗定能回到长安给先帝扫陵,以全礼数。数,礼数。 ⑨"煌煌"二句:是说唐王朝根基巩固,国势煌赫,前途远大。太宗,唐太宗李世民。

羌　村①

其　一

峥嵘赤云西,日脚②下平地。柴门鸟雀噪,归客③千里至。妻孥怪④我在,惊定还拭⑤泪。世乱遭飘荡,生还偶然遂⑥!邻人满墙头,感叹亦歔欷⑦。夜阑更秉⑧烛,相对如梦寐。

①这组诗共三首,与《北征》同时作。羌村,鄜州的一个村名。　②日脚:从云缝中射下来的阳光。　③归客:作者自称。　④妻孥(nú奴):妻及子女。怪:惊疑。　⑤拭(shì试):擦。　⑥遂:如愿。　⑦歔欷(xū xī虚希):抽泣声。　⑧夜阑(lán兰):夜深。秉:持。

其　三

群鸡正乱叫,客至鸡斗争。驱鸡上树木,始闻叩柴荆①。父老四五人,问②我久远行。手中各有携,倾榼浊复清③。"莫辞④酒味薄,黍地无人耕。兵革⑤既未息,儿童⑥尽东征。"请为父老歌,艰难⑦愧深情。歌罢仰天叹,四座泪纵横。

①柴荆:指用树枝、荆条编成的门。　②问:慰问。　③榼(kē科):盛酒器具。浊复清:是说有浊酒也有清酒。　④莫辞:是说不要辞谢不受。一作"苦辞",则是反复说的意思。　⑤兵革:兵器和甲衣,此喻战争。　⑥儿童:这里是长辈称呼年轻人。⑦艰难:指艰难岁月。

新　安　吏①

客行②新安道,喧呼闻点兵。借问新安吏:"县小更无丁③?""府帖昨夜下,次选中男行④。""中男绝短小,何以守王城⑤?"肥男有母送,瘦男独伶俜⑥。白水暮东流,青山犹哭声。"莫自使眼枯⑦,收汝泪纵横。眼枯即见骨⑧,天地终无情。我军取相州⑨,日夕望其平⑩。岂意贼难料,归军星散营⑪。就粮近故垒⑫,练卒依旧京⑬。掘壕不到水⑭,牧马役亦轻。况乃王师顺,抚养甚分明。送行勿泣血,仆射⑮如父兄。"

①题下原注:"收京后作。虽收两京,贼犹充斥。"乾元二年三月,围攻邺城的六十万官军溃退,局势危急。诗人将从洛阳到华州途中的见闻写成"三吏""三别"共六首诗。这首诗是经过新安(今属河南)时写的。　②客行:旅途经过。　③"借问"二句:作者问新安县吏:"这样的小县再没有壮丁了么?"　④"府帖"二句:为县吏答语。府帖,即军帖,军中文书。唐为府兵制,故称"府帖"。次,挨次。中男,未成丁者。据《旧唐书·食货志上》,天宝三年定制,十八岁为中男,二十二岁为丁。　⑤"中男"二句:为作者的感叹。王城,指东都洛阳,周代的王城。　⑥伶俜(líng pīng 铃乒):形容孤独。　⑦"莫自"句:以下至篇末均为作者对瘦男和送行者宽慰的话。眼枯,把眼泪哭干。　⑧见骨:是说眼眶露出骨头。　⑨相州:即邺城,今河南安阳。　⑩"日夕"句:是说日夜盼着得以平复。　⑪归军:指溃败后撤下的军队。星散营,形容军营零落散乱。　⑫就粮:就食。故垒:指旧阵地。　⑬"练卒"句:邺城之役败后,郭子仪率师退守洛阳。练卒,操练士兵。旧京,指洛阳。　⑭不到水:意指战壕很浅。⑮仆射(yè夜):官名,位当宰相。此指郭子仪,他曾任左仆射。

石　壕　吏

暮投石壕村①,有吏夜捉人。老翁逾墙走②,老妇出门看。吏呼一何怒,妇啼一何苦。听妇前致词:"三男③邺城戍。一男附书④至,二男新战死。存者且偷生,死者长已矣⑤!室中更无人,惟有乳下孙⑥。有孙母未去,出入无完裙。老妪⑦力虽衰,请从吏夜归。急应河阳役⑧,犹得备晨炊⑨。"夜久语声绝,如闻泣幽咽⑩。天明登前途,独与老翁别。

①投:投宿。石壕村:在陕州(今河南陕县)东。 ②逾:越。走:逃跑。 ③三男:三个儿子。 ④附书:捎信。 ⑤长已矣:永远不复生。 ⑥惟:同"唯",只。乳下孙:还在吃奶的小孙子。 ⑦妪(yù 郁):年老的女人。此为"听妇"自称。 ⑧"急应"句:是说应急去河阳的兵营服役。河阳,今河南孟州市。自乾元二年九月李光弼军弃洛阳退据河阳,此地便成为唐军与史思明叛军的激战战场。 ⑨犹得:还可以。备:准备。晨炊:早饭。 ⑩泣幽咽:吞声而哭。泣,哭。

无　家　别①

寂寞天宝后,园庐但蒿藜②!我里③百余家,世乱各东西。存者无消息,死者为尘泥④。贱子因阵败,归来寻旧蹊⑤。久行见空巷,日瘦气惨悽⑥。但对狐与狸,竖毛怒我啼⑦!四邻何所有?一二老寡妻。宿鸟恋本枝,安辞且穷栖⑧?方春独荷锄,日暮还灌畦⑨。县吏知我至,召令习鼓鞞⑩。虽从本州役,内顾无所携⑪。近行止一身,远去终转迷⑫。家乡既荡尽,远近理亦齐⑬!永痛长病母,五年委沟溪⑭。生我不得力,终身两酸嘶⑮。人生无家别,何以为蒸黎⑯?

①此诗借一个邺城败溃回家又被征服役者的自述,反映安史之乱后的丧乱景象。萧涤非《杜甫诗选注》:"《无家别》篇,是说孑然一身,无家可别。这是重被征召去当兵的独身汉的话,也是行者之词。但由于这个行者没有家,没有告别的对象,所以只是自言自语,又好像对客人诉说。" ②天宝后:指安禄山、史思明的叛乱以后。安史之乱起于天宝十四年。庐:房屋。但蒿(hāo 号阴平)藜:仅仅留下一堆野草。 ③里:泛指乡村居民聚落。 ④为尘泥:与尘土共腐。为,一作"委"。 ⑤贱子:士兵(诗中主人公)自称。阵败:指九节度之兵邺城之败。旧蹊(xī 溪):从前的道路。旧,一作"故"。因园庐已被蒿藜所掩,道路莫辨,故云"寻"。起八句追叙无家之由。 ⑥日瘦:日光暗淡。这是杜甫创语。王嗣奭《杜臆》:"日安有肥瘦?创云'日瘦',而惨悽宛然在目。" ⑦怒我啼:怒对我嚎叫。"我啼","啼我"的倒词。狐狸竟敢怒号向人,可想见乡村已成鬼域。"久行"以下六句全写无家之景。 ⑧"宿鸟"二句:是说止宿的鸟儿还留恋它们生来就栖自己的树枝,我怎能离开倘能将就住下的原有陋室呢?浦起龙《读杜心解》云:"'宿鸟'以下,始入自己,反踢'别'字。言既归来,虽无家,且理生业耳。" ⑨方春:正当春天。荷:负,扛。日暮:傍晚。灌畦(qí 奇):浇菜园。 ⑩习鼓鞞(pí 皮):此指再入伍。鼓、鞞,皆战鼓。常用以指战争。 ⑪"虽从"

二句:是说虽在本州服役,但已无家人告别。内顾:回顾家里。携,离散。"县吏"四句,引题。 ⑫"近行"二句:是说在近地服役,总比远行之不知何往为好。 ⑬"家乡"二句:是说家乡人去屋空,既已无家可归,近行、远去已无区别。齐,同。 ⑭"永痛"二句:是说叫我永远伤悲的是病母长期无人照料,死后五年仍野卧沟壑,不得安葬。沟溪,同沟壑。五年:自天宝十四年安史作乱,至乾元二年杜甫写此诗时恰值五个年头。 ⑮两酸嘶:是说母子都心酸哭号,饮恨终生。嘶,声破。浦注:"'近行'八句,本身无家之情。其前四极曲,言远去固艰于近行,然总是无家,亦不论远近矣。翻进一层作意。" ⑯蒸,众也;黎,黑也。蒸黎:泛指老百姓、人民大众。浦注:"末二,以点作结。'何以为蒸黎'可作六篇总结。反其言以相质,直可云:'何以为民上?'"按:"六篇",指杜甫"三吏""三别"系列诗作。

蜀　　相①

丞相祠堂何处寻?锦官城外柏森森②。映阶碧草自春色,隔叶黄鹂空好音③。三顾频烦天下计④,两朝开济老臣心⑤。出师未捷身先死⑥,长使英雄泪满襟!

①此诗为上元元年(760)春作者游成都诸葛武侯祠时作。这座祠庙建于晋代。蜀相:指诸葛亮,他在三国时任蜀国丞相。 ②锦官城:成都的别称。参见李白《蜀道难》注㉜。森森:高耸的样子。 ③"映阶"二句:是说祠堂春色虽好,而往事已经消逝。黄鹂(lí离),鸟名,羽毛黄色,从眼边到头后部有黑色斑纹,鸣声悦耳。亦名黄莺。 ④"三顾"句:诸葛亮隐居隆中(今湖北襄阳西)时,刘备曾三次访问他,问以天下大计。频烦,同"频繁"。 ⑤"两朝"句:赞美诸葛亮前后辅佐刘备、刘禅父子开创基业、匡济危时的忠心。 ⑥"出师"句:蜀汉刘禅建兴十二年(234),诸葛亮伐魏,由斜谷出据武功五丈原(在今陕西眉县西南),不幸病死军中。

春 夜 喜 雨①

好雨知时节②,当春乃③发生。随风潜入夜④,润物细无声⑤。野径⑥云俱黑,江船火独明。晓看红湿处,花重锦官城⑦。

①此篇上元二年春作于成都。 ②"好雨"句:是说及时的春雨似乎知道季节的变化。 ③乃:就。 ④"随风"句:是说春雨在夜里悄悄地随风而来。 ⑤润:滋润。细无声:形容细雨绵绵,似无声响。 ⑥野径:田野的道路。 ⑦花重:花朵因饱含雨

水而变得沉重、浓郁。锦官城,见前《蜀相》注②。

茅屋为秋风所破歌①

八月秋高风怒号,卷我屋上三重②茅。茅飞渡江洒江郊,高者挂罥③长林梢,下者飘转沉塘坳④。南村群童欺我老无力,忍能⑤对面为盗贼,公然抱茅入竹去,唇焦口燥呼不得⑥!归来倚杖自叹息。俄顷⑦风定云墨色,秋天漠漠⑧向昏黑。布衾多年冷似铁,娇儿恶卧踏里裂⑨。床头屋漏无干处,雨脚⑩如麻未断绝。自经丧乱⑪少睡眠,长夜沾湿何由彻⑫?安得⑬广厦千万间,大庇⑭天下寒士俱欢颜,风雨不动安如山!呜呼!何时眼前突兀见⑮此屋,吾庐⑯独破受冻死亦足。

①此诗为上元二年在成都作。茅屋,指成都草堂。 ②重(chóng虫):层。 ③挂罥(juàn眷):挂结。 ④塘坳(ào奥):低洼积水的地方。 ⑤忍能:怎忍心? ⑥呼不得:喝止不住。 ⑦俄顷:一会儿。 ⑧漠漠:灰蒙蒙的样子。向:将近。 ⑨恶卧:睡态不好。踏里裂:被里被踏裂。 ⑩雨脚:接近地面的雨点。 ⑪丧(sāng桑)乱:指死亡祸乱的事。此指安史之乱。 ⑫何由彻:如何能挨到天亮。彻,晓彻,达旦。 ⑬安得:哪得。 ⑭庇(bì毕):遮盖。 ⑮突兀:高耸的样子。见:同"现"。 ⑯庐:房舍。此指草堂。

闻官军收河南河北①

剑外忽传收蓟北②,初闻涕泪满衣裳。却看妻子愁何在,漫卷③诗书喜欲狂。白日放歌须纵酒④,青春⑤作伴好还乡。即从巴峡穿巫峡,便下襄阳向洛阳⑥。

①此诗为广德元年(763)春在梓州(今四川三台县)作。宝应元年(762)十月,仆固怀恩等屡破史朝义军,克东京。次年正月,史军兵变,擒史降唐。作者在流离中闻讯而写了这首诗。河南、河北,指大河南北,今洛阳一带及河北北部。 ②剑外:指剑门以南,此代指蜀地。蓟北:今河北北部地区,是安史叛军的根据地。 ③漫卷:胡乱收卷起。 ④放歌:放声高歌。纵酒:开怀畅饮。 ⑤青春:指春天。 ⑥"即从"二句:预拟还乡路线:出江峡东下而抵襄阳(今属湖北),然后转由陆路向洛阳进发。巴峡,四川东北部巴江中的峡。巫峡,三峡之一,在今四川巫山县东。末句下原注:"余田园在东京。"东京即洛阳。

宿　　府①

　　清秋幕府井梧寒②,独宿江城蜡炬残③。永夜角声悲自语④,中天月色好谁看。风尘荏苒音书绝⑤,关塞萧条行路难。已忍伶俜十年事⑥,强移栖息一枝安⑦。

①此诗为广德二年在成都作。时严武任成都尹兼剑南东西川节度使,六月荐杜甫为节度使参谋、检校工部员外郎。宿府,在严武幕中值宿。　②幕府:古将帅在外的营帐。军旅无固定住所,以帐幕为府署,唐节度使为一方统帅,故称节度使署为幕府。井梧:井边的梧桐树。　③江城:指成都。蜡炬:蜡烛。　④"永夜"句:是说长夜里号角声不绝,像在自鸣其悲。永夜,长夜。角,一名画角,军中号角,其声悲凉激越。　⑤风尘:指战乱流离。荏苒(rěn rǎn 忍染):形容时光渐渐流逝。　⑥"已忍"句:是说自己已忍受了十年孤苦的生活。杜甫从安史之乱开始(755),流离奔波到现在正好十年。伶俜,见前《新安吏》注⑥。　⑦强移:指勉强移就幕府。一枝安:指求得暂时的安定生活。《庄子·逍遥游》:"鹪鹩(jiāo liáo 焦辽;鸟名,又名巧妇鸟)巢于深林,不过一枝。"

旅夜书怀①

　　细草微风岸,危樯②独夜舟。星垂平野阔③,月涌大江流④。名岂文章著⑤,官应老病休⑥。飘飘何所似?天地一沙鸥。

①永泰元年(765)四月,严武病死,杜甫决计从成都乘舟经渝州(今重庆)、忠州(今四川忠县)离蜀东下。此诗大约作于这次旅途中。　②危樯:船上的高桅杆。　③"星垂"句:是说天幕低垂,满天的星斗像闪烁在地平线上,广大的平地也显得更加辽阔。④"月涌"句:是说江中的月影流动如涌,奔腾的大江在月光的映衬下也显得愈加气势磅礴。　⑤"名岂"句:是说自己哪里因文章而被世人所知呢?　⑥"官应"句:是说老病罢官是理所当然的事情。这里是愤怨自己胸怀大志而不得实现。

白　　帝①

　　白帝城中云出门②,白帝城下雨翻盆③。高江急峡雷霆斗④,古木苍藤日月昏⑤。戎马不如归马逸⑥,千家今有百家存!哀哀寡妇诛求尽⑦,恸哭秋原何处村⑧?

①此诗是大历元年(766)秋在夔州(治所在今重庆奉节)作。　②白帝城:指夔州东五里白帝山上的古白帝城。云出门:浓云骤起从城门中涌出。城中云出门,一作"城头云若屯"。　③翻盆:倾盆,形容雨势猛暴。　④高江:大江因暴雨而水位猛增,故称。急峡:急流冲击的江峡。峡,此指瞿塘峡,一名夔峡,三峡之一。自白帝城东至巫山县大宁河口。白帝城至大溪间为峡谷段,长八公里,两岸悬崖壁立,江流湍急,山势峻险,号称"天堑"。　⑤昏:暗。　⑥戎马:战马。归马:指回返田间从事耕稼的马。逸:舒服。　⑦"哀哀"句:是说悲泣的寡妇们因横征暴敛而变得一无所有。　⑧何处村:不知在哪个村子里。

秋兴八首①

其 一

玉露②凋伤枫树林,巫山巫峡气萧森③。江间波浪兼④天涌,塞上⑤风云接地阴。丛菊两开他日泪⑥,孤舟一系故园心⑦。寒衣处处催刀尺⑧,白帝城高急暮砧⑨。

①与《白帝》同时作。秋兴(xìng杏):因秋而发兴。　②玉露:白露。　③巫山:在今四川巫山县。巫峡:见前《闻官军收河南河北》注⑥。气:气象。萧森:萧瑟阴森。　④兼:连。　⑤塞上:指巫山。　⑥"丛菊"句:是说见到丛菊又开,不免重流过去(因同样感慨而流)的眼泪。杜甫离成都后,本欲尽快出峡,不料头年秋滞居云阳(今属四川),今年秋又淹留夔州。　⑦故园心:指速返家园的愿望。　⑧催刀尺:指催人裁制冬衣。刀,剪刀。　⑨急暮砧(zhēn针):傍晚的捣衣声更显急促。砧,捣衣石。

又呈吴郎①

堂前扑枣任②西邻,无食无儿一妇人。不为穷困宁有此③?只缘恐惧转须亲④。即防远客虽多事,便插疏篱却甚真⑤。已诉征求贫到骨⑥,正思戎马泪盈巾⑦!

①大历二年秋,诗人从夔州的瀼西迁至东屯,将瀼西草堂让给亲戚吴郎居住。刚到东屯不久写了这首诗。又呈,指再次寄诗。此前有一首《简吴郎司法》。郎,对少年人

的通称。 ②扑:打。任:听任。 ③宁有此:难道会有这事。此,指打枣。 ④"只缘"句:是说只因她怀着恐惧心理,反而更应对她表示亲切。 ⑤"即防"二句:是说那妇人见你一来就存戒备之心,不敢再去打枣,虽说是多余的顾虑;但你插上稀疏的篱笆,就会使她信以为真。远客,指吴郎,他从忠州迁此。 ⑥"已诉"句:西邻妇人诉说自己贫困遭遇。征求,征敛。贫到骨,穷到极点。 ⑦"正思"句:说诗人自己。戎马,指战争。

登　高①

风急天高猿啸哀②,渚清沙白鸟飞回③。无边落木萧萧④下,不尽长江滚滚来。万里悲秋常作客,百年⑤多病独登台。艰难苦恨繁霜鬓⑥,潦倒新停浊酒杯⑦。

①约作于大历二年秋,时诗人病困夔州。 ②哀:凄凉。 ③渚(zhǔ主):水中小洲。回:回旋。 ④落木:落叶。萧萧:形容风吹叶落声。 ⑤百年:如说一生。 ⑥苦恨:恨极。繁霜鬓:增多了白发。 ⑦"潦倒"句:是说穷愁潦倒本可借酒排遣,偏又因肺病而被迫戒酒。潦倒,衰颓不振。新,近。

登 岳 阳 楼①

昔闻洞庭水,今上岳阳楼。吴楚东南坼②,乾坤③日夜浮。亲朋无一字,老病有孤舟。戎马关山北④,凭轩涕泗⑤流。

①作于大历三年冬。是年春,作者携眷自夔州出峡,冬至岳州(今湖南岳阳)。岳阳楼,岳阳城西门楼,下临洞庭湖。 ②"吴楚"句:是说吴(今江浙一带)、楚(今两湖、江西等地)的地势似被洞庭湖割开。吴在湖东,楚在湖南。坼(chè彻),裂开。此有分界的意思。 ③乾坤:兼指天地和日月。《水经注·湘水》:"洞庭湖水广五百余里,日月若出没其中。" ④"戎马"句:是说北方战事未息。这年八月吐蕃以十万众寇灵武,二万众寇汾州,九月郭子仪率兵五万屯奉天驻防。 ⑤凭轩:倚窗。涕泗(sì四):指眼泪。

江南逢李龟年①

岐王②宅里寻常见,崔九③堂前几度闻。正是江南好风景,落花时节又逢君。

①约为大历五年在长沙时作。江南,指江湘一带。李龟年,开元、天宝时的著名歌唱家。杜甫十四五岁时曾在洛阳听过他歌唱。　②岐王:李范,玄宗弟。　③崔九:殿中监崔涤。

岑　参

　　岑参(约715—770),江陵(今属湖北)人,祖籍南阳(今河南南阳)。天宝进士,曾随安西节度使高仙芝到过安西,后来往于北庭、轮台间。官至嘉州刺史。盛唐著名诗人。其边塞诗长于描绘西北塞上风光和战争景象,想象丰富,气势豪迈,情辞慷慨。以七言歌行和七绝成就最高。有《岑嘉州诗集》。

逢入京使①

　　故园东望路漫漫②,双袖龙钟③泪不干。马上相逢无纸笔,凭君传语④报平安。

①此诗作于天宝八载诗人赴任安西节度使幕书记途中。京,指长安。　②故园:指长安和自己在长安的家园。漫漫:这里是遥远的意思。　③龙钟:沾濡湿润。　④凭:托。传语:(给家里)捎个口信儿。

走马川行奉送出师西征①

　　君不见走马川行雪海②边,平沙莽莽黄入天③。轮台九月风夜吼,一川④碎石大如斗,随风满地石乱走。匈奴草黄马正肥,金山西见烟尘飞⑤,汉家大将⑥西出师。将军金甲夜不脱,半夜军行戈相拨⑦,风头如刀面如割。马毛带雪汗气蒸,五花连钱旋作冰⑧,幕中草檄⑨砚水凝。虏骑闻之应胆慑⑩,料知短兵不敢接⑪,车师西门伫献捷⑫。

①作于天宝十三载。时作者任安西北庭节度判官,军府驻轮台(今新疆乌鲁木齐附近)。冬,北庭都护封常清西征播仙,岑参写了此诗送行。走马川,未详。按诗中将走

马川与雪海并举,而雪海距热海仅八十里,其地应在天山主峰与伊塞克湖之间,与诗中"金山西见烟尘飞"的描写相合。一说走马川即左末河,距播仙城(左末城)五百里。　②行:可能是因涉题而带入的衍字。雪海:地当今新疆别迭里山西北、吉尔吉斯斯坦共和国伊塞克湖以东一带,以经年雨雪苦寒著称。　③黄入天:是大风将尘沙带入高空而形成的特别景象。　④川:指旧河床。　⑤金山:即阿尔泰山,在新疆北部。蒙古语和突厥语系的哈萨克语、维吾尔语都称金为阿尔坦。阿尔泰山不是这次封常清西去作战之处,此泛指塞外山脉。烟尘飞:指战事已发生。　⑥汉家大将:指封常清。　⑦拨:碰拨。　⑧五花:五花马,见李白《将进酒》注⑨。连钱:良马名,色有深浅,斑驳隐粼。旋作冰:指马身上的汗和雪很快便凝结成冰。　⑨幕:军幕,营帐。草檄(xí 席):草拟讨伐敌人的文告。　⑩虏骑(jì 计):指敌军。慑(shè 社):惧怕。　⑪短兵:指刀、剑一类兵器,与长射程的弓箭相对而言。不敢接:不敢交接,指不敢迎战。　⑫车师:古西域国名,原名姑师。约在汉元帝初元元年(前48),汉将其分为前后两部,后皆属西域都护。此指安西都护府所在地,在今新疆吐鲁番附近。伫(zhù 助):等候。献捷:报捷。

白雪歌送武判官归京①

北风卷地白草②折,胡天③八月即飞雪。忽如一夜春风来,千树万树梨花开。散入珠帘湿罗幕,狐裘不暖锦衾④薄。将军角弓不得控⑤,都护铁衣冷难着⑥。瀚海阑干百丈冰⑦,愁云惨淡万里凝⑧。中军置酒⑨饮归客,胡琴琵琶与羌笛⑩。纷纷暮雪下辕门⑪,风掣红旗冻不翻⑫。轮台东门送君去,去时雪满天山路。山回路转不见君,雪上空留马行处。

①这诗是天宝十三载至至德元载间岑参在轮台时所作。武判官,未详。判官,官职名。唐代节度使等朝廷派出的持节大使,可委任幕僚协助判处公事。故称。　②白草:西北边境的草名,秋天变白,冬枯而不萎。　③胡天:指塞北一带的天气。　④锦衾:锦缎被子。　⑤角弓:见王维《观猎》注②。控:引,拉开。　⑥都护:见王维《陇西行》注③。着:穿。　⑦瀚海:大沙漠。阑干:纵横。百丈冰:是说很厚的冰层。　⑧惨淡:阴暗。凝:聚。　⑨中军:古时分兵为中、左、右三军,中军为主帅发号施令之所。此指主帅营帐。置酒:摆设酒宴。　⑩胡琴:古代西北少数民族的弹拨乐器。琵琶:见李颀《古从军行》注④。羌笛:原是西北羌人吹的笛子。　⑪辕门:见王昌龄《从军行》其五注①。　⑫"风掣(chè 撤)"句:是说雪大天寒,军旗冻上了冰,不能迎风飘动了。掣,牵,指风吹。

元　结

元结(约719—772),字次山,鲁山(今属河南)人。天宝进士。曾参加抗击史思明叛军,立有战功。官至容管经略使。他的诗注意反映政治现实和人民疾苦。明人辑有《元次山文集》。

贫　妇　词①

谁知苦贫夫,家有愁怨妻。请君听其词,能不为酸凄。所怜抱中儿,不如山下麑②。空念庭前地,化为人吏蹊③。出门望山泽,回头心复迷④。何时见府主⑤,长跪向之啼?

①此诗为《系乐府十二首》的第六首,作于天宝年间。　②"不如"句:是说生活还比不上禽兽。麑(ní尼),小鹿。　③"空念"二句:是说庭前之地原先少人行走,因差役常来催索租税,竟被踏成路了。蹊(xī西),小路,此指踩成的小路。　④"出门"二句:是说很想逃入山野,却又舍不得离开家乡。泽,水积聚之处。复迷,又感到困惑。　⑤府主:指太守。

顾 况

顾况(约727—816?),字逋翁,自号华阳山人,晚年又自号悲翁。苏州人,一说海盐(今浙江省海盐县)人。至德二年(757)进士,任著作郎,性好诙谐,因作《海鸥咏》讽刺权贵,被贬饶州司户参军。后隐居茅山,称"华阳真逸"。有《华阳集》传世。

顾况的诗重视思想内容,不以文词华美为胜。他虽深受道家出世求仙思想影响,却有不少关心人民疾苦、具有积极意义的诗作问世。风格质朴平易,不避俚俗,其诗集序作者皇甫湜说他"偏于长歌逸句……非常人所能及"。顾况对后来白居易的创作有明显影响,而且白居易步入诗坛便是最先得到他的奖掖和提携的。

过 山 农 家[①]

板桥人渡泉声[②],茅檐日午鸡鸣[③]。莫嗔焙茶烟暗[④],却喜晒谷天晴[⑤]。

[①]《全唐诗》曾将此诗误入张继诗,题作《山家》。中华书局校刊本《全唐诗》(1960年版)载此诗于267卷。题解:诗人路过山农村落,被一派其乐融融的丰收景象所迷,随即停下步来欣赏,心与山农相通,几成其中一员。诗人充分调动读者的听觉和视觉,在不经意中引来阵阵扑面清风,使之共享。短短二十余字,便呈出四幅生动画面,令人难忘,所谓"以少胜多"是也! [②]"板桥"句:是说诗人在板桥上走过山间小溪时听到远远淙淙泉流声。诗中未明写"山",却以相关的板桥及泉声烘托出山行的环境。"声"字写活了泉水,反衬出山间的幽静和诗人的心旷神怡。 [③]"茅檐"句:似写诗人穿山跨坡来到农家门前情景。此刻时空转换,艳阳高照,群鸡争鸣,或示迎客,托出喧闹世间情味。茅檐:指茅舍。 [④]莫嗔(chēn抻):不要生气。焙(bèi倍)茶:烘炒新茶叶。烟暗:焙茶,平时"贮塘煨火,令煴煴然。江南梅雨时,焚之以火。"(《茶经·二之具》)因梅雨时始添木焚火,故天晴则烟暗。此句应为山农陪诗人参观焙茶

时所说的致歉语。　⑤"却喜"句：与上句一气呵成。南部山区收获时节云多雨盛，故山农因放晴而喜颇具代表性。以"却喜"照应上句"莫嗔"，再次展现了山农的淳朴和爽朗，为全诗的明丽色调又添鲜亮一笔。

张志和

张志和(约730—约810),字子同,自号烟波钓徒,婺(wù务)州金华(今浙江金华)人。十六岁举明经。肃宗时待诏翰林。后隐居江湖。善歌词,能书画、击鼓、吹笛。《全唐诗》录其诗词共九首。

渔 父 歌[①]

西塞山前白鹭[②]飞,桃花流水鳜鱼[③]肥。青箬笠[④],绿蓑衣[⑤],斜风细雨不须归。

[①]《渔父歌》:一作《渔歌子》,唐教坊曲名,后用为词牌。张志和共作五首,此其一。 [②]西塞山:此指今浙江吴兴西南的慈湖镇道山矶。白鹭:一种水鸟。 [③]桃花流水:桃花开放时河水涨溢,称桃花水。鳜(guì跪)鱼:一种口大鳞细、体黄绿色有黑斑的鱼,其味鲜美。 [④]箬(ruò若)笠:箬竹叶编的斗笠。箬,箬竹,竹的一种,叶大而宽,可编竹笠。 [⑤]蓑(suō梭)衣:用草或棕毛编制的雨衣。

韦应物

韦应物(约737—786),京兆万年(今陕西西安)人。少时曾以三卫郎事玄宗。中唐以来历任滁州、江州、苏州刺史,世称韦江州或韦苏州。其诗以写田园风物及隐逸生活著称,风格恬淡高远。亦有涉及政治和民间疾苦的佳作。有《韦苏州集》。

滁州西涧①

独怜幽草②涧边生,上有黄鹂深树③鸣。春潮带雨晚来急,野渡④无人舟自横。

①德宗建中二年(781),作者出任滁州(治所在今安徽滁州)刺史。西涧:在滁州城外,俗名上马河。　②怜:爱怜。幽草:深茂的草丛。　③黄鹂:见杜甫《蜀相》注③。深树:树丛深处。　④野渡:荒僻的渡口。

调笑令①

胡马②,胡马,远放燕支山③下。跑沙跑雪独嘶,东望西望路迷。迷路,迷路,边草无穷④日暮。

①《调笑令》:词牌名。又作《宫中调笑》《调啸词》。　②胡马:泛指西北边地的马。　③燕(yān 焉)支山:在今甘肃山丹县东南。　④边草:边塞的草。穷:尽。

卢 纶

卢纶(748—约800),字允言,河中蒲(今山西永济)人。"大历十才子"之一。官至检校户部郎中。有《卢户部诗集》。

和张仆射塞下曲①

其 三

月黑雁飞高,单于夜遁逃②。欲将轻骑③逐,大雪满弓刀。

①这组诗共六首。题一作《塞下曲》。张仆射(yè 夜):指张延赏。据《旧唐书·张延赏传》,德宗兴元元年(785),延赏"改授左仆射"。仆射,官名。唐时专指尚书仆射,即尚书令之副职。左仆射职位高于右仆射。 ②单(chán 缠)于:匈奴君主的称号。遁(dùn 盾)逃:逃走。 ③轻骑(jì 寄):轻装迅捷的骑兵。

李 益

李益(748—约827),字君虞,陇西姑臧(今甘肃武威)人。大历进士,初因仕途不顺,弃官客游燕、赵间。后官至礼部尚书。长于七绝,以描写边塞生活知名。有《李益集》。

夜上受降城[①]闻笛

回乐峰[②]前沙似雪,受降城下月如霜。不知何处吹芦管[③],一夜征人尽望乡。

①受降城:唐代有中、东、西三个受降城,均系景云(710—712)中朔方军总管张仁愿为防突厥所建。此指灵州(今甘肃灵武)的西受降城。 ②回乐峰:回乐县(故城在今灵武西南)附近的山峰。 ③芦管:乐器名。以芦叶为管,管口有哨簧,管面有孔,下端有铜喇叭嘴。此指笛。

塞 下 曲

伏波唯愿裹尸还[①],定远何须生入关[②]。莫遣只轮归海窟[③],仍留一箭射天山[④]。

①"伏波"句:是说汉代名将马援为抵御北扰,宁肯战死边野,以马革裹尸还葬。事见《后汉书·马援传》。伏波,指马援。他曾被封为伏波将军。 ②定远:指班超。他曾被封为定远侯。生入关:班超年迈时曾在边地上书皇帝,希望活着回到玉门关内。事见《后汉书·班超传》。 ③"莫遣"句:意思是不叫一个敌人逃回。据《春秋公羊传》载,僖公三十三年夏四月,晋人及姜戎败秦于殽,没有一匹马一只车轮得以逃归。此

用其事。只轮,一只车轮。海窟,指当时瀚海(沙漠)中的敌营。　④"仍留"句:意思是应有队伍留守边防。典出《旧唐书·薛仁贵传》。仁贵在天山连发三箭,射杀三人,使十余万敌军纷纷下马请降。军中歌道:"将军三箭定天山,战士长歌入汉关。"

孟 郊

孟郊(751—814),字东野,湖州武康(今浙江德清)人。少时隐居嵩山。后中进士,任溧阳县尉。他的诗多写个人遭遇,也有少数反映社会的不平。长于五古。用字造句追求奇僻、瘦硬,与贾岛齐名,时称"郊寒岛瘦"。有《孟东野诗集》。

寒地百姓吟①

无火炙②地眠,半夜皆立号③。冷箭④何处来?棘针风骚骚⑤!霜吹破四壁⑥,苦痛不可逃。高堂摇钟饮⑦,到晓闻烹炮⑧。寒者愿为蛾⑨,烧死彼华膏⑩。华膏隔仙罗⑪,虚绕⑫千万遭。到头落地死,踏地为游遨⑬。游遨者谁子⑭?君子为郁陶⑮!

①此诗作于宪宗元和元年(806)。时作者在河南尹郑余庆处任职。寒地,一作"寒夜"。 ②炙(zhì治):烤。 ③号(háo豪):叫。 ④冷箭:指寒风。 ⑤棘针:形容寒风如刺如针。骚骚:风声。 ⑥霜吹:霜风。破四壁:指冷风从四壁缝中刮进屋里。 ⑦"高堂"句:是说富贵人家鸣钟宴饮。高堂,高大的房屋。 ⑧到晓:通宵。闻烹炮(bāo胞):闻到或听到在烹炮食物。 ⑨蛾:扑灯蛾。 ⑩"烧死"句:是说为得一暖,宁肯烧死在灯下。华膏,指富贵人家的灯火。膏,油脂,此指灯烛。 ⑪仙罗:华贵如仙物的纱罗。此指灯的罩或帷幔。 ⑫虚绕:白白地绕。 ⑬"踏地"句:是说被游乐者所践踏。游遨(áo熬),游逛,此指富贵者。 ⑭谁子:都是些什么人。责词。 ⑮君子:指有正义感的人。郁陶(yáo姚):悲愤积聚。

贾 岛

贾岛(779—843),字浪仙,一作阆仙,自号碣石山人。范阳(今河北涿州)人。早年屡次应考进士不第,遂削发为僧,法名无本。后在长安以诗投韩愈,被赏识,并授以文法,令其还俗。贾岛此间还与孟郊、张籍、姚合等往还酬唱,诗名大著。唐文宗开成二年(837),被任命为遂州长江县(今四川省蓬溪县)主簿,故世称"贾长江"。任期满后,迁为普州(今四川省安岳县)司仓参军。病故于官舍,时年五十六岁。

贾岛是中唐时期与孟郊并称的苦吟诗人,向来有"郊寒岛瘦"之称。善作五言律诗,诗思幽僻,多有传诵人口的警句,如"鸟宿池边树,僧敲月下门"等。但因其生活面狭窄,对现实态度冷漠,故其诗内容贫乏,且少思想深度和名篇。其诗受韩、孟奇险诗风影响,但自有其清幽冷峭的风格特色。韩愈说贾岛的诗"往往造平淡"(《送无本师归范阳》),"平淡"或为贾岛所追求的一种艺术境界。其诗用典较少且避华丽词藻,多以平常语抒写眼前实际情景,与当时李贺的浓艳幽奇诗风相比,更显清淡朴素。而创造此种境界似易而实难,正如梅尧臣《和晏相诗》所云:"作诗无古今,欲造平淡难。"非但晚唐诗人李洞等对其诗顶礼膜拜,南宋的四灵派、江湖派也都宗法贾岛。有《长江集》传世,存诗近四百首。

访隐者不遇①

松下问童子②,言师采药去③。只在此山中④,云深不知处⑤。

①题一作《寻隐者不遇》。此诗写寻访挚友不遇的怅惘之情。内容极为单纯,写法则别出匠心。诗歌本以问答形式展开叙述,但又不尽然采用一问一答的通常写法,而是仅在首句见出诗人问童子,以下三句均为只答不问,让读者于答中推断出问的内容。

这种省略的处理,不仅体现了诗人构思的精巧,也显示了他"推敲""苦吟"的创作特色。此外,本诗还以真挚的感情、明白如话的语言、鲜明的色调,以及人与景的自然转换,创造出深邃、祥和的意境,并使人品高洁的隐者及其执着倾慕者的艺术形象跃然纸上,给人留下美好的想象空间。本篇亦成为历代传扬不衰的佳作。　②"松下"句:诗人在青松底下向那个男孩打听。打听何事?从第二句推测应为"尊师在家未?"开篇的青松与末句的白云相互照应,色彩鲜亮,或含隐者的品格的象征意义。③"言师"句:童子回答说"师傅采药去啦!"自然是没在家。诗人有些失望,或许问童子:"此去几时回?"仍怀见到隐者的期待,其兴致不减。　④"只在"句:童子指着眼前的青山答非所问道,"师傅就在这山上嘛!"何时返家就难说了。诗人见脚下即是青山,便追问童子:"何路可追随?"童子怔住了,——竟有如此执着的访者!?　⑤"云深"句:童子告诉访者,师傅此刻已至白云深处,哪里有去路可寻呢?访者欲罢不能,莫可奈何,怅惘之极,临别或许让童子带给隐者一句约定:"明儿来相会!",以释情怀。

王 建

王建(约767—约830),字仲初,颍川(今河南许昌)人。出身寒微,大历进士。晚年为陕州司马,又从军塞上。他的乐府诗从多方面反映社会矛盾和民间疾苦,与张籍齐名,人称"张王乐府"。有《王司马集》。

水 夫 谣

苦哉生长当驿边①,官家使我牵驿船。辛苦日多乐日少,水宿沙行②如海鸟。逆风上水万斛重③,前驿迢迢波淼淼④。半夜缘⑤堤雪和雨,受他驱遣还复去。夜寒衣湿披短蓑,臆穿足裂忍痛何⑥!到明辛苦何处说,齐声腾踏牵船歌。一间茅屋何所值,父母之乡去不得。我愿此水作平田,长使水夫不怨天。

①"苦哉"句:古代水陆驿站常迫令附近人民为之赶车、驾船、拉纤,十分劳苦。 ②水宿沙行:是说夜晚睡在船上,白天则在沙岸上不停地拉纤。 ③万斛(hú 狐)重:极言其重。斛,古时以十斗为斛,后又以五斗为斛。 ④淼(miǎo 秒)淼:水远的样子。这里比喻纤夫没有尽头的辛苦生涯。 ⑤缘:同"沿"。 ⑥臆穿:是说胸口被纤索磨破。臆,胸。穿,破裂。忍痛何:没办法只能忍受。

田 家 行

男声欣欣女颜悦,人家不怨言语别①。五月虽热麦风②清,檐头索索缲车③鸣。野蚕作茧人不取,叶间扑扑秋蛾生④。麦收上场绢在轴⑤,的知输得⑥官家足。不望入口复上身,且免向城卖黄犊⑦。田家衣食无厚薄,不见县门身即乐⑧!

①"人家"句:意思是因夏收丰产,大家高兴而无怨气,连说话都十分和悦,与平日不同。 ②麦风:麦熟时节的风,即南风。 ③檐头:屋檐下。索索:缫车转动声。缫(sāo骚)车:抽丝的车。 ④"野蚕"二句:意思是因家蚕丰收,缫丝甚忙,无暇去收野蚕茧而任其化为扑打树叶的秋蛾。 ⑤轴:织具。 ⑥的知:确知。输得:缴纳给。 ⑦黄犊(dú读):小黄牛。 ⑧"田家"二句:是说农民们谈不上穿的厚薄、吃的粗细,只要不因缴不上赋税而进县衙门就感到无限快乐了。

宫 中 调 笑①

其 一

团扇②,团扇,美人③病来遮面。玉颜憔悴三年④,谁复商量管弦⑤?弦管,弦管,春草昭阳路断⑥。

①《宫中调笑》:词牌名。又名《古调笑》《三台令》《转应曲》。白居易诗"打嫌调笑易"。自注:"调笑抛打曲名也。"按此调与宋词《调笑令》不同。王建共作四首,《乐府诗集》编入《近代曲辞》。 ②团扇:取意于班婕妤《团扇》诗。此词借班婕妤失宠事写宫怨。参见王昌龄《长信秋词》注①、注③。 ③美人:指因病色衰而失宠的宫女。 ④三年:概言时久,非实数。 ⑤商量管弦:调弄乐器。管,指箫管等;弦,指琴瑟等。 ⑥"春草"句:意思是尽管思情未断,但不可能再得宠于君王。春草,骆宾王《同辛簿简仰酬思玄上人林泉》有"山中有春草,长似寄相思"句,此暗取其意。另外,团扇秋来见弃,这里则暗含春至命运无改之意。昭阳,见王昌龄《长信秋词》注④。

张　籍

张籍(约767—约830),字文昌,原籍吴郡(郡治今江苏苏州),生长在和州乌江(今安徽和县乌江镇)。出身贫寒,贞元进士。历任水部员外郎、国子监司业等职。他所写的乐府诗内容与王建相近,深受白居易的推重。有《张司业集》。

野　老　歌①

老农家贫在山住,耕种山田三四亩。苗疏②税多不得食,输入官仓化为土③。岁暮锄犁傍④空室,呼儿登山收橡实⑤。西江贾客珠百斛⑥,船中养犬长食肉。

①题一作《山农词》。　②苗疏:禾苗长得稀稀拉拉。疏,稀。　③输入:送入。化为土:指积压腐烂。　④傍:靠着。　⑤橡实:橡树的果实,参见杜甫《北征》注㉘。　⑥西江:长江上游一段。贾(gǔ古)客:商人。斛,见王建《水夫谣》注③。

韩　愈

韩愈(768—824),字退之,河阳(今河南孟州市)人。自谓郡望(即世居某郡为当地所仰望)昌黎(今辽宁义县),后人因称韩昌黎。贞元进士,为朝官。因上疏论宫市之弊,并请缓征京畿灾民租税,谏阻宪宗迎佛骨,先后两度被贬。曾随宰相裴度平定淮西。穆宗时召为国子监祭酒,官至吏部侍郎。他反对藩镇割据,拥护王朝统一。他反对六朝骈俪文风,尊崇儒家,倡导恢复古文(指古代的散文)传统,并写了大量气势雄健的散文,被后人推为"唐宋八大家"之首。他"以文为诗",注重新奇和气势,但有时流于险怪。有《昌黎先生集》。

山　石①

山石荦确行径微②,黄昏到寺③蝙蝠飞。升堂坐阶新雨足④,芭蕉叶大支子⑤肥。僧言古壁佛画好,以火来照所见稀⑥。铺床拂席置羹⑦饭,疏粝⑧亦足饱我饥。夜深静卧百虫绝⑨,清月出岭光入扉⑩。天明独去无道路⑪,出入高下穷烟霏⑫。山红涧碧纷烂漫⑬,时见松枥皆十围⑭。当流赤足踏⑮涧石,水声激激⑯风吹衣。人生如此自可乐,岂必局束为人鞿⑰?嗟哉吾党二三子⑱,安得至老不更归⑲!

①作于贞元十七年(801)七月,时闲居洛阳。　②荦(luò 洛)确:山石险峻的样子。微:窄。　③寺:指洛北惠林寺。　④升堂:登进寺庙的殿堂。阶:台阶。新雨足:新近下透了雨。　⑤支子:即栀子,常绿灌木,夏天开白花,很香。　⑥稀:依稀,模糊。也可作稀罕解。　⑦拂(fú 符)席:指掸(dǎn 胆)去席上的尘土。拂,掸去。置:摆。羹(gēng 庚):肉、菜做成的汤,此泛指菜肴。　⑧疏粝(lì 厉):粗糙的饮食。粝,糙米。　⑨绝:这里指停止鸣叫。　⑩扉(fēi 非):门。　⑪独去:指独自离寺游山。无

道路:是说不择道路,随意走去。 ⑫"出入"句:是说出山入谷,忽上忽下,走遍云雾迷漫的各处。穷,尽,这里是走遍的意思。烟霏(fēi非),烟雾弥漫的样子。 ⑬山红涧碧:山花红,涧水碧。纷烂漫:纷纷展现其光彩。 ⑭枥(lì力):同"栎",一种高大的落叶乔木。十围:极言其粗大。围,两手合抱叫一围。 ⑮当流:面临流水。蹋:同"踏"。 ⑯激激:急流声。 ⑰局束:局促,不自由。为人鞿(jī基):被别人所牵制。这里指幕僚生活。鞿,马笼头上的嚼子,此作动词用,有控制、束缚的意思。 ⑱嗟哉:感叹词。吾党二三子:指与自己志同道合的几个人。 ⑲不更归:不再回去。归,指回到城里做官。

早春呈水部张十八员外郎[①]

天街小雨润如酥[②],草色遥看近却无。最是一年春好处,绝胜烟柳满皇都[③]。

①写于长庆三年(823)。本题共二首,这是第一首。张十八,即张籍。他在兄弟辈中排行十八,曾任水部员外郎。员外,指正员以外的郎官。唐以后各部皆设员外郎,位在郎中之次。 ②天街:京城中的街道。酥(sū苏):即酥油,从牛奶或羊奶内提出来的脂肪。 ③"最是"二句:是说这是一年里春色最美好之处,好就好在烟柳笼罩着整个京城。绝胜,极佳。烟柳,形容柳枝在细雨中如烟云缭绕。皇都,京城,此指长安。

杂　　说[①]

其　　四

世有伯乐,然后有千里马[②];千里马常有,而伯乐不常有。故虽有名马,只辱于奴隶人之手[③],骈死于槽枥之间[④],不以千里称也。

马之千里者,一食或尽粟一石[⑤];食马者,不知其能千里而食也[⑥]。是[⑦]马也,虽有千里之能,食不饱,力不足,才美不外见[⑧];且欲与常马等不可得[⑨],安[⑩]求其能千里也?

策之不以其道[⑪],食之不能尽其材[⑫],鸣之而不能通其意[⑬],执策而临之[⑭],曰:"天下无马[⑮]!"呜呼!其真无马邪[⑯]?其真不知[⑰]马也!

①选自《昌黎先生集》卷十一。这组杂文共四篇,均为托物寓意、针砭时弊之作。因

是论说体裁，内容无限制，故总题为《杂说》。 ②“世有”二句：是说有伯乐才能发现千里马。伯乐，姓孙，名阳，春秋时代秦穆公时人，以善相马著称。事见《战国策·楚策四》。 ③“只辱”句：是说只会被埋没在养马的奴仆手中。辱，屈辱，指埋没。④“骈（pián 片阳平）死”句：是说和普通的马同死在马厩之中。骈，并。槽枥之间，指养马之处。槽、枥，均为盛饲料的器具。 ⑤一食：一餐。或：有时。粟：小米。石（dàn 但）：容量单位，十斗为一石。 ⑥“食（sì 四）马”句：是说喂马的人不当千里马去饲养它，即未以足够饲料让它吃饱。食，同“饲”。下文“食之不能尽其材”句同。⑦是：此。 ⑧见：同“现”。 ⑨“且欲”句：是说想让它与普通马一样都难以做到。等，等同。 ⑩安：怎么。 ⑪策：马鞭。此作动词用，驾驭。以其道：按它的特性。⑫材：本能，指千里马的食量。 ⑬鸣：马嘶。一说指养马者的吆喝声，亦通。通：知晓。意：指千里马的心意。 ⑭执：拿。临之：面对着千里马。 ⑮马：指千里马。下同。 ⑯其：语气词，下同。邪：同“耶”，疑问词。 ⑰不知：不识。

师　说[①]

古之学者[②]必有师。师者，所以传道、受业、解惑也[③]。人非生而知之者，孰[④]能无惑？惑而不从师，其为惑也，终不解矣[⑤]。生乎吾前[⑥]，其闻[⑦]道也，固[⑧]先乎吾，吾从而师之[⑨]；生乎吾后，其闻道也，亦先乎吾，吾从而师之。吾师道[⑩]也，夫庸知其[⑪]年之先后生于吾乎？是故无贵无贱[⑫]，无长无少，道之所存，师之所存也。[⑬]

嗟乎！师道之不传也久矣！欲人之无惑也难矣！古之圣人，其出人[⑭]也远矣，犹且[⑮]从师而问焉；今之众人，其下圣人[⑯]也亦远矣，而耻学于师[⑰]。是故圣益[⑱]圣，愚益愚。圣人之所以为圣，愚人之所以为愚，其皆出于此乎？爱其子，择师而教之；于其身[⑲]也，则耻师[⑳]焉，惑[㉑]矣。彼童子之师，授之书而习其句读者也[㉒]，非吾所谓传其道解其惑者也。句读之不知，惑之不解，或师焉，或不焉[㉓]。小学而大遗[㉔]，吾未见其明[㉕]也。巫医乐师百工[㉖]之人，不耻相师[㉗]；士大夫之族[㉘]，曰师曰弟子云者[㉙]，则群聚而笑之。问之，则曰：“彼与彼年相若也，道相似也[㉚]。”位卑则足羞，官盛则近谀[㉛]。呜呼！师道之不复[㉜]可知矣！巫医乐师百工之人，君子不齿[㉝]。今其智乃反不能及，其可怪也欤[㉞]！

圣人无常师[㉟]。孔子师郯子、苌弘、师襄、老聃[㊱]。郯子之徒，其贤不及孔子。孔子曰：三人行，则必有我师[㊲]。是故弟子不必[㊳]不如师，师不必贤于弟子；闻道有先后，术业有专攻[㊴]，如是而已。

李氏子蟠[㊵]，年十七，好古文[㊶]，六艺经传皆通习[㊷]之；不拘于时[㊸]，学于余。余嘉其能行古道㊹,作《师说》以贻㊺之。

①选自《昌黎先生集》卷十二。 ②学者:此指求学的人。 ③道:指儒家学说。受:同"授",教给。业:指儒家经典等知识。惑:疑惑,指道与业两方面的疑难问题。 ④孰:谁。 ⑤其:那,那些。也:句中表停顿的助词。 ⑥生乎吾前:指年岁比自己大的人。乎,于。 ⑦闻:闻知。 ⑧固:本来。 ⑨从而师之:跟他学习,以他为师。师,动词。 ⑩师道:学习道理。下文"师道",指从师求学的风尚。 ⑪庸知其:哪管他。庸,岂,哪里。 ⑫是故:因此。无:无论。 ⑬"道之"二句:是说"道"在谁身上,谁就是我的老师。 ⑭出人:超出众人。 ⑮犹且:尚且。 ⑯下圣人:低于圣人。 ⑰耻学于师:以向老师学习为耻,即不肯从师。 ⑱益:更加。 ⑲于其身:对于他自己。身,本身,自己。 ⑳耻师:即耻学于师。 ㉑惑:迷惑,糊涂。 ㉒授:传授。习其句读(dòu 逗):让学生学习诵读书中文句。句,句子,一句话。读,文句中诵读时稍作停顿的地方。 ㉓"或师"二句:有的(指不会句读)从师,有的(指不解疑难问题)却不从师。不(fǒu 否),同"否"。 ㉔"小学"句:能去学小的方面(指句读),却漏掉大的方面(指解惑)。 ㉕明:明智。 ㉖巫医:古代巫医不分,故连举。巫,后专指从事降神召鬼的迷信职业者。乐师:以歌唱、奏乐为职业的人。百工:泛指各种手工业者。 ㉗相:更相。 ㉘之族:那一类(人)。 ㉙"曰师"句:有说起"老师""弟子"等称呼的。 ㉚"彼与"二句:是说某与某年岁相仿,水平也相近。相若,相像,相近。 ㉛"位卑"二句:是说以地位低的人为师,就感到羞耻;以官职高的人为师,又觉得近乎谄媚。谀(yú 鱼),谄媚,奉承。 ㉜复:恢复,指恢复"古之学者必有师"的风尚。 ㉝不齿:不屑与之同列。此指封建士大夫鄙视老百姓的偏见。 ㉞"其可"句:这可有点奇怪吧。 ㉟"圣人"句:孔丘弟子端木赐曾说孔子无常师。见《论语·子张》。常师,固定的老师。 ㊱郯(tán 谈)子:春秋时郯国(今山东郯城县一带)的国君,孔丘曾向他请教关于官名的事。事见《左传·昭公十七年》。苌(cháng 常)弘:周敬王时大夫,孔丘曾向他请教音乐方面的事。事见《孔子家语·观周》。师襄:春秋时鲁国乐官,孔丘曾向他学习弹琴。事见《史记·孔子世家》。老聃(dān 丹):李耳,即老子。孔丘曾向他问礼。事见《史记·老庄申韩列传》。 ㊲"三人"二句:《论语·述而》:"三人行,必有我师焉。择其善者而从之,其不善者而改之。"行,同行。必有我师,是说定有可作我老师的人。 ㊳不必:不一定。 ㊴"术业"句:是说在学问和技艺上各有专门研究。 ㊵"李氏"句:是说李家有个名叫蟠(pán 盘)的儿子。李蟠,唐德宗贞元十九年进士。 ㊶古文:指先秦、秦汉的散文。 ㊷六艺:此指《诗》《书》《易》《礼》《乐》《春秋》六经。经,泛指儒家经典著作。传:解释经书的著作。通习:普遍学习。 ㊸拘:拘束,束缚。时,时俗,指耻于从师的风气。 ㊹嘉:嘉许,赞许。古道:指古之学者从师而学的正道。 ㊺贻(yí 移):赠。

送李愿归盘谷序①

太行之阳②有盘谷。盘谷之间，泉甘而土肥，草木丛茂，居民鲜少。或曰："谓其环两山之间③，故曰盘④。"或曰："是谷也，宅幽而势阻⑤，隐者之所盘旋⑥。"友人李愿居之。

愿之言曰："人之称大丈夫者，我知之矣！利泽⑦施于人，名声昭⑧于时，坐于庙朝⑨，进退百官而佐天子出令⑩；其在外，则树旗旄⑪，罗弓矢⑫，武夫前呵⑬，从者塞途，供给之人，各执其物，夹道而疾驰。喜有赏，怒有刑；才俊⑭满前，道古今而誉盛德，入耳而不烦。曲眉丰颊⑮，清声而便体⑯，秀外而惠中⑰，飘轻裾⑱，翳⑲长袖，粉白黛绿者⑳，列屋㉑而闲居，妒宠而负恃㉒，争妍而取怜㉓。大丈夫之遇知㉔于天子，用力于当世者之所为也，吾非恶此而逃之，是有命㉕焉，不可幸而致㉖也。穷居而野处，升高而望远，坐茂树以终日，濯㉗清泉以自洁；采于山，美可茹㉘，钓于水，鲜可食；起居无时㉙，惟适之安㉚。与其有誉于前，孰若无毁于其后；与其有乐于身，孰若无忧于其心。车服不维，刀锯不加㉛；理乱不知，黜陟不闻㉜。大丈夫不遇于时者之所为也，我则行之。伺候于公卿之门，奔走于形势㉝之途，足将进而趑趄㉞，口将言而嗫嚅㉟，处污秽而不羞，触刑辟㊱而诛戮，侥幸于万一，老死而后止者，其于为人，贤不肖何如也㊲？"

昌黎韩愈，闻其言而壮之。与之酒而为之歌曰："盘之中，维㊳子之宫；盘之土，维子之稼㊴；盘之泉，可濯可沿㊵；盘之阻，谁争子所㊶！窈㊷而深，廓其有容㊸；缭而曲，如往而复。嗟盘之乐兮，乐且无央㊹；虎豹远迹兮，蛟龙遁藏；鬼神守护兮，呵禁不祥㊺；饮且食兮寿㊻而康；无不足兮奚所望㊼！膏吾车兮秣吾马㊽，从子于盘兮，终吾生以徜徉㊾！"

①选自《昌黎先生集》卷十九。作于贞元十七年，时作者闲居洛阳，正将求官京师。李愿，陇西人，事迹不详。归，归隐。盘谷，在孟州济源县（今河南济源）。 ②太行（háng 杭）：山名，在山西高原与河南、河北平原之间。古有"太行八陉（xíng 形）"之称。陉，山脉中断之处。阳：山的南面。 ③环：屈曲环绕。两山之间：指山谷。 ④故曰盘：所以它名叫盘谷。 ⑤"宅幽"句：是说位置幽深、地势阻塞。 ⑥盘旋：逗留。 ⑦利泽：利益、德惠。 ⑧昭：显著。 ⑨庙朝：即朝廷。 ⑩"进退"句：指宰相的职权。进退，指任免、升降。佐，辅佐。出令，发布政令、国家文告。 ⑪旗旄（máo 毛），即古代节度使所持的旌节。旄，以旄牛（即犛牛）尾系于旗杆为饰，是信守

的象征。　⑫罗:排列。矢:箭。　⑬武夫:指士卒。呵(hē 喝):喝道。　⑭才俊:才能出众的人。　⑮丰颊(jiá 荚):丰满的面颊。　⑯便(pián 骈)体:短盈的体态。　⑰"秀外"句:是说外表秀丽,资质聪慧。惠,通"慧"。　⑱裾(jū 居):衣襟。　⑲翳(yì 意):掩映。　⑳粉白黛绿者:指姬妾。黛,青黑色的颜料,古代女子用来画眉。㉑列屋:众屋罗列,互相毗连。　㉒妒宠:妒忌别的姬妾得宠。负恃(shì 式):自负仗恃其美貌。　㉓争妍(yán 研):比赛美丽。取怜:求取爱怜。　㉔遇知:犹言赏识。㉕命:命运。　㉖幸:希冀。致:达到。　㉗濯(zhuó 酌):洗。　㉘茹(rú 如):食。㉙无时:无定时。　㉚惟适之安:只求舒适安逸。　㉛"车服"二句:是说既不居官也不受刑。车服,车辆、服饰,古代常以它标志官阶高低。维,系。刀锯,指刑具。加,用。　㉜"理乱"二句:是说朝政不相关。理乱,治与乱。黜(chù 触),贬官。陟(zhì 志),升官。　㉝形势:这里意同权势。　㉞趑趄(zī jū 资居):行走困难,不能向前进。　㉟嗫嚅(niè rú 聂如):欲言又止的样子。　㊱辟:法。　㊲"其于"二句:是说这种人比起隐居之士,不贤与贤相差得多么远啊。不肖(xiào 孝),不贤。　㊳维:是。下同。　㊴稼:播种五谷。　㊵沿:此指沿着泉水寻幽探胜。　㊶所:住处。㊷窈(yǎo 咬):幽远曲折的样子。　㊸廓(kuò 扩):广阔。有容:是说能容纳万物。㊹央:尽。　㊺呵禁:呵斥、禁止。不祥:指灾祸。　㊻寿:长命。　㊼奚(xī 溪)所望:还有什么期待的。奚,什么。　㊽"膏吾"句:是说我要做好远行前的准备工作。膏车,用油脂涂车轴,使之润滑。秣(mò 末)马,喂马。　㊾倘徉(cháng yáng 常羊):闲游。

李公佐

　　李公佐(生卒年不详,代宗至宣宗初在世),字颛蒙,陇西(今甘肃东南部)人。曾举进士,元和年间任江淮从事,后罢官回长安。会昌初年,又为杨府录事,后坐累削两任官。喜采集怪异故事,所作传奇,今存《南柯太守传》《谢小娥传》等四篇。

南柯太守传

　　东平淳于棼①,吴、楚游侠之士②。嗜酒使气③,不守细行④。累⑤巨产,养豪客⑥。曾以武艺补淮南军裨将⑦,因使酒忤⑧帅,斥逐落魄⑨,纵诞⑩饮酒为事。家住广陵郡⑪东十里。所居宅南有大古槐一株,枝干修密,清阴⑫数亩。淳于生日与群豪,大饮其下。贞元⑬七年九月,因沉醉致疾。时二友人于坐扶生归家,卧于堂东庑⑭之下。二友谓生曰:"子⑮其寝矣!余将秣马濯⑯足,俟子小愈⑰而去。"

　　生解巾就枕,昏然忽忽⑱,仿佛若梦。见二紫衣使者,跪拜生曰:"槐安国王遣小臣致命⑲奉邀。"生不觉下榻整衣,随二使至门。见青油小车,驾以四牡⑳,左右从者七八,扶生上车,出大户,指㉑古槐穴而去。使者即驱入穴中。生意颇甚异之,不敢致问。忽见山川、风候㉒、草木、道路,与人世甚殊㉓。前行数十里,有郛郭城堞㉔。车舆㉕人物,不绝于路。生左右传车者传呼㉖甚严,行者亦争辟㉗于左右。又入大城,朱门重楼,楼上有金书,题曰:"大槐安国。"执门者㉘趋拜奔走。旋有一骑㉙传呼曰:"王以驸马远降㉚,令且息东华馆。"因前导而去。

　　俄见一门洞开,生降车而入。彩槛雕楹㉛;华木珍果,列植于庭下;几案茵褥㉜,帘帏肴膳㉝,陈设于庭上。生心甚自悦。复有呼曰:"右相且㉞至。"生降阶祗奉㉟。有一人紫衣象简前趋㊱,宾主之仪敬尽㊲焉。右相曰:"寡君不以弊国远僻㊳,奉迎君子,托以姻亲㊴。"生曰:"某以贱劣之驱,岂敢是望。"右相因请生同诣其所㊵。行可㊶百步,入朱门。矛戟斧钺㊷,布列左右,军吏数百,辟易㊸道侧。生有平生酒徒周弁者㊹,亦趋其中。生私心悦之,不敢前向。右相引生升广殿,御卫严肃,若至尊㊺之所。见一人长大端严㊻,居正位,衣素练服㊼,簪㊽朱华冠。生战栗,不敢仰视。左右侍者令生拜。王曰:"前奉贤尊㊾命,不弃小国,许令次女瑶芳,奉事君子。"生但俯伏而已,不敢致词。王曰:"且就宾宇㊿,续造仪式㊿¹。"有旨㊿²,右相亦与生偕还馆舍。生思念之㊿³,意以为父在边将㊿⁴,因殁㊿⁵房中,不知存亡。将谓父北蕃交逊㊿⁶,而致兹事。心甚迷惑,不知其由。

是夕,羔雁币帛㊿⁷,威容仪度㊿⁸,妓乐丝竹,肴膳灯烛,车骑礼物之用,无不咸备。有群女,或称华阳姑,或称青溪姑,或称上仙子,或称下仙子,若是者数辈㊿⁹。皆侍从数十,冠⓺⓪翠凤冠,衣金霞帔⓺¹,彩碧金钿⓺²,目不可视。邀游戏乐,往来其门,争以淳于郎为戏弄。风态⓺³妖丽,言词巧艳⓺⁴,生莫能对。复有一女谓生曰:"昨上巳日⓺⁵,吾从灵芝夫人过⓺⁶禅智寺,于天竺院观石延舞《婆罗门》⓺⁷。吾与诸女坐北牖⓺⁸石榻上,时君少年,亦解骑⓺⁹来看。君独强来亲洽⓻⓪,言调笑谑⓻¹。吾与穷英妹结绛巾⓻²,挂于竹枝上,君独不忆念之乎?又七月十六日,吾于孝感寺侍上真子,听契玄法师讲《观音经》⓻³。吾于讲下舍金凤钗两只⓻⁴,上真子舍水犀合子⓻⁵一枚。时君亦讲筵中于师处请钗合视之。赏叹再三,嗟异⓻⁶良久。顾余辈曰:'人之与物,皆非世间所有。'或问吾氏⓻⁷,或访吾里⓻⁸。吾亦不答。情意恋恋,瞩盼⓻⁹不舍。君岂不思念之乎?"生曰:"中心藏之,何日忘之⓼⓪。"群女曰:"不意今日与君为眷属。"

复有三人,冠带甚伟,前拜生曰:"奉命为驸马相者⓼¹。"中一人与生且故⓼²。生指曰:"子非冯翊⓼³田子华乎?"田曰:"然。"生前,执手叙旧久之。生谓曰:"子何以居此?"子华曰:"吾放游,获受知⓼⁴于右相武成侯段公,因以栖托⓼⁵。"生复问曰:"周弁在此,知之乎?"子华曰:"周生,贵人也。职为司隶⓼⁶,权势甚盛。吾数⓼⁷蒙庇护。"言笑甚欢。俄传声曰:"驸马可进矣。"三子取剑佩冕服⓼⁸,更衣之。子华曰:"不意今日获睹盛礼,无以相忘也。"

有仙姬⓼⁹数十,奏诸异乐,婉转清亮,曲调凄悲,非人间之所闻听。有执烛引导者,亦数十。左右见金翠步障⓽⓪,彩碧玲珑,不断数里。生端坐车中,心意恍惚,甚不自安。田子华数言笑以解之。向者群女姑娣⓽¹,各乘凤翼辇⓽²,亦往来其间。至一门,号"修仪宫"。群仙姑姊亦纷然在侧,令生降车辇拜,揖让升降,一如人间。彻障去扇⓽³,见一女子,云号⓽⁴"金枝公主"。年可十四五,俨若⓽⁵神仙。交欢之礼,颇亦明显⓽⁶。生自尔⓽⁷情义日洽,荣曜⓽⁸

日盛。出入车服[99],游宴宾御,次于王者。

王命生与群寮备武卫[100],大猎于国西灵龟山。山阜峻秀[101],川泽广远,林树丰茂,飞禽走兽,无不蓄之。师徒[102]大获,竟夕而还。

生因他日启[103]王曰:"臣顷结好之日,大王云奉臣父之命。臣父顷佐边将,用兵失利,陷没胡中。尔来[104]绝书信十七八岁矣。王既知所在,臣请一往拜觐。"王遽[105]谓曰:"亲家翁职守北土,信问不绝。卿但具书状知闻[106],未用便去。"遂命妻致馈[107]贺之礼,一以遣[108]之。数夕还答。生验书本意,皆父平生之迹[109]。书中忆念教诲,情意委曲,皆如昔年。复问生亲戚存亡,闾里[110]兴废。复言路道乖远[111],风烟阻绝。词意悲苦,言语哀伤。又不令生来觐[112],云"岁在丁丑[113],当与女[114]相见。"生捧书悲咽,情不自堪。

他日,妻谓生曰:"子岂不思为政[115]乎?"生曰:"我放荡不习[116]政事。"妻曰:"卿[117]但为之,余当奉赞[118]。"妻遂白于王。累日,谓生曰:"吾南柯政事不理[119],太守黜废[120],欲藉卿才,可曲屈之。便与小女同行。"生敦授[121]教命。王遂敕有司[122]备太守行李。因出金玉、锦绣、箱奁[123]、仆妾、车马,列于广衢[124],以饯公主之行。生少游侠,曾不敢有望[125],至是甚悦。因上表曰:"臣将门余子[126],素无艺术,猥[127]当大任,必败朝章[128]。自悲负乘[129],坐致覆𬯎[130]。今欲广求贤哲[131],以赞不逮[132]。伏见司隶颍川周弁,忠亮刚直,守法不回[133],有毗佐之器[134]。处士[135]冯翊田子华,清慎通变[136],达政化之源[137]。二人与臣有十年之旧,备知才用,可托政事。周请署南柯司宪[138],田请署司农[139]。庶使臣政绩有闻,宪章不紊也[140]。"王并依表以遣之。

其夕,王与夫人饯于国南。王谓生曰:"南柯国之大郡,土地丰壤[141],人物豪盛,非惠政[142]不能以治之。况有周、田二赞。卿其勉之[143],以副国念[144]。"夫人戒公主曰:"淳于郎性刚好酒,加之少年,为妇之道,贵乎柔顺,尔善事[145]之,吾无忧矣。南柯虽封境[146]不遥,晨昏有间[147],今日瞻别,宁不沾巾[148]。"生与妻拜首[149]南去,登车拥骑,言笑甚欢。

累夕达郡。郡有官吏、僧道、耆老、音乐、车舆、武卫、銮铃[150],争来迎奉。人物阗咽[151],钟鼓喧哗,不绝十数里。见雉堞台观[152],佳气郁郁[153]。入大城门,门亦有大榜[154],题以金字,曰"南柯郡城"。见朱轩棨户[155],森然深邃。生下车,省[156]风俗,疗病苦,政事委以周、田,郡中大理。自守郡二十载,风化广被[157],百姓歌谣[158],建功德碑[159],立生祠宇[160]。王甚重之。赐食邑[161],锡[162]爵位,居台辅[163]。周、田皆以政治著闻,递迁[164]大位。生有五男二女。男以门荫授官[165],女亦娉[166]于王族。荣耀显赫,一时之盛,代[167]莫比之。

是岁,有檀萝国者,来伐是郡。王命生练将训师以征之。乃表周弁将兵三万[177]，以拒贼之众于瑶台城。弁刚勇轻敌，师徒败绩[178]。弁单骑裸身潜遁，夜归城。贼亦收辎重[179]铠甲而还。生因囚弁以请罪。王并舍之[180]。

是月，司宪周弁疽[181]发背，卒。生妻公主遘疾[182]，旬日又薨[183]。生因请罢郡[184]，护丧赴国[185]。王许之。便以司农田子华行南柯太守事。生哀恸发引[186]，威仪[187]在途，男女叫号，人吏奠馔[188]，攀辕遮道者不可胜数。遂达于国。王与夫人素衣哭于郊。候灵舆之至。谥公主曰："顺仪公主。"备仪仗羽葆鼓吹[189]，葬于国东十里盘龙冈。是月，故司宪子荣信，亦护丧赴国。

生久镇外藩[190]，结好中国，贵门豪族，靡不是洽。自罢郡还国，出入无恒，交游宾从，威福[191]日盛。王意疑惮之。时有国人上表云："玄象谪见[192]，国有大恐。都邑迁徙，宗庙崩坏。衅[193]起他族，事在萧墙[194]。"时议以生侈僭[195]之应[196]也。遂夺生侍卫，禁生游从，处之私第。生自恃守郡多年，曾无败政[197]，流言怨悖[198]，郁郁不乐。王亦知之。因命生曰："姻亲二十余年，不幸小女夭枉[199]，不得与君子偕老，良用[200]痛伤。"夫人因留孙自鞠育[201]之。又谓生曰："卿离家多时，可暂归本里，一见亲族。诸孙留此，无以为念。后三年，当令迎卿。"生曰："此乃家矣，何更归焉？"王笑曰："卿本人间，家非在此。"生忽若惛[202]睡。憪然[203]久之，方乃发悟前事，遂流涕请还。王顾[204]左右以送生。生再拜而去，复见前二紫衣使者从焉。至大户外，见所乘车甚劣，左右亲使御仆，遂无一人，心甚叹异。生上车，行可数里，复出大城。宛是昔年东来之途，山川原野，依然如旧。所送二使者，甚无威势。生逾怏怏[205]。生问使者曰："广陵郡何时可到？"二使讴歌自若[206]，久乃答曰："少顷即至。"俄出一穴，见本里闾巷，不改往日，潸然[207]自悲，不觉流涕。二使者引生下车，入其门，升其阶，己身卧于堂东庑之下。生甚惊畏，不敢前近。二使因大呼生之姓名数声，生遂发寤如初[208]。

见家之僮仆拥篲[209]于庭，二客濯足于榻，斜日未隐于西垣[210]，余樽尚湛[211]于东牖。梦中倏忽，若度一世矣。生感念嗟叹，遂呼二客而语之。惊骇，因与生出外，寻槐下穴。生指曰："此即梦中所经入处。"二客将谓狐狸木媚之所为祟[212]。遂命仆夫荷斤斧，断拥肿[213]，折查枿[214]，寻穴究源。旁可袤丈[215]。有大穴，根洞然明朗[216]，可容一榻。根上有积土壤，以为城郭台殿之状。有蚁数斛[217]，隐聚其中。中有小台，其色若丹[218]。二大蚁处之，素翼朱首，长可三寸。左右大蚁数十辅[219]之，诸蚁不敢近：此其王矣。即槐安国都也。又穷[220]一穴，直上南枝，可四丈，宛转方中[221]，亦有土城小楼，群蚁亦处其中，即生所领南柯郡也。又一穴：西去二丈，磅礴空圬[222]，嵌窞[223]异状。中有一腐龟壳，大如斗。积雨浸润，小草丛生，繁茂翳荟[224]，掩映振[225]壳，即生所猎灵龟山也。又穿一穴：东去丈余，古根盘屈，若龙虺㉒之状。中有小土壤，高尺余，即生所葬妻盘龙冈之墓也。追想前事，感叹于怀，披阅穷迹㉓，皆符所梦。不欲二客坏之，遽令掩塞如旧。是夕，风雨暴发。旦视其穴，遂失群蚁，莫知所去。故先言"国有大恐，都邑迁徙。"此其验㉗矣。复念檀萝征伐之事，又请二客访迹于外。宅东一里有古涸涧，侧有大檀树一株，藤萝拥织㉘，上不见日。旁有小穴，亦有群蚁隐聚其间。檀萝之国，岂非此耶？

嗟乎！蚁之灵异，犹不可穷，况山藏木伏之大者所变化乎？时生酒徒周弁、田子华并居六合县㉙，不与生过从㉚旬日矣。生遽遣家僮往候之。周生暴疾已逝，田子华亦寝疾于床。生感南柯之浮虚，悟人世之倏忽，遂栖心道门㉛，绝弃酒色。后三年，岁在丁丑，亦终于家。时年四十七，将符宿契之限㉜矣。

公佐贞元十八年秋八月，自吴至洛㉝，暂泊淮浦㉞，偶觌㉟淳于生儿楚，询访遗迹，翻覆再三㊱，事皆摭实，辄编录成传，以资好事㊲。虽稽神语怪㊳，事涉非经㊴，而窃位著生㊵，冀将㊶为戒。后之君子，幸㊷以南柯为偶然，无以名位骄于天壤间云。

前华州参军李肇赞㊴曰：
　　贵极禄位㊵，　　权倾㊶国都，
　　达人视此㊷，　　蚁聚何殊。

①东平：郡名，在今山东东平县一带。淳于棼（fén 焚）：淳于是复姓。　②吴、楚：指江南一带。游侠之士：指一种爱交友、讲信义，为救困扶危勇于自我牺牲的人。　③使气：指感情冲动时任性行事，不顾后果。　④守：拘。细行：小节。　⑤累：积蓄。　⑥豪客：懂得武艺、行使仗义的人。　⑦补：补充官员缺额。淮南军：淮南节度使所统率的军队。淮南，道名，包括今湖北长江以北汉水以东，及江苏、安徽长江以北淮河以南地区。裨（pí 皮）将：副将。　⑧使酒：酒醉发脾气。忤（wǔ 午）：冒犯。　⑨落魄（tuò 拓）：流落。　⑩纵诞：放浪。　⑪广陵郡：故城在今江苏扬州。　⑫阴（yìn 印）：覆荫。　⑬贞元：唐德宗李适（kuò 阔）年号（785—804）。　⑭庑（wú 吾）：正屋对面及两侧的小屋子。　⑮子：你。　⑯秣（mò 末）马：喂马。濯（zhuó 浊）：洗。　⑰俟（sì 四）：等候。小愈：病稍好。　⑱忽忽：迷迷糊糊。　⑲致命：传达命令。　⑳牡：公兽，此泛指马匹。　㉑指：往，朝。　㉒风候：风景。　㉓殊：异。　㉔郛（fú 符）郭：外城和内城。堞（dié 蝶）：女墙，城墙上有射孔的矮墙。　㉕车舆：车轿。　㉖传（zhuàn 赚）车者：驾驶官办交通车的人。古代官员出行，由公家提供驿马；每三十里设一驿站，供休息和换马，称"乘传"。最先不用马而用车，称"传车"。传呼：连声吆喝。　㉗辟：同"避"。　㉘执门者：守门人。　㉙旋：不久。骑（jì 计）：骑马的

人。　㉚驸马:公主的丈夫。降:到。　㉛槛:栏杆。楹:楹柱。　㉜茵褥:各种坐垫。㉝帷:帐幕。肴膳:指酒席。　㉞且:将。　㉟祗(zhī支)奉:恭迎。　㊱紫衣:唐制,三品以上官员服饰用紫色。象简:象牙制成的朝笏(手板)。臣僚朝见皇帝时,拿在手里,供指划或记事用。　㊲仪:礼。尽:完备。　㊳寡君:寡德的君主,谦称本国国君。弊国:谦称本国。弊:通"敝"。　㊴托以姻亲:高攀婚姻。　㊵诣(yì意):到。其所:指国王住所。　㊶可:大约。　㊷钺(yuè月):大斧。　㊸辟易:退避。　㊹"生有"句:淳于棼有个平日一道喝酒的朋友叫周弁(biàn变)的人。　㊺至尊:对皇帝的敬称。　㊻端严:庄严。　㊼衣(yì意):穿。素练:白色绢丝。　㊽簪:用作动词,以簪别于发上。　㊾贤尊:对别人父母的敬称。　㊿且:暂。就:往。宾宇:宾馆。㋀造:筹办。仪式:指婚礼。　㋁旨:皇帝的命令。　㋂之:指婚事。　㋃边将:守边防的将领。　㋄殁:同"没",指陷没。　㋅将谓:可能是。北蕃:唐时指契丹、奚等北方少数民族。交逊:讲和退兵。一作"交通",则是暗中勾结之意。　㋆羔雁币帛:均为古代婚礼行聘之物。羔,羊羔。　㋇威容仪度:指各种仪仗。　㋈若是数辈:像这样的人有好几个。　㋉冠(guàn惯):戴。　㋊金霞帔(pèi配):用金线绣花的披肩。　㋋金钿(diàn电):一种嵌金花的首饰。　㋌风态:风度姿态。　㋍巧艳:伶俐华美。　㋎上巳日:农历三月上旬的巳日,即上巳节。见杜甫《丽人行》注②。㋏过:到。　㋐石延:可能是当时西域石国有名的舞蹈家。《婆罗门》:当时婆罗门国的舞蹈,据说可以倒行用脚来舞蹈,也可以一人伏着伸出手来,由另外两人踏在手上旋转不已。一说即"霓裳羽衣舞",参见白居易《长恨歌》注㉔。　㋑牖(yǒu有):窗。㋒解骑:下马。　㋓强(qiǎng抢):硬要。亲洽:亲热。　㋔言调笑谑(xuè血去声):说笑打趣。　㋕绛巾:红巾。　㋖法师:本指精通经典、善于说法的佛教徒,后成为对和尚的尊称。《观音经》:即《观世音经》,佛经名。　㋗讲下:讲席之下。讲,讲座、讲席,即下文的"讲筵",也称"俗讲",指和尚讲佛经故事。舍:布施。　㋘水犀合子:犀牛角做的盒子。　㋙嗟异:叹为珍奇。　㋚氏:姓。　㋛访:查问。里:指住址。　㋜瞩盼:盯着望着。　㋝"中心"二句:语出《诗经·小雅·隰桑》。　㋞相者:此指行婚礼时陪伴新郎的人,即傧相。　㋟故:熟识。　㋠冯翊(píng yì凭意):唐郡名,也称同州,州治在今陕西大荔县。　㋡获受知:得到赏识。　㋢栖托:寄身于人门下。㋣司隶:古代负责巡察京畿治安、缉捕盗贼的官员。在唐代相当于京畿采访使一类的官职。　㋤数(shuò朔):多次。　㋥子:人。佩:佩玉。冕:礼帽。　㋦仙姬:指漂亮的侍女。　㋧步障:古时大官显贵出行时所设的挡风遮尘的行幕。　㋨向者:刚才。姊娣(dì弟):指长辈及平辈的妇女。　㋩辇(niǎn捻):此泛指车子。　㋪扇:纱扇,结婚时新妇用来披在头上的纱巾。　㋫云号:据说称作。　㋬俨若:真像是。　㋭明显:隆重。　㋮自尔:从此。　㋯曜:同"耀"。　㋰车服:指车马。　㋱寮:同"僚",官。武卫:指军队。　㋲阜(fù付):土山。峻秀:高峻秀丽。　㋳师徒:指军队。㋴竟夕:过了黄昏。　㋵启:奏明。　㋶顷:不久前。结好:结婚。　㋷尔来:到如今。

⑩⓻遽(jù句):立即。 ⑩⓼卿:皇帝对臣子的称呼。具:准备好。书状:反映情况的信。 ⑩⓽馈(kuì愧):赠。 ⑩一:专。遣:送去。 ⑪⓵迹:事迹。 ⑪⓶闾(lǘ驴)里:乡里。 ⑪⓷乖远:距离很远。 ⑪⓸觐(jìn近):拜见。 ⑪⓹岁在丁丑:到了丁丑年。 ⑪⓺女:同"汝"。 ⑪⓻为政:做官。 ⑪⓼习:熟悉。 ⑪⓽卿:对人尊称。 ⑫⓵奉赞:赞助,从旁协助。 ⑫⓵不理:管得不好。理,治理。 ⑫⓶黜废:革职。 ⑫⓷藉(jiè借):依仗。 ⑫⓸曲屈:委屈你担任。 ⑫⓹敦授:恭敬地接受。 ⑫⓺有司:主管官员。 ⑫⓻奁(liǎn敛):盒。 ⑫⓼广衢(qú渠):大路。 ⑫⓽望:指奢望。 ⑬⓵余子:多余的儿子。谦语。 ⑬⓵艺术:指学识才能。 ⑬⓶猥(wěi委):苟且。此作勉强解。 ⑬⓷朝章:指国家政事。 ⑬⓸负乘:指承担职责。 ⑬⓹覆悚(sù素):把鼎里的食物打翻,比喻力不胜任。 ⑬⓺贤哲:有才德的人。 ⑬⓻以赞不逮(dài代):以帮助我照料顾不到的地方。 ⑬⓼伏:下对上用语。颍川:唐郡名,亦称许州,州治在今河南许昌。 ⑬⓽忠亮:忠正。 ⑭⓵不回:不违。 ⑭⓵毗(pí皮)佐之器:协助办事的才能。毗佐,辅佐。 ⑭⓶处士:闲居在家的士人。 ⑭⓷清慎:廉洁、谨慎。通变:既能顺通又善于变化。 ⑭⓸"达政"句:是说通晓政治教化的根本。 ⑭⓹署:试用性的任官。司宪:掌管司法的官员。 ⑭⓺司农:掌管钱粮的官员。 ⑭⓻宪章:国家法典制度。紊:乱。 ⑭⓼丰壤:土地肥沃。壤,疑为"穰"之误。丰穰,收成好。 ⑭⓽惠政:指有利于百姓的政施。 ⑮⓵勉之:努力。 ⑮⓵以副国念:以体现国家的期望。副,相称。 ⑮⓶事:侍奉。 ⑮⓷封境:疆界。 ⑮⓸晨昏有间(jiàn健):指早晚不能同父母会面。间,隔。 ⑮⓹睽(kuí葵)别:离别。 ⑮⓺宁:哪能。沾巾:泪湿了手帕。 ⑮⓻拜首:磕头。 ⑮⓼耆(qí其)老:泛指年高有德的人。耆,六十岁的老人。銮(luán鸾)铃:本为皇帝车乘前所饰鸾鸟口中衔铃,这里指仪仗。 ⑮⓽阗(tián田)咽:充塞。 ⑯⓵雉堞(zhì dié 智蝶):城上的矮墙。台观:楼台。 ⑯⓵佳气:吉祥的气象。郁郁:形容旺盛。 ⑯⓶榜:匾额。 ⑯⓷棨(qǐ启)户:陈列着棨戟的大门。棨,棨戟,一种木制无刃的戟,用以表示威严的仪物。唐制,三品以上官员的门前立戟。 ⑯⓸省(xǐng醒):考察。 ⑯⓹理:治。 ⑯⓺风化:教化。广被(bì避):普及。 ⑯⓻歌谣:歌颂。 ⑯⓼功德碑:刻有颂扬功绩、德行文字的石碑。 ⑯⓽生祠宇:给活人塑像,纪念他功德的祠庙。 ⑰⓵食邑:封地。 ⑰⓵锡:赐。 ⑰⓶台铺:宰相。 ⑰⓷递迁:渐升。 ⑰⓸门荫授官:依靠先辈的功劳而获得官职。 ⑰⓹娉:同"聘",订婚。 ⑰⓺代:世。 ⑰⓻表:此指上奏章推荐。将:统率。 ⑰⓼师徒:士卒。败绩:大败。 ⑰⓽辎(zī资)重:军需物资。 ⑱⓵舍之:宽恕他们。 ⑱⓵疽(jū居):毒疮。 ⑱⓶遘疾:得病。 ⑱⓷薨(hōng轰):诸侯、贵族死称薨。 ⑱⓸罢郡:解除太守的职务。 ⑱⓹护丧:主持丧事。赴国:到京城里去。国,指京城。 ⑱⓺发引:柩车启行。此指生牵引绳索作前导。 ⑱⓻威仪:仪仗。 ⑱⓼奠馈:具酒食祭拜。 ⑱⓽羽葆:用鸟羽作饰的绸制华盖,为官员出行时的一种仪仗。鼓吹:指乐队。 ⑲⓵镇外藩:指担任外郡军政长官。 ⑲⓵威福:权势。 ⑲⓶玄象:天象。谪见:变异。谪,谴责。古人迷信,认为人世间的坏事将感应日月星辰,发生某种变异,以表示对它的谴责。 ⑲⓷衅:事变,争端。 ⑲⓸萧

墙:照壁。事在萧墙,事情出在内部。语出《论语·季氏》。 ⑮侈:奢侈的行为。僭(jiàn见):超越本分。 ⑯败政:不良的政绩。 ⑰怨悖(bèi倍):违背事理。 ⑱夭枉:少年死亡。 ⑲良用:确实因此。 ⑳鞠育:抚养。 ㉑惛:同"昏"。 ㉒懵(měng猛)然:神志不清的样子。 ㉓顾:回视。引申作命令。 ㉔逾:更加。快(yàng样)快:心中不快。 ㉕讴歌:唱歌。自若:态度像平常一样。 ㉖潸(shān山)然:形容流泪的样子。 ㉗发寤(wù误):醒来。 ㉘篲(suì碎):扫帚。 ㉙垣(yuán元):墙。 ㉚余樽:指剩余的酒。湛:澄清。此指发着清光。 ㉛木媚:树妖。所为祟:所捣的鬼。 ㉜拥肿:指凸起不平的树干。 ㉝查枿(niè聂):枝杈。查,同"楂"。枿,同"蘖",树木砍后复苏的枝条。 ㉞袤(mào茂)丈:丈把长。袤,指长度。 ㉟根:底。洞然:空空洞洞的样子。 ㊱斛(hú胡):量器名,古时以十斗为斛,后又以五斗为斛。 ㊲丹:朱砂。 ㊳辅:指护卫。 ㊴穷:追寻到底。 ㊵宛转方中:曲曲折折地从四面到正中间。 ㊶磅礴:广大。空圩(wū污):空荡而洼陷。 ㊷嵌窞(dàn旦):形容坑穴凸凹不平。嵌,像山一样地开展。窞,深凹进去的洞。 ㊸翳荟(yì huì意汇):荫蔽。 ㊹振:拂拭。引申为接触。 ㊺虺(huǐ悔):传说中的一种毒蛇。 ㊻穷迹:指发掘出来的痕迹。 ㊼验:应验。 ㊽拥织:纠缠在一起。 ㊾六合县:今属江苏。 ㊿过从:往来。 ㉛栖心道门:是说一心学道。 ㉜符宿契之限:符合原约的期限。指符合淳于棼父亲信中所说的"岁在丁丑,当与汝相见"。 ㉝洛:洛阳。 ㉞淮浦:淮河边。 ㉟觌(dí敌):会见。 ㊱翻覆再三:指再三调查研究。翻覆,反复。 ㊲摭(zhí直)实:证实。摭,拾取。 ㊳资:供给。好事:好事者,指喜欢说东道西的人。 ㊴稽神语怪:谈说神怪的事。 ㊵事涉非经:事情不合常理。 ㊶位:官位。著生:借以维持生活。 ㊷将:以。 ㊸幸:希望。 ㊹华州:今陕西华县。参军:一种幕僚性质的官员。李肇(zhào照):作者同时代人,著有笔记小说《唐国史补》,书中称这篇传奇是"文妖"。赞:题赞、论赞,文体名。题词于字画或文章之上,或在别人传记后附一段评论的话,称"赞"。通常为韵文。 ㊺贵极禄位:是说做了最大的官。极,到了极点。 ㊻倾:压倒。 ㊼达人:通达的人。

刘禹锡

　　刘禹锡(772—842),字梦得,洛阳(今属河南)人,自言系出中山(今河北境内)。贞元进士,授监察御史。曾参加王叔文领导的政治改革,失败后贬为朗州(今湖南常德)司马。后又任连州、夔州、和州等地刺史,官至检校礼部尚书。他同柳宗元、白居易交谊甚厚,时称"刘柳""刘白"。其诗风格清新、爽朗。学习民歌很有成绩。有《刘梦得文集》。

竹　枝　词①

其　一

　　杨柳青青江水平,闻郎江上唱歌②声。东边日出西边雨,道是无晴却有晴③。

①《竹枝词》:当时巴、渝地区(今重庆一带)的一种民歌。这是作者的拟作,这一组共二首。　②唱歌:一作"踏歌",即歌唱时以脚踏地为节拍。　③这句两"晴"字均谐音"情",并取"情"的隐义。

乌　衣　巷①

　　朱雀桥②边野草花,乌衣巷口夕阳斜。旧时王谢堂前燕,飞入寻常百姓家③。

①此诗为《金陵五题》的第二首。乌衣巷,在金陵(今江苏南京市)秦淮河南面,与朱雀桥相距很近。三国时这里曾是吴国护城卫队的营地,因士卒均穿乌衣,故名乌衣

巷。晋朝渡江后,晋元帝的宰相王导住在这里,后来成为南朝大世族王、谢两家的住宅区。　②朱雀桥:秦淮河上的一座浮桥,东晋时称朱雀航,面对金陵城的朱雀门(即该城的正南门),在当时是车马填咽的交通要道。　③"旧时"二句:是说在过去王、谢大族建厦的旧址上,如今已盖起一般老百姓的住宅,唯有燕子还依旧飞来筑巢。

酬乐天扬州初逢席上见赠①

巴山楚水②凄凉地,二十三年弃置身③。怀旧空吟闻笛赋,到乡翻似烂柯人④。沉舟侧畔千帆过,病树前头万木春⑤。今日听君歌一曲,暂凭杯酒长精神⑥。

①唐敬宗宝历二年(826)冬,作者罢和州刺史,被征还洛阳,中途在扬州(今江苏扬州)与白居易相遇。白有《醉赠刘二十八(禹锡)使君》诗,刘以此诗相答。乐天,白居易的字。　②巴山楚水:泛指自己被贬谪之地。　③二十三年:作者自唐宪宗永贞元年(805)被贬连州刺史至今共历二十二年,预计回到京城已跨进第二十三个年头。弃置身:被丢在一旁的人。　④"怀旧"二句:是说自己在外二十余年,许多老朋友都已故去,回到家乡怕同乡人都不相识了。旧,老友。闻笛赋,指晋人向秀所作《思旧赋》。向秀经过亡友嵇康的旧居,闻邻人笛声,感慨万端,写《思旧赋》以寄幽思。翻,反而。烂柯人,指王质。据《述异志》载,晋人王质进山打柴,见两童子下棋。当他看完这局棋时,手里的斧柄(柯)都朽烂了。他回到村里,才知已过了一百年,同时的人均已死尽。这里作者自比王质,说明被贬离京之久。　⑤"沉舟"二句:以沉舟、病树自况,感慨世事的变迁。　⑥长精神:是说自当抖擞振奋起来。

白居易

白居易(772—846),字乐天,晚年号香山居士。下邽(guī规,今陕西渭南东北)人。祖籍太原(今属山西)。贞元进士,任左拾遗等职。元和十年(815),因得罪权贵,贬江州司马。穆宗长庆间复任杭州、苏州刺史等职,官至刑部尚书。唐代大诗人。曾致力于倡导创作新乐府,主张"文章合为时而著,歌诗合为事而作",强调诗歌的教育意义和政治作用。其讽谕诗揭露时弊,语言显易,思想倾向鲜明,其叙事诗亦取得突出成就。有《白氏长庆集》。

观 刈 麦①

田家少闲月,五月人倍忙。夜来南风起,小麦覆陇②黄。妇姑荷箪食③,童稚携壶浆④;相随饷田⑤去,丁壮⑥在南冈。足蒸暑土气,背灼炎天光⑦。力尽不知热,但惜夏日长⑧。复有贫妇人,抱子在其旁;右手秉遗穗⑨,左臂悬敝筐⑩。听其相顾言⑪,闻者为悲伤:"家田输税尽⑫,拾此充饥肠。"今我何功德,曾不事农桑;吏禄三百石⑬,岁晏⑭有余粮。念此私自愧,尽日不能忘。

①作于宪宗元和元年(806),时任盩厔(zhōu zhì 周至,今陕西周至县)县尉。刈(yì义):割。　②覆:遮满。陇:同"垄",田埂。　③妇姑:妇指已婚女子,姑指未婚女子。此泛指妇女。荷(hè贺):担着。箪(dān丹)食:用圆竹器盛的食物。　④童稚:小孩。壶浆:用壶盛的汤水。　⑤饷(xiǎng享)田:给田间劳作的人送茶饭。　⑥丁壮:指青壮年男子。　⑦"足蒸"二句:是说双脚被地热所熏蒸,脊背为烈日所烧烤。灼(zhuó酌),烧。炎,热。　⑧"但惜"句:是说夏日天长能多干活。惜,珍惜。　⑨秉:持。遗穗:指别人掉在田里的麦穗。　⑩敝筐:破篮子。　⑪相顾言:相互诉说。　⑫"家田"句:是说自家的田地因缴税而卖光。输,纳。　⑬吏禄:官吏的俸禄。

三百石:唐代官分九品。从九品,禄米每月三十石。当时作者的官阶是从九品下,三百石是年俸的约数。 ⑭岁晏:年终。

轻　　肥①

意气骄满路②,鞍马光照尘。借问何为者?人称是内臣③。朱绂皆大夫,紫绶悉将军④。夸赴军⑤中宴,走马去如云。樽罍溢九酝⑥,水陆罗八珍⑦。果擘洞庭橘⑧,脍切天池鳞⑨。食饱心自若⑩,酒酣气益振⑪。是岁江南旱,衢州人食人⑫。

①作者将自贞元二十年至元和五年间,在长安的见闻写入诗歌,汇成《秦中吟》,共十首。此篇原列第七,题一作《江南旱》。轻肥,轻裘肥马,指豪华生活。 ②意气:意志与气概,此指态度神情。骄:骄横。 ③内臣:即宦官。因宦官在宫内替皇帝服役,故称。 ④"朱绂(fú服)"二句:是说这些宦官都身居文武要职。朱绂,朱红色画有花纹的官服。大夫,泛指文官。绶(shòu受),绶带。唐制三品以上文武官员的服饰用紫色,四品、五品用朱红色。 ⑤军:此指由宦官统领的禁军。 ⑥樽、罍(léi垒):均为酒器。九酝(yùn运):泛指醇美的酒。 ⑦"水陆"句:是说摆满了水中和陆地所产的珍品。 ⑧擘(bò驳去声):剖。洞庭橘:指江苏太湖洞庭山所产的名贵柑橘。 ⑨脍(kuài快):细切的肉。天池:指海。鳞:鱼。 ⑩心自若:心里安然自得。 ⑪气益振:指神态更加趾高气扬。 ⑫"是岁"二句:《资治通鉴·唐纪五十三》载,元和四年南方旱饥。衢(qú渠)州,今浙江衢江区一带。

长　恨　歌①

汉皇重色思倾国②,御宇③多年求不得。杨家有女初长成,养在深闺人未识。天生丽质难自弃,一朝选在君王侧④。回眸一笑百媚⑤生,六宫粉黛无颜色⑥。春寒赐浴华清池⑦,温泉水滑洗凝脂⑧。侍儿⑨扶起娇无力,始是新承恩泽⑩时。云鬓花颜金步摇⑪,芙蓉帐暖度春宵⑫。春宵苦短日高起,从此君王不早朝⑬。承欢侍宴⑭无闲暇,春从春游夜专夜⑮。后宫佳丽三千人,三千宠爱在一身。金屋妆成娇侍夜⑯,玉楼宴罢醉和春⑰。姊妹兄弟皆列土⑱,可怜⑲光彩生门户。遂令天下父母心,不重生男重生女。骊宫⑳高处入青云,仙乐风飘处处闻。缓歌慢舞凝丝竹㉑,尽日君王看不足㉒。渔阳鼙鼓㉓动地来,惊破《霓裳羽衣曲》㉔。九重城阙烟尘生㉕,千乘万骑西南行㉖。翠华摇摇㉗行复止,西出都门百余里㉘。六军㉙不发无奈何,宛转娥眉马前死㉚。花钿委地无人收㉛，翠翘金雀玉搔头㉜。君王掩面救不得，回看血泪相和流。黄埃散漫风萧索㉝，云栈萦纡登剑阁㉞。峨眉山㉟下少人行，旌旗无光日色薄㊱。蜀江水碧蜀山青，圣主朝朝暮暮情㊲。行宫㊳见月伤心色，夜雨闻铃肠断声㊴。天旋日转回龙驭㊵，到此㊶踌躇不能去。马嵬坡下泥土中，不见玉颜空死处㊷。君臣相顾尽沾衣，东望都门信马归㊸。归来池苑皆依旧，太液芙蓉未央柳㊹。芙蓉如面柳如眉，对此如何不泪垂？春风桃李花开日，秋雨梧桐叶落时。西宫南内多秋草㊺，落叶满阶红不扫。梨园弟子㊻白发新，椒房阿监青娥㊼老。夕殿萤飞思悄然㊽，孤灯挑尽㊾未成眠。迟迟钟鼓㊿初长夜，耿耿(51)星河欲曙天。鸳鸯瓦冷霜华(52)重，翡翠衾(53)寒谁与共？悠悠生死别经年(54)，魂魄(55)不曾来入梦。

临邛道士鸿都客(56)，能以精诚致魂魄(57)。为感君王展转思(58)，遂教方士殷勤觅(59)。排空驭气奔如电(60)，升天入地求之遍。上穷碧落下黄泉(61)，两处茫茫皆不见。忽闻海上有仙山，山在虚无缥缈间。楼阁玲珑五云(62)起，其中绰约(63)多仙子。中有一人字太真(64)，雪肤花貌参差(65)是。金阙西厢叩玉扃(66)，转教小玉报双成(67)。闻道汉家天子使，九华帐里梦魂惊(68)。揽衣推枕起徘徊，珠箔银屏逦迤(69)开。云髻半偏新睡觉，花冠不整下堂来。风吹仙袂(70)飘飖举，犹似"霓裳羽衣"舞。玉容寂寞泪阑干(71)，梨花一枝春带雨(72)。含情凝睇(73)谢君王："一别音容(74)两渺茫。昭阳殿(75)里恩爱绝，蓬莱宫(76)中日月长。回头下望人寰处(77)，不见长安见尘雾。唯将旧物(78)表深情，钿合金钗寄将去(79)。钗留一股合一扇(80)，钗擘黄金合分钿(81)。但令(82)心似金钿坚，天上人间会相见。"临别殷勤重寄词(83)，词中有誓两心知(84)："七月七日长生殿(85)，夜半无人私语时。在天愿作比翼鸟，在地愿为连理枝(86)。"天长地久有时尽(87)，此恨绵绵(88)无绝期！

①作于元和元年十二月。陈鸿《长恨歌传》："元和元年冬十二月，太原白乐天自校书郎尉于盩厔，鸿与琅玡王质夫家于是邑。暇日相携游仙游寺，话及此事（按：指唐玄宗、杨贵妃的故事），相与感叹。质夫举酒于乐天前曰：'夫希代之事，非遇出世之才润色之，则与时消没，不闻于世。乐天深于诗，多于情也，试为歌之，如何？'乐天因为《长恨歌》。" ②汉皇：本指汉武帝，此借指唐玄宗李隆基。倾国：喻美女，指李夫人。她是乐工李延年之妹。李延年在汉武帝面前作歌形容她的美貌说："北方有佳人，绝世而独立。一顾倾人城，再顾倾人国。"武帝将李夫人纳为妃。 ③御宇：御临宇内，即统治天下。 ④"杨家"四句：是说杨玉环被选入宫中。史载，开元二十三年杨玉环被册封为玄宗之子寿王李瑁的王妃，后被玄宗看中，度为女道士，号太真，召入宫中，遂强占为妃。这里是作者有意掩饰玄宗的丑行。丽质，美丽的姿质。难自弃，难

于自我埋没。　⑤眸(móu谋):眼中瞳仁。百媚:种种迷人的姿态。　⑥六宫粉黛:指宫内所有嫔妃。六宫,古代后妃的居所。无颜色:是说与杨贵妃相比,她们都失去了美色。　⑦华清池:唐代华清宫的温泉浴池,在今陕西临潼骊山上。　⑧滑:光滑。凝脂:凝固的油脂,形容白嫩柔润的皮肤。《诗经·卫风·硕人》:"手如柔荑,肤如凝脂。"　⑨侍儿:指宫女。　⑩承恩泽:指得到玄宗的宠爱。　⑪步摇:一种挂有垂珠的首饰,移步则摇。　⑫春宵:喻新婚之夜。　⑬不早朝:不上早朝听政。　⑭承欢:得到皇帝的欢心。侍宴:陪皇帝饮酒作乐。　⑮"春从"句:是说无论白天游玩或夜间休息,玄宗都只要杨贵妃作陪。　⑯金屋:《汉武故事》说,汉武帝幼年时,她姑母指着自己的女儿阿娇,问他可喜欢,他说:"若得阿娇作妇,当作金屋贮之。"后来就以"金屋"指男子所宠爱的妇女的住处。娇:阿娇,喻杨玉环。　⑰玉楼:华美的楼阁。醉和春:指玄宗带醉入寝。　⑱"姊妹"句:杨玉环受册封后,其大姐封韩国夫人,三姐封虢国夫人,八姐封秦国夫人。叔伯兄弟杨铦官鸿胪卿,杨锜官侍御史,杨钊赐名国忠,封魏国公,天宝十一年为右丞相。列土,分封爵位和领地。　⑲可怜:可爱,可羡。　⑳骊宫:即骊山华清宫。㉑缓歌:舒缓悠扬的歌声。慢舞:轻盈的舞姿。凝丝竹:形容歌舞与管弦乐配合得紧密和谐。㉒不足:不厌。㉓渔阳鼙(pí皮)鼓:指安禄山从渔阳(今河北蓟县一带)出兵。天宝十四载安禄山反于范阳,渔阳是范阳节度所领八郡之一,故用以泛指范阳一带。鼙,古代军鼓之一种。㉔《霓裳羽衣曲》:本是印度舞曲,原名《婆罗门》,开元时经中亚传入,由西凉节度使杨敬述采编而成,后为唐代教坊流行舞曲。㉕九重:指皇帝居所。宋玉《九辩》:"君之门以九重。"城阙:指京城。烟尘生:指发生战祸。㉖西南行:天宝十五年六月,安禄山破潼关,杨国忠主张逃向蜀中,玄宗命陈玄礼率"六军"出发,他自己和杨玉环等跟着出延秋门向西南而去。㉗翠华:指皇帝仪仗中用翠鸟羽毛装饰的旗子。摇摇:形容旌旗仪仗飘扬。㉘"西出"句:是说到了马嵬驿。其驿在长安西面百余里,今陕西兴平。㉙六军:指皇帝的禁卫军。㉚宛转:缠绵悱恻的样子。娥眉:美女的代称;此指杨贵妃。马前死:玄宗等逃至马嵬驿时,龙武大将军陈玄礼代表将士意见,请诛杨贵妃。玄宗无奈,命高力士将她缢死。㉛钿(diàn店):古代一种嵌金花的首饰。委:散落。收:拾取。㉜翠翘金雀:饰有翠羽的金雀钗。玉搔头:玉簪。㉝散漫:形容尘土飞扬弥漫。萧索:肃杀凄凉。㉞云栈:高入云端的栈道。自陕入蜀,经秦岭有北栈道,巴山有南栈道。萦纡(yíng yū萦迂):曲折环绕。剑阁:即剑门关,在今四川剑阁县北,详见李白《蜀道难》注㉙。㉟峨眉山:在今四川峨眉市南。玄宗入蜀只到成都,未经过这里。此泛指蜀山。㊱日色薄:形容光景惨淡。㊲朝朝暮暮情:用宋玉《高唐赋》巫山神女的典故,喻玄宗与杨玉环生前情好。㊳行宫:皇帝外游的临时住处。㊴"夜雨"句:《明皇杂录》载,玄宗入蜀经斜谷时,遇连日阴雨,于栈道上闻雨中铃声隔山相应,十分凄凉,愈加思念杨贵妃,因令张野狐谱成《雨霖铃》曲以寄恨。㊵"天旋"句:是说局势大转,玄宗又由蜀还京。至德二载九月,郭子仪收复长安，十二月玄宗还京。龙驭，皇帝车驾。 ㊶此：指杨贵妃自尽处。 ㊷“不见”句：《新唐书·后妃传》载，玄宗由蜀返长安经过马嵬坡时，曾派人为杨贵妃改葬，洛棺只剩香囊一枚。玉颜，指杨贵妃。 ㊸都门：指长安城门。信马：听任马自行。形容心神不定。 ㊹太液：汉代宫池名，在汉代大明宫内，今长安故城西。未央：汉代宫名，在今长安故城西南隅。这里均泛指宫中。 ㊺西宫：即西内，指太极宫。南内：指兴庆宫。玄宗回京后先住南内，后迁西内。 ㊻梨园弟子：指当年玄宗在梨园教练出来的乐工。 ㊼椒房：见杜甫《丽人行》注⑨。阿监：太监。青娥：指宫女。 ㊽夕殿萤飞：化用谢朓《玉阶怨》“夕殿下珠帘，流萤飞复息”诗意。思悄然：愁闷不语。 ㊾孤灯挑尽：是说夜已深，灯芯屡挑殆尽。古代宫中燃烛，不点油灯，此衬托玄宗晚年生活环境的凄苦。 ㊿钟鼓：报更的钟鼓声。 (51)耿耿：光亮，明净。 (52)鸳鸯瓦：正反成对、相嵌在一起的瓦。霜华：霜花，指霜。 (53)翡翠衾：饰以翡翠羽毛绣成的被子。 (54)经年：过去了一年。 (55)魂魄：指杨贵妃的亡魂。 (56)“临邛（qióng 穷）”句：是说一个来长安作客的蜀地道士。临邛，今四川邛崃。鸿都，后汉都城洛阳的宫门名，此借指长安。 (57)“能以”句：是说这道士能以诚心招来死者的灵魂。 (58)展转思：反复不止的思念。 (59)教：使得。方士：有法术的人，指临邛道士。殷勤觅：尽力去寻找。 (60)排空：凌空。驭气：驾风。 (61)穷：尽。碧落：天上，这是道家的说法。黄泉：指地下。 (62)五云：五色瑞云。 (63)绰约：柔婉优美。 (64)太真：见本诗注④。 (65)参差：此作“差不多”解。 (66)金阙：金碧辉煌的仙宫。扃（jiōng 迥阴平）：门环。 (67)“转教”句：是说由小玉、双成两个侍女辗转通报杨贵妃。小玉，传说是吴王夫差的小女，殉情而死，死后曾保护其情人。双成，董双成，传说中西王母的侍女。这里以小玉、双成借指太真的侍女。 (68)“闻道”二句：是说太真正在睡梦中被通报惊醒。汉家天子使，喻玄宗所派方士。九华，花饰繁丽。 (69)箔：帘。屏：屏风。逦迤（lǐ yǐ 里已）：亦作“迤逦”，曲折连绵貌。 (70)袂（mèi 妹）：衣袖。 (71)阑干：纵横。 (72)“梨花”句：是说她哭泣着像一枝春天带雨的梨花。 (73)睇（dì 帝）：斜着眼看。 (74)音容：声音和容貌。 (75)昭阳殿：汉成帝皇后赵飞燕所住的宫殿，此喻杨贵妃生前居所。 (76)蓬莱宫：指杨贵妃成仙后所居的仙宫。 (77)人寰处：人世间。 (78)旧物：指生前和玄宗定情之物，即下句所说的“钿合金钗”。 (79)钿合：嵌有金花的盒子。钗，妇女的一种首饰。寄将去：托请捎去。 (80)“钗留”句：钗有两股，捎去一股，留下一股。盒有上下两扇，捎去一扇，留下一扇。 (81)合分钿：即将钿合分成两半，各留一半。 (82)但令：但愿让。 (83)重寄词：再托方士捎话。 (84)两心知：指唯有玄宗及杨贵妃两人心里明白。 (85)长生殿：在华清宫，天宝元年造，又名集灵台，用以祭神。又，唐时寝殿均称作长生殿（见《资治通鉴》卷二百七长生院注），此所谓长生殿，当指华清宫之寝殿。 (86)“在天”二句：是说愿意世代为夫妻。比翼鸟，传说一种雌雄并翅而飞的鸟。连理枝，两株树木的干相抱，枝相连。均象征男女相爱。 (87)有时尽：有完结之时。 (88)此恨：指玄宗和杨贵妃生离死别之恨。绵绵：长远不尽的样子。

上阳白发人①

上阳人,红颜暗老白发新②。绿衣监使③守宫门,一闭上阳多少春!玄宗末岁初选入,入时十六今④六十。同时采择百余人,零落年深残⑤此身。忆昔吞悲别亲族,扶入车中不教哭。皆云入内便承恩,脸似芙蓉胸似玉。未容君王得见面,已被杨妃遥侧目⑥。妒令潜配上阳宫⑦,一生遂向空房宿。宿空房,秋夜长。夜长无寐天不明:耿耿残灯背壁影⑧,萧萧暗雨打窗声。春日迟⑨,日迟独坐天难暮;宫莺百啭⑩愁厌闻,梁燕双栖老休妒⑪。莺归燕去长悄然⑫,春往秋来不记年。唯向深宫望明月,东西四五百回圆⑬。今日宫中年最老,大家遥赐尚书号⑭。小头鞵履窄衣裳,青黛点眉眉细长;外人不见见应笑,天宝末年时世妆⑮。上阳人,苦最多。少亦苦,老亦苦,少苦老苦两如何!君不见昔时吕向《美人赋》⑯,又不见今日上阳宫人白发歌?

①元和四年白居易任左拾遗时作《新乐府》五十首。《新乐府·序》说:"篇无定句,句无定字,系于意,不系于文。首句标其目,卒章显其志,《诗三百》之义也。其辞质而径,欲见之者易谕也。其言直而切,欲闻之者深诫也。其事核而实,使采之者传信也。其体顺而肆,可以播于乐章歌曲也。总而言之:为君、为臣、为民、为物、为事而作,不为文而作也。"每篇前均有小序。此篇原列第七首,题一作《上阳人》,序说:"愍怨旷也。"意思是对宫女们长期不得婚配的幽闭生活深表同情。作者原注:"天宝五载以后,杨贵妃专宠,后宫人无复进幸矣。六宫有美色者,辄置别所,上阳是其一也。贞元中尚存焉。"上阳,宫名,在洛阳。　②暗老:是说悄然憔悴。新:这里是不断增添的意思。　③绿衣监使:指主管宫苑的宦官。唐代由六、七品宦官掌管宫闱门禁,六品着深绿色官服,七品着浅绿色官服。　④今:指贞元中。　⑤零落:形容当年被同时选入宫者相继离世。残:剩。　⑥遥侧目:这里是说因嫉妒而远远地斜着眼看她。⑦"妒令"句:意思是由于妒忌她的美貌而秘密安置到上阳宫。　⑧耿耿:明亮。背壁影:背对墙上的身影,状其孤寂。　⑨春日迟:春天白昼转长。　⑩百啭(zhuàn撰):各种动听的鸣声。啭,鸟儿婉转地叫。　⑪"梁燕"句:是说宫人已老,用不着去妒羡双栖梁上的燕子。　⑫长悄然:是说宫人长期处于寂寞忧愁之中。　⑬"东西"句:是说宫人望着明月东升西落,已在宫中见到四五百次月圆。说明她入宫已四十余年。这与"入时十六今六十"句基本相符。　⑭大家:宫中对皇帝的习称。此指唐玄宗。遥赐:远远地赏赐。当时玄宗在长安,而上阳宫在洛阳,所以这样说。尚书:宫中女官名。　⑮"小头"四句:是说她深居宫内,与世隔绝,仍保持着天宝末年所流行的穿着打扮:窄小的衣襟、袖口,小头鞋,画着细长的眉毛。若让宫外人见了,一定会笑

话的。按贞元、元和年间,妇女的装束已流行平头小履、高兴履,宽袖长裙,画粗八字眉。青黛,一种青黑色颜料,妇女用来画眉。时世妆,时髦的穿着打扮。 ⑯《美人赋》:作者自注:"天宝末有密采艳色者,当时号'花鸟使',吕向献《美人赋》以讽之。"吕向,字子回,善书画,开元年间召入翰林,兼集贤院校理。献《美人赋》当在此时。该赋见于《文苑英华》和《全唐文》。

红 线 毯①

红线毯,择茧缫丝②清水煮,拣丝练线红蓝染③。染为红线红于蓝,织作披香殿④上毯。披香殿广十丈余,红线织成可殿铺⑤。彩丝茸茸香拂拂⑥。线软花虚不胜物⑦。美人踏上歌舞来,罗袜绣鞋随步没。太原毯涩毳⑧缕硬,蜀都褥薄锦花冷⑨。不如此毯温且柔,年年十月来宣州。宣州太守加样织⑩,自谓为臣能竭力。百夫同担进宫中,线厚丝多卷不得⑪。宣州太守知不知?一丈毯,千两丝!地不知寒人要暖,少夺人衣作地衣!

①此诗原列《新乐府》第二十九首,序说:"忧蚕桑之费也。" ②缫(sāo 骚)丝:把蚕茧浸在滚水里抽丝。 ③练线:煮丝使之变白变软。红蓝:红蓝花,叶箭镞形,有锯齿状,夏开红黄花,可制胭脂及红色颜料。因其叶状似蓝,故名红蓝。 ④披香殿:汉代宫殿名。汉成帝的皇后赵飞燕曾在此歌舞。此泛指宫廷歌舞之处。 ⑤可殿铺:铺满宫殿。 ⑥茸(róng 容)茸:此形容毯丝短平而软密。拂拂:形容风轻轻吹过。此有播荡之意。 ⑦不胜(shēng 升):承受不住东西。这是极言丝毯的松软,故下面有"罗袜绣鞋随步没"的描写。 ⑧毳(cuì 脆):鸟兽的细毛。 ⑨蜀都:指成都。锦花冷:蜀毯虽织锦花,但因褥薄而不温暖。 ⑩"宣州"句:作者自注:"贞元中,宣州进开样加丝毯。"宣州,州治在今安徽宣城。开样,新设计的花样。加样织,加工精制。 ⑪卷不得:因丝毯过厚难以卷起。

杜 陵 叟①

杜陵叟,杜陵居,岁种薄田一顷②余。三月无雨旱风起,麦苗不秀③多黄死。九月降霜秋早寒,禾穗未熟皆青干④。长吏明知不申破⑤,急敛暴征求考课⑥。典⑦桑卖地纳官租,明年衣食将何如?剥我身上帛,夺我口中粟,虐人⑧害物即豺狼,何必钩爪锯牙⑨食人肉!不知何人奏皇帝,帝心恻隐知人弊⑩;白麻纸上书德音⑪,京畿尽放⑫今年税。昨日里胥方到门,手持敕牒榜乡村。十家租税九家毕,虚受吾君蠲免恩⑬!

①原列《新乐府》第三十。作者自注:"伤农夫之困也。"元和四年久旱,李绛、白居易上疏减免租税。唐宪宗虽下令免税,但地方官吏或隐瞒灾情,或"急敛暴征",农民并未得到实惠。这诗因此事而作。杜陵,见杜甫《自京赴奉先县咏怀五百字》注②。叟,老头。　②薄田:贫瘠的田地。顷:量词,每顷百亩。这是中唐两税法实行后,一个成年男子所种的田地数量,每年夏秋两季须按这个田地亩数向官府缴纳规定的租税。　③秀:吐穗开花。　④青干:未到黄熟便死干。　⑤申破:申报上级,说清实情。　⑥考课:考核官吏的工作成绩以定其职务的升降。此指升官。　⑦典:典押。把土地、房屋等押给别人,换取一笔钱,不付利息,议定年限,到期还款,收回原物。⑧虐人:侵害人。　⑨钩爪锯牙:钩一般尖锐的爪子,锯齿一般锋利的牙齿。　⑩恻(cè策)隐:对受苦难的人表示同情、怜悯。弊:困顿。　⑪白麻纸:唐代朝廷专用以书写大事命令的纸张,一般制命用黄麻纸书写。德音:指颁布皇帝恩德的好消息。⑫京畿(jī机):京郊。放:解免。　⑬"昨日"四句:是说免税的公文到达村里时,租税都快收完了,老百姓没得到实际的好处。里胥,里正、地保。方,才。尺牒(dié蝶),指免税的公文。牓(bǎng榜),张贴。毕,指缴完租税。蠲(juān捐),免除。

卖炭翁①

卖炭翁,伐薪烧炭南山中②。满面尘灰烟火色,两鬓苍苍十指黑。卖炭得钱何所营③?身上衣裳口中食。可怜身上衣正单,心忧炭贱愿天寒。夜来城外一尺雪,晓驾炭车辗冰辙④;牛困人饥日已高,市南门外泥中歇。翩翩两骑⑤来是谁?黄衣使者白衫儿⑥。手把文书口称敕⑦,回车叱牛牵向北⑧。一车炭重千余斤⑨,宫使驱将⑩惜不得。半匹红纱一丈绫,系向牛头充炭直⑪。

①原列《新乐府》第三十二首。作者自注说:"苦宫市也。"宫市,皇帝派宦官到集市变相掠夺民间财物的一种方式。德宗贞元末年,凡宫中所需之物,均由宦官采办。宦官以"宫市"的名义,看中什么东西便拿走,或象征性给点钱,或分文不给,卖主不敢追问。　②薪:木柴。南山:终南山。详见王维《终南山》注①。　③何所营:做何用。④辗:压。冰辙:结了冰的车辙。　⑤翩翩:轻快的样子。骑(jì季):骑马的人。⑥黄衣使者:指宫中派出采办货物的宦官。唐代宦官品级较高者着黄衣,无品级者着白衣。白衫儿:指帮助宦官抢购东西的随从。　⑦敕:皇帝的命令。　⑧回车:唐代长安东、西市均在城南,皇宫在城北,故须转车向北去。叱(chì斥):吆喝。　⑨此句一本作"一车炭,千余斤"。　⑩宫使:指宦官。驱将:把牛车赶走。　⑪直:值,价钱。

琵琶行①

浔阳江②头夜送客,枫叶荻花秋瑟瑟。主人下马客在船,举酒欲饮无管弦。醉不成欢惨将别,别时茫茫江浸月。忽闻水上琵琶声,主人忘归客不发。寻声暗问弹者谁? 琵琶声停欲语迟。移船相近邀相见,添酒回灯重开宴③。千呼万唤始出来,犹抱琵琶半遮面。转轴拨弦三两声④,未成曲调先有情。弦弦掩抑声声思⑤,似诉平生不得志。低眉信手续续弹⑥,说尽心中无限事。轻拢慢捻抹复挑⑦,初为《霓裳》后《六幺》⑧。大弦嘈嘈如急雨⑨,小弦切切如私语⑩;嘈嘈切切错杂弹,大珠小珠落玉盘。间关莺语花底滑⑪,幽咽泉流冰下难⑫;水泉冷涩弦凝绝⑬,凝绝不通声暂歇。别有幽情暗恨生,此时无声胜有声。银瓶乍破水浆迸⑭,铁骑突出刀枪鸣⑮。曲终收拨当心画⑯,四弦一声⑰如裂帛;东船西舫⑱悄无言,唯见江心秋月白。

沉吟⑲放拨插弦中,整顿衣裳起敛容⑳。自言本是京城女,家在虾蟆陵㉑下住。十三学得琵琶成,名属教坊第一部㉒。曲罢曾教善才㉓伏,妆成每被秋娘㉔妒。五陵年少争缠头㉕,一曲红绡㉖不知数。钿头银篦击节碎㉗,血色罗裙翻酒污㉘。今年欢笑复明年,秋月春风等闲度㉙。弟走从军阿姨㉚死,暮去朝来颜色故㉛。门前冷落鞍马稀,老大嫁作商人妇。商人重利轻别离,前月浮梁㉜买茶去。去来㉝江口守空船,绕船月明江水寒;夜深忽梦少年事,梦啼妆泪红阑干㉞。

我闻琵琶已叹息,又闻此语重唧唧㉟。同是天涯沦落人,相逢何必曾相识㊱! 我从去年辞帝京㊲,谪居卧病浔阳城㊳。浔阳地僻无音乐,终岁不闻丝竹声。住近湓江㊴地低湿,黄芦苦竹㊵绕宅生。其间旦暮闻何物? 杜鹃㊶啼哭猿哀鸣。春江花朝秋月夜,往往取酒还独倾。岂无山歌与村笛,呕哑嘲哳难为听㊷。今夜闻君琵琶语,如听仙乐耳暂明。莫辞更坐㊸弹一曲,为君翻㊹作《琵琶行》。感我此言良久㊺立,却坐促弦㊻弦转急。凄凄不似向前㊼声,满座重闻皆掩泣㊽。座㊾中泣下谁最多? 江州司马青衫㊿湿。

①原序说:"元和十年,予左迁九江郡(唐代叫江州或浔阳郡,治所在今江西九江市)司马。明年秋,送客湓浦口(即湓口,在今九江西湓水入江处),闻舟中夜弹琵琶者,听其音,铮铮然有京都声,问其人,本长安倡女。尝学琵琶于穆、曹二善才,年长色衰,委身为贾人妇。遂命酒使快弹数曲,曲罢悯然。自叙少小时欢乐事,今漂沦憔悴,转徙于江湖间。予出官二年,恬然自安,感斯人言,是夕始觉有迁谪意。因为长句,歌以

赠之,凡六百一十二言(实为六百一十六言),命曰《琵琶行》。"行:乐府歌辞的一体,与"歌"相似,故常以"歌行"连称。多用于叙事。 ②浔阳江:在江西九江市北,是长江的一段。 ③回灯:把撤下的灯拿回来。重:再次。 ④转轴:拧转琵琶上弦轴,以调音定调。三两声:是说试弹几声。 ⑤掩抑:形容弦声低回,情调幽咽。思(sì四):悲。 ⑥信手:随手。续续:连接不断。 ⑦拢:左手手指按弦向里(琵琶的中部)推。捻:左手手指按弦在柱上左右捻动。抹:右手手指向左拨弦。挑:右手手指向右拨弦。都是弹琵琶的指法。 ⑧《霓裳》:即《霓裳羽衣曲》,见前《长恨歌》注㉔。《六幺》:本名《录要》,将乐工所进曲调录要成谱,故名。一说是唐代大曲名,为歌舞曲。 ⑨大弦:粗弦,即低音弦。嘈嘈:形容声音舒长浑厚。 ⑩小弦:细弦,即高音弦。切切:形容声音急促细碎。 ⑪间关:鸟音。滑:轻快流利。 ⑫"幽咽"句:是说琵琶声像冰下的泉水,幽咽难通。幽咽,遏塞不畅快。冰下难,一作"水下滩",又作"水下难"。 ⑬"水泉"句:是说犹如冷涩的泉水那样沉滞。弦像要凝固而断了。凝,结。下句同。 ⑭"银瓶"句:形容乐声突然转为清脆的强音。迸,溅射。 ⑮"铁骑":形容乐声的雄壮铿锵,变得高扬。 ⑯拨:套在指上拨弦的拨子,用象牙、牛角等材料制成。当心画:用拨子从琵琶中划过四弦,一般表示曲终。画,同"划"。 ⑰四弦一声:四根弦同时发声。 ⑱船:一作"舟"。舫:船。 ⑲沉吟:有话说而又沉静思忖的样子。 ⑳敛容:严肃矜持而有礼貌的表情。 ㉑虾蟆陵:即下马陵,在长安东南曲江附近。 ㉒教坊:唐代官办管理和领导音乐杂技、教练歌舞的机关,玄宗时设左、右教坊以教俗乐。 ㉓善才:乐师的通称。 ㉔秋娘:泛指当时长安著名的乐伎。 ㉕五陵年少:泛指长安富贵人家子弟。五陵,汉代五个皇帝的陵墓(高祖长陵、惠帝安陵、景帝阳陵、武帝茂陵、昭帝平陵),均在长安附近。汉代每建一陵,都迁富豪、外戚到陵旁居住。缠头:古代舞女以锦缠头,故歌舞完毕,有以绢帛之类为赠的风俗,称"缠头彩"。 ㉖绡(xiāo消):生丝制成的纺织品,指缠头。 ㉗钿头银篦(bì毕):两头镶着花钿的银篦子(栉发具)。击节:打拍子。 ㉘血色:鲜红色。翻酒污:是说被同少年们戏谑时打翻的杯酒弄脏。 ㉙秋月春风:指一年中的良辰美景。等闲度:随随便便度过。 ㉚去:去。阿姨:指她的姐妹。 ㉛颜色故:容貌衰减。 ㉜浮梁:唐饶州浮梁县,治所在今江西景德镇市北。 ㉝去来:自商人去浮梁以来。 ㉞妆泪:眼泪与脸上的脂粉相混。红阑干:即妆泪纵横,红,指胭脂色。 ㉟重:更加。唧唧:叹息声。 ㊱"同是"二句:是说彼此过去虽不相识,但人生遭遇有共同之处,因而偶然相逢,也可倾吐心事。 ㊲帝京:指长安。 ㊳浔阳城:今江西九江市。 ㊴溢(pén盆)江:即溢水。 ㊵苦竹:竹的一种,其笋味苦。 ㊶杜鹃:见李白《蜀道难》注㉑。 ㊷呕哑嘲哳(zhāo zhā招渣):形容声音杂乱繁碎,不悦耳。难以听:不堪入耳。 ㊸更坐:重新坐下。 ㊹翻:此指按曲调写成歌辞。 ㊺良久:许久。 ㊻却坐:退回原位坐下。促弦:紧弦,即把声调定高。 ㊼向前:刚才。 ㊽掩泣:掩面而泣。 ㊾座:一本作"就"。 ㊿司马:官名,刺史的副佐。青衫:唐代低级官员

(八品、九品)服青色。作者当时职位的官阶是将仕郎,从九品,故着青衫。

忆 江 南①

其 一

　　江南②好,风景旧曾谙③。日出江花红胜火④,春来江水绿如蓝⑤。能不忆江南?

①《忆江南》:词牌名,原名《谢秋娘》。作者共写三首。　②江南:此指苏州、杭州一带。　③旧曾谙(ān 安):从前很熟悉。　④"日出"句:是说水边盛开的花朵,在朝阳映照下比火花还鲜艳。　⑤蓝:可制蓝色染料的一种草。

长 相 思①

其 一

　　汴水②流,泗水③流,流到瓜洲④古渡头。吴山点点愁⑤。
　　思悠悠,恨悠悠,恨到归时方始休⑥。月明人倚楼。

①《长相思》:本为唐代教坊曲名,后改用为词牌。因梁陈乐府《长相思》而得名。诗人共作二首,这首被《钦定词谱》定为此调的正体。　②汴水:源于河南,唐代统称自出河至入淮通济渠东段全流为汴水。　③泗水:源出山东蒙山南麓,为淮河下游第一大支流。　④瓜洲:镇名。在今江苏扬州市南,与镇江隔江相望,是古运河通长江出口的重要市镇。由于淮河东经洪泽湖转入长江,瓜洲可称汴、泗二水流向的转折处。词以二水奔腾至此古渡口相汇,比喻思妇纵横的思绪。　⑤吴山:古时长江下游为吴国所据,故常以吴山泛称这一带的山。点点愁:是说座座吴山都凝聚着那女子思念客居江南的丈夫的愁思。由于吴山离女子十分遥远,所以只能望见渺茫的"点点"。　⑥"思悠"三句:是说思情离恨绵长不绝,只有丈夫归来才能终止。

李 绅

李绅(772—846),字公垂,润州无锡(今属江苏)人。元和进士,曾因触怒权贵下狱。武宗时做过宰相,出为淮南节度使。曾首创《新题乐府》诗二十首,已佚。《全唐诗》录其《追昔游诗》三卷,《杂诗》一卷。

悯农二首

其 一

春种一粒粟,秋成①万颗子。四海无闲田②,农夫犹饿死。

①成:一作"收"。　②闲田:荒废不种的田地。

其 二

锄禾日当午,汗滴禾下土。谁知盘中飧①,粒粒皆辛苦?

①飧(sūn 孙):熟食。一作"餐"。

柳宗元

柳宗元(773—819),字子厚,河东解(今山西运城解州)人,世称柳河东。贞元进士。曾参加主张政治革新的王叔文集团,任礼部员外郎。革新失败后,贬为永州司马。后迁柳州刺史,故又称柳柳州。他与韩愈同列为"唐宋八大家",并称"韩柳"。有不少诗文揭露社会矛盾,批判时政,其山水游记与山水诗亦很著名。风格清峭矫健,颇具特色。有《柳河东集》。

渔 翁[①]

渔翁夜傍西岩[②]宿,晓汲清湘燃楚竹[③]。烟销日出不见人,欸乃一声山水绿[④]。回看天际下中流[⑤],岩上无心云相逐。

① 这诗作于被贬永州(今湖南零陵)时。 ② 西岩:即永州的西山。岩,高峻山崖。 ③ 汲(jí 及):打水。湘:湘水,流经永州。燃楚竹:将竹当柴燃烧。楚,湖南古属楚地。 ④ 欸(ǎi 霭)乃:象声词,指摇橹声。一说指湘中渔歌《欸乃曲》,则"欸乃一声"即渔歌一声。 ⑤ "回看"句:是说渔翁回望天边昨晚宿处,乘流而下。

江 雪

千山鸟飞绝,万径人踪灭。孤舟蓑笠翁[①],独钓寒江雪。

① 蓑笠翁:着蓑衣、戴竹笠的渔翁。

捕蛇者说[①]

永州之野[②]产异蛇,黑质而白章[③];触草木,尽死;以啮[④]人,无御[⑤]之者。

然得而腊之以为饵⑥,可以已大风、挛踠、瘘、疠⑦,去死肌⑧,杀三虫⑨。其始,大医以王命聚⑩之,岁赋其二⑪。募有能捕之者,当其租入⑫,永之人争奔走⑬焉。

有蒋氏者,专其利三世⑭矣。问之,则曰:"吾祖死于是,吾父死于是,今吾嗣⑮为之十二年,几死者数⑯矣。"言之,貌若甚戚⑰者。余悲之,且曰:"若毒⑱之乎?余将告于莅事者⑲,更若役,复若赋,则何如?"

蒋氏大戚,汪然⑳出涕曰:"君将哀而生之乎㉑?则吾斯役之不幸,未若复吾赋不幸之甚也。向㉒吾不为斯役,则久已病㉓矣。自吾氏㉔三世居是乡,积㉕于今六十岁矣,而乡邻之生日蹙㉖,殚其地之出㉗,竭其庐之入㉘,号呼而转徙㉙,饥渴而顿踣㉚,触风雨,犯㉛寒暑,呼嘘毒疠,往往而死者相藉㉜也。曩㉝与吾祖居者,今其室十无一㉞焉;与吾父居者,今其室十无二三焉;与吾居十二年者,今其室十无四五焉。非死而徙尔㉟!而吾以捕蛇独存。悍吏㊱之来吾乡,叫嚣乎东西㊲,隳突㊳乎南北,哗然而骇㊴者,虽鸡狗不得宁焉。吾恂恂㊵而起,视其缶㊶,而吾蛇尚存,则弛然㊷而卧。谨食㊸之,时㊹而献焉。退而甘食其土之有㊺,以尽吾齿㊻。盖一岁之犯死者二㊼焉,其余则熙熙㊽而乐,岂若吾乡邻之旦旦有是㊾哉!今虽死乎此,比吾乡邻之死则已后矣,又安敢毒㊿耶?"

余闻而愈悲。孔子曰:"苛政猛于虎㊼也。"吾尝疑乎是㊼。今以蒋氏观之,犹信㊼。呜呼!孰知赋敛之毒有甚是蛇者乎!故为之说㊼,以俟夫观人风㊼者得焉。

①作于贬谪永州时。 ②野:郊野。 ③"黑质"句:是说黑色的躯体上有白色的花纹。章,花纹。 ④以:连词。啮(niè聂):咬。 ⑤御:抵御。 ⑥腊(xī西):干肉。此作动词,晒制成干肉。以为饵:用作药物。饵,药饵,即药物。 ⑦以:以字后省略"之",用它。已:止,指治好。大风:麻风病。挛踠(luán wǎn 峦晚):手脚拳曲不伸的病。瘘(lòu 陋):颈肿。疠(lì厉):恶疮。 ⑧死肌:腐烂的肌肉。 ⑨三虫:指寄生在人腹内的三种虫。 ⑩大医:御医,即宫廷医师。大,通"太"。聚:征集。 ⑪岁赋其二:每年征收蛇两次。赋,征收。 ⑫当其租入:(用异蛇)抵他的租税上缴。 ⑬奔走:指忙于这件事。 ⑭专其利:独占这一(捕蛇而不纳税的)好处。世:代。 ⑮嗣(sì四):承继。 ⑯几:几乎。数(shuò朔):多次。 ⑰戚:悲伤。 ⑱若:你。毒:作动词用,苦于,怨恨。 ⑲莅(lì立)事者:当事的人,指掌管赋税的官吏。 ⑳汪然:泪水盈眶的样子。 ㉑哀:哀怜。生之:使我活下去。 ㉒向:从前。 ㉓病:指困苦不堪。 ㉔吾氏:我家。 ㉕积:累计。 ㉖生:生计。日蹙(cù促):一天比一天窘迫。 ㉗殚(dàn旦):尽。出:指土地的生产品。 ㉘庐:房舍,此指一家的房

舍。入:收入。　㉙号呼:哭喊。转徙(xǐ洗):辗转迁移。　㉚顿踣(bó薄):累倒。㉛犯:冒。　㉜呼嘘毒疠:呼吸着有毒的气体。疠,瘴气。　㉝相藉(jiè借):相互枕藉,即互压着。　㉞曩(nǎng囊):从前。　㉟室:家。十无一:十户中不剩一户了。㊱而:则,就是。尔:同"耳",感叹词。　㊲悍吏:强暴的官吏。　㊳叫嚣:吵闹。乎:于。下句同。　㊴隳(huī灰)突:破坏冲撞。　㊵哗然:人声嘈杂。骇:惊起。㊶恂(xún循)恂:小心谨慎地。　㊷缶(fǒu否):小口大肚的瓦罐。　㊸弛(chí迟)然:放心的样子。　㊹食(sì四):喂养。　㊺时:到时候。　㊻"退而"句:是说交蛇回家便安心地吃着自己田地里出产的东西。甘,安。　㊼齿:指年岁,此指天年。㊽二:两次。　㊾熙熙:安详快乐的样子。　㊿旦旦:每天。是:此,指冒生命危险的事情。　51安:怎么。毒:怨恨。　52苛政猛于虎:语出《礼记·檀弓下》。苛政,苛刻的政令,指过重的赋税剥削。猛于,凶恶胜于。　53疑乎是:怀疑这话。　54犹信:还是可信的。　55为之说:为此而写了这篇"说"。说,文体名。吴纳《文章辨体序说》:"说者,释也,述也,解释义理而以己意述之也。"　56俟(sì四):等待。观:考察。人风:民情。

三　戒①

吾恒恶②世之人,不知推己之本③,而乘物以逞④,或依势以干非其类⑤,出技以怒强⑥,窃时以肆暴⑦,然卒迫于祸⑧。有客谈麋⑨、驴、鼠三物,似其事⑩,作《三戒》。

临 江 之 麋

临江之人⑪,畋得麋麑⑫,畜之。入门,群犬垂涎,扬尾皆来。其人怒,怛⑬之。自是日抱就⑭犬,习示之⑮,使勿动,稍使与之戏。积久,犬皆如人意。麋麑稍大,忘己之麋⑯也,以为犬良⑰我友,抵触偃仆⑱,益狎⑲。犬畏主人,与之俯仰甚善⑳,然时啖㉑其舌。

三年,麋出门,见外犬在道甚众,走欲与为戏。外犬见而喜且怒,共杀食之,狼藉㉒道上。麋至死不悟。

黔㉓之驴

黔无驴,有好事㉔者船载以入。至则无可用,放之山下。虎见之,庞然㉕大物也,以为神。蔽林间窥之,稍出近之,愁愁然莫相知㉖。

他日,驴一鸣,虎大骇,远遁,以为且㉗噬己也,甚恐。然往来视之,觉无异能者㉘。益习其声,又近出前后,终不敢搏㉙。稍近,益狎,荡倚冲冒㉚,驴不胜㉛怒,蹄㉜之。虎因喜,计之曰:"技止此耳!"因跳踉大㘎㉝,断其喉,尽其肉,乃去。

噫!形之龙也类㉞有德,声之宏也类有能,向不出㉟其技,虎虽猛,疑畏,卒不敢取。今若是焉,悲夫!

永㊱某氏之鼠

永有某氏者,畏日㊲,拘忌异甚㊳。以为己生岁直子㊴,鼠,子神也。因爱鼠,不畜猫犬,禁僮㊵勿击鼠。仓廪庖厨㊶,悉以恣鼠㊷不问。

由是鼠相告,皆来某氏,饱食而无祸。某氏室无完器,椸㊸无完衣,饮食大率鼠之余㊹也。昼累累与人兼㊺行,夜则窃啮斗暴㊻,其声万状,不可以寝。终不厌。

数岁,某氏徙居他州。后人来居,鼠为态如故。其人曰:"是阴类恶物也㊼,盗暴㊽尤甚,且何以至是乎哉!"假㊾五六猫,阖㊿门撤瓦,灌穴,购僮罗捕之(51)。杀鼠如丘(52),弃之隐处(53),臭(54)数月乃已。

呜呼!彼以其饱食无祸为可恒(55)也哉!

①作于永州。《论语·季氏》:"孔子曰:'君子有三戒。'"作者借以名篇。三戒,三件应该警惕戒备的事。 ②恒恶:时常厌恶。 ③推:推究,考察。本:指实情。 ④乘物以逞:凭借外物来逞能。 ⑤干:触犯。非其类:不是自己的同类。这句指下文所说的"临江之麋"。 ⑥"出技"句:拿出一点小本事来激怒强者。指下文"黔之驴"。怒,动词,惹怒。 ⑦"窃时"句:抓住侥幸得到的时机任意胡作非为。指下文"永某氏之鼠"。 ⑧卒:终。迨(dài代):及,至。 ⑨麋(mí迷):鹿的一种。 ⑩似其事:指麋、驴、鼠的故事与上述的人情况近似。 ⑪临江:唐代县名,属吉州,今江西清江县。 ⑫畋(tián田):打猎。麑麑(ní倪):幼麋。麑,鹿之子。 ⑬怛(dá达):恐吓。 ⑭自是:从此。日:天天。就:接近。 ⑮习示之:经常让狗看鹿。 ⑯忘己之麋:忘记了自己是麋。之,助词。 ⑰良:真。 ⑱抵触:用头角相顶触。偃:仰面倒下。仆:向前扑倒。 ⑲狎(xiá侠):亲昵。 ⑳与之俯仰:随着鹿低头和抬头。指戏耍。善:友好。 ㉑啖(dàn淡):咬。 ㉒狼藉:散乱的样子。指犬吃剩的鹿毛、鹿骨散乱一地。 ㉓黔:唐时州名,治所在今重庆彭水县。 ㉔好(hào浩)事:多事。 ㉕庞(páng旁)然:高大的样子。庞,通"庞"。 ㉖慭(yìn印)慭然:谨慎的样子。莫相知:不知它究竟是什么。 ㉗且:将要。 ㉘异能:特殊的本领。 ㉙搏:扑,击。 ㉚荡:碰撞。倚:挨靠。冲:冲撞。冒:冒犯。 ㉛不胜(shēng生):不堪。 ㉜蹄:用作动词,即用蹄来踢。 ㉝跳踉(liáng良):跳跃。大㘎(kǎn砍):大声怒吼。㘎,虎吼声。 ㉞类:似。 ㉟向:假使。出:显示。 ㊱永:永州。 ㊲畏日:怕犯时日的

忌讳。旧时迷信,什么日子忌做什么事情都有定说,对所谓不吉之日时要避忌。
㊳拘忌异甚:禁忌特别厉害。　㊴生岁直子:出生的年份正当子年。子年出生者,生肖属鼠。直,同"值"。　㊵僮:年轻的仆人。此泛指仆人。　㊶仓廪(lǐn 邻上声):粮仓。此指某氏存粮处。疱(páo 袍)厨:厨房。　㊷悉:全都。恣鼠:指随便老鼠去吃。恣,放纵。　㊸椸(yí 移):衣架。　㊹大率(shuài 帅):大概。鼠之余:老鼠吃剩的东西。　㊺累累:一个接一个。兼:并,同。　㊻窃啮:偷食。斗暴:打架。　㊼是:此。阴类:在阴暗处穴居活动的东西。　㊽暴:捣乱。　㊾假:借。　㊿阖(hé 合):关闭。
㋑购:此作"雇用"解。罗捕:围捕。　㋒丘:小山。　㋓隐处:偏僻处。　㋔殠:同"臭"。　㋕恒:长久。

至小丘西小石潭记①

　　从小丘西行百二十步,隔篁竹②,闻水声,如鸣佩环③,心乐之。伐竹取道,下见小潭,水尤清冽④。全石⑤以为底,近岸卷石底以出⑥,为坻⑦,为屿⑧,为嵁⑨,为岩。青树翠蔓⑩,蒙络摇缀⑪,参差披拂⑫。

　　潭中鱼可百许头⑬,皆若空游无所依⑭。日光下澈⑮,影布⑯石上,佁然⑰不动,俶尔⑱远逝,往来翕忽⑲,似与游者相乐。

　　潭西南而望,斗折蛇行⑳,明灭可见㉑。其岸势犬牙差互㉒,不可知其源。

　　坐潭上,四面竹树环合,寂寥无人,凄神寒骨㉓,悄怆幽邃㉔。以其境过清㉕,不可久居,乃记之而去。

　　同游者:吴武陵、龚古、余弟宗玄㉖;隶而从者㉗,崔氏二小生㉘,曰恕己,曰奉壹。

①作于元和四年。小丘,作者《钴鉧潭西小丘记》说:"得西山(在永州城西五里)后八日,寻山口西北道二百步,又得钴鉧潭。潭西二十五步,当湍而浚者为鱼梁(堤堰)。梁之上有丘焉,生竹树。"　②篁(huáng 皇):竹林。　③如鸣佩环:形容水声清脆悦耳。佩环:佩带上的玉环,行走时玉环相撞,发出声响。　④冽(liè 烈):凉。　⑤全石:整块石头。　⑥"卷石"句:是说潭底的石头有些部分翻卷而上,伸露水面。以,而。　⑦坻(chí 池):水中高地。　⑧屿(yǔ 禹):小岛。　⑨嵁(kān 堪):不平的岩石。　⑩翠蔓(wàn 万):青翠的藤蔓。　⑪蒙络:遮掩,缠绕。摇缀:摇曳,下垂。　⑫披拂:随风飘荡。　⑬可:大约。百许头:百多条。许,表示数目不确定。　⑭空游:在空中游动,形容水的明澈。　⑮下澈:指直照到水底。　⑯影:鱼的影子。布:映。　⑰佁(yǐ 倚)然:静止不动的样子。　⑱俶(chù 触)尔:忽然。　⑲翕(xī 溪)忽:迅捷的样子。　⑳斗折:是说泉像北斗七星那样曲折。蛇行:是说泉流蜿蜒,犹如

蛇在爬行。　㉑明灭可见:是说泉流弯曲,时隐时现。　㉒犬牙差(cī疵)互:像犬牙那样交错。　㉓凄神寒骨:使人感到心神凄怆,寒气透骨。　㉔悄怆(qiǎo chuàng巧创):忧伤。幽邃(suì碎):幽深。　㉕过清:过于凄清。　㉖吴武陵:信州人,元和二年进士,因罪贬永州,与作者交往甚密。龚古:未详。宗玄:作者从弟。　㉗隶而从者:随从跟着我来的人。隶,随从。　㉘小生:青年。

白行简

白行简(776—826),字知退,下邽(今陕西渭南东北)人。白居易之弟。贞元末进士,随白居易在江州多年,历官左拾遗、主客郎中等职。善辞赋。所作传奇,今存《李娃传》《三梦记》。

李 娃 传

汧国夫人①李娃,长安之倡②女也。节行瑰奇③,有足称者,故监察御史④白行简为传述。

天宝⑤中,有常州刺史荥阳公⑥者,略其名氏,不书。时望甚崇⑦,家徒甚殷⑧。知命之年⑨,有一子,始弱冠⑩矣;隽朗有词藻⑪,迥然不群⑫,深为时辈推伏⑬。其父爱而器⑭之,曰:"此吾家千里驹⑮也。"应乡赋秀才举⑯,将行,乃盛⑰其服玩车马之饰,计其京师薪储之费⑱,谓之曰:"吾观尔之才,当一战而霸⑲。今备二载之用,且丰尔之给⑳,将为其志㉑也。"生㉒亦自负,视上第如指掌㉓。自毗陵㉔发,月余抵长安,居于布政里㉕。

尝游东市㉖还,自平康㉗东门入,将访友于西南。至鸣珂曲㉘,见一宅,门庭不甚广,而室宇严邃㉙。阖一扉㉚。有娃方凭一双鬟青衣立㉛,妖姿要妙㉜,绝代㉝未有。生忽见之,不觉停骖㉞久之,徘徊不能去。乃诈㉟坠鞭于地,候其从者,敕㊱取之。累眄㊲于娃。娃回眸凝睇㊳,情甚相慕。竟不敢措辞㊴而去。

生自尔㊵意若有失,乃密征㊶其友游长安之熟者,以讯之。友曰:"此狭邪女㊷李氏宅也。"曰:"娃可求乎?"对曰:"李氏颇赡㊸。前与之通者㊹多贵戚豪族,所得甚广。非累百万,不能动其志㊺也。"生曰:"苟患其不谐,虽百万,何惜。"

他日,乃洁其衣服,盛宾从而往。扣其门,俄有侍儿启扃㊻。生曰:"此谁之第耶?"侍儿不答,驰走大呼曰:"前时遗策郎[47]也!"娃大悦曰:"尔姑止之[48]。吾当整妆易服而出。"生闻之私喜[49]。乃引至萧墙间,见一姥垂白上偻[50],即娃母也。生跪拜前致词曰:"闻兹地有隙院[51],愿税[52]以居,信[53]乎?"姥曰:"惧其浅陋湫隘[54],不足以辱长者所处[55],安敢言直[56]耶!"延生于迟宾之馆[57],馆宇甚丽。与生偶坐[58],因曰:"某有女娇小,技艺薄劣,欣见宾客,愿将见之。"乃命娃出。明眸皓[59]腕,举步艳冶[60]。生遽惊起,莫敢仰视。与之拜毕,叙寒燠[61],触类妍媚[62],目所未睹[63]。复坐,烹茶斟酒,器用甚洁。久之,日暮,鼓声四动。姥访[64]其居远近。生绐[65]之曰:"在延平门外数里[66]。"——冀其远而见留也。姥曰:"鼓已发矣。当速归,无犯禁[67]。"生曰:"幸接欢笑,不知日之云夕。道里辽阔,城内又无亲戚,将若之何?"姥曰:"不见责[68]僻陋,方将[69]居之,宿何害焉。"生数目[70]姥。姥曰:"唯唯[71]。"生乃召其家僮,持双缣[72],请以备一宵之馔[73]。娃笑而止之曰:"宾主之仪,且不然也。今夕之费,愿以贫窭[74]之家,随其粗粝以进[75]之。其余以俟他辰[76]。"固[77]辞,终不许。俄徙坐西堂,帏幙帘榻,焕然夺目;妆奁[78]衾枕,亦皆侈丽。乃张烛进馔,品味甚盛。彻馔[79],姥起。生娃谈话方切[80],诙谐调笑,无所不至。生曰:"前偶过卿[81]门,遇卿适在屏间[82]。厥后[83]心常勤念,虽寝与食,未尝或舍[84]。"娃答曰:"我心亦如之。"生曰:"今之来,非直[85]求居而已,愿偿平生之志。但未知命也若何?"言未终,姥至,询具故,具[86]以告。姥笑曰:"男女之际,大欲存焉[87]。情苟[88]相得,虽父母之命,不能制也。女子固陋,曷足以荐君子之枕席[89]!"生遂下阶,拜而谢之曰:"愿以己为厮养[90]。"姥遂目之为郎[91],饮酣而散。

及旦,尽徙其囊橐[92],因家[93]于李之第。自是生屏迹戢身[94],不复与亲知相闻。日会倡优侪类[95],狎[96]戏游宴。囊中尽空,乃鬻骏乘[97],及其家童。岁余,资财仆马荡然。迩来[98]姥意渐怠,娃情弥笃[99]。

他日,娃谓生曰:"与郎相知一年,尚无孕嗣[100]。常闻竹林神者,报应如响[101],将致荐酹[102]求之,可乎?"生不知其计,大喜。乃质衣于肆[103],以备牢醴[104],与娃同谒[105]祠宇而祷祝焉,信宿[106]而返。策驴而后,至里北门,娃谓生曰:"此东转小曲中,某[108]之姨宅也。将憩[109]而觐之,可乎?"生如其言。前行不逾百步,果见一车门。窥其际[110],甚弘敞[111]。其青衣自车后止之曰:"至矣。"生下,适有一人出访曰:"谁?"曰:"李娃也。"乃入告。俄有一妪至,年可四十余,与生相迎,曰:"吾甥来否?"娃下车,妪迎访之曰:"何久疏绝[112]?"相视而笑。娃引生拜之。即见,遂偕入西戟门[113]偏院,中有山亭,竹树葱茜[114],池榭[115]幽绝。生谓娃曰:"此姨之私第耶?"笑而不答,以他语对。俄献茶果，甚珍奇。食顷⑪，有一人控大宛⑪，汗流驰至，曰："姥遇暴疾颇甚，殆不识人。宜速归。"娃谓姨曰："方寸⑪乱矣。某骑而前去，当令返乘，便与郎偕来。"生拟随之。其姨与侍儿偶语⑪，以手挥之，令生止于户外，曰："姥且殁⑪矣，当与某议丧事以济⑫其急，奈何遽⑫相随而去？"乃止，共计其凶仪斋祭之用⑫。日晚，乘不至。姨言曰："无复命⑫，何也？郎骤往觇之⑫，某当继至。"生遂往，至旧宅，门扃钥⑫甚密，以泥缄⑫之。生大骇，诘⑫其邻人。邻人曰："李本税而居，约已周⑫矣。第主自收。姥徙居，而且再宿矣。"征徙何处，曰："不详其所。"生将驰赴宣阳，以诘其姨，日已晚矣，计程⑬不能达。乃弛⑬其装服，质馔而食⑫，赁榻而寝。生患⑬怒方甚，自昏达旦，目不交睫。质明⑬，乃策蹇⑬而去。既至，连扣其扉，食顷无人应。生大呼数四，有宦者⑬徐出。生遽访之："姨氏在乎？"曰："无之。"生曰："昨暮在此，何故匿之？"访其谁氏之第。曰："此崔尚书⑬宅。昨者有一人税此院，云迟中表之远至者⑭。未暮去矣。"

生惶惑发狂，罔知所措⑭，因返访布政旧邸⑫。邸主哀而进膳。生怨懑⑭，绝食三日，遘疾甚笃⑭，旬余愈甚。邸主惧其不起，徙之于凶肆⑭之中。绵缀移时⑭，合肆之人共伤叹而互饲之。后稍愈，杖⑭而能起。由是凶肆日假之⑭，令执穗帷⑭，获其直⑭以自给。累月⑮，渐复壮，每听其哀歌，自叹不及逝者⑮，辄呜咽流涕，不能自止。归则效之。生，聪敏者也。无何⑮，曲尽其妙，虽长安无有伦比。

初，二肆之佣凶器者⑮，互争胜负。其东肆车舆⑮皆奇丽，殆不敌，唯哀挽⑮劣焉。其东肆长⑮知生妙绝，乃醵钱二万索顾⑮焉。其党耆旧⑯，共较其所能⑯者，阴⑯教生新声，而相赞和⑯。累旬，人莫知之。其二肆长相谓曰："我欲各阅所佣之器于天门街⑯，比较优劣。不胜者罚直五万，以备酒馔之用，可乎？"二肆许诺。乃邀立符契⑯，署⑯以保证，然后阅之。士女大和会⑯，聚至数万。于是里胥告于贼曹，贼曹闻于京尹⑯。四方之士，尽赴趋焉，巷无居人。自旦阅之，及亭午，历举辇舆威仪⑰之具，西肆皆不胜，师⑰有惭色。乃置层榻于南隅⑰，有长髯者，拥铎⑰而进，翊⑰卫数人。于是奋髯扬眉，扼腕顿颡⑰而登，乃歌《白马》之词⑰。恃其夙胜⑰，顾盼左右，旁若无人。齐声赞扬之，自以为独步⑰一时，不可得而屈⑰也。有顷，东肆长于北隅上设连榻⑱，有乌巾少年，左右五六人，秉翣⑱而至，即生也。整衣服，俯仰甚徐，申⑱喉发调，容若不胜⑱。乃歌《薤露》之章⑱，举声清越⑱，响振林木。曲度⑱未终，闻者歔欷掩泣。西肆长为众所诮⑱，益惭耻。密置所输之直于前，乃潜遁焉。四坐愕眙⑱，莫之测也。

先是⁽¹⁸⁸⁾,天子方下诏,俾外方之牧⁽¹⁸⁹⁾,岁一至阙下,谓之"入计"。时也适遇生之父在京师,与同列者易服章窃往观焉⁽¹⁹⁰⁾。有老竖⁽¹⁹¹⁾,即生乳母婿⁽¹⁹²⁾也,见生之举措辞气,将认之而未敢,乃泫然⁽¹⁹³⁾流涕。生父惊而诘之。因告曰:"歌者之貌,酷似郎⁽¹⁹⁴⁾之亡子。"父曰:"吾子以多财为盗所害,奚至是耶?"言讫,亦泣。及归,竖间⁽¹⁹⁵⁾驰往,访于同党曰:"向歌者谁,若斯之妙欤?"皆曰:"其氏之子。"征其名,且易之矣。竖凛然⁽¹⁹⁶⁾大惊;徐往,迫⁽¹⁹⁷⁾而察之。生见竖色动⁽¹⁹⁸⁾,回翔⁽¹⁹⁹⁾将匿于众中。竖遂持其袂曰:"岂非某乎?"相持而泣,遂载以归。至其室,父责曰:"志行若此,污辱吾门!何施⁽²⁰⁰⁾面目,复相见也?"乃徒行出,至曲江⁽²⁰¹⁾西杏园东,去其衣服,以马鞭鞭之数百。生不胜其苦而毙。父弃之而去。

其师命相狎昵⁽²⁰²⁾者阴随之,归告同党,共加伤叹。令二人赍苇席瘗焉⁽²⁰³⁾。至,则心下微温。举之,良久,气稍通。因共荷而归,以苇筒灌勺饮,经宿乃活。月余,手足不能自举。其楚挞⁽²⁰⁴⁾之处皆溃烂,秽甚。同辈患之。一夕,弃于道周⁽²⁰⁵⁾。行路咸伤之,往往投其余食,得以充肠。十旬,方杖策⁽²⁰⁶⁾而起。被布裘,裘有百结,褴褛如悬鹑⁽²⁰⁷⁾。持一破瓯⁽²⁰⁸⁾,巡于闾里⁽²⁰⁹⁾,以乞食为事。自秋徂⁽²¹⁰⁾冬,夜入于粪壤窟室,昼则周游廛肆⁽²¹¹⁾。

一旦大雪,生为冻馁⁽²¹²⁾所驱,冒雪而出,乞食之声甚苦。闻见者莫不凄恻。时雪方甚,人家外户多不发⁽²¹³⁾。至安邑⁽²¹⁴⁾东门,循里垣⁽²¹⁵⁾北转第七八,有一门独启左扉,即娃之第也。生不知之,遂连声疾呼"饥冻之甚!"音响凄切,所不忍听。娃自阁中闻之,谓侍儿曰:"此必生也,我辨其音矣。"连步而出。见生枯瘠疥厉⁽²¹⁶⁾,殆非人状。娃意感焉,乃谓曰:"岂非某郎也?"生愤懑绝倒⁽²¹⁷⁾,口不能言,颔颐⁽²¹⁸⁾而已。娃前抱其颈,以绣襦拥而归于西厢。失声长恸曰:"令子一朝及此,我之罪也!"绝而复苏。姥大骇,奔至,曰:"何也?"娃曰:"某郎。"姥遽曰:"当逐之。奈何⁽²¹⁹⁾令至此?"娃敛容却睇⁽²²⁰⁾曰:"不然。此良家子也。当昔驱高车,持金装⁽²²¹⁾,至某之室,不逾期而荡尽。且互设诡计,舍而逐之,殆非人。令其失志,不得齿于人伦⁽²²²⁾。父子之道,天性也。使其情绝,杀而弃之。又困踬⁽²²³⁾若此。天下之人尽知为某也。生亲戚满朝,一旦当权者熟察其本末⁽²²⁴⁾,祸将及矣。况欺天负人,鬼神不祐,无自贻其殃也⁽²²⁵⁾。某为姥子,迨⁽²²⁶⁾今有二十岁矣。计其贵,不啻直千金。今姥年六十余,愿计二十年衣食之用以赎身,当与此子别卜所诣。所诣非遥,晨昏得以温凊⁽²²⁷⁾。某愿足矣。"姥度其志不可夺,因许之。给姥之余,有百金。北隅四五家税一隙院。乃与生沐浴,易其衣服;为汤粥,通其肠;次以酥乳润其脏。旬余,方荐水陆之馔⁽²²⁸⁾。头巾履袜,皆取珍异者衣⁽²²⁹⁾之。未数月,肌肤稍腴⁽²³⁰⁾。卒岁,平愈如初。

异时[24],娃谓生曰:"体已康矣,志已壮矣。渊思寂虑[25],默想曩昔之艺业[26],可温习乎?"生思之,曰:"十得二三耳。"娃命车出游,生骑而从。至旗亭南偏门鬻坟典之肆[27],令生拣而市之,计费百金,尽载以归。因令生斥弃百虑以志学[28],俾夜作昼,孜孜矻矻[29]。娃常偶坐,宵分乃寐[30]。伺其疲倦,即谕之缀诗赋[31]。二岁而业大就,海内文籍,莫不该览[32]。生谓娃曰:"可策名试艺[33]矣。"娃曰:"未也,且令精熟,以俟百战。"更一年,曰:"可行矣。"于是遂一上登甲科[34],声振礼闱。虽前辈见其文,罔不敛衽[35]敬羡,愿友之[36]而不可得。娃曰:"未也。今秀士苟获擢[37]一科第,则自谓可以取中朝之显职[38],擅[39]天下之美名。子行秽迹鄙,不侔[40]于他士。当砺淬利器[41],以求再捷,方可以连衡[42]多士,争霸群英。"生由是益自勤苦,声价弥甚。其年,遇大比[43],诏征四方之隽[44]。生应直言极谏科[45],策名第一,授成都府参军[46]。三事以降[47],皆其友也。

将之官[48],娃谓生曰:"今之复子本躯[49],某不相负也。愿以残年,归养老姥。君当结媛鼎族[50],以奉烝尝[51]。中外婚媾,无自黩也。勉思自爱,某从此去矣。"生泣曰:"子若弃我,当自刭[52]以就死。"娃固辞不从,生勤请弥恳。娃曰:"送子涉江,至于剑门[53],当令我回。"生许诺。

月余,至剑门。未及发而除书[54]至,生父由常州诏入,拜成都尹,兼剑南采访使[55]。浃辰[56],父到。生因投刺[57],谒于邮亭[58]。父不敢认,见其祖父官讳[59],方大惊,命登阶,抚背恸哭移时,曰:"吾与尔父子如初。"因诘其由,具陈其本末。大奇之,诘娃安在。曰:"送某至此,当令复还。"父曰:"不可。"翌日[60],命驾与生先之成都[61],留娃于剑门,筑别馆以处之。明日,命媒氏通二姓之好,备六礼[62]以迎之,遂如秦晋之偶[63]。

娃既备礼[64],岁时伏腊[65],妇道甚修,治家严整,极为亲所眷[66]。向后数岁,生父母偕殁,持孝甚至。有灵芝产于倚庐[67],一穗三秀[68]。本道上闻[69]。又有白燕[70]数十,巢其层甍[71]。天子异之,宠锡[72]加等。终制,累迁清显之任[73]。十年间,至数郡[74]。娃封汧国夫人。有四子,皆为大官;其卑者犹为太原尹[75]。弟兄姻媾皆甲门[76],内外隆盛,莫之与京[77]。

嗟乎,倡荡之姬,节行如是,虽古先烈女,不能逾也。焉得[78]不为之叹息哉!

予伯祖尝牧晋州,转户部[79],为水陆运使[80],三任皆与生为代,故谙详[81]其事。贞元中[82],予与陇西公佐[83]话妇人操烈之品格,因遂述汧国之事。公佐拊掌竦听[84],命予为传。乃握管濡翰[85],疏[86]而存之。时乙亥[87]岁秋八月,太原白行简云。

①汧(qiān牵)国:指唐时的汧阳郡,郡所在今陕西汧阳县西。夫人:《新唐书·百官志一》:"文武官一品、国公之母、妻,为国夫人。" ②倡:同"娼"。 ③节行:节操行为。瑰(guī规)奇:卓越,美好。 ④监察御史:唐官名,掌纠察百官、巡按州县。 ⑤天宝:唐玄宗李隆基年号(742—756)。 ⑥常州:治所在今江苏常州市。荥(xíng邢)阳公:即荥阳(今河南荥阳)人。公,对有地位的男子的尊称。 ⑦时望:当时的地位、名望。崇:高。 ⑧徒:指仆役。殷:众多。 ⑨知命之年:五十岁。《论语·为政》:"五十而知天命。"故称。 ⑩弱冠(guàn惯):男子二十岁左右。《礼记·曲礼上》:"二十曰弱,冠。"孔颖达疏:"二十成人初加冠,体犹未壮,故曰弱也。" ⑪隽(jùn俊)朗:英俊聪明。词藻:指文才。 ⑫迥(jiǒng窘)然不群:出类拔萃,非同寻常。迥然,相差甚大的样子。 ⑬时辈:同辈人。推伏:佩服。 ⑭器重:器重。 ⑮千里驹(jū拘):少壮的千里马。喻少年英俊。 ⑯"应乡"句:应州郡的保送,进京参加秀才考试。此泛指明经或进士的考试。 ⑰盛:多,指丰厚地备办。 ⑱薪储之费:指平常生活费用。 ⑲一战而霸:指一考就高中,榜上名列前茅。 ⑳给:给养。 ㉑为(wèi未)其志:帮助你达到志愿。 ㉒生:指荥阳公的儿子。 ㉓上第:考试成绩优胜者。指掌:喻轻而易举。 ㉔毗(pí皮)陵:古代郡名。唐时为常州晋陵郡。 ㉕布政里:即布政坊,为长安皇城西第一街第四坊。 ㉖东市:唐时长安有东、西二市,为商业荟萃之区。 ㉗平康:唐代长安里(坊)名,亦称北里,为皇城东第一街第八坊,为妓女聚居的地方。 ㉘曲:小巷。 ㉙严邃:严谨深幽。 ㉚阖(hé河):闭。扉(fēi非):门。 ㉛凭:靠着。鬟:发髻。青衣:丫鬟。 ㉜妖姿:妩媚的姿态。要妙(yāo miǎo 夭渺):同"要眇",美好。 ㉝绝代:世所见少,空前绝后。 ㉞骖(cān参):指马。 ㉟诈:假作。 ㊱敕:令。 ㊲累:多次。眄(miǎn面):斜眼看。 ㊳凝睇(dì弟):盯着看。 ㊴不敢措辞:此指找不到恰当的词语。 ㊵自尔:从此。 ㊶征:求。 ㊷狭邪(xié斜)女:指妓女。 ㊸赡(shàn善):富。 ㊹与之通者:同她来往的人。 ㊺志:心意。 ㊻启扃(jiōng迥阴平):开门。 ㊼遗策郎:掉了马鞭的少年。 ㊽止之:留住他。 ㊾私喜:暗喜。 ㊿垂白:头发渐白。上偻(lóu楼):驼背。 ㈤隙院:空屋子。 ㈥税:租。 ㈦信:确实。 ㈧湫隘(qiū ài 秋爱):狭窄。 ㈨辱:委屈。长者:品德高尚的人,对荥阳生敬称。 ㈩直:同"值",指租金。 ㈦延:邀。迟(zhì置)宾:接待宾客。馆,指客厅。 ㈧偶坐:对坐。 ㈨眸(móu谋):眼瞳。皓:洁白。 ㈩艳冶:极艳丽。 ㈦叙寒燠(yù育):问候冷暖,指应酬话。 ㈧触类:一举一动,浑身上下。妍媚:讨人喜欢。 ㈨睹:见。 ㈩访:问。 ㈦绐(dài代):欺骗。 ㈧"在延"句:唐时延平门为长安西城城门之一,与东城的平康里相去甚远。 ㈨禁:指夜里不让出城的禁令。 ㈩见责:以……相责怪。 ㈦方将:原来要。 ㈧目:眼睛看着。 ㈨唯唯:应声,犹言"是,是"。 ㈩缣(jiān坚):细绢,

古时可当货币用。　㊆馔(zhuàn赚)：酒食。　㊄贫窭(jù句)：贫贱。　㊅粗粝(lì历)：粗食。进：奉。　㊆他辰：别的时间。　㊇固：坚决。　㊈妆奁(lián连)：梳妆盒。　㊆彻馔：把宴席撤下，指饭罢。彻，同"撤"。　㊀切：亲密。　㊁卿：你。　㊂适：正。屏：屏门。　㊃厥后：此后。　㊄舍：放下。　㊅直：只。　㊆具：皆，都。　㊇"男女"二句：语出《礼记·礼运》："饮食男女，人之大欲存焉。"欲，欲望。　㊈苟：假使。　㊈曷：哪。荐枕席：侍寝。　⑨厮养：奴仆。　⑨目之：把他当作。郎：妇女对丈夫的称呼，此从女的称呼。　⑨橐橐(tuó驼)：口袋。无底的为橐，有底的为橐。此作财产解。　⑨家：住。　⑨屏(bǐng丙)迹：不出外。戢(jí及)身：深居。　⑨优：演戏的人。侪(chái柴)类：一类的人。　⑨狎(xiá匣)：亲近而态度不庄重。　⑨鬻(yù育)：出卖。骏乘：马匹。　⑨迩(ěr耳)来：近来。　⑨弥笃(dǔ赌)：更加深厚。　⑩孕嗣：怀孕。　⑩如响：如声音之有回声，喻十分灵验。　⑩荐酹(lèi泪)：以酒食祭祀。　⑩质：典押。肆：店铺。　⑩牢：祭祀用的牛、羊、猪三牲。这里指祭品。醴(lǐ里)：甜酒。　⑩谒(yè业)：指祭拜。　⑩信宿：过了两夜。　⑩里北门：指平康里北门。　⑩某：自称。　⑩憩(qì气)：休息。　⑪其际：指门内。　⑪弘敞：宽大敞亮。　⑪疏绝：无往来。　⑪戟(jǐ挤)门：唐制，三品以上官员得立戟于门，因称显贵之家为戟门。戟，古兵器，长杆头上附有月牙状的利刃。　⑪葱茜(qiàn倩)：形容树木苍翠茂盛。　⑪榭(xiè谢)：高台上的屋子。　⑪食顷：一顿饭的工夫。　⑪控大宛：乘骏马。大宛，汉朝西域国名，以产良马著称，故称良马为大宛。　⑪方寸：指心。　⑪偶语：相对私语。　⑫且殁(mò没)：将死。　⑫济：救助。　⑫遽(jù距)：仓促。　⑫凶仪：丧礼。斋祭：斋戒之后去祭祀。斋戒，指不喝酒，不吃荤，沐浴更衣一类的行为。古人迷信，以此表示对鬼神的诚意。　⑫复命：回报。　⑫骤：赶快。觇(chān搀)：这里是察看的意思。　⑫扃(jiōng迥阴平)钥：门锁。　⑫缄(jiān肩)：封，闭。　⑫诘(jié洁)：问。　⑫约：租约。周：满期。　⑬程：路程。　⑬弛(chí池)：解下。　⑬质馔而食：抵押一顿饭吃。　⑬赁(lìn吝)：租。　⑬恚(huì汇)：恼恨。　⑬质明：天刚亮时。　⑬蹇(jiān肩)：蹇驴，跛脚驴子。代指驴。　⑬数四：三四次。　⑬宦者：当官的。　⑬尚书：唐时尚书省各部长官的泛称。　⑭迟(zhì置)：等候。中表：中表亲。"中"指舅父的子女，为内兄弟姊妹；"表"指姑母的子女，为外兄弟姊妹。　⑭罔知所措：不知该怎么办才好。　⑭邸(dǐ底)：旅馆。　⑭怨懑(mèn闷)：怨恨、烦闷。　⑭笃：病重。　⑭凶肆：专门代人办理丧事的店铺。凶，不吉利。　⑭绵缀：缠绵委顿的样子，指病重。移时：拖了许多时候。　⑭杖：拄着拐杖。　⑭由是：从此。日：每天。假：借。此指利用。　⑭穗(suì碎)帷：灵帐。　⑮直：同"值"，报酬。　⑮累月：过了几个月。　⑮哀歌：挽歌。　⑮逝者：死去的人。　⑮无何：没多久。　⑮佣：指经营。凶器：指棺木和殡殓所用的一切东西。　⑮车舆(yú鱼)：车轿。　⑮哀挽：出丧时唱的挽歌。　⑮长(zhǎng掌)：掌柜的。　⑮醵(jù句)：凑集。索：要求。顾：同"雇"。　⑯党：同伙。耆(qí其)旧：前辈老人，此指老师傅。 ⑯能:擅长。 ⑯阴:暗。 ⑯赞和(hè贺):应声合唱。 ⑯阅:陈列,展览。天门街:长安宫城(西内)正殿南为承天门,承天门外横街之南有南北大街,即天门街,其东西广百步。 ⑯符契:合同。 ⑯署:署名,题字。 ⑯大和(hè贺)会:大聚会。 ⑯里胥:即里正,见杜甫《兵车行》注⑩。贼曹:州郡掌管治安的官吏。 ⑯闻:申报。京尹:即京兆府尹,京师地区的行政长官。 ⑰辇(niǎn捻)舆威仪:指丧车仪仗等。 ⑰师:领班的人。 ⑰层榻:高椅。隅:角。 ⑰拥:持。铎:指唱挽歌时用的大铃。 ⑰翊(yì意):辅助。 ⑰扼腕:左手握住右手腕,表示振奋的情绪。顿颡(sǎng嗓):点点头,是登台前向观众招呼的一种表示。颡,前额。 ⑰《白马》之词:《白马歌》,古时祭奠的歌曲。 ⑰夙(sù素):一向。胜:指擅长。 ⑰独步:独一无二。 ⑰屈:压伏。 ⑱连榻:并坐的长椅。 ⑱翣(shà霎):羽毛做的大扇,形如掌扇,出殡时叫人拿着随在棺木两旁。 ⑱申:舒展。 ⑱不胜(shēng升):不能承担,即不像会唱歌的样子。 ⑱《薤(xiè谢)露》:古时送葬歌曲名,取薤(一种开紫花、叶如韭的植物)上露水易于消失之意。章:篇。 ⑱清越:声音清朗高扬。 ⑱曲度:曲调。 ⑱诮(qiào俏):讥笑。 ⑱愕眙(chì斥):瞪眼直视,惊异不已。 ⑱先是:在这之前。 ⑲俾(bǐ比):使。外方之牧:指州牧,即刺史,唐时为一州的行政长官。 ⑲同列者:指官职相当的人。易服章:脱去官服换上便服。 ⑲老竖:老仆人。 ⑲婿:丈夫。 ⑲泫(xuàn绚)然:形容落泪的样子。 ⑲郎:奴仆称呼年轻的主人,此指荥阳公。 ⑲间:趁空。 ⑲凛然:吃惊的样子。 ⑲迫:靠近。 ⑲色动:变了脸色。 ⑳回翔:躲闪的样子。 ㉑施:安放。 ㉒曲江:即曲江池,在长安城东南,为当时著名风景区。 ㉓狎昵(nì逆):亲近。 ㉔赍(jī机):持。瘞(yì意):埋葬。 ㉕楚挞:鞭打。 ㉖道周:路旁。 ㉗杖策:拄着棍。 ㉘褴褛(lán兰lǚ吕):衣服破烂。悬鹑(chún纯):鹑鸟尾秃,悬挂起来似破烂衣服,后以"悬鹑"代称破烂衣服。 ㉙瓯(ōu欧):碗。 ㉚闾里:街坊。 ㉛徂(cú粗平):到。 ㉜廛(chán蝉)肆:市场。 ㉝馁(něi内上声):饥饿。 ㉞发:开。 ㉟安邑:长安里(坊)名。为皇城东第二街第四坊。 ㊱垣(yuán原):矮墙。 ㊲瘠(jí吉):瘦弱。疥厉:生疥癞疮,毛发脱落。 ㊳绝倒:昏倒。 ㊴颔(hàn撼)颐:点头。颔,动。颐,面颊。 ㊵奈何:为何。 ㊶敛容:脸色严肃。却睇:转过目光。 ㊷金装:指财物。 ㊸齿于人伦:列于家属关系(指荥阳父子关系)之中。 ㊹困踬(zhì至):穷困潦倒。 ㊺熟察:详细了解。本末:经过情况。 ㊻贻:招致。殃:灾祸。 ㊼迨(dài带):至。 ㊽不啻(chì翅):不止。 ㊾别卜所诣(yì意):另找住处。 ㊿昏:傍晚。温凊(qìng庆):如说嘘寒问暖。清,寒冷。 ○51荐:进奉。水陆之馔:指山珍海味。 ○52衣(yì意):用作动词,穿。 ○53腴(yú鱼):丰满。 ○54异时:过了些时候。 ○55渊思寂虑:深思静想。 ○56曩(nǎng囊上声)昔:以前。艺业:指科举考试。 ○57旗亭:酒楼。坟典:指书籍。 ○58市:买。 ○59志学:专心学习。 ○60孜孜矻(kū哭)矻:勤奋不懈的样子。 ○61宵分:半夜。寐(mèi妹):睡眠。 ○62谕:告诉。缀诗赋:写诗、赋。缀,联缀辞句。

诗、赋为唐时考进士的主要科目。 ㊽该览：广泛阅读。 ㊾策名试艺：报名应科举考试。 ㊿甲科：甲等，指成绩最优。唐代考选制度，进士分甲乙两科，明经分甲乙丙丁四科，依试题的难易而为科别。"登甲科"，指考取了试题最难的一科。 ⑯礼闱(wéi 韦)：礼部，六部之一。科举考试归礼部主持。 ⑰敛衽(rèn 任)：整理衣襟，表示敬意。 ⑱友之：与他结交。 ⑲秀士：泛指应试者。苟：假如。擢(zhuó 浊)：考上。 ⑳中朝：朝廷。显职：高官。 ㉑擅：占有。 ㉒不侔(móu 谋)：不同，不能相比。 ㉓砻淬(lóng cuì 龙粹)：磨炼。引申为钻研。利器：指学问。 ㉔连衡：战国时，齐、楚、燕、赵、韩、魏六国连合以事秦，谓之"连衡"。亦作"连横"。此作联络、结交解。 ㉕大比：泛指三年举行一次的科举考试。 ㉖隽：指贤才。 ㉗直言极谏科：唐代制举的项目之一，是为选人才而特开的一种考试科目。 ㉘策名第一：考试对策(设题命逐条作答)名列第一。 ㉙成都府：治所在今四川成都市。参军：府尹的佐吏。 ㉚三事：即三公。《新唐书·百官志》："太尉、司徒、司空各一人，是为三公，皆正一品。"此指品级最高的官吏。以降：以下。 ㉛之官：上任。 ㉜复子本躯：是说还你本来面目。 ㉝媛(yuàn 怨)：美女。鼎族：豪门贵族。 ㉞奉蒸尝：主持祭祀的事，指主持家政。蒸尝，古代秋冬祭祀的名称。 ㉟"中外"二句：是说宜同高贵的门族结亲，不要降低了自己的身份。中外，内外亲戚，此指外亲。婚媾(gòu 构)，亲上做亲。媾，连合，结合。自黩(dú 独)，糟蹋自己。 ㊱自刭(jǐng 井)：自刎，自以刀割颈而死。 ㊲剑门：唐代县名，在今四川剑阁县东北。 ㊳除书：授予新官职的诏书。 ㊴剑南：唐道名，包括今四川中部和云南金沙江以南、洱海以东、楚雄以北、武定以西，和甘肃文县一带地区。治所在今成都市。采访使：掌管监察州县官吏的官员。 ㊵浃(jiā 佳)辰：十二天。浃，一周。从子时到亥时十二辰为一周，叫"浃辰"。 ㊶投刺：送上名片请见。刺，名片，上书姓名简历。 ㊷邮亭：迎送过路官员的交通站。 ㊸官讳：官职和名字。称死者之名为"讳"，对尊长不敢直接称名，也作"讳某某"。 ㊹翌(yì 益)日：次日。 ㊺命驾：吩咐准备车马。之：往。 ㊻六礼：古时婚礼的六项手续：纳采、问名、纳吉、纳征、请期、亲迎。 ㊼秦晋：指春秋时秦国和晋国。这两国国君世世通婚，后以"秦晋之好"作结亲的代称。偶：配偶。 ㊽备礼：依礼成婚。 ㊾岁时伏腊：如说逢年过节。伏、腊，古时夏祭和冬祭的名称。 ㊿修：完备。 ㉛眘：爱重。 ㉜倚庐：古时守孝的草庐。 ㉝一穗三秀：一根穗开三朵花。一般是一穗一花，一穗三秀是罕见的，古时认为是祥瑞。 ㉞本道：地方官，此指剑南道采访使。上闻：奏知皇帝。 ㉟白燕：古时认为祥瑞的鸟。 ㉠层甍(méng 蒙)：高耸的屋脊。 ㉡锡：赏赐。 ㉢终制：守制期满。古人遇父母丧事，要三年不问外事，称"守制"。 ㉣清显之任：高贵的官职。 ㉤至数郡：做到同时管辖几个郡的大官。 ㉥其卑者：指四个儿子中官位最低的。太原尹：唐时太原为府(治所在今山西太原市)，置府尹。 ㉦门：高贵的家族。 ㉧莫之与京：即莫与之京，没有谁能比得上。京，大。 ㉨焉得：怎能。 ㉩牧晋州：任晋州(治所在今山西临汾)的刺史。 ㉪户部:尚书省六部之一,掌管全国土地、户籍、赋税及财政收支等事务。 ㉙⑦水陆运使:唐时户部下面管理水陆运输的官员。 ㉙⑧为代:做前后任。 ㉙⑨谙详:熟悉。 ㉚⓪贞元:唐德宗李适年号(785—805)。 ㉛①陇西公佐:陇西人李公佐。陇西,郡名,在今甘肃陇西县一带。李公佐,唐传奇作者。 ㉛②拊(fǔ 抚)掌:拍手。此指两手轻按。竦(sǒng 耸)听:敬听。 ㉛③管:笔。濡(rú 如)翰:蘸墨。濡,沾湿。翰,笔尖。 ㉛④疏:详述。 ㉛⑤乙亥岁:唐德宗贞元十一年(795)。

元　稹

元稹(779—831),字微之,河南(今河南洛阳)人。贞元进士。任监察御史,因得罪宦官及一些官僚遭贬。后转而依附宦官,官至同中书门下平章事,为时论所不满。曾同白居易共同提倡新乐府,常相唱和,世称"元白"。又作传奇《莺莺传》,为后来《西厢记》故事所本。有《元氏长庆集》。

田　家　词①

牛吒吒②,田确确③,旱块敲牛蹄趵趵④,种得官仓珠颗谷⑤。六十年来兵簇簇⑥,月月食粮车辘辘⑦。一日官军收海服⑧,驱牛驾车食牛肉⑨。归来收得牛两角,重铸锄犁作斤劚⑩。姑舂妇担去输官,输官不足归卖屋。愿官早胜仇早复⑪,农死有儿牛有犊,誓不遣官军粮不足⑫。

①作者在元和十二年作《乐府古题》共十九首,前有序,说明其创作目的在于反映社会现实问题。此诗为第九首。　②吒(zhà乍)吒:喷气声。　③确确:坚硬。　④趵(bō拨)趵:形容牛蹄碰击着因久旱而变硬的泥块所发出的声音。　⑤"种得"句:是说所种的好谷子都被送进官仓。珠颗谷,颗颗像珍珠一样的谷子。　⑥六十年来:从天宝十四载(755)安史之乱爆发,至作诗时共六十二年。簇簇:攒聚成群的样子。⑦"月月"句:是说每月送军粮的车声不断。辘辘,车声。　⑧"一日"句:指元和十二年冬唐王朝平定吴元济叛乱事。海服,天子威德所服的滨海之地。此指吴元济所据的近海淮、蔡地区。　⑨"驱牛"句:是说官军把送粮的人、车和牛一起征用,最后还将拉车的牛杀来吃掉。　⑩"重铸"句:是说因牛已被杀,只得重铸农具,以人力耕种。斤,斧。劚(zhú烛),锄一类农具。　⑪仇早复:早些复仇,指打退敌军。　⑫"农死"二句:是说农人死了还有孩子,牛死了还有小牛,一定不让官军缺粮少食。遣,使。

莺 莺 传

　　贞元中,有张生者,性温茂①,美风容②,内秉坚孤③,非礼不可入④。或朋从游宴,扰杂其间,他人皆汹汹拳拳⑤,若将不及⑥,张生容顺⑦而已,终不能乱。以是⑧年二十三,未尝⑨近女色。知者⑩诘之。谢而言曰:"登徒子⑪非好色者,是有凶行⑫;余真好色者,而适不我值⑬。何以言之?大凡物之尤者⑭,未尝不留连于心,是知其非忘情者也。"诘者识之。

　　无几何⑮,张生游于蒲⑯。蒲之东十余里,有僧舍⑰曰普救寺,张生寓⑱焉。适有崔氏孀妇⑲,将归长安,路出⑳于蒲,亦止兹寺。崔氏妇,郑女也。张出于郑㉑,绪其亲㉒,乃异派之从母㉓。是岁,浑瑊薨于蒲㉔。有中人㉕丁文雅,不善于军㉖,军人因丧㉗而扰,大掠蒲人。崔氏之家,财产甚厚,多奴仆。旅寓惶骇,不知所托。先是,张与蒲将之党有善,请吏护之,遂不及于难。十余日,廉使杜确将天子命以总戎节㉘,令于军,军由是戢㉙。

　　郑厚张之德甚㉚,因饰馔以命张㉛,中堂㉜宴之。复谓张曰:"姨之孤嫠未亡㉝,提携幼稚。不幸属师徒大溃㉞,实不保其身。弱子幼女,犹君之生㉟,岂可比常恩哉!今俾以仁兄礼奉见,冀所以报恩也。"命其子,曰欢郎,可十余岁,容甚温美。次命女:"出拜尔兄,尔兄活尔。"久之,辞疾㊱。郑怒曰:"张兄保尔之命,不然,尔且㊲掳矣。能复远嫌㊳乎?"久之,乃至。常服晬容㊴,不加新饰,垂鬟接黛㊵,双脸销红㊶而已。颜色艳异,光辉动人。张惊,为之礼。因坐郑旁。以郑之抑而见㊷也,凝睇怨绝,若不胜其体者㊸。问其年纪。郑曰:"今天子甲子岁之七月,终于贞元庚辰,生年十七矣㊹。"张生稍以词导㊺之,不对。终席而罢。张自是惑㊻之,愿致其情,无由得也。

　　崔之婢曰红娘。生私为之礼者数四,乘间遂道其衷㊼。婢果惊沮㊽,腆然㊾而奔。张生悔之。翼日㊿,婢复至。张生乃羞而谢之,不复云所求矣。婢因谓张曰:"郎之言,所不敢言,亦不敢泄。然而崔之姻族㉛,君所详也。何不因其德而求娶焉?"张曰:"余始自孩提㉒,性不苟合。或时纨绮闲居㉓,曾莫流盼㊽。不为当年,终有所蔽㊾。昨㊿一席间,几不自持㊾。数日来,行忘止,食忘饱,恐不能逾旦暮㊽,若因媒氏而娶,纳采问名㊾,则三数月间,索我于枯鱼之肆㊿矣。尔其谓我何㊾?"婢曰:"崔之贞慎自保,虽所尊不可以非语㊾犯之。下人之谋,固难入矣。然而善属文㊾,往往沉吟章句㊾,怨慕者久之。君试为喻情诗以乱之㊾,不然,则无由也。"张大喜,立缀㊾《春词》二首以授之。是夕,红娘复至,持彩笺㊾以授张,曰:"崔所命也。"题其篇曰《明月三五夜》。其词曰:"待月西厢下,迎风户半开。拂墙花影动,疑是玉人来。"张亦微喻其旨⑱。

是夕,岁二月旬有四日⑲矣。崔之东有杏花一株,攀援可逾。既望⑳之夕,张因梯㉑其树而逾焉。达于西厢,则户半开矣。红娘寝于床上,因惊之。红娘骇曰:"郎何以至?"张因绐㉒之曰:"崔氏之笺召我也。尔为我告之。"无几,红娘复来,连曰:"至矣!至矣!"张生且喜且骇,必谓获济㉓。及崔至,则端服严容,大数㉔张曰:"兄之恩,活我之家,厚矣。是以慈母以弱子幼女见托。奈何因不令㉕之婢,致淫逸之词?始以护人之乱为义,而终掠乱㉖以求之,是以乱易乱,其去㉗几何?诚欲寝其词㉘,则保人之奸,不义;明之于母,则背人之惠,不祥;将寄于婢仆㉙,又惧不得发其真诚:是用托短章,愿自陈启。犹惧兄之见难㉚,是用鄙靡㉛之词,以求其必。非礼之动㉜,能不愧心?特愿以礼自持,毋及于乱!"言毕,翻然㉝而逝。张自失者久之。复逾而出,于是绝望。

数夕,张生临轩独寝,忽有人觉之㉞。惊骇而起,则红娘敛衾携枕而至,抚张曰:"至矣!至矣!睡何为哉!"并枕重衾而去。张生拭目危坐㉟久之,犹疑梦寐;然而修谨以俟。俄而红娘捧崔氏而至。至,则娇羞融冶㊱,力不能运支体㊲,曩时端庄,不复同矣。是夕,旬有八日也。斜月晶莹,幽辉半床。张生飘飘然,且疑神仙之徒㊳,不谓从人间至矣。有顷,寺钟鸣,天将晓。红娘促去。崔氏娇啼宛转,红娘又捧之而去,终夕无一言。张生辨色而兴,自疑曰:"岂其梦邪?"及明,睹妆在臂,香在衣,泪光荧荧然㊴,犹莹于茵席㊵而已。

是后又十余日,杳不复知。张生赋《会真》诗三十韵㊶,未毕,而红娘适至,因授之,以贻崔氏。自是复容㊷之。朝隐而出,暮隐而入,同安于曩所谓西厢者,几一月矣。张生常诘郑氏之情。则曰:"我不可奈何矣。"因欲就成之。无何,张生将之长安,先以情谕之。崔氏宛无难词㊸,然而愁怨之容动人矣。将行之再夕,不复可见,而张生遂西下。

数月,复游于蒲,会于崔氏者又累月。崔氏甚工刀札㊹,善属文。求索再三,终不可见。往往张生自以文挑,亦不甚睹览。大略崔之出人者㊺,艺必穷极㊻,而貌若不知;言则敏辩㊼,而寡于酬对。待张之意甚厚,然未尝以词继之。时愁艳幽邃,恒若不识,喜愠㊽之容,亦罕形见㊾。异时㊿独夜操琴,愁弄凄恻。张窃听之。求之,则终不复鼓矣。以是愈惑之。张生俄以文调及期○,又当西去。当去之夕,不复自言其情,愁叹于崔氏之侧。崔已阴知将诀矣,恭貌怡○声,徐谓张曰:"始乱之,终弃之,固其宜矣。愚不敢恨。必也君乱之,君终之,君之惠也。则没身⑩之誓,其有终⑩矣,又何必深感于此行⑩?然而君既不怿⑩,无以奉宁⑩。君常谓我善鼓琴,向时羞颜,所不能及。今且往矣,既君此诚⑩。"因命拂琴,鼓《霓裳羽衣》序⑩,不数声,哀音怨乱,不复知其是曲也。左右皆歔欷。崔亦遽止之,投琴,泣下流连,趋归⑩郑所,遂不复至。明旦而张行。

明年,文战不胜⑪,张遂止于京。因赠书于崔,以广其意⑫。崔氏缄报⑬之词,粗⑭载于此,曰:"捧览来问,抚爱过深。儿女之情,悲喜交集。兼惠花胜⑮一合、口脂五寸,致耀首膏唇之饰⑯。虽荷⑰殊恩,谁复为容⑱?睹物增怀,但积悲叹耳。伏承⑲使于京中就业,进修之道,固在便安⑳。但恨僻陋之人,永以遐㉑弃。命也如此,知复何言!自去秋已来,常忽忽如有所失。于喧哗之下,或勉为笑语,闲宵自处,无不泪零。乃至梦寐之间,亦多感咽离忧之思。绸缪缱绻㉒,暂若寻常,幽会未终,惊魂已断。虽半衾如暖,而思之甚遥。一昨拜辞,倏㉓逾旧岁。长安行乐之地,触绪牵情。何幸不忘幽微㉔,眷念无斁㉕。鄙薄之志,无以奉酬。至于终始之盟,则固不忒㉖。鄙昔中表相因,或同宴处。婢仆见诱,遂致私诚。儿女之心,不能自固㉗。君子有援琴之挑㉘,鄙人无投梭之拒㉙。及荐寝席,义盛意深。愚陋之情,永谓终托。岂期㉚既见君子,而不能定情,致有自献之羞,不复明侍巾帻㉛。没身永恨,含叹何言!倘仁人用心,俯遂幽眇㉜,虽死之日,犹生之年。如或达士略情㉝,舍小从大,以先配为丑行,以要盟㉞为可欺,则当骨化形销㉟,丹诚不泯,因风委露,犹托清尘㊱。存没之诚,言尽于此。临纸鸣咽,情不能申。千万珍重,珍重千万!玉环一枚,是儿㊲婴年所弄,寄充君子下体所佩。玉取其坚润不渝㊳,环取其始终不绝。兼乱丝一绚㊴、文竹茶碾子㊵一枚。此数物不足见珍,意者欲君子如玉之真,弊志如环不解㊶。泪痕在竹,愁绪萦丝,因物达情,永以为好耳。心迩身遐,拜会无期。幽愤所钟㊷,千里神合。千万珍重!春风多厉㊸,强饭为嘉㊹。慎言自保,无以鄙为深念。"张生发其书于所知,由是时人多闻之。

所善杨巨源好属词㊺,因为赋《崔娘》诗一绝㊻云:"清润潘郎㊼玉不如,中庭蕙草雪销初。风流才子多春思,肠断萧娘㊽一纸书。"河南㊾元稹亦续生《会真》诗三十韵,诗曰:"微月透帘栊,莹光度碧空。遥天初缥缈,低树渐葱茏㊿。龙吹过庭竹,鸾歌拂井桐(51)。罗绡垂薄雾,环珮响轻风(52)。绛节随金母(53),云心捧玉童(54)。更深人悄悄,晨会雨蒙蒙。珠莹光文履,花明隐绣龙。瑶钗行彩凤,罗帔掩丹虹(55)。言自瑶华浦,将朝碧玉宫(56)。因游洛城北,偶向宋家东(57)。戏调初微拒,柔情已暗通。低鬟蝉影动(58),回步玉尘蒙。

转面流花雪⑯,登床抱绮丛⑯。鸳鸯交颈舞,翡翠合欢笼。眉黛羞偏聚,唇朱暖更融。气清兰蕊馥⑱,肤润玉肌丰。无力慵⑰移腕,多娇爱敛躬⑰。汗流珠点点,发乱绿葱葱。方喜千年会,俄闻五夜穷⑫。留连时有恨,缱绻意难终。慢脸⑰含愁态,芳词誓素衷⑭。赠环明运合⑮,留结⑯表心同。啼粉流宵镜,残灯远暗虫⑰。华光⑱犹苒苒,旭日渐曈曈⑰。乘鸾还归洛,吹箫亦上嵩⑱。衣香犹染麝,枕腻尚残红。幂幂临塘草,飘飘思渚蓬⑰。素琴鸣怨鹤⑱,清汉望归鸿⑰。海阔诚难渡,天高不易冲。行云无处所⑰,萧史在楼中⑱。"

张之友闻之者,莫不耸异⑱之,然而张志亦绝矣。稹特与张厚,因征其词⑱。张曰:"大凡天之所命尤物也,不妖⑱其身,必妖于人。使崔氏子遇合富贵,乘宠娇,不为云,为雨,则为蛟,为螭⑭,吾不知其变化矣。昔殷之辛,周之幽⑰,据百万⑫之国,其势甚厚。然而一女子败之,溃其众,屠其身,至今为天下僇笑⑱。予之德不足以胜妖孽,是用忍情。"于时坐者皆为深叹。后岁余,崔已委身⑭于人,张亦有所娶。适经所居,乃因其夫言于崔,求以外兄⑮见。夫语之,而崔终不为出。张怨念之诚,动于颜色。崔知之,潜赋一章,词曰:"自从消瘦减容光,万转千回懒下床。不为旁人羞不起,为郎憔悴却羞郎。"竟不之见。后数日,张生将行,又赋一章以谢绝云:"弃置⑯今何道,当时且自亲⑰。还将旧时意,怜取眼前人。"自是,绝不复知矣。时人多许张为善补过者。

予尝于朋会之中,往往及此意者,夫使知者不为,为之者不惑。贞元岁九月,执事李公垂⑱宿于予靖安里第,语及于是。公垂卓然⑲称异,遂为《莺莺歌》以传之。崔氏小名莺莺,公垂以命⑳篇。

①性温茂:性格温柔而多情。 ②美风容:风度潇洒,容貌英俊。 ③内秉坚孤:骨子里意志坚强,脾气孤僻。 ④"非礼"句:是说凡是不合于礼教的事都不能打动他。 ⑤訩訩拳拳:形容无休止地吵闹起哄。 ⑥不及:指来不及表现自己。 ⑦容顺:表面附和。 ⑧以是:至今。 ⑨未尝:未曾。 ⑩知者:了解他情况的人。 ⑪登徒子:好色者的代称。宋玉《登徒子好色赋》说,登徒子很喜欢他丑陋的妻子,和她生了五个孩子。 ⑫凶行:指不雅的行动。 ⑬适不我值:是说不过是未遇到和我相当的人。适,通"啻",不过。值,相当。 ⑭物之尤者:指特别美貌的女子。尤,特异。 ⑮无几何:即无何,没有多少时候。 ⑯蒲:蒲州,亦称河中府。州治在今山西永济。 ⑰僧舍:佛寺。 ⑱寓:住。 ⑲孀(shuāng 霜)妇:寡妇。 ⑳路出:路过。 ㉑张出于郑:指张生的母亲是郑家的女儿。 ㉒绪其亲:论起亲戚来。 ㉓"乃异"句:是说是另一支的姨母。 ㉔浑瑊(zhēn 针):唐将,西域铁勒九姓的浑部人。屡立战功,

后死于绛州节度使任内。薨(hōng 轰):古时称诸侯或有爵位的大官死去。 ㉕中人:此指监军的大宦官。 ㉖不善于军:不会带兵。 ㉗丧:指"浑瑊薨"。 ㉘廉使:廉洁奉公的官吏。杜确:人名,他继浑瑊之后,任河中尹兼绛州观察使。将(jiāng 僵):秉奉。总戎节:主持军务。 ㉙军由是戢(jí 疾):军队从此就安定下来。戢,止。 ㉚厚张之德甚:非常感激张生的恩德。 ㉛饰馔:设办酒菜。命张:指款待张生。 ㉜中堂:正厅。 ㉝孤嫠(lí 离)未亡:统指寡妇。孤,孤独。嫠,守寡。未亡,未亡人,古时寡妇自称。 ㉞属师:犹言"整师"。属,聚集。徒:众。溃:散。 ㉟犹君之生:如同你给他们生命。 ㊱辞疾:推说有病。 ㊲且:将。 ㊳远嫌:远避嫌疑。封建礼教对男女接触有种种限制性的规定,故云。 ㊴睟(suì 碎)容:丰润的面容。 ㊵垂鬟接黛:两鬟垂在眉旁,是古代少女的发式。黛,此以画眉的颜料代指妇女的眉毛。 ㊶销红:飞红。销,散。 ㊷抑而见:强迫出见。 ㊸"若不"句:身体好像支持不住似的。 ㊹"今天"三句:是说莺莺生于唐德宗兴元元年(784)七月,到现在贞元十六年(800),已经十七岁了。 ㊺导:启,引发。 ㊻惑:迷恋。 ㊼衷:内心。 ㊽惊沮(jǔ 举):吓坏了。 ㊾腆(tiǎn 舔)然:害羞的样子。 ㊿翼日:第二天。 ㊿姻族:异姓和同姓的亲戚。 ㊿孩提:儿童时代。 ㊿纨绮闲居:和妇女们在一起。纨绮,代指少女。 ㊿流盼:投以目光。盼,看。 ㊿"不为"二句:是说以前不做的事(指追求女人),今终被所迷。 ㊿昨日:指前些日子。 ㊿不自持:不能克制。 ㊿"恐不"句:意谓快因相思而死了。逾,过。 ㊿纳采:用雁为礼物送给女方。问名:问女方的姓名,以卜吉凶,决定婚事能否进行。均为古时订婚手续,参见《李娃传》注㉖。 ㊿索我于枯鱼之肆:是说远水不解近渴。语出《庄子·外物》:一条因干渴而濒死的鲫鱼向过路的庄周求救,庄周答应到吴越去引西江的水来救它。它说,等你远道将水引来,那只好到干鱼市上找我了。 ㊿"尔其"句:你说我该怎么办。 ㊿非语:不正经的话。 ㊿属(zhǔ 煮)文:做文章。属,连缀。 ㊿沉吟章句:指思考诗文作法。沉吟,迟疑不决。此作思考、推敲解。 ㊿乱之:引诱她。 ㊿立缀:立即写了。 ㊿彩笺(jiān 肩):书信。 ㊿喻:明白。旨:意。 ㊿旬有四日:十四日。旬,十天。一月分上、中、下三旬。有,又。 ㊿既望:到了第十五日。望,农历每月十五。 ㊿梯:爬。 ㊿绐(dài 代):欺骗。 ㊿必谓获济:以为定会成功。 ㊿数(shǔ 署):列举事实来责备。 ㊿不令:不懂事。 ㊿掠乱:乘危要挟。 ㊿去:相差。 ㊿寝其词:不说破。 ㊿寄于婢仆:叫婢仆转告。 ㊿见难:有顾虑。 ㊿鄙靡:犹言"粗俗"。 ㊿非礼之动:不合礼教规范的举动。 ㊿翻然:迅疾的样子。 ㊿觉(jué 决)之:唤醒他。 ㊿危坐:端坐。 ㊿娇羞融冶:又娇又羞。 ㊿运:动。支:同"肢"。 ㊿徒:同类。 ㊿荧荧然:形容微弱光亮。 ㊿茵席:铺席。 ㊿会真:遇见神仙。真,真人,道家称"修仙得道"或"成仙"之人。此指神仙。三十韵:即六十句。 ㊿容:指私会。 ㊿难词:责怨的话。 ㊿工刀札:字写得好。札,书简。用刀将竹简上写错的字削除称"刀札"。 ㊿出人者:高出别人的地方。 ㊿艺:技艺,指琴、棋、书、画、诗、文、针绣等方面的才能技巧。穷极：绝顶。 ⑨敏辩：指看问题敏锐，讲出话来有说服力。 ⑨愠(yùn 运)：怒。 ⑨形见：流于外表。 ⑩异时：有这一天。 ⑩文调及期：考试的日子到了。 ⑩怡(yí 移)：和悦。 ⑩没身：终身。 ⑩终：结局。 ⑩"又何"句：是说既有终身之约，何必为这次暂别而恋恋不舍。 ⑩怿(yì 译)：高兴。 ⑩奉宁：指使人得到宽慰。 ⑩既：到达，满足。诚：心意，愿望。 ⑩《霓裳羽衣》：曲名，见白居易《长恨歌》注㉔。序：指曲调的开始部分。 ⑩趋归：速归。 ⑪文战不胜：指应试落第。 ⑫以广其意：让她把事情看开些。 ⑬缄(jiān 坚)报：回信。缄，封闭。 ⑭粗：略。 ⑮花胜：古代妇女发髻上的一种装饰品。 ⑯耀首膏唇之饰：指花胜、口脂。 ⑰荷：负，承。 ⑱谁复为容：是说打扮了又给谁看。 ⑲伏承：暗自继续。 ⑳便(pián 骈)安：安静。便，安。 ㉑遐：远。 ㉒绸缪(móu 谋)、缱绻(qiǎn quǎn 遣犬)：均形容情意缠绵。 ㉓倏(shū 梳)：极快地。 ㉔幽微：细微。此莺莺自指。 ㉕无斁(yì 谊)：不厌。 ㉖不忒(tè 特)：不变。忒，差错。 ㉗不能自固：自己把握不住。 ㉘援琴之挑：《史记·司马相如列传》载，汉代司马相如弹琴作歌挑引卓文君，后文君随他逃走。 ㉙鄙人：莺莺自称。投梭之拒：《晋书·谢鲲传》载，谢鲲戏邻女，邻女以织梭投之，打掉两个牙齿。 ㉚岂期：哪里想到。 ㉛明侍巾帻(zé 泽)：指正式作为妻子，服侍张生。巾帻，冠类。汉代以来，盛行以幅巾裹发，称"巾帻"。 ㉜俯遂：委屈地成全。幽眇(miǎo 秒)：隐微的心事，此指婚事。 ㉝达士：达观的人。略情：指不泥于细理，把一切事情都看得很随便。略，粗略。 ㉞要(yāo 腰)盟：强迫订的盟约。 ㉟"则当"句：是说我即便是死了。 ㊱丹诚：赤心，忠诚的心。不泯：不灭。 ㊲"因风"二句：是说我的灵魂也要随着风露而去，跟在你身旁。清尘，对人的敬辞。尘，指人脚下的尘土。 ㊳儿：唐、宋妇女的自称。 ㊴不渝：不变。 ㊵绚(qú 渠)：缕。 ㊶文竹茶碾子：文竹(刻有花纹的竹子)制的茶磨。茶碾子，古时一种内圆外方、有槽有轮的碾茶叶的器具，亦称茶磨。 ㊷弊志：深藏的情志。弊，通"蔽"。解：断，开。 ㊸钟：聚集。 ㊹厉：猛烈。 ㊺强(qiǎng 抢上声)饭为嘉：努力多吃一点为好。强，迫使。 ㊻所善：指好友。杨巨源：唐时蒲州人，曾任国子司业。属词：写诗。 ㊼绝：绝句。 ㊽潘郎：晋代美男子潘安。此代指张生。 ㊾萧娘：唐代泛称女子。此专指崔莺莺。 ㊿河南：唐府名，治所在今河南洛阳市。 ⑮棂：窗。 ⑯莹光：指微弱的月光。 ⑯缥缈：模糊略现的样子。 ⑯低树：地上的树。渐葱茏：略显出青翠的颜色。 ⑯"龙吹(chuī 吹去声)"二句：是说风吹庭前之竹，声如龙吟，鸾鸟在井旁桐树上歌唱。吹，管乐之声。 ⑯垂薄雾：形容莺莺罗衣垂曳之状如薄雾。 ⑯响轻风：被微风吹动作响。 ⑯绛节：赤节，借指仙人的仪仗。金母：西王母，古人以西方属金，故称。此指莺莺。 ⑯玉童：仙童，此指张生。 ⑯"珠莹"句：是说绣鞋上嵌有珠光宝石，并绣有暗藏龙形的花纹。 ⑯"瑶钗"句：是说行走时头上形如彩凤的玉钗在颤动着。 ⑯帔(pèi 佩)：古时披在肩背上的服饰。掩丹虹：五彩掩映，有如虹霓。 ⑯"言自"二句：指莺莺将由自己的处所到张生那里去。瑶华浦、碧玉宫,均为仙人居处,此借用为崔、张住所。　⑯"因游"二句:是说张生游蒲,无意间获得同莺莺相恋的机遇。洛城,借指蒲地。宋家东,宋玉的东邻。《登徒子好色赋》说,宋玉的东邻有女甚美,常登墙望他,想和他往来,已经三年了,而他始终不理睬。　⑯"低鬟"句:是说低头时如蝉翼般的发髻在颤动着。　⑯花雪:如花艳,如雪白。　⑯绮丛:指绸被。　⑯笼:笼罩,引申为聚在一起。　⑯"气清"句:如说吹气如兰。馥(fù复),香气。　⑰慵(yōng庸):懒。　⑰敛躬:弯着身子,缩在一起。　⑰五夜穷:五更尽。　⑰慢脸:懒洋洋的脸色。　⑰"芳词"句:是说盟誓时道出衷曲。　⑰环:玉环。运合:把两人的命运结合在一起。　⑰结:同心结,即将锦带结成连环回文的花样,用以表示爱情。　⑰"啼粉"二句:是说拂晓前莺莺将别张生时,对镜整妆,脂粉随泪而下,在昏暗的灯光下能听到远处的虫鸣声。　⑰华光:指涂抹脂粉后显出的光彩。　⑰曈(tóng铜)曈:日初出时渐明的样子。　⑱"乘鹜(wù雾)"句:说莺莺离去。鹜,泛指野鸭。归洛:返回洛水。指洛妃。事见曹植《洛神赋》。此以洛妃喻莺莺。　⑱"吹箫"句:《列仙传》载,春秋时王子乔好吹笙,曾入嵩山修炼,后在缑氏山乘白鹤仙去。此喻张生之去。　⑱"幂(mì觅)幂"二句:是说塘畔篷草纵然长势茂盛,终将被风吹四散。喻两人虽然情好,但总要分离。幂幂,形容草覆盖的样子。渚篷,小洲上的篷草。　⑱"素琴"句:是说别后琴中弹出哀怨的调子。怨鹤,指《别鹤操》琴曲。古时商陵牧子娶妻五年无子,父兄将为之别娶,其妻闻之,夜起倚户悲泣,牧子伤感而作此曲。　⑱"清汉"句:是说盼望接到信息。汉,银河。鸿,大雁。古以为鸿雁能传书。　⑱行云:指巫山神女故事。宋玉《高唐赋》序说,楚襄王与他游云梦。他告诉楚襄王,先王(应指怀王)游高唐,曾梦见神女来欢会,临行时她说,自己住在巫山的南面,朝为行云,暮为行雨,朝朝暮暮,阳台之下。此以巫山神女喻莺莺。无处所:指没有同张生欢会之处。　⑱"萧史"句:《列仙传》载,春秋时萧史善吹箫,秦穆公把女儿弄玉嫁给他。他每天教弄玉吹箫学凤鸣,后果然有凤凰飞至。秦穆公为他们盖了一座凤台,最后弄玉乘凤,萧史乘龙仙去。此以萧史喻张生,说他而今远离莺莺孤处。　⑱耸异:感到惊奇,受到震动。　⑱征其词:问他有什么可说的。　⑱妖:意谓祸害。　⑲螭(chī吃):传说一种似龙而无角的动物。　⑲"昔殷"二句:指殷纣王(名受辛)和周幽王。旧说因纣王宠爱妲己,幽王宠爱褒姒,后来都亡了国。　⑲据:拥有。百万:百万户。　⑲僇(lù鹿)笑:耻笑。　⑲委身:出嫁。　⑲外兄:表兄。　⑲弃置:指已被遗弃。　⑰且自亲:却是你自己要来亲近我的。　⑱执事:供使令的人。此指友人。李公垂:唐诗人李绅,字公垂。　⑲卓然:高超特殊的样子。　⑳命:命题。

蒋 防

蒋防(生卒年不详,大约生活在唐德宗至唐文宗年间),字子微(一作子徵),义兴(今江苏宜兴)人。元和中,官翰林学士。长庆末,贬汀州、连州刺史。作有传奇《霍小玉传》。《全唐文》收其赋及杂文一卷。

霍小玉传

大历①中,陇西李生名益②,年二十,以进士擢第③。其明年,拔萃④,俟试于天官⑤。夏六月,至长安,舍于新昌里。生门族清华⑥,少有才思,丽词佳句,时谓无双;先达丈人⑦,翕然推伏⑧。每自矜风调⑨,思得佳偶,博求名妓,久而未谐。

长安有媒鲍十一娘者,故薛驸马家青衣⑩也;折券从良⑪,十余年矣。性便辟⑫,巧言语,豪家戚里⑬,无不经过,追风挟策⑭,推为渠帅⑮。常受生诚托厚赂,意颇德之⑯。

经数月,李生方闲居舍之南亭。申未间⑰,忽闻扣门甚急,云是鲍十一娘至。摄⑱衣从之,迎问曰:"鲍卿今日何故忽然而来?"鲍笑曰:"苏姑子作好梦也未⑲?有一仙人,谪在下界,不邀财货⑳,但慕风流。如此色目㉑,共十郎㉒相当矣。"生闻之惊跃,神飞体轻,引鲍手且拜且谢曰:"一生作奴,死亦不惮㉓。"因问其名居。鲍具说曰:"故霍王㉔小女,字小玉,王甚爱之。母曰净持。——净持,即王之宠婢也。王之初薨,诸弟兄以其出自贱庶㉕,不甚收录。因分与资财,遣居于外,易姓为郑氏,人亦不知其王女。姿质秾艳㉖,一生未见;高情逸态㉗,事事过人;音乐诗书,无不通解。昨遣某求一好儿郎格调㉘相称者,某具说十郎。他亦知有李十郎名字,非常欢惬㉙。住在胜业坊㉚古寺曲,甫上车门㉛宅是也。已与他作期约。明日午时,但至曲头觅桂子㉜,即得矣。"

鲍既去，生便备行计。遂令家僮秋鸿，于从兄京兆参军尚公处假青骊驹㉝，黄金勒㉞。其夕，生浣衣沐浴，修饰容仪，喜跃交并，通夕不寐。迟明㉟，巾帻㊱，引镜自照，惟惧不谐也。

徘徊之间，至于亭午。遂命驾疾驱，直抵胜业。至约之所，果见青衣立候，迎问曰："莫是李十郎否？"即下马，令牵入屋底，急急锁门，见鲍果从内出来，遥笑曰："何等儿郎，造次㊲入此？"生调诮㊳未毕，引入中门。庭间有四樱桃树；西北悬一鹦鹉笼，见生入来，即语曰："有人入来，急下帘者！"生本性雅淡，心犹疑惧，忽见鸟语，愕然不敢进。逡巡㊴，鲍引净持下阶相迎，延㊵入对坐。年可四十余，绰约㊶多姿，谈笑甚媚。因谓生曰："素闻十郎才调风流，今又见容仪雅秀，名下固无虚士㊷。某有一女子，虽拙教训㊸，颜色不至丑陋，得配君子，颇为相宜。频见鲍十一娘说意旨，今亦便令永奉箕帚㊹。"生谢曰："鄙拙庸愚，不意顾盼㊺，倘垂㊻采录，生死为荣。"

遂命酒馔，即令小玉自堂东阁子㊼中而出。生即拜迎。但觉一室之中，若琼林玉树，互相照曜，转盼精采射人。既而遂坐母侧。母谓曰："汝尝爱念'开帘风动竹，疑是故人来㊽。'即此十郎诗也。尔终日吟想，何如一见。"玉乃低鬟微笑，细语曰："见面不如闻名。才子岂能无貌？"生遂连起拜曰："小娘子爱才，鄙夫㊾重色。两好相映，才貌相兼。"母女相顾而笑，遂举酒数巡㊿。生起，请玉唱歌。初不肯，母固强之。发声清亮，曲度㉛精奇。

酒阑，及暝，鲍引生就西院憩息，闲庭邃宇，帘幕甚华。鲍令侍儿桂子、浣沙与生脱靴解带。须臾，玉至，言叙温和，辞气宛媚㉜。解罗衣之际，态有余妍，低帏昵㉝枕，极其欢爱。生自以为巫山、洛浦㉞不过也。中宵㉟之夜，玉忽流涕观生曰："妾本倡家，自知非匹㊱。今以色爱，托其仁贤㊲。但虑一旦色衰，恩移情替，使女萝无托，秋扇见捐㊳，极欢之际，不觉悲至。"生闻之，不胜感叹，乃引臂替枕，徐谓玉曰："平生㊴志愿，今日获从㊵，粉骨碎身，誓不相舍。夫人何发此言！请以素缣，著之盟约。"玉因收泪，命侍儿樱桃褰幄㊶执烛，授生笔研㊷。玉管弦之暇，雅好㊸诗书，箧箱笔研，皆王家之旧物。遂取绣囊，出越姬乌丝栏㊹素缣三尺以授生。生素多才思，援笔成章，引谕山河，指诚日月㊺，句句恳切，闻之动人。染㊻毕，命藏于宝箧㊼之内。自尔婉娈相得㊽，若翡翠之在云路㊾也。如此二岁，日夜相从。

其后年春，生以书判拔萃登科㊿，授郑县主簿㉛。至四月，将之官，便拜庆于东洛㉜。长安亲戚，多就筵饯㉝，时春物尚余，夏景初丽，酒阑宾散，离思萦怀。玉谓生曰："以君才地名声，人多景㉞慕，愿结婚媾，固亦众矣。况堂有严亲，室无冢妇㉟，君之此去，必就佳姻。盟约之言，徒虚语耳。然妾有短愿,欲辄指陈⁷⁷。永委君心,复能听否?"生惊怪曰:"有何罪过,忽发此辞?试说所言,必当敬奉。"玉曰:"妾年始十八,君才二十有二,迨君壮室之秋⁷⁸,犹有八岁。一生欢爱,愿毕此期,然后妙选高门,以谐秦晋⁷⁹,亦未为晚。妾便舍弃人事⁸⁰,剪发披缁⁸¹,夙昔之愿,于此足矣。"生且愧且感,不觉涕流。因谓玉曰:"皎日之誓⁸²,死生以之⁸³,与卿偕老,犹恐未惬素志,岂敢辄有二三⁸⁴。固请不疑,但端居⁸⁵相待。至八月,必当却⁸⁶到华州,寻使奉迎,相见非远。"更数日,生遂诀别东去。

到任旬日,求假往东都觐亲⁸⁷,未至家日,太夫人已与商量表妹卢氏,言约已定。太夫人素严毅,生逡巡不敢辞让,遂就礼谢,便有近期。卢亦甲族⁸⁸也,嫁女于他门,聘财必以百万为约,不满此数,义⁸⁹在不行。生家素贫,事须求贷,便托假故,远投亲知,涉历江、淮,自秋及夏。生自以孤负⁹⁰盟约,大愆回期⁹¹,寂不知闻,欲断其望,遥托亲故,不遗漏言。

玉自生逾期,数访音信。虚词诡说⁹²,日日不同。博求师巫⁹³,遍询卜筮⁹⁴,怀忧抱恨,周岁有余。赢卧空闺⁹⁵,遂成沉疾⁹⁶。虽生之书题⁹⁷竟绝,而玉之想望不移,赂遗⁹⁸亲知,使通消息。寻求既切,资用屡空,往往私令侍婢潜⁹⁹卖箧中服玩之物,多托于西市寄附铺侯景先家货¹⁰⁰卖。曾令侍婢浣沙将紫玉钗一只,诣景先家货之。路逢内作¹⁰¹老玉工,见浣沙所执,前来认之曰:"此钗,吾所作也。昔岁霍王小女,欲将上鬟¹⁰²,令我作此,酬我万钱,我尝不忘。汝是何人,从何而得?"浣沙曰:"我小娘子,即霍王女也。家事破散,失身于人。夫婿昨向东都,更无消息。悒怏¹⁰³成疾,今欲二年。令我卖此,赂遗于人,使求音信。"玉工凄然下泣曰:"贵人男女,失机落节¹⁰⁴,一至¹⁰⁵于此!我残年向尽,见此盛衰,不胜伤感。"遂引至延先公主宅,具言前事。公主亦为之悲叹良久,给钱十二万焉。

时生所定卢氏女在长安,生既毕于聘财,还归郑县。其年腊月¹⁰⁷,又请假入城就亲¹⁰⁸。潜卜静居¹⁰⁹,不令人知。有明经¹¹⁰崔允明者,生之中表弟也。性甚长厚¹¹¹,昔岁常与生同欢¹¹²于郑氏之室,杯盘笑语,曾不相间¹¹³。每得生信,必诚告于玉。玉常以薪刍¹¹⁴衣服,资给于崔,崔颇感之。生既至,崔具以诚告玉,玉恨叹曰:"天下岂有是事乎!"遍请亲朋,多方召致。生自以愆期负约,又知玉疾候沉绵¹¹⁵,惭耻忍割¹¹⁶,终不肯往,晨出暮归,欲以回避。玉日夜涕泣,都忘寝食,期一相见,竟无因由。冤愤益深,委顿¹¹⁷床枕。自是长安中稍有知者。风流之士,共感玉之多情;豪侠之伦¹¹⁸,皆怒生之薄行¹¹⁹。

时已三月,人多春游。生与同辈五六人诣崇敬寺玩¹²⁰牡丹花,步于西廊,递吟诗句。有京兆韦夏卿¹²¹者,生之密友,时亦同行。谓生曰:"风光甚丽,草木荣华,伤哉郑卿,衔冤空室!足下终能弃置,实是忍人⑫。丈夫之心,不宜如此。足下宜为思之!"叹让⑫之际,忽有一豪士,衣轻黄纻⑫衫,挟弓弹,丰神隽⑫美,衣服轻华,唯有一剪头胡雏⑫从后,潜行而听之。俄而前揖生曰:"公非李十郎者乎?某族本山东⑫,姻连外戚。虽乏文藻,心尝乐⑫贤。仰公声华⑫,常思觏止。今日幸会,得睹清扬⑫,某之敝居,去此不远,亦有声乐⑫,足以娱情。妖姬⑫八九人,骏马十数匹,唯⑫公所欲。但愿一过⑫。"生之侪辈,共聆斯语,更相叹美。因与豪士策马同行,疾转数坊,遂至胜业。生以近郑之所止⑫,意不欲过,便托事故,欲回马首。豪士曰:"敝居咫尺,忍相弃乎?"乃挽挟⑫其马,牵引而行。迁延⑫之间,已及郑曲。生神情恍惚,鞭马欲回。豪士遽命奴仆数人,抱持而进。疾走推入车门,便令锁却,报云:"李十郎至矣!"一家惊喜,声闻于外。

先此一夕,玉梦黄衫丈夫抱生来,至席,使玉脱鞋。惊寤⑫而告母。因自解曰:"'鞋'者,'谐'也⑭。夫妇再合。'脱'者⑭,'解'也。既合而解,亦当永诀。由此征⑭之,必遂相见,相见之后,当死矣。"凌晨,请母妆梳。母以其久病,心意惑乱,不甚信之。俛勉⑭之间,强为妆梳。妆梳才毕,而生果至。玉沉绵日久,转侧须人;忽闻生来,欻然⑭自起,更衣而出,恍若有神。遂与生相见,含怒凝视,不复有言。羸质娇姿,如不胜致⑭,时复掩袂,返顾李生。感物伤人,坐⑭皆欷歔。

顷之,有酒肴数十盘,自外而来,一坐惊视,遽问其故,悉是豪士之所致⑭也。因遂陈设,相就⑭而坐。玉乃侧身转面,斜视生良久,遂举杯酒酬地⑭曰:"我为女子,薄命如斯!君是丈夫,负心若此!韶颜稚齿⑭,饮恨而终。慈母在堂,不能供养。绮罗弦管,从此永休。征痛黄泉⑮,皆君所致。李君李君,今当永诀!我死之后,必为厉鬼,使君妻妾,终日不安!"乃引左手握生臂,掷杯于地,长恸号哭数声而绝。母乃举尸,置于生怀,令唤之,遂不复苏矣。

生为之缟素⑫,旦夕哭泣甚哀。将葬之夕,生忽见玉缞帷⑬之中,容貌妍丽,宛若平生。著石榴裙⑮,紫襂裆⑯,红绿帔子⑯。斜身倚帷,手引绣带,顾谓生曰:"愧君相送,尚有余情。幽冥⑮之中,能不感叹。"言毕,遂不复见。明日,葬于长安御宿原。生至墓所,尽哀而返。

后月余,就礼⑯于卢氏。伤情感物,郁郁不乐。夏五月,与卢氏偕行,归于郑县。至县旬日,生方与卢氏寝,忽帐外叱叱作声。生惊视之,则见一男子,年可二十余,姿状温美,藏身暎幔,连招卢氏。生惶遽⑯走起,绕幔数匝⑯,倏然不见。生自此心怀疑恶,猜忌万端⑯,夫妻之间,无聊⑫生矣。或有亲情⑱,曲⑲相劝喻。生意稍解。后旬日,生复自外归,卢氏方鼓琴于床,忽见自门抛一斑犀钿花合子⑯,方圆一寸余,中有轻绢,作同心结⑯,坠于卢氏怀中。生开而视之,见相思子⑯二、叩头虫一、发杀觜⑯一、驴驹媚⑯少许。生当时愤怒叫吼,声如豺虎,引琴撞击其妻,诘令实告。卢氏亦终不自明。尔后往往暴加捶楚⑰,备诸毒虐,竟讼于公庭而遣之⑰。

卢氏既出⑰,生或侍婢媵妾⑰之属,蹔⑰同枕席,便加妒忌。或有因而杀之者。生尝游广陵,得名姬曰营十一娘者,容态润媚,生甚悦之。每相对坐,尝谓营曰:"我尝于某处得某姬,犯某事,我以某法杀之。"日日陈说,欲令惧已,以肃清闺门。出则以浴斛⑯覆营于床,周回封署⑯,归必详视,然后乃开。又畜⑰一短剑,甚利,顾谓侍婢曰:此信州⑱葛溪铁,唯断作罪过头!"大凡生所见妇人,辄加猜忌,至于三娶,率⑰皆如初焉。

①大历:唐代宗年号(766—779)。　②陇西:地名。秦置陇西郡,地在今甘肃兰州一带。因在陇山之西,后泛称这一带为陇西。李益:中唐诗人,事迹见前。本篇据说是根据他的故事渲染而成。　③擢(zhuó 酌)第:考取功名。　④拔萃:科举考取后复试撰拟判词。唐考选制度,科举考取后须经吏部复试合格尚可分发任用,复试内容是试文三篇,叫"宏辞";试判(撰拟判词)三条,叫"拔萃"。　⑤天官:吏部的别称。主管文官的铨叙升降。　⑥门族:出身门第。清华:高贵。　⑦先达丈人:前辈老先生。⑧翕(xī 西)然:一致的样子。推伏:推崇、佩服。　⑨自矜(jīn 今):自我欣赏。风调:才貌。　⑩驸马:官名,即驸马都尉。皇帝的女婿按例授此官职,实为虚衔。青衣:指婢女。古时婢女多着青衣,以显卑微。故借此代称。　⑪折券(quàn 劝):赎身。折,毁。券,指卖身契一类。从良:指不再为娼,正式嫁人。　⑫便(pián 骈)辟:会巴结人。　⑬戚里:指皇亲国戚的住所。　⑭追风:通风报信。挟策:出谋划策。⑮渠帅:首屈一指的人物。　⑯德之:感激他。　⑰申未间:申时和末时之间,即午后一时至四时。　⑱摄:撩起。　⑲"苏姑"句:疑为当时俗谚,出处未详。苏姑子,一说为姑臧子之误,指李益(他是陇西姑臧人)。也未,没有。　⑳不邀财货:不贪图财礼。　㉑色目:人物。㉒十郎:指李益。㉓惮(dàn 但):害怕。　㉔霍王:唐高祖之子李元轨,封霍王。　㉕出自贱庶:为婢妾所生育。　㉖姿质:容貌。秾(nóng 农)艳:华丽。秾,花木繁盛的样子。　㉗高情:高雅的情致。逸态:俊逸的神态。　㉘格调:品德才华。　㉙惬(qiè 窃):合意。　㉚胜业坊:街坊名,在长安兴庆宫西。㉛甫:刚。车门:矮门。　㉜曲头:巷口。桂子:婢女名。　㉝从兄:堂兄。京兆:京师。假:借。青骊驹:青黑色的小马。　㉞勒:马笼头。　㉟迟(zhì 至)明:黎明。㊱巾帻(zé 泽):戴上头巾。巾,作动词用。　㊲造次:随随便便,冒失。　㊳调诮(qiào 俏):打趣。　㊴逡(qūn 群阴平)巡:局促不安的样子。　㊵延:邀请。　㊶绰

约:姿态舒缓柔弱而优美的样子。 ㊷虚士:有名无实的人。 ㊸拙教训:没有受到好的教育。 ㊹奉箕箒:指做妻子。 ㊺不意:想不到。顾盼:指被看得起。 ㊻垂:承蒙。 ㊼阁(gé 阁)子:旁边的小门。 ㊽"开帘"二句:是李益《竹窗闻风早发寄司空曙》诗中的句子。但"风动竹"作"复动竹"。 ㊾鄙夫:粗野的人,李益自称。 ㊿数(shuò 朔)巡:轮流敬了几遍酒。 (51)曲度:曲调。 (52)辞气宛媚:语气宛转逗人。 (53)昵(nì 逆):近。 (54)巫山:指楚怀王同巫山神女欢会事,见前《莺莺传》注(185)。洛浦:洛水边,指曹植与洛妃相会事。曹植写《洛神赋》纪之。 (55)中宵:半夜。 (56)非匹:不相配。 (57)仁贤:仁德的人,指李益。 (58)女萝无托:指失去依靠。女萝,即松萝,地衣类植物。丝状多攀附在别的树上。旧时以此喻女子。 (59)秋扇见捐:秋凉时扇子弃置不用,以此借喻妇女因色衰而见弃。典出汉代班婕妤《怨歌行》。捐,弃。 (60)平生:平日。 (61)获从:实现。 (62)褰(qiān 千)幄:拉起帐幕。 (63)研:同"砚"。 (64)雅好:爱好。 (65)越姬:指浙江一带养蚕的姑娘。乌丝栏:一种织成或画成黑线竖格的绢质卷轴或纸笺。 (66)"引谕"二句:以山河来喻恩情深重,指日月发誓,表相爱诚挚。 (67)染:写。 (68)箧(qiè 窃):箱。 (69)婉娈(luán 峦)相得:感情投合。 (70)翡翠:鸟名,翡为雄鸟,翠为雌鸟。云路:高天。 (71)登科:考取。 (72)郑县:今河南郑州市。主簿:管理文书簿册的官员。 (73)便:就便,指顺路。拜庆:拜家庆,离家日久,回去探望父母。东洛:东都洛阳。 (74)筵饯:备办酒席送行。 (75)景:景仰。 (76)冢(zhǒng 肿)妇:正妻。 (77)指陈:说明。 (78)壮室之秋:指三十岁的年纪。古以男子三十岁为壮,此时才是娶妻的适当年龄。室,娶妻。 (79)秦晋:见前《李娃传》注(277)。 (80)人事:指人世间的正常生活。 (81)剪发披缁(zī 资):指出家当尼姑。缁,黑色衣服,僧尼所著。 (82)皎日之誓:指日发誓。皎日,白日。 (83)死生以之:无论生或死都是这样。 (84)二三:三心二意。《诗经·卫风·氓》:"士也罔极,二三其德。" (85)端居:安心过活。 (86)却:回。 (87)觐(jǐn 紧)亲:探亲。 (88)甲族:世家贵族。 (89)义:按照规矩。 (90)孤负:即辜负。 (91)大愆(qiān 千)回期:大大地错过了约期。愆,耽误。 (92)诡(guǐ 轨)说:谎话。 (93)师巫:巫师。 (94)卜筮(shì 世):古人占卜以问吉凶的两种方法。用龟壳来卜卦称"卜",用蓍草算命称"筮"。 (95)羸(léi 雷):瘦弱。 (96)沉疾:重病。 (97)书题:书信。 (98)遗(wèi 位):赠送。 (99)潜:偷偷地。 (100)寄附铺:寄售商店。货:用作动词,售。下文"货之"的"货"同。 (101)内作:皇宫里的工匠。 (102)上鬟:古时女子十五岁为"及笄"(jī 基;簪子)",这时要举行一种仪式,把披垂的头发梳上去,插上簪子,表示已成人,称"上鬟"。 (103)悒怏(yì yàng 抑样):忧郁。 (104)失机:失掉机宜。落节:失身。 (105)一至:竟然到达。 (106)延先公主:一作"延光公主",即郜(gào 告)国公主,唐肃宗的女儿。 (107)腊月:农历十二月。 (108)就亲:准备迎娶。 (109)卜:选择。静居:偏僻的住所。 (110)明经:唐代选考制度,曾分秀才、明经、进士等科。因诗赋取中者为"进士",因经义取中者为"明经"。 (111)长厚:忠厚。 (112)欢:欢饮。 (113)间(jiàn 健):间隔。 (114)薪刍(chú 除):指日用品。 ⑮疾候:病况。沉绵:病重的样子。 ⑯忍割:忍痛割爱。 ⑰委顿:无力支持的样子。 ⑱豪侠之伦:豪爽正义的人。 ⑲薄行:寡情薄义的行为。 ⑳玩:赏。 ㉑韦夏卿:字云客,京兆万年人。 ㉒忍人:心肠残忍的人。 ㉓让:责备。 ㉔衣(yì 意):穿。纻(zhù 注):细麻布。 ㉕丰神:风度神采。隽(jùn 俊):俊秀。 ㉖剪头:短发。胡雏,指卖身为奴的年幼胡人。 ㉗山东:崤山、函谷关以东。 ㉘乐(yào 要):喜爱。 ㉙声华:声名才华。 ㉚觏(gòu 够)止:会见。止,语助词。 ㉛清扬:本指人眉目开朗清爽的样子,常用作敬辞,犹言"尊容"。 ㉜声乐:歌舞乐队。 ㉝妖姬:艳丽的歌妓。 ㉞唯:任凭。 ㉟一过:去一趟。 ㊱所止:居住的地方。 ㊲挽挟:牵引夹持。 ㊳迁延:拖拖拉拉。 ㊴寤(wù 误):醒来。 ㊵"鞋者"二句:是说"鞋"与"谐"同音。谐,和。 ㊶"脱者"二句:是说"脱"与"解"同义。 ㊷征:预测。 ㊸俛(mǐn 敏)勉:勉强。俛,同俛。 ㊹欻(xū 需)然:忽然。 ㊺胜致:支撑。 ㊻坐:座上的人。 ㊼致:送来。 ㊽相就:靠近。 ㊾酹地:以酒浇地,表示誓愿。 ㊿韶颜:美好的容貌。稚齿:指年轻。 ㈤征痛黄泉:造成死亡的痛苦。征,招致。 ㈤缟(hào 号)素:穿孝服。 ㈤缌帷:灵帐。 ㈤石榴裙:红裙。 ㈤禊(hé 河)裆:古时妇女穿的一种长袍。 ㈤帔(pèi 配)子:古时妇女披在肩背上的一种服饰,即斗篷之类。 ㈤幽冥:指阴间。 ㈤就礼:指举行婚礼。 ㈤惶遽:匆忙地。 ㈥匝(zā 砸阴平):遍。 ㈥猜忌万端:多方猜忌。《旧唐书》说:"益少痴而忌克,防闲妻妾苛严,世谓妒痴为李益疾。" ㈥无聊:毫无生趣的样子。 ㈥亲情:亲友。 ㈥曲:委婉地。 ㈥斑犀钿花合子:杂色犀牛角雕成、嵌饰金花的盒子。 ㈥同心结:见前《莺莺传》注⑯。 ㈥相思子:红豆。古人用以寄托相思,故名。 ㈥发杀觜(zī 资):不详。《书影》卷五说:"似媚药无疑。"备考。 ㈥驴驹媚:《物类相感志》载,驴驹初生,未堕地时,口中有物,如肉,名媚,妇人带之能媚。这是一种荒唐说法。 ㈦捶楚:鞭打。 ㈦遣之:把她休弃。 ㈦出:指封建社会男子单方面离婚休妻,即把妻子从家里赶出去之意。 ㈦媵(yìng 映)妾:陪嫁的丫鬟。 ㈦蹔:同"暂"。 ㈦浴斛(hú 胡):浴盆一类的器具。 ㈦周回封署:周围贴上封条。 ㈦畜:收藏。 ㈦信州:州治在今江西上饶市。 ㈦率:大概。

李 贺

李贺(790—816),字长吉,福昌昌谷(今河南宜阳西)人。出身没落的王室,终身抑郁不得志,仅做过奉礼郎。其诗抒写了渴望有所建树的热忱和因对社会不满而产生的苦闷,有些诗对统治集团的昏庸腐朽及人民疾苦也有所揭露。他善于熔铸词采,驰骋想象,运用神话传说,创造出新奇瑰丽的诗境,形成独特的艺术风格。但作品大多情调低沉,有些诗语言失于雕琢。有《三家评注李长吉歌诗》。

雁门太守行①

黑云压城城欲摧②,甲光向日金鳞③开。角声满天秋色里,塞上燕脂凝夜紫④。半卷红旗临易水⑤,霜重鼓寒声不起⑥。报君黄金台上意⑦,提携玉龙⑧为君死。

①《雁门太守行》:乐府《相和歌·瑟调曲》名。后人多用以写边塞征战之事。雁门,郡名,在今山西大同市东北一带。 ②摧:毁。 ③甲光:指铠甲迎着太阳发出的闪光。金鳞:是说像金色的鱼鳞。 ④"塞上"句:是说边塞暮色渐浓,云山都成紫色。燕脂,同"胭脂",指暮色霞光。凝夜紫,王勃《滕王阁序》:"烟光凝而暮山紫。"一说长城附近"土色皆紫,故曰紫塞"。则"燕脂""夜紫"兼暗指战场血迹。 ⑤易水:在今河北易县境。 ⑥不起:是说鼓声低沉不扬。 ⑦"报君"句:是说报谢皇帝提携、厚遇之意。黄金台,战国时燕昭王所筑,故址在易水东南。据说台上放置千金,以招揽人才。 ⑧玉龙:指剑。

天 上 谣

天河夜转漂回星①,银浦流云学水声②。玉宫③桂树花未落,仙妾采香垂珮缨④。秦妃卷帘北窗晓,窗前植桐青凤小⑤。王子吹笙鹅管⑥长,呼龙耕烟种瑶草⑦。粉霞红绶藕丝⑧裙,青洲步拾兰苕⑨春。东指羲和能走马,海尘新生石山下⑩。

①漂回星:是说繁星在天河中漂浮回荡。 ②银浦:银河。流云学水声:是说天河里流水似的行云也学着发出流水的声音。 ③玉宫:指月宫。传说月宫里有琼楼玉宇,有桂树,有素娥。 ④仙妾:指仙女。妾,古时女子谦称自己。采香:指采桂花。珮:古时系在衣带上的装饰品。缨:此指系珮的穗状饰物。 ⑤"秦妃"二句:写弄玉、萧史爱情事。大意是,清晨,秦女弄玉卷上北窗的窗帘,她与萧史所乘的凤凰,栖息在窗前的梧桐树上,是那么玲珑可爱。秦妃,指传说中的弄玉。她是春秋时秦穆公的女儿,嫁给善吹箫的萧史,夫妻便一同乘凤飞升成仙。 ⑥王子:指周灵王的太子王子乔。《列仙传》载,王子乔喜欢吹笙作凤凰鸣叫,后成仙。鹅管:是说笙上的管用玉做成,其状似鹅毛管。 ⑦瑶草:仙家所种植的灵芝草之类。《十洲记》说:"方丈洲在东海中心,群仙不欲升天者皆往来此洲。仙家数十万,耕田种芝草,课计顷亩,如种稻状。" ⑧粉霞、藕丝:都是当时色彩名。粉霞红,粉红色。藕丝,纯白色。绶:一种丝带。 ⑨青洲:即青邱,又名长洲,是传说中的仙境。《十洲记》说:"长洲一名青邱,在南海辰已之地。地方五千里,去岸二十五万里。上饶山川,及多大树,树乃有二千围者,一洲之上专是林木,故一名青邱。又有仙草灵药,甘液玉英,靡所不有,天真仙子游于此地。"步拾:边走边摘。兰苕(tiáo 条):兰花。 ⑩"东指"二句:兼写天上人间。是说这时众仙见到东边羲和驾着日车如走马般迅疾而过,原来石山下的沧海也随之扬起尘埃,大概又将变作桑田了。这里既写了人世间的迅变,也写了神仙天界的永恒。羲和,此指神话中驾日车的神。详见李白《蜀道难》注⑪。

金铜仙人辞汉①歌

茂陵刘郎秋风客,夜闻马嘶晓无迹②。画栏桂树悬秋香,三十六宫土花③碧。魏官牵车指千里④,东关酸风射眸子⑤。空将汉月出宫门,忆君清泪如铅水⑥。衰兰送客咸阳⑦道,天若有情天亦老⑧!携盘独出月荒凉,渭城已远波声小⑨。

①金铜仙人:汉武帝曾于长安建章宫造神明台,上铸铜仙人以掌托铜盘盛露,取露和玉屑,饮以求仙。辞汉:辞别汉武帝。魏明帝曹叡(ruì 瑞)为求长生,曾派人去长安拆移铜人等物,传说铜人下泪。 ②"茂陵"二句:想象汉武帝的阴魂预知铜人将被搬走,头天晚上显示灵异的情形。茂陵,汉武帝的陵墓。秋风客,汉武帝曾作《秋风

辞》,以此称他。　③三十六宫:汉代长安有离宫三十六所。土花:指青苔。　④牵车指千里:是说把铜人装车送往遥远的魏都洛阳。　⑤东关:长安东边的城门。酸风:悲风。眸子:瞳仁。　⑥"空将"二句:是说铜人离汉宫时,只有汉月相随;因怀念武帝,泪如铅水洒落。汉月,一说指铜人所托之铜盘。备考。　⑦客:指铜人。咸阳:秦都。其附近有渭水,汉改渭城。　⑧"天若"句:是说天公如果是有感情的,也将会因看到这兴亡盛衰的变化而哀伤得衰老。　⑨波声小:指水波声渐渐地听不见了。

老夫采玉歌

　　采玉采玉须水碧①,琢作步摇徒好色②。老夫饥寒龙为愁,蓝溪水气无清白③。夜雨冈头食蓁子④,杜鹃口血⑤老夫泪。蓝溪之水厌生人⑥,身死千年恨溪水⑦。斜山柏风雨如啸⑧,泉脚挂绳青袅袅⑨。村寒白屋念娇婴,古台石磴悬肠草⑩。

①须:要。水碧:产于深水中的碧玉。　②步摇:见白居易《长恨歌》注⑪。徒好色:只不过是把美女打扮得更美一点罢了。好,美好。色,女色。　③"老夫"二句:是说采玉老人为饥寒所迫,不得不下蓝溪。他们把溪水翻搅得没有清白的时候,致使龙王烦恼。蓝溪,水名,在今陕西蓝田县蓝田山下。据说山上和溪中均产碧玉,名蓝田玉。韦应物《采玉行》:"官府征白丁,言采蓝田玉。"可见那些采玉人都是被当时官府强征去的。　④蓁(zhēn针)子:即榛子。　⑤杜鹃口血:杜鹃,鸟名,自春至夏啼叫不止,传说会啼出血来。参见李白《蜀道难》注㉑。　⑥"蓝溪"句:是说淹死的工匠甚多,好像蓝溪水不想让人活着。　⑦恨溪水:实恨强征采玉的统治者。　⑧柏风:指穿过柏树林的风。　⑨"泉脚"句:是说老人腰系长绳下到山泉脚下的溪水中采玉。青袅袅:形容半空中摇曳不定的长绳。　⑩"村寒"二句:是说忽然瞅见古台石级上的悬肠草,于是想起家中的娇儿,怕和他永别。白屋,茅屋。婴,泛指小儿。石磴(dèng邓):石级。悬肠草,一名思子蔓,又名离别草。

秋　　来

　　桐风惊心壮士①苦,衰灯络纬啼寒素②。谁看青简一编③书,不遣花虫④粉空蠹?思牵今夜肠应直,雨冷香魂吊书客⑤。秋坟鬼唱鲍家诗,恨血千年土中碧⑥。

①桐风:意即吹落梧桐树叶的秋风。壮士:一作"志士"。作者自指。　②"衰灯"句:

是说妇女闻络纬啼鸣而知寒天已至,连忙掌灯赶制冬衣。衰灯,昏暗的灯。络纬,昆虫名,即纺织娘。其鸣声如纺绩,故名。素,白色的生绢。　③青简:竹简。古代没有纸,在竹简上写字。编:古时用以穿联竹简的皮条或绳子。联简牍成书称"一编"。④遣:驱逐。花虫:即蠹虫。　⑤香魂:指古代诗人才士之魂。一作"乡魂。"书客:作书的人。这里自指。　⑥"秋坟"二句:是说秋天坟地里的鬼魂,吟唱着鲍照写的诗歌,恨血入土,历经千年已化为碧玉了吧!《庄子》:"苌弘死于蜀,藏其血,三年化为碧玉。"

致　酒　行①

零落栖迟②一杯酒,主人奉觞客长寿③。主父西游困不归④,家人折断门前柳⑤。吾闻马周⑥昔作新丰客,天荒地老⑦无人识;空将笺上两行书⑧,直犯龙颜请恩泽⑨。我有迷魂招不得⑩,雄鸡一唱天下白;少年心事当拿云⑪,谁念幽寒坐呜呃⑫。

①《文苑英华》录此诗时,题下有"至日长安里中作"七字。　②栖迟:指困顿失意。③觞(shāng 商):饮酒器具。客长寿:祝客健康长寿。　④以下六句是主人劝勉作者的话。主父:指汉代主父偃。他家境寒微,西入关后久困不得志。后来官至齐相。⑤"家人"句:是说家里人攀上门前的柳树远望他归来,直到柳枝都折断了。　⑥马周:唐太宗时人。家贫好学。西游长安时,初宿于新丰(在长安附近,今陕西临潼东),曾受店主人冷遇。后至长安,客中郎将常何家,为常何条陈二十余事,被唐太宗发现,任命他为中书令。　⑦天荒地老:夸张形容时间久长。　⑧空:只。笺(jiān坚):纸。两行书:指马周草拟条陈事。　⑨直犯龙颜:是说直接由皇帝过目。犯,以言语侵犯尊上之颜,指进谏。龙颜,指皇帝的容颜。恩泽:指皇帝所赐予的恩惠。⑩迷魂招不得:是说魂不守舍,失意远游,招不回来。迷魂,指心情抑郁,行止彷徨。⑪拿云:凌云。　⑫幽寒:比喻处境困厄。呜呃(è厄):悲叹声。

蝴　蝶　飞

扬花扑帐春云热①,龟甲屏风醉眼缬②。东家蝴蝶西家飞,白骑少年今日归③。

①春云热:指闺中春愁缭乱。　②龟甲屏风:用杂色玉石镶嵌成龟甲纹的屏风。醉眼缬(xié 协):是说屏风的花纹令人睹之欲醉。缬,有花纹的丝织品。此指花纹。③"东家"二句:借蝴蝶东飞来西飞去,喻少年到处游荡今日始归。

杜 牧

杜牧(803—852),字牧之,京兆万年(今陕西西安)人。唐文宗大和二年(828)进士。曾任黄州、池州、睦州刺史,官至中书舍人。杜牧诗、文并茂。其诗或指陈时政或抒情,风格豪爽清丽,独树一帜。七绝尤佳。有《樊川文集》。

过华清宫绝句①

其 一

长安回望绣成堆②,山顶千门次第③开。一骑红尘妃子笑,无人知是荔枝来④。

①本题共三首。华清宫,唐代行宫,故址在今陕西临潼南骊山上,内有温泉多处。初名温泉宫,后更名华清宫。 ②绣成堆:是说骊山如一堆锦绣。 ③千门:指宫门。次第:一个接一个。 ④"一骑"二句:是说驿马飞驰,卷起尘土,看不清马上载有何物,唯有杨贵妃知是荔枝将至,欣然而笑。红尘,飞扬的尘土在日光下呈现红色。妃子,指杨贵妃。据说她喜欢吃荔枝,唐玄宗命人远从四川、广东乘驿马兼程运送鲜荔枝,为此跑死了很多人和马。

其 二

新丰绿树起黄埃,数骑渔阳探使回①。《霓裳》一曲千峰上,舞破中原始下来②。

①"新丰"二句:是说探使从渔阳飞马回转长安。原注说,安禄山叛前,玄宗曾派宦官

辅璆琳去渔阳探听虚实,辅受贿,未回报实情。新丰,今临潼新丰镇。渔阳,当时是安禄山叛军的根据地,详见白居易《长恨歌》注㉓。　②"《霓裳》"二句:是说唐玄宗纵情声色,直至安禄山叛军攻破中原,方罢歌舞。《霓裳》,即《霓裳羽衣曲》,见《长恨歌》注㉔。千峰,指骊山。

江南春绝句

千里莺啼绿映红,水村山郭酒旗风。南朝四百八十寺①,多少楼台②烟雨中。

①南朝:宋、齐、梁、陈四朝。四百八十寺:南朝帝王贵族多好佛,据说建有五百余所寺院,拥有僧尼十余万。这里所举数字,可能就当时保存下来的而言。　②楼台:指寺院奢华的建筑。

早　雁①

金河秋半虏弦开②,云外惊飞四散哀。仙掌月明孤影过,长门灯暗数声来③。须知胡骑纷纷在,岂逐春风一一回?莫厌潇湘少人处,水多菰米岸莓苔④。

①唐武宗会昌二年(842)八月,回纥统治者南侵,大肆掳掠。此诗以早雁比喻受惊南逃的北方边地难民。这时尚未到北雁南飞之时,故称"早雁"。　②金河:在今内蒙古自治区呼和浩特市南。秋半:即秋季的第二个月。虏弦开:指胡人开弓控弦射雁。③"仙掌"二句:是说早雁在月夜里孤凄地飞过长安,暗示皇帝应知此情。仙掌,指西汉长安建章宫内以掌捧托承露盘的铜铸仙人,参见李贺《金铜仙人辞汉歌》注①。长门,西汉长安宫名,汉武帝时,陈皇后失宠后幽居此处,后用以泛指冷宫。　④"须知"四句:是说兵乱未已,早雁不宜急速回飞,还是暂留南国的好。潇湘,水名,此泛指湖南一带。相传雁飞到湖南衡山回雁峰即止,春天再北返。菰米,菰(多年生草本植物,生浅水中)的果实。莓苔,蔷薇科植物,常见者花白色,子红色,味酸甜。此泛指雁的食物。

泊　秦　淮①

烟笼②寒水月笼沙,夜泊秦淮近酒家③。商女④不知亡国恨,隔江犹唱

《后庭花》⑤。

①秦淮:即秦淮河,源出今江苏溧水县东北,流经南京入长江。相传为秦始皇南巡会稽时所凿,以疏淮水,故名。 ②笼:笼罩。 ③酒家:酒店。 ④商女:指卖唱的歌女。 ⑤隔江:指秦淮河对岸的酒店里。《后庭花》:乐曲《玉树后庭花》的简称,南朝陈后主(陈叔宝)在金陵荒淫腐化,曾作此曲,后亡国。后人们将此曲代指亡国之音。

山 行

远上寒山石径斜,白云生处①有人家。停车坐爱枫林晚②,霜叶红于③二月花。

①白云生处:即山的高处和深处。生,一作"深"。 ②坐:因。晚:夕阳晚照。 ③红于:比……红。

秋 夕①

银烛秋光冷画屏②,轻罗小扇扑流萤③。天阶④夜色凉如水,坐⑤看牵牛织女星。

①本篇一作王建诗。题一作《七夕》。 ②"银烛"句:是说银色蜡烛在秋夜里燃发的微光,使屏风上的画图显得幽冷。银烛,一作"红烛"。 ③轻罗小扇:用极薄的丝制品制成的团扇,又称纨扇。流萤:飞动的萤火虫。 ④天阶:指皇宫中的石阶。阶,一作"街"。 ⑤坐:一作"卧"。

敦煌词

敦煌词,指清末在甘肃敦煌石室发现的唐、五代曲子词,共一百六十余首。其创作时代大约在公元八世纪至十世纪之间,除极少数可考知作者姓名的文人词之外,均为无名氏之作,包括部分民间创作——这是现存最早的唐代民间词。其内容相当广泛,以妇女生活为题材的作品艺术性较高。体裁有小令、长调和大曲,大都保存着民间文学的特色。有王重民辑《敦煌曲子词集》。

望 江 南[①]

莫攀[②]我,攀我大心偏[③]。我是曲江临池柳[④],者人折去[⑤]那人攀,恩爱一时间。

[①]《望江南》:唐教坊曲名。本名《谢秋娘》,进入教坊,改此名。白居易依其调作《忆江南》词。这个词牌又名《梦江南》《江南好》等。 [②]攀:指拉扯,亲近。 [③]大:同"太"。心偏:偏爱,痴心。 [④]曲江:曲江池,在长安东南角,为汉、隋、唐诸朝的游览胜地。临池柳:曲江池边的柳树。词中以柳枝的折损比喻妓女遭尽蹂躏的苦况。 [⑤]者:这。折去:一作"折了"。

无名氏

这里所选的无名氏词二首,有人认为是李白的作品,为文人词里最早的作品。也有人认为是晚唐人所作。

菩 萨 蛮①

平林漠漠烟如织②,寒山一带伤心碧③。暝色④入高楼,有人楼上愁。
玉阶空伫立⑤,宿鸟⑥归飞急。何处是归程⑦?长亭更短亭⑧。

①《菩萨蛮》:唐教坊曲名,后用为词牌。一名《菩萨鬘》。 ②平林:平铺开去的树林。漠漠:迷蒙不清的样子。烟:雾气。 ③寒山:指带寒意的秋山。一带:一派。伤心碧:形容山色愁惨,其绿色叫人看了伤心。一说"伤心"在蜀地口语作"极""要死""要命"解,故此处可作"极碧"讲。 ④暝色:暮色。 ⑤玉阶:白色石阶。空伫(zhù住)立:怅惘久立。 ⑥宿鸟:回巢的鸟。 ⑦归程:归路。归,一本作"回"。 ⑧"长亭"句:是说回家路程遥远。长亭、短亭,即大亭、小亭。古代大路边设有给行人歇脚的亭子,相传隔十里一长亭,隔五里一短亭。更,换,指交替;一本作"接"。

忆 秦 娥①

箫声咽②,秦娥梦断秦楼月③。秦楼月,年年柳色,灞陵④伤别。 乐游原上清秋节⑤,咸阳古道音尘绝⑥。音尘绝,西风残照,汉家陵阙⑦。

①《忆秦娥》:词牌名,又名《秦楼月》《碧云深》等。 ②咽:悲凉之声。 ③"秦娥"句:是说秦娥从梦中惊醒,只见一轮凄凉的明月照在楼头。秦娥,秦地女子。 ④灞陵:汉文帝陵墓所在地,在长安东二十里。临灞水,上有桥,桥边绿柳成荫。据载,汉代凡东出潼关和函谷关的人,均在此折柳赠别,这风俗延至唐代。 ⑤乐游原:在今

陕西长安南,是唐代郊游胜地。清秋节:指农历九月九日重阳节。 ⑥咸阳:今属陕西,曾是秦代(前246—前207)的京城。音尘绝:指游人不归,往事一去不复返。音尘,车马行走的声音和扬起的尘土,代指音信。 ⑦"西风"二句:是说汉代盛世已成往事,只有西风中的残照在作历史的凭吊。残照,傍晚的阳光。汉家,汉朝(前206—220)。陵阙,指皇帝的坟墓和宫殿。

温庭筠

温庭筠(约812—866),原名岐,字飞卿,并州祁(今山西祁县)人。仕途不得志,官止国子助教。有才名,生活浪漫。他的诗与李商隐齐名,并称"温李",成就不如李。其词多写闺情,风格秾艳,为"花间派"之首,多收入《花间集》中。后人辑有《温庭筠诗集》《温飞卿集笺注》。

过五丈原①

铁马云雕共绝尘②,柳营高压汉宫③春。天清杀气屯关右④,夜半妖星照渭滨⑤。下国卧龙空寤主⑥,中原得鹿⑦不由人。象床宝帐⑧无言语,从此谯周是老臣⑨!

①题一作《经五丈原》。五丈原,在今陕西眉县西南渭水南岸。蜀汉建兴十二年(234)春,诸葛亮率兵攻魏,曾在此屯驻,与魏国司马懿军隔渭水相持百余日。诸葛亮病死军中。 ②铁马云雕:喻指雄壮的军队。铁马,铁骑,喻精壮的骑兵。云雕,指战旗。云旗上画熊虎,雕旗上绘鸷鸟。共:一作"久"。绝尘:形容飞速前进。 ③柳营:即细柳营。细柳是地名,在长安附近。西汉将军周亚夫曾在此屯兵,军纪严明。这里借指诸葛亮的军队。营,一作"阴"。汉宫:指西汉京都长安。这里借指魏营。宫,一作"营"。 ④天清:形容秋季天高气爽。诸葛亮病故于这年秋季八月。清,一作"晴"。杀气:兼指自然肃杀之气和战争杀伐之气。关右:指函谷关以西之地。此指长安、五丈原所在地区。 ⑤妖星:如说灾星。相传诸葛亮临死的晚上有赤色大星从东北流向西南,落入蜀汉营地。渭滨:渭水边上。 ⑥下国:指蜀国。《左传》称中原的诸侯之国为上国。蜀国偏处西南,相对中原之国,故称下国。卧龙:指诸葛亮。据《三国志·蜀书·诸葛亮传》载,徐庶向刘备荐举诸葛亮时曾将他比作卧龙,意思是隐居的俊杰。空寤主:意思是说刘禅没有遵从诸葛亮生前的开导,亮死后竟荒淫误国。寤,通"悟",使之醒悟;一本作"误"。主,指刘备的儿子后主刘禅。 ⑦中原得

鹿:比喻争夺中原得到胜利。得,一本作"逐"。鹿,比喻政权。这里活用"逐鹿中原"成语,指诸葛亮统一天下的宏志。　⑧象床宝帐:象牙座椅、华贵帐帷,形容五丈原祠庙中诸葛亮神龛里陈设的高贵。这里以物指人,代指诸葛亮。宝,一作"锦"。　⑨谯(qiáo 桥)周:蜀汉的旧臣,诸葛亮死后颇得后主宠信。魏将邓艾攻蜀时,后主听了他降魏的主张,致使蜀亡。老臣:杜甫曾在《蜀相》诗中称赞诸葛亮"两朝开济老臣心"。这里指诸葛亮当年在蜀汉朝廷的地位。

商山早行①

晨起动征铎②,客行悲故乡③。鸡声茅店月④,人迹板桥霜⑤。槲⑥叶落山路,枳花明驿墙⑦。因思杜陵梦,凫雁满回塘⑧。

①离长安时作。商山,今陕西商县东南,汉初"四皓"隐居之处。　②动征铎:指远行的车马铃响。　③悲故乡:即思故乡。　④"鸡声"句:是说当鸡鸣唤醒旅客时,天上还悬有残月。　⑤"人迹"句:是说板桥上白霜未消,留下赶路者的足迹。　⑥槲(hú 胡):落叶乔木。小枝粗。叶互生,倒卵形,叶边缘有波状缺齿。次年嫩芽发生时旧叶始脱落。　⑦枳(zhǐ 止):落叶灌木,似橘而小,春天开白花,其果实及壳可入药。明驿墙:鲜艳地开在驿站墙边。　⑧"因思"二句:是说忆及长安情景恍然若梦。杜陵,见杜甫《自京赴奉先县咏怀五百字》注②。凫(fú 浮),野鸭。回塘,曲折的池塘。

菩 萨 蛮①

其 一

小山重叠金明灭②,鬓云欲度香腮雪③。懒起画蛾眉④,弄妆梳洗迟⑤。照花前后镜,花面交相映⑥。新贴绣罗襦,双双金鹧鸪⑦。

①此调作者共写十五首。　②"小山"句:是说枕屏上面的金碧山水在朝阳映照下或明或暗。"明灭"似为美人惺松睡眼中的景象。小山,指枕屏。一说指山眉,眉妆的一种,即淡扫蛾眉,与韦庄《荷叶杯》所谓"一双愁黛远山眉"同义。此说认为句中的"叠",相当于"蹙"(cù);"金"则指唐时妇女眉际妆饰之"额黄"。　③"鬓云"句:是说云一般柔软的鬓发松散开来,想要遮住雪白的香腮。　④懒起:懒洋洋地起床。蛾眉:细长弯曲的眉毛。　⑤弄妆:化妆。迟:慢悠悠地。　⑥"照花"二句:是说用两面镜子前后对照,美人的面容与头上插的花朵相互辉映,显得格外艳丽。　⑦"新贴"

二句:是说在绣罗襦上用金箔贴成双双鹧鸪的花纹。贴,贴金,唐代的一种服饰工艺。罗襦:丝绸短袄。鹧鸪,鸟名。形似雌雉,头如鹑,胸前有白圆点,如珍珠。背有紫赤色浪纹。足黄褐色。为中国南方留鸟。古人谐其鸣声为"行不得也哥哥",诗文中常用以思念故乡。

其　六

玉楼①明月长相忆,柳丝袅娜②春无力。门外草萋萋,送君闻马嘶。
画罗金翡翠③,香烛销成泪④。花落子规⑤啼,绿窗残梦迷⑥!

①玉楼:指闺楼。　②袅娜(niǎo nuó 鸟挪):形容草木柔软细长。　③金翡翠:用金线绣成的翡翠鸟。　④销成泪:指香烛融化,烛油如泪滴似的下流。　⑤子规:鸟名,见李白《蜀道难》注㉑。　⑥残梦迷:是说还沉醉在相思的残梦里。

梦　江　南①

其　二

梳洗罢,独倚望江楼。过尽千帆皆不是,斜晖脉脉水悠悠②,肠断白蘋洲③。

①此调诗人共作二首。调又名《望江南》《忆江南》。《草堂诗余别集》调下有题《闺怨》。　②斜晖:偏西的阳光。脉脉:含情相视貌。悠悠:无穷尽的样子。　③"肠断"句:中唐赵微明《思归》诗:"犹疑望可见,日日上高楼。惟见分手处,白蘋满芳洲。"此取其意。肠断:形容极度愁苦。白蘋洲,蘋花覆盖的小洲。白蘋俗名田字草,夏秋间开小白花。洲,水中可住的小岛。

李商隐

李商隐(约813—约858),字义山,号玉谿生,怀州河内(今河南沁阳)人。开成二年(837)进士。曾任县尉、秘书郎和东川节度使判官等职。因受牛李党争影响,潦倒终身。其诗多抒发失意的苦闷,不乏针砭时弊之作。描写爱情的诗篇缠绵悱恻,历来为人所传诵。善用典故,构思精密,富于想象,色彩浓丽,具有独特风格。所作律、绝尤佳。有些诗隐晦难解。有冯浩《李义山诗文集详注》。

初食笋呈座中①

嫩箨香苞②初出林,於陵③论价重如金。皇都陆海④应无数,忍剪凌云一寸心⑤?

①唐文宗太和八年(834)作者在兖海观察使崔戎幕中作。 ②箨(tuò 拓):笋壳。香苞:指笋壳包裹着的新笋。 ③於(wū 乌)陵:汉代县名,唐时为长山县,治县在今山东邹平县东南。与作者当时所在的兖海相近。可能当时这里产笋,在北方极为难得。 ④皇都:京都,指长安。陆海:这里指陆地及海中的产物。 ⑤忍剪:忍心剪下。凌云一寸心:语意双关,以将成长为高入云端的翠竹的嫩笋,关合少年的凌云壮志。此句以嫩笋自喻,表现出对摧抑者的愤慨。

重 有 感①

玉帐牙旗得上游②,安危须共主君③忧。窦融表已来关右,陶侃军宜次石头④。岂有蛟龙愁失水⑤?更无鹰隼与高秋⑥!昼号夜哭兼幽显,早晚星关雪涕收⑦。

①唐文宗时,宦官仇士良把持朝政。太和九年十一月,宰相李训及凤翔节度使郑注等,密谋协商铲除宦官集团。李训使人诈称左金吾大厅后面石榴树上夜降甘露,以引诱仇士良等前去验看,从而诛灭之。仇至,发觉有伏兵,惊走告变。遂劫持文宗入宫加以幽禁,派禁军大肆捕杀朝官,李训、郑注等均遇难。未曾参与谋划的宰相王涯等也遭灭族,株连者千余人。史称"甘露之变"。从此朝廷大权进一步归于宦官。当时诗人曾写了《有感二首》表示愤慨。次年,昭义节度使刘从谏两次上表,力辩王涯等无辜被杀,痛斥宦官擅权,并准备起兵征讨,迫使宦官集团有所收敛。诗人闻讯后又写了这首诗,题作《重有感》,意思是又有所感触。诗中肯定了刘从谏的正义言论,敦促他赶快付诸军事行动,拯救国家危难。　②玉帐:指主帅所居的军帐。牙旗:大将的军旗。因旗杆上饰有象牙,故称。得上游:指得上游一般的地利。昭义节度使管辖今山西南部地区,地势险要,有利出击。　③主君:皇帝。　④"窦融"二句:借用历史典故比喻刘从谏上表问罪事。意思是,他既上表声讨宦官,愿为朝廷效力,那么现在就应该进军长安,拿出实际行动来了。窦融,东汉初人,任凉州牧,镇守河西。他得知汉光武帝刘秀将讨西北军阀隗嚣,立即整顿军马,上书请问发兵日期,愿为朝廷效力。关右,指函谷关以西之地。凉州在关西。陶侃(kǎn 砍),东晋将领。任荆州刺史时,苏峻叛乱,京都建康(今江苏南京市)危急。他被讨伐叛军的各路兵马推为盟主,带兵直抵石头城下,斩了苏峻。次,进驻。石头城,故城在今南京市石头山后。　⑤蛟龙:这里比喻唐文宗。愁:一作"长"。失水:指唐文宗被幽禁,失去自由。　⑥"更无"句:意思是,除刘从谏外,再没有人能像秋天搏击于高空的鹰隼逐杀鸟雀那样,去剪除仇士良等坏人了。隼(sǔn 损),一种猛禽。与,举,形容冲天高翔。　⑦"昼号"二句:是说长安内外,昼夜一片哭声,宦官的滔天罪行,使得神、人共愤;只盼早早收复宦官们所盘踞的宫阙,使京城人民揩干眼泪,重新过上安定的生活。幽,阴间,这里指鬼神。显,人世间,这里指人。早晚:意即不久。星关,天关星,即北极星,这里指朝廷。雪,拭。

回中牡丹为雨所败①

其　二

　　浪笑榴花不及春,先期零落更愁人②。玉盘迸泪伤心数,锦瑟惊弦破梦频③。万里重阴非旧圃,一年生意属流尘④。前溪舞罢君回顾,并觉今朝粉态新⑤。

①本题共二首。作于开成三年(838)春,时作者在泾原节度使王茂元幕中,因受朋党势力排斥,参加博学宏词科考试落第。回中,在泾原节度使府所在地泾州(今甘肃泾

川县北)附近,此指泾州。败,摧。　②"浪笑"二句:是说早开早谢的牡丹比晚放的石榴花更可悲。此翻用《旧唐书·文苑传》载孔绍安咏石榴诗句:"只为来时晚,开花不及春。"浪,徒,空。不及春,石榴花初夏始放,故云。　③"玉盘"二句:是说牡丹屡遭春雨摧残,心伤泪迸,希望成空。玉盘,指牡丹花瓣。迸泪,双关雨珠飞溅和牡丹泪迸。数(shuò 朔),屡次。锦瑟惊弦,借锦瑟急奏令人心惊喻急雨打花。锦瑟,精美的瑟。瑟,古代拨弦乐器,形似琴,但无徽位,通常有二十五弦(据说古瑟"五十弦"),弦粗细不同,每弦有一柱,按五声音阶定弦,由高到低。　④"万里"二句:写泾州环境恶劣,生机失去。重阴,浓云。旧圃,指曲江旧圃的美好环境。作者在第一首中说:"下苑(曲江)他年未可追,西州(泾州)今日忽相期。水亭暮雨寒犹在,罗荐春香暖不知。"所谓"罗荐春香"即指曲江旧圃的环境。生意,生机。属流尘,指花为雨所败。属,付。　⑤"前溪"二句:是说将来更加零落,或许会觉得今日雨中的花色犹算新艳。前溪舞罢,指牡丹花瓣零落殆尽。前溪,在浙江武康县,六朝时为繁胜地,以舞著称。并,且。

隋　宮①

紫泉宫殿锁烟霞②,欲取芜城作帝家③。玉玺不缘归日角,锦帆应是到天涯④。于今腐草无萤火,终古垂杨有暮鸦⑤。地下若逢陈后主,岂宜重问《后庭花》⑥?

①隋宫:指隋炀帝杨广在江都(今江苏扬州市)所建的江都、显福、临江等行宫。
②紫泉宫殿:泛指长安的宫殿。紫泉,即紫渊(避唐高祖李渊讳,改渊作泉),水名,在长安北。此借指隋都长安。锁烟霞:指弃置不用。　③芜城:即江都。因鲍照作《芜城赋》,后以芜城代称江都。作帝家:当为帝都。指以江都为久居之地。据记载,隋炀帝曾开凿大运河通济渠,可从洛阳西苑乘船直达江都,沿途筑有离宫四十余所,其中江都宫尤为壮丽。自大业元年至十二年(605—616),炀帝三次游江都,随从十数万。
④"玉玺(xǐ 喜)"二句:是说如果不是李渊起兵灭了隋朝,炀帝恐怕要乘龙舟游遍天涯海角。玉玺,皇帝的印。此借指皇权。缘,因。日角,隆起如日的额骨,古以为是帝王之相。此指李渊。唐俭曾吹捧李渊"日角龙庭",必取天下。见《旧唐书·唐俭传》。锦帆,指炀帝的龙舟,其帆以锦缎制成。应是到天涯,按:炀帝已开了八百多里的江南河,从今江苏镇江市通杭州市,拟渡浙江游会稽山。　⑤"于今"二句:是说隋宫已成废墟,一片凄凉。腐草无萤火,史载炀帝曾征集萤火虫数斛,夜游时放出照明。萤火虫生于腐草之间,因当年炀帝已将萤虫收尽,而今隋宫附近虽遍是腐草却不复见萤虫。这是夸张说法。终古,久远。垂杨,指隋堤。炀帝曾在通济渠两旁筑堤植柳,人称"隋堤"。　⑥"地下"二句:是说炀帝与陈后主都因荒淫腐化而亡国,如地下重

逢,当不好再问《后庭花》的事。陈后主、《后庭花》,见杜牧《泊秦淮》注⑤。问《后庭花》,《隋遗录》载,炀帝为太子时,曾在江都吴公宅醉梦陈后主,请后主宠妃张丽华舞《玉树后庭花》。舞毕,陈后主讽刺炀帝说,"大抵人生各图快乐,曩时何见罪之深耶?"

无　题①

相见时难别亦难②,东风无力百花残。春蚕到死丝③方尽,蜡炬成灰泪④始干。晓镜但愁云鬓改,夜吟应觉月光寒⑤。蓬山⑥此去无多路,青鸟⑦殷勤为探看。

①李商隐《无题》诗有十余首,非一时之作,多写爱情,有的或有所托。　②前一"难"字指困难;后一"难"字指难堪,即难以经受。　③丝:双关语,隐"相思"的"思"。　④蜡炬成灰:蜡烛燃尽,喻至死。泪:蜡烛点燃时流溢的油脂称"蜡泪",此喻相思泪。　⑤"晓镜"二句:设想对方晨起对镜梳妆时心忧鬓发变白,年华虚度;凉夜吟诗,当感月色凄寒。　⑥蓬山:蓬莱山,传说中的海上仙山。此指对方居处。　⑦青鸟:见杜甫《丽人行》注⑳。

夜雨寄北①

君问归期未有期,巴山②夜雨涨秋池。何当共剪西窗烛,却话巴山夜雨时③。

①在梓州幕中作。寄北,指寄赠在长安的友人。一说寄赠妻子。　②巴山:又名大巴山、巴岭。此泛指巴蜀之地。　③"何当"二句:是说何时当能同你在西窗下夜话,追述我这段巴山夜雨的经历。剪烛,剪去燃残的烛芯,使烛明亮。此形容夜已深沉。

贾　生①

宣室求贤访逐臣,贾生才调更无伦②。可怜夜半虚前席,不问苍生问鬼神③。

①贾生:指西汉初期著名政论家贾谊。　②"宣室"二句:是说汉文帝在宣室(汉未央宫前正室)接见贾谊,很赞赏他的才学。逐臣,贬谪在外的官吏,此指贾谊。贾谊一度

贬为长沙王傅,后被文帝召回长安。才调,才气。无伦,无比。　③"可怜"二句:是说汉文帝同贾谊谈至夜深,甚是投机,但所问的都是有关鬼神的事,不是治国之根本,不免令人叹惋。可怜,可惜。虚前席,指虚有求贤之举。前席,古人席地而坐,谈得投机时,则不自觉在座席上向前移动,接近对方。苍生,百姓。问鬼神,事见《史记·屈原贾生列传》。

锦　瑟①

锦瑟无端②五十弦,一弦一柱思华年③。庄生晓梦迷蝴蝶④,望帝春心托杜鹃⑤。沧海月明珠有泪⑥,蓝田日暖玉生烟⑦。此情可待成追忆,只是当时已惘然⑧。

①约作于大中十二年(858)罢盐铁推官后还郑州家居期间。锦瑟,见前《回中牡丹为雨所败》注③。　②端:无缘无故。　③柱:系弦的木柱。思:追忆。华年:指自己早年的经历。　④"庄生"句:《庄子·齐物论》说,庄周曾梦见自己化为蝶,觉得自己真是蝴蝶,醒后又觉得自己真是庄周。此喻自己一生中有悲有乐,恍然若梦。　⑤"望帝"句:此喻自己的宏伟抱负已化为泡影。望帝,即周朝末期蜀王杜宇,传说他死后魂魄化为啼血的杜鹃。杜鹃悲啼的传说,参见李白《蜀道难》注㉑。　⑥"沧海"句:相传南海中有鲛人,不废机织,泣泪出珠。此喻自己内心的悲痛。　⑦"蓝田"一句:是说蓝田美玉虽沉埋土中,但在阳光下仍生烟,喻自己虽不为世所用,但文章词采却显露于世。蓝田玉,见李贺《老夫采玉歌》注③。玉生烟,一说言可望而不可即。
⑧"此情"二句:是说上述感慨哪里要等到今日追忆时才产生,在当时就早已令人不胜惘然了。可待,岂待,何待。惘然,失意的样子。

皮日休

皮日休(约834—883),字逸少,后改袭美,襄阳(今湖北襄阳)人。咸通进士,曾任太常博士。后参加黄巢起义军,任翰林学士。其部分诗文揭露统治者的腐朽和对人民的罪恶,具有战斗性。有《皮子文薮》。

橡媪叹[①]

秋深橡子熟,散落榛芜[②]冈。伛偻[③]黄发媪,拾之践[④]晨霜。移时始盈掬[⑤],尽日方满筐。几曝[⑥]复几蒸,用作三冬[⑦]粮。山前有熟稻,紫穗袭人香[⑧]。细获又精舂[⑨],粒粒如玉珰[⑩]。持之纳于官,私室无仓箱[⑪]。如何一石余,只作五斗量!狡吏不畏刑,贪官不避赃。农时作私债[⑫],农毕归官仓。自冬及于春,橡实诳饥肠[⑬]。吾闻田成子,诈仁犹自王[⑭]。吁嗟逢橡媪,不觉泪沾裳。

①《正乐府十首》序说:"故尝有可悲可惧者,时宣于咏歌。"此诗是《正乐府》的第二首。橡,指橡实,见杜甫《北征》注㉘。媪(ǎo袄),老妇人。 ②榛芜:乱木丛生。 ③伛偻(yǔ lǚ 雨旅):驼背。 ④践:踏。 ⑤盈掬:满一捧。 ⑥曝(pù 铺去声):晒。 ⑦三冬:冬季三个月。 ⑧袭人香:香气扑鼻。 ⑨细获:仔细地收割。精舂(chōng 冲):仔细地捣除壳皮。 ⑩玉珰(dāng 裆):玉耳环。此借以形容米的圆润。 ⑪"私室"句:指交纳官府后,农家再无余粮。 ⑫作私债:指向私人借债作耕种的本钱。 ⑬"橡实"句:是说橡实本非粮食,饿急了也只得用它来骗骗肚子。 ⑭"吾闻"二句:是说田子成虽说是假施仁义,但人民毕竟得到点实惠,所以他还是得了王位。此承前"如何一石余,只作五斗量",指出当时统治者连这点假仁义都没有。田子成,春秋时齐相田常。他曾以小斗收租大斗借贷的办法争取群众,其后人因此夺得了齐国的王位。事见《史记·田敬仲完世家》。

韦 庄

韦庄(836—910),字端己,京兆杜陵(今陕西西安市东南)人。少年贫寒,曾漂泊江南。乾宁进士,五代时,在蜀官至吏部侍郎兼平章事。其诗词多写闺情离愁与游乐生活,语言清丽,感情真挚。词尤工,在《花间集》中较有特色。有《浣花集》。

台 城①

江雨霏霏②江草齐,六朝③如梦鸟空啼。无情最是台城柳,依旧烟笼十里堤。

①光启三年(887)诗人经建康时作,时年五十二岁。台城,故址在今江苏南京市鸡鸣山南乾河沿北。本是三国吴后苑城,东晋成帝时改建,为东晋、南朝台省和宫殿所在地,故名。　②霏(fēi 非)霏:这里形容雨盛的样子。　③六朝:吴、东晋、宋、齐、梁、陈先后在建康(今南京市),合称六朝。

菩 萨 蛮①

其 二

人人尽说江南②好,游人只合③江南老。春水碧于天④,画船⑤听雨眠。垆边⑥人似月,皓腕凝霜雪⑦。未老莫还乡,还乡须断肠⑧。

①本调诗人共作五首。为晚年在蜀时对当年漂泊江南生活的追忆。　②江南:长江以南地区,此指江浙一带。　③只合:只应。　④碧于天:比天色还碧蓝。　⑤画船:

指华美的船。　⑥垆(lú 庐)边:指酒家。垆,《后汉书·孔融传》注:"垆,累土为之,以居酒瓮(酒罈),四边隆起,一面高,如锻垆,故名垆。"　⑦凝霜雪:是说像敷上一层霜雪那样洁白柔滑。　⑧"未老"二句:是说年尚未老,难舍江南行乐之地。因中原沸乱,故无意还乡。

女　冠　子①

其　一

四月十七②,正是去年今日。别君时,忍泪佯③低面,含羞半敛眉④。不知魂已断,空有梦相随⑤。除却⑥天边月,没人知!

①《女冠子》:唐教坊曲名,后用为词牌。本调诗人共作二首。　②四月十七:农历四月十七,正是月圆时。　③佯(yáng 洋):假装。　④敛眉:皱眉。　⑤"不知"二句:上句说"君",下句说自己。魂已断,是说自己思念对方到了失魂落魄的地步。　⑥除却:除去,除了。

聂夷中

聂夷中(837—?),字坦之,河东(今山西永济西)人。家境贫寒。咸通进士,曾任华阴县尉。其诗多描绘农民疾苦和豪族的骄奢生活,语言通俗。《全唐诗》存诗一卷。

咏 田 家

二月卖新丝,五月粜新谷①。医得眼前疮②,剜却心头肉③。我愿君王心,化作光明烛。不照绮罗筵④,只照逃亡屋⑤。

①"二月"二句:是说农民为生活所迫,在丝未成、谷未熟之时,便预先将新丝、新谷低价卖出。粜(tiào 跳),卖谷。 ②眼前疮:指眼前困难的生计。 ③心头肉:指全年的劳动成果。 ④绮罗筵:指富人们的筵席。绮罗,此指穿着锦衣的阔人。 ⑤逃亡屋:因生活无着而逃亡在外的人家。

杜荀鹤

杜荀鹤(846—904),字彦之,号九华山人,池州石埭(dài带,今安徽太平)人。出身贫寒。大顺二年(891)进士,曾任后梁翰林学士。其部分诗篇反映战乱下的社会矛盾及人民的灾难。语言明快有力。有《唐风集》。

山中寡妇①

夫因兵死守蓬茅②,麻苎衣衫鬓发焦③。桑柘废来犹纳税④,田园荒后尚征苗⑤。时挑野菜和根煮,旋斫生柴⑥带叶烧。任是深山更深处,也应无计避征徭⑦。

①题一作《时世行》。 ②蓬茅:指茅屋。 ③麻苎(zhù住):即苎麻。焦:焦黄。 ④柘(zhè蔗):柘树,叶子卵形,可喂蚕。税,指丝税。 ⑤征苗:指征收农税。 ⑥旋(xuàn绚):临时。斫(zhuó酌):砍。生柴:新柴。 ⑦征徭:赋税和徭役。

裴铏

裴铏(生卒年不详),唐末人,咸通中为静海军节度使高骈从事,乾符五年(878)以御史大夫为成都节度副使。作有《传奇》。

聂 隐 娘

聂隐娘者,唐贞元中魏博①大将聂锋之女也。年方十岁,有尼②乞食于锋舍,见隐娘,悦之,云:"问押衙③乞取此女教。"锋大怒,叱尼。尼曰:"任押衙铁柜中盛,亦须偷去矣。"及夜,果失隐娘所向④。锋大惊骇,令人搜寻,曾无影响⑤。父母每思之,相对涕泣而已。

后五年,尼送隐娘归,告锋曰:"教已成矣,子却领取。"尼欻⑥亦不见。一家悲喜,问其所学。曰:"初但读经念咒,馀无他也。"锋不信,恳诘⑦。隐娘曰:"真说又恐不信,如何?"锋曰:"但真说之。"曰:"隐娘初被尼挈⑧,不知行几里,及明,至大石穴之嵌空,数十步寂无居人,猿狖⑨极多,松萝益邃。已有二女,亦各十岁,皆聪明婉丽,不食,能于峭壁上飞走,若捷猱登木,无有蹶失⑩。尼与我药一粒,兼令长⑪执宝剑一口,长二尺许,锋利吹毛⑫,令刺逐⑬二女攀缘,渐觉身轻如风。一年后,刺猿狖百无一失。后刺虎豹,皆决⑭其首而归;三年后能飞,使刺鹰隼⑮,无不中。剑之刃渐减五寸,飞禽遇之,不知其来也。至四年,留二女守穴,挈我于都市,不知何处也。指其人者,一一数其过,曰:'为我刺其首来,无使知觉。定其胆,若飞鸟之容易也⑯。'受以羊角匕首,刃⑰广三寸,遂白日刺其人于都市,人莫能见。以首入囊,返主人舍,以药化之为水。五年,又曰:'某大僚有罪,无故害人若干,夜可入其室,决其首来。'又携匕首入室,度其门隙无有障碍,伏之梁上。至瞑,持得其首而归。尼大怒曰:'何太晚如是?'某云:'见前人戏弄一儿,可爱,未忍便下手。'尼叱曰:'已后遇此辈,先断⑱其所爱,然后决之。'某拜谢。尼曰:

'吾为汝开脑后,藏匕首而无所伤,用即抽之。'曰:'汝术已成,可归家。'遂送还,云:'后二十年,方可一见。'"锋闻语,甚惧。

后遇夜即失踪,及明而返。锋已不敢诘之,因兹亦不甚怜爱。忽值磨镜⑲少年及门,女曰:"此人可与我为夫。"白父,父不敢不从,遂嫁之。其夫但能淬镜⑳,馀无他能。父乃给衣食甚丰。外室而居。数年后,父卒。

魏帅㉑稍知其异,遂以金帛署为左右吏㉒,如此又数年。至元和㉓间,魏帅与陈许节度使刘昌裔不协㉔,使隐娘贼其首。隐娘辞帅之许㉕,刘能神算,已知其来。召衙将㉖,令来日早,至城北候一丈夫、一女子各跨白黑卫㉗至门,遇有鹊前噪,丈夫以弓弹之不中,妻夺夫弹,一丸而毙鹊者,揖之云:吾欲相见,故远相祗迎㉘也。衙将受约束㉙,遇之。隐娘夫妻曰:"刘仆射㉚果神人。不然者,何以洞㉛吾也?愿见刘公。"刘劳之。隐娘夫妻拜曰:"合负仆射,万死㉜!"刘曰:"不然,各亲其主,人之常事。魏今与许何异?愿请留此,勿相疑也。"隐娘谢曰:"仆射左右无人,愿舍彼而就此,服公神明也。"知魏帅之不及刘。刘问其所须,曰:"每日只要钱二百文足矣。"及依所请。忽不见二卫所之㉝,刘使人寻之,不知所向,后潜搜布囊中,见二纸卫,一黑一白。

后月余,白刘曰:"彼未知住㉞,必使人继至。今宵请剪发,系之以红绡,送于魏帅枕前,以表不回。"刘听之。至四更,却返曰:"送其信了。后夜必使精精儿来杀某及贼㉟仆射之首,此时亦万计杀之,乞不忧耳。"刘豁达大度㊱,亦无畏色。是夜明烛,半宵之后,果有二幡子㊲,一红一白,飘飘然如相击㊳于床四隅。良久,见一人自空而踣㊴,身首异处。隐娘亦出曰:"精精儿已毙。"拽㊵出于堂之下,以药化为水,毛发不存矣。隐娘曰:"后夜当使妙手空空儿继至。空空儿之神术,人莫能窥其用,鬼莫得蹑㊶其踪,能从空虚而入冥㊷,善无形而灭影。隐娘之艺,故不能造其境。此即系仆射之福耳㊸。但以于阗玉周其颈㊹,拥以衾,隐娘当化为蠛蠓㊺,潜入仆射肠中听伺,其余无逃避处。"刘如言。至三更,瞑目未熟,果闻项上铿然,声甚厉。隐娘自刘口中跃出,贺曰:"仆射无患矣!此人如俊鹘㊻,一搏不中,即翩然远逝,耻其不中,才未逾一更,已千里矣。"后视其玉,果有匕首划处,痕逾数分。自此刘转厚礼之。

自元和八年,刘自许入觐㊼,隐娘不愿从焉。云:"自此寻山水访至人㊽。"但乞一虚给㊾与其夫。刘如约,后渐不知所之。及刘薨于统军㊿,隐娘亦鞭驴而一至京师柩前,恸哭而去。开成㉚年,昌裔子纵除陵州㊼刺史,至蜀栈道㊾,遇隐娘,貌若当时。甚喜相见,依前跨白卫如故。语纵曰:"郎君大灾,不合适此。"出药一粒,令纵吞之,云:"来年火急抛官归洛,方脱此祸。

吾药力只保一年患耳。"纵亦不甚信。遗其缯彩㊳,隐娘一无所受,但沉醉而去。后一年,纵不休官,果卒于陵州,自此无复有人见隐娘矣。

①贞元:唐德宗李适年号(785—805)。魏博:唐中叶置魏博节度使,治魏州(今河北大名县东)。　②尼:尼姑。　③押衙:管理仪仗侍卫的官员。此代指"将军",即聂锋。　④失隐娘所向:是说隐娘失踪。　⑤曾无影响:一点消息也没有。　⑥欻(xū 需):欻忽,是说像火光一现那样迅速。　⑦恳诘:苦苦追问。　⑧挈(qiè怯):带着。　⑨狖(yòu诱):一种像狸的兽。　⑩蹶(jué爵)失:跌失。　⑪长:同"常"。　⑫吹毛:吹毛可断。　⑬刿(zhuān专)逐:专门追随。刿,同"专"。　⑭决:断。　⑮隼(sǔn损):一种凶猛的鸟。　⑯"定其"二句:是说放大了胆,就像刺杀飞鸟一样轻而易举。　⑰刃:一作"刀"。　⑱断:杀。　⑲磨镜:古时用青铜铸镜,日久镜面变得暗淡,须磨亮再用,因而有以磨镜为业的工匠。　⑳淬(cuì粹)镜:磨镜时先将铜镜烧红蘸水。　㉑魏帅:指魏博节度使。魏,即魏州,为魏博节度使驻地。　㉒以金帛署为左右吏:是说用财帛聘请隐娘为近身的官吏。署,代任,试充。吏,此指幕客,因隐娘为女子,不可能正式为官。　㉓元和:唐宪宗李纯年号(806—820)。　㉔陈许:陈州、许州,唐时均属河南道。陈州治所在今河南淮阳,许州治所在今河南许昌。刘昌裔:字光后,唐阳曲人。初任陈州刺史,上官涚死后,继任陈许节度使,诏封检校工部尚书。不协:不和。　㉕许:指许州,其州治唐时为陈许节度使驻地。　㉖衙将:唐代军府里的武官。　㉗卫:驴的别称。　㉘祗(zhī枝)迎:恭迎。　㉙受约束:奉命。　㉚仆射:见杜甫《新安吏》注⑮。此是对刘昌裔的尊称。　㉛洞:洞悉,知道。　㉜劳:慰劳。此指款待。　㉝"合负"二句:是说实在对不住您,罪该万死。　㉞所之:去哪里。　㉟住:住手,罢休。　㊱精精儿:唐代剑侠名,身世不详,或出作者虚构。下文"妙手空空儿"同。贼:杀。　㊲豁达:胸怀坦荡。大度:度量宽大。　㊳幡子:旗帜之类。　㊴击:依。　㊵踣(bó勃):跌倒。　㊶拽(zhuài):拖。　㊷躐:踏。　㊸"能从"句:是说来往出没于人们所不觉察之处。之,往。冥,幽暗。　㊹"此即"句:是说这回得托您的福。指借助刘昌裔之力,即下文"潜入仆射肠中"。　㊺于阗:古时西域国名,故址在今新疆维吾尔自治区和田县一带,产美玉。周其颈:围在脖子上。　㊻蠛蠓(miè měng蔑蒙):一种比蚊子略小的白色飞虫,头有絮毛,雨后常群飞空中。　㊼俊鹘(hú狐):矫健的鹰隼。　㊽入觐(jìn近):进京朝见皇帝。　㊾至人:指得道的高人。　㊿虚给:指挂名拿干薪的差使。　㊴统军:官名。唐时北司禁军,每月各置统军一人,位仅次于大将军。　㊵开成:唐文宗李昂年号(836—840)。　㊶除:授职。陵州:州名,唐置,属剑南道,州治在今四川仁寿。　㊷蜀栈道:在今四川平武东。栈道,在山势险峻处傍山架木以通行人的道路。　㊸缯(zēng增)彩:锦帛。缯,泛称丝织品。

冯延巳

冯延巳(903—960),一名廷嗣,字正中,广陵(今江苏扬州)人。南唐中主(李璟)时,官至宰相。其词多写男女间的离情别恨,语言清丽,对北宋词坛有一定影响。有《阳春集》。

蝶恋花①

其 四

几日行云②何处去,忘却归来,不道春将暮。百草千花寒食路,香车系在谁家树③?　泪眼倚楼频独语:双燕来时,陌上相逢否④?撩乱春愁如柳絮,悠悠⑤梦里无寻处。

①《蝶恋花》:原名《鹊踏枝》,唐教坊曲名,后用为词牌,遂改此名。作者共写六首。一说十四首,但其中有与欧阳修的作品相混者。　②行云:此喻男子在外冶游,行踪无定。语出宋玉《高唐赋》:"旦为行云,暮为行雨。"　③"百草"二句:是说寒食节都过了,春天的花草也快凋谢,你为何还在旅途中逗留。寒食,节名。参见宋之问《寒食还陆浑别业》注①。香车:指男子的行车。　④"双燕"二句:是说不知飞来的燕子可曾在路上与他相逢。双燕,相传能寄书。江淹《杂体诗拟李陵》:"袖中有短书,愿寄双飞燕。"　⑤悠悠:形容长久。

李　璟

李璟(916—961)，本名景通，字伯玉，徐州(今江苏徐州)人。一说湖州人。五代南唐中主。后周世宗南征，璟割地奉表称臣。李璟词今存四首，长于抒情，风格明快，意境较高。后人将他及其子煜(后主)之作，合刻为《南唐二主词》。

摊破浣溪沙①

其　二

菡萏②香销翠叶残，西风愁起绿波间③。还与韶光④共憔悴，不堪看！细雨梦回鸡塞远⑤，小楼吹彻玉笙寒⑥。多少泪珠无限⑦恨，倚阑干。

①《摊破浣溪沙》：词牌名。一题《山花子》，为《浣溪沙》的别体。因把《浣溪沙》前后阕之末句——七字句改为十字并破分为两句，故名。摊破，又名"摊声"，唐末曲子词中的术语，指乐曲节拍的变动所引起的句法和叶韵的变化。本题共二首。　②菡萏(hàn dàn 翰旦)：荷花的别称。　③"西风"句：是说愁惨的西风从凋零的花叶中吹起。绿波，指荷塘残叶。　④韶光：指美好的春光。一作"容光"。　⑤鸡塞远：一作"清漏永"。鸡塞，即鸡鹿塞，在今内蒙古自治区磴口县西北。为汉代的边塞，此泛指边塞。　⑥吹彻：吹遍，即吹到最后一曲。玉笙：指精美的笙。笙，乐器名，一般用十三根长短不齐的竹管制成，用口吹奏。寒：笙以吹久而含润，故云。　⑦无限：一作"何限"。

李 煜

李煜(yù 玉,937—978),字重光。李璟之子,五代南唐后主。公元 975 年,宋灭南唐,李煜出降,封为"违命侯",三年后遇害。他能诗文,擅音乐、书画,尤以词闻名于世。前期作品多写宫廷生活,风格柔靡;后期作品多发亡国之恨,突破了晚唐五代词以写艳情为主的窠臼,直抒胸臆,语言准确、洗练、自然,有鲜明生动的形象。但情调低沉。今存词三十余首,后人将他及其父璟(中主)之作,合刻为《南唐二主词》。

虞 美 人[①]

其 一

春花秋月何时了[②],往事知多少?小楼昨夜又东风[③],故国不堪回首[④]月明中。　雕栏玉砌应犹[⑤]在,只是朱颜改[⑥]。问君能有几多[⑦]愁?恰似[⑧]一江春水向东流。

①《草堂诗余》等集调下有题《感旧》。《虞美人》,唐教坊曲名,又名《玉壶冰》《一江春水》等。本调诗人共作二首。　②春花:一作"春月"。秋月:一作"秋叶"。了:完结。　③小楼:一作"小园"。东风:一作"西风"。　④故国:此指已灭亡的国家。不堪:承受不住。回首:一作"翘首"。　⑤雕栏玉砌:指南唐故国的宫苑。雕栏,雕花的栏杆。玉砌,白玉似的石阶。砌,台阶。应犹:应还。一作"依然"。　⑥朱颜改:是说红润的面容变得苍老、憔悴。　⑦问君:一作"不知"。能有:一作"却有",一作"还有"。几多:一作"许多"。　⑧恰似:一作"恰是",一作"却似"。

相见欢①

其二

林花谢了春红,太匆匆,无奈②朝来寒雨晚来风。胭脂③泪,相留醉,几时重④?自是人生长恨水长东⑤。

①《相见欢》:唐教坊曲名,后用为词牌。又名《秋夜月》《上西楼》《乌夜啼》等。本题共三首。　②无奈:无耐,经受不住。　③胭脂:借指美人。　④重:重逢。　⑤长恨:久恨。长东:总向东流。此喻"长恨",亦喻往日生活一去不复返。

其三

无言独上西楼,月如钩,寂寞梧桐深院锁清秋①。剪不断,理还乱,是离愁②,别是一番滋味在心头③。

①锁清秋:是说自己被囚于深院,只能同清冷的秋天相对。　②离愁:此指离开故国之愁。　③"别是"句:仍指离愁。一番,一作"一般"。

浪淘沙①

其一

帘外雨潺潺②,春意阑珊③;罗衾不耐④五更寒。梦里不知身是客,一晌⑤贪欢。独自莫凭栏⑥,无限江山⑦。别时容易见时难。流水落花春去也,天上人间⑧!

①《浪淘沙》:唐教坊曲名,后用为词牌。又名《浪淘沙令》《卖花声》《过龙门》等。原为七言绝句,从作者开始才改为两段令词。本题共二首。　②潺(chán 缠)潺:雨声。　③阑珊:衰残殆尽。一作"将阑"。　④不耐:受不住。耐,抵御。　⑤一晌(shǎng 赏):一会儿。　⑥莫:同"暮"。凭栏:靠在栏杆边(望远方)。　⑦江山:此指原属南唐的领土。一作"关山"。　⑧"流水"二句:是说就像落花随流水飘走,那象征美好生活的春光将一去不返;相隔如天上与人间,无处可寻。

宋 辽 金 元

王禹偁

王禹偁(chēng 撑)(954—1001),字元之,济州巨野(今山东巨野)人。宋太宗太平兴国八年(983)进士,做过知制诰、翰林学士等。有《小畜集》《小畜外集》。

对 雪①

帝乡岁云暮②,衡门③昼长闭。五日免常参④,三馆⑤无公事。读书夜卧迟,多成日高睡。睡起毛骨寒,窗牖琼花⑥坠。披衣出户看,飘飘满天地。岂敢患贫居,聊⑦将贺丰岁。月俸虽无余,晨炊且相继⑧。薪刍⑨未缺供,酒肴亦能备。数杯奉亲老,一酌均兄弟⑩。妻子不饥寒,相聚歌时瑞⑪。

因思河朔民,输挽供边鄙⑫:车重数十斛⑬,路遥数百里,羸蹄⑭冻不行,死辙冰难曳⑮;夜来何处宿,阒寂荒陂里⑯。又思边塞兵,荷戈御胡骑⑰:城上卓⑱旌旗,楼中望烽燧⑲,弓劲添气力⑳,甲寒侵骨髓,今日何处行,牢落穷沙际㉑。

自念亦何人,偷安得如是! 深为苍生蠹㉒,仍尸谏官位㉓。謇谔㉔无一言,岂得为直士㉕? 褒贬无一词,岂得为良史㉖? 不耕一亩田,不持一只矢㉗;多惭富人术,且乏安边议㉘。空作对雪吟,勤勤谢㉙知己。

①约作于太宗端拱元年(988),是时作者任右拾遗、直史馆。 ②帝乡:指北宋首都汴京(今河南开封)。岁云暮:即岁暮,年底。云,语助词。 ③衡门:横木为门,指简陋的住宅。衡,通横。 ④"五日"句:是说免去了每五天一次上朝参拜皇帝的常礼。 ⑤三馆:宋代昭文馆、史馆、集贤院的统称。此指作者办公的地方。 ⑥牖(yǒu 友):窗户。琼花:雪花。 ⑦聊:姑且。 ⑧"晨炊"句:是说吃饭尚无问题。 ⑨薪刍(chú 除):柴草。 ⑩"一酌"句:酒一杯同兄弟相均。 ⑪时瑞:指雪。古人以雪兆

丰年,故称冬雪为瑞雪。 ⑫"因思"二句:当时宋与契丹正在打仗,作者因而想到被征派运送军粮去边境的河北民夫。河朔,黄河以北地区。输挽,拉车运输。边鄙:边远的地方。 ⑬斛(hú弧):量器名。古时以十斗为一斛,南宋末年改为五斗一斛。 ⑭羸(léi雷)蹄:指瘦弱的牲口。 ⑮"死辙"句:是说车轮在雪道上压出的沟痕已结为坚冰,车子很难拉动。曳(yè业),拉。 ⑯阒(qù去):形容没有声音。陂(bēi杯):山坡。 ⑰荷(hè贺):扛。胡骑(jì记):胡人的骑兵。 ⑱卓:竖起。 ⑲烽燧:古代边防报警的信号,举火为烽,燃烟为燧,分别用于夜晚和白天。 ⑳"弓劲"句:弓因天寒变硬,须用更大力气才能拉开。 ㉑"牢落"句:是说要直到这空旷而荒凉的沙漠尽头。 ㉒深为:久为。苍生:百姓。蠹(dù杜):蛀蚀器物的虫子。 ㉓尸位:占着职位而不能尽到责任。 ㉔謇谔(jiǎn è剑扼):直言。 ㉕直士:正直的人。 ㉖良史:好的史官。 ㉗矢:箭。 ㉘"多惭"二句:因为自己没有使人民富足的办法,也缺乏安定边疆的策略而深感内疚。 ㉙勤勤:殷切。谢:告诉。

村　行

马穿山径菊初黄,信马悠悠野兴长①。万壑有声含晚籁②,数峰无语立斜阳。棠梨叶落胭脂色,荞麦花开白雪香。何事吟余忽惆怅,村桥原树③似吾乡。

①信马:任马漫行,不加约束。野兴长:因山野景物而引起的游兴很浓。 ②壑(hè褐):山沟。籁(lài赖):从孔穴里发出的声音,这里泛指自然界的各种声音。 ③原树:原野上的树木。

待漏院①记

天道②不言,而品物亨、岁功成③者,何谓也?四时之吏、五行之佐④,宣其气⑤矣。圣人⑥不言,而百姓亲、万邦宁者,何谓也?三公论道⑦,六卿分职⑧,张其教⑨矣。是知君逸于上,臣劳于下,法乎天⑩也。古之善相天下⑪者,自皋、夔至房、魏⑫,可数⑬也。是不独有其德,亦皆务于勤⑭耳。况夙兴夜寐⑮,以事一人⑯,卿大夫犹然,况宰相乎!

朝廷自国初因旧制⑰,设宰臣待漏院于丹凤门⑱之右,示勤政⑲也。乃若北阙向曙⑳,东方未明,相君㉑启行,煌煌火城㉒。相君至止,哕哕銮㉓声。金门未辟㉔,玉漏犹滴㉕。撤盖㉖下车,于焉㉗以息。

待漏之际,相君其㉘有思乎?

其或兆民㉙未安,思所泰之㉚;四夷未附㉛,思所来之㉜;兵革未息,何以弭㉝之;田畴㉞多芜,何以辟㉟之;贤人在野,我将进之;佞人㊱立朝,我将斥之;六气㊲不和,灾眚荐至㊳,愿避位以禳㊴之;五刑未措㊵,欺诈日生,请修德以厘㊶之。忧心忡忡㊷,待旦㊸而入。九门㊹既启,四聪甚迩㊺。相君言焉,时君纳㊻焉。皇风于是乎清夷㊼,苍生以之而富庶。若然,则总㊽百官,食万钱㊾,非幸㊿也,宜[51]也。

其或私仇未复,思所逐之;旧恩未报,思所荣之[52];子女玉帛[53],何以致[54]之;车马器玩,何以取之;奸人附势,我将陟[55]之;直士抗言[56],我将黜[57]之;三时[58]告灾,上有忧色,构巧词以悦之;群吏弄法,君闻怨言,进谄容以媚之。私心慆慆[59],假寐[60]而坐。九门既开,重瞳屡回[61]。相君言焉,时君惑焉。政柄于是乎隳[62]哉,帝位以之而危矣!若然,则死下狱,投远方,非不幸也,亦宜也。

是知一国之政,万人之命,悬于宰相,可不慎欤!复有无毁无誉,旅[63]进旅退,窃位而苟禄[64],备员[65]而全身者,亦无所取焉。

棘寺小吏[66]王禹偁为文,请志[67]院壁,用规[68]于执政者。

①待漏院:古代朝臣晨集之所,始置于唐代元和初年。百官清早入朝,准备朝拜皇帝,称为待漏。漏,漏壶,古代计时器,这里代称时间。 ②天道:指自然的法则规律。 ③品物:万物。品,众。亨:通达。此指顺利成长。岁功成:是说一年的农事得到丰盛的收获。 ④四时:春、夏、秋、冬。五行:水、火、木、金、土,古代认为是构成各种物质的五种元素。吏、佐:这里指掌管四时、五行的天神。 ⑤宣其气:是说使万物的成长、四时的运转等通畅顺达。宣,疏通。气,王充《论衡·自然》:"天地合气,万物自生。"这里指促使自然界发展的内在动力。 ⑥圣人:指皇帝。 ⑦三公:周代称太师、太傅、太保。这里泛指朝政要职。论:讨论。道:此指治国大计。 ⑧六卿:《周礼》指天官冢宰、地官司徒、春官宗伯、夏官司马、秋官司寇、冬官司空。这里指吏、户、礼、兵、刑、工六部长官。分职:分掌自己的职责。 ⑨张其教:推行教化。 ⑩法乎天:效法于天。 ⑪相(xiàng象)天下:是说辅佐(君主)治理天下。相,辅助。 ⑫皋(gāo高)、夔(kuí葵):皋陶(yáo摇)与后夔,传为舜的贤相。房:房玄龄,唐太宗时的名相。魏:魏徵,唐初名臣。 ⑬可数:能数得出来的。 ⑭务于勤:勤于职守。 ⑮夙(sù速)兴夜寐:早起晚睡的意思。夙,早。兴,起。寐,和衣而眠。 ⑯一人:指皇帝。 ⑰因旧制:指沿袭唐朝的做法。 ⑱丹凤门:宋汴京城内南面皇城门名。 ⑲勤政:为政事尽力。 ⑳乃:若夫。转接连词。北阙:指皇宫。皇宫坐北朝南,故称。阙,宫门前的望楼。向曙:迎着曙光。指拂晓。 ㉑相君:宰相。 ㉒煌煌:明亮貌。火城:百官朝会时的火炬仪仗。古时五更上朝,故需在宫内列炬数百以

照明。　㉓哕(huì会)哕:形容有节奏的铃声。鸾(luán峦):通"銮"。装于轭首或车衡上的饰物。上部为扁圆形的铃,下部为座。铃内有弹丸,车行则摇动作响,声似鸾鸟。此指车铃。　㉔金门:指宫门。辟:开。　㉕玉漏犹滴:玉漏,漏壶的美称。漏壶中蓄水,从壶下漏孔中均匀滴出,以计时刻。这里是说未到上朝时辰。　㉖盖:车篷。　㉗于焉:在此。㉘其:大概。　㉙兆民:指百姓。　㉚泰之:使(百姓)安定。㉛四夷:指四方的少数民族。附:归附。　㉜来之:是说使(四夷)来归顺。　㉝弭(mǐ米):停止、消除。　㉞田畴(chóu愁):田地。　㉟辟:开垦。　㊱佞(nìng泞)人:奸邪小人。　㊲六气:指阴、阳(晴)、风、雨、晦(昏暗)、明六种自然现象。　㊳灾眚(shěng省):灾祸。荐至:屡次发生。　㊴避位:解除官职。禳(ráng瓤):祭祷消灾。　㊵五刑:隋以后五刑指笞、杖、徒、流、死五种刑法。揩:废止。　㊶厘:整治。㊷忡(chōng充)忡:忧愁的样子。　㊸旦:天亮。　㊹九门:指皇宫众门。　㊺四聪甚迩:指四面八方的反映都能很快传入国君耳中。聪,耳明。迩,近。　㊻时君:指国君。纳:采纳、接受。　㊼皇风:指国家政治气氛和社会风尚。清夷:清明平静。㊽总:统辖。　㊾食万钱:是说享受厚禄。　㊿幸:侥幸。　51宜:应该,理所当然。52荣之:是说使自己的恩人荣华富贵。　53子女玉帛:指美色和财宝。　54致:取。55陟(zhì至):提拔。　56直士:正直的人。抗言:指尖锐的批评、进谏。　57黜(chù触):贬降。　58三时:指春、夏、秋农忙季节。　59慆(tāo滔)慆:形容放纵无度。60假寐:打盹儿。　61重瞳(tóng童):眼内有两个瞳仁。相传舜和项羽有重瞳。这里泛指皇帝的眼睛。屡回:形容顾盼失措的样子。　62政柄:国家的政权。63隳(huī灰):毁败。　63旅:众。64苟禄:是说苟求厚禄。　65备员:虚充职位。　66棘(jí集)寺:宋朝掌刑狱的最高机关大理寺的别称。小吏:作者谦称。当时他任大理寺丞。67志:记,写。　68规:劝诫。

杨 亿

杨亿(974—1020),字大年,建州(今福建省建瓯县)人。少时即能诗文。宋太宗淳化中召试翰林,赐进士第。历任著作佐郎、左司谏、知制诰、翰林学士、工部侍郎等职。曾参加编写《册府元龟》等书,是著名的文学侍从之臣,其浮艳文风对当时文坛颇有影响,所编《西昆酬唱集》,是他修书之余与钱惟演、刘筠等人的唱和诗集,其诗体被称为西昆体,参加唱和的人被称为西昆诗派。该诗派的作品内容空虚,均为酬唱之作,堆砌典故,追求华丽,酿成诗坛的一股逆流。

泪①

锦字梭停掩夜机②,白头吟苦怨新知③。谁闻陇水回肠后④,更听巴猿拭袂时⑤。汉殿微凉金屋闭⑥,魏宫清晓玉壶欹⑦。多情不待悲秋气⑧,只是伤春鬓已丝⑨。

①《西昆酬唱集》里于《泪》题下收杨亿、钱惟演、刘筠各二首,均将历代有关典故堆砌、联缀成篇,思想感情上并无内在联系。除音律和谐、对仗工稳外别无可取。此选杨作第一首,虽诗末点出伤春之意,但无具体内容和真实感情。朱东润主编《中国历代文学作品选》云:"李商隐咏《泪》送别诗云:'永巷长年怨绮罗,离情终日思风波。湘江竹上痕无限,岘首碑前洒几多。人去紫台秋入塞,兵残楚帐夜闻歌。朝来灞水桥边问,未抵青袍送玉珂。'诗中前六句列举古人挥泪六事,各事都不相涉,结语始点明题意。杨亿此诗,全效其体以写伤春之作。用事晦涩,内容空虚,只不过是一种文字游戏而已。" ②"锦字"句:用苏蕙织锦事。《侍儿小名录》说:前秦安南将军窦滔,携妾赴襄阳任所,与其妻断音问(音讯),苏"因织锦回文题诗二百余首,计八百余字,纵横反复,皆为文章,名璇玑图。"滔览锦字感悟,因具(备办)车迎苏氏。这句说晚间停下织锦,盖上织机。梭(suō 缩):织布时牵引纬线(横线)的工具,两头尖,中间粗,形

似枣核。又称梭子。　③"白头"句：用卓文君作《白头吟》故事。《西京杂记》卷三："(司马)相如将聘茂陵人女为妾，卓文君作《白头吟》以自绝，相如乃止。"新知，指茂陵人女。　④"谁闻"句：用古乐府《陇头歌辞》之意。《三秦记》曰："陇西关其阪(bǎn 板，山坡)，不知高几里，欲上者七日乃越。其上有清水四注，俗歌曰：'陇头流水，鸣声幽咽，遥望秦川，回肠断绝。'"回肠：形容内心焦虑不安，犹如肠在旋转。　⑤"更听"句：《水经注·江水》："每至晴初霜旦，林寒涧肃，常有高猿长啸，属引凄异，空谷传响，哀转久绝。故渔者歌曰：'巴东三峡巫峡长，猿鸣三声泪沾裳。'"　⑥"汉殿"句：用陈皇后(阿娇)失宠事。《汉武故事》载汉武帝刘彻"年四岁，立为胶东王。数岁，长公主嫖抱置膝上，问曰：'儿欲得妇不？'胶东王曰：'欲得妇。'长主指左右长御百余人，皆云不用。末指其女问曰：'阿娇好不？'于是乃笑对曰：'好，若得阿娇作妇，当作金屋贮之也。'长主大悦，乃苦要上，遂成婚焉"。汉武帝即位，立为皇后。后废居长门宫。金屋闭，谓失宠。　⑦"魏宫"句：用薛灵芸选入魏宫故事。《拾遗集》卷七说：魏文帝所爱美人薛灵芸，常山人，容貌绝世，被选入宫。"灵芸闻别父母，歔欷累日，泪下沾衣。至升车就路时，以玉唾壶承泪，壶则红色。既发常山，及至京师，壶中泪凝如血。"歔(qī 欺)，通"攲"，倾斜。　⑧悲秋气：语出宋玉《九辩》，"悲哉秋之为气也，萧瑟兮草木摇落而变衰"。　⑨伤春：忧思春光将逝。鬟已丝：是说鬟发已纤细如丝。

林 逋

　　林逋(bū 补阴平)(967—1020),字君复,钱塘(今浙江省杭州市)人。少孤贫力学,性恬淡好古,不趋荣利。初游江淮间,后归杭州,隐居西湖的孤山,二十年足不及城市。不娶,无子,以养鹤种梅自娱。卒后,赐谥和靖先生。先生乃从未出仕的隐士,并为宋初山林诗人之代表人物。其诗多写清苦幽静的隐居生活和西湖景物。风格淡远,多奇句,以咏梅诗著称。有《林和靖先生诗集》。

山园小梅①

　　众芳摇落独暄妍②,占尽风情向小园。疏影横斜水清浅③,暗香浮动月黄昏④。霜禽欲下先偷眼⑤,粉蝶如知合断魂⑥。幸有微吟可相狎⑦,不须檀板共金尊⑧。

①据《全宋诗》卷一〇六,林逋共有咏梅诗六首。此题共二首,这是第一首。诗将最初盛开梅花的美景写得出神入画,并融入作者恬淡自适的情趣,多为世人称道。　②众芳:百花。独暄妍:指梅花。暄妍(xuānyán 宣延),景物明媚鲜丽。下句则伸延此句:正因众芳摇落,梅花才能在山间小园占尽风情。风情:风采,神态。诗中"独""尽"二字突出了梅花生活的独特环境、不同凡响的性格和引人入胜的风韵,以及独有的天姿国色。这是诗人"弗趋荣利""趣向博远"的思想性格的自我写照。　③"疏影"句:是说梅枝稀疏的影子,或横或斜地映在清澈的浅水面上。　④"暗香"句:是说梅花的幽香飘散在朦胧的月色里。暗香,幽香。黄昏,此指月色朦胧,与上句清浅相对,有双关义。以上两句从多侧面展现山园小梅的迷人景色,情景交融,妙趣横生,被认为是千古绝调。尤其"疏影""暗香"二词,借改写五代南唐江为有残句"竹影横斜水清浅,桂香浮动月黄昏"点铁成金,将一幅绝妙的溪边月下梅花图跃然纸上。二词被姜夔首创为填写梅词的调名,被历代沿用。　⑤霜禽:或指羽毛白色的禽鸟,与

下句的粉蝶互为呼应,均为衬托梅花之白。偷眼:偷看。 ⑥"粉蝶"句:是说粉蝶如果见到这样香的花,也怕会快乐得要死。合,应该。断魂,犹言消魂。以上两句以揣度之词状梅花之美。 ⑦微吟:轻声吟咏。相狎(xiá侠):相亲近。 ⑧檀(tán坛)板:拍板,打击乐器。因多用檀木制成,故名。此代指歌唱。金尊:珍贵的酒杯。此代指豪华的宴饮。末两句是说此刻有随心所欲的微吟相亲相依,实在不需要檀板金尊的热闹场面啦!作者被梅景所陶醉,喜爱之情难以自抑,于是从以前的借物抒怀,一跃而为直抒胸臆,使咏物与抒怀达至水乳交融境地。

潘 阆

潘阆(làng 浪),字逍遥,大名(今属河北)人。宋太宗至道元年(995),曾赐进士及第,授国子四门助教。有《逍遥集》《逍遥词》。

忆 余 杭①

其 五

长忆②观潮,满郭③人争江上望。来疑沧海尽成空④,万面鼓声⑤中。

弄潮儿向涛头立⑥,手把红旗旗不湿⑦。别来几⑧向梦中看,梦觉⑨尚心寒。

①共五首,内容都是对杭州胜景的回忆,故名。《词律》编入《酒泉子》。《词谱》据《湘山野录》,指出与《酒泉子》词牌的体制不合,是潘阆自度曲。《全宋词》仍列为《酒泉子》十首其十。　②长忆:常忆。　③满郭:满城。郭,外城。　④"来疑"句:潮水汹涌而来,其水势之大,令人怀疑大海都空了。　⑤鼓声:喻澎湃的潮声。　⑥弄潮儿:在浪潮中游泳、戏耍的小伙子。立:指踩水。　⑦"手把"句:是说手举着红旗迎浪戏耍而旗不沾湿。　⑧几:几度。　⑨觉:醒。

范仲淹

范仲淹(989—1052),字希文,苏州吴县(今江苏苏州)人。真宗大中祥符八年(1015)进士,仁宗时曾任参知政事(副宰相)。有《范文正公集》。

渔家傲①

塞下②秋来风景异,衡阳③雁去无留意。四面边声连角④起。千嶂⑤里,长烟⑥落日孤城闭。　浊酒⑦一杯家万里,燕然未勒⑧归无计。羌管⑨悠悠霜满地。人不寐⑩,将军白发征夫⑪泪。

①《渔家傲》:词牌名。因晏殊词中有"神仙一曲渔家傲"句而得名。这首词是作者1040年任陕西经略安抚副使时所作。　②塞(sài赛)下:指宋朝与西夏对峙的西北边境。　③衡阳:今湖南省衡阳市。旧城南有回雁峰,相传大雁至此不再南飞。④边声:边地悲凉之声,如马鸣、风号等。角:军中号角。　⑤嶂(zhàng丈):像屏风般的山峰。　⑥长烟:指弥空薄雾。　⑦浊酒:未经过滤的酒。　⑧燕(yān烟)然未勒:是说抗敌大功尚未完成。《后汉书·窦宪传》载,窦宪追击匈奴,登上燕然山(今蒙古人民共和国境内杭爱山)刻石纪功而返。勒:刻。　⑨羌(qiāng腔)管:即羌笛,汉代由羌(古代西北地区少数民族)地传入内地的管乐器。　⑩寐(mèi妹):睡着。⑪征夫:远征的战士。

岳阳楼①记

庆历四年②春,滕子京谪守巴陵郡③。越明年④,政通人和⑤,百废具兴⑥。乃重修岳阳楼,增其旧制⑦,刻唐贤⑧、今人诗赋于其上,属予⑨作文以记之。

予观夫巴陵胜状⑩,在⑪洞庭一湖。衔⑫远山,吞长江,浩浩汤汤⑬,横无际涯⑭;朝晖夕阴⑮,气象万千。此则岳阳楼之大观⑯也,前人之述备⑰矣。然则北通巫峡⑱,南极潇湘⑲,迁客骚人⑳,多会于此,览物㉑之情,得无㉒异乎?

若夫霪雨霏霏㉓,连月不开㉔,阴风怒号,浊浪排空㉕;日星隐曜㉖,山岳潜形㉗;商旅㉘不行,樯倾楫摧㉙;薄暮冥冥㉚,虎啸猿啼。登㉛斯楼也,则有去国㉜怀乡,忧谗畏讥㉝,满目萧然㉞,感极㉟而悲者矣。

至若春和景明㊱,波澜不惊㊲,上下天光,一碧万顷㊳;沙鸥翔集㊴,锦鳞游泳㊵;岸芷汀兰㊶,郁郁青青㊷。而或长烟一空㊸,皓㊹月千里,浮光耀金㊺,静影沉璧㊻;渔歌互答,此乐何极㊼!登斯楼也,则有心旷神怡,宠辱㊽皆忘,把酒㊾临风,其喜洋洋者矣。

嗟夫㊿,予尝求古仁人㉑之心,或异二者之为㉒。何哉?不以物㉓喜,不以己悲。居庙堂㉔之高,则忧其民;处江湖之远㉕,则忧其君;是进㉖亦忧,退㉗亦忧。然则㉘何时而乐耶?其必曰:先天下㉙之忧而忧,后天下之乐而乐欤㉚!噫㉛!微斯人㉜,吾谁与归㉝!

时六年㉞九月十五日。

①岳阳楼:湖南省岳阳市西门古城楼。下临洞庭湖。始建于唐,相传三国时吴将鲁肃在此建有训练水兵的检阅台。　②庆历:宋仁宗(赵祯)年号。庆历四年即公元1044年。　③滕子京:名宗谅,范仲淹的朋友,经范仲淹推荐任天章阁待制。后因遭人陷害贬官岳州(今湖南岳阳)知州。谪(zhé哲):贬官。巴陵郡:宋代岳州是古巴陵统地。　④越明年:过了一年之后。越:超过。　⑤政通:政务通畅。人和:人心和乐。　⑥百废具兴:各种被废弛的事情都兴办起来。具,同俱。　⑦旧制:旧时的规模。　⑧唐贤:指唐代有德行、有文才的名人。　⑨属:同嘱,嘱托。予:人称代词,我。　⑩夫(fú扶):语助词。胜状:美景。　⑪在:在于。　⑫衔(xián嫌):包含。　⑬浩浩汤(shāng商)汤:水势浩大的样子。　⑭横无际涯:广阔得无边无际。　⑮朝晖夕阴:泛指一天里天色的种种变化。晖:日色晴明。阴:幽暗。　⑯大观:壮丽的景色。　⑰备:详尽。　⑱巫峡:长江三峡之一,在湖北巴东县与重庆巫山县境内。　⑲极:尽,直到。潇湘:湘水源出于广西境内,流至湖南零陵县与潇水合,称潇湘。北入洞庭湖。　⑳迁客:被贬职或被放逐的官吏。骚人:指诗人。　㉑览:观看。物:景物。　㉒得无:能不。　㉓若夫:引起下文的连词,相当于"至于"。霪(yín银)雨:连绵的雨。霏(fēi非)霏:形容雨雪细密。　㉔开:指云开天晴。　㉕排空:腾空。　㉖隐曜(yào耀):隐没了光辉。　㉗潜形:潜藏了形体。　㉘商旅:此指商人和旅客。　㉙樯(qiáng墙)倾楫(jí及)摧:桅杆歪斜,船桨断折。　㉚薄暮:迫近黄昏。冥(míng

明)冥:幽暗的样子。 ㉛斯:此。 ㉜去国:离开国都。 ㉝忧谗畏讥:担心遭到诽谤,害怕受到讥讽。 ㉞萧然:凄凉的样子。 ㉟感极:感慨到极点。 ㊱至若:至于。春和景明:春日和暖、阳光普照。景:日光。 ㊲惊:起,动。 ㊳"上下"二句:是说天色与湖光相映,浑然为无边无际的青绿色。 ㊴翔集:飞翔、栖止。 ㊵鳞:指鱼。游:水面浮行。泳:水下潜行。 ㊶岸芷(zhǐ 止):岸边的香草。汀(tīng 听)兰:水中小洲上的兰草。 ㊷郁郁:香气浓郁。青青:同菁(jīng 京)菁,草木茂盛。 ㊸"而或"句:有时烟霭全都消散。 ㊹皓(hào 号)月:洁白的月亮。 ㊺浮光耀金:是说映在水上的月光随波荡漾,好像金光闪动。 ㊻静影沉璧:是说映入湖中的静静月影,宛若沉在水底的璧玉。 ㊼何极:哪有穷尽。 ㊽心旷神怡(yí 宜):心胸开阔,精神愉快。怡:和悦。 ㊾宠辱:荣耀和屈辱。 ㊿把酒:拿着酒杯。把:握、持。 (51)嗟(jiē 阶)夫:感叹词,犹如现代汉语中的"唉"。 (52)尝:曾经。求:探讨。仁人:有高尚道德修养的人。 (53)"或异"句:或有别于上述的两种表现。 (54)物:身外之物。 (55)庙堂:代指朝廷。 (56)"处江"句:是说离开朝廷,到僻远的地方做官或退隐江湖。 (57)进:擢升。 (58)退:降免。 (59)然则:连词,略同于"既然如此,那么……"。 (60)其:语助词,这里表揣测,略同于"大概"。天下:天下的人。 (61)欤(yú 愚):语助词,这里相当于"吧"。 (62)噫(yī 依):感叹词,类似现代汉语"唉"。 (63)微:非,不是。斯人:这样的人。 (64)吾谁与归:吾从谁去。与:助词,无意义。归,归附,依从。 (65)六年:庆历六年(1046)。

柳 永

柳永(987？—1053？),原名三变,字耆(qí 歧)卿,崇安(今福建崇安)人。屡试不第,仁宗景祐元年(1034)始中进士,官至屯田员外郎,世称柳屯田。北宋著名词人,也是北宋第一个专力写词的作家。他创制了以篇幅较长、句子错综不齐为特色的慢词,为宋词的繁荣奠定了基础。其词多从都市取材,描写妓女和羁旅行役,艺术上多用赋体,以陈铺和白描见长。有《乐章集》。

雨 霖 铃①

寒蝉凄切②,对长亭③晚,骤雨初歇④。都门帐饮无绪⑤,留恋处⑥,兰舟催发⑦。执手相看泪眼,竟无语凝噎⑧。念去去千里烟波⑨,暮霭沉沉楚天阔⑩。　　多情⑪自古伤离别,更那堪、冷落清秋节⑫!今宵酒醒何处?杨柳岸、晓风残月。此去经年⑬,应是良辰好景虚设。便纵有千种风情⑭,更与何人说?

①《雨霖铃》:唐教坊曲名,后改用为词牌。据《太真外传》载,唐玄宗入蜀时,霖雨弥旬,于栈道中闻铃声,玄宗悼念贵妃,采其声为《雨霖铃曲》以寄恨。宋人倚旧曲为新声,故名。　②寒蝉凄切:秋蝉叫声悲凄。　③长亭:古时驿路旁建有亭子,"十里一长亭,五里一短亭",供行人歇息,也是送别的地方。　④初歇:刚止。　⑤都门:指北宋首都汴京城门。帐饮:饯别宴饮。古人送别,多在驿站上临时搭起帐幕举行别宴。绪:情绪。　⑥处:指时候。　⑦兰舟催发:是说客船催人出发。兰舟,船的美称。　⑧凝噎(yē 椰):因心里难过而喉头哽塞。　⑨念:想。去去:一程又一程地往前走。烟波:雾气水色浑然一体。　⑩暮霭(ǎi 矮):傍晚的云气。沉沉:浓重的样子。楚天:泛指南方的天空。　⑪多情:这里指多情的人。　⑫节:季节,时节。　⑬经年:一年复一年。　⑭风情:指男女间爱恋的情意。

望　海　潮①

东南形胜②,三吴都会③,钱塘④自古繁华。烟柳画桥⑤,风帘翠幕⑥,参差⑦十万人家。云树绕堤⑧沙,怒涛卷霜雪⑨,天堑⑩无涯。市列珠玑⑪,户盈罗绮⑫,竞豪奢⑬。　　重湖叠巘清嘉⑭,有三秋桂子⑮,十里荷花。羌管弄晴,菱歌泛夜⑯,嬉嬉钓叟莲娃⑰。千骑拥高牙⑱,乘醉听箫鼓,吟赏烟霞⑲。异日图将⑳好景,归去凤池㉑夸。

①《望海潮》:词牌名。《钦定词谱》定这首词为此调正体。相传这首词是宋真宗咸平末年,诗人送给两浙转运使孙何的。　②形胜:地理形势优越。　③三吴:古称吴郡(今江苏苏州)、吴兴郡(今浙江东、北部)、会稽郡(今浙江绍兴)为"三吴"。此泛指长江下游的江浙一带。三,一作"江"。都会:大城市。　④钱塘:地名,今浙江省杭州市。　⑤烟柳:被雾气轻笼的柳树。画桥:饰有彩绘栏杆的桥。　⑥风帘:御风的帘子。幕:罗幕。　⑦参差(cēn cī):这里用以形容房屋高低错落。　⑧云树:茂密高大的树木。堤:指钱塘江的大堤。　⑨霜雪:形容浪花白似霜雪。　⑩天堑(qiàn欠):指险要的江河。此指钱塘江。　⑪玑(jī机):不圆的珠子。　⑫绮(qǐ乞):有花纹的丝织品。　⑬豪奢(shē赊):豪华。　⑭重(chóng虫)湖:西湖分里湖和外湖,故称。叠巘(yǎn演):层层叠叠的峰峦。清嘉:清秀美好。　⑮三秋:此指农历九月。桂子:桂花。　⑯"羌管"二句:是说白天管弦和鸣,夜晚歌声四起。羌管,这里泛指乐器。弄,吹奏。菱歌,采菱船上传出的歌声。泛,浮起、飘荡。　⑰钓叟:钓鱼翁。莲娃:采莲姑娘。　⑱拥:簇拥。高牙:军前大旗,饰有象牙,故名。这里指达官贵人。　⑲烟霞:风烟云霞。指水光山色。　⑳图:描绘。将:得。　㉑凤池:即凤凰池,指朝廷最高行政机关中书省。

夜　半　乐①

冻云②黯淡天气,扁舟③一叶,乘兴离江渚④。渡万壑千岩,越溪⑤深处。怒涛渐息⑥,樵风⑦乍起,更闻商旅相呼,片帆高举。泛画鹢、翩翩过南浦⑧。　　望中酒旆⑨闪闪,一簇烟村,数行霜树。残日下、渔人鸣榔⑩归去。败荷零落,衰杨掩映,岸边两两三三,浣纱游女⑪,避行客、含羞笑相语。　　到此因念:绣阁⑫轻抛,浪萍⑬难驻。叹后约丁宁竟何据⑭!惨离怀、空恨岁晚归期阻。凝泪眼、杳杳神京⑮路。断鸿⑯声远长天暮。

①《夜半乐》:唐教坊曲名。《碧鸡漫志》:"《唐史》云,民间以明皇自潞州还京师,夜半举兵诛韦皇后。制《夜半乐》《还京乐》二曲。"后柳永改用为词牌。这首词可能是作者任昌国(今浙江定海)晓峰场盐官时的作品。 ②冻云:带有寒意的云。 ③扁舟:小船。 ④渚(zhǔ 煮):水边。 ⑤越溪:若耶溪,在今浙江省绍兴一带,相传为西施浣纱处。这里泛指越州(今浙江绍兴)地区。 ⑥怒涛渐息:是说水将出山,波浪渐趋平息。 ⑦樵风:指山风。山中常有采樵声随风传送,故云。 ⑧画鹢(yì 意):船。古人将鹢(一种水鸟)画于船头,故称。南浦:泛指水边送别的地方。 ⑨酒斾(pèi 配):酒旗,酒店门前用来招引顾客的标识。 ⑩鸣榔(láng 郎):敲榔。榔,一种长木棍,渔人用它敲船以驱鱼入网;有时也用它敲船作歌唱的节拍。这里指后者。 ⑪浣纱游女:指在水边活动的村妇少女。此用西施浣纱故事。 ⑫绣阁:闺房,这里指闺中人。 ⑬浪萍:浮萍,比喻漂泊无定的游子。 ⑭丁宁:即叮咛,郑重地嘱咐。何据:根据什么。意即无凭无据,不可靠。 ⑮杳(yǎo 咬)杳:形容遥远。神京:这里指北宋首都汴京(今河南开封市)。 ⑯断鸿:失群的鸿雁。

八声甘州①

对潇潇②暮雨洒江天,一番洗清秋③。渐霜风凄紧④,关河⑤冷落,残照⑥当楼。是处红衰翠减⑦,苒苒物华休⑧。惟有长江水,无语东流。　　不忍登高临远,望故乡渺邈⑨,归思难收⑩。叹年来踪迹,何事苦淹留⑪?想佳人、妆楼颙望⑫,误几回、天际识归舟⑬。争⑭知我、倚阑干处,正恁凝愁⑮!

①《八声甘州》:唐边塞曲名,后用为词牌。简称《甘州》。 ②潇潇:形容雨势急骤。 ③一番洗清秋:是说经过一番暴风雨的洗涤,又到了清冷的秋天。洗,洗涤。这里含有改变之意。 ④霜风:秋风。凄紧:凄厉而急剧。 ⑤关河:泛指一般山河。关,关塞。 ⑥残照:残阳映照。 ⑦是处:到处。红衰翠减:是说花木凋零。翠,一作"缘"。李商隐《赠荷花》诗:"此荷此叶常相映,翠减红衰愁煞人。" ⑧苒(rǎn 染)苒:同"冉冉"。慢慢地。物华:指美好的景物。休:凋残。 ⑨渺邈(miǎo 秒):遥远。 ⑩收:收住,停止。 ⑪何事:为什么。淹留:久留。指久留他乡。 ⑫颙(yóng 永阳平)望:举头凝望。颙,向慕,仰望。 ⑬"误几回"句:是说多少回误将远来的船当作爱人的归舟。谢朓《之宣城郡出新林浦向板桥》诗:"天际识归舟,云中辨江树。"此用其句。 ⑭争:怎。 ⑮恁(rèn 任):这样。凝愁:愁思凝结不解。

晏 殊

晏殊(991—1055),字同叔,抚州临川(今江西抚州)人。仁宗时曾为宰相。北宋著名词人。其词主要表现"富贵人家景致"和春花秋月的闲愁闲绪,语言婉丽,音韵和谐,格调风流蕴藉。有《珠玉词》。

浣 溪 沙①

一曲新词酒一杯,去年天气旧亭台。夕阳西下几时回? 无可奈何花落去,似曾相识燕归来。小园香径独徘徊②。

①《浣溪沙》:唐教坊曲名,后用为词牌。"沙"又作"纱"。词牌或作《浣纱溪》。 ②香径:洒满落花香味的小路。徘徊:来回往复,流连不舍。

蝶 恋 花

槛菊愁烟兰泣露①。罗幕②轻寒,燕子双飞去。明月不谙③离恨苦,斜光到晓穿朱户④。 昨夜西风凋碧树⑤。独上高楼,望尽天涯路。欲寄彩笺兼尺素⑥,山长水阔知何处?

①槛(jiàn 见):栏杆。兰泣露:兰草沾着露水,像在哭泣。 ②罗幕:丝织的帷帘。 ③谙(ān 安):熟悉,懂得。 ④朱户:红色的门。 ⑤凋碧树:使树上的绿叶枯败凋落。 ⑥彩笺(jiān 兼):小幅彩色纸张,常供题写诗作用。此指怀念、相思的诗。尺素:指书信。

宋 祁

宋祁(998—1061),字子京,安州安陆(今属湖北)人,后迁开封之雍丘(今河南杞县)。天圣二年(1024)与兄庠同举进士,奏名第一。章献太后以为弟不可先兄,乃擢庠第一,而置祁第十,人称二宋,称祁为小宋。官翰林学士、史馆修撰,与欧阳修等合修《新唐书》。谥景文。有词六首,皆收入《全宋词》第一册。另有《宋景文公长短句》辑本问世。

玉 楼 春①

东城渐觉风光好②,縠皱波纹迎客棹③。绿杨烟外晓寒轻④,红杏枝头春意闹⑤。　　浮生长恨欢娱少,肯爱千金轻一笑⑥。为君持酒劝斜阳,且向花间留晚照⑦。

①词牌又作"木兰花"。此词原设"春景"为题于词牌下。　②东城:或泛指城之东部。周汝昌说:"且道词人何以一上来便说东城? 普天下时当艳阳气候,莫非西城便不可入咏? 有好事者答辩说:当时当地,确实以东城为美。又有的说,只因宋尚书住在东城,所以他不写西城。……这自然都言之成理。然而,寒神退位,春自东来,故东城得气为先。古代春游,踏青寻胜,必出东郊,民族的传统认识,从来如此也。"(见《唐宋词鉴赏辞典》)供参考。这句是说在东城已能逐渐感觉到早春的绮丽风光正一幕幕展现出来。　③縠(hú 湖):有皱纹的沙。棹(zhào 兆):桨,此代指船。这句是说,如同轻纱细皱般的水波上飘浮的画船在召唤着游人。春也就从这里开始了。　④绿杨烟:形容初自冬眠醒来的杨柳嫩黄浅碧,遥望难分枝叶,只见一片轻烟薄雾。这句是说,远眺新柳嫩叶,如烟似雾,其外还透着几分清晨的寒意。　⑤"红杏"句:是说转眼之间,杏树枝头红花盛开,蜂围蝶舞,顿时现出一派春意盎然、生机蓬勃的景象! 这是句末一个"闹"字所引发读者的丰富联想。闹,本是形容热闹、浓盛的俗语,但放在这里则"境界全出"(王国维语),可谓一字千金。俞平伯《唐宋词选释》:"当时

传说,称宋为'红杏枝头春意闹尚书'见《苕溪渔隐丛话》前集卷三十七引《遯斋闲览》。王士禛《花草蒙拾》云出於《花间集》'暖觉杏梢红'(和凝《菩萨蛮》),却比原句更进一层。" ⑥浮生:飘浮不定的短暂人生。肯:怎肯、岂肯的省略。这两句是说:人生苦短,常觉欢娱太少,(与姬妾相伴时),岂能吝惜千金而看轻这美好的一笑呢? ⑦晚照:夕阳的余晖。这两句是说:她们持杯劝酒,意兴未消,在斜阳之下,花丛之中,尽情痛饮,真想留住这下山的夕阳。此词上片写春色之美,下片写与美人、美酒共享春光。唐圭璋云:"下片,一气贯注,亦是劝人轻财寻乐之意。"(见《唐宋词简释》)

张 先

张先(990—1078),字子野,乌程(今浙江吴兴)人。宋仁宗赵祯天圣八年(1030)进士,晏殊知永兴军(今陕西西安)时聘为通判,官至都官郎中,晚年退居乡里。其词长于小令,与晏殊、欧阳修并称,喜欢描写一种朦胧之美,以善用"影"字著名。后又写慢词,与柳永齐名,但其成就不如小令。其词多写花香月色、离情别绪,偏于冶艳;有些小词含蓄工巧,较有情韵。有《安陆词》,又题《张子野词》。

天 仙 子

时为嘉禾小倅,以病眠不赴府会①

《水调》数声持酒听,午醉醒来愁未醒②。送春春去几时回?临晚镜,伤流景③,往事后期空记省④。　　沙上并禽池上暝⑤,云破月来花弄影⑥。重重帘幕密遮灯,风不定,人初静,明日落红应满径⑦。

①嘉禾小倅(cuì 脆):指秀州通判。嘉禾,秀州的别称,治所在今浙江嘉兴。倅,副职。　②《水调》:曲调名。流行于唐,相传为隋炀帝杨广所制。杜牧《扬州三首》:"谁家唱《水调》?"原注:"炀帝造凿汴渠成,自造《水调》。"以上两句是说,边饮酒边听唱《水调》,酒已醒而愁闷却仍郁结心头。　③流景:流逝的年华。　④后期:此指日后的约会。记省(xǐng 醒):清楚记得。这句是说,白白记得那些往事和后约,眼下只感到空虚和怅惘。　⑤并禽:双栖的鸟,指鸳鸯之类。暝(míng 名):指暮色笼罩。　⑥云破月来:月亮破云而出。花弄影:花在月光下摆弄它的身影。此乃对花的拟人化描写。　⑦落红:落花。径:狭窄的道路,小路。吴小如说:"(此词)上片写作者的思想活动,是静态;下片写词人即景生情,是动态。静态得平淡之曲,而动态有空灵之

美。……(云破月来花弄影)句之所以传诵千古,不仅在于修词炼句的功夫,主要还在于词人把经过整天的忧伤苦闷之后,居然在一天将尽时品尝到即将流逝的盎然春意这一曲折复杂的心情,通过生动妩媚的形象曲曲传绘出来,让读者从而也分享到一点欣悦和无限美感。这才是在张先的许多名句之中唯独这一句始终为读者所爱好、欣赏的主要原因。"(见《唐宋词鉴赏辞典》)

梅尧臣

梅尧臣(1002—1060),字圣俞,宣州宣城(今安徽宣城)人。宋仁宗时赐进士出身,官至尚书都官员外郎。有《宛陵先生集》。

汝坟贫女①

时再点弓手②,老幼俱集。大雨甚寒,道死者百余人;自壤河至昆阳老牛陂③,僵尸相继④。

汝坟贫家女,行哭音凄怆。自言有老父,孤独无丁壮。郡吏来何暴,县官不敢抗。督遣勿稽留⑤,龙钟⑥去携杖。勤勤嘱四邻,幸愿相依傍⑦!适闻闾里⑧归,问讯疑犹强⑨。果然寒雨中,僵死壤河上。弱质⑩无以托,横尸无以葬。生女不如男,虽存何所当⑪!拊膺⑫呼苍天,生死将奈向⑬?

①写于宋仁宗康定元年(1040)。这年朝廷下诏征集乡兵,号称"弓箭手","以备盗贼"(《续资治通鉴》)。因频征滥点,老百姓深受其害。时梅尧臣为襄城(今河南临汝)县令,目睹其事,先后写了《田家语》和《汝坟贫女》两首诗。汝坟:汝河岸边。汝河,在今河南省境内。坟,水边高地。 ②再点弓手:第二次征点乡兵。 ③壤河:疑即襄河,流经河南省鲁山县入沙河。昆阳:今河南省叶县。老牛陂(pí 皮):地名。 ④相继:一个挨着一个。 ⑤"督遣"句:监督着遣发百姓,不得稍延片刻。 ⑥龙钟:老迈的样子。 ⑦"勤勤"二句:是说贫女恳切地嘱托被征同行的邻人照顾自己的父亲。勤勤:诚恳,恳切的意思。依傍:依靠,帮助。 ⑧适闻:方才听到。闾里:指乡邻。 ⑨"问讯"句:是说贫女以为他父亲还能勉强活下来,便向乡邻打听消息。疑:似,好像。 ⑩弱质:贫女自称。 ⑪何所当(dàng 档):有什么用。 ⑫拊膺(yīng 鹰):捶胸。 ⑬"生死"句:是说活着的和死去的人都将怎么办呢?奈向:奈何。向,语助词。

鲁山①山行

　　适与野情惬,千山高复低②。好峰随处改③,幽径独行迷。霜落熊升树,林空鹿饮溪。人家在何许④?云外一声鸡。

①鲁山:又名露山,在今河南省鲁山县东北。　②"适与"二句:是说群山高高低低富有变化,这恰恰与我爱好天然风物的情趣相合。惬(qiè 切):满足。　③随处改:指随时随地变换面貌。　④何许:何处。

欧阳修

欧阳修(1007—1072),字永叔,号醉翁、六一居士,庐陵(今江西吉安)人。仁宗天圣八年(1030)进士,官至参知政事。北宋著名文学家。倡导诗文革新,反对"务高言而鲜事实"的形式主义文风,强调内容重于形式。其创作诗、词、文均取得很高成就,并体现其革新精神,被认为是一代宗师。有《欧阳文忠公集》《六一词》。

食 糟[1] 民

田家种糯[2]官酿酒,榷利秋毫升与斗[3]。酒沽得钱糟弃物,大屋经年堆欲朽[4]。酒醅瀺灂[5]如沸汤,东风来吹酒瓮[6]香。累累罂[7]与瓶,惟恐不得尝。官酒味浓村酒薄,日饮官酒诚可乐。不见田中种糯人,釜无糜[8]粥度冬春,还来就官买糟食,官吏散糟以为德[9]!嗟彼官吏者,其职称长民[10]。衣食不蚕耕[11],所学义与仁。仁当养人义适宜[12],言可闻达力可施[13]。上不能宽[14]国之利,下不能饱尔之饥。我饮酒,尔[15]食糟,尔虽不我责[16],我责何由逃!

[1]糟(zāo遭):酒渣子。 [2]糯(nuò懦):糯稻,米性黏,可酿酒。 [3]"榷(què却)利"句:是说官府酿酒营利,斤斤计较。榷,专卖。秋毫,兽毛入秋更生,细而末锐,称为秋毫。常用来比喻细小之物。 [4]"大屋"句:是说酒糟多年堆积在大屋里,都快腐烂了。 [5]醅(pēi胚):带糟的酒。瀺灂(chán zhuó馋浊):轻微的水声。此指酒醅冒泡的声音。 [6]瓮(wèng翁去声):一种盛水、酒的陶器。 [7]罂(yīng英):大腹小口的瓶子。 [8]糜(mí迷):粥。 [9]"还来"二句:是说农民反而向官府买酒糟充饥,官府则自以为是做了善事。 [10]长(zhǎng掌)民:作为百姓的长官。 [11]"衣食"句:是说不养蚕、不种田而吃穿富足。 [12]"仁当"句:是说讲"仁",应当懂得养育百姓的道理;讲"义",行为要得当合理。适宜:此指剥削不可过分。 [13]言可闻达:说话(指反映百姓疾苦)能使居上位者知道。力可施:指有力量为人民做好事。

⑭宽:这里是扩大的意思。　⑮尔:指食糟民。下同。　⑯不我责:不责备我。

戏答元珍①

春风疑不到天涯,二月山城未见花。残雪压枝犹有橘,冻雷惊笋欲抽芽。夜闻归雁生乡思,病入新年感物华②。曾是洛阳花下客③,野芳虽晚不须嗟④。

①一作《花时久雨之什》。写于仁宗景祐四年(1037),时作者被贬为峡州夷陵(今湖北宜昌)县令。元珍:当时峡州判官丁宝臣的字。　②物华:自然景物。　③洛阳花下客:唐宋时,洛阳牡丹最盛,故牡丹别称洛阳花。作者又做过洛阳留守推官,故云。　④不须嗟:不要叹息。

踏 莎 行①

候馆②梅残,溪桥柳细,草薰风暖摇征辔③。离愁渐远渐无穷,迢迢不断如春水。　寸寸柔肠④,盈盈粉泪⑤,楼高莫近危阑⑥倚。平芜⑦尽处是春山,行人⑧更在春山外。

①《踏莎行》:词牌名。以晏殊词为正体。　②候馆:接待行旅宾客的馆舍。《周礼》:"五十里有市,市有候馆。"　③草薰风暖:用江淹《别赋》"闺中风暖,陌上草薰"语,形容离家远行。草薰,青草发出香气。摇征辔(pèi 配):指骑马远行。辔,驾驭牲口的缰绳。　④"寸寸"句:是说柔肠欲断。　⑤盈盈:这里形容泪汪汪的样子。粉泪:指青年女子脸上的泪。　⑥危阑:高处的阑干。　⑦平芜:平坦的草地。　⑧行人:指游子。

朋 党 论①

臣闻朋党之说,自古有之,惟幸人君辨其君子小人②而已。大凡君子与君子,以同道为朋③;小人与小人,以同利为朋。此自然之理也。

然臣谓小人无朋,惟君子则有之。其故何哉?小人所好者禄利也,所贪者财货也。当其同利之时,暂相党引④以为朋者,伪也。及其见利而争先,或利尽而交疏,则反相贼害⑤,虽其兄弟亲戚,不能相保。故臣谓小人无朋,其暂为朋者,伪也。君子则不然:所守者道义⑥,所行者忠信,所惜者名节⑦。

以之修身,则同道而相益;以之事国,则同心而共济⑧。终始如一,此君子之朋也。

故为人君者,但当退⑨小人之伪朋,用君子之真朋,则天下治⑩矣。

尧⑪之时,小人共工、驩兜等四人⑫为一朋,君子八元、八恺⑬十六人为一朋。舜佐⑭尧,退四凶小人之朋,而进元、恺君子之朋,尧之天下大治。及⑮舜自为天子,而皋、夔、稷、契⑯等二十二人并列于朝,更相称美,更相推让,凡二十二人为一朋,而舜皆用之,天下亦大治。

《书》曰:"纣有臣亿万,惟亿万心;周有臣三千,惟一心⑰。"纣之时,亿万人各异心,可谓不为朋矣。然纣以亡国。周武王之臣三千人为一大朋,而周用⑱以兴。

后汉献帝⑲时,尽取天下名士囚禁之,目为党人⑳。及黄巾贼㉑起,汉室大乱,后方悔悟,尽解党人而释之,然已无救矣。

唐之晚年,渐起朋党之论㉒。及昭宗时,尽杀朝之名士㉓,或投之黄河,曰:"此辈清流,可投浊流㉔。"而唐遂亡矣㉕。

夫前世之主,能使人人异心不为朋,莫如纣;能禁绝善人为朋,莫如汉献帝;能诛戮清流之朋,莫如唐昭宗之世;然皆乱亡其国。更相称美推让而不自疑㉖,莫如舜之二十二臣,舜亦不疑而皆用之,然而后世不诮㉗舜为二十二人朋党所欺,而称舜为聪明之圣者,以能辨君子与小人也。周武之世,举其国之臣三千人共为一朋。自古为朋之多且大,莫如周。然周用此以兴者,善人虽多而不厌㉘也。

嗟呼!治乱兴亡之迹,为人君者,可以鉴矣。

①宋仁宗庆历三年(1043),因欧阳修、蔡襄等人弹劾,吕夷简、夏竦等守旧派大臣被罢免,范仲淹、富弼、韩琦等革新派人物上台执政,推行改革,是为"庆历新政"。欧阳修友人石介作《庆历圣德诗》,颂扬这一历史性变迁。守旧派借此以"朋党"罪名反诬范仲淹等人,欧阳修于是写了这篇文章予以驳斥。朋党,指人们为了某种共同的目的而结合在一起。古代使用此词,含有类似"宗派"的贬义。作者在此文中对君子与小人的"为朋"严加区别。　②幸:希望。君子:此指道德高尚的人。小人:此指道德低下的人。　③道:思想,学说。这里指政治见解和主张。朋:此解为朋党。　④党引:勾结,援引。　⑤贼害:残害。　⑥守:坚持。道义:道德和正义。　⑦名节:名誉和气节。　⑧济:成。　⑨退:废斥。　⑩治:与"乱"相对,特指政治清明、社会安定。　⑪尧:据传我国远古部落联盟首领,与下文的舜、周武王均为儒家奉作楷模的古代贤君。　⑫共工、驩(huān欢)兜等四人:指共工、驩兜、鲧(gǔn滚)和三苗部落首领,传说为尧时逐臣,后人称"四凶"。　⑬八元、八恺(kǎi凯):《左传·文公十八年》:

"昔高阳氏有才子八人:苍舒、隤敳(Tuíái 颓皑)、梼戭(Chóuyǎn 酬演)、大临、尨(máng 忙)降、庭坚、仲容、叔达。齐圣广渊,明允笃诚,天下之民谓之八恺。高辛氏有才子八人:伯奋、仲堪、叔献、季仲、伯虎、仲熊、叔豹、季狸。忠肃共懿,宣兹惠和,天下之民谓之八元。""舜臣尧,举八恺,使主后土……举八元,使布五教于四方。"高阳氏,即颛顼(Zhuānxū 专须);高辛氏,即帝喾。都是传说中上古部族首领。元,恺,善良、能干的意思。 ⑭佐:辅助。 ⑮及:待至。 ⑯皋(gāo 高)、夔(kuí 葵)、稷(jì 寄)、契(xiè 屑):都是传说中舜时的贤臣,分别被任为掌管刑法、音乐、农事和教育的长官。 ⑰《书》:《尚书》,上古时期文献的汇编,所收录的都是政府文告。引文见《尚书·周书·泰誓》,是周武王伐纣的誓师词。纣,亦称帝辛,是商代最末一个君主。原文作"受",是纣王的名字。惟,判断语气词。亿万、三千,泛指众多。周,原文作"予"。 ⑱用:因此。 ⑲献帝:刘协,汉朝最末一个帝王。公元189年至220年在位。 ⑳"尽取"二句:据《后汉书·党锢列传》载,汉桓帝(147—167在位)时,宦官专权,迫害朝臣,以"党人"罪名将李膺、杜密、陈实等数百名士逮捕下狱。至灵帝(168—189在位)时,有百余人被杀戮,六七百人受株连,史称"党锢之祸"。这里作者把桓、灵二帝史实误记为汉献帝时事。目为党人,被看作结党营私的党人。 ㉑黄巾:即黄巾军。灵帝中平元年(184),巨鹿人张角聚数万农民起义,因以黄巾裹头为标志,故称黄巾军。贼:封建统治阶级对农民起义军的蔑称。 ㉒朋党之论:指唐穆宗至宣宗年间(821—859),以庶族地主代表牛僧孺、李宗闵为首的牛党,与士族地主代表李德裕为首的李党之间的政治派别斗争。史称"牛李党争"。 ㉓"及昭宗"二句:唐哀帝天祐二年(905),权臣梁王朱温将裴枢等七人杀害于白马驿(今河南洛阳附近),并诬陷士大夫中异己者为"朋党",数百人遭贬死。事见《新五代史·六臣传》。文中说是昭宗时事,系作者误记。昭宗,李晔(yè 页),唐代皇帝。公元847年至859年在位。 ㉔"此辈"二句:裴枢等大臣被杀害后,朱温的谋士李振说:"此辈常自谓清流,宜投之黄河,使为浊流。"于是投尸黄河。流,指评价士大夫的流品。清流,此指不与权贵同流合污的士大夫。 ㉕唐遂亡矣:天祐四年(907)朱温取代唐朝,立国号为"梁"。 ㉖自疑:自相疑忌。 ㉗诮(qiào 俏):责备。 ㉘厌:满足。

五代史伶官传序①

呜呼!盛衰②之理,虽曰天命,岂非人事③哉!原庄宗④之所以得天下,与其所以失之者,可以知之矣。

世言晋王之将终⑤也,以三矢⑥赐庄宗而告之曰:"梁,吾仇也⑦;燕王⑧,吾所立;契丹与吾约为兄弟,而皆背晋以归梁⑨。此三者,吾遗恨也。与尔三矢,尔其无忘乃父⑩之志!"庄宗受而藏之于庙⑪。其后用兵,则遣从事以一少牢告庙⑫,请⑬其矢,盛以锦囊⑭,负而前驱,及凯旋而纳⑮之。

方其系燕父子以组⑯,函梁君臣之首⑰,入于太庙,还矢先王⑱,而告以成功。其意气之盛,可谓壮哉!及仇雠⑲已灭,天下已定,一夫夜呼,乱者四应⑳,仓皇东出㉑,未及见贼,而士卒离散,君臣相顾,不知所归;至于誓天断发,泣下沾襟㉒,何其衰也!岂得之难而失之易欤?抑本其成败之迹㉓,而皆自于人㉔欤?

《书》㉕曰:"满招损,谦受㉖益。"忧劳可以兴国,逸豫㉗可以亡身,自然之理也。故方其盛也,举㉘天下豪杰莫能与之争;及其衰也,数十伶人困之,而身死国灭㉙,为天下笑。夫祸患常积于忽微㉚,而智勇多困于所溺㉛,岂独伶人也哉!作《伶官传》。

①本篇选自《新五代史》。《新五代史》原名《五代史记》,是欧阳修在仁宗景祐三年(1036)至皇祐五年(1053)间所撰,后人为了区别于宋初薛居正等编撰的《五代史》,称之为《新五代史》。它以纪传体形式记载了后梁、后唐、后晋、后汉、后周五代的历史。《伶官传》记载后唐庄宗宠幸的伶官周匝、敬新磨、景进、史彦琼、郭门高等人败政乱国的事实。本文是传前面的一篇序论。伶官:供奉内廷、授有官职的乐工、艺人。 ②盛衰:指国家的兴衰。 ③人事:人的作为。 ④原:推究。庄宗:李存勖(xù 序),初袭父封为晋王,923年灭后梁称帝,建立后唐。 ⑤世言:社会上传说。晋王:庄宗的父亲李克用,沙陀族人,唐封为晋王。将终:临死。李克用死于梁开平二年(908)。 ⑥矢:箭。 ⑦梁,吾仇也:后梁太祖朱温曾企图谋害李克用,因而结下仇恨。 ⑧燕王:指刘仁恭。刘曾由李克用推荐,任幽州卢龙节度使。后来却打败李克用,又归附后梁。其子刘守光囚父篡位自立,始称燕王。这里以燕王称刘仁恭,是一种笼统的说法。 ⑨"契丹"二句:唐昭宗天祐元年(904),李克用与契丹首领耶律阿保机结拜为兄弟。后阿保机背约,与朱温通好。 ⑩其:语助词,表示命令。乃父:你的父亲。 ⑪庙:宗庙。 ⑫从事:指僚属。少牢:古代祭祀、宴享单用豕(猪)、羊称少牢。告庙:向祖宗祭告。 ⑬请:取出的敬语。 ⑭盛(chéng 城):把东西放进去。锦囊:丝织的袋子。 ⑮纳:送回。 ⑯"方其"句:913年,李存勖攻破幽州,捉住刘仁恭,后又生俘刘守光,将他们押回太原。914年,杀刘守光,将刘仁恭献于太庙(皇帝的宗庙)祭告。方,当着。系,捆绑。组,绳索。 ⑰"函梁"句:923年,李存勖灭梁,梁末帝朱友贞(朱温子)及部将皇甫麟自杀,李取其头装匣归献太庙。函,匣子,此作动词用,以木匣装盛。 ⑱先王:指晋王李克用。 ⑲及:等到。仇雠(chóu 仇):仇敌。 ⑳"一夫"二句:是说一人发难,叛乱的人群起响应。926年,贝州(今河北清河)军士皇甫晖夜间发动兵变,随即占领邺城(今河南安阳)。邢州、沧州驻军也相继响应。 ㉑"仓皇"句:926年3月,李存勖匆忙率军从洛阳进军大梁(今河南开封),镇压兵变。 ㉒"至于"二句:李存勖进军途中,得知成德军节度使李嗣源已占据大梁叛变后唐,被迫折回。行至石桥(洛阳东),与心腹相对痛哭。诸将斩发立誓效忠后唐。 ㉓抑:

或者。本：推究。迹：事迹。　㉔自于人：由于人。　㉕《书》：《尚书》。　㉖受：原本作"得"。　㉗逸豫：安乐。　㉘举：全，所有。　㉙"及其"三句：李存勖灭梁之后，骄傲自满，纵情声色，宠信重用乐工、艺人。李嗣源占据汴州时，指挥李存勖亲军的郭从谦（即伶人郭门高）乘机率部作乱，李存勖中箭身死。后，李嗣源继立为帝，虽未改后唐国号，但李克用的血统已断，故云"国灭"。　㉚忽微：原为古代两个极小的数量单位，这里指细微的事情。　㉛所溺：所沉迷的人或事物。

醉翁亭记①

环滁②皆山也。其西南诸峰，林壑③尤美。望之蔚然而深秀④者，琅邪⑤也。山行六七里，渐闻水声潺潺⑥，而泻出于两峰之间者，酿泉也。峰回路转⑦，有亭翼然临⑧于泉上者，醉翁亭也。作亭者谁？山之僧曰智仙也。名之⑨者谁？太守自谓也⑩。太守与客来饮于此，饮少辄⑪醉，而年⑫又最高，故自号曰醉翁也。醉翁之意不在酒，在乎山水之间也。山水之乐，得之心而寓之酒也⑬。

若夫日出而林霏⑭开，云归而岩穴暝⑮，晦明变化⑯者，山间之朝暮也。野芳发而幽香⑰，佳木秀而繁阴⑱，风霜高洁⑲，水落而石出者，山间之四时⑳也。朝而往，暮而归，四时之景不同，而乐亦无穷也。

至于负者㉑歌于途，行者休于树，前者呼，后者应，伛偻提携㉒，往来而不绝者，滁人游也。临溪而渔，溪深而鱼肥；酿泉为酒，泉香而酒洌㉓；山肴野蔌㉔，杂然而前陈者，太守宴也。宴酣之乐，非丝非竹㉕；射㉖者中，弈㉗者胜，觥筹㉘交错，坐起而喧哗者，众宾欢也。苍颜白发，颓然乎㉙其间者，太守醉也。

已而㉚夕阳在山，人影散乱，太守归而宾客从也。树林阴翳㉛，鸣声上下，游人去而禽鸟乐也。然而禽鸟知山林之乐，而不知人之乐；人知从太守游而乐，而不知太守之乐其乐㉜也。醉能同其乐，醒能述㉝以文者，太守也。太守谓谁？庐陵欧阳修也。

①本篇是作者被贬为滁（chú 除）州（今安徽滁州）知州时的作品。　②环滁：滁州城四周。　③壑（hè 贺）：山沟。　④蔚（wèi 位）然：草木茂盛的样子。深秀：幽深秀美。　⑤琅邪（láng yá 郎牙）：又作琅琊，山名，在滁县西南十里。　⑥潺（chán 蝉）潺：流水声。　⑦峰回路转：山势回环，山路曲折。　⑧翼然：形容亭角翘起，状如鸟儿振翅。临：居高处朝向低处。　⑨名之：给它（亭）命名。　⑩"太守"句：是自称醉翁的太守。太守，本是汉代一郡的行政长官的职称，宋代人袭用来称州、军的长官。

⑪辄(zhé 哲):就。 ⑫年:年纪。 ⑬"山水"二句:是说欣赏山水的乐趣,领会在心里,寄寓于饮酒之中。寓,寄托。 ⑭林霏:树林中的雾气。 ⑮"云归"句:傍晚云归山,岩洞显得昏暗。古人认为云出山中,所以这里用"归"。暝(míng 明),昏暗。 ⑯晦(huì 绘)明变化:暗与明的变化。 ⑰"野芳"句:是说野花开放了,散发出清幽的香气。 ⑱"佳木"句:是说美好的树木发荣滋长,形成了茂密的树荫。 ⑲"风霜"句:是说秋高气爽,霜色洁白。 ⑳四时:四季。 ㉑负者:肩挑背扛的人。 ㉒伛偻(yǔ lǚ 语吕):指曲背弓腰的老人。提携:指被人牵领着的小孩。 ㉓洌(liè 列):清凉。 ㉔山肴(yáo 摇):野味。蔌(sù 素):菜蔬。一说指野菜。 ㉕丝、竹:本指管弦乐器,这里泛指音乐。 ㉖射:指投壶。投壶是古代的一种游戏,以投箭入壶,以投中多少决胜负。 ㉗弈(yì 义):下围棋。 ㉘觥(gōng 公):酒器。筹:指酒筹,行酒令的筹码。 ㉙颓(tuí 推阳平)然:酒醉将倒之态。乎,介词,于。 ㉚已而:不久。 ㉛阴翳(yì 义):阴影遮蔽。 ㉜乐其乐:为他们的快乐而感到快乐。前一个"乐"为动词,后一个"乐"为名词。 ㉝述:记叙。

秋 声 赋

欧阳子①方夜读书,闻有声自西南来者,悚然②而听之,曰:"异哉!初淅沥以萧飒③,忽奔腾而砰湃④,如波涛夜惊,风雨骤至。其触于物也,铮铮铮铮⑤,金铁皆鸣,又如赴敌之兵,衔枚⑥疾走,不闻号令,但闻人马之行声。"余谓童子:"此何声也?汝出视之!"童子曰:"星月皎洁,明河⑦在天,四无人声,声在树间。"余曰:"噫嘻⑧,悲哉!此秋声也,胡为⑨而来哉?"

盖夫⑩秋之为状也,其色惨淡,烟霏云敛⑪;其容清明,天高日晶⑫;其气栗冽⑬,砭⑭人肌骨;其意萧条,山川寂寥⑮。故其为声也:凄凄切切,呼号愤发。丰草绿缛⑯而争茂,佳木葱茏⑰而可悦;草拂之而色变,木遭之而叶脱;其所以摧败零落者,乃其一气之余烈⑱。

夫秋,刑官也⑲,于时为阴;又兵象也㉑,于行用金㉒;是谓"天地之义气"㉓,常以肃杀而为心。天之于物,春生秋实。故其在乐也,商声主西方之音㉔,夷则为七月之律㉕。商,伤也,物既老而悲伤;夷,戮也,物过盛而当杀。

"嗟乎!草木无情,有时飘零;人为动物,惟物之灵㉖。百忧感其心,万事劳其形。有动于中,必摇其精㉗,而况思其力之所不及,忧其智之所不能。宜其渥然丹者为槁木㉘,黟然黑者为星星㉙,奈何以非金石之质㉚,欲与草木而争荣?念谁为之戕贼㉛,亦何恨乎秋声㉜?"

童子莫对㉝,垂头而睡。但闻四壁虫声唧唧,如助余之叹息。

①欧阳子:作者自称。　②悚(sǒng耸)然:惊恐的样子。　③淅沥(xī‖西力):雨声。萧飒(sà萨):风声。　④砰湃(pēng pài烹派):同澎湃,波涛声。　⑤铮(cōng匆)铮铮(zhēng争)铮:金属相击撞声。　⑥衔枚:古代行军时,士兵口中衔枚,以避免出声。枚:一种形如筷子的小棒,两端有带,可系于颈上。　⑦明河:银河。⑧噫嘻:感叹词。　⑨胡为:何为,为什么。　⑩盖夫(fú扶):发语词。　⑪烟霏云敛(liǎn脸):烟浓云聚。霏:烟云浓盛的样子。敛:收,聚拢。　⑫晶:明亮,灿烂。⑬慄冽(lì liè力列):寒冷。　⑭砭(biān边):古代治病用的石针。此处是针刺的意思。　⑮寂寥:静寂空旷。　⑯缛(rù入):多。　⑰葱茏(cōng lóng匆龙):草树青翠茂盛的样子。　⑱气:古以为大自然中弥漫着一种气,它随四季的变化而变化,如春天是阳和之气,秋天是肃杀之气。一说即"气运",则指气候的变迁,时序的转移。余烈:遗留的功业。这里可解作"余威"。　⑲夫秋,刑官也:周代以天地四时之名,分别称呼六卿,掌管刑法的司寇为秋官。判决死罪人犯也在秋天。　⑳于时为阴:古人以阴阳配合四时,春、夏为阳,秋、冬为阴。　㉑又兵象也:古代用兵打仗,多在秋天,故云。　㉒行:五行,即金、木、水、火、土。古人用五行配合四时,秋属金。　㉓天地之义气:《礼记·乡饮酒义第四十五》说:天地肃杀之气,开始于西南方,到西北方时极盛,这便是"天地之义气"。由西南方至西北方,正是秋的方位。　㉔"商声"句:商是五声(宫、商、角、徵、羽)之一。五声配合四时,角属春,徵属夏,商属秋,羽属冬。此外,宫属中央。又五声和五行相配,商声属金,代表西方之音。　㉕"夷则"句:夷则为十二律(黄钟、大吕、太簇、夹钟、姑洗、中吕、蕤宾、林钟、夷则、南吕、无射、应钟)之一。十二律即古乐的十二调,与十二月相配。夷则与七月相对应。　㉖惟物之灵:是万物中最有灵性的。　㉗精:精神、元气。　㉘宜:应该。　渥(wò握)然丹者:指容貌红润,喻年轻力壮。槁(gǎo稿)木:枯木,指衰老。　㉙黟(yī依)然黑者:指头发乌亮,喻健壮。星星:形容白发。　㉚非金石之质:指人的形体。　㉛戕(qiāng腔)贼:伤害。　㉜"亦何"句:是说人的衰颓是忧思所致,怎能怨恨秋声呢?　㉝莫对:不回答。

苏舜钦

苏舜钦(1008—1048),字子美,原籍梓州铜山(今四川中江东南),生于开封。中进士后做过县令、大理评事、集贤校理等。政治上属范仲淹为首的革新集团,屡上书议论时政,遭保守派诬陷打击、借故革职。曾长期闲居苏州(今江苏苏州),后又被任用为湖州长史。以疾卒于苏州。苏舜钦早年与其兄舜元及穆修等提倡古文,反对当时文坛上以西昆体为代表的形式主义文风。闲居苏州时,曾"买木石,作沧浪亭,日益读书,大涵肆于'六经',而时发其愤闷于歌诗"(欧阳修《湖州长史苏君墓志铭》)。他是与梅尧臣齐名的北宋中叶优秀诗人,在欧阳修领导的诗文革新运动中起过重要作用。有《苏学士文集》。

沧浪亭记[①]

予以罪废,无所归[②]。扁舟南游,旅于吴中,始僦舍以处[③]。时盛夏蒸燠,土居皆褊狭,不能出[④],思得高爽虚辟之地,以舒所怀,不可得也[⑤]。

一日过郡学[⑥],东顾草树郁然,崇阜广水,不类乎城中[⑦]。并水得微径于杂花修竹之间[⑧]。东趋数百步,有弃地,纵广合五六十寻,三向皆水也[⑨]。杠之南,其地益阔,旁无民居,左右皆林木相亏蔽[⑩]。访诸旧老,云:"钱氏有国,近戚孙承祐之池馆也[⑪]。"坳隆胜势,遗意尚存[⑫]。予爱而徘徊,遂以钱四万得之,构亭北碕,号"沧浪"焉[⑬]。前竹后水,水之阳又无穷极[⑭]。澄川翠榦,光影会合于轩户之间,尤以风月为相宜[⑮]。

予时榜小舟,幅巾以往[⑯],至则洒然忘其归,觞而浩歌,踞而仰啸,野老不至,鱼鸟共乐[⑰]。形骸既适则神不烦,观听无邪则道以明[⑱];返思向之汩汩荣辱之场,日与锱铢利害相磨戛,隔此真趣,不亦鄙哉[⑲]!

噫!人固动物耳。情横于内而性伏,必外寓于物而后遣[⑳]。寓久则溺,以为当然;非胜是而易之,则悲而不开㉑。惟仕宦溺人为至深㉒。古之才哲君子,有一失而至于死者,多矣;是未知所以自胜之道㉓。予既废而获斯境,安于冲旷,不与众驱㉔;因之复能乎内外失得之原,沃然有得,笑闵万古㉕。尚未能忘其所寓,自用是以为胜焉㉖!

①本文为作者流寓苏州筑沧浪亭时所作。"沧浪":郦道元《水经注·夏水》引刘澄之《永初山水记》云:"'夏水,古文以为沧浪,渔父所歌也。'歌曰:'沧浪之水清兮,可以濯我缨;沧浪之水浊兮,可以濯我足。'"此取二字为亭名,或寓政治污浊则隐退闲居之意。作者从罪废后的抑郁心情说起,描述了沉浸于沧浪亭优美自然环境中的乐趣。并在两种迥异的生活体验对比中,表达了对官场上庸俗关系的鄙弃,以及用逍遥于大自然美境来转移内心的苦闷。文章受唐代散文大家柳宗元山水游记的影响,将写景、叙事、抒情融为一体,把复杂的感情和深刻的议论借助凝练的语言委婉地表现出来。 ②予以罪废:我因获罪而遭免官职。予,我。 ③扁(piān 偏)舟:小船。吴中:旧时吴郡或苏州郡的别称。此指苏州(即今江苏苏州)。僦(jiù 就):租赁。舍:房舍。处(chǔ 楚):居住。 ④蒸燠(yù 遇):天气闷热。土居:本地人习惯的住所。褊(biǎn 变)狭:面积狭窄。不能出:指不便进出。 ⑤高爽:高朗清爽。虚辟:空旷辽阔。舒:伸展。所怀:指所怀的郁闷。 ⑥郡学:指苏州的官立学校。苏州府学宫旧址在今苏州市南,沧浪亭即在其东面。北宋学制,州、县皆立学。 ⑦郁然:指草木繁盛的样子。崇:高大。阜:土山。广水:阔河。不类乎:不同于。 ⑧并(bàng 棒)水:沿水而行。《汉书·武帝纪》颜注:"'并',读曰'傍';傍,依也。""并"为"傍"的假借字。微径:很窄的小路。修:高。 ⑨东趋:向东行。弃地:被人抛弃的土地。纵:直长。广:横长。合:合计。寻:古代长度单位,八尺为寻。三向皆水:是说该弃地的三面都被河水包围着。 ⑩杠(gāng 钢)独木桥。益阔:更加开阔。相亏蔽:交相遮掩。 ⑪访诸:访之于。钱氏有国:指钱镠(liú 流)所建之吴越国。近戚孙承祐:最后一个吴越国王钱俶(钱镠之孙)纳孙承祐兄女为妃,故称孙为近戚。 ⑫坳隆胜势:指池馆高低错落的优美形势。坳(ào 奥),低洼。隆,凸起。遗意:指原来池馆建筑的设计意图。 ⑬遂:就,于是。碕(qí 奇):曲岸。 ⑭水之阳:水的北面。无穷极:是说水面宽得望不到边际。极,极限。 ⑮"澄川"三句:是说清流、绿树的光影在窗、壁间相遇,与清风、明月互为映衬,其景最是幽雅可人。澄,清澈。榦(gàn 干),木名。《尚书·禹贡》:"杶榦栝柏。"即柘(zhè 这)树,桑之一种。《本草纲目》云:"柘桑喜丛生,干疎而直,叶丰而厚,团而有尖。其叶饲蚕,取丝作琴瑟,清响胜常。"轩:窗。 ⑯榜(bàng 棒):划船。苏轼《至秀州赠钱端公》诗:"鸳鸯湖边月如水,孤舟夜榜鸳鸯起。"幅巾:不戴帽子,以绢幅束头曰幅巾。这是古代闲散者的装饰。 ⑰洒然:无拘无束的样子。觞(shāng 商):酒杯。此代指饮酒。浩歌:放声高歌。踞(jù 句):蹲坐。啸:噘口作声。野老:乡野间的老人。此五句承上"旁无民居"而言,说这里连野老都

见不着一个,我便独自与鱼、鸟们共享其乐了。　⑱形骸(hái孩):躯体。神:心情。观听无邪:所观所听(均为大自然淳朴美好的景物),没有邪恶的东西。道以明:事理因而得以彰明。　⑲返思:回头去想。向:从前。汩(gǔ古)汩:匆忙的样子。《方言》六,郭注:"汩汩,疾貌。"锱铢(zī zhū资朱):古代的重量单位,六铢为锱,二十四铢为两。这里比喻极微量。磨戛(jiá颊):磨擦打击,比喻勾心斗角。隔此真趣,不亦鄙哉:(沉溺在那里面)反而与美好的真趣相隔,岂不是太可笑了吗!?　⑳噫(yī依):感叹词。动物:指受外物感动。情:指喜怒哀乐等感情。性:意谓天赋的本质。《礼记·乐记》:"人生而静,天之性也;感于物而动,性之欲也。"就是把情(欲)看作是(天)性对外物的反映。横:充斥。伏:隐伏。寓:寄托。物:客观事物,指仕宦荣辱、山水鱼鸟等。遣:排遣,舒散。这句是说:人本是感于物而后动的。情欲充塞于心,使人不能安静下来,它一定要寄托在外物中才得以舒畅。　㉑溺:沉迷。悲:忧伤。这四句是说:积习容易使人沉迷难返,将非正当的生活认为是理所当然;倘若找不到能胜过它事物将之替换,人就会陷入悲苦,不能自拔。　㉒"惟仕宦"句:只有当官这件事容易使人沉迷得最深。　㉓才哲君子:指有才学、有品德之士。自胜:自我克制。《史记·商君列传》:"赵良曰:'反听之谓聪,内视之谓明,自胜之谓强。'"《索隐》释"自胜"是:"自伏非是为自胜。"此四句是说:古代的才智之士,有很多即因有此一失而抑郁致死的;这都源于他们未曾找到用来克制自己私欲的道理和办法。　㉔冲旷:冲淡旷远,指空旷辽阔的环境,兼指淡泊虚静的心境。不与众驱:不同众人一起追逐名利。　㉕复能乎:复能于。内:指性。外:指情寓于物。失:指前述"寓久则溺"。得:指能"胜是而易之"。原:原因。沃然:充实饱满之貌,形容获得上述见解时怡然自得的心境。笑闵万古:闵,悲悯。自己因为"有得"(看清了),故对万古以来因看不清"有一失而至于死者",感到可笑可悯。　㉖所寓:所以寄情之物,指沧浪亭。这两句是说:我之尚未能忘怀寄情之物,是因为拿它作为克制自己("利禄欲望")的力量啊!

城南感怀呈永叔①

春阳泛野动②,春阴与天低③。远林气蔼蔼④,长道风依依⑤。览物虽暂适⑥,感怀翻然移⑦。所见既可骇⑧,所闻良⑨可悲。去年水后旱,田亩不及犁⑩。冬温晚得雪,宿麦⑪生者稀。前去⑫固无望,即日已苦饥。老稚满田野,斫掘寻凫茈⑬。此物近亦尽,卷耳共所资⑭。昔云能驱风,充腹理不疑⑮。今乃有毒厉⑯,肠胃生疮痍⑰。十有七八死,当路横其尸。犬鼯咋⑱其骨,乌鸢⑲啄其皮。胡为残⑳良民,令此鸟兽肥?天意岂如此?泱荡㉑莫可知!高位厌粱肉,坐论搀云霓㉒。岂无富人术㉓,使之长熙熙㉔?我今饥伶俜㉕,悯此复自思:自济既不暇,将复奈尔为㉖!愁愤徒满胸,嵚崟不能齐㉗。

①永叔:欧阳修字永叔。　②"春阳"句:是说在春天阳光的照映下,整个原野都活跃起来。　③"春阴"句:是说春日阴云密布,仿佛天空也变得低沉了。　④蔼(ǎi 矮)蔼:这里形容雾气浓重。　⑤依依:轻柔的样子。　⑥暂适:暂感舒适、愉快。　⑦"感怀"句:是说一当触动情怀,愉快的感觉便立刻改变了。　⑧骇(hài 害):惊惧。⑨良:诚然。　⑩不及犁:是说天旱地干,无法用犁耕种。　⑪宿麦:冬麦。　⑫前去:往后、将来,此指当年庄稼收成的前景。　⑬斫(zhuó 茁):砍。凫茈(fú cī 符疵):即野生荸荠。　⑭卷耳:车前子,多年生草本植物,嫩苗可食,种子可以入药,炒熟去皮也可食用。资:凭借,依靠。　⑮"昔云"二句:是说过去讲车前子能驱散风寒,今用以充饥按理是无须置疑的。据《本草》,卷耳可治头眩、四肢麻木等风寒所致的疾病。　⑯厉:病害。　⑰痍(yí 夷):创伤。　⑱彘(zhì 治):猪。咋(zhà 榨):咬。　⑲乌:乌鸦。鸢(yuān 冤):老鹰。　⑳残:残害。　㉑泱(yāng 央)荡:深广的样子。此状天意高深莫测。　㉒"高位"二句:是说那些达官贵人饱食终日,只会坐在屋里高谈阔论。厌,通餍,吃饱。梁,小米。搀,刺。搀云霓,是说唱高调,不切实际。　㉓富人术:指能使人民富裕起来的办法。　㉔熙熙:和平安乐的样子。　㉕伶俜(pīng 乒):孤单。　㉖"自济"二句:是说自我救助还顾不上,对那些饥民又有什么办法呢!　㉗嵘竑(róng hóng 荣宏):高峻的样子。此喻忧愤有如高山峻岭。齐:平。

淮中晚泊犊头①

春阴垂野②草青青,时有幽花③一树明。晚泊孤舟古祠④下,满川风雨看潮生。

①淮:淮河。犊(dú 毒)头:淮河岸边的地名。　②垂野:指春天的阴云笼盖原野。③幽花:僻静地方的花朵。　④古祠(cí 词):古庙。

周敦颐

周敦颐(1017—1073),原名敦实,字茂叔,道州营道(今湖南道县)人。北宋哲学家,时人称为濂溪先生。有《周元公集》《通书》等。

爱莲说

水陆草木之花,可爱者甚蕃[1];晋陶渊明独爱菊;自李唐[2]来,世人甚爱牡丹;予独爱莲之出淤泥而不染,濯清涟而不妖[3],中通外直,不蔓不枝[4],香远益[5]清,亭亭净植[6],可远观而不可亵[7]玩焉。

予谓:菊,花之隐逸者也;牡丹,花之富贵者也;莲,花之君子者也。噫!菊之爱,陶后鲜[8]有闻。莲之爱,同予者何人?牡丹之爱,宜乎众矣!

[1]蕃(fán凡):繁多。 [2]李唐:唐朝(618—907)皇帝姓李,故以此称之。 [3]濯(zhuó浊):洗。清涟:清澈的水波。妖:艳丽。 [4]"中通"二句:是说莲梗里面贯通,外形笔直,既不蔓延,也不分枝。 [5]益:越发。 [6]亭亭:直立的样子。净:洁净。植:树立。 [7]亵(xiè屑):亲近而不庄重。 [8]鲜(xiǎn险):少。

曾 巩

曾巩(1019—1083),字子固,建昌南丰(今属江西)人。仁宗嘉祐二年(1057)进士,官至中书舍人。有《元丰类稿》。

墨 池① 记

临川②之城东,有地隐然③而高,以临于溪,曰新城。新城之上,有池洼然而方以长④,曰王羲之⑤之墨池者,荀伯子《临川记》⑥云也。羲之尝慕张芝⑦临池学书,池水尽黑,此为其故迹,岂信然⑧邪?

方羲之之不可强以仕⑨,而尝极⑩东方,出沧海⑪,以娱其意于山水之间。岂有徜徉肆恣,而又尝自休于此耶⑫?羲之书⑬,晚⑭乃善;则其所能⑮,盖亦以精力自致⑯者,非天成也。然后世未有能及者,岂其学不如彼耶?则学固⑰岂可以少哉!况欲深造道德者耶⑱?

墨池之上,今为州学舍⑲。教授王君盛恐其不彰⑳也,书"晋王右军墨池"之六字于楹间以揭㉑之,又告于巩曰:"愿有记!"

推㉒王君之心,岂爱人之善,虽一能不以废㉓,而因以及乎其迹㉔耶?其亦欲推其事㉕以勉其学者耶?夫人之有一能,而使后人尚㉖之如此,况仁人庄士之遗风余思㉗,被于来世者何如哉㉘!

庆历八年㉙九月十二日,曾巩记。

①墨池:涮笔洗砚的水池。　②临川:宋代抚州临川,在今江西省抚州临川区。
③隐然:突起的样子。　④洼(wā 蛙)然:低深的样子。方以长:方而长,即长方形。
⑤王羲之:晋代著名书法家,世称书圣。官至右军将军会稽内史,故称王右军。
⑥荀伯子:南朝宋人,在临川内史任上,曾作《临川记》六卷。　⑦张芝:东汉人,擅长草书,世称草圣。王羲之《与人书》说:张芝"临池学书,池水尽黑。使人耽(酷爱)之

若是,未必后之也"。 ⑧信然:确实如此。 ⑨强(qiǎng 腔上声)以仕:勉强他做官。王羲之任会稽内史时,因耻于做扬州知州王述的下级,称病辞官。 ⑩极:穷尽,此指游遍。 ⑪出沧海:指乘船出东海漫游。 ⑫"岂有"二句:是说莫非他在流连光景、纵情山水时,曾在墨池所在地停留过?徜徉(cháng yáng 常扬),徘徊。肆恣,即恣肆,任情。休,休息。 ⑬书:书法。 ⑭晚:晚年。《晋书·王羲之传》说,王的书法早年不如当时的书法家庚翼等人,到晚年才精妙出众。 ⑮则其所能:那么他所擅长的。 ⑯以精力自致:用自己的精力去取得。致,取得,得到。 ⑰固:本来。 ⑱"况欲"句:何况想在道德修养方面达到很高的成就呢? ⑲州学舍:指抚州官学的校舍。 ⑳教授:宋朝路学、府学、州学中主管教育的官员。恐其不彰:是说恐怕王羲之的墨池遗迹不为世人所知。彰,显著。 ㉑楹(yíng 营):柱子。揭:揭示。 ㉒推:推求。 ㉓一能:一技之长。废:埋没。 ㉔及乎其迹:推爱到王羲之的遗迹。 ㉕"其亦"句:是说或许还想推广王羲之的勤学苦练的事迹。其,副词,表示估计、推测。 ㉖尚:推崇。 ㉗庄士:端庄正直的人。遗风余思:指留存于后世、为人所思慕的典范德行。 ㉘"被于"句:影响到后世那又将怎样呢。 ㉙庆历八年:公元 1048 年。庆历,宋仁宗年号。

王安石

　　王安石(1021—1086),字介甫,晚号半山,抚州临川(今属江西)人。仁宗时中进士,神宗时两度任相,推行新法。晚年辞官退居南京。北宋著名文学家,兼擅诗、词、文,为唐宋八大散文家之一。有《临川先生文集》等。

河　北① 民

　　河北民,生近二边长②苦辛!家家养子学耕织,输与官家事夷狄③。今年大旱千里赤④,州县仍催给河役⑤。老少相携来就南⑥,南人丰年自⑦无食。悲愁白日天地昏⑧,路旁过者无颜色⑨。汝生不及贞观中⑩,斗粟数钱无兵戎⑪。

①河北:泛指黄河以北地区。　②二边:指宋和辽、西夏交界的两个边境。长:长期。③输与:缴纳。官家:指朝廷。事:供奉。夷狄:指辽和西夏。当时宋王朝每年均向辽和西夏统治者送交银、绢。　④今年:指宋仁宗庆历六年(1046)。这年河北大旱。赤:空尽无物。　⑤给河役:出河工(治理黄河)。　⑥就南:到黄河以南地区谋生。就,凑近。　⑦自:且。　⑧"悲愁"句:是说人们悲愁已极,觉得天昏地暗,白日无光。⑨过者:过路人。无颜色:面色惨淡。　⑩不及:没赶上。贞观:唐太宗李世民年号(627—649)。那时边境无战争,农业连年丰收,长安一斗米不过三四文钱,世称"贞观之治"。　⑪兵戎(róng 荣):战事。

明　妃　曲①

其　一

　　明妃初出汉宫时,泪湿春风鬓脚②垂;低徊顾影无颜色③,尚得君王不自持④。归来却怪丹青手⑤,入眼平生几曾有⑥?意态由来画不成,当时枉杀毛延寿⑦。一去心知更不归⑧,可怜着尽汉宫衣⑨;寄声欲问塞南⑩事,只有年年鸿雁飞。家人万里传消息:好在毡城⑪莫相忆;君不见咫尺长门闭阿娇⑫,人生失意无南北。

①本题共二首。明妃:即王昭君,名嫱。汉元帝时被选入宫 冷落数年。后来汉与匈奴和亲,昭君请行。临行时,元帝才发现她很美,"意欲留之,而难于失信"(《后汉书·南匈奴传》),遂将她嫁与呼韩邪单于。晋人避司马昭讳,改称昭君为明君,又称明妃。 ②春风:指脸。鬓脚:鬓的边沿。 ③低徊顾影:徘徊不进,顾影自怜。顾影,顾视自己的影像。无颜色,指因伤悲而面色惨淡。 ④不自持:无法控制自己。 ⑤归来:指元帝回头来。丹青手:画师,此指毛延寿。据《汉书》记载,王昭君入宫后不肯贿赂画师,画师故意把她画得很丑,致使元帝始终不曾召见她。后人举画师的姓名,有毛延寿等。 ⑥"入眼"句:是说从来不曾见过有像王昭君这样美丽的。 ⑦"意态"二句:是说人的神采从来难以画出,汉元帝错杀了毛延寿。 ⑧更不归:说昭君不再回来。 ⑨着尽汉宫衣:在匈奴多年,从汉宫带去的衣服都穿得没有再可穿的了。 ⑩塞南:指边塞以南汉朝统治地区。 ⑪毡城:指匈奴单于所在地。因匈奴人住毡帐,故称。 ⑫咫(zhǐ旨)尺:极近的距离。八寸为咫。长门:长门宫。阿娇:汉武帝陈皇后的小名,她失宠后被禁闭在长门宫。

示长安君①

少年离别意②非轻,老去相逢亦怆情③。草草杯盘④供笑语,昏昏灯火话平生。自怜湖海三年隔,又作尘沙万里行⑤。欲问后期⑥何日是?寄书应见雁南征⑦。

①长安君:王安石的大妹,名文淑,工部侍郎张奎的妻子,封长安县君。 ②意:指兄妹的情意。 ③怆(chuàng创)情:悲伤。 ④草草杯盘:指随便准备的一点酒、菜。 ⑤"又作"句:又要冒着尘沙去万里之外。宋仁宗嘉祐五年(1060),王安石出使辽国,这首诗约写于临行之时。 ⑥后期:后会的日子。 ⑦雁南征:指秋天。

秣陵道中口占①二首

其 一

经世才难就②,田园路欲迷。殷勤将白发,下马照青溪③。

①秣(mò末)陵:地名,在今江苏省江宁县。口占:随口吟成。　②经世:治理世事。才:才能、才干。难就:难以实现。　③青溪:在今南京市东北,已干涸。

书湖阴先生壁①

其　一

茅檐长扫静②无苔,花木成畦③手自栽。一水护田将绿绕,两山排闼送青④来。

①本题共二首。湖阴先生:杨德逢的别号。他是作者住在钟山时的邻居。壁:墙壁。此诗是题在杨德逢家墙壁上的。　②静:同"净",洁净。　③畦(qí奇):田园中分划的小区。　④排闼(tà踏):撞开门。闼,宫中小门。青:苍翠的山色。

泊船瓜洲①

京口瓜洲一水间,钟山②只隔数重山。春风又绿③江南岸,明月何时照我还?

①瓜洲:在长江北岸,与京口(今江苏镇江)隔江相望。　②钟山:即紫金山,在今江苏省南京市。作者家住之处。　③又:一作"自",见《全宋诗》卷五六六。绿:作动词用,使……绿。

桂　枝　香①

金　陵②怀古

登临送目③,正故国④晚秋,天气初肃⑤。千里澄江似练⑥,翠峰如簇⑦。征帆去棹⑧残阳里,背西风、酒旗斜矗⑨。彩舟云淡,星河鹭⑩起,画图难足⑪。　念往昔,繁华竞逐⑫。叹门外楼头⑬,悲恨相续⑭。千古凭高对此,漫嗟荣辱⑮。六朝旧事随流水,但寒烟衰草凝绿⑯。至今商女,时时犹唱,《后庭》遗曲⑰。

①《桂枝香》:词牌名。调以这首为正体。又名《疏帘淡月》。　②金陵:今江苏省南京市。　③登临:登山临水。送目:望远。　④故国:往日的都城。吴、东晋、宋、齐、梁、陈六个朝代先后都在金陵建都。　⑤初肃:开始肃爽。　⑥澄(chéng 承)江:清澈的江水。练:白绸子。　⑦簇(cù 醋):箭头。　⑧征帆、去棹(zhào 赵):都指远行的船。征,一作"归"。棹,船桨。　⑨酒旗:酒店悬挂的布招牌。矗(chù 触):竖起。　⑩星河:银河,此指长江。鹭:白鹭。南京西南长江中有白鹭洲,这里双关。　⑪画图难足:难以完美地描绘出来。　⑫繁华竞逐:争相追求豪华、奢侈的生活。　⑬门外楼头:借用杜牧《台城曲》"门外韩擒虎,楼头张丽华"诗意。说的是公元589年,隋灭陈的故事。隋朝大将韩擒虎已率兵来到金陵朱雀门外,而陈后主(叔宝)同他的宠妃张丽华还在结绮阁寻欢作乐。　⑭悲恨相续:指六朝亡国的悲恨事不断重演。　⑮凭高:登高。对此:是说面对这六朝旧都。漫嗟荣辱:空叹兴亡。　⑯但:只有。寒烟:带着寒意的云烟。凝绿:凝聚着绿色,指深绿色。　⑰"至今"三句:用杜牧《夜泊秦淮》"商女不知亡国恨,隔江犹唱《后庭花》"诗意。商女,歌女。《后庭花》,陈后主作《玉树后庭花》歌曲,其中有"花开不复久"的话,后人把它看作亡国之音。

伤　仲　永

　　金溪①民方仲永,世隶耕②。仲永生五年,未尝识书具③;忽啼求之。父异焉。借旁近④与之,即书诗四句,并自为其名⑤。其诗以养父母、收族为意⑥,传一乡秀才观之。自是指物作诗立就,其文理皆有可观者。邑人⑦奇之,稍稍宾客其父⑧,或以钱币乞之⑨。父利其然⑩也,日扳仲永环谒⑪于邑人,不使学。

　　余闻之也久。明道⑫中,从先人⑬还家,于舅家见之,十二三矣。令作诗,不能称前时之闻⑭。又七年,还自扬州,复到舅家问焉。曰:"泯然众人矣⑮!"

　　王子⑯曰:"仲永之通悟⑰,受之天也。其受之天也,贤于材人⑱远矣。卒之为众人,则其受于人者不至⑲也。彼其受之天也,如此其贤也;不受之人,且为众人。今夫不受之天,固众人;又不受之人,得为众人而已耶⑳?"

①金溪:县名,今江西省金溪县。　②世隶耕:世代从事农业生产。隶,属。　③书具:书写用具。　④借旁近:就近借来。　⑤自为其名:自己取了个名字。　⑥收族:收容同族的人。为意:指作为诗的内容。　⑦邑(yì 益)人:指同乡人。　⑧宾客其父:以宾客的礼仪对待他的父亲。　⑨乞之:指讨取仲永的诗作。　⑩利其然:贪利于此。　⑪扳(pān 潘):领着。环谒(yè 业):四处拜访。　⑫明道:宋仁宗年号

(1032—1033)。　⑬先人:指作者死去的父亲。　⑭称(chèn 趁):符合。闻:传闻。　⑮"泯(mǐn 敏)然"句:是说方仲永才能消失,已同普通人一样了。泯然,消失。　⑯王子:王安石自称。　⑰通悟:通达聪慧。　⑱材人:指后天培养起来的人才。　⑲受于人者:指受教育。不至:不到。　⑳"得为"句:要做个普通人能行吗?

答司马谏议书①

　　某启②:昨日蒙教③,窃以为与君实游处④相好之日久,而议事每⑤不合,所操之术⑥多异故也。虽欲强聒⑦,终必不蒙见察⑧,故略上报⑨,不复一一自辨⑩。重念蒙君实视遇厚⑪,于反复不宜卤莽⑫,故今具道所以⑬,冀君实或见恕⑭也。

　　盖儒者⑮所争,尤在于名实⑯,名实已明,而天下之理得⑰矣。今君实所以见教者⑱,以为侵官、生事、征利、拒谏⑲,以致天下怨谤⑳也。某则以为受命于人主㉑,议法度而修之于朝廷㉒,以授之于有司㉓,不为㉔侵官;举先王之政㉕,以㉖兴利除弊,不为生事;为天下理财㉗,不为征利;辟邪说㉘,难壬人㉙,不为拒谏。至于怨诽㉚之多,则固前知㉛其如此也。人习于苟且㉜非一日,士大夫多以不恤㉝国事、同俗自媚于众㉞为善。上乃欲变此㉟,而某不量敌之众寡,欲出力助上以抗之,则众何为而不汹汹然㊱?盘庚之迁,胥怨者民也㊲,非特㊳朝廷士大夫而已。盘庚不为怨者故改其度㊴;度义而后动㊵,是而不见可悔㊶故也。如君实责我以在位久,未能助上大有为,以膏泽斯民㊷,则某知罪矣;如曰今日当一切不事事㊸,守前所为㊹而已,则非某之所敢知㊺。

　　无由会晤㊻,不任区区向往之至㊼。

①宋神宗熙宁二年(1069)春,王安石任参知政事,推行新法。次年二月,司马光三次致书王安石,指责他实行新法有"侵官""生事""征利""拒谏"四大罪状,要求他放弃新法,恢复旧制。针对司马光的责难,作者写了这封回信。司马谏议,指司马光。谏议,谏议大夫,官名。司马光当时任右谏议大夫。书,信。　②某启:如说安石陈述。某,古人用在信稿上替代自己的名字。根据书稿编的文集,也常保留不动。但正式发出信件,还是将"某"改作本名。　③蒙教:承蒙您赐教,意即收到来信。　④窃:私下。谦指自己。君实:司马光的字。游处:同游共处。意即交往。　⑤每:常常。　⑥操:持。术:指治国之术,即治国的方法。　⑦强聒(guā 瓜):硬在您耳边叨唠。指强作辩解。聒,吵嚷。　⑧见察:被考虑。　⑨上报:指回信。　⑩辨:同"辩"。　⑪重念:又想到。视遇厚:看待优厚。　⑫反复:指书信来往。卤莽:粗疏草率。卤,同"鲁"。　⑬具:详细。所以:是说之所以这样做的理由。　⑭冀:希望。或见恕:或

许能被谅解。　⑮盖:发语词。儒者:指儒士。信奉孔子学说的人。　⑯尤在于名实:是说尤其在于名称与事实是否一致。　⑰得:意思是弄清。　⑱见教者:是说教诲我的。这里实际是批评我的。　⑲侵官:指王安石另设制置三司条例司作为财政的总机关,是侵夺了原来主管财政的盐铁、度支、户部这三司的职权。生事:指王安石废旧立新,名目繁多,是生事扰民。征利:指王安石实行青苗法、免役法、农田水利法等广征税收,是与民争利。拒谏:指王安石推行新法时拒绝接受反对派的意见。　⑳谤:指责别人的过失。这里是反对的意思。　㉑受命于人主:从皇帝那里接受命令。人主,君主,即皇帝。　㉒议法度:议订法令制度。修之于朝廷:交由朝廷修订。㉓授之有司:是说把朝廷决定颁布的法令制度交给有关的人去执行。授,下达。有司,主管官员。　㉔不为:不能算是。　㉕举:实施。先王之政:这里指周代的政治制度。先王,指古代贤君。　㉖以:用以。　㉗为天下理财:是说替国家治理财政。㉘辟:抨击。邪说:错误言论。　㉙难(nàn 南去声):批驳。壬(rén 人)人:巧言善辩的人。壬,同"佞",伪善。　㉚诽(fěi 匪):毁谤。　㉛固:本来。前知:事前就知道。㉜苟且:得过且过。　㉝恤(xù 序):关怀,顾念。　㉞同俗自媚于众:附和世俗,讨好众人。　㉟上:皇上,指宋神宗赵顼(xū 需)。变此:指改变这种风气。㊱汹汹然:大吵大闹的样子。　㊲"盘庚"二句:是说盘庚迁都曾遭到老百姓普遍怨恨。盘庚,商代的中兴之君。商代自汤至盘庚,共迁都五次。盘庚以为国都商地(今河南商丘)地势低隘,土地贫瘠,决计迁都于亳(bó 博,今河南偃师县)之殷地。据《尚书·盘庚》载,臣民都反对他迁都。迁,指迁都。胥,一齐。　㊳非特:不仅仅。　㊴"盘庚"句:是说盘庚不因有人怨恨的缘故就变更自己的计划。度(dù 杜),计虑。此用作名词。　㊵度(duó 铎)义而后动:考虑到这样做合理,然后才行动起来。度,揣量。㊶是:这里是认为正确的意思。可悔:值得改悔。　㊷膏泽斯民:施恩惠于当代的百姓。膏泽,喻恩惠。　㊸一切不事事:什么事都不做。事事,做事。前一个"事"是动词。　㊹守前所为:墨守前人的陈规旧法。　㊺所敢知:所敢承认的。　㊻无由会晤:没有机会见面。　㊼"不任(rén 人)"句:打心里不胜仰慕。这是古代书札中礼节性的结束语。不任,不胜。区区,诚恳的样子。向往之至,仰慕到极点。

游褒禅山①记

　　褒禅山亦谓之华山。唐浮图慧褒始舍②于其址,而卒③葬之;以故,其后名之曰褒禅④。今所谓慧空禅院者,褒之庐冢⑤也。距其院东五里,所谓华山洞者,以其乃华山之阳⑥名之也。距洞百余步,有碑仆道⑦,其文漫灭⑧,独其为文犹可识曰"花山"⑨。今言"华"如"华实"之"华"者,盖音谬⑩也。
　　其下平旷,有泉侧出⑪,而记游者⑫甚众,——所谓"前洞"也。由山以上五六里,有穴窈然⑬,入之甚寒,问其深,则虽好游者不能穷⑭也,——谓之

“后洞”。余与四人拥火[15]以入，入之愈深，其进愈难，而其见愈奇。有怠[16]而欲出者，曰：“不出，火且[17]尽。”遂与之俱出。盖予所至，比好游者尚不能十一[18]，然视其左右，来而记之者已少。盖其又深，则其至又加少[19]矣。方是时[20]，予之力尚足以入，火尚足以明[21]也。既其出[22]，则或咎[23]其欲出者，而予亦悔其随之，而不得极[24]夫游之乐也。

于是予有叹焉：古人之观于天地、山川、草木、虫鱼、鸟兽，往往有得[25]，以其求思之深而无不在[26]也。夫夷以近[27]，则游者众；险以远，则至者少。而世之奇伟、瑰怪、非常之观[28]，常在于险远，而人之所罕[29]至焉，故非有志者不能至也。有志矣，不随以止[30]也；然力不足者，亦不能至也。有志与力，而又不随以怠，至于幽暗昏惑，而无物以相[31]之，亦不能至也。然力足以至焉，于人为可讥[32]，而在己为有悔[33]；尽吾志也，而不能至者，可以无悔矣，其孰能讥之乎？此予之所得也。

余于[34]仆碑，又以悲[35]夫古书之不存，后世之谬其传而莫能名[36]者，何可胜[37]道也哉！此所以学者不可以不深思而慎取[38]之也。

四人者：庐陵萧君圭君玉，长乐王回深父，余弟安国平父、安上纯父[39]。至和元年[40]七月某日，临川王某记。

①褒禅（bāo chán 包缠）山：在今安徽含山县北。　②浮图：梵语（印度古代语言）的音译，也译作浮屠或佛图，有佛、佛教徒、佛寺、佛塔等不同意义，此指僧人。慧褒：和尚名，唐贞观时人。舍：筑屋定居。　③卒：最后。　④禅：原为梵文“禅那”的省称，即“禅定”，佛教徒的一种修行方式，“安静而止息杂虑”的意思。　⑤庐冢（zhǒng 肿）：筑于墓旁的屋子。　⑥阳：山的南面。　⑦仆道：倒在路上。　⑧漫灭：模糊磨灭，辨别不清。　⑨“独其”句：是说只有“花山”这样个别的文字还可辨认出来。⑩盖：大概是。音谬（miù）：读错了字音。　⑪侧出：从旁边流出。　⑫记游者：指在洞壁上题字留念的人。　⑬窈（yǎo 咬）然：幽深的样子。　⑭好（hào 耗）：喜欢。穷：指走到洞的尽头。　⑮拥火：举着火把。　⑯怠（dài 带）：懈怠，松劲，指懒于前进。　⑰且：将要。　⑱“比好”句：与喜欢游览的人相比，所到的地方还不及十分之一。　⑲其至又加少：到的人就更少了。　⑳方是时：指从洞中往回走的时候。㉑明：照明。　㉒既其出：即“既出”，已出。　㉓咎（jiù 救）：责怪。　㉔极：尽。㉕有得：有心得，有收获。　㉖求思：求索和思考。在：至。　㉗夷以近：指路平且近。㉘瑰（guī 归）怪：壮丽奇特。观：景象。　㉙罕（hǎn 喊）：少。　㉚不随以止：是说不跟随别人而停止不前。　㉛相（xiàng 向）：辅助。　㉜“于人”句：在别人认为可以讥笑。此句前省略了“而不能至”之类的话。　㉝悔：悔恨。　㉞于：对于。　㉟以：因。悲：感叹。　㊱莫能名：不能正确地称呼它。名，作动词用。　㊲胜（shēng 升）：尽。

㊳慎取:谨慎地采取。 ㊴"四人"二句:(同游的)四个人是,庐陵(今江西吉安)的萧君圭字君玉,长乐(今属福建)的王回字深父,我的弟弟安国字平父、安上字纯父。
㊵至和元年:公元1054年。至和,宋仁宗年号。

王 令

王令(1032—1059),字逢原,广陵(今江苏扬州)人。以教书为生。有《广陵先生文集》。

暑旱苦热

清风无力屠①得热,落日着翅飞上山②。人固已惧江海竭,天岂不惜河汉③干?昆仑④之高有积雪,蓬莱之远常遗寒⑤。不能手提天下往,何忍身去游其间⑥!

①屠:指消减。　②"落日"句:是说太阳该落不落。着,添。　③河汉:银河。　④昆仑:中国西部大山。　⑤蓬莱:传说中的东方的仙岛。遗寒:保留住寒冷。　⑥"不能"二句:是说既无法让天下人摆脱火坑,怎忍心独往仙境避暑。

晏幾道

晏幾道(1030？—1106？),字叔原,号小山,晏殊的幼子。曾任太常寺太祝,监颖昌府许田镇(今河南许昌西南)。政治生涯很不得志,生活亦由富至贫。其词与晏殊齐名,但多写自己真实的哀愁,以及爱情和离别题材,语言婉妙,感情深挚,风格灵秀自然。有《小山词》。

临 江 仙①

梦后楼台高锁,酒醒帘幕低垂。去年春恨却②来时,落花人独立③,微雨燕双飞。　记得小蘋④初见,两重心字罗衣⑤,琵琶弦上说相思⑥。当时明月在,曾照彩云归⑦。

①《临江仙》:唐教坊曲名,后用为词牌。原曲多用于咏水仙,故名。　②恨:指离愁别恨。却:再。　③独立:独自待在那儿。　④小蘋:歌伎名。　⑤两重:两层。心字罗衣:有"心"字形花纹的丝织衣裳。　⑥"琵琶"句:是说小蘋借琵琶的弹奏表达相思情意。　⑦"当时"二句:见昔日照着歌伎小蘋归去的明月而倍感伤情。李白《宫中行乐词》:"只愁歌舞散,化作彩云飞"。此处以"彩云"比喻小蘋。

鹧 鸪 天①

彩袖殷勤捧玉钟②,当年拚却③醉颜红。舞低杨柳楼心月,歌尽桃花扇底风④。　从别后,忆相逢,几回魂梦与君同⑤!今宵剩把银釭⑥照,犹恐相逢是梦中。

①《鹧鸪天》:词牌名。又名《鹧鸪引》。　②"彩袖"句:是说身着彩衣的歌女手捧酒

杯热情地一再劝酒。玉钟:酒杯的美称。 ③拚(pàn盼)却:舍弃不顾,即"豁出去"的意思。 ④"舞低"二句:是说歌舞彻夜,直至挂在柳梢、照进楼中的月亮西沉,歌舞用的桃花色扇子不再挥动生风。扇底,一作"扇影"。 ⑤同:指在一起。 ⑥剩:尽,这里有"再三"的意思。银釭(gāng缸):银灯。

苏 轼

苏轼(1037—1101),字子瞻,号东坡居士,眉山(今四川眉山)人。仁宗嘉祐二年(1057)进士,历任密州、徐州、湖州、杭州、颍州知州,并做过翰林学士、知制诰、礼部尚书等,神宗、哲宗时两次被贬。苏轼是北宋文坛的领袖人物,在文学艺术的许多领域均取得突出成就。他不仅是当时最杰出的散文大家,而且是代表宋人诗风的杰出诗人,还是宋代豪放词风的开创者。他在文艺理论、书法、绘画等方面也有高深造诣。有《东坡全集》。

游金山寺①

我家江水初发源②,宦游直送江入海③。闻道潮头一丈高,天寒尚有沙痕在。中泠南畔石盘陀④,古来出没随涛波⑤。试登绝顶望乡国⑥,江南江北青山多⑦。羁愁畏晚⑧寻归楫,山僧苦留看落日;微风万顷靴文细⑨,断霞半空鱼尾赤⑩。是时江月初生魄⑪,二更月落天深黑。江心似有炬火⑫明,飞焰照山栖乌⑬惊。怅然归卧心莫识,非鬼非人竟何物⑭?江山如此不归山⑮,江神见怪惊我顽⑯。我谢江神岂得已,有田不归如江水⑰!

①金山寺:在今江苏省镇江市西北长江南岸金山上。宋神宗熙宁四年(1071)冬,苏轼到杭州做通判,途经金山游览,作此诗记游。 ②"我家"句:是说我本住在长江发源的地方。古以为长江源于四川岷山,而作者原籍在岷江流域,故云。 ③宦(huàn 换)游:因做官而远游他乡。长江至镇江以东,江面宽阔,古人常称为海,所以文中说自己是沿江而下直到海。 ④中泠(líng 零):泉名,在金山脚下。盘陀:形容石头大而不平。 ⑤"古来"句:是说自古以来大石随波涛涨退而出没。 ⑥乡国:故乡。 ⑦"江南"句:是说长江两岸一座座青山挡住了我的视线。 ⑧羁(jī 积)愁:旅客思乡的愁绪。畏晚:害怕黄昏将临。 ⑨靴文细:以靴上的细纹喻万顷微波。 ⑩鱼尾

赤:形容火红的晚霞。　⑪初生魄:刚发出亮光。魄,农历月初时的月光。苏轼游金山这天是农历十一月三日。　⑫炬火:火把。　⑬飞焰:腾起的火光。栖乌:栖宿在巢里的乌鸦。乌,一作"鸟",见《苏轼诗集》卷七。　⑭"非鬼"句:作者自注"是夜所见如此"。　⑮归山:辞官回家乡。　⑯顽:愚钝。　⑰"我谢"二句:是说我告诉江神,出来做官是不得已的事。我对江水发誓,如有田可耕,一定归隐。

六月二十七日望湖楼醉书①

其　一

黑云翻墨②未遮山,白雨跳珠③乱入船。卷地风来忽吹散,望湖楼下水如天。

①本题共五首,作于熙宁五年(1072)。望湖楼:在杭州西湖昭庆寺前。　②翻墨:形容黑云如墨汁倒翻。　③跳珠:形容雨点如跳动的珍珠。

吴中田妇叹

和贾收韵①

今年粳稻②熟苦迟,庶见霜风来几时③。霜风来时雨如泻,杷头出菌镰生衣④。眼枯泪尽雨不尽,忍见黄穗卧青泥!茆苫一月垄上宿⑤,天晴获稻随车归。汗流肩赪⑥载入市,价贱乞与如糠粃⑦。卖牛纳税拆屋炊,虑浅不及明年饥⑧。官今要钱不要米⑨,西北万里招羌儿⑩。龚黄⑪满朝人更苦,不如却作河伯妇⑫!

①本诗作于熙宁五年。贾收,字耘老,乌程(今浙江吴兴)人,作者的诗友。　②粳(jīng 精)稻:稻子的一种,米粒短粗。　③"庶见"句:是说幸而即将入秋,稻子总是要熟的。庶:幸。几时,不多时。　④杷(pá 爬):一种有齿的农具,用来聚拢禾谷。生衣:指长锈。　⑤"茆苫(máo shān 毛山)"句:是说在田垄上搭个茅棚住。茆:同"茅"。苫:草帘子。　⑥赪(chēng 撑):赤色。　⑦乞与:乞求着卖给人。粃(bǐ 笔):空的或不饱满的籽粒;一作"粞",即碎米。　⑧"虑浅"句:是说只想到渡过眼前的难关,考虑不到怎样对付明年的饥荒。　⑨"官今"句:王安石变法,规定赋税收钱不收米。　⑩"西北"句:指宋神宗时为对付西夏,以钱粮招抚边境的羌人部落。

⑪龚黄:龚遂和黄霸,是汉代著名清官。此处用作反语,讽刺当时实行变法的官员。
⑫"不如"句:是说还不如投河自尽。河伯妇,用河伯娶妇事,见褚少孙补《史记·滑稽列传》所载。

饮湖上初晴后雨①

其 二

水光潋滟②晴方好,山色空蒙③雨亦奇。欲把西湖比西子④,淡妆浓抹总相宜⑤。

①本题共二首,熙宁六年作于杭州。 ②潋滟(liàn yàn 炼艳):波光闪动的样子。 ③空蒙(méng 虻):形容景色迷茫。 ④西子:即春秋时越国美女西施。 ⑤"淡妆"句:是说无论素雅的装饰或艳丽的打扮对西施都很适合,以此比喻西湖晴雨皆好。抹,指涂抹脂粉。

於 潜 女①

青裙缟袂②於潜女,两足如霜不穿屦③;籧沙鬓发丝穿杼④,蓬沓障前走风雨⑤。老濞宫妆传父祖⑥,至今遗民悲故主⑦。苕溪⑧杨柳初飞絮,照溪画眉渡溪去;逢郎樵归相媚妩⑨,不信姬姜有齐鲁⑩。

①本诗为熙宁六年作者巡视於潜时作。於潜:县名,在杭州西二百余里。 ②缟(gǎo 搞):一种白色的丝织品。袂(mèi 妹):衣袖,此指上衣。 ③屦(jù 巨):麻鞋。 ④籧(zhā 渣)沙:形容鬓发翘张的样子。丝穿杼(zhù 助):是说头上插一把银梳如丝穿在杼里。杼,织机上司纬丝的梭子。 ⑤蓬沓(tà 榻):大银梳。走风雨:在风雨中奔走。 ⑥"老濞(pì 僻)"句:是说这样的装束源于吴越王钱氏。老濞,用汉代吴王刘濞代指五代时吴越王钱氏。 ⑦悲故主:怀念从前的君主。 ⑧苕(tiáo 条)溪:水名,源出天目山,流经於潜。 ⑨"逢郎"句:是说於潜女在路上遇到丈夫砍柴归来,两人相亲相爱的情态。媚(mèi 妹)妩(wǔ 午),爱悦。 ⑩"不信"句:是说不信姬、姜好比於潜女更美、婚姻更幸福。周初,太公姜尚封于齐,周公姬旦的儿子伯禽封于鲁,姬、姜常互通婚姻,后世并以其为贵族妇女的美称。

题 西 林 壁①

横看成岭侧成峰,远近高低各不同。不识庐山真面目,只缘②身在此山中。

①本诗是宋神宗元丰七年(1084)作者初游庐山时所作。西林:寺名,即庐山乾明寺。
②缘:因为。

惠崇春江晚景①

其　一

竹外桃花三两枝,春江水暖鸭先知。蒌蒿满地芦芽②短,正是河豚欲上③时。

①本题共二首。元丰八年,作者题惠崇所画《春江晚景图》作。惠崇,宋初"九僧"之一,能诗善画。　②蒌(lóu 楼)蒿:春天的一种野菜,花淡黄色。芦芽:芦笋。　③河豚(tún 屯):鱼名,味美而有毒。栖近海,四五月入江河产卵。上:溯江而上。

荔　枝　叹①

十里一置飞尘灰,五里一堠兵火催②;颠坑仆谷相枕藉③,知是荔枝龙眼④来。飞车跨山鹘横海⑤,风枝露叶⑥如新采。宫中美人一破颜⑦,惊尘溅血流千载。永元荔枝来交州⑧,天宝岁贡取之涪⑨;至今欲食林甫⑩肉,无人举觞酹伯游⑪。我愿天公怜赤子⑫,莫生尤物为疮痏⑬;雨顺风调百谷登⑭,民不饥寒为上瑞⑮。君不见武夷溪边粟粒芽⑯,前丁后蔡相笼加⑰,争新买宠各出意,今年斗品充官茶⑱。吾君所乏岂此物,致养口体何陋耶⑲! 洛阳相君忠孝家⑳,可怜亦进"姚黄"花㉑!

①本诗是哲宗绍圣二年(1095)作者贬官惠州(今广东惠阳)时所作。　②"十里"二句:是说进贡荔枝的快马疾奔,尘土飞扬,像有战火迫促似的。置,驿站。堠(hòu 后),记里堡。古代五里一只堠,十里双堠。　③"颠坑"句:是写送荔枝的人马倒毙在路上的惨状。颠,仆倒,坠落。仆(pū 铺),向前跌倒。枕藉:纵横相枕。　④龙眼:即桂圆。　⑤"飞车"句:是说水陆兼程赶送荔枝。飞车,快车。鹘(gǔ 股),海鹘,鸟名,此指船。　⑥风枝露叶:枝叶上还带着风露。　⑦宫中美人:指杨贵妃。破颜:笑。　⑧永元:汉和帝刘肇年号(89—104)。交州:今两广等地。　⑨天宝:唐玄宗李隆基年号(742—755)。岁贡:封建社会里地方官或人民每年按期向君主奉献当地的

特产。涪(fú扶):州名,今四川涪陵。 ⑩林甫:唐玄宗时的宰相李林甫。"口蜜腹剑"的权臣。 ⑪觞(shāng伤):酒杯。酹(lèi类):把酒洒地以示祭奠。伯游:唐羌的字。汉和帝时,唐羌曾上书反映进贡荔枝使人民受到的艰辛。汉和帝因而下令停止进献。 ⑫赤子:婴儿,此指百姓。 ⑬尤物:难得的好东西。疻瘢(wěi伟):指痊愈后留有瘢痕的疮。 ⑭登:成熟。 ⑮上瑞:最吉祥的兆头。 ⑯武夷:山名,在福建省,盛产茶叶。粟粒芽:初春芽茶,叶细如粟粒,是茶中上品。 ⑰丁:宋仁宗时宰相丁谓。蔡:蔡襄,苏轼同时代人,曾任福建路转运使。以茶叶进贡讨好皇帝的事,始于丁谓,成于蔡襄。笼加:装笼加封。 ⑱斗品:宋代有比赛茶叶的风气,参加比赛的茶叶称斗品或斗茶。官茶:进贡的茶叶。 ⑲"致养"句:是说送这样一些东西去侍奉皇帝,见识多浅陋啊!致,送给。 ⑳"洛阳"句:洛阳相君,指曾任洛阳留守的钱惟演。其父吴越王钱俶归降宋朝,死后,太宗说他"以忠孝而保社稷"。故诗中称钱氏为"忠孝家"。 ㉑"可怜"句:作者自注:"洛阳贡花,自钱惟演始"。可怜,可惜。姚黄,最名贵的牡丹品种。

六月二十日夜渡海①

参横斗转②欲三更,苦雨终风也解晴③。云散月明谁点缀④,天容海色本澄清。空余鲁叟乘桴意⑤,粗识轩辕⑥奏乐声。九死南荒⑦吾不恨,兹游奇绝冠平生⑧。

①哲宗元符三年(1100)六月,作者自海南岛渡海北归。 ②参(shēn深)横斗转:参、斗二星宿横斜回转。 ③苦雨:久下成灾的雨。终风:从早刮到晚的风。解:理解,懂得。 ④"云散"句:《世说新语·言语》载:晋人谢重侍会稽王司马道之夜望。月夜明净,道之叹为佳景,谢说"不如微云点缀"。苏轼反用谢语。 ⑤鲁叟:指孔子。乘桴(fú浮)意:孔子曾说:"道不行,乘桴浮于海。"(《论语·公冶长》)桴,竹筏。 ⑥轩辕:黄帝,传说中上古的帝王。《庄子·天运》有黄帝奏天乐于洞庭之野的话。 ⑦南荒:指南方蛮荒之地。 ⑧兹游:这次游历。冠平生:平生第一。

江 城 子①

乙卯②正月二十日夜记梦

十年生死两茫茫③。不思量,自难忘。千里孤坟,无处话凄凉④。纵使相逢应不识,尘满面,鬓如霜。　夜来幽梦⑤忽还乡。小轩窗⑥,正梳妆。

相顾⑦无言,惟有泪千行。料得年年肠断⑧处:明月夜,短松冈⑨。

①《江城子》:词牌名。因欧阳炯词有"如西子镜照江城"句,故名。唐词原为单调,至宋人始作双调。又名《江神子》《村意远》。这首词悼作者的亡妻王弗。时王弗已离世十年。 ②乙卯:神宗熙宁八年。 ③茫茫:空虚渺茫的样子。 ④话凄凉:诉说悲伤。 ⑤幽梦:迷离的梦。 ⑥轩窗:室窗。轩,小室,此指卧房。 ⑦顾:看。 ⑧料得:猜想到。肠断:形容极度伤心。 ⑨短松冈:栽着小松树的山冈,指妻子的坟地。

江　城　子①

密　州　出　猎

老夫聊发②少年狂,左牵黄③,右擎苍④,锦帽貂裘⑤,千骑卷平冈⑥。为报倾城随太守⑦,亲射虎,看孙郎⑧。　酒酣胸胆尚开张⑨。鬓微霜⑩,又何妨!持节云中,何日遣冯唐⑪?会挽雕弓如满月⑫,西北望,射天狼⑬。

①这首词是熙宁八年冬作者任密州(今山东诸城)知州时所作。 ②老夫:作者自称,时年四十。聊发:姑且遣发。 ③黄:指黄狗。 ④擎(qíng 情)苍:举着苍鹰。 ⑤锦帽:锦缎帽子。貂裘(diāo qiú 刁求):貂鼠皮袍。 ⑥千骑(jì 计):形容骑马随从的人很多。卷平冈:席卷平坦的山冈。 ⑦"为报"句:是说为了报答全城的人都随同观猎的盛意。倾城,尽全城所有的人。 ⑧孙郎:指三国时孙权。孙权一次骑马射虎,马为猛虎所伤,权以双戟投掷,猛虎为之倒退。这里作者以孙权自比。 ⑨酣(hān 憨):酒喝得很畅快。胸胆开张:胸怀开阔,胆气豪壮。尚:更。 ⑩霜:指白。 ⑪"持节"二句:是说朝廷何时派冯唐去云中赦免魏尚呢。持节,拿着作为使者凭据的符节。云中,汉郡名,今内蒙古自治区托克托县一带。遣冯唐,云中太守魏尚因小差错被免官,冯唐认为魏尚有功,应免罪。汉文帝采纳了他的意见,并派他去云中赦免魏尚。这里作者以魏尚自比,希望得到朝廷的信赖。 ⑫会:当。挽雕弓:拉开有彩绘的弓。满月:圆月,形容尽力拉弓而成的形状。 ⑬天狼:星名,象征侵掠。此指辽和西夏。

水 调 歌 头①

丙辰②中秋,欢饮达旦③,大醉,作此篇兼怀子由④。

明月几时有？把酒⑤问青天。不知天上宫阙⑥，今夕是何年？我欲乘风归去，又恐琼楼玉宇⑦，高处不胜⑧寒。起舞弄清影⑨，何似在人间！　　转朱阁，低绮户，照无眠⑩。不应有恨，何事长向别时圆⑪？人有悲欢离合，月有阴晴圆缺，此事古难全。但愿人长久，千里共婵娟⑫。

①《水调歌头》：词牌名。《钦定词谱》："水调，乃唐人'大曲'，凡'大曲'有歌头。此必裁截其歌头，另倚新声也。"　②丙辰：神宗熙宁九年。是时作者仍在密州任上。　③达旦：到天明。　④子由：苏轼的弟弟苏辙(zhé 哲)的字。作者与他已有七年没有团聚。　⑤把酒：端起酒杯。　⑥宫阙(què 确)：宫殿。阙，皇宫门前两边的望楼。　⑦琼(qióng 穷)楼玉宇：指月中宫殿。　⑧不胜(shēng 生)：经受不住。　⑨"起舞"句：月下起舞，清影随人。　⑩"转朱阁"三句：是说月光从朱红色的华美楼阁的一面转到另一面，下射进雕花窗户，照着不能安眠的人。　⑪"不应"二句：是说月亮不该有什么恨事吧，却为什么总在人们离别时圆呢。　⑫婵(chán 蝉)娟：形态美好。此指嫦娥，实指明月。

浣　溪　沙①

其　　三

麻叶层层苘②叶光，谁家煮茧一村香？隔篱娇语络丝娘③。
垂白杖藜④抬醉眼，捋青捣䴬软饥肠⑤，问言豆叶几时黄？

①作于元丰元年(1078)作者知徐州任上。这年春旱得雨，作者去东郊祭神谢雨，用本调写了五首词。　②层层：茂盛貌。苘(qǐng 请)：苘麻，叶似苎麻稍薄，茎皮的纤维可做绳。　③络丝娘：虫名，即纺织娘。此喻缫丝姑娘。　④垂白杖藜：指白发拄杖的老人。藜，一种草本植物，其茎可做拐杖。　⑤"捋(luō 螺阴平)青"句：是说把新麦炒熟粉碎，做成干粮来充饥。捋青，用手握搓尚未全熟的麦穗，脱去麦粒。捣䴬(chǎo 炒)，把炒熟的麦粒捣成粉面，做成干粮。软，这里有慰劳、填饱的意思。

念　奴　娇①

赤壁怀古

大江②东去，浪淘③尽、千古风流人物④。故垒⑤西边，人道是、三国周郎⑥

赤壁。乱石穿空⑦,惊涛⑧拍岸,卷起千堆雪⑨。江山如画,一时多少豪杰!

遥想公瑾当年,小乔⑩初嫁了,雄姿英发⑪。羽扇纶巾⑫,谈笑间、樯橹⑬灰飞烟灭。故国神游⑭,多情应笑我⑮,早生华发⑯。人生如梦,一樽还酹⑰江月。

①《念奴娇》:词牌名。据说因唐代天宝年间著名歌伎念奴而得名。本词是作者四十七岁(1082)游黄州(今湖北黄冈)赤壁时所作。三国时吴将周瑜击破曹操大军的赤壁,实际上是在湖北省蒲圻市长江南岸。苏轼只是吟咏其事,怀古抒情。未必确指黄州赤壁是当年的战场。 ②大江:长江。 ③淘:冲洗。 ④风流人物:杰出的人物。 ⑤故垒:旧时的营垒。 ⑥周郎:周瑜,字公瑾。二十四岁作中郎将,吴中人称周郎。赤壁之战时周瑜三十四岁。 ⑦乱石穿空:陡峭的石壁高入云霄。 ⑧惊涛:巨浪。 ⑨千堆雪:无数的浪花。 ⑩小乔:乔玄有二女,都很美丽,人称大乔、小乔。小乔嫁周瑜。 ⑪英发:指言谈议论卓越不凡。 ⑫羽扇:羽毛扇。纶(guān 官)巾:青丝带做的头巾。 ⑬樯橹(qiáng lǔ 墙鲁):此指曹军的战舰。又作"强虏""狂虏",指曹军人马。 ⑭故国:指赤壁古战场。神游:指被当年英雄人物的业绩所吸引。 ⑮"多情"句:是说应笑我多情善感。 ⑯华发:白发。 ⑰一樽:一杯酒。樽,一作"尊"。酹(lèi 类):以酒浇地,表示祭奠。

水 龙 吟①

次韵章质夫杨花词②

似花还似非花,也无人惜从教坠③。抛家傍路,思量却是,无情有思④。萦损柔肠⑤,困酣娇眼⑥,欲开还闭。梦随风万里,寻郎去处,又还被、莺呼起⑦。 不恨此花飞尽,恨西园、落红难缀⑧。晓来雨过,遗踪⑨何在?一池萍碎⑩。春色三分,二分尘土,一分流水⑪。细看来,不是杨花,点点是离人泪⑫。

①《水龙吟》:词牌名。又名《小楼连苑》《丰年瑞》等。《历代诗余》说柳永最早用此调作词。这首词作于宋哲宗元祐二年(1087),苏轼在京任翰林学士时。 ②次韵:用别人诗词的原韵并依其先后次序写诗词。章质夫:名楶(jié 节),字质夫。苏轼的友人,与苏轼同官京师。杨花词:指章质夫吟杨花的《水龙吟》。原词如下:"燕忙莺懒花残,正堤上、柳花飘坠。轻飞,点画青林,谁道全无才思。闲趁游丝,静临深院,日长门闭。傍珠帘散漫,垂垂欲下,依前被,风扶起。 兰帐玉人睡觉,怪春衣、雪沾琼缀。绣床渐满,香毬无数,才圆却碎。时见蜂儿,仰粘轻粉,鱼吞池水。望章台路杳,

金鞍游荡,有盈盈泪。"(绣床渐满,一本作"绣床旋满"。) ③"似花"二句:是说杨花像花又不像花,也无人爱惜,任它飘来坠去。 ④"抛家"三句:韩愈《晚春》诗:"杨花榆荚无才思,惟解漫天作雪飞。"章词用其意。这里反用之,说是杨花并非无所思地离开枝头,临路飞落,看似无情,却还有它的愁思。家,喻杨柳枝头。思,读去声。 ⑤萦:这里是说愁思萦回。柔肠:指柳枝。因柳枝细柔,故以柔肠作喻。 ⑥困酣:困倦极了。娇眼:指柳叶。古人喜用柳眼比喻初生的柳叶,这里则将柳眼美人化,突出其娇态。 ⑦"梦随"三句:唐人金昌绪(一作盖嘉运)《春怨》诗:"打起黄莺儿,莫教枝上啼。啼时惊妾梦,不得到辽西。"这里活用其意。是说在梦中寻觅意中人的去处,却被黄莺唤醒,这正像杨花随风远飘,又被风吹回。 ⑧落红难缀:落花再难连缀枝头。意思是说春事衰残。 ⑨遗踪:指落花踪迹。 ⑩一池萍碎:是说杨花化为池中浮萍。萍碎,原注说:"杨花落水为浮萍,验之信然。" ⑪"春色"三句:是说此时春色仅剩三分,杨花又多半委于尘土,少半付诸流水,看来春色即将消失殆尽。 ⑫"细看"三句:断句从唐圭璋编《全宋词》。另见其断句有五四四字、三六四字、七六字等多种。

喜雨亭记①

亭以雨名,志②喜也。古者有喜,则以名物③,示不忘也。周公得禾,以名其书④;汉武得鼎,以名其年⑤;叔孙胜狄,以名其子⑥。其喜之大小不齐,其示不忘一也⑦。

予至扶风之明年⑧,始治官舍。为亭于堂之北,而凿池其南,引流种树,以为休息之所。是岁⑨之春,雨麦于岐山之阳⑩,其占为有年⑪。既而弥月⑫不雨,民方⑬以为忧。越三月⑭,乙卯乃雨⑮,甲子⑯又雨,民以为未足。丁卯⑰大雨,三日乃止。官吏相与⑱庆于庭,商贾相与歌于市⑲,农夫相与忭⑳于野,忧者以喜,病者以愈,而吾亭适㉑成。

于是举酒于亭上。属客㉒而告之,曰:"五日不雨可乎?曰:'五日不雨则无麦。'十日不雨可乎?曰:'十日不雨则无禾㉓。'无麦无禾,岁且荐饥㉔,狱讼繁兴而盗贼滋炽㉕。则吾与二三子,虽欲优游㉖以乐于此亭,其可得耶?今天不遗㉗斯民,始旱而赐之以雨。使吾与二三子得相与优游而乐于此亭者,皆雨之赐也。其又可忘耶?"

既以名亭,又从而歌之,曰:"使天而雨珠㉘,寒者不得以为襦㉙;使天而雨玉,饥者不得以为粟。一雨三日,伊㉚谁之力?民曰太守㉛,太守不有㉜;归之天子,天子曰不然;归之造物㉝,造物不自以为功;归之太空,太空冥冥㉞,不可得而名——吾以名吾亭!"

①本篇作于宋仁宗嘉祐七年(1062),时苏轼在凤翔府(治所在今陕西凤翔)签书判官(辅佐行政长官的官职)任上。　②志:记。　③名物:给事物命名。名,作动词用。　④"周公"二句:据《尚书·周书·微子之命》载,唐叔得到两株苗合生一穗的谷子,献周成王,成王命送周公,周公于是作《嘉禾》篇宣扬天子之命。该篇原文已佚,《尚书》中仅存篇名。周公,姬旦。周武王之弟。曾助武王灭商。武王死后,成王年幼,由他摄政。　⑤"汉武"二句:据《史记·孝武本纪》载,汉武帝元狩七年(前116)在汾水上得一宝鼎,遂改年号为元鼎元年。年,年号。　⑥"叔孙"二句:据《左传·文公十一年》载,狄人侵犯鲁国,叔孙得臣率兵还击,大败狄军,获其将侨如。为纪念这一功绩,叔孙得臣将儿子宣伯改名为侨如。　⑦"其示"句:是说它们表示永不忘记则是一致的。　⑧"予至"句:作者嘉祐六年到凤翔府任职,这里即指嘉祐七年。扶风,即凤翔府。　⑨是岁:这年。　⑩雨(yù育)麦:下麦粒。雨,落下。岐山:在今陕西岐山县。阳:南面。　⑪占:占卜算卦。有年:指丰年。年,年成。　⑫既而:随后。弥月:整月。弥,满。　⑬方:开始。　⑭越三月:过了三月份。　⑮乙卯:四月初二。乃雨:才下雨。　⑯甲子:四月十一日。　⑰丁卯:四月十四日。　⑱相与:共同。　⑲商贾(gǔ古):商人。贾,古时特指坐商。市:集市。　⑳忭(biàn变):欢乐。　㉑适:恰好。　㉒属(zhǔ主)客:指劝客饮酒。属,倾注,引申为劝饮。　㉓"十日"句:因正值麦子将熟、禾稻下种之时,所以这样说。　㉔荐(jiàn建)饥:指连年饥荒。荐,频,一再。　㉕狱讼:泛指争罪之事。狱,以罪名相告。讼,有关财物的争执。繁兴:频繁出现。滋:愈加。炽(chì赤):盛。　㉖优游:悠闲自得。　㉗天:上天。遗弃。　㉘使:假如。珠:珍珠。　㉙襦(rú如):短袄。　㉚伊:语首助词,无义。　㉛太守:汉代称郡守(一郡的最高行政长官)为太守。宋以后改郡为府或州,郡守已非正式官名,但仍习称知府、知州为太守。当时凤翔府的太守(知府)是宋选。　㉜太守不有:意思是,太守说"我没有功。"不,同"否"。　㉝造物:指天。古时以为天创造了万物,故以"造物"称天。　㉞冥(míng明)冥:高远,深远。

文与可画篔簹谷偃竹①记

竹之始生,一寸之萌②耳,而节叶具③焉。自蜩腹蛇蚹④,以至于剑拔十寻⑤者,生而有之也。今画者乃节节而为之,叶叶而累之,岂复有竹乎?故画竹必先得成竹于胸中⑥,执笔熟视,乃见其所欲画者,急起从之,振笔直遂⑦,以追其所见,如兔起鹘落⑧,少纵则逝矣。与可之教予如此。予不能然也,而心识其所以然⑨。夫既心识其所以然,而不能然者,内外不一⑩,心手不相应,不学之过也。故凡有见于中⑪,而操之不熟者,平居自视了然,而临事忽焉丧之,岂独竹乎⑫?子由为《墨竹赋》以遗⑬与可曰:"庖丁,解牛者也,而养生者取之⑭;轮扁,斫轮者也,而读书者与之⑮。今夫夫子之托于斯竹也,而予以为有道者则非耶⑯?"子由未尝画也,故得其意而已。若予者,岂独得其意,并得其法。

与可画竹,初不自贵重。四方之人持缣素⑰而请者,足相蹑⑱于其门。与可厌之,投诸地而骂曰:"吾将以为袜!"士大夫传之,以为口实⑲。及与可自洋州还,而余为徐州⑳。与可以书遗余曰:"近语士大夫:'吾墨竹一派,近在彭城㉑,可往求之。'袜材当萃于子矣㉒。"书尾复写一诗,其略曰:"拟将一段鹅溪绢㉓,扫取寒梢㉔万尺长。"予谓与可:"竹长万尺,当用绢二百五十匹,知公倦于笔砚,愿得此绢而已!"与可无以答,则曰:"吾言妄矣! 世岂有万尺竹哉?"余因而实之㉕,答其诗曰:"世间亦有千寻竹,月落庭空影许长㉖。"与可笑曰:"苏子辩㉗则辨矣,然二百五十匹绢,吾将买田而归老㉘焉!"因以所画筼筜谷偃竹遗予曰:"此竹数尺耳,而有万尺之势。"筼筜谷在洋州,与可尝令予作洋州三十咏,筼筜谷其一也。予诗云:"汉川修竹贱如蓬㉙,斤斧何曾赦箨龙㉚,料得清贫馋太守㉛,渭滨千亩㉜在胸中。"与可是日与其妻游谷中,烧笋晚食,发函得诗,失笑喷饭满案。

元丰二年正月二十日,与可没于陈州㉝。是岁七月七日,予在湖州㉞,曝书画㉟,见此竹,废卷㊱而哭失声。昔曹孟德祭桥公文,有"车过""腹痛"之语㊲,而予亦载与可畴昔㊳戏笑之言者,以见与可于予亲厚无间㊴如此也。

①文与可(1018—1079):名同,梓州永太(今四川盐亭)人,作者的从表兄。曾任洋州(今陕西洋县)知州,死于湖州任上,世称文湖州。精于画竹。筼筜(yún dāng 云当)谷:在洋州西北。筼筜,竹名,茎粗、竿长、节距大。偃(yǎn 演)竹:仰卧生长的竹。 ②萌:萌芽。 ③具:具备。 ④蜩(tiáo 条)腹蛇蚹(fù 附):形容竹初生时外面包着一层层的笋壳。蜩腹,蝉的腹部。蜩即蝉。蛇蚹,腹下代足爬行的横鳞。 ⑤剑拔:以抽剑出鞘,形容笋脱壳直上而成竹。寻:古代长度单位,八尺为一寻。 ⑥得成竹于胸中:是说做到使竹子的神韵形态在心中浮现出来。 ⑦振笔直遂:挥笔直前。遂,进。 ⑧兔起鹘(hú)落:形容动作迅捷。鹘,即隼(sǔn)。一种凶猛的鸟。 ⑨"予不"二句:是说我做不到这样,但懂得要这样做的道理。 ⑩内外不一:指想的和画的不一致。 ⑪有见于中:心里意识到了的意思。 ⑫"平居"三句:是说平时自认为完全明白,到要做的时候忽然又忘了,哪里只是画竹才这样呢!平居,平时。忽焉,忽然。丧,忘掉。"竹"上省画字。 ⑬子由:苏轼之弟苏辙的字。《墨竹赋》:见苏辙《栾城记》卷十七。遗(wèi):赠予。 ⑭"庖(páo 袍)丁"三句:"庖丁解牛"是《庄子·养生主》中的一个寓言。说庖丁顺着骨缝宰割牛,不费力气,不坏刀口。文惠君可由此领悟到养生的道理。 ⑮"轮扁"三句:"轮扁斫(zhuó 灼)轮"是《庄

子·天道》中的一个寓言。叙述轮扁批评齐桓公读的书都是"古人之糟粕";他用自己砍削车轮的事做比喻,说明高超的手艺是从工作中取得的,而无法通过语言来传授。这番话最后得到齐桓公的赞同。斫,砍。与,赞许,同意。 ⑯"今夫"二句:是说如今你把自己领悟的道理寄托在画竹上,我以为你也是深知事物的规律的人,难道不是这样吗?夫子,指文同。予,苏辙自谓。 ⑰缣(jiān尖)素:白色的细绢。古代以绢绘画。 ⑱蹑(niè聂):踩。 ⑲口实:话柄。 ⑳余为徐州:熙宁十年苏轼调任徐州(今江苏徐州)知州。 ㉑"吾墨"二句:是说我的墨竹画这一派,现已传到在彭城(徐州治所)的苏轼了。 ㉒"袜材"句:做袜子的材料(指求画的人所持缣素)该聚集到你那里去了。萃(cuì翠),聚集。 ㉓鹅溪绢:一种适宜于作画的名绢。鹅溪,地名,今四川省盐亭县西北。 ㉔扫取:等于说"画出"。寒梢:指竹。 ㉕实之:把它落实。 ㉖影许长:影子大概有这样(万尺)长。 ㉗辩:能说会道。 ㉘归老:退休养老。 ㉙汉川:汉水。修:长。蓬:飞蓬,草名。 ㉚斤:砍木刀。赦:放过。箨(tuò拓)龙:竹笋。 ㉛馋太守:指文同。 ㉜渭滨千亩:指竹。《史记·货殖列传》:"渭川千亩竹……此其人皆与千户侯等。"苏轼这几句诗语意诙谐,是和文同开玩笑。 ㉝没(mò末):同殁,死亡。陈州:今河南省淮阳县。 ㉞湖州:今江苏省吴兴县。 ㉟曝(pù铺去声):晒。 ㊱废卷:放开画卷。 ㊲"车过腹痛"之语:曹操年轻时不受人重视,唯独桥玄赏识他。桥玄死后,曹操写的祭文中,有回忆桥玄当年和他开玩笑的话:"又承从容约誓之言:'殂逝(死去)之后,路有经由,不以斗酒只鸡相沃酹(祭奠),车过三步,腹痛勿怪。'虽临时戏笑之言,非至亲之笃好,胡肯为此辞乎?" ㊳畴(chóu筹)昔:从前。 ㊴无间(jiàn见):没有隔阂。

前赤壁赋[①]

壬戌之秋,七月既望[②],苏子与客泛舟游于赤壁[③]之下。清风徐来,水波不兴。举酒属[④]客,诵明月之诗,歌窈窕之章[⑤]。少焉[⑥],月出于东山之上,徘徊于斗牛[⑦]之间。白露[⑧]横江,水光接天。纵一苇之所如[⑨],凌万顷之茫然[⑩]。浩浩乎如冯虚御风[⑪],而不知其所止;飘飘乎如遗世[⑫]独立,羽化而登仙[⑬]。

于是饮酒乐甚,扣舷[⑭]而歌之。歌曰:"桂棹兮兰桨[⑮],击空明兮溯流光[⑯]。渺渺兮予怀[⑰],望美人兮天一方[⑱]。"客有吹洞箫者,倚歌[⑲]而和之。其声呜呜然[⑳],如怨如慕,如泣如诉,余音袅袅[㉑],不绝如缕[㉒],舞幽壑之潜蛟,泣孤舟之嫠妇[㉓]。

苏子愀然[㉔],正襟危坐[㉕],而问客曰:"何为其然也[㉖]?"客曰:"'月明星稀,乌鹊南飞'[㉗],此非曹孟德[㉘]之诗乎?西望夏口[㉙],东望武昌[㉚],山川相缪㉛,郁乎苍苍㉜,此非孟德之困于周郎㉝者乎?方其破荆州,下江陵,顺流而东也㉞,舳舻千里㉟,旌旗蔽空,酾㊱酒临江,横槊㊲赋诗,固一世之雄也,而今安在哉!况吾与子渔樵于江渚之上,侣鱼虾而友麋㊳鹿,驾一叶之扁舟,举匏尊㊴以相属。寄蜉蝣于天地㊵,渺沧海之一粟㊶。哀吾生之须臾㊷,羡长江之无穷。挟飞仙以遨游,抱明月而长终㊸。知不可乎骤得,托遗响于悲风㊹。"

苏子曰:"客亦知夫水与月乎?逝者如斯,而未尝往也;盈虚者如彼,而卒莫消长也㊺。盖将自其变者而观之,则天地曾不能以一瞬㊻;自其不变者而观之,则物与我皆无尽㊼也。而又何羡乎?且夫天地之间,物各有主,苟非吾之所有,虽㊽一毫而莫取。惟江上之清风,与山间之明月,耳得之而为声,目遇之而成色,取之无禁,用之不竭,是造物者之无尽藏㊾也,而吾与子之所共适㊿。"

客喜而笑,洗盏更酌㊀。肴核㊁既尽,杯盘狼藉㊂。相与枕藉乎舟中㊃,不知东方之既白㊄。

①苏轼曾两次游黄州(今湖北黄冈)城外的赤鼻矶(一名"赤壁"),先后写了《赤壁赋》与《后赤壁赋》。后来人们称前者为《前赤壁赋》。赋,文体名。形成于汉代。讲究文采、韵节,兼具诗歌与散文的特点,以后分别向骈文或散文化方向发展。接近于散文的为"文赋",接近于骈文的为"骈赋""律赋"。 ②"壬(rén人)戌"二句:神宗元丰五年七月十六日。望:农历每月十五日。既望,十六日。 ③苏子:苏轼自称。 赤壁:指黄冈赤壁。详见《赤壁怀古》注①。 ④属(zhǔ煮):劝酒。 ⑤"诵明月"二句:"明月之诗"指《诗经·陈风·月出》篇;"窈窕之章"指这首诗的第一章:"月出皎兮,佼人僚兮,舒窈纠(jiǎo交)兮,劳心悄兮。" ⑥少焉:一会儿。 ⑦斗牛:星宿名,指斗宿和牛宿。 ⑧白露:指白茫茫的水气。 ⑨纵:任。一苇:指小船。所如:所往。 ⑩凌:越过。万顷:形容江面宽广。茫然:旷远迷茫的样子。 ⑪冯(píng平)虚:凭空。御风:驾风。 ⑫遗世:脱离人间。 ⑬羽化:古人称成仙为羽化。登仙:飞入仙境。 ⑭扣舷(xián弦):敲击船边。 ⑮桂棹(zhào赵)、兰桨:桂木为棹、木兰为桨。都是划船工具(前推的叫桨,后推的叫棹)的美称。 ⑯空明:水清见底,月照水中宛如透明。溯(sù速)流光:指船在浮动着月光的水面上逆流而行。 ⑰渺渺:遥远的样子。予怀:我的情怀。 ⑱美人:指作者思慕的人。天一方:天的那一边。 ⑲倚歌:配着歌声。 ⑳呜呜:象声词。 ㉑袅(niǎo鸟)袅:形容声音婉转缭绕。 ㉒缕:细丝,此喻声音细微悠长。 ㉓"舞幽"二句:是说箫声使深水里的蛟龙起舞,使小船上的寡妇哭泣。舞、泣,均作动词用。嫠(lí离)妇:寡妇。 ㉔愀(qiǎo巧)然:忧愁的样子。 ㉕正襟危坐:理直衣襟端坐,态度很严肃的样子。

㉖“何为”句：是说箫声为什么这样凄凉呢？　㉗“月明”二句：见曹操《短歌行》。㉘曹孟德：曹操字孟德。　㉙夏口：今武汉三镇之一的汉口。　㉚武昌：今湖北鄂州。㉛缪（liáo 聊）：同“缭”，盘绕。　㉜郁乎苍苍：茂密苍翠。　㉝困于周郎：被周瑜打败。　㉞“方其”三句：指汉献帝建安十三年（208），曹操占领荆州（州治在今湖北襄阳）、江陵（今湖北江陵），顺长江东下。　㉟舳舻（zhú lú 竹卢）千里：指战船前后衔接，千里不绝。　㊱酾（shī 诗）酒：斟酒。　㊲横槊（shuò 朔）：横执长矛。　㊳麋（mí 迷）：鹿的一种。　㊴匏（páo 袍）尊：葫芦制成的酒器。　㊵“寄蜉蝣（fú yóu 扶由）”句：是说把如蜉蝣般的生命寄托天地之间。蜉蝣，一种生命只有数小时的小昆虫。用喻人生短促。　㊶“渺沧海”句：渺小得有如大海中的一粒小米。　㊷须臾（yú 鱼）：片刻。　㊸“挟飞”二句：是说希望同飞升的仙人一道游玩，与明月一样永存。挟，带。遨（áo 敖）游，游玩。　㊹遗响：余音，这里指箫声。悲风：秋风。　㊺“逝者”四句：是说奔腾而去的像这江水，但它始终不会消失；时圆时缺犹如月亮，但它终究没有增（长）减（消）。　㊻“盖将”二句：是说如从变化这一角度来看，那么天地间的事物瞬息之间都不能保持原样。　㊼我：指人类。无尽：指永存。　㊽虽：即使。㊾造物者：指天。藏（zàng 葬）：宝藏。　㊿共适：共同享受。　(51)洗盏更酌：洗杯重饮。　(52)核：指果品。　(53)狼藉：杂乱的样子。　(54)“相与”句：相互枕靠着睡在船中。(55)既白：已经发白。

记承天寺[①]夜游

元丰六年[②]十月十二日，夜。解衣欲睡；月色入户，欣然起行，念无与为乐者[③]。遂至承天寺寻张怀民[④]。怀民亦未寝，相与步于中庭[⑤]。

庭下如积水空明[⑥]，水中藻、荇[⑦]交横，——盖竹柏影也。

何夜无月？何处无竹柏？但少闲人如吾两人耳！

①承天寺：故址在今湖北省黄冈市南。题目原缺“寺”字。　②元丰六年：公元 1083 年。这是作者被贬到黄州的第四年。　③“念无”句：想到没有可同乐的人。　④张怀民：苏轼的朋友。也是贬官到黄州的。初到时寓居承天寺。　⑤中庭：庭中。⑥“庭下”句：是说庭院中的月光，宛如一泓水那样清澈透明。　⑦藻、荇（xìng 姓）：两种水生植物。藻，水藻；荇，荇菜。此泛称水草。

石 钟 山[①]记

《水经》[②]云：彭蠡[③]之口，有石钟山焉。郦元[④]以为下临深潭，微风鼓浪,水石相搏⑤,声如洪钟⑥。是说也,人常疑之:今以钟磬⑦置水中,虽大风浪,不能鸣也,而况石乎?至唐李渤⑧,始访其遗踪,得双石于潭上,扣而聆⑨之,南声函胡,北音清越⑩,桴止响腾,余韵徐歇⑪,自以为得之矣。然是说也,余尤疑之:石之铿然⑫有声者,所在皆是也,而此独以钟名,何哉?

　　元丰七年六月丁丑⑬,余自齐安舟行适临汝⑭。而长子迈将赴饶之德兴尉⑮,送之至湖口,因得观所谓石钟者。寺僧使小童持斧,于乱石间择其一二扣之,硿硿⑯焉,余固笑而不信也。至其夜,月明,独与迈乘小舟至绝壁下。大石侧立千尺,如猛兽奇鬼,森然⑰欲搏人。而山上栖⑱鹘,闻人声亦惊起,磔磔⑲云霄间。又有若老人欬⑳且笑于山谷中者,或曰:"此鹳鹤㉑也。"余方心动㉒欲还,而大声发于水上,噌吰㉓如钟鼓不绝。舟人㉔大恐。徐而察之,则山下皆石穴罅㉕,不知其浅深,微波入焉,涵澹澎湃而为此也㉖。舟回至两山㉗间,将入港口,有大石当㉘中流,可坐百人,空中而多窍㉙,与风水相吞吐,有窾坎镗鞳㉚之声,与向之噌吰者相应㉛,如乐作㉜焉。因笑谓迈曰:"汝识之乎?噌吰者,周景王之无射㉝也;窾坎镗鞳者,魏庄子之歌钟㉞也。古之人不余欺㉟也。"

　　事不目见耳闻,而臆断㊱其有无,可乎?郦元之所见闻,殆㊲与余同,而言之不详;士大夫终不肯以小舟夜泊绝壁之下,故莫能知;而渔工、水师㊳,虽知而不能言,此世所以不传也。而陋者乃以斧斤考击而求之㊴,自以为得其实㊵。余是以记之,盖叹郦元之简,而笑李渤之陋也。

①石钟山:在今江西省湖口县境。　②《水经》:我国古代的一部地理书,相传为汉代桑钦所作。　③彭蠡(lǐ 离):鄱(pó 婆)阳湖,在今江西省北部。　④郦(lì 利)元:郦道元,北魏时人,《水经注》的作者。　⑤搏(bó 脖):击。　⑥洪钟:大钟。　⑦磬(qìng 庆):古代一种用玉或石制成的乐器。　⑧李渤:唐洛阳人,曾任江州刺史,写过一篇《辨石钟山记》的文章。　⑨扣:敲击。聆(líng 零):听。　⑩"南声"二句:南边那块石头声音低沉重浊,北边那块石头声音清亮尖脆。　⑪"桴(fú 扶)止"二句:鼓槌不敲了,响声还在飞扬,余音很久才慢慢地消失。桴,鼓槌。　⑫铿(kēng 坑)然:形容敲击金石的声音。　⑬元丰七年:1084 年。六月丁丑:农历六月初九。　⑭齐安:今湖北省黄冈市。适:往。临汝:今河南省临汝县。　⑮饶之德兴:饶州德兴市(今江西德兴)。尉:县尉,县的副长官。　⑯硿(kōng 空)硿:击石声。　⑰森然:阴森可怕的样子。　⑱栖(qī 七):宿止。　⑲磔(zhé 哲)磔:鸟鸣声。　⑳欬(kǎi 慨):咳。　㉑鹳(guàn 惯)鹤:鸟名,似鹤而无红顶。　㉒心动:心惊。　㉓噌吰(chēng hóng 撑宏):形容钟声洪亮沉重。　㉔舟人:船夫。　㉕穴罅(xià 下):洞孔和裂缝。　㉖涵澹(hán dàn 含旦):水波动荡的样子。为此:指形成这种声音。

㉗两山:石钟山有南北两座,南称上钟山,北称下钟山。 ㉘当:面对。 ㉙空中:即中空,中间是空的。窍:小洞。 ㉚窾(kuǎn款)坎镗(tāng汤)鞳(tà榻):钟鼓鸣声。 ㉛向:刚才。相应:相呼应。 ㉜乐(yuè月)作:音乐演奏起来。 ㉝周景王:东周国君。无射(yì意):钟名,铸成于周景王二十四年(前521)。 ㉞魏庄子:魏绛,春秋时晋国的大夫。歌钟:编钟,古乐器。晋侯曾送歌钟给魏绛。 ㉟不余欺:即不欺余,没有欺骗我们。 ㊱臆(yì意)断:凭主观猜测作判断。 ㊲殆(dài带):大概。 ㊳渔工:打鱼的人。水师:船夫。 ㊴"而陋者"句:是说浅陋的人竟用斧头敲打石头的办法,来寻求石钟山得名的原因。考,敲击。 ㊵得其实:得到真相。

黄庭坚

黄庭坚(1045—1105),字鲁直,号山谷道人。洪州分宁(今江西修水)人。英宗治平四年(1067)进士,做过几任地方官和秘书丞兼国史编修官等。有《山谷集》。

寄黄几复①

我居北海君南海②,寄雁传书谢不能③。桃李春风一杯酒,江湖夜雨十年灯④。持家但有四立壁⑤,治病不蕲三折肱⑥。想见读书头已白,隔溪猿哭瘴烟藤⑦。

①原注:"乙丑年德平镇作。"乙丑为神宗元丰八年,时黄庭坚监德州德平镇(今山东德平)。黄几复,名介,豫章(今江西南昌)人,作者少年时的朋友。时任四会(今属广东)县令。 ②"我居"句:德平、四会,一北一南,两地都离海不远,故云。 ③谢不能:对因路远未能通信表示抱歉。谢,道歉。 ④"江湖"句:是说相隔已有十年,漂泊江湖,夜雨孤灯倍添思念。 ⑤"持家"句:是说几复家道清寒,屋里只有四面墙壁。 ⑥"治病"句:是说几复淡于从政,不追求做一个"治病"(喻指医国)的良医。蕲(qí其),求。三折肱(gōng公),语出《左传》定公十三年:"三折肱知为良医。"此处反用其意。肱,上臂,从肘到腕的部分。也泛指胳膊。 ⑦"隔溪"句:是说隔着溪水,听见猿猴在瘴气缭绕的藤枝上哀啼。

雨中登岳阳楼望君山①

其一

投荒万死鬓毛斑②,生入瞿塘滟滪③关。未到江南先一笑,岳阳楼上对君山。

①本题共二首,徽宗崇宁六年(1102)作者从四川贬所回故乡途中作。君山,又名洞庭山,在洞庭湖中。　②"投荒"句:是说流放到荒远艰险的地方多年。作者在哲宗绍圣二年(1095)被贬到黔州(今四川彭水),后徙戎州(今四川宜宾),前后在四川谪居六年。　③瞿塘:长江三峡之一,在四川奉节县东。滟滪(Yànyù 艳预):滟滪堆,瞿塘峡口的险滩。

其　二

满川①风雨独凭栏,绾结湘娥十二鬟②。可惜不当湖水面,银山堆里看青山③。

①川:指洞庭湖。　②绾(wǎn 挽)结:挽结。湘娥十二鬟:是说君山的形状好像湘娥挽结的十二个发髻。湘娥,湘水女神。相传舜的二妃死在湘江,变为神仙,叫湘夫人,住在君山。　③"可惜"二句:是说可惜不在湖面上,从银山似的浪涛中观赏青山。

秦　观

秦观(1049—1100),字少游,号淮海居士,扬州高邮(今江苏高邮)人。神宗元丰八年进士,曾任太学博士兼国史馆编修官。北宋著名词人,兼擅于诗,为"苏门四学士"之一。其词以情韵见长,风格近于柳永,被认为是婉约派的代表作家之一。有《淮海词》,又名《淮海居士长短句》。

鹊　桥　仙①

纤云弄巧②,飞星传恨③,银汉迢迢暗度④。金风玉露一相逢⑤,便胜却人间无数。　　柔情似水,佳期如梦⑥,忍顾鹊桥归路⑦?两情若是久长时,又岂在朝朝暮暮⑧!

①《鹊桥仙》:词牌名。因欧阳修词有"鹊迎桥路接天津"句而得名。　②纤云弄巧:纤细的云变化出种种花样。　③飞星:移动着的星星。传恨:传递牛郎织女的别离愁绪。　④"银汉"句:是说织女悄悄渡过天河同牛郎相会。度,一作"渡"。　⑤"金风"句:指农历七月七日牛郎织女相会事。金风,秋风。玉露,白露。　⑥佳期如梦:是说欢会短暂似梦。　⑦"忍顾"句:怎忍心回头看那归去的路。鹊桥,传说七夕之夜喜鹊飞来在天河上搭桥,让织女走过去。　⑧朝朝暮暮:指朝夕相聚。

浣　溪　沙

漠漠轻寒①上小楼,晓阴无赖似穷秋②,淡烟流水画屏幽③。自在飞花④轻似梦,无边丝雨细如愁,宝帘闲挂小银钩⑤。

①漠漠:云烟密布的样子。轻寒:微寒。　②晓阴:春阴的早晨。无赖:无奈,无可如

何。穷秋:深秋。这句写女主人公对春寒的自我感受,说它像深秋那样冷。 ③淡烟流水:是屏上所绘的风景。幽:暗。 ④自在飞花:是说飞花飘忽不定。含有飞花无情无思的意思。 ⑤"宝帘"句:是说把宝帘闲挂在小银钩上。宝帘,华美的帘子。闲挂,闲放不卷的意思。小银钩,银制的小挂钩。

踏 莎 行①

郴 州 旅 舍

雾失楼台,月迷津渡,桃源望断无寻处②。可堪孤馆闭春寒③,杜鹃④声里斜阳暮。　　驿寄梅花⑤,鱼传尺素⑥,砌⑦成此恨无重数。郴江幸自绕郴山,为谁流下潇湘去⑧?

①本词为哲宗绍圣四年(1097)作者在郴(chēn 嗔)州(今湖南郴县)贬地作。　②"雾失"三句:是说楼台消失在夜雾里,月色朦胧,迷失了渡口,望断天涯,也找不到世外桃源。津渡,渡口。　③可堪:那堪,受不住。孤馆:独居的旅舍。闭春寒:被春寒笼罩。　④杜鹃:鸟名,又名杜宇、子规、催归。相传它的叫声像"不如归去"。参见李白《蜀道难》注㉑。　⑤驿寄梅花:古人有折梅相赠的习俗,用以表示对远方亲朋的怀念。驿寄,托驿使寄给。　⑥鱼传尺素:《饮马长城窟行》:"客从远方来,遗我双鲤鱼。呼儿烹鲤鱼,中有尺素书。"尺素,书信。　⑦砌:堆积。　⑧"郴江"二句:是说郴江本是环绕郴山而流的,为何竟流往潇湘去了呢。此暗寓自己羁留郴州的寂寞。郴江,出郴州黄岑山,流入湘水。幸自,本自。为谁,为何。

贺 铸

贺铸(1052—1125),字方回,号庆湖遗老。原籍山阴(今浙江绍兴),生长卫州(今河南汲县)。曾任武官,后转文职,晚年定居苏州。北宋著名词人。其词内容广泛,风格多样。有《东山词》,一名《东山寓声乐府》。

青玉案①

凌波不过横塘②路,但目送,芳尘去③。锦瑟华年④谁与度?月台花榭⑤,琐窗⑥朱户,只有春知处。　　碧云冉冉蘅皋⑦暮,彩笔⑧新题断肠句。试问闲愁都几许⑨?一川⑩烟草,满城风絮⑪,梅子黄时雨⑫。

①《青玉案》:词牌名。汉代张衡诗有"何以报之青玉案"句,调名取此。又名《西湖路》等。此词是作者寓居苏州时所作。　②凌波:形容妇女步履的轻盈。横塘:地名,在苏州城外。　③芳尘:指所思慕的美人的踪影。尘,迹。　④锦瑟华年:指青春年少。　⑤月台花榭:一作"月桥花院"。　⑥琐窗:雕花的窗。　⑦冉冉:流动的样子。蘅(héng 衡):杜蘅,一种香草。皋(gāo 高):水边高地。　⑧彩笔:比喻才情勃发的写作能力。　⑨都几许:共有多少。　⑩一川:遍地。　⑪风絮:随风飘扬的柳絮。　⑫梅子黄时雨:农历四五月,江南梅子黄熟,时阴雨连绵,称黄梅雨。

张　耒

张耒(1052—1112),字文潜,号柯山,楚州淮阴(今江苏淮阴)人。神宗熙宁年间进士,曾任著作郎兼史馆检讨、起居舍人等。有《柯山集》。

海州道中①

其　二

秋野苍苍秋日黄,黄蒿满田苍耳②长。草虫唧唧鸣复咽③,一秋雨多水满辙。渡头舂④村径斜,悠悠小蝶飞豆花。逃屋⑤无人草满家,累累秋蔓悬寒瓜。

①本题共二首。海州,今江苏省东海连云港市。　②黄蒿、苍耳:均野生草本植物。　③唧(yī伊)唧:虫鸣声。鸣复咽:鸣声断断续续。　④舂(chōng充):响起捣谷的声音。　⑤逃屋:逃亡农民的屋子。

陈师道

陈师道(1053—1101),字履常,一字无己,号后山居士,彭城(今江苏徐州)人。做过秘书省正字。有《后山集》。

春怀①示邻里

断墙着雨蜗成字②,老屋无僧燕作家。剩欲③出门追语笑,却嫌归鬓著尘沙。风翻蛛网开三面④,雷动蜂窠趁两衙⑤。屡失南邻春事约⑥,只今容有⑦未开花。

①春怀:春日的情怀。　②蜗成字:蜗牛走过留下的迹印像文字一样。　③剩欲:更想。剩,更。　④"风翻"句:是说风吹得蜘蛛结不成网。　⑤"雷动"句:是说春雷震动蜂窠,蜜蜂赶忙排队集合。趁,赶。两衙,据说蜂群早晚两次排列成行,环绕蜂王,如同衙门参拜似的,称为蜂衙。　⑥春事:指游春赏花之类。约:邀请。　⑦容有:或许有。

周邦彦

周邦彦(1056—1121),字美成,号清真居士,钱塘(今浙江杭州)人。徽宗时曾为大晟府(掌管音乐的机构)提举。北宋继柳永、苏轼之后的重要词家。其词"言情体物,穷极工巧",语言秾丽,风格典雅,格律精审,被认为是婉约派的集大成者。有《片玉集》,一名《清真词》。

苏 幕 遮[①]

燎沉香[②],消溽暑[③]。鸟雀呼晴,侵晓[④]窥檐语。叶上初阳干宿雨[⑤],水面清圆[⑥],一一风荷举[⑦]。 故乡遥,何日去?家住吴门[⑧],久作长安[⑨]旅。五月渔郎相忆否?小楫轻舟,梦入芙蓉浦[⑩]。

[①]《苏幕遮》:唐教坊曲名,出自西域。宋人因旧曲名而作新声,遂为词牌名。 [②]燎:烧。沉香:又名水沉香,用沉香木做的香料。 [③]溽(rù入)暑:盛夏湿热的天气。溽,湿。 [④]侵晓:天刚亮。 [⑤]宿雨:昨夜的雨。 [⑥]清圆:指清润而圆的荷叶。 [⑦]"一一"句:一张张荷叶迎着晨风挺起。 [⑧]吴门:苏州的别称。苏州旧为吴郡治所,作者故乡钱塘曾属吴郡,故称。 [⑨]长安:借指北宋首都汴京。作者写此词时住在汴京。 [⑩]芙蓉浦:荷花塘。

玉 楼 春[①]

咏 刘 阮[②] 事

桃溪不作从容住[③],秋藕绝来无续处[④]。当时无奈鸟声哀[⑤],今日重寻芳草路[⑥]。 烟中列岫[⑦]青无数,雁背夕阳红欲暮。人如风后入江云,情似雨余黏地絮⑧。

①《玉楼春》:词牌名。取名于五代顾夐词"月照玉楼春漏促"句。又名《木兰花》等。 ②刘阮:刘晨、阮肇。《幽明录》载,汉明帝时刘晨、阮肇入天台山,遇仙女被留,住了半年。及回家,始知世间已过了数百年。后来他们重返天台,却不见仙女。 ③"桃溪"句:是说刘、阮二人未能安心与仙女长住。桃溪,仙女住处附近的小溪,旁有桃林。 ④"秋藕"句:是说藕断无法再接。绝,断。 ⑤"当时"句:是说刘、阮当时因"百鸟争鸣,更怀悲思",定要回家。无奈鸟声哀,一作"相候赤栏桥"。 ⑥重寻:一作"独寻"。芳草路:指遇见仙女的地方;一作"黄叶路"。 ⑦列岫(xiù 袖):成排的山。岫,山。 ⑧"人如"二句:是说仙女找不到而思情难断。雨余,雨后。

李清照

李清照(1084—1155?),号易安居士,济南(今属山东)人。宋代女词人。北宋灭亡后,流离东南各地。有《漱玉词》。

夏日绝句①

生当作人杰②,死亦为鬼雄③。至今思项羽,不肯过江东④。

①此诗作于南渡之后。　②人杰:人中豪杰。　③鬼雄:鬼中英雄。　④"至今"二句:借讽偏安江南的南宋朝廷。项羽,名籍,秦末起义江东,后与刘邦争天下,兵败,以无颜见江东父老,遂不肯渡乌江(今安徽和县东北乌江浦),继续战斗,自刎而死。江东,江南。

如梦令①

昨夜雨疏风骤,浓睡不消残酒②。试问卷帘人③,却道"海棠依旧"。"知否?知否?应是绿肥红瘦④。"

①《如梦令》:词牌名。原为唐庄宗制,名《忆仙姿》。因嫌其名不雅,故改为此名。庄宗词有"如梦如梦,和泪出门相送"句,遂取以为名。　②残酒:残留的醉意。　③卷帘人:指正在卷帘的侍女。　④绿肥红瘦:指海棠叶茂花稀。

一剪梅①

红藕香残玉簟秋②。轻解罗裳③,独上兰舟④。云中谁寄锦书⑤来?雁字回时⑥,月满西楼。　　花自⑦飘零水自流。一种相思,两处闲愁⑧。此情无计可消除,才下眉头,却上心头⑨。

①《一剪梅》:词牌名。因周邦彦《片玉词》中有"一剪梅花万样娇"句而得名。又名《玉簟秋》《腊梅香》。此词《花庵词选》题作《别愁》。伊士珍《琅嬛记》载:"易安结褵(婚)未久,明诚(诗人的丈夫赵明诚)即负笈远游。易安殊不忍别,觅锦帕书《一剪梅》词以送之。"　②红藕:荷花。玉簟(diàn 店):精美的竹席。秋:凉意。俞平伯《唐宋词选释》:"此句似倒装,即下文'兰舟'的形容语。"　③罗裳:丝绸裙子。　④独:这里可作"暗自"解。兰舟:见柳永《雨霖铃》注⑦。　⑤谁:指自己的丈夫。锦书:书信的美称。　⑥雁字回时:是说大雁南飞再归时。传说雁儿能替人捎书信,故云。雁字,大雁群飞时在天空排成整齐的"人"或"一"字形。　⑦自:只是。　⑧"一种"二句:是说自己与丈夫彼此牵挂,在两地为相思而愁苦。　⑨"才下"二句:是说自己皱着的眉头刚刚舒展,思念之情又涌上了心头。

醉 花 阴①

九 日②

薄雾浓云愁永昼③,瑞脑消金兽④。佳节又重阳,玉枕纱厨⑤,半夜凉初透。　　东篱⑥把酒黄昏后,有暗香⑦盈袖。莫道不消魂⑧,帘卷西风⑨,人比黄花⑩瘦。

①《醉花阴》:词牌名。　②九日:农历九月初九,重阳节。　③薄雾浓云:形容闺房里薰香的烟雾。愁永昼:是说愁思难遣,倍觉天长。永:长。　④瑞脑:一种香料。金兽:刻着兽形的铜香炉。　⑤玉枕:磁制凉枕。纱厨:一种带木架的纱帐。　⑥东篱:指栽有菊花的园地。语出陶潜《饮酒》:"采菊东篱下"。　⑦暗香:指菊花的幽香。⑧消魂:同"销魂",形容愁苦悲伤之极。　⑨帘卷西风:秋风吹开帘子。　⑩黄花:菊花。

渔 家 傲

记 梦

天接云涛连晓雾,星河欲转千帆舞①。仿佛梦魂归帝所②。闻天语③,殷勤问我归何处？　　我报④路长嗟日暮,学诗谩有⑤惊人句。九万里风鹏正举⑥。风休住,蓬舟吹取三山⑦去!

①"天接"二句:是说天色微明时,云涛与晓雾相连,银河斜转,闪烁的星星好像点点白帆在飞舞。　②帝所:天宫。　③天语:天帝的话。　④报:回答。　⑤谩有:徒有,空有。谩,通"漫"。　⑥鹏正举:大鹏鸟正高翔。此喻己志。　⑦蓬舟:轻如蓬草的小舟。吹取:吹着。取,助词。三山:传说渤海中有蓬莱、方丈、瀛洲三座仙山。

声　声　慢①

寻寻觅觅②,冷冷清清,凄凄惨惨戚戚③。乍暖还寒④时候,最难将息⑤。三杯两盏淡酒,怎敌他、晚来风急!雁过也,正伤心、却是旧时相识⑥。满地黄花堆积,憔悴损⑦、如今有谁堪摘⑧?守着窗儿,独自怎生得黑⑨!梧桐更兼细雨,到黄昏、点点滴滴。这次第⑩,怎一个、愁字了得⑪!

①《声声慢》:词牌名。此调有平仄两体(这首词是仄体)。又名《胜胜慢》《凤求凰》等。　②寻寻觅觅:形容空虚若有所失,想把失去的寻找回来。　③戚戚:忧愁。　④乍暖还寒:是说天气忽然暖和起来,一会儿又转寒。　⑤将息:调养。　⑥旧时相识:指南来的北雁曾为自己传寄过书信。言外的意思是,而今丈夫已故去,无人可寄。　⑦憔悴损:是说人与菊花都十分憔悴。损,消损、消瘦。　⑧"如今"句:是说如今无人相共采菊。堪,可。　⑨怎生得黑:怎么能挨到天黑。怎生,怎么。　⑩次第:光景,情形。　⑪"怎一"句:哪是一个愁字能说得尽啊!

永　遇　乐①

落日熔金②,暮云合璧③,人④在何处?染柳烟浓⑤,吹梅笛怨⑥,春意知几许⑦!元宵佳节,融和天气,次第⑧岂无风雨?来相召、香车宝马,谢他酒朋诗侣⑨。　　中州盛日⑩,闺门多暇,记得偏重三五⑪。铺翠冠儿⑫,捻金雪柳⑬,簇带争济楚⑭。如今憔悴,风鬟雾鬓⑮,怕见⑯夜间出去。不如向、帘儿底下,听人笑语⑰。

①《永遇乐》:词牌名。又名《消息》。本仄韵,南宋始有平韵体。　②落日熔金:夕阳如正在熔化的黄金那样灿烂。　③合璧:连起来的美玉。　④人:指作者死去的丈夫。　⑤染:笼罩。烟:烟霭。　⑥吹梅笛怨:笛声里吹出了凄凉哀怨的《梅花落》曲

调。　⑦几许:多少,意即不少。　⑧次第:此处作"转眼"讲。　⑨"来相召"三句:是说饮酒作诗的朋友们打发华美的车马来邀请,我谢绝了他们的盛意。召,邀。⑩中州:今河南省一带古为豫州,地处九州中间,也称中洲。此指汴京。盛日:指北宋灭亡前的繁盛时期。　⑪偏重三五:特别重视元宵节。三五,指农历正月十五日。⑫铺翠冠儿:妇女的帽子以珠翠装饰。　⑬捻(niǎn撵)金雪柳:妇女的头饰用金线点缀。雪柳,用丝绸或纸做成的一种头饰。　⑭簇(cù促)带:满头插戴。济楚:整齐、漂亮。　⑮风鬟雾鬓:是说头发蓬松散乱。　⑯怕见:懒得。　⑰"不如"二句:是说不如在帘子里听别人欢度佳节的说笑吧!

《金石录》后序[①]

　　右[②]《金石录》三十卷者何?赵侯德甫[③]所著书也。取上自三代[④],下迄五季[⑤],钟、鼎、甗、鬲、盘、匜、尊、敦之款识[⑥],丰碑、大碣、显人、晦士[⑦]之事迹,凡见于金石刻者二千卷[⑧],皆是正讹谬[⑨],去取[⑩]褒贬,上足以合圣人之道,下足以订史氏[⑪]之失者皆载之,可谓多矣。呜呼!自王播、元载之祸,书画与胡椒无异[⑫];长舆、元凯之病,钱癖与传癖何殊[⑬]。名虽不同,其惑一也。

　　余建中辛巳[⑭],始归[⑮]赵氏。时先君作礼部员外郎,丞相时作吏部侍郎[⑯]。侯年二十一,在太学[⑰]作学生。赵、李族寒,素贫俭。每朔望谒告[⑱]出,质[⑲]衣取半千钱,步入相国寺[⑳],市[㉑]碑文、果实归,相对展玩[㉒]咀嚼,自谓葛天氏[㉓]之民也。后二年,出仕宦[㉔],便有饭蔬、衣练[㉕],穷遐方绝域[㉖],尽[㉗]天下古文奇字之志。日就月将[㉘],渐益堆积。丞相居政府[㉙],亲旧或在馆阁[㉚],多有亡诗、逸史[㉛]、鲁壁、汲冢[㉜]所未见之书。遂尽力传写,浸觉[㉝]有味,不能自已。后或见古今名人书画、三代奇器,亦复脱衣市易[㉞]。尝记崇宁[㉟]间,有人持徐熙[㊱]《牡丹图》,求钱二十万。当时虽贵家子弟,求二十万钱,岂易得耶?留信宿[㊲],计无所出而还之,夫妇相向惋怅[㊳]者数日。

　　后屏居[㊴]乡里十年,仰取俯拾[㊵],衣食有余;连守两郡[㊶],竭其俸入以事铅椠[㊷]。每获一书,即同共校勘、整集、签题[㊸]。得书、画、彝[㊹]、鼎,亦摩玩舒卷[㊺],指摘疵病[㊻],夜尽一烛为率[㊼]。故能纸札[㊽]精致,字画[㊾]完整,冠[㊿]诸收书家。余性偶强记,每饭罢,坐归来堂[51]烹茶,指堆积书史,言某事在某书某卷第几叶第几行,以中否角[52]胜负,为饮茶先后。中即举杯大笑,至茶倾覆怀中,反不得饮而起。甘心老是乡[53]矣!故虽处忧患困穷,而志不屈。

　　收书既成,归来堂起书库大橱,簿甲乙[54],置书册。如要讲读,即请钥上簿[55],关出卷帙,或少损污,必惩责揩完涂改[56],不复向时之坦夷[57]也。是欲求适意而反取怵栗㊳。余性不耐,始谋食去重肉㊴,衣去重采㊵,首无明珠、翡翠之饰,室无涂金、刺绣之具,遇书史百家,字不刓缺㊶、本不讹谬者,辄市之,储作副本。自来家传《周易》《左氏传》,故两家者流㊷,文字最备。于是几案罗列,枕席枕藉,意会心谋㊸,目往神授㊹,乐在声色狗马㊺之上。

至靖康丙午㊻岁,侯守淄川㊼,闻金人犯京师,四顾茫然,盈箱溢箧㊽,且恋恋,且怅怅,知其必不为己物矣!建炎丁未㊾春三月,奔太夫人丧南来,既长物㊿不能尽载,乃先去书之重大印本者,又去画之多幅者,又去古器之无款识者;后又去书之监本㊕者,画之平常者,器之重大者。凡屡减去,尚载书十五车。至东海㊖,连舻渡淮,又渡江,至建康。青州故第㊗尚锁书册什物,用屋十余间,期明年春再具舟载之。十二月,金人陷青州。凡所谓十余屋者,已皆为煨烬㊘矣。

建炎戊申㊙秋九月,侯起复,知建康府㊚。己酉㊛春三月罢,具舟上芜湖㊜,入姑孰㊝,将卜居赣水㊞上。夏五月至池阳㊟,被旨知湖州㊠,过阙上殿㊡;遂驻家池阳,独赴召㊢。六月十三日,始负担舍舟,坐岸上,葛衣岸巾㊣,精神如虎,目光烂烂射人,望舟中告别。余意㊤甚恶,呼曰:"如传闻城中缓急㊥,奈何?"戟手㊦遥应曰:"从众㊧。必不得已,先去辎重,次衣被,次书册卷轴,次古器,独所谓宗器㊨者,可自负抱,与身俱存亡,勿忘也!"遂驰马去。途中奔驰,冒大暑,感疾。至行在㊩,病痁㊪。七月末,书报卧病。余惊怛㊫,念侯性素急,奈何病痁?或热,必服寒药,疾可忧㊬。遂解舟下,一日夜行三百里。比㊭至,果大服柴胡、黄芩药㊮,疟且痢,病危在膏肓㊯。余悲泣仓皇,不忍问后事。八月十八日,遂不起,取笔作诗,绝笔而终,殊无分香卖屦之意㊰。

葬毕,余无所之㊱。朝廷已分遣六宫⑩,又传江当禁渡。时犹有书二万卷,金石刻二千卷,器皿、茵⑩褥,可待⑩百客,他长物称是⑩。余又大病,仅存喘息。事势日迫,念侯有妹婿任兵部侍郎⑩,从卫⑩在洪州,遂遣二故吏先部送⑩行李往投之。冬十二月,金人陷洪州,遂尽委弃⑩。所谓连舻渡江之书,又散为云烟⑩矣!独馀少轻小卷轴、书贴,写本李、杜、韩、柳集,《世说》《盐铁论》⑩,汉、唐石刻副本数十轴,三代鼎鼐十数事⑩,南唐写本书数箧,偶病中把玩,搬在卧内者,岿然⑩独存。

上江⑩既不可往,又虏势叵⑩测,有弟迒⑩,任敕局删定官⑩,遂往依之。到台⑩,台守已遁。之剡⑩,出睦⑩,又弃衣被。走黄岩,雇舟入海,奔行朝⑩。时驻跸章安⑩,从御舟海道之温⑩,又之越⑩。庚戌⑩十二月,放散百官⑩,遂之衢⑩。绍兴辛亥⑩春三月,复赴越,壬子⑩,又赴杭。

先⑫,侯疾亟⑬时,有张飞卿学士携玉壶过视侯,便携去,其实珉⑬也。不知何人传道⑬,遂妄言有颁金⑬之语,或传亦有密论列⑬者。余大惶怖,不敢言,遂尽将家中所有铜器等物,欲赴外廷⑬投进。到越,已移幸四明⑬。不敢留家中,并写本书寄剡。后官军收叛卒,取去,闻尽入故李将军家。所谓"岿然独存"者,无虑⑬十去五六矣!惟有书画砚墨可五七簏,更不忍置他所,常在卧榻下,手自开阖。

在会稽⑬,卜居土居⑬钟氏舍。忽一夕,穴壁⑭负五簏去。余悲恸不得活,立重赏收赎。后二日,邻人钟复皓出十八轴求赏,故知其盗不远矣。万计求之,其余遂牢不可出。今知尽为吴说运使⑭贱价得之。所谓"岿然独存"者,乃十去其七八;所有一二残零不成部帙⑭书册,三数种平平书帖,犹复爱惜如护头目⑭,何愚也耶!

今日忽开此书,如见故人。因忆侯在东莱静治堂⑭,装卷初就,芸签缥带⑭,束十卷作一帙。每日晚吏散,辄校勘二卷,跋题一卷。此二千卷,有题跋者五百二卷耳。今手泽⑭如新,而墓木已拱⑭,悲夫!

昔萧绎江陵陷没,不惜国亡,而毁裂书画⑭;杨广江都倾覆,不悲身死,而复取图书⑭:岂人性之所著⑭,生死不能忘之欤?或者天意以余菲薄,不足以享此尤物耶?抑亦⑭死者有知,犹斤斤⑭爱惜,不肯留人间耶?何得之艰而失之易也?

呜呼!余自少陆机作赋之二年,至过蘧瑗知非之两岁⑮,三十四年之间,忧患得失,何其多也!然有有必有无,有聚必有散,乃理之常。人亡弓,人得之⑯,又胡足道⑮!所以区区⑲记其终始者,亦欲为后世好古博雅⑲者之戒云。

绍兴二年玄黓岁壮月朔甲寅⑩,易安室⑩题。

---

①《金石录》:作者的丈夫赵明诚所撰,共三十卷。金,指青铜器。石,指石刻。《金石录》一书记述了他们夫妇所藏、所见的古代铜器、石刻,并对上面的铭文文字及有关事迹作了考订。原书有赵明诚的自序,李清照的这篇后序写于赵明诚死后数年。
②右:以上。　③侯:唐宋时对州府长官的尊称。赵明诚做过几任州府长官,故称。德甫:赵明诚字德甫。　④三代:夏、商、周。　⑤五季:五代,即后梁、后唐、后晋、后汉、后周。　⑥钟:古代乐器。鼎:古代炊器,又为盛熟牲之器。圆鼎两耳三足,方鼎两耳四足。多用为宗庙的礼器和墓葬的明器。相传夏禹铸九鼎,历商至周,为传国之重器。后遂以指代国家政权和帝位。甗(yǎn 演):古炊器,有上下两层,上层供蒸物用,下层供煮物用。鬲(lì 力):鼎一类的器物。盘、匜(yí 移):古盥器。舀水用匜,盛水用盘。尊:酒器。敦(duì 对):古食器。以上均为商、周青铜制品。款识:铭刻的文

字。 ⑦丰碑、大碣(jié 杰)：大石碑。显人：有声望有地位的人。晦士：不为人所知的人。 ⑧卷：此指金石文拓本的幅或件。 ⑨是正：订正。讹谬(é miù)：错误。 ⑩去取：取舍。 ⑪史氏：历史家。 ⑫"自王"二句：是说无论收藏什么都能招祸。王播，疑当作王涯，唐文宗时宰相，收藏书画甚富，被抄家后，有人从他家墙壁里取出收藏物，拿走卷轴、匣子上的金玉，而把书画丢弃在路上。元载，唐代宗时宰相，后因罪抄家，仅胡椒一项就有八百多石。 ⑬"长舆"二句：是说无论嗜好什么都是一种病。长舆，晋人和峤的字，富而吝啬，杜预说他有钱癖。元凯，即晋人杜预的字，曾注《春秋左传》。有一次，晋武帝问他有何癖好，答道："臣有《左传》癖。" ⑭建中辛巳：即宋徽宗建中靖国元年(1101)。 ⑮归：嫁给。 ⑯"时先"二句：先君，指作者已故的父亲李格非。礼部员外郎，隶属礼部的曹司助理官。丞相，指赵明诚的父亲赵挺之。他曾任尚书右仆射兼中书侍郎，相当于丞相。吏部侍郎，吏部副长官。 ⑰太学：当时官立的最高学府。 ⑱朔望：农历每月初一、十五。谒告：请假。 ⑲质(zhì至)：典当。 ⑳相国寺：故址在今河南省开封市内。 ㉑市：买。 ㉒展玩：展开(碑文)观赏。 ㉓葛天氏：传说中远古的帝王。 ㉔出仕宦：出来做官。 ㉕饭蔬：吃青菜。衣练(shū 输)：穿布衣服。 ㉖穷：尽，此指游遍。遐方绝域：遥远的边疆。 ㉗尽：收尽。 ㉘日就月将：日积月累。 ㉙政府：此指中书省，全国最高行政机构。 ㉚亲旧：亲友、故交。馆阁：收藏图书、编修国史的机关。 ㉛亡诗：《诗经》三百五篇以外的佚诗。逸史：失传的史籍。 ㉜鲁壁、汲冢：借指秘本珍籍。鲁壁，汉武帝时，鲁恭王从孔丘故宅墙壁中发现《古文尚书》等。汲冢，晋武帝时，汲郡人掘魏襄王坟墓，得竹书数十车。 ㉝浸觉：渐渐地感到。 ㉞市易：是说典当衣物来买书画、奇器。 ㉟崇宁：宋徽宗的年号(1102—1106)。 ㊱徐熙：南唐时名画家。 ㊲信宿：连住两夜。 ㊳惋怅：惋惜、惆怅。 ㊴屏(bǐng 丙)居：退居。 ㊵仰取俯拾：指从上下各方面得到供给。 ㊶连守两郡：指赵明诚接连担任莱州(今山东莱州)、淄州(今山东淄博)知州。 ㊷以事铅椠(qiàn 欠)：用来购买书籍。 ㊸签题：写上书名。 ㊹彝(yí 移)：祭器。 ㊺舒：展开。卷：卷起。 ㊻疵(cī 疵)病：缺点。 ㊼率(lǜ 律)：法规，标准。 ㊽纸札：指书籍。 ㊾字画：指书法、绘画作品。 ㊿冠：作动词用，居首位。 ㊿归来堂：赵明诚在青州(今山东益都)住宅中的书斋。 ㊿角(jué 决)：较量。 ㊿老是乡：在这样的环境里终老。 ㊿簿甲乙：登记目录。簿，作动词用，在簿子上登记、书写的意思。甲乙，次序，此指书籍分类目录。 ㊿"即请"句：就领钥匙登记。 ㊿"关出"三句：关，索。卷帙(zhì 至)：指书籍。惩责：惩罚、责令。揩完涂改，指对损污的书册擦拭、修缮、涂粉、改换。 ㊿向时：从前。坦夷：心中平坦，这里有"随便"的意思。 ㊿憭栗(liáo lì 聊利)：紧张、不安的样子。 ㊿重肉：多于一盘的肉菜。 ㊿重采：指色彩多样的锦绣衣裙。 ㊿刓(wán 完)缺：残缺。 ㊿两家者流：指《周易》和《左传》的注疏这类书。 ㊿谋：合。 ㊿授：注。 ㊿声：音乐。色：女色。狗马：指玩好之物。 ㊿靖康丙午：宋钦宗靖康元年(1126)。 ㊿淄川：即淄州,今山东省淄博市。 ⑱箧(qiè怯):箱子。 ⑲建炎丁未:宋高宗建炎元年(1127)。 ⑳长(cháng常)物:多余的东西。 ㉑监本:国子监(官学)印行的书,比较普通易得。 ㉒东海:今江苏省灌云县。 ㉓第:宅。 ㉔煨烬(wēi jìn威进):灰烬。 ㉕建炎戊申:建炎二年。 ㉖"侯起"二句:是说赵明诚又被委任为建康府的长官。起复,按当时制度,现任官丁父母忧须除职服丧三年,服丧期未满而应召任职的,称为"起复"。 ㉗己酉:建炎三年。 ㉘芜湖:今安徽省芜湖市。 ㉙姑孰:今安徽省当涂县。 ㉚卜居:择地居住。赣(gàn干去声)水:赣江,在今江西省。 ㉛池阳:今安徽省贵池区。 ㉜被旨:奉旨。湖州:今浙江省吴兴县。 ㉝过阙上殿:觐见皇帝。 ㉞独赴召:指赵明诚独自应召前往。 ㉟葛衣:葛布衣服。岸巾:戴巾而露额。 ㊱意:心绪。 ㊲缓急:发生突然事变。 ㊳戟(jǐ己)手:竖起食指、中指来指点,其形如戟(古兵器)。 ㊴从众:照大家一样。 ㊵宗器:指赵明诚夫妇收藏的钟、鼎之类古代宗庙的祭器、乐器。 ㊶行在:皇帝外出时临时的驻所。此指建康。 ㊷痁(diàn店):疟疾。 ㊸惊怛(dá达):惊恐忧伤。 ㊹疾可忧:是说病情令人忧虑。 ㊺比(bì闭):及。 ㊻柴胡、黄芩(qín勤):都属于寒性的药。 ㊼膏肓(huāng荒):病在心膈之间,无可救药。 ㊽"殊无"句:是说没有安排身后家事的意思。分香卖屦(jù巨),曹操临终时,曾嘱将剩下的香料分给他的众夫人,还叫他的姬妾们学制鞋带去卖钱。 ㊾之:往。 ㊿分遣六宫:建炎三年七月,隆祐太后率六宫逃往洪州(今江西南昌)。六宫,指皇帝的后妃们。 ⓫茵(yīn因):垫子。 ⓬待:供,招待。 ⓭他长物称(chèn趁)是:其他物件,与上述可待百客的器皿茵褥数量相当。 ⓮兵部侍郎:兵部副长官。 ⓯从卫:随从护卫皇室的人。 ⓰部送:安排护送。 ⓱委弃:抛弃。 ⓲散为云烟:化为乌有。 ⓳《世说》:即南朝宋刘义庆所著《世说新语》。《盐铁论》:汉代桓宽著。 ⓴鼐(nài耐):大鼎。事:件。 ㉑岿(kuī亏)然:单独的样子。 ㉒上江:指今安徽省以西长江上游一带。 ㉓虏:对敌人的贱称。叵(pǒ婆上声)测:不可预测。 ㉔迒(háng杭):作者之弟李迒。 ㉕敕局删定官:负责编辑政府诏令的机构中的官员。 ㉖台:台州,今浙江省临海县。 ㉗剡(shàn善):今浙江省嵊(shèng圣)县。 ㉘睦:睦州。一本作"陆",指陆路。 ㉙黄岩:今属浙江省。 ㉚行朝:即行在。 ㉛驻跸(bì必):皇帝临时居地。章安:今浙江省临海县东南。 ㉜御舟:皇家的船只。温:温州,今浙江省温州市。 ㉝越:越州,今浙江省绍兴市。 ㉞庚戌:建炎四年。 ㉟放散百官:指高宗下令政府的各级官员(侍从和谏官除外),可自由寻找地方居住。 ㊱衢(qú渠):衢州,今浙江省衢江区。 ㊲绍兴辛亥:宋高宗绍兴元年(1131)。 ㊳壬子:绍兴二年。 ㊴先:当初。 ㊵疾亟(jí及):病危。 ㊶玟(mín民):类似玉的美石。 ㊷传道:传说,散布。 ㊸颁金:送给金人。 ㊹密论列:向朝廷告密。论列,议论并列举出罪状。 ㊺外廷:皇帝在京城以外听政的处所。 ㊻移幸:皇帝迁到。四明:明州,今浙江省宁波市。 ㊼无虑:大概。 ㊽可:约略。簏(lù鹿):竹箱。 ㊾会(kuài快)稽:今浙江省绍兴市。　⑭土民:指世代居住本地的土著。　⑭穴壁:穿墙壁。　⑭吴说运使:转运使吴说。　⑭不成部帙(zhì治):不成部,不成套。帙,包书的套子。　⑭如护头目:如同爱护自己的头和眼珠似的。　⑭东莱:即莱州,在今山东省莱州市。静治堂:书斋名。　⑭芸签:用芸草(一种香草)制作的书签。缥(piǎo瞟)带:淡青色的束书带子。　⑭手泽:指赵明诚的墨迹。　⑭墓木已拱(gǒng巩):坟墓上的树木已长得有两手围起来那么粗了。即言人死已久。语出《左传·僖公三十二年》:"尔墓之木拱矣!"　⑭"昔萧"三句:公元五五四年,当西魏军队攻到了梁朝国都江陵(今湖北江陵)附近时,梁元帝萧绎烧毁了图书十余万卷。(见《南史·梁本纪》)　⑮"杨广"三句:是说隋炀帝杨广在江都(今江苏扬州)被杀,他死后还取走了隋朝皇家的藏书(见《大业拾遗》)。　⑮性:精神。著(zhuó浊):附着。　⑯菲薄:浅薄。　⑯抑亦:或许还是。　⑯斤斤:这里有"舍不得"的意思。　⑯"余自"二句:是说自己从十八岁出嫁,到现在已五十二岁。陆机作赋,晋人陆机二十岁作《文赋》。蘧瑗(Qúyuàn渠院)知非,春秋时卫国大夫蘧瑗"年五十而知四十九年之非"(《淮南子·原道训》)。后乃称五十岁为"知非之年"。　⑯"人亡"二句:语出《孔子家语·好生》。据载,楚恭王失弓不寻,说:"楚王失弓,楚人得之,又何求!"孔子听说后,认为楚恭王的话气魄还不够大:"不曰'人遗弓,人得之'而已,何必楚也!"这里用来表示,丢失金石图书不须惋惜。　⑯胡足道:哪里值得一提。　⑯区区:爱而不舍的样子。　⑯博:学识渊博。雅:与流俗不同。　⑯玄黓(yì亦):古人用干支纪年,太岁在壬叫玄黓,绍兴二年岁属壬子。壮月:农历八月的别称。朔甲寅:农历八月初一。以上记《后序》写作年月日,其文字恐有脱误。如"绍兴二年"应为"绍兴四年";"朔甲寅"这种说法也不对。据今人考证,原题或为:"绍兴四年甲寅岁壮月朔。"　⑯易安室:作者的书斋名。这里为"易安室主人"之意。

陈与义

陈与义(1090—1138),字去非,号简斋,洛阳(今河南洛阳)人。徽宗政和三年(1113)登上舍甲科,高宗时官至参知政事。有《简斋集》。

伤 春①

庙堂无策可平戎②,坐使甘泉照夕烽③。初怪上都闻战马④,岂知穷海看飞龙⑤。孤臣霜发⑥三千丈,每岁烟花一万重⑦。稍喜长沙向延阁⑧,疲兵敢犯犬羊⑨锋。

①作于建炎四年春。建炎三年秋,金兵渡江,破临安、越州,宋高宗从海上南逃。这年春天,金兵破明州,高宗逃至温州。 ②庙堂:指宋朝廷。平戎:平定敌人。 ③坐使:因此使得。甘泉:汉离宫名,此指宋皇宫。照夕烽:汉文帝时,匈奴入侵,烽火信号直达甘泉宫。此指金兵入侵,逼近汴京。 ④上都闻战马:指汴京沦陷。上都,京城。 ⑤穷海看飞龙:指高宗乘船入海南逃。飞龙,喻指皇帝。 ⑥孤臣:作者自谓。霜发:白发。 ⑦烟花一万重:用杜甫《伤春》诗句,形容春景秾丽。 ⑧长沙向延阁:指当时在长沙守城抗金的向子諲(yīn 因)。延阁,汉代皇家藏书处,向子諲曾为直秘阁学士,故称。 ⑨犬羊:对金兵的贱称。

牡 丹①

一自胡尘②入汉关,十年伊洛③路漫漫。青墩溪畔龙钟客④,独立东风看牡丹。

①作于绍兴六年。 ②胡尘:指金兵。 ③十年:自靖康二年汴京沦陷至此整十年。伊洛:河南的伊水、洛水。此指作者故乡。 ④青墩溪:在今浙江省桐乡北。龙钟客:作者自称。龙钟,老迈的样子。

张元幹

张元幹(1091—1175?),字仲宗,号芦川居士,长乐(今福建县名)人。官至将作少监(管土木营建)。有《芦川词》。

贺 新 郎①

送胡邦衡谪新州②

梦绕神州③路。怅秋风、连营画角④,故宫离黍⑤。底事昆仑倾砥柱⑥,九地黄流乱注⑦?聚万落千村狐兔⑧。天意从来高难问,况人情老易悲难诉⑨。更南浦,送君去! 凉生岸柳催⑩残暑。耿斜河⑪,疏星淡月,断云微度⑫。万里江山知何处?回首对床夜语⑬。雁不到,书成谁与⑭?目尽青天⑮怀今古,肯儿曹恩怨相尔汝⑯!举大白⑰,听《金缕》⑱。

①《贺新郎》:词牌名。又名《金缕曲》《乳燕飞》等。 ②邦衡:胡铨的字。胡铨因曾上书请斩秦桧遭贬。绍兴十二年,又被除名押送新州,交当地看管。新州:今广东省新兴县。 ③神州:此指中原沦陷区。 ④画角:有彩饰的号角。 ⑤故宫:指汴京宫殿。离黍:《诗经·王风》有一首《黍离》诗,旧说是周大夫经过西周故都时的悼伤之作。首句"彼黍离离",描写宫室、宗庙毁坏后长满了庄稼。离离,是下垂的样子。 ⑥底事:何事。昆仑倾砥(dǐ底)柱:喻指北宋王朝的崩溃。 ⑦九地:遍地的意思。黄流乱注:黄河泛滥,到处成灾。喻金兵攻占各地。 ⑧狐兔:指金兵。 ⑨"天意"二句:"天意高难问,人情老易悲",原是杜甫的诗句(见《暮春江陵送马大卿公恩命追赴阙下》),这里用来表示对朝廷的不满,对国事的悲愤。天意,天(指皇帝)的旨意。难诉,无法诉说。 ⑩催:迫促,驱赶。 ⑪耿:明亮。斜河:斜转了的银河,表示夜已深沉。 ⑫断云微度:片片云彩缓缓飘过。 ⑬对床夜语:相对躺在床上谈到深夜。 ⑭"雁不到"二句:是说新州是雁飞不到的地方,即使写好书信,又托谁捎去? ⑮目

尽青天:放眼天下。 ⑯肯:岂肯。儿曹:儿辈。恩怨相尔汝:指彼此谈论的只是个人之间的恩怨私情。 ⑰大白:酒杯名。 ⑱《金缕》:即《金缕曲》。《贺新郎》又名《金缕曲》,此指本词。

岳 飞

岳飞(1101—1141),字鹏举,相州汤阴(今河南汤阴)人。少年从军,官至河南、北诸路招讨使、枢密副使。后被秦桧谋害。有《岳忠武王集》。

满 江 红①

怒发冲冠②,凭阑处、潇潇雨歇。抬望眼③,仰天长啸,壮怀激烈。三十功名尘与土④,八千里路云和月⑤。莫等闲⑥、白了少年头,空悲切。　靖康耻⑦,犹未雪;臣子恨,何时灭!驾长车⑧、踏破贺兰山缺⑨。壮志饥餐胡虏肉,笑谈渴饮匈奴血。待从头、收拾旧山河,朝天阙⑩。

①《满江红》:词牌名。有平、仄两体。这首词用的仄韵体。作于绍兴二年前后。　②怒发冲冠:是说愤怒得头发竖起,直顶帽子。　③抬望眼:抬头远望。　④三十功名:岳飞时年三十左右,屡立战功。尘与土:像尘土似的微不足道。　⑤八千里路:喻抗敌全胜的遥远路程。云和月:披星戴月的意思。　⑥等闲:寻常,随便。　⑦靖康耻:指靖康二年金兵攻陷汴京,掳走徽宗、钦宗的国耻。　⑧长车:战车。　⑨贺兰山:在今宁夏回族自治区与内蒙古自治区交界处。此泛指金人占领下的西北一带关山。缺:山口空缺处。　⑩朝天阙:朝见皇帝。天阙,指京城宫殿。

陆 游

陆游(1125—1210),字务观,号放翁,越州山阴(今浙江绍兴)人。孝宗时赐进士出身,官至宝章阁待制。有《剑南诗稿》《放翁词》等。

游山西村①

莫笑农家腊酒浑②,丰年留客足鸡豚③。山重水复疑无路,柳暗花明又一村。箫鼓追随春社④近,衣冠简朴古风存。从今若许闲乘月⑤,拄杖无时⑥夜叩门。

①约为孝宗乾道三年(1167)初春作。作者于上年自隆兴(今江西南昌)通判被罢官后,回山阴镜湖三山乡间居住。 ②腊酒:头年腊月(农历十二月)里酿造的酒。浑:浑浊。 ③豚(tún 屯):小猪。 ④箫鼓追随:是说箫鼓声不断。春社:指春社日,立春后祭祀土地神的日子。 ⑤闲乘月:趁着月夜闲游。 ⑥无时:随时。

关 山 月①

和戎诏下十五年②,将军不战空临边③。朱门沉沉按歌舞④,厩⑤马肥死弓断弦!戍楼刁斗催落月⑥,三十从军今白发。笛⑦里谁知壮士心,沙头空照征人骨。中原干戈古亦闻,岂有逆胡传子孙⑧?遗民⑨忍死望恢复,几处今宵垂泪痕!

①此诗是孝宗淳熙四年(1177)春作者在成都时作。 ②"和戎"句:隆兴元年(1163),孝宗派遣使臣与金人议和,至此已十五年。 ③空临边:白到边境去。 ④朱门:古代大官僚家以朱红颜色涂饰门户。沉沉:形容屋宇深邃。按歌舞:依照乐

曲的节奏载歌载舞。 ⑤厩(jiù旧):马棚。 ⑥"戍(shù恕)楼"句:是说在刁斗声中时光白白地流逝了。戍楼,防守边界的岗楼。刁斗,军中打更用的铜器。催落月:月亮被刁斗声催促下落。 ⑦笛:《关山月》本汉乐府横吹曲名,用笛吹奏。 ⑧逆胡传子孙:金以侵占中原至今,已传国四世。 ⑨遗民:北宋遗民,指沦陷区人民。

五月十一日夜且半,梦从大驾亲征,尽复汉唐故地,见城邑人物繁丽,云:西凉府也。喜甚,马上作长句,未终篇而觉。乃足成之①

天宝胡兵陷两京②,北庭安西③无汉营;五百年间④置不问,圣主下诏初亲征。熊罴百万从鸾驾⑤,故地不劳传檄下;筑城绝塞进新图⑥,排仗行宫宣大赦⑦。冈峦极目汉山川,文书初用淳熙年;驾前六军错锦绣⑧,秋风鼓角声满天。首蓿峰前尽停障⑨,平安火在交河⑩上;凉州女儿满高楼,梳头已学京都样。

①本诗为淳熙七年在抚州(今江西临川)作。大驾,皇帝的车驾。汉唐故地,指凉州。宋初为西凉府,治所在今甘肃省武威县,后沦没西夏。长句,七言古诗的别名。 ②"天宝"句:指安史之乱。两京,指西京长安(今陕西西安)与东京洛阳(今河南洛阳)。 ③北庭、安西:唐王朝设置的两个都护府,在今新疆境内。唐德宗贞元年间,两地均陷于吐蕃。 ④五百年间:自唐天宝、贞元至宋淳熙时,有四百多年,此举其成数。 ⑤熊、罴(pí脾):均为猛兽,此借喻勇士。鸾驾:皇帝的车驾,此借指皇帝。 ⑥绝塞:僻远的边塞。新图:指新绘制的收复地区的地图。 ⑦"排仗"句:是说皇帝于行宫中排列仪仗,宣布大赦。行宫,皇帝出行时所居住的宫室。 ⑧六军:古制以一万二千五百人为一军,天子有六军。错锦绣:指诸色相错的华美军衣。 ⑨首蓿峰:疑在甘肃西部。停障:即亭障,边境上的哨所、堡垒。 ⑩平安火:唐代在边塞上每三十里置一烽堠,夜举烽一炬报边塞无战事,称平安火。交河:县名,唐代安西都护府所在地。在今新疆维吾尔自治区吐鲁番西。

夜 泊 水 村①

腰间羽箭久凋零,太息燕然未勒铭②。老子犹堪绝大漠③,诸君何至泣新亭④?一身报国有万死,双鬓向人无再青⑤。记取江湖泊船处,卧闻新雁落寒汀⑥。

①作于淳熙九年。　②太息:出声长叹。燕然未勒铭:反用后汉窦宪追击匈奴刻石纪功于燕然山的故事。　③老子:作者自称。绝:横越。大漠:大沙漠。　④泣新亭:用"新亭对泣"的故事。东晋初,南渡的士大夫在新亭(故址在南京市南)饮宴,周𫖮叹道:"风景不殊,正自有山河之异。"座中人相视流涕。王导批评他们说:"当共勠力王室,克复神州,何至作楚囚相对邪!"见《世说新语·言语》。　⑤"双鬓"句:是说鬓间的白发不可能再变黑,借喻人老了不能重返少壮。　⑥汀:水边平地。

病　起①

山村病起帽围宽②,春尽江南尚薄寒。志士凄凉闲处老,名花零落雨中看。断香漠漠便支枕③,芳草离离悔倚阑④。收拾吟笺⑤停酒碗,年来触事动忧端⑥。

①淳熙十二年作。　②帽围宽:形容病后面容消瘦。　③断香:指香已烧尽。漠漠:弥漫的样子。便:合宜。支枕:指高卧。　④离离:分披繁盛的样子。倚阑:此指靠着栏杆远望。　⑤吟笺(jiān 煎):诗稿。　⑥忧端:愁绪。

书　愤①

早岁那知世事艰?中原北望气如山②。楼船夜雪瓜洲渡,铁马秋风大散关③。塞上长城空自许④,镜中衰鬓已先斑⑤。《出师》一表真名世,千载谁堪伯仲间⑥?

①这诗是淳熙十三年春,诗人退居山阴时作。书,写。　②"中原"句:是说北望中原,愤慨万端,收复失地的意志像山一样壮伟坚定。　③"楼船"二句:写南宋军队抗击金兵侵犯的史实,并回顾自己的经历。上句指宋高宗绍兴三十一年冬,金主完颜亮南侵,宋将刘锜、虞允文等在瓜洲一带造战舰拒之,金兵败退。宋孝宗隆兴二年,诗人出为镇江通判,曾亲睹新增战舰,并作诗以咏。下句指绍兴三十一年秋,金人占领大散关,次年被南宋军收复事。另,宋孝宗乾道八年,诗人在南郑军中供职,曾参与策划进兵长安,并强渡渭水,同金兵在大散关发生遭遇战。诗人有若干诗描述这段军中生活。楼船,指战舰。瓜洲,见王安石《泊船瓜洲》注①,是当时的军事重地。铁马,披铁甲的战马。大散关,又名散关,在今陕西宝鸡市西南大散岭上。为南宋边防重镇。
④"塞上"句:是说白白以塞上长城自许。指自己抗敌保边的宏愿落空。这里暗用南朝刘宋名将檀道济语。他北伐有功,因遭疑忌而被宋文帝杀害,临死前他怒道:"乃复

坏汝万里之长城。"事见《南史·宋书·檀道济传》。　⑤衰鬓:衰颓的鬓发。斑:花白。　⑥"《出师》"二句:是说《出师表》曾名扬于世,千载以来有谁能和它的作者诸葛亮相提并论呢？这里以坚持北伐的诸葛亮自勉,再表恢复中原的决心。表,古代臣子向皇帝上书的一种文体,多用于陈述衷情。蜀汉后主建兴五年(227)春,诸葛亮向后主刘禅上《出师表》,申述北伐曹魏的决心。堪,可。伯仲间,兄弟间。指相并列。

临安春雨初霁①

　　世味年来薄似纱②,谁令骑马客京华③？小楼一夜听春雨,深巷明朝卖杏花。矮纸斜行闲作草④,晴窗细乳戏分茶⑤。素衣莫起风尘叹⑥,犹及清明⑦可到家。

①淳熙十三年作者在京城临安(今浙江杭州市)时作。初霁(jì记),刚放晴。　②"世味"句:是说近年来对官场世事的兴味很淡薄。　③"谁令"句:这年春,陆游被起用权知严州,先到临安办理手续。　④矮纸:短纸。斜行:歪斜不整。作草:指写字。草,草书。　⑤细乳:指煎茶时水面上浮起的乳状泡沫。分茶:烹茶的一种方法。一说是种独特的游艺。　⑥"素衣"句:是说不用引起素衣被风尘染污的感叹。素衣喻自己的高洁品格。风尘,喻京城的不良风气。　⑦犹及:还能赶上。清明:二十四节气之一,在每年公历四月五日或六日。

秋夜将晓出篱门迎凉有感①

其　二

　　三万里河②东入海,五千仞岳③上摩天。遗民泪尽胡尘里,南望王师④又一年！

①本题共二首,绍熙三年秋在山阴作。　②河:指黄河。　③五千仞岳:形容极高。指西岳华山。仞,八尺。　④王师:指南宋官军。

十一月四日风雨大作①

其　二

　　僵卧孤村不自哀②,尚思为国戍轮台③。夜阑④卧听风吹雨,铁马冰河⑤

入梦来。

①这组诗共二首,绍熙三年十一月作于山阴。 ②僵卧:偃卧不起。不自哀:是说不为自己的境遇而哀叹。 ③戍(shù 树):防守边疆。轮台:今新疆维吾尔自治区轮台县。汉唐时曾在这里屯兵。此泛指西北边疆。 ④夜阑:夜将尽。 ⑤铁马:见诗人《书愤》注③。冰河:泛指北国封冻的河流。

喜雨歌①

不雨珠,不雨玉,六月得雨真雨粟。十年水旱食半菽②,民伐桑柘卖黄犊③。去年小稔④已食足,今年当得厌⑤酒肉。斯民⑥醉饱定复哭,几人不见今年熟!

①庆元五年(1199)六月作于山阴三山。 ②食半菽(shū 叔):是说以豆子充饥,还只能吃个半饱。 ③"民伐"句:是说农民为了生存,逼不得已砍伐赖以养蚕的桑树、柘(zhè 浙)树当柴烧,把小黄牛卖掉换取口粮。 ④小稔(rěn 忍):指庄稼收成较好。 ⑤厌:同"餍",饱食。 ⑥斯民:这些农民。

示 儿①

死去元知万事空,但悲不见九州同②。王师北定中原日,家祭无忘告乃翁③。

①这是作者的绝笔诗,作于嘉定三年(1210)春。 ②九州同:指统一全国。 ③乃翁:你的父亲,作者自称。

钗 头 凤①

红酥手②,黄藤酒③,满城春色宫墙柳。东风恶,欢情薄。一怀愁绪,几年离索④。错!错!错! 春如旧,人空瘦,泪痕红浥鲛绡透⑤。桃花落,闲池阁⑥。山盟⑦虽在,锦书难托⑧。莫!莫!莫⑨!

①《钗头凤》:词牌名。原名《撷芳词》,陆游因无名氏词有"可怜孤似钗头凤"句,故名。据《齐东野语》记载,此词作于绍兴二十五年。陆游初娶唐琬为妻,因陆母不喜

欢唐琬,被迫分离,一个另娶,一个改嫁。后两人相遇沈园(故址在今浙江绍兴),陆游题此词于壁上。　②红酥手:形容女子的手红润细嫩。　③黄藤(téng 腾)酒:即黄酒。黄藤、藤黄,状酒的颜色。一说作"滕黄",则指一种官酿的酒。宋时官酒上有黄纸封口,称黄封酒。滕,缄封。　④离索:分离独居。　⑤"泪痕"句:是说伤心的泪水湿透了手帕。浥(yì 义),湿润。鲛绡(jiāo xiāo 交肖),指手帕。鲛是传说中的一种美人鱼,能织绡(一种丝织品)。　⑥池阁:池台楼阁。　⑦山盟:指男女永久相爱的誓言。　⑧锦书:锦字回文书,情书。托:寄。　⑨莫:罢了。此有无可奈何只好作罢之意。

卜算子①

咏　梅

驿外②断桥边,寂寞开无主。已是黄昏独自愁,更著③风和雨。　无意苦争春,一任④群芳妒。零落成泥碾作尘⑤,只有香如故。

①《卜算子》:词牌名。万树《词律》以为取义于"卖卜算命之人"。又名《百尺楼》《楚天遥》等。　②驿(yì 义):驿站。古时掌投递公文、转运官物及供来往官员休息的机构。　③著(zhuó 浊):附着,此指经受。　④一任:完全听凭。　⑤碾作尘:指被驿边过往车轮碾碎并化为尘土。

诉衷情①

当年万里觅封侯②,匹马戍梁州③。关河梦断④何处,尘暗⑤旧貂裘。　胡⑥未灭,鬓先秋⑦,泪空流。此生谁料,心在天山⑧,身老沧洲⑨!

①《诉衷情》:唐教坊曲名,后改用为词牌。又名《桃花水》。这首词作于晚年罢归山阴时。　②觅封侯:是说寻找建立边功、取得封侯的机会。　③戍梁州:指诗人四十八岁时在南郑军中供职事。参见《书愤》注③。梁州,古代九州之一,今陕西汉中市一带。　④关河:这里指边防之地。河,河防。梦断:梦醒。　⑤尘暗:因积满了灰尘,显得颜色暗淡。　⑥胡:这里指金国统治者。　⑦鬓先秋:是说鬓发早已像秋霜一样白了。　⑧天山:在今新疆维吾尔自治区内。这里泛指西北边塞。　⑨沧洲:水边之地,古时隐者居处。此指诗人晚年所居的绍兴南面镜湖边的三山。

范成大

范成大(1126—1193),字致能,号石湖居士,平江吴县(今江苏苏州)人。高宗绍兴二十四年进士,官至参知政事。有《石湖居士诗集》等。

后催租行①

老父②田荒秋雨里,旧时高岸今江水。佣耕③犹自抱长饥,的知无力输④租米。自从乡官新上来,黄纸放尽白纸催⑤。卖衣得钱都纳却,病骨虽寒聊免缚。去年衣尽到家口⑥,大女临歧两分首⑦。今年次女已行媒⑧,亦复驱将换升斗⑨。家中更有第三女,明年不怕催租苦!

①在此诗之前,作者还写过一篇《催租行》。　②老父:老翁。　③佣耕:因田地被淹,只好给人当雇工。　④的知:确知。　⑤"黄纸"句:是说朝廷颁诏豁免了灾区的赋税,可地方官府还照样下令征收。黄纸,指皇帝的诏书。白纸,指官府的公文。　⑥到家口:指竟至卖家里的人口。　⑦歧:岔道口。分首:分别。　⑧行媒:媒人来说亲。　⑨升斗:指少量的粮食。

州桥①

南望朱雀门②,北望宣德楼③,皆旧御路④也。

州桥南北是天街⑤,父老年年等驾回;忍泪失声询⑥使者,"几时真有六军⑦来?"

①乾道六年,作者使金,路过汴京时作。州桥:即天汉桥,在汴京宫城之南汴河上。

②朱雀门:汴京正南门。　③宣德楼:宫城的正门楼。　④御路:皇帝车驾出入的街道。　⑤天街:即御路。　⑥询:一作"问"。　⑦六军:《周礼·夏官·司马》:"凡制军万有二千五百人为军。王六军,大国(指诸侯国,下同)三军,次国二军,小国一军。"这里指王师,即朝廷的军队。

四时田园杂兴①

其 二 十 五

梅子金黄杏子肥,麦花雪白菜花稀。日长篱落②无人过,惟有蜻蜓蛱蝶③飞。

①本题共六十首,淳熙十三年作。　②篱落:篱笆。　③蛱(jiá 荚)蝶:蝴蝶的一种。

其 三 十 一

昼出耘田夜绩麻①,村庄儿女各当家。童孙未解供②耕织,也傍③桑阴学种瓜。

①耘(yún 云)田:除草。绩麻:把麻搓捻成线或绳。　②未解:不懂得,不会。供:担任,从事。　③傍(bàng 棒):靠近。

其 三 十 五

采菱辛苦废犁锄,血指流丹鬼质枯①。无力买田聊种水②,近来湖面亦收租!

①血指流丹:指采菱时手指被刺破流血。鬼质枯:人枯瘦得像鬼。　②种水:指种植菱藕之类。

其 四 十 四

新筑场泥镜面平,家家打稻趁霜晴。笑歌声里轻雷动,一夜连枷①响到明。

①连枷:打谷脱粒用的农具。

杨万里

杨万里(1127—1206),字廷秀,号诚斋,吉水(今江西县名)人。高宗绍兴二十四年进士,官至秘书监,退休后进宝谟阁学士。有《诚斋集》。

过百家渡四绝句①

其 二

园花落尽路花开,白白红红各自媒②。莫问早行奇绝处,四方八面野香来。

①本题共四首,绍兴末,作者任永州零陵(今湖南零陵)县丞时作。百家渡,渡口名,在永州。 ②"白白"句:是说路边的花争相开放,招人喜爱。

初入淮河四绝句①

其 一

船离洪泽②岸头沙,人到淮河意不佳。何必桑乾③方是远,中流以北即天涯。

①本题共四首,绍熙元年作者奉命迎接金使时所作。淮河是当时宋、金的分界线。 ②洪泽:湖名,在今江苏省。作者从这里北行入淮河。 ③桑乾:桑乾河,即永定河。发源于山西,流经北京附近,至天津入海。

其　二

　　两岸舟船各背驰①,波痕交涉亦难为②。只余鸥鹭无拘管,北去南来自在飞。

①背驰:背道而驰。　②"波痕"句:是说虽然水波相连,舟船也不能来往。

张孝祥

张孝祥(1132—1169),字安国,号于湖居士,祖籍简州(今四川简阳),徙居历阳乌江(今安徽和县)。绍兴二十四年举进士第一,历任中书舍人等职。有《于湖居士文集》。

六州歌头①

长淮②望断,关塞莽然③平。征尘暗,霜风劲,悄边声④。黯销凝⑤!追想当年事⑥,殆天数⑦,非人力。洙泗⑧上,弦歌⑨地,亦膻腥⑩。隔水毡乡⑪,落日牛羊下⑫,区脱⑬纵横。看名王宵猎⑭,骑火一川明⑮。笳⑯鼓悲鸣,遣⑰人惊。　念腰间箭,匣中剑,空埃蠹⑱,竟何成!时易失,心徒壮,岁将零⑲,渺神京⑳。干羽方怀远㉑,静烽燧,且休兵。冠盖使㉒,纷驰骛㉓,若为情㉔?闻道中原遗老,常南望、翠葆霓旌㉕。使行人到此,忠愤气填膺,有泪如倾。

①《六州歌头》:本鼓吹曲名,后用为词牌。取名于唐代所设西部之六州,即伊州、梁州、甘州、石州、渭州、氐州。这首词约作于孝宗隆兴二年,时作者为建康留守。　②长淮:指淮河。　③关塞:关山要塞。莽然:草木茂盛的样子。　④"征尘"三句:是说边境上风吹尘扬,悄然无声。暗示毫无抵抗准备。　⑤黯销凝:指精神颓丧,忧思郁结。　⑥当年事:指北宋灭亡。　⑦殆:或许,恐怕。天数:天意。　⑧洙(zhū朱)泗(sì四):二水名,流经今山东省曲阜市,相传孔丘曾在此讲学。　⑨弦歌:弹琴歌唱。指礼乐教化。　⑩膻(shān山)腥:牛羊的腥味。此用来指中原地区被金人侵占。　⑪毡乡:指金人设毡帐聚居的地方。　⑫下:下坡归来。　⑬区(oū欧)脱:匈奴筑以守边的土室。此指金人军营。　⑭名王:指金人的将帅、首领。宵猎:夜里打猎。　⑮"骑(jì记)火"句:骑兵的火把照亮了一片原野。一川,一片,指原野大地。　⑯笳:胡笳,军中乐器。　⑰遣:使。　⑱埃蠹(dù杜):积满灰尘,被蛀虫侵蚀。

⑲零:尽。　⑳神京:京城,此指北宋首都汴京。　㉑"干羽"句:借用舜以干羽(古代两种舞具)归化苗民的传说,讽刺南宋王朝与金妥协。怀远,即怀柔,招徕远方,使之归附。　㉒冠盖使:指议和使者。盖,车盖。　㉓驰骛(wù 务):奔走。　㉔若为情:何以为情,难为情。　㉕翠葆霓旌:翠羽装饰的车盖,画着云霓的旌旗。此指皇帝的车驾仪仗。

念奴娇①

过洞庭

　　洞庭青草②,近中秋、更无一点风色。玉鉴琼田③三万顷,著我扁舟一叶。素月分辉,明河共影④,表里⑤俱澄澈。悠然心会⑥,妙处难与君说。

　　应念岭表经年⑦,孤光自照⑧,肝胆皆冰雪⑨。短发萧骚⑩襟袖冷,稳泛沧溟⑪空阔。尽挹西江⑫,细斟北斗⑬,万象⑭为宾客。扣舷独啸,不知今夕何夕⑮!

①孝宗乾道二年,作者被谗免职,从桂林北归途中所作。　②青草:湖名,北与洞庭湖相通。　③玉鉴琼田:形容平静明亮的湖面。鉴,镜。　④共影:指湖面和银河都洒满月光。　⑤表里:里外,上下。　⑥心会:心领神会。　⑦岭表:岭外,指五岭以南今两广一带。经年:过了一年或一年以上。作者曾知静江府(今广西桂林),兼广南西路经略安抚使。　⑧孤光自照:指自己心地光明,不随流俗。　⑨冰雪:喻洁白晶莹。　⑩萧骚:又作"萧疏",稀少的样子。　⑪沧溟:大海。此指洞庭湖。　⑫尽挹(yì 邑):舀尽。西江:指长江。　⑬细斟北斗:用天上的北斗做酒器斟酒喝。　⑭万象:万物。　⑮"不知"句:是说今夜是什么夜啊,能有此美景。

辛弃疾

辛弃疾(1140—1207),字幼安,号稼轩居士,济南历城(今山东济南)人。早年率众起义抗金,南归后历任滁州知州,湖北、江西、湖南、福建、浙东等路安抚使。先后闲居上饶、铅山近二十年。有《稼轩词》。

水 龙 吟①

登建康赏心亭②

楚天③千里清秋,水随天去秋无际。遥岑远目④,献愁供恨,玉簪螺髻⑤。落日楼头,断鸿⑥声里,江南游子⑦。把吴钩⑧看了,栏杆拍遍,无人会⑨、登临意。　　休说鲈鱼堪脍⑩,尽西风、季鹰归未?求田问舍⑪,怕应羞见,刘郎⑫才气。可惜流年⑬,忧愁风雨⑭,树犹如此⑮!倩⑯何人、唤取红巾翠袖⑰,揾⑱英雄泪?

①《水龙吟》:词牌名,越调曲,取名于李白诗句"笛奏龙吟水"。调有平仄两体,此为仄韵体。又名《龙吟曲》等。这首词作于宋孝宗乾道五年诗人在建康(今江苏南京)任通判时。　②赏心亭:在建康城上,面临秦淮河。　③楚天:南方的天空。　④遥岑:远山。远目:远望。　⑤玉簪(zān 赞阴平):绾发头饰。此形容尖峭的山峰。螺髻(jì 计):螺壳似的发结。此形容圆形的山峰。　⑥断鸿:失群孤雁。　⑦江南游子:作者自称。　⑧吴钩:相传为吴王阖闾所造的弯形的刀。此指刀剑。　⑨会:领会。　⑩鲈鱼堪脍(kuài 快):晋代吴郡人张翰,字季鹰,在洛阳做官,因秋风起,想起家乡的鲈鱼脍,便辞官归去。脍,细切的肉。　⑪求田问舍:三国时,刘备曾批评许汜(fàn 泛),只知求田问舍(买田置屋),无救世之意。　⑫刘郎:即刘备。　⑬流年:时光,年华。　⑭风雨:指国家如风雨飘摇,局势危急。　⑮树犹如此:晋代桓温领兵北征,见自己早年栽的柳树已长大,感叹说:"木犹如此,人何以堪(人怎能经得住不老

呢)!" ⑯倩(qiàn 欠):请。 ⑰唤取:叫来。红巾翠袖:指歌女。 ⑱揾(wèn 问):擦拭。

太 常 引①

建康中秋夜为吕叔潜赋②

一轮秋影转金波③,飞镜又重磨④。把酒问姮娥⑤:被白发欺人奈何⑥!乘风好去,长空万里,直下看山河。斫去桂婆娑,人道是、清光更多⑦。

①《太常引》:词牌名。又名《太清引》《腊前梅》。这首词约作于宋孝宗淳熙元年(1174)诗人在建康任江东安抚司参议官时。 ②吕叔潜:一作"吕潜叔",生平不详。赋:作诗或念诗。 ③秋影:指中秋之月。金波:指明亮的月光。 ④"飞镜"句:是说在天空飞转的月亮有如新磨的青铜镜那么明亮。飞镜,喻月亮。李白《渡荆门送别》:"月下飞天镜。" ⑤姮(héng 恒)娥:即嫦娥。神话中后羿的妻子。因偷食后羿从西王母处求得的不死药,飞入月宫成仙。 ⑥"被白发"句:是说奈何不得白发欺负人,使我变得如此老朽。这里对比姮娥不死,感叹虚掷青春。 ⑦"斫(zhuó 茁)去"二句:杜甫《一百五日夜对月》诗:"斫却月中桂,清光应更多。"此用其意。斫,用刀斧砍。桂,指传说中月中的桂树。据传吴刚被罚砍月中桂,树随砍随合。婆娑(suō 梭):形容桂树枝影飘舞的样子。

菩 萨 蛮

书江西造口壁①

郁孤台下清江②水,中间多少行人泪③。西北望长安,可怜无数山④。青山遮不住,毕竟东流去⑤。江晚正愁余⑥,山深闻鹧鸪⑦。

①宋孝宗淳熙三年(1176),作者将这首词写在江西造口石壁上。时作者任江西提点刑狱。造口,即皂口镇,在今江西万安县西南。有皂口溪在此流入赣江。 ②郁孤台:又名望阙台,在今江西赣州市西南。清江:赣江与袁江合流处。这里指赣江,赣江经郁孤台下向北流去。 ③"中间"句:宋人罗大经《鹤林玉露》云:"南渡之初(按,指宋高宗建炎三四年间,即公元1129年至1130年),虏人(指金兵)追隆佑太后(宋哲宗皇后孟氏)御舟至造口,不及而还。幼安由此起兴。"行人,过路的人。 ④"西北"二

句:是说朝西北方向遥望故都,可惜被无数峰岭挡住了视线。言外之意是慨叹中原长期沦陷,至今不得恢复。望,一作"是"。长安,即今陕西西安市。汉唐时代均在此建都,这里借指北宋京都汴京及广大中原地区。可怜,可惜。 ⑤"青山"二句:是说青山虽能遮断北望的视线,却挡不住赣江水东流而去。这里以东流的江水暗喻自己对故国的深情和北伐抗金的决心。 ⑥愁余:让我发愁。 ⑦鹧鸪(zhè gū 浙姑):鸟名,传说其啼声如"行不得也哥哥"。《鹤林玉露》:"'闻鹧鸪'之句,谓恢复之事行不得也。"参见温庭筠《菩萨蛮》(其一)注⑦。

摸鱼儿①

淳熙己亥②,自湖北漕移湖南③,同官王正之置酒小山亭④,为赋⑤。

更能消⑥、几番风雨,匆匆春又归去。惜春长怕花开早,何况落红无数。春且住⑦,见说道⑧、天涯芳草无归路⑨。怨春不语。算⑩只有殷勤,画檐蛛网,尽日惹⑪飞絮。　　长门事⑫,准拟佳期又误。蛾眉曾有人妒⑬。千金纵买相如赋⑭,脉脉⑮此情谁诉?君莫舞⑯,君不见、玉环飞燕⑰皆尘土!闲愁最苦。休去倚危栏⑱,斜阳正在,烟柳断肠处。

①《摸鱼儿》:唐教坊曲名,后用作词牌。　②淳熙己亥:淳熙六年(1179)。　③"自湖北"句:作者由湖北转运副使调任湖南转运副使。漕,漕司,转运使的简称。移,调任。　④同官:同僚。置酒:指设酒席为作者饯行。小山亭:在鄂州(今湖北武昌)湖北转运副使衙门内。　⑤为赋:为答谢而作此词。　⑥更:再。消:消受,经受住。　⑦且住:暂且留下。　⑧见说道:听说。　⑨"天涯"句:是说无边的芳草遮断了春天回去的路。　⑩算:算来。　⑪惹:招惹,指沾住。　⑫长门事:指汉武帝的陈皇后失宠后被贬居长门宫。　⑬"准拟"二句:是说因有人嫉妒陈皇后,进谗于帝,使他们未能如约相会。准拟,预定。蛾眉,指美人。　⑭"千金"句:陈皇后曾以重金请司马相如写《长门赋》,武帝看后很受感动。　⑮脉脉:形容用眼神表达感情。　⑯君:你们。舞:有得意忘形之意。　⑰玉环:杨贵妃的小名。安禄山叛变后,唐玄宗被迫将杨贵妃赐死。参见白居易《长恨歌》注㉚。飞燕:赵飞燕,汉成帝的皇后,以能歌善舞得宠,后被废自杀。　⑱危栏:高楼上的栏杆。

祝英台近①

晚　春

　　宝钗分②,桃叶渡③,烟柳暗南浦。怕上层楼④,十日九风雨。断肠片片飞红⑤,都无人管,更谁劝、啼莺声住？　　鬓边觑⑥,试把花卜归期⑦,才簪又重数⑧。罗帐灯昏,哽咽梦中语:"是他春带愁来,春归何处？却不解、带将愁去。"

①《祝英台近》:词牌名。因民间传说梁、祝爱情故事的女主人公名祝英台,故取作词牌名。又名《宝钗分》等。　②宝钗分:指离别。古时男女离别,常分钗(妇女头饰)为二,各取其一,作为纪念。　③桃叶渡:指送别爱人的地方。　④层楼:高楼。　⑤飞红:落花。　⑥鬓边觑(qù去):是说斜视鬓边所插的花。　⑦"试把"句:是说数花瓣来占卜爱人回来的日子。　⑧"才簪"句:是说刚插上花,又取下来再数一遍。簪,作动词用,插。

清　平　乐①

独宿博山王氏庵②

　　绕床饥鼠,蝙蝠翻灯舞③。屋上松风吹急雨,破纸窗间自语④。　　平生塞北江南⑤,归来⑥华发苍颜。布被秋宵梦觉,眼前万里江山。

①《清平乐》:词牌名。又名《清平乐令》《醉东风》等。　②博山:在今江西省广丰县西南。庵(ān安):茅屋。　③翻灯舞:在灯前来回飞舞。　④自语:指窗纸在风中作响。　⑤"平生"句:是说一生走遍塞北江南。　⑥归来:指罢官回家。

青　玉　案

元　夕①

　　东风夜放花千树②,更吹落、星如雨③。宝马雕车④香满路,凤箫⑤声动,玉壶⑥光转,一夜鱼龙⑦舞。　　蛾儿雪柳黄金缕⑧,笑语盈盈⑨暗香去。众里寻他千百度⑩,蓦然⑪回首,那人却在,灯火阑珊⑫处。

①元夕:元宵。　②"东风"句:形容满城灯火,像花开千树。　③星如雨:形容满天焰火。　④宝马雕车:装饰华美的车马。　⑤凤箫:排箫。　⑥玉壶:指月。　⑦鱼龙:指鱼灯、龙灯。　⑧蛾儿、雪柳、黄金缕:妇女元宵节戴的头饰。　⑨盈盈:美好的样子。　⑩度:回。　⑪蓦(mò末)然:忽然。　⑫阑珊:零落。

西 江 月①

夜行黄沙②道中

明月别枝惊鹊③,清风半夜鸣蝉。稻花香里说丰年,听取蛙声一片。七八个星天外④,两三点雨山前。旧时茅店社林⑤边,路转溪桥忽见。

①《西江月》:唐教坊曲名,后用作词牌。又名《江月令》等。　②黄沙:岭名,在今江西省上饶市西。　③别枝:斜出的树枝。惊鹊:是说因月光明亮,鹊儿惊飞不定。　④天外:天边。　⑤社林:土地庙附近的树林。

鹧 鸪 天

代 人 赋

陌上柔桑破①嫩芽,东邻蚕种已生些②。平冈细草鸣黄犊,斜日寒林点暮鸦。　山远近,路横斜,青旗沽酒③有人家。城中桃李愁风雨,春在溪头荠菜④花。

①陌(mò莫):田间小路。破:冒出。　②蚕种已生些:指孵化出少许小蚕。　③青旗:青布做的酒招。沽酒:卖酒。　④荠(jì)菜:一种野菜,花白色。

沁 园 春①

灵山齐庵②赋,时筑偃湖未成

叠嶂西驰,万马回旋,众山欲东③。正惊湍④直下,跳珠倒溅;小桥横截,缺月初弓⑤。老合投闲⑥,天教⑦多事,检校⑧长身十万松。吾庐小,在龙蛇⑨影外,风雨声⑩中。　　争先见面重重⑪,看爽气、朝来三数峰⑫。似谢家子弟⑬,衣冠磊落⑭;相如庭户⑮,车骑雍容⑯。我觉其间,雄深雅健,如对文章太史公⑰。新堤路,问偃湖何日,烟水蒙蒙?

①《沁园春》:词牌名。相传东汉窦宪仗势夺取沁水公主的园林,唐人多有诗作咏此事,故得名。又名《念离群》《洞庭春色》等。　②灵山:在今江西省上饶市北。齐庵:地名。辛弃疾在此建有草堂。　③"叠嶂"三句:是说层层叠叠的山峰忽西忽东,有如万马回旋之势。　④惊湍:狂奔的急流。　⑤"小桥"二句:是说小桥横跨急流,形如弓状新月。　⑥老合投闲:人老了合当过闲散的生活。　⑦教:令,使。多事:好管闲事。　⑧检校:考核,掌管。　⑨龙蛇:形容枝干屈曲的松树。　⑩风雨声:指松涛声。　⑪"争先"句:是说晨雾消散时群峰先后显露。　⑫"看爽气"句:是说山峰挟带着早晨清爽的空气迎面而来。　⑬"似谢"一句:喻山容的佳美。谢家子弟,指晋代谢安的子弟(如淝水之战中打败苻坚的谢玄、谢石)。　⑭衣冠磊落:服饰齐整,神态大方。　⑮相如:司马相如。庭户:门庭。　⑯雍容:形容文雅大方。　⑰"雄深"两句:韩愈曾评柳宗元的文章"雄深雅健,似司马子长"。司马迁,字子长,曾为太史令,自称太史公。

贺　新　郎

别茂嘉十二弟①

　　绿树听鹈鴂②。更那堪、鹧鸪声住,杜鹃声切! 啼到春归无寻处,苦恨芳菲都歇③。算未抵④、人间离别。马上琵琶关塞黑⑤,更长门、翠辇辞金阙⑥。看燕燕,送归妾⑦。　　将军⑧百战身名裂,向河梁、回头万里,故人长绝⑨。易水萧萧西风冷,满座衣冠似雪。正壮士、悲歌未彻⑩。啼鸟还知如许恨,料不啼、清泪长啼血。谁共我,醉明月?

①茂嘉:作者族弟,排行第十二,时贬官桂林(今广西桂林)。　②鹈鴂(tí jué 啼决):鸟名。　③芳菲:香花。歇:凋零。　④抵:相当,比得上。　⑤"马上"句:用昭君出塞的故事。写昭君辞汉北行时的凄怆情景。　⑥"更长门"句:用陈皇后失宠的故事。金阙,皇宫。　⑦"看燕"二句:春秋时卫庄公夫人庄姜无子,将庄公妾戴妫(guī规)之子完收养。庄公死后,完即位,被臣属州吁所杀。庄姜送别戴妫回陈国时,曾作《燕燕》诗纪之,诗见《诗经·邶风》。　⑧将军:指汉武帝时大将李陵,他抗击匈奴时

兵败投降。　⑨"向河梁"二句：李陵送别苏武离匈奴归汉时，曾说"异域之人，一别长绝。"（见《汉书·苏武传》）《文选》载李陵《与苏武诗》，有"携手上河梁，游子暮何之"之句。梁，桥梁。　⑩"易水"三句：战国时，荆轲出使秦国，谋刺秦王。临行时，燕太子丹及宾客，都穿戴白色衣帽，到易水（源出河北易县）边为他送行，高渐离击筑，荆轲唱道："风萧萧兮易水寒，壮士一去兮不复还。"（见《史记·刺客列传》）壮士，指荆轲。未彻，未唱完。

永　遇　乐①

京口北固亭②怀古

　　千古江山，英雄无觅、孙仲谋③处。舞榭歌台④，风流⑤总被、雨打风吹去。斜阳草树，寻常巷陌，人道寄奴⑥曾住。想当年：金戈铁马，气吞万里如虎⑦。　元嘉⑧草草，封狼居胥，赢得仓皇北顾⑨。四十三年⑩，望中犹记、烽火扬州路⑪。可堪回首，佛狸祠⑫下，一片神鸦社鼓⑬。凭谁问⑭：廉颇⑮老矣，尚能饭否？

①作于宁宗开禧元年（1205），作者时任镇江（今江苏镇江）知府。　②京口：镇江。北固亭：又名北顾亭，在镇江城北北固山上。　③孙仲谋：三国时吴主孙权字仲谋。孙权曾在京口建立吴都。　④舞榭（xiè谢）歌台：歌舞用的楼台。　⑤风流：指英雄事业的余韵。　⑥寄奴：南朝宋武帝刘裕的小名。刘裕生长于京口。　⑦"金戈"二句：指刘裕两次率晋军北伐，灭南燕、后秦之事。　⑧元嘉：南朝宋文帝刘义隆（刘裕之子）的年号（424—453）。　⑨"封狼"二句：指宋文帝未做充分准备就北伐，终为北魏战败的往事。封，在山上筑坛祭神。狼居胥，即狼山，在今内蒙古自治区。汉将霍去病曾追击匈奴至此，登山祭神而还。赢得，落得。　⑩四十三年：四十三年前（1162），作者起义山东，奉表率众南归。　⑪烽火扬州路：南宋高宗绍兴三十一年（1161），金主完颜亮大举南侵，曾以扬州作为渡江基地，这一带烽火频起。路，宋代划分行政区域的单位；扬州属淮南东路，并为该路的首府。　⑫佛（bì必）狸祠：故址在今江苏省六合瓜步山上。元嘉二十七年（450），为北魏太武帝拓跋焘（小字佛狸）击败刘宋后修建。完颜亮南侵时曾驻扎在佛狸祠所在的瓜步山上，督导金兵抢渡长江。这里以佛狸影射完颜亮。　⑬神鸦：在庙里吃祭品的乌鸦。社鼓：社日祭神的鼓乐声。此以"神鸦社鼓"状写毫无战斗气氛的和平景象。　⑭凭谁问：有谁来问。　⑮廉颇：战国时赵国名将，被人陷害，出奔魏国。后秦国攻赵，赵王派使者前去探望，廉颇一顿饭吃了一斗米、十斤肉，向使者表示自己还能为赵国出力。

陈 亮

陈亮(1143—1194),字同甫,婺(wù务)州永康(今浙江永康)人。光宗绍熙四年(1193)举进士第一,未到任而卒。有《龙川词》。

念 奴 娇

登 多 景 楼①

危楼还望,叹此意、今古几人曾会?鬼设神施,浑认作、天限南疆北界②。一水横陈③,连岗三面④,做出争雄势。六朝何事,只成门户私计⑤?

因笑王谢诸人,登高怀远,也学英雄涕⑥。凭却江山管不到,河洛⑦腥膻无际。正好长驱,不须反顾,寻取中流誓⑧。小儿破贼⑨,势成宁问强对⑩。

①多景楼:在镇江北固山上甘露寺内。　②"鬼设"二句:是说江山形势虽似鬼神安排,但不能就看作是上天用来划分南北的疆界。浑:简直,就。　③一水横陈:指长江在楼前山下横流。　④连岗三面:东、南、西三面群山环绕。　⑤"六朝"二句:指南朝统治阶级不能北定中原,只顾内部纷争。　⑥"因笑"三句:写"新亭对泣"的故事。此处的"王谢诸人",是指晋代王导、谢安等世族豪门,泛指东晋当时有声望地位的士大夫。　⑦河、洛:黄河、洛水。此指北中国。　⑧中流誓:晋代祖逖统兵北伐,渡河时在中流发誓要恢复中原。　⑨小儿破贼:谢安闻报谢玄淝水大捷,全无喜色,仍与客下棋。客问,答道:"小儿辈遂已破贼。"事见《世说新语·雅量》。　⑩"势成"句:是说优势属我,哪怕敌人强大。强对,劲敌。强,同"强"。"强对"一作"疆场"。

刘 过

刘过(1154—1206),字改之,号龙洲道人,吉州太和(今江西泰和)人。做过辛弃疾的幕僚。有《龙洲词》。

沁 园 春

风雪中欲诣稼轩,久寓湖上,未能一往,因赋此词以自解①。

斗酒彘肩②,风雨渡江③,岂不快哉！被香山居士④,约林和靖⑤,与坡仙⑥老,驾勒吾回⑦。坡谓:"西湖正如西子,浓抹淡妆临照台⑧。"二公者⑨,皆掉头不顾⑩,只管传杯。　　白言⑪:"天竺去来,图画里峥嵘楼阁开。爱纵横二涧,东西水绕⑫,两峰南北,高下云堆。"逋曰:"不然,暗香浮动,不若⑬孤山先访梅。须⑭晴去,访稼轩未晚,且此徘徊。"

①宁宗嘉泰三年(1203),辛弃疾知绍兴府,邀刘过前来。刘因事未往,在杭州西湖写此词寄辛。诣(yì亿):往,到。稼轩,辛弃疾的号。　②斗:盛酒器。彘(zhì秩)肩:猪蹄膀。　③江:指钱塘江。　④香山居士:白居易的号。　⑤林和靖:北宋隐士林逋,长居西湖孤山。死后赐谥(shì士)"和靖先生"。　⑥坡仙:后人对苏轼的称呼。⑦驾勒吾回:是说硬把我的车驾拉了回去。　⑧"坡谓"三句:借用苏轼《饮湖上初晴后雨》诗意,说苏轼留作者观赏西湖风光。照台,镜台。　⑨二公者:指白、林二人。⑩掉头:转头。不顾:不管。　⑪"白言":意指白居易说。以下数句:天竺(zhú竹)寺、东涧、西涧、南高峰、北高峰都是西湖一带美景。　⑫"爱纵"二句:一作"爱东西双涧,纵横水绕"。　⑬不若:一作"争似"。出处同前注。　⑭须:等待。

姜　夔

姜夔(kuí 魁)(1155?—1221?),字尧章,号白石道人,饶州鄱阳(今江西波阳)人。布衣终身。有《白石词》。

扬　州　慢①

淳熙丙申至日②,予过维扬③。夜雪初霁,荠麦弥望④。入其城,则四顾萧条,寒水自碧;暮色渐起,戍角⑤悲吟。予怀怆然,感慨今昔。因自度此曲⑥。千岩老人⑦以为有《黍离》之悲也。

淮左名都⑧,竹西佳处⑨,解鞍少驻初程⑩。过春风十里⑪,尽荠麦青青。自胡马窥江⑫去后,废池乔木,犹厌言兵⑬。渐黄昏,清角吹寒,都在空城。
杜郎俊赏⑭,算而今、重到须惊⑮。纵豆蔻词工,青楼梦好,难赋深情⑯。二十四桥⑰仍在,波心荡、冷月无声。念桥边红药⑱,年年知为谁生?

①《扬州慢》:作者自己创作的中吕宫曲。又名《朗州慢》。　②丙申:淳熙三年(1176)。至日:此指冬至。　③维扬:扬州。　④荠麦:荠菜、麦子。弥望:满眼。　⑤戍角:驻军的号角声。　⑥自度:自创。此曲即《扬州慢》曲调。　⑦千岩老人:作者叔岳父萧德藻的号。　⑧淮左:淮河下游。名都,著名都会,指扬州。　⑨竹西佳处:指扬州。竹西,亭名,在扬州城东禅智寺附近。杜牧《题扬州禅智寺》诗:"谁知竹西路,歌吹是扬州?"　⑩少驻:稍歇。初程:作者初次到扬州,故云。　⑪春风十里:指昔日繁华的扬州。杜牧《赠别》诗:"春风十里扬州路,卷上珠帘总不如。"　⑫胡马窥江:宋高宗年间,金兵两次南侵,扬州惨遭破坏。　⑬"废池"二句:是说战乱只剩下废池和大树,至今人们都不愿意提起金人入侵的兵事。　⑭杜郎:杜牧。俊赏:卓越的鉴赏才能。　⑮"算而"一句:料想杜牧今天重访扬州,也必会吃惊的。　⑯"纵豆蔻"三句:是说即使杜牧有写"豆蔻""青楼"诗句的才华,也难表达此时悲怆的心

情。杜牧《赠别》诗有"娉娉袅袅十三余,豆蔻梢头二月初",《遣怀》诗有"十年一觉扬州梦,赢得青楼薄幸名",所吟都与扬州有关。 ⑰二十四桥:旧址在今扬州西郊,相传古有二十四个美人在此吹箫。杜牧《寄扬州韩绰判官》诗说:"二十四桥明月夜,玉人何处教吹箫?" ⑱红药:二十四桥又名红药桥,附近盛产红芍药花。

点 绛 唇①

丁未冬过吴松②作

燕雁无心,太湖西畔随云去。数峰清苦③,商略④黄昏雨。
第四桥⑤边,拟共天随⑥住。今何许⑦?凭阑怀古,残柳参差舞。

①《点绛唇》:词牌名。又名《万年春》《点樱桃》等。 ②丁未:孝宗淳熙十四年(1187)。吴松:吴淞江,源出太湖,流至上海入海。 ③清苦:凄清悲苦。 ④商略:这里有酝酿的意思。 ⑤第四桥:吴江城外的甘泉桥,因泉品居第四得名。 ⑥天随:唐代诗人陆龟蒙号天随子,居松江甫里,常乘舟游太湖间。 ⑦何许:是说陆龟蒙在哪里。

林 升

林升,临安人,孝宗淳熙(1174—1189)时士人。生平不详。

题临安邸①

山外青山楼外楼,西湖歌舞几时休。暖风熏得游人醉,直把杭州作汴州②!

①临安:今浙江杭州市。宋南渡后在此建都。邸(dǐ 砥):旅店、客馆。　②直:简直。汴州:北宋的京城汴京。今河南开封市。

叶绍翁

叶绍翁(南宋中期在世),字嗣宗,号靖逸,处州龙泉(今浙江龙泉)人。有《靖逸小集》。

游园不值[①]

应怜屐齿印苍苔[②],小扣柴扉[③]久不开。春色满园关不住,一枝红杏出墙来。

[①]不值:未遇。指没见到园主人。值,遇到。 [②]"应怜"句:是说兴许园主人珍惜苍苔,担心被我踏上鞋印。屐(jī基):木鞋,其底部大多有两齿,以便于行泥地。 [③]小扣:轻敲。柴扉(fēi飞):柴门。扉,门扇。

刘克庄

刘克庄(1187—1269),字潜夫,号后村居士,莆田(今福建莆田)人。理宗时赐同进士出身,官至龙图阁直学士。有《后村先生大全集》。

军　中　乐

行营①面面设刁斗,帐门②深深万人守。将军贵重不据鞍③,夜夜发兵防隘口④。自言虏畏不敢犯,射麋捕鹿来行酒。更阑⑤酒醒山月落,彩缣百段支女乐⑥。谁知营中血战人⑦,无钱得合金疮药⑧!

①行营:军中将帅的住地。　②帐门:指中军大帐。　③据鞍:骑马。　④隘(ài 爱)口:险要的关口。　⑤更阑:更深夜尽。　⑥彩缣(jiān 兼):彩色的细绢。支:赏赐。女乐:歌女。　⑦血战人:指作战负伤的士兵。　⑧合:配制。金疮药:医治刀伤的药。

沁　园　春

梦孚若①

何处相逢?登宝钗楼②,访铜雀台③。唤厨人斫就④,东溟鲸脍⑤;圉人⑥呈罢,西极龙媒⑦。天下英雄,使君与操⑧,余子⑨谁堪共酒杯?车千乘,载燕南赵北,剑客奇材⑩。　　饮酣画鼓⑪如雷,谁信被晨鸡轻唤回。叹年光过尽,功名未立;书生老去,机会方来。使李将军遇高皇帝,万户侯何足道哉⑫!披衣起,但凄凉感旧⑬,慷慨生哀。

①孚若:方信孺字孚若,是作者志同道合的好友。此词作于方信孺死后。 ②宝钗楼:酒楼名,故址在今陕西省咸阳市。 ③铜雀台:曹操所建,故址在今河北临漳县西南。 ④斫(zhuó浊)就:砍成。 ⑤东溟鲸脍:把东海的鲸鱼切成细肉。 ⑥圉(yǔ宇)人:养马的人。 ⑦西极龙媒:极远的西方所出产的骏马。 ⑧"天下"二句:曹操对刘备说:"今天下英雄惟使君(指刘备)与操耳。" ⑨余子:其余的人。 ⑩"车千乘"三句:是说方信孺豪爽好客,结交了许多才艺出众的朋友。燕、赵,此泛指北方一带。 ⑪画鼓:绘有文采的鼓;一作"鼙鼓"。 ⑫"使李将军"三句:是说如果李广是汉高祖的部下,做个万户侯有何难呢! 万户侯,封地食邑有万户人家的侯爵。 ⑬感旧:触动旧情;一作"四顾"。

贺　新　郎

送陈真州子华①

北望神州路,试平章这场公事②,怎生分付③。记得太行山百万④,曾入宗爷驾驭⑤。今把作握蛇骑虎⑥。君去京东⑦豪杰喜,想投戈下拜真吾父⑧。谈笑里,定齐鲁。　　两河⑨萧瑟惟狐兔,问当年祖生去后,有人来否⑩? 多少新亭挥泪客,谁梦中原块土⑪? 算事业须由人做。应笑书生⑫心胆怯,向车中闭置如新妇。空目送,塞鸿去⑬。

①陈真州子华:陈韡字子华。曾知真州(今江苏仪征)。宁宗嘉定十四年(1221)秋,赴任京东、河北,本词即作于此时。词题一作《送陈仓部知真州》或《送陈子华赴真州》。 ②平章:评议。公事:指抗金大事。 ③怎生分付:怎么安排。 ④太行山百万:指北宋灭亡后集结在今河北、山西等地的义军。 ⑤宗爷:即宗泽。北宋灭亡后,宗泽任东京留守,义军杨进、王善等先后率众数十万来归。驾驭:统率。 ⑥把作:当作。握蛇骑虎:喻危险事。 ⑦京东:宋代路名,包括今河南、山东、江苏三省的部分地区。 ⑧"想投戈"句:是说陈子华会受到众豪杰的爱戴。 ⑨两河:黄河两岸地区。 ⑩"问当"两句:是说南宋久已无人统兵北伐。祖生,即祖逖。 ⑪"多少"二句:责备当时士大夫只会感慨哀伤,无志收复中原。"新亭挥泪客",即用东晋士大夫"新亭对泣"的故事。详见陆游《夜泊水村》注④。 ⑫书生:作者自称。 ⑬塞鸿去:喻陈子华北行。塞鸿,北雁。

刘辰翁

刘辰翁(1232—1297),字会孟,号须溪,庐陵(今江西吉安)人。理宗景定三年(1262)进士。曾任濂溪书院山长。宋亡,隐居不仕。有《须溪词》。

柳梢青①

春 感

铁马蒙毡②,银花洒泪③,春入愁城。笛里番腔④,街头戏鼓,不是歌声。

那堪独坐青灯。想故国,高台月明。辇下⑤风光,山中岁月⑥,海上心情⑦。

①《柳梢青》:词牌名。调有平仄两体,此用平韵体。又名《早春怨》《陇头月》等。 ②铁马蒙毡:指南下的蒙古骑兵。蒙毡,披毡。 ③银花洒泪:元宵的灯火好像在流泪。 ④番腔:指当时少数民族的乐曲。 ⑤辇(niǎn 碾)下:京城。 ⑥山中岁月:指自己的隐居生活。 ⑦海上心情:指对爱国志士向往、怀念的心情。临安沦陷后,南宋的爱国志士如文天祥、陆秀夫、张世杰等,从海上逃亡,在福建、广东一带继续抗击元兵。

周　密

周密(1232—1308?),字公谨,号草窗,祖籍济南,流寓吴兴(今浙江吴兴)。曾任义乌(今属浙江)县令,宋亡隐居不仕。有《癸辛杂识》《武林旧事》《草窗词》等。

文山书为北人所重[①]

平江赵升卿之侄[②]总管号中山者云:近有亲朋过河间府[③],因憩[④]道傍,烧饼主人延[⑤]入其家。内有小低阁,壁帖四诗,乃文宋瑞[⑥]笔也。漫[⑦]云:"此字写得也好,以两贯钞[⑧]换两幅与我,如何?"主人笑曰:"此吾传家宝也,虽一锭钞一幅亦不可博[⑨]。咱们祖上亦是宋民,流落在此。赵家三百年天下,只有这一个官人,岂可轻易把与人邪?文丞相前年过此与我写的,真是宝物也!"斯人朴直可敬如此。所谓公论[⑩]在野人也。

①本篇选自《癸辛杂识》。文山:文天祥的号。北人:指元统治下的北方人民。重:珍惜,敬重。　②平江:地名,今江苏省苏州市。赵升卿之侄:其人未详。　③河间府:今河北省河间市。　④憩(qì 契):休息。　⑤延:请。　⑥文宋瑞:文天祥字宋瑞。　⑦漫:随便,不经意。　⑧两贯钞:元代发行纸币,起初的中统钞,一贯值银一两;后改发至元钞,新钞一贯折合旧钞五贯。　⑨博:换取。　⑩公论:公正的评论。

文天祥

文天祥(1236—1282),字宋瑞,号文山,庐陵(今江西吉安)人。二十岁举进士第一,官至右丞相兼枢密使。起兵抗元,被俘不屈,从容就义。有《文山先生全集》。

金 陵 驿①

其 一

草合离宫②转夕晖,孤云飘泊复何依?山河风景原无异,城郭人民半已非。满地芦花和我老③,旧家燕子傍谁飞!从今却④别江南路,化作啼鹃带血归。

①本题共二首。祥兴二年(1279),文天祥被押送燕京(今北京),路过金陵(今南京)时作。驿,此指驿馆,即旅舍。 ②草合:草已长满。离宫:行宫。 ③"满地"句:是说芦荻暮秋开花,为时已晚;自己起兵抗元,而国势已无救。老,晚,迟暮。 ④却:即,立刻。

正 气 歌 序①

余囚北庭②,坐一土室。室广八尺,深可四寻,单扉低小,白间③短窄,污下④而幽暗。当此夏日,诸气萃然⑤:雨潦⑥四集,浮动床几,时则为⑦水气;涂泥半朝⑧,蒸沤历澜⑨,时则为土气;乍晴暴热,风道四塞,时则为日气;檐阴薪爨⑩,助长炎虐,时则为火气;仓腐寄顿⑪,陈陈⑫逼人,时则为米气;骈肩杂遝⑬,腥臊汗垢,时则为人气;或圊溷⑭,或毁尸,或腐鼠,恶气杂出,时则为秽气。叠是数气⑮，当之者鲜不为厉⑯。而予以孱弱⑰俯仰其间，于兹二年⑱矣，无恙。是殆有养致然⑲，然尔亦安知⑳所养何哉？孟子曰："我善养吾浩然之气㉑。"彼气有七，吾气有一，以一敌七，吾何患焉！况浩然者，乃天地之正气也。作《正气歌》一首。

①《正气歌》是文天祥在元都燕京狱中写的一首古体长诗，本文是这首诗前的序。诗并序都作于元世祖至元十八年(1281)。　②北庭：指燕京。　③白间：指窗。　④污下：低下。　⑤萃(cuì 粹)：聚集。　⑥雨潦(lǎo 老)：雨后积水。　⑦时则为：这便是。　⑧涂泥：泥泞。半朝(cháo 潮)：半个屋子。　⑨蒸沤(ōu 怄)：夏天污水蒸发出来的水泡。历澜：波纹杂乱的样子。　⑩爨(chuàn 串)：煮饭。　⑪仓腐：仓库中腐烂的粮食。寄顿：储藏。　⑫陈陈：陈腐之物相互积压。　⑬骈(pián 便)肩：并肩。形容人多。杂遝(tà 榻)：纷乱堆积。　⑭圊溷(qīng hùn 青诨)：厕所。　⑮叠是数气：把这几种气加在一起。　⑯鲜(xiǎn 显)：少。厉：疾病。　⑰孱(chán 蝉)弱：虚弱的身体。　⑱于兹：到现在。二年：从至元十六年到至元十八年。　⑲"是殆"句：这大约是有修养使然。　⑳安知：怎知。　㉑我善养吾浩然之气：见《孟子·公孙丑上》。浩然之气：正大刚直之气。

郑思肖

郑思肖(1241—1318),字忆翁,号所南,连江(今属福建)人。原是太学生,宋亡后,隐居苏州。有《心史》等。

寒　菊

花开不并百花丛,独立疏篱①趣未穷。宁可枝头抱香死,何曾吹落北风中。

①疏篱:稀疏的篱笆。

蒋　捷

蒋捷(1245?—1317?),字胜欲,阳羡(今江苏宜兴)人。恭帝时进士。宋亡,隐居竹山。有《竹山词》。

贺　新　郎

兵后寓吴①

深阁帘垂绣,记人家软语灯边,笑涡红透②。万叠城头哀怨角③,吹落霜花满袖。影厮伴④,东奔西走。望断乡关知何处？羡寒鸦,到著⑤黄昏后,一点点,归杨柳。　　相看只有山如旧,叹浮云本是无心,也成苍狗⑥。明日枯荷包冷饭,又过前头小阜⑦。趁未发,且尝村酒。醉探枵囊毛锥⑧在,问邻翁要写《牛经》⑨否？翁不应,但摇手。

①兵后寓吴:端宗景炎元年(1276)元兵占领临安。此词是作者流寓苏州时作。
②"深阁"三句:写往昔家人团聚的欢乐生活。帘垂绣,绣帘垂。　③万叠:指同一曲调反复吹奏。哀怨角:哀怨的号角声。　④影厮伴:与自己的影子为伴。厮,相。
⑤到著:到了。　⑥"叹浮云"二句:是说转眼间时事起了根本变化。杜甫《可叹》诗:"天上浮云如白衣,斯须改变如苍狗。"　⑦阜(fù负):土山。　⑧探:摸。枵(xiāo消)囊:空袋。毛锥:毛笔。　⑨写《牛经》:代人抄写《牛经》(借以糊口)。《牛经》,有关牛的知识的书。

谢 翱

谢翱(áo 遨)(1249—1295),字皋(gāo 高)羽,号晞(xī 希)发子,福州长溪(今福建霞浦县)人。曾参加文天祥抗元队伍,宋亡不仕。有《晞发集》。

西台哭所思①

残年哭知己②,白日下荒台。泪落吴江③水,随潮到海回。故衣犹染碧④,后土⑤不怜才。未老山中客⑥,惟应赋《八哀》⑦。

①作于元世祖至元二十七年(1290)。西台:在今浙江省桐庐县南富春江边。所思:指文天祥。 ②残年:余生。知己:指文天祥。 ③吴江:指富春江。 ④"故衣"句:是说文天祥的旧衣上还留着忠臣的碧血。 ⑤后土:地神。此指天地。 ⑥山中客:作者自称。 ⑦《八哀》:杜甫诗篇名,为哀悼当时的八位名人而作。

汪元量

汪元量(生卒年不详),字大有,钱塘(今浙江杭州)人。南宋末为内廷琴师,事谢太后。南宋亡,随太后北去。后南归为道士,漫游不知所终。其诗多述宋亡北迁前后的经历,被称为"宋亡诗史"。有《水云集》《湖山类稿》。

湖 州 歌①

太湖②风卷浪头高,锦柂③摇摇坐不牢。靠着篷窗垂两目④,船头船尾烂弓刀⑤。

①宋恭帝德祐二年(1276)二月,元军统帅伯颜进驻湖州(今属浙江省)。闰三月,宋太后、幼主、宫女、侍臣、乐官等被元军从临安掳携去燕京。汪元量随行。组诗《湖州歌》共九十八首,记录此次北迁前后的见闻和感触。这首诗写被押途中的情形。 ②太湖:在今江苏省南部。 ③锦柂(duò 惰):指北行的船。柂,同"舵"。 ④垂两目:是说不敢正眼相看。 ⑤烂弓刀:弓刀闪闪发光。指押送俘虏的元军全副武装。

赵延寿

赵延寿(？—948)，恒山(今河北正定县南)人。后唐时，官至枢密使。后仕契丹，任辽大丞相中京留守。存诗一首。

失 题①

黄沙风卷半空抛，云重阴山②雪满郊。探水人回移帐就③，射雕箭落著弓抄④。鸟逢霜果讥还啄⑤，马渡冰河渴自跑⑥。占得高原肥草地，夜深生火折林梢。

①失题：这首诗的题目失传。作于作者仕契丹时，写塞北游牧生活。 ②阴山：山脉名，在今内蒙古、河北、黑龙江诸省、区境内。 ③移帐就：转移帐篷，靠近有水草的地方住下。 ④著弓抄：用弓将射落的大雕抄捡起来。著，同"着"。 ⑤霜果：被霜打过的果子。啄(zhuó 茁)：鸟类用嘴取食。 ⑥跑(páo 刨)：走兽用蹄爪刨地。这里是指马用蹄子刨冰饮水。

吴 激

吴激(1090—1142),字彦高,建州(今福建建瓯)人。宋钦宗靖康末,奉命出使金国,留任翰林待制。有《东山乐府》。

人 月 圆①

宴张侍御家有感②

南朝千古伤心事,犹唱《后庭花》③。旧时王谢,堂前燕子,飞向谁家④!恍然一梦。仙肌胜雪,宫髻堆鸦⑤。江州司马,青衫泪湿,同是天涯⑥。

①《人月圆》:词牌名。因宋人王铣词中有"人月圆时"句而得名。又名《青衫湿》。 ②据《容斋题跋》,诗人在一位姓张的总侍御家宴集,遇到北宋过去的宫女陪伴饮酒,于是写了这首词。侍御,古代贵族的侍从官。 ③"南朝"二句:用杜牧《泊秦淮》诗意。意思是北宋灭亡后,以前的宫女还在唱着昔日的歌曲。南朝,这里借指北宋。《后庭花》,见杜牧《泊秦淮》注⑤。 ④"旧时"三句:刘禹锡《乌衣巷》诗:"旧时王谢堂前燕,飞入寻常百姓家。"这里借用其意。王、谢,指东晋王导、谢安两大世族。此借指北宋诸世族旧家。堂前燕子,这里暗指北宋世族家中的歌伎。 ⑤"恍然"三句:是说与美丽的北宋宫女偶然相遇,仿佛做梦一样。仙肌,美称宫女的肌肤。宫髻,指按当年宫中的式样梳成的发髻。堆鸦,是说头发像鸦羽那样乌黑油亮。 ⑥"江州"三句:是说自己为宫女的流落洒下同情的眼泪,也为自己身羁他邦而无限悲怆。白居易《琵琶行》中有"同是天涯沦落人,相逢何必曾相识"和"座中泣下谁最多?江州司马青衫湿"等句,此用其意。江州司马,白居易自指。这里吴激以白居易自比。同是天涯,即"同是天涯沦落人"。这里用商妇比宫女。

王若虚

王若虚(1174—1243),字从之,号慵夫、滹南遗老,藁(gǎo 搞)城(今属河北)人。金章宗承安年间进士,官翰林直学士。金亡后不仕。有《滹南遗老集》。

焚驴志①

岁己未②,河朔③大旱,远迩焦然无主赖④。镇阳帅⑤自言忧农,督下祈雨⑥甚急。祓禳小数⑦,靡⑧不为之,竟无验⑨。既久,怪诞⑩之说兴。适⑪民家有产白驴者,或指曰:"此旱之由也。云方兴,驴辄⑫仰号之,云辄散不留。是物不死,旱胡得止?"一人臆倡⑬,众万以附。帅闻,以为然,命亟⑭取,将焚之。

驴见梦于府之属⑮某曰:"冤哉焚也!天祸流行,民自罹之⑯,吾何预⑰焉?吾生不幸为异类⑱,又不幸堕于畜兽。乘负驾驭,惟人所命;驱叱鞭箠⑲,亦惟所加。劳辱以终,吾分然⑳也。若乃㉑水旱之事,岂㉒所知,而欲寘斯酷欤㉓?孰诬我者,而帅从之!祸有存乎天,有因乎人,人者可以自求,而天者可以委之㉔也。殷之旱也,有桑林之祷,言出而雨㉕;卫之旱也,为伐邢之役,师兴而雨㉖;汉旱,卜式请烹弘羊㉗;唐旱,李中敏乞斩郑注㉘。救旱之术多矣,盍亦求诸是类㉙乎?求之不得,无所归咎㉚,则存乎天也,委焉而已。不求诸人,不委诸天㉛,以无稽之言㉜,而谓我之愆㉝。嘻㉞,其不然㉟!暴巫投魃㊱,既已迂㊲矣,今兹无乃复甚㊳?杀我而有利于人,吾何爱㊴一死?如其未也,焉用为是以益恶㊵?滥杀不仁㊶,轻信不智,不仁不智,帅胡取焉?吾子,其属也㊷,敢私以诉㊸。"

某谢而觉㊹,请诸帅而释之。人情初不怪㊺也。未几而雨㊻,则弥月不解㊼,潦溢伤禾㊽,岁卒以空㊾。人无复议驴。

①本篇选自《滹南遗老集》卷四十三。志,记。　②岁己未:己未岁。指金章宗承安四年(1199)。　③河朔:泛指黄河以北地区。　④远迩(ěr 耳):指远处近处。迩,近。焦然:形容禾稼枯焦。主赖:依靠。　⑤镇阳:地名。今河北正定县。帅:指地方长官。　⑥督:察视,督率。祈雨:对天告求降雨。祈,求。　⑦祅(yàn 厌)、禳(ráng 瓤):均为古代去邪除恶的祭祀名。这里指祈祷受灾的巫术。小数:小的技能。此指小法术。　⑧靡(mǐ 米):无。　⑨无验:不灵验。指不见效果。　⑩怪:奇异。诬:无依据。　⑪适:恰好。　⑫辄(zhé 哲):总是。　⑬臆(yì 忆)倡:随意发起。臆,没有客观根据。　⑭亟(jí 吉):赶快。　⑮见梦:如说托梦。府之属:指帅府中的僚属。　⑯罹(lí 梨)之:指遭受天灾。罹,遭遇。　⑰预:相干。　⑱异类:指非为人类。　⑲驱叱(chì 斥):驱赶吆喝。鞭箠(chuí 垂):鞭打。　⑳分(fèn 奋)然:本分所使然,即由本分所决定的。分,本分。　㉑若乃:至于。　㉒岂其:岂,难道。反诘副词。　㉓寘:同"置"。斯酷:这种酷刑。欤:同"与",吗,么。疑问语气词。　㉔委之:是说推卸不雨的罪责。委,推诿。　㉕"殷之旱"三句:《吕氏春秋·顺民》:"昔者汤克夏而正天下,天大旱,五年不收。汤乃以身祷于桑林,曰:'余一人有罪,无及万夫;万夫有罪,在余一人;无以一人之不敏,使上帝鬼神伤民之命。'于是翦其发,郦(同"磨")其手,以身为牺牲(供祭祀用的纯色全身牲畜),用祈福于上帝。民乃甚悦,雨乃大至。"这里用其事,说殷商闹大旱时,商汤为民罪己,祈雨于桑山之林,他的祷辞刚说完,雨就落下了。　㉖"卫之旱"三句:《左传·僖公十九年》:"秋,卫人伐邢,以报菟圃之役,于是卫大旱。卜有事于山川,不吉。宁庄子曰:'昔周饥,克殷而年丰;今邢方无道,诸侯无伯,天其或者欲使卫讨邢乎?'从之,师兴而雨。"此用其事,是说,正准备讨伐邢国的时候,卫国闹了大旱,(卫国遵从天意,坚持征讨无道的邢国)队伍刚出发就下起雨来了。为,为着。邢,古国名,位处今河北邢台市西南。　㉗"汉旱"二句:卜式,汉代河南人,以牧羊致富为官。弘羊,即桑弘羊,汉代洛阳人。据《史记·平准书》载,武帝元封元年(前110),卜式贬为太子太傅;桑弘羊为治粟都尉,领大司农,统管天下盐铁,推行盐铁酒类的官营专卖政策。"是岁小旱,上令官求雨。卜式言曰:'县官当食租衣税而已,今弘羊令吏坐市列肆(即官吏坐于市肆行列之中),贩物求利。亨(烹)弘羊,天乃雨。'"　㉘"唐旱"二句:李中敏,晚唐陇西人,曾任监察御史等职。据《旧唐书》本传载,文宗时,奸臣郑注曾先后诬陷宋申锡等多人。时大旱,中敏向文宗上书道:"今致雨之方,莫若斩郑注,而雪申锡。"　㉙盍(hé 河):何不。是类:这类。指上述所举求雨的正确办法。　㉚归咎(jiù 旧):归罪。咎,过失。　㉛"不委"句:是说不从天上找不雨的原因。委,委咎,归罪于别人。　㉜无稽之言:没有根据的谈论。　㉝愆(qiān 迁):罪过。　㉞嘻(xī 昔):叹词,表惊叹。　㉟其不然:那是不对的。　㊱暴(pù 铺)巫:是说叫巫师在太阳地里求雨。暴,同"曝"。投:掷。这里是驱赶的意思。魃(bá 拔):旱魃,古代传说中的旱神。　㊲迂:迂腐,不切实际。

㊳"今兹"句:是说现今这种做法不是更为迂腐么。 ㊴爱:惜。 ㊵益恶:增添罪恶。 ㊶滥杀不仁:意思是滥杀无辜则为不仁。不仁,不讲道德、仁爱。 ㊷"吾子"二句:是说您是镇阳帅的从属。 ㊸敢私以诉:大胆地私自向你申诉这件事。敢,谦辞,如同"冒昧地""大胆地"。 ㊹谢:道歉。觉:睡醒。 ㊺怿(yì译):欢喜,快乐。 ㊻未几:没多少时候。雨(yù驭):作动词,下雨。 ㊼弥月:满一个月。不解:此指雨下不停。 ㊽潦(lǎo老)溢伤禾:是说因雨水过多而伤害了庄稼。潦,雨水大。 ㊾岁卒以空:是说年终没有收成。

董解元

董解元,生平事迹无可考。"解元"疑是当时读书人的通称。元钟嗣成《录鬼簿》说他是金章宗时(1190—1208)人。有《西厢记诸宫调》。

西厢记诸宫调①

小亭送别

后数日,生行,夫人暨莺送于道,法聪与焉。经于蒲西十里小亭置酒。悲欢离合一樽酒,南北东西十里程。

【大石调】【玉翼蝉】蟾宫客②,赴帝阙,相送临郊野。恰俺与莺莺,鸳帏暂相守,被功名使人离缺。好缘业③!空悒怏④,频嗟叹,不忍轻离别。早是恁凄凄凉凉,受烦恼,那堪值暮秋时节!○雨儿乍歇,向晚风如漂冽⑤,那闻得衰柳蝉鸣悽切!未知今日别后,何时重见也。衫袖上盈盈,揾泪不绝。幽恨眉峰暗结。好难割舍,纵有千种风情,何处说?

【尾】莫道男儿心如铁,君不见满川红叶,尽是离人眼中血!

【越调】【上平西缠令】景萧萧,风淅淅⑥,雨霏霏,对此景怎忍分离?仆人催促,雨停风息日平西。断肠何处唱《阳关》⑦?执手临岐。○蝉声切,蛩声细,角声韵,雁声悲,望去程依约天涯。且休上马,苦无多泪与君垂。此际情绪你争知⑧,更说甚湘妃!

【斗鹌鹑】嘱咐情郎:"若到帝里⑨,帝里酒酽花秾⑩,万般景媚,休取次⑪共别人,便学连理⑫。少饮酒,省游戏,记取奴言语,必登高第。○专听着伊家⑬,好消好息;专等着伊家,宝冠霞帔。妾守空闺,把门儿紧闭;不拈丝管,罢了梳洗。你咱⑭是必,把音书频寄。"

【雪里梅】"莫烦恼,莫烦恼!放心地,放心地!是必是必,休恁做病做气!"○"俺也不似别的,你情性俺都识。临去也,临去也!且休去,听俺劝伊。"

【错煞】"我郎休怪强牵衣,问你西行几日归?着路里小心呵,且须在意。省可里⑮晚眠早起,冷茶饭莫吃,好将息,我倚着门儿专望你。"

生与莺难别。夫人曰:"送君千里,终有一别。"

【仙吕调】【恋香衾】冉冉征尘⑯动行陌,杯盘取次安排。三口儿连法聪,外更无别客。鱼水似夫妻正美满,被功名等闲离拆。然⑰终须相见,奈时下难捱。○君瑞啼痕污了衫袖,莺莺粉泪盈腮。一个止不定长吁,一个顿不开眉黛。君瑞道"闺房里保重",莺莺道"途路上宁耐⑱"。两边的心绪,一样的愁怀。

【尾】仆人催促怕晚了天色,柳堤儿上把瘦马儿连忙解。夫人好毒害⑲,道:"孩儿每回取个坐车儿来。"

生辞。夫人及聪皆曰:"好行!"夫人登车。生与莺别。

【大石调】【蓦山溪】离筵已散,再留恋应无计。烦恼的是莺莺,受苦的是清河君瑞。头西下控着马,东向驭坐车儿。辞了法聪,别了夫人,把樽俎⑳收拾起。○临上马,还把征鞍倚。低语使红娘,"更告㉑一盏以为别礼"。莺莺君瑞,彼此不胜愁,厮觑者,总无言,未饮心先醉。

【尾】满斟离杯长出口儿气,比及㉒道得个"我儿将息",一盏酒里,白冷冷的滴㉓半盏儿泪。

夫人道:"教郎上路,日色晚矣!"莺啼哭,又赋诗一首赠郎。诗曰:"弃置今何道,当时且自亲。还将旧来意,怜取眼前人㉔。"

【黄钟宫】【出队子】最苦是离别,彼此心头难弃舍。莺莺哭得似痴呆,脸上啼痕都是血,有千种恩情何处说?○夫人道:"天晚教郎疾去。"怎奈红娘心似铁,把莺莺扶上七香车㉕。君瑞攀鞍空自撅㉖,道得个"冤家宁耐些"。

【尾】马儿登程,坐车儿归舍;马儿往西行,坐车儿往东拽:两口儿一步儿离得远如一步也!

---

①《西厢记诸宫调》一本分为八卷,"小亭送别"是第六卷中的一段情节。 ②蟾(chán 蝉)宫客:指张生。科举时代把科考得中比作"蟾宫(月宫)折桂"。故称赴考的人为蟾宫客。 ③缘业:即业缘,佛家语,这里有"缘分""夙缘"的意思。 ④悒怏(yì yàng 义样):忧闷不乐的样子。 ⑤漂冽:寒气。 ⑥淅(xī 析)淅:风声。 ⑦《阳关》:即《阳关三叠》,古人离别时唱的歌曲。 ⑧争知:即怎知,哪里知道。 ⑨帝里:帝京,指京城。 ⑩酒酽(yàn 厌)花茂:酒醇花茂。酽:形容酒很稠、很浓。秾,形容花很茂盛。 ⑪取次:随便。 ⑫连理:本指两株草木合抱长在一起,常用来

比喻男女生死与共的爱情。 ⑬伊家:即你家。"家"是人称代词词尾。 ⑭你咱:你。"咱"是人称代词词尾。 ⑮省可里:休要。 ⑯冉冉征尘:形容风卷尘土渐渐离去,多用于形容离别时的情景。 ⑰然:这里是"虽然""纵然"的意思。 ⑱宁耐:忍耐。 ⑲好毒害:好狠心。 ⑳樽俎(zǔ 阻):盛酒食的器具。樽,酒具。俎,食具。 ㉑告:求。 ㉒比及:等到。 ㉓彀(gòu 勾):同"够"。 ㉔"弃置"四句:原是元稹《会真记》中崔莺莺谢绝张生的一首诗,这里借用作送别。 ㉕七香车:古代官宦人家妇女乘坐的彩车,用香木制成。 ㉖攧(diān 掂):这里指顿脚的动作。

元好问

元好问(1190—1257),字裕之,号遗山,太原秀容(今山西忻县)人。祖系出自北魏拓跋氏。金宣宗兴定五年(1221)进士,哀宗时官至尚书省左司都事员外郎。金亡不仕。有《遗山集》,编有《中州集》等。

岐阳三首①

其 二

百二关河草不横②,十年戎马暗秦京③。岐阳西望无来信④,陇水东流闻哭声⑤。野蔓有情萦⑥战骨,残阳何意照空城。从谁细向苍苍⑦问,争遣蚩尤作五兵⑧?

①金哀宗正大八年(1231)二月,蒙古军攻陷凤翔(今陕西凤翔县)。作者时为南阳县令,闻讯后写了这组诗。岐阳,即凤翔,因在岐山之南,故称。 ②"百二"句:是说关中险固的山河,现在已荒凉不堪了。百二关河,指山河险固。百二,如说"百倍"。草不横,即草长得不茂盛。横,有广被之意,引申为繁茂。 ③戎马:指战争。暗秦京:使秦京一带惨淡无光。秦京,原指秦国都城咸阳,这里泛指秦地。 ④无来信:音信断绝。 ⑤"陇水"句。用《陇头歌辞》"陇头流水,鸣声幽咽。遥望秦川,心肝断绝"语意,写当时关中难民东迁的哀痛。陇水,即陇头水(陇头即陇山,又叫陇坂、陇坻、陇首,在今陕西陇县西北)。 ⑥萦:缠绕。 ⑦苍苍:苍天。 ⑧"争遣"句:是说为什么派遣蚩尤制造兵器降祸人间呢?争,怎。蚩尤,传说他是曾和黄帝作战的一位部族首领,是开始制造兵器的好战者。这里喻指蒙古统治者。作五兵,指发动战争。五兵,指戈、矛等五种兵器。

癸巳五月三日北渡三首①

其 二

随营木佛贱于柴②,大乐编钟③满市排。虏掠几何④君莫问,大船浑载⑤汴京来。

①癸巳:金哀宗天兴二年(1233)。这年正月,汴京守将崔立叛金称王,向围城的蒙古军乞和。四月,作者出汴京至青城。五月北渡黄河到聊城(今山东聊城)。这组诗即写北渡途中的见闻。 ②"随营"句:指蒙古军把掳掠的木雕佛像当劈柴烧掉。 ③大(tài 太)乐:指金朝的音乐机关太乐署。编钟:古代的一种打击乐器。是把一组小钟按音阶顺序编排悬于木架之上,用于宗庙祭祀、宫中盛典。 ④几何:多少。 ⑤浑载:全部装载。浑,简直,几乎。

其 三

白骨纵横似乱麻,几年桑梓变龙沙①。只知河朔②生灵尽,破屋疏烟却数家。

①桑梓(zǐ子)变龙沙:家乡故土变成了荒芜的塞外。桑梓,桑树和梓树。古人常把它们栽种在住宅旁,后遂用来指家乡。龙沙,指塞外荒漠之地。 ②河朔:河北。

雁门道中书所见①

金城留旬浃②,兀兀③醉歌舞,出门览民风④,惨惨愁肺腑。去年夏秋旱,七月黍穄⑤吐。一昔营幕来,天明但平土⑥。调度⑦急星火,逋负迫捶楚⑧。网罗⑨方高悬,乐国果何所⑩!食禾有百螣⑪,择肉非一虎⑫。呼天天不闻,感讽复何补⑬!单衣者⑭谁子?贩粜就南府⑮。倾身营⑯一饱,岂乐远服贾⑰。盘盘⑱雁门道,雪涧深以阻⑲。半岭逢驱车⑳,人牛一何苦!

①这首诗是元太宗(窝阔台汗)十三年(1241),作者从山西雁门返回故乡忻县途中所作。雁门:山名,上有雁门关,在今山西省代县西北。 ②金城:今山西应县。旬浃(jiā 夹):满了十天。浃,周匝。 ③兀(wù 物)兀:兀自,仍然。 ④门:指金城城门。览民风:观察民情风俗。 ⑤穄:同"穗"。 ⑥"一昔"二句:是说蒙古军队到来,一

夜之间村舍庄稼均变为平地。昔,同"夕"。营幕,指蒙古军队。 ⑦调(diào吊)度:指官府征调之事。 ⑧"逋(bū不阴平)负"句:指因拖欠赋税而遭杖刑。逋负,欠交的租赋。捶(chuí垂)楚:杖刑,用木杖、竹板打人。垂,同"箠"。 ⑨网罗:喻指统治者严酷的法令。 ⑩"乐国"句:是说那安乐幸福的地方到底到哪里呢?《诗经·魏风·硕鼠》:"逝将去女(汝),适彼乐国。乐国乐国,爰得我直。"此用其意。 ⑪螣(tè特):吃禾苗的害虫。 ⑫"择肉"句:是说吃人的野兽不仅是老虎。择肉,即"择肉(人)而食"的意思。 ⑬"感讽"句:是说用这些诗歌对统治者进行感化讽喻又有什么补益呢? ⑭单衣者:衣着单薄的人。 ⑮贩籴(dí笛):买卖粮食。就南府:赴南路诸府。 ⑯倾身:竭尽全身之力。营:谋求。 ⑰远服贾(gǔ古):到远处去做商贩。 ⑱盘盘:回绕曲折的形状。 ⑲阻:险阻。 ⑳逢驱车:指作者在路上遇到了赶车买粮的人群。

摸 鱼 儿

乙丑岁赴并州①,道逢捕雁者,云:"今旦②获一雁,杀之矣。其脱网者悲鸣不能去,竟自投于地而死。"予因买得之,葬之汾水③之上,累石为识④,号曰雁丘。时同行者多为赋诗,予亦有《雁丘辞》。旧所作无宫商⑤,今改定之。

问人间情是何物,直教生死相许⑥?天南地北双飞客,老翅几回寒暑⑦!欢乐趣,离别苦,是中更有痴儿女⑧。君⑨应有语:渺万里层云,千山暮雪,只影为谁去⑩! 横汾路⑪,寂寞当年箫鼓⑫,荒烟依旧平楚⑬。招魂楚些何嗟及⑭,山鬼自啼风雨⑮。天也妒⑯,未信与莺儿燕子俱黄土⑰。千秋万古,为留待骚人,狂歌痛饮,来访雁丘处⑱。

①乙丑岁:金章宗泰和五年(1205)。并州:州治在今山西省太原市。 ②旦:晨。 ③汾水:源于山西省宁武县管涔山,至河津西南入黄河。 ④识:标志。 ⑤无宫商:不协音律。 ⑥"直教"句:竟教双方以生死相许。 ⑦"天南"二句:是说双飞雁一同南来北往,经历了多少个寒暑季节。双飞客,指大雁双双飞翔。 ⑧"是中"句:是说这中间更有特别痴情的。此处以人喻雁。 ⑨君:指殉情的雁。 ⑩为谁去:与谁一同去。 ⑪横汾路:横渡汾水的路上。指葬雁之地。这里借用汉武帝《秋风辞》中"泛楼船兮济汾河,横中流兮扬素波"两句的意思。 ⑫"寂寞"句:是说当年箫鼓之声早已消失,现在只有寂寞冷清的气氛。这也是汉武帝《秋风辞》里"箫鼓鸣兮发棹歌"句意的引发。 ⑬平楚:平林,平原上的树林。 ⑭"招魂"句:雁已死去,再来招

魂又有什么用呢？招魂楚些,在《楚辞·招魂》中,句尾多用楚地方言"些"(suò 索去声,语助词),故言"楚些"。何嗟及,即"嗟何及"。　⑮"山鬼"句:山鬼枉自在风雨中哀啼。这里化用《楚辞·九歌·山鬼》中"香冥冥兮羌昼晦,东风飘兮神灵雨"诗句。山鬼,山神。　⑯天也妒:天也忌妒。言雁之殉情惊动了天地。　⑰"未信"句:是说不信它像莺燕那样死后葬于黄土。也就是说雁的殉情肯定能为人所知。　⑱"千秋"四句:是说雁丘将永远为诗人所凭吊。骚人,诗人。

宋元话本

碾玉观音①

上

　　山色晴岚②景物佳,煖烘回雁起平沙③。东郊渐觉花供眼④,南陌⑤依稀草吐芽。　堤上柳,未藏鸦,寻芳趁步⑥到山家。陇头⑦几树红梅落,红杏枝头未着花。

这首《鹧鸪天》⑧说孟春⑨景致,原来又不如"仲春词"做得好:

　　每日青楼⑩醉梦中,不知城外又春浓。杏花初落疏疏⑪雨,杨柳轻摇淡淡风。　浮画舫⑫,跃青骢⑬,小桥门外绿阴笼。行人不入神仙地,人在珠帘⑭第几重?

这首词说仲春景致,原来又不如黄夫人⑮做着"季春词"又好:

　　先自春光似酒浓,时听燕语透帘栊⑯。小桥杨柳飘香絮,山寺绯桃散落红⑰。　莺渐老,蝶西东,春归难觅恨无穷。侵阶⑱草色迷朝雨,满地梨花逐晓风。

这三首词,都不如王荆公⑲看见花瓣儿片片风吹下地来;原来这春归去,是东风断送的。有诗道:

　　春日春风有时好,春日春风有时恶。不得春风花不开,花开又被风吹落。

苏东坡道[20]：不是东风断送春归去，是春雨断送春归去。有诗道：

　　雨前初见花间蕊，雨后全无叶底花。蜂蝶纷纷过墙去，却疑春色在邻家。

秦少游道[21]：也不干风事，也不干雨事，是柳絮飘将春色去。有诗道：

　　三月柳花轻复散，飘飏澹荡[22]送春归。此花本是无情物，一向东飞一向西。

邵尧夫道[23]：也不干柳絮事，是蝴蝶采将春色去。有诗道：

　　花正开时当三月，蝴蝶飞来忙劫劫[24]。采将春色向天涯，行人路上添凄切。

曾两府[25]道：也不干蝴蝶事，是黄莺啼得春归去。有诗道：

　　花正开时艳正浓，春宵何事老芳丛[26]？黄莺啼得春归去，无限园林转首[27]空。

朱希真[28]道：也不干黄莺事，是杜鹃啼得春归去。有诗道：

　　杜鹃叫得春归去，物边[29]啼血尚犹存。庭院日长空悄悄，教人生怕到黄昏。

苏小妹道[30]：都不干这几件事，是燕子衔将春色去。有《蝶恋花》词为证：

　　妾本钱塘江上住，花开花落，不管流年度。燕子衔将春色去，纱窗几阵黄梅雨。　　斜插犀梳云半吐[31]，檀板[32]轻敲，唱彻《黄金缕》[33]。歌罢彩云无觅处，梦回明月生南浦。

王岩叟[34]道：也不干风事，也不干雨事，也不干柳絮事，也不干蝴蝶事，也不干黄莺事，也不干杜鹃事，也不干燕子事，是九十日春光已过，春归去。曾有诗道：

　　怨雨怨风两俱非，风雨不来春亦归。腮边红褪[35]青梅小，口角黄消乳燕飞。蜀魄[36]健啼花影去，吴蚕强食柘桑稀。直恼春归无觅处，江湖辜负一蓑衣[37]。

说话的[38]因甚说这春归词？绍兴[39]年间，行在有个关西延州延安府[40]人，本身是三镇节度使、咸安郡王[41]。当时怕春归去，将带着许多钧眷[42]游春。

至晚回家,来到钱塘门㊽里,车桥前面。钧眷轿子过了,后面是郡王轿子到来。只听得桥下裱褙铺㊾里一个人叫道:"我儿出来看郡王。"当时郡王在轿里看见,叫帮总虞候㊺道:"我从前要寻这个人,今日却在这里。只在你身上,明日要这个人入府中来。"当时虞候声诺㊻来寻。这个看郡王的人是甚色目人㊼?正是:

尘随车马何年尽? 情系人心早晚㊽休?

只见车桥下一个人家,门前出着一面招牌,写着"璩㊾家装裱古今书画"。铺里一个老儿,引着一个女儿,生得如何?

云鬟轻笼蝉翼㊿,蛾眉淡拂春山㊼。朱唇缀一颗樱桃㊼,皓㊼齿排两行碎玉。莲步半折小弓弓㊼,莺啭㊼一声娇滴滴。

便是出来看郡王轿子的人。虞候即时来他家对门一个茶坊里坐定,婆婆把茶点来㊼。虞候道:"启请婆婆,过对门裱褙铺里,请璩大夫㊼来说话。"婆婆便去请到来,两个相揖了就坐。璩待诏问:"府干有何见谕㊼?"虞候道:"无甚事,闲问则个㊼。适来㊼叫出来看郡王轿子的人,是令爱㊼么?"待诏道:"正是拙女,止有三口"。虞候又问:"小娘子㊼贵庚㊼?"待诏应道:"一十八岁。"再问:"小娘子如今要嫁人,却是趋奉㊼官员?"待诏道:"老拙㊼家寒,那讨㊼钱来嫁人,将来也只是献与官员府第。"虞候道:"小娘子有甚本事?"待诏说出女孩儿一件本事来,有词寄《眼儿媚》为证:

深闺小院日初长,娇女绮罗裳。不做东君造化㊼,金针刺绣群芳样。斜枝嫩叶包开蕊㊼,唯只欠馨香㊼。曾向园林深处,引教蝶乱蜂狂。

原来这女儿会绣作。虞候道:"适来郡王在轿里,看见令爱身上系着一条绣裹肚㊼。府中正要寻一个绣作的人,老丈何不献与郡王?"璩公归去与婆婆说了,到明日写一纸献状㊼,献来府中。郡王给与身价,因此取名秀秀养娘㊼。

不则㊼一日,朝廷赐下一领团花绣战袍,当时秀秀依样绣出一件来。郡王看了欢喜道:"主上赐与我团花战袍,却寻什么奇巧的物事献与官家㊼?"去府库里寻出一块透明的羊脂美玉来,即时叫将门下碾玉待诏道:"这块玉堪㊼做甚么?"内中一个道:"好做一副劝杯㊼。"郡王道:"可惜恁般㊼一块玉,如何将来㊼只做得一副劝杯!"又一个道:"这块玉上尖下圆,好做一个摩侯罗儿㊼。"郡王道:"摩侯罗儿只是七月七日乞巧㊼使得,寻常间又无用处。"数中一个后生㊼,年纪二十五岁,姓崔名宁,趋事㊼郡王数年,是昇州建康府人⑧;当时叉手⑧向前,对着郡王道:"告恩王,这块玉上尖下圆,甚是不好,只好碾一个南海观音。"郡王道:"好!正合我意。"就叫崔宁下手,不过两个月,碾成了这个玉观音。郡王即时写表进上御前⑥,龙颜⑥大喜。崔宁就本府增添请给⑥,遭遇⑧郡王。

不则一日,时遇春天,崔待诏游春回来,入得钱塘门,在一个酒肆与三四个相知⑧方才吃得数杯,则听得街上闹吵吵,连忙推开楼窗看时,见乱烘烘道:"井亭桥有遗漏⑨!"吃不得这酒成,慌忙下酒楼看时,只见:

　　初如萤火,次若灯火。千条蜡烛焰难当,万座糁盆⑨敌不住;六丁神⑫推倒宝天炉,八力士⑬放起焚山火。骊山会上,料应褒姒逞娇容⑭;赤壁矶⑤头,想是周郎施妙策。五通神⑥牵住火葫芦,宋无忌赶番赤骡子⑰。又不曾泻浊浇油,直恁的⑱烟飞火猛!

崔待诏望见了,急忙道:"在我本府前不远!"奔到府中看时,已搬挈得馨尽⑨,静悄悄地无一个人。崔待诏既不见人,且循着左手廊下入去。火光照得如同白日,去那左廊下,一个妇女摇摇摆摆从府堂里出来,自言自语,与崔宁打个胸厮撞⑩。崔宁认得是秀秀养娘,倒退两步,低声唱个喏⑩。原来郡王当日尝对崔宁许道:"待秀秀满日⑩,把来嫁与你。"这些众人都撺掇⑩道:"好对夫妻!"崔宁拜谢了,不则一番⑩。崔宁是个单身,却也痴心;秀秀见恁地个⑩后生,却也指望。当日有这遗漏,秀秀手中提着一帕子金珠富贵⑩,从左廊下出来,撞见崔宁,便道:"崔大夫,我出来得迟了,府中养娘,各自四散,管顾不得。你如今没奈何,只得将我去躲避则个。"

当下崔宁和秀秀出了府门,沿着河走到石灰桥。秀秀道:"崔大夫,我脚疼了,走不得。"崔宁指着前面道:"更行几步,那里便是崔宁住处。小娘子到家中歇脚,却也不妨。"到得家中坐定,秀秀道:"我肚里饥,崔大夫与我买些点心来吃。我受了些惊,得杯酒吃更好。"当时崔宁买将酒来,三杯两盏,正是:

　　三杯竹叶⑩穿心过,　　两朵桃花上脸来。

道不得个"春为花博士⑩,酒是色媒人。"秀秀道:"你记得当时在月台上赏月,把我许你,你兀自⑩拜谢。你记得也不记得?"崔宁叉着手,只应得喏。秀秀道:"当日众人都替你喝采:'好对夫妻!'你怎地倒忘了?"崔宁又则应得喏。秀秀道:"比似⑪只管等待,何不今夜我和你先做夫妻,不知你意下如何?"崔宁道:"岂敢!"秀秀道:"你如道不敢,我叫将起来,教坏了你⑫,你却如何将我到家中?我明日府里去说!"崔宁道:"告小娘子:要和崔宁做夫妻不妨；只一件，这里住不得了。要好趁这个遗漏，人乱时，今夜就走开去，方才使得。"秀秀道："我既和你做夫妻，凭你行。"当夜做了夫妻。

四更已后，各带着随身金银物件出门。离不得⑬饥餐渴饮，夜住晓行，迤逦来到衢州⑭。崔宁道："这里是五路总头⑮，是打那条路去好？不若敢信州⑯路上去。我是碾玉作，信州有几个相识，怕⑰那里安得身。"即时取路到信州。住了几日，崔宁道："信州常有客人到行在往来，若说道我等在此，郡王必然使人来追捉，不当稳便⑱。不若离了信州，再往别处去。"两个又起身上路，径取潭州⑲。

不则一日，到了潭州，却是走得远了。就潭州市⑳里，讨间房屋，出面招牌，写着"行在崔待诏碾玉生活㉑。"崔宁便对秀秀道："这里离行在有二千余里了，料得无事。你我安心，好做长久夫妻。"潭州也有几个寄居官员，见崔宁是行在待诏，日逐㉒也有生活得做。崔宁密使人打探行在本府中事，有曾到都下的，得知府中当夜失火，不见了一个养娘，出赏钱寻了几日，不知下落。也不知道崔宁将他走了，见㉓在潭州住。

时光似箭，日月如梭，也有一年之上。忽一日，方早开门，见两个着皂衫的㉔，一似虞候、府干打扮，入来铺里坐地㉕，问道："本官㉖听得说有个行在崔待诏，教请过去做生活。"崔宁分付了家中，随这两个人到湘潭县㉗路上来。便将崔宁领到宅里，相见官人㉘，承揽了玉作生活。回路归家，正行间，只见一个汉子，头上带个竹丝笠儿，穿着一领白段子两上领㉙布衫，青白行缠㉚扎着裤子口，着一双多耳麻鞋㉛，挑着一个高肩担儿；正面来，把崔宁看了一看。崔宁却不见这汉面貌，这个人却见崔宁，从后大踏步尾着㉜崔宁来。正是：

　　谁家稚子鸣榔板㉝，　　惊起鸳鸯两处飞。

---

①这篇话本选自《京本通俗小说》。明代冯梦龙把它收入《警世通言》，题为《崔待诏生死冤家》，并注明是"宋人小说"。碾(niǎn 捻)：磨。此指雕琢。观音：即观世音，佛教大乘菩萨之一。　②岚(lán 兰)：山间雾气。　③煖烘：指气候转暖。煖，同"暖"。平沙：广漠的沙原。　④供眼：供人观赏。　⑤南陌(mò 莫)：城南路边。　⑥趁步：随步漫行。　⑦陇头：指田亩高处。陇，同"垄"。　⑧《鹧鸪天》：词牌名。下文《蝶恋花》《眼儿媚》均是。　⑨孟春：春正月。下文的仲春、季春分别指二月、春三月。　⑩青楼：指妓女居住的地方。下文"神仙地"，亦指此。　⑪疏疏：稀稀落落。　⑫画舫(fǎng 纺)：有雕绘的船。　⑬青骢(cōng 聪)：乌黑的骏马。　⑭珠帘：用珠子缀饰的帘子。　⑮黄夫人：或指黄铢之母孙道绚，南宋初年词人。　⑯栊(lóng 聋)：

窗。　⑰绯(fēi飞):红色。　⑱侵阶:渐近阶石。　⑲王荆公:即王安石,封荆国公。　⑳"苏东坡"句:文中引诗实为唐人王驾所作,原文与此稍异。　㉑"秦少游"句:秦观集中无此诗。　㉒澹(dàn诞)荡:荡漾。　㉓"邵尧夫"句:邵尧夫即邵雍,北宋理学家。有《击壤集》,此诗集中不载。　㉔劫劫:同"汲汲",忙碌的样子。　㉕曾两府:指曾公亮或曾布。两府,指中书省、枢密院。宋朝中书省和枢密院分掌行政、军事大权,做过中书省长官和枢密使的人,都可称两府。二曾均做过宰相。　㉖老芳丛:繁花凋零。　㉗转首:转眼工夫。　㉘朱希真:朱敦儒,南宋词人。　㉙物边:疑为"吻边"之误,即唇边。　㉚"苏小妹"句:民间传说苏小妹为苏轼的妹妹,实无其人。下引《蝶恋花》,传说上片为唐代司马才仲梦听苏小小(南齐杭州名妓)听唱,下片由宋人秦观续成。　㉛犀(xī锡)梳:犀牛角制成的梳子。云半吐:指头发一半露在梳子外面。云,云鬟。　㉜檀板:用檀木制成的绰板,又称拍板。歌舞演奏时打拍子用。　㉝《黄金缕》:词牌《蝶恋花》的别名。　㉞王岩叟:字彦霖。宋哲宗时为侍御史,后擢知枢密院。　㉟腮边红褪:比喻花瓣落尽。　㊱蜀魄:杜鹃别名。相传古代蜀地有一个叫作杜宇的皇帝,死后魂魄化为鸟,名曰杜鹃。参见李白《蜀道难》注㉑。　㊲一蓑(suō梭)衣:指一渔翁。　㊳说话的:说话人自称。　㊴绍兴:南宋高宗(赵构)年号(1131—1162)。　㊵延州延安府:今陕西省延安市。　㊶咸安郡王:指南宋抗金将领韩世忠。韩于绍兴十三年封咸安郡王,十七年改镇南、武安、宁国(三镇)节度使。　㊷将带:带领。钧眷(juàn倦):对官员家属的尊称。　㊸钱塘门:杭州的一个城门。　㊹裱褙(biǎo bèi表倍)铺:装裱字画的店铺。　㊺帮总虞候:跟随长官随时伺候的小官。　㊻声诺(nuò懦):答应。　㊼甚色目人:什么样人,何等人。色目,有身份、等级、类别的意思。　㊽早晚:此处意同"何时"。　㊾璩(qú渠):店主的姓。　㊿"云鬓(bìn宾)"句:是说鬓发轻笼,薄似蝉翅。　51"蛾眉"句:是指用黛绿色画过的眉毛,像春日里的青山。　52"朱唇"句:是说红唇犹如一颗樱桃装点在那里。　53皓(hào浩):洁白。　54莲步:古称女子之纤足为金莲。折(zhǎ眨):拇指和食指伸开时的距离。小弓弓:指旧时缠足女子穿的鞋。　55啭(zhuàn转去声):鸟儿清脆婉转地叫。　56把茶点来:点茶,是唐宋时的一种煮茶方法。　57大夫:这里用作对手工艺人的尊称。下文的"待诏",意义相同。　58府干:对官差和豪富人家仆役的敬称。有何见谕:有什么吩咐。　59闲问则个:随便问问就是了。则个,用在句末加强语气的助词。　60适来:方才。　61令爱:对别人女儿的客气称呼。　62小娘子:古代对年轻女子的统称。　63贵庚:多大年纪。　64却是:还是。趋奉:伺候。　65老拙:老汉的谦称。　66讨:寻,弄。　67"不做"句:是说虽然她不像春天的神那样能够化育百草千花。　68包开蕊:未开和已开的花朵。　69馨(xīn心)香:芳香。　70裹肚:围裙。　71献状:献奉女儿的文书。状:陈述事实的文字。　72养娘:婢女。　73不则:不只。　74物事:东西。官家:皇帝。　75堪:能。　76劝杯:敬酒用的长颈大酒杯。　77恁(rèn认)般:这样。　78将来:拿来。　79摩侯罗儿:梵语音译,又作魔合罗、磨喝乐。宋元时习俗,用土木雕塑成小孩的形状,加饰衣服,七夕时供养,称摩侯罗儿,后来成为儿童玩具。 ⑧乞巧:旧时风俗,妇女于农历七月七日夜间向织女星乞巧。 ⑧数中:其中。后生:年轻人。 ⑧趋事:奉事,伺候。 ⑧昇州建康府:今江苏省南京市。 ⑧叉手:行礼作揖时的手势,又称拱手。 ⑧表:奏章。御(yù预)前:皇帝所在。 ⑧龙颜:皇帝的面容。此指皇帝。 ⑧请给(jǐ挤):俸薪或粮饷。 ⑧遭遇:犹遭逢、际遇,指受到赏识。 ⑧酒肆:酒店。相知:朋友。 ⑨遗漏:失火的隐语。 ⑨糁(sǎn伞)盆:当作籸(shēn申)盆。旧俗除夕焚松柴祭祖祀神,谓之籸盆。又称烧火盆。 ⑨二六丁神:民间传说中的火神。 ⑨三八力士:八位天神。 ⑨四褒姒(Bāosì包四):周幽王的宠妃。《史记·周纪》载,幽王为引褒姒笑,在骊山(今陕西临潼东西)燃起烽火,召来诸侯。 ⑨五矶(jī饥):水边石滩。 ⑨六五通神:指五显神,即火神华光的别名。 ⑨七宋无忌:道教传说中的火仙,经常骑着一匹红骡子。 ⑨八直恁的:竟如此。 ⑨九搬挈(qiè怯):搬运。挈,手提。罄(qìng庆):尽。 ⑩打个胸厮撞:当胸相撞。 ⑩唱个喏(rě惹):古代男子在行礼时口中连作"喏、喏"之声,以表敬意,称作唱喏。 ⑩二满日:满期,此指卖身契满期限。古时奴婢到贵族地主家执役,先立卖身契限定期限,期满则为之择配,或由其父母领回。 ⑩三撺掇(cuān duo 氽多轻声):怂恿。 ⑩四不则一番:不止一次。 ⑩五恁地:如此这般。 ⑩六金珠富贵:金银珠宝等贵重物品。 ⑩七竹叶:竹叶青,酒名。 ⑩八道不得:有道是。博士:此指媒介者。 ⑩九兀(wù悟)自:还。 ⑩怎地:如何。 ⑪比似:像这样。 ⑪二教坏了你:意谓教你名声不好听。 ⑪三离不得:免不了。 ⑪四迤逦(yǐ lǐ怡理):曲折绵延。衢(qú渠)州:治所在今浙江省衢江区。 ⑪五五路总头:交通枢纽。 ⑪六信州:治所在今江西省上饶市。 ⑪七怕:或许。 ⑪八不当稳便:不大稳当。 ⑪九径取:直奔。潭州:治所在今湖南省长沙市。 ⑫市:街市。 ⑫生活:工作,手艺。 ⑫二日逐:每天。 ⑫三见:同"现"。 ⑫四着皂衫的:穿黑衫的人。古代衙署中的差役都穿黑衫。 ⑫五坐地:坐着。下文"住地",即住着。 ⑫六本官:此指自己的上司。 ⑫七湘潭县:今湖南省湘潭市。 ⑫八官人:此指县官。 ⑫九白段子:指白色的布。段,同缎。两上领:古代衣衫的领,有另用一块布缝缀的,叫作"两上领"。 ⑬青白行缠:青白两色的裹腿布。 ⑬多耳麻鞋:有许多纽襻(用于穿带子)的麻鞋。 ⑬二尾着:跟随着。 ⑬三稚(zhì质)子:小孩。

下

　　竹引牵牛花满街,疏篱茅舍月光筛①。琉璃盏内茅柴酒②,白玉盘中簇豆梅。　　休懊恼,且开怀,平生赢得笑颜开。三千里地无知己,十万军中挂印③来。

这支《鹧鸪天》词是关西秦州雄武军刘两府④所作。从顺昌入战⑤之后,闲在家中,寄居湖南潭州湘潭县。他是个不爱财的名将,家道贫寒,时常到村店中吃酒。店中人不识刘两府,欢呼罗唣⑥。刘两府道:"百万番人⑦,只如等闲⑧。如今却被他们诬罔⑨!"做了这支《鹧鸪天》,流传直到都下。当时殿前太尉是阳和王⑩,见了这词,好伤感:"原来刘两府直恁孤寒!"教提辖官⑪差人送一项钱与刘两府。今日崔宁的东人⑫郡王,听得说刘两府恁地孤寒,也差人送一项钱与他。却经由潭州路过,见崔宁从湘潭路上来,一路尾着崔宁到家,正见秀秀坐在柜身子里。便撞破他们道:"崔大夫,多时不见,你却在这里!秀秀养娘他如何也在这里?郡王教我下书来潭州,今遇着你们。原来秀秀养娘嫁了你,也好。"当时諕杀⑬崔宁夫妻两个,被他看破。

那人是谁?却是郡王府中一个排军⑭,从小伏侍郡王,见他朴实,差他送钱与刘两府。这人姓郭名立,叫做郭排军。当下夫妻请住郭排军,安排酒来请他,分付道:"你到府中,千万莫说与郡王知道。"郭排军道:"郡王怎知得你两个在这里?我没事却说什么?"当下酬谢了出门。回到府中,参见郡王,纳了回书,看看郡王道:"郭立前日下书回,打潭州过,却见两个人在那里住。"郡王问:"是谁?"郭立道:"见秀秀养娘并崔待诏两个,请郭立吃了酒食,教休来府中说知。"郡王所说,便道:"叵耐⑮这两个做出这事来!却如何直走到那里?"郭立道:"也不知他仔细。只见他在那里住地,依旧挂招牌做生活。"郡王教干办⑯去分付临安府,即时差一个缉捕使臣⑰,带着做公的⑱,备了盘缠⑲,径来湖南湘潭府,下了公文,同来寻崔宁和秀秀。却似:

　　皂雕⑳追紫燕,　　　猛虎啖㉑羊羔。

不两月,捉将两个来,解到府中,报与郡王得知,即时升厅。原来郡王杀番人时,左手使一口刀,叫做"小青";右手使一口刀,叫做"大青";这两口刀不知剁了多少番人。那两口刀,鞘㉒内藏着,挂在壁上。郡王升厅,众人声喏,即将这两个人押来跪下。郡王好生㉓焦躁,左手去壁牙㉔上取下小青,右手一掣㉕,掣刀在手,睁起杀番人的眼儿,咬得牙齿剥剥地响。当时諕杀夫人,在屏风背后道:"郡王,这里是帝辇之下㉖,不比边庭上面。若有罪过,只消解去临安府施行㉗,如何胡乱凯㉘得人?"郡王听说道:"叵耐这两个畜生逃走,今日捉将来,我恼了,如何不凯?既然夫人来劝,且捉秀秀入府后花园去;把崔宁解去临安府断治㉙。"

当下喝赐钱酒赏犒捉事人㉚。解这崔宁到临安府,一一从头供说:"自从当夜遗漏,来到府中,都搬尽了。只见秀秀养娘从廊下出来,揪住崔宁道:

'你如何安手在我怀中,若不依我口,教坏了你!'要共逃走。崔宁不得已,与他同走。只此是实。"临安府把文案㊲呈上郡王。郡王是个刚直的人,便道:"既然恁地,宽了崔宁,且与从轻断治。"崔宁不合㊳在逃,罪杖㊴,发遣㊵建康府居住。当下差人押送。

方出北关门,到鹅项头,见一顶轿儿,两个人抬着,从后面叫:"崔待诏且不得去!"崔宁认得像是秀秀的声音,赶将来又不知恁地,心下好生疑惑。伤弓之鸟㉟,不敢揽事㊱,且低着头只顾走。只见后面赶将上来,歇了轿子,一个妇人走出来,不是别人,便是秀秀。道:"崔待诏,你如今去建康府,我却如何?"崔宁道:"却是怎地好?"秀秀道:"自从解你去临安府断罪,把我捉入后花园,打了三十竹篦㊲,遂便赶我出来。我知道你建康府去,赶将来同你去。"崔宁道:"恁地却好。"讨了船,直到建康府。押发人自回。若是押发人是个学舌的,就有一场是非出来。因晓得郡王性如烈火,惹着他不是轻放手的;他又不是王府中人,去管这闲事怎地?况且崔宁一路买酒买食,奉承他得好,回去时,就隐恶而扬善了。

再说崔宁两口在建康居住,既是问断㊳了,如今也不怕有人撞见,依旧开个碾玉作铺。浑家㊴道:"我两口却在这里住得好。只是我家爹妈,自从我和你逃去潭州,两个老的吃了些苦;当日捉我入府时,两个去寻死觅活。今日也好教人去行在取我爹妈来这里同住。"崔宁道:"最好。"便教人到行在取他丈人丈母。写了他地理脚色㊵与来人,到临安府寻见他住处,问他邻舍,指道:"这一家便是。"来人去门首看时,只见两扇门关着,一把锁锁着,一条竹竿封着。问邻舍:"他老夫妻那里去了?"邻舍道:"莫说!他有个花枝也似女儿,献在一个奢遮㊶去处,这个女儿不受福德,却跟一个碾玉的待诏逃走了。前日从湖南潭州捉将回来,送在临安府吃官司。那女儿吃郡王捉进后花园里去。老夫妻见女儿捉去,就当下寻死觅活,至今不知下落。只恁地关着门在这里。"来人见说,再回建康府来,兀自未到家。

且说崔宁正在家中坐,只见外面有人道:"你寻崔待诏住处,这里便是。"崔宁叫出浑家来看时,不是别人,认得是璩公、璩婆。都相见了,喜欢的做一处。

那去取老儿的人,隔一日才到,说如此这般,寻不见,却空走了这遭。两个老的且自来到这里了。两个老人道:"却生受㊷你!我不知你们在建康住,教我寻来寻去,直到这里。"其时四口同住,不在话下。

且说朝廷官里㊸,一日到偏殿看玩宝器,拿起这玉观音来看,这个观音身上,当时有一个玉铃儿失手脱下。即时问近侍官员:"却如何修理得?"官员将玉观音反复看了,道:"好个玉观音!怎地脱落了铃儿。"看到底下,下面碾着三字"崔宁造"。"恁地容易。既是有人造,只消得宣⁴⁴这个人来教他修整。"敕⁴⁵下郡王府,宣取碾玉匠崔宁。郡王回奏:"崔宁有罪,在建康府居住。"

即时使人去建康取得崔宁到行在歇泊⁴⁶了。当时宣崔宁见驾,将这玉观音教他领去用心整理。崔宁谢了恩,寻一块一般的玉,碾一个铃儿接住了,御前交纳;破分请给养了崔宁⁴⁷。令只在行在居住。崔宁道:"我今日遭际御前,争得气,再来清湖河下,寻间屋儿开个碾玉铺,须⁴⁸不怕你们撞见。"可煞事有斗巧⁴⁹,方才开得铺三两日,一个汉子从外面过来,就是那郭排军,见了崔待诏便道:"崔大夫恭喜了!你却在这里住。"抬起头来,看柜身里却立着崔待诏的浑家。郭排军吃了一惊,拽开⁵⁰脚步就走。浑家说与丈夫道:"你与我叫住那郭排军,我相问则个。"正是:

　　平生不作皱眉事,　　世上应无切齿人。

崔待诏即时赶上扯住。只见郭排军把头只管侧来侧去,口里喃喃地道:"作怪,作怪!"没奈何只得与崔宁回来,到家中坐地。浑家与他相见了,便问:"郭排军!前者我好意留你吃酒,你却归去说与郡王,坏了我两个的好事。今日遭际御前,却不怕你去说。"郭排军吃他相问得无言可答,只得道一声"得罪",相别了,便来到府里,对着郡王道:"有鬼!"郡王道:"这汉则甚⁵¹?"郭立道:"告恩王,有鬼!"郡王问道:"有甚鬼?"郭立道:"方才打清湖河下过,见崔宁开个碾玉铺,却见柜身里一个妇女,便是秀秀养娘。"郡王焦躁道:"又来胡说!秀秀被我打杀了,埋在后花园,你须也看见,如何又在那里?却不是取笑我!"郭立道:"告恩王,怎敢取笑!方才叫住郭立,相问了一回。怕恩王不信,勒下军令状⁵²了去。"郡王道:"真个在时,你勒军令状来"。那汉也是合苦⁵³,真个写一纸军令状来。郡王收了,叫两个当直的轿番⁵⁴,抬一顶轿子,教:"取这妮子⁵⁵来,若真个在,把来凯取一刀;若不在,郭立你须替他凯取一刀!"郭立同两个轿番,来取秀秀。正是:

　　麦穗两歧⁵⁶,　　农人难辨。

郭立是关西人,朴直,却不知军令状如何胡乱勒得。三个一径来到崔宁家里。那秀秀兀自在柜身里坐地,见那郭排军来得恁地慌忙,却不知他勒了军令状来取你⁵⁷。郭排军道:"小娘子!郡王钧旨⁵⁸,教命取你则个。"秀秀道:"即如此,你们少等,待我梳洗了同去。"即时入去梳洗,换了衣服,出来上了轿,分付了丈夫。两个轿番便抬着径到府前。郭立先入去。

郡王正在厅上等待。郭立唱了喏道："已取到秀秀养娘。"郡王道："着他入来。"郭立出来，道："小娘子，郡王教你进来。"掀起帘子看一看，便是一桶水倾在身上，开着口，则合不得，就轿子里不见了秀秀养娘。问那两个轿番，道："我不知。则见他上轿，抬到这里，又不曾转动。"那汉叫将入来道："告恩王，恁地真个有鬼！"郡王道："却不叵耐！"教人："捉这汉，等我取过军令状来，如今凯了一刀！"先去取下小青来。那汉从来服侍郡王，身上也有十数次官了⑤⑨，盖缘⑥⓪是粗人，只教他做排军。这汉慌了道："见有两个轿番见证，乞叫来问。"即时叫将轿番来，道："见他上轿，抬到这里，却不见了。"说得一般，想必真个有鬼，只消得⑥①叫将崔宁来问，便使人叫崔宁来到府中，崔宁从头至尾说了一遍。郡王道："恁地，又不干崔宁事，且放他去。"崔宁拜辞去了。郡王焦躁，把郭立打了五十背花棒⑥②。

崔宁听得说浑家是鬼，到家中问丈人、丈母。两个面面厮觑⑥③，走出门，看看清湖河里扑通地都跳下水去了。当下叫救人，打捞，便不见了尸首。原来当时打杀秀秀时，两个老的听得说，便跳在河里，已自死了。这两个也是鬼。

崔宁到家中，没情没绪，走进房中，只见浑家坐在床上。崔宁道："告姐姐，饶我性命！"秀秀道："我因为你，吃郡王打死了，埋在后花园里。却恨郭排军多口，今日已报了冤仇，郡王已将他打了五十背花棒。如今都知道我是鬼，容身不得了。"道罢，起身双手揪住崔宁，叫得一声，匹然⑥④倒地。邻舍来看时，只见：

　　两部脉尽总皆沉⑥⑤，　　一命已归黄壤⑥⑥下。

崔宁也被扯去和父母四个一块儿做鬼去了。后人评论得好：

　　咸安王捺不下烈火性，　　郭排军禁不住闲磕牙⑥⑦。
　　璩秀娘舍不得生眷属⑥⑧，　　崔待诏撇不脱鬼冤家。

①筛(shāi 晒阴平)：漏下来。　②茅柴酒：一种味苦性烈的酒。　③挂印：当元帅。　④秦州：治所在今甘肃省天水市。刘两府：指南宋抗金将领刘锜(qí 其)。刘为德顺军(今甘肃静宁)人，此处误为雄武军。　⑤顺昌入战：绍兴十年(1140)，刘锜在顺昌(今安徽阜阳)战役中击败金帅兀术的大军。　⑥欢呼：叫嚷。罗唣(zào 皂)：吵闹。　⑦番人：本篇话本所说的"番人"均指金兵。　⑧等闲：寻常，轻易。　⑨诬罔(wū wǎng 污枉)：此处为轻蔑之意。　⑩殿前太尉：宋代最高武官。阳和王：当为杨和王。即南宋抗金将领杨存中，死后追封和王。　⑪提辖官：宋代提辖官有文、武之分。

这里指武官。 ⑫东人：主人。 ⑬諕（xià 下）杀：吓坏了。形容惊恐之极。諕，同吓。 ⑭排军：卫兵。亦称牌军。 ⑮叵（pǒ 颇）耐：不可容忍，可恶。叵是不可的合音。 ⑯干办：一种官名。相当于办事员。 ⑰缉（jī 积）捕使臣：专管捕捉罪犯的差役头目。 ⑱做公的：公差。 ⑲盘缠：路费。 ⑳皂雕：黑色的大鹰。 ㉑啖（dàn 淡）：吞吃。 ㉒鞘（qiào 俏）：装刀、剑的套子。 ㉓好生：非常。 ㉔壁牙：墙上挂东西的钉子。 ㉕掣（chè 彻）：抽。 ㉖帝辇（niǎn 碾）之下：皇帝的车驾所在的地方。 ㉗只消：只要。施行：处置。 ㉘剀：砍。 ㉙断治：发落。 ㉚捉事人：捉拿罪犯的人。 ㉛文案：公文案卷。 ㉜不合：不该。 ㉝罪杖：定罪杖责。 ㉞发遣：犯人杖断之后再解送别处。 ㉟伤弓之鸟：喻吃过苦头、心有余悸的人。 ㊱揽事：招惹事端。 ㊲竹篦（bì 壁）：竹板子。一种刑具。 ㊳问断：判决。 ㊴浑（hún 魂）家：妻子。 ㊵地理：住址。脚色：人的年龄、面貌、身份。 ㊶奢（shē 赊）遮：大，好。 ㊷生受：对自己说，是受苦、受罪的意思；对别人说，是辛苦、有劳的意思。这里是后一种意思。 ㊸官里：即官家，指皇帝。 ㊹宣：召。 ㊺敕（chì 赤）：皇帝的命令。 ㊻歇泊（bó 驳）：安顿。 ㊼破分：破格。 ㊽须：却。 ㊾可煞（shā 杀）："真真，实在"的意思。斗巧：凑巧。 ㊿拽（zhuài）开：拉开。 (51)则甚：做什么。 (52)勒下：立下，写下。军令状：古代军队里保证完成任务立的字据，写明做不到甘愿受处分。 (53)合苦：该着倒霉。 (54)当直的轿番：值班的轿夫。 (55)妮（nī 尼阴平）子：婢女，丫头。 (56)麦穗两歧：一根麦秆上长出两支麦穗。 (57)你：指秀秀。 (58)钧旨：对上级命令的一种敬称。 (59)"身上"句：是说郭排军曾有十几次被提升的机会。 (60)盖缘：大概因为。 (61)只消得：同只消，即只要。 (62)背花棒：在脊背上施重棒。 (63)面面厮觑（qù 去）：相互对看。 (64)匹然：突然，猛然。又作"僻然""瞥然""劈然"。 (65)"两部"句：是说两腕的脉搏都没有了。 (66)黄壤：黄土。 (67)闲磕（kē 苛）牙：多嘴。 (68)生眷属：此指活着的丈夫。眷属，夫妻。

错斩崔宁①

却说高宗时,建都临安,繁华富贵,不减那汴京故国。去那城中箭桥左侧,有个官人姓刘名贵,字君荐。祖上原是有根基②的人家,到得君荐手中,却是时乖运蹇③,先前读书,后来看看不济④,却去改业做生意。便是半路上出家的一般,买卖行中一发不是本等伎俩⑤,又把本钱消折⑥去了。渐渐大房改换小房,赁⑦得两三间房子,与同浑家王氏,年少齐眉⑧;后因没有子嗣⑨,娶下一个小娘子⑩,姓陈,是陈卖糕的女儿,家中都呼为二姐。这也是先前不十分穷薄的时做下的勾当⑪。至亲三口,并无闲杂人在家。那刘君荐极是为人和气,乡里见爱,都称他:"刘官人,你是一时运限⑫不好,如此落寞⑬,再过几时,定时有个亨通⑭的日子。"说便是这般说,那得有些些好处?只是在家纳闷,无可奈何。

却说一日闲坐家中,只见丈人家里的老王,年近七旬,走来对刘官人说道:"家间老员外⑮生日,特令老汉接取官人、娘子去走一遭。"刘官人便道:"便是我日逐⑯愁闷过日子,连那泰山⑰的寿诞也都忘了!"便同浑家王氏,收拾随身衣服,打叠⑱个包儿,交与老王背了;分付二姐看守家中:"今日晚了,不能转回;明晚须索⑲来家。"说了就去。离城二十余里,到了丈人王员外家,叙了寒温⑳。当日坐间客众,丈人、女婿不好十分叙述许多穷相。到得客散,留在客房里歇宿。

直到天明,丈人却来与女婿攀话,说道:"姐夫㉑,你须不是这等算计。'坐吃山空,立吃地陷';'咽喉深似海,日月快如梭'。你须计较一个常便㉒。我女儿嫁了你,一生也指望丰衣足食,不成㉓只是这等就罢了!"刘官人叹了一口气道:"是!泰山在上,道不得个'上山擒虎易,开口告人难'。如今的时势,再有谁似泰山这般怜念我的?只索守困㉔。若去求人,便是劳而无功。"丈人便道:"这也难怪你说!老汉却是看你们不过,今日赍助㉕你些少本钱。胡乱去开个柴米店,撰㉖得些利息过日子,却不好么?"刘官人道:"感蒙泰山恩顾,可知是好。"当下吃了午饭,丈人取出十五贯㉗钱来,付与刘官人道:"姐丈,且将这些钱去收拾起店面。开张㉘有日,我便再应付你十贯。你妻子且留在此过几日,待有了开店日子,老汉亲送女儿到你家,就来与你作贺。意下如何?"

刘官人谢了又谢,驮㉙了钱一径出门,到得城中,天色却早晚了。却撞着一个相识,顺路在他家门首经过。那人也要做经纪㉚的人,就与他商量一会,可知是好。便去敲那人门时,里面有人应诺,出来相揖,便问:"老兄下顾,有何见教?"刘官人一一说知就里㉛。那人便道:"小弟闲在家中,老兄用得着时,便来相帮。"刘官人道:"如此甚好。"当下说了些生意的勾当,那个便留刘官人在家,现成杯盘,吃了三杯两盏。刘官人酒量不济,便觉有些朦胧㉜起来,抽身作别,便道:"今日相扰,明日就烦老兄过寒家㉝计议生理。"那人又送刘官人至路口,作别回家,不在话下。若是说话的同年生,并肩长,拦腰抱住,把臂拖回,也不见得受这般灾晦㉞,却教刘官人死得不如:

"五代史"李存孝㉟, "汉书"中彭越㊱。

却说刘官人驮了钱,一步一步捱㊲到家中敲门,已是点灯时分。小娘子二姐独自在家,没一些事做,守得天黑,闭了门,在灯下打瞌睡。刘官人打门,她那里便听见?敲了半晌,方才知觉,答应一声:"来了!"起身开了门。

刘官人进去,到了房中,二姐替刘官人接了钱,放在桌上,便问:"官人,何处挪移㊳这项钱来?却是甚用?"那刘官人一来有了几分酒,二来怪她开得门迟了,且戏言吓她一吓,便道:"说出来,又恐你见怪;不说时,又须通你得知。只是我一时无奈,没计可施,只得把你典�439;与一个客人。又因舍不得你,只典得十五贯钱。若是我有些好处,加利赎你回来;若是照前这般不顺溜㊵,只索罢了!"那小娘子听了,欲待不信,又见十五贯钱堆在面前;欲待信来,他平白与我没半句言语㊶,大娘子又过得好,怎么便下得这样狠心辣手?狐疑不决,只得再问道:"虽然如此,也须通知我爹娘一声。"刘官人道:"若是通知你爹娘,此事断然不成。你明日且到了人家,我慢慢央人与你爹娘说通,他也须怪我不得。"小娘子又问:"官人今日在何处吃酒来?"刘官人道:"便是把你典与人,写了文书,吃他的酒才来的。"小娘子又问:"大姐姐如何不来?"刘官人道:"她因不忍见你分离,待得你明日出了门才来。这也是我没计奈何,一言为定。"说罢,暗地忍不住笑;不脱衣裳,睡在床上,不觉睡去了。

那小娘子好生摆脱不下:"不知他卖我与甚色样人家?我须先去爹娘家里说知。就是他明日有人来要我,寻到我家,也须有个下落。"沉吟㊷了一会,却把这十五贯钱,一垛儿堆在刘官人脚后边。趁他酒醉,轻轻的收拾了随身衣服,款款的㊸开了门出去,拽上了门,却去左边一个相熟的邻舍叫做朱三老儿家里,与朱三妈借宿了一夜,说道:"丈夫今日无端㊹卖我,我须先去与爹娘说知。烦你明日对他说一声,既有了主顾,可同我丈夫到爹娘家中来讨个分晓㊺,也须有个下落。"那邻舍道:"小娘子说得有理。你只顾自去,

我便与刘官人说知就里。"过了一宵,小娘子作别去了,不题⑯。正是:

  鳌鱼脱却金钩去, 摆尾摇头再不回。

  放下一头,却说这里刘官人一觉直至三更方醒,见桌上灯犹未灭,小娘子不在身边,只道他还在厨下收拾家火⑰,便唤二姐讨茶吃。叫了一回,没人答应,却待挣扎起来,酒尚未醒,不觉又睡了去。不想却有一个做不是的⑱,日间赌输了钱,没处出豁⑲,夜间出来掏摸些东西,却好到刘官人门首,因是小娘子出去了,门儿拽上不关,那贼略推一推,豁地开了。捏手捏脚,直到房中,并无一人知觉。到得床前,灯火尚明,周围看时,并无一物可取。摸到床上,见一个人朝着里床睡去,脚后却有一堆青钱⑳。便去取了几贯。不想惊觉了刘官人,起来喝道:"你须不尽道理㉑!我从丈人家借办得几贯钱来养身活命,不争㉒你偷了我的去,却是怎的计结㉓?"那人也不回话,照面一拳。刘官人侧身躲过,便起身与这人相持㉔。那人见刘官人手脚活动㉕,便拔步出房。刘官人不舍,抢出门来,一径赶到厨房里,恰待声张㉖邻舍,起来捉贼。那人急了,正好没出豁,却见明晃晃一把劈柴斧头,正在手边。也是人急计生,被他绰起㉗一斧,正中刘官人面门,扑地倒了。又复一斧,砍倒一边。眼见得刘官人不活了,呜呼哀哉,伏维尚飨㉘!那人便道:"一不做,二不休;却是你来赶我,不是我来寻你索命。"翻身入房,取了十五贯钱,扯条单被包裹得停当,拽扎得爽俐㉙,出门,拽上了门就走。不题。

  次早邻舍起来,见刘官人家门也不开,并无人声息,叫道:"刘官人!失晓㉚了!"里面没人答应,推将进去,只见门也不关。直到里面,见刘官人劈死在地。他家大娘子两日前已自往娘家去了,小娘子如何不见?免不得声张起来。却有昨夜小娘子借宿的邻家朱三老儿说道:"小娘子昨夜黄昏时到我家歇宿,说道刘官人无端卖了她,她一径先到爹娘家里去了。教我对刘官人说,即有了主顾,可同到他爹娘家中,也讨得个分晓。今一面着人去追她转来,便有下落;一面着人去报他大娘子到来,再作区处㉛。"众人都道:"说得是。"

  先着人去到王员外家报了凶信。老员外与女儿大哭起来,对那人道:"昨日好端端出门,老汉赠他十五贯钱,教他将来作本,如何便恁㉜被人杀了?"那去的人道:"好教老员外大娘子得知:昨日刘官人归时,已自昏黑,吃得半酣㉝,我们都不晓得他有钱没钱,归迟归早。只是今早刘官人家门儿半开,众人推将进去,只见刘官人杀死在地;十五贯钱一文也不见,小娘子也不见踪迹。声张起来,却有左邻朱三老儿出来,说道他家小娘子,昨夜黄昏时分,借宿他家。小娘子说道,刘官人无端把她典与人了,小娘子要对爹娘说一声,住了一宵,今日径自去了。如今众人计议,一面来报大娘子与老员外,一面着人去追小娘子。若是半路里追不着的时节,直到她爹娘家中,好歹㉔追她转来,问个明白。老员外与大娘子须索去走一遭,与刘官人执命㉕。"老员外与大娘子急急收拾起身,管待来人酒饭;三步做一步,赶入城中,不题。

却说那小娘子清早出了邻居人家,挨上路去,行不上一二里,早是脚疼走不动,坐在路旁。却见一个后生,头带万字头巾。身穿直缝宽衫,背上驮了一个搭膊㉖,里面却是铜钱;脚下丝鞋净袜,一直走上前来。到了小娘子面前,看了一看,虽然没有十二分颜色,却也明眉皓齿,莲脸㉗生春,秋波㉘送媚,好生㉙动人!正是:

　　　　野花偏艳目,　　　村酒醉人多。

那后生放下搭膊,向前深深作揖:"小娘子独行无伴,却是往那里去的?"小娘子还了万福㉚道:"是奴家要往爹娘家去。因走不上,权㉛歇在此。"因问:"哥哥是何处来!今要往何方去?"那后生叉手不离方寸㉜:"小人㉝是村里人,因往城中卖了丝帐,讨得些钱,要往褚家堂㉞那边去的。"小娘子道:"告哥哥则个,奴家爹娘也在褚家堂左侧,若得哥哥带挈㉟奴家同走一程,可知是好?"那后生道:"有何不可?既如此说,小人情愿伏侍小娘子前去。"

两个厮赶㊱着一路,正行,行不到三二里田地,只见后面两个人脚不点地赶上前来,赶得汗流气喘,衣服拽开,连叫:"前面小娘子慢走!我却有话说知。"小娘子与那后生看见赶得跷蹊㊲,都立住了脚。后边两个赶到跟前,见了小娘子与那后生,不容分说,一家扯了一个,说道:"你们干得好事!却走往那里去?"小娘子吃了一惊,举眼看时,却是两家邻舍,一个就是小娘子昨夜借宿的主人。小娘子便道:"昨夜也须告过公公得知,丈夫无端卖我,我自去对我爹娘说知。今日赶来,却有何说?"朱三老道:"我不管闲账。只是你家里有杀人公事,你须回去对理㊳。"小娘子道:"丈夫卖我,昨日钱已驮在家中,有甚杀人公事?我只是不去。"朱三老道:"好自在性儿!你若真个不去,叫起地方㊴:有杀人贼在此,烦为一捉!不然,须要连累我们,你这里地方也不得清净!"

那个后生见不是话头㊵,便对小娘子道:"既如此说,小娘子只索回去。小人自家去休㊶。"那两个赶来的邻舍,齐叫起来,说道:"若是没有你在此便罢;既然你与小娘子同行同止,你须也去不得!"那后生道:"却又古怪!我自半路遇见小娘子,偶然伴她行一程,路途上有甚皂丝麻线㊷,要勒掯㊸我回去?"朱三老道:"他家有了杀人公事,不争放你去了,却打没对头官司?"当下怎容小娘子和那后生做主。看的人渐渐立满,都道:"后生,你去!不得你'日间不作亏心事,半夜敲门不吃惊',便去何妨?"那赶来的邻舍道:"你若不去,便是心虚!我们却和你罢休不得!"四个人只得厮挽^⑥着一路转来。

到得刘官人门首,好一场热闹!小娘子入去看时,只见刘官人斧劈倒在地死了;床上十五贯钱,分文也不见。开了口合不得,伸了舌缩不上去。那后生也慌了,便道:"我怎的晦气!没来由和那小娘子同走一程,却做了干连人^⑥。"众人都和闹着,正在那里分豁^⑥不开,只见王老员外和女儿一步一撷走回家来,见了女婿尸身,哭了一场,便对小娘子道:"你却如何杀了丈夫,劫了十五贯钱逃走出去?今日天理昭然^⑧,有何理说?"小娘子道:"十五贯钱委^⑥是有的。只是丈夫昨晚回来,说是无计奈何,将奴家典与他人,典得十五贯身价在此,说过今日便要奴家到他家去。奴家因不知他典与甚色样人家,先去与爹娘说知。故此趁夜深了,将这十五贯钱一垛儿堆在他脚后边,拽上门,到朱三老家住了一宵,今早去爹娘家里说知。我去之时,也曾央朱三老对我丈夫说,既然有了主儿,便同到我爹娘家里来交割^⑥。却不知因甚杀死在此?"那大娘子道:"可又来^⑨!我的父亲昨日明明把十五贯钱与他驮来作本,养赡^⑨妻小,他岂有哄你说是典来身价之理?这是你两日因独自在家,勾搭上了人;又见家中好生不济,无心守耐;又见了十五贯钱,一时见财起意,杀死丈夫,劫了钱;又使见识^⑥往邻家借宿一夜,却与汉子通同计较,一处逃走。现今你跟着一个男子同走,却有何理说,抵赖得过?"众人齐声道:"大娘子之言,甚是有理!"又对那后生道:"后生!你却如何与小娘子谋杀亲夫?却暗暗约定在僻静处等候,一同去逃奔他方,却是如何计结?"那人道:"小人自姓崔名宁,与那小娘子无半面之识。小人昨晚入城卖得几贯丝钱在这里,因路上遇见小娘子,小人偶然问起往那里去的,却独自一个行走?小娘子说起是与小人同路,以此作伴同行,却不知前后因依^⑥。"

众人那里肯听他分说,搜索他搭膊中,恰好是十五贯钱,一文也不多,一文也不少。众人齐发起喊来道:"是'天网恢恢,疏而不漏'^⑥,你却与小娘子杀了人,拐了钱财,盗了妇女,同往他乡、却连累我地方、邻里打没头官司!"当下大娘子结扭了小娘子,王老员外结扭了崔宁,四邻舍都是证见,一哄都入临安府中来。

那府尹^⑥听得有杀人公事,即便升堂,便叫一干人犯逐一从头说来。

先是王老员外上去告说:"相公^⑥在上。小人是本府村庄人氏,年近六旬,只生一女,先年嫁与本府城中刘贵为妻;后因无子,娶了陈氏为妾,呼为二姐。一向三口在家过活,并无片言。只因前日是老汉生日,差人接取女儿、女婿到家住了一夜;次日因见女婿家中全无活计,养赡不起,把十五贯钱与女婿作本,开店养身。却有二姐在家看守,到得昨夜,女婿到家时分,不知因甚缘故,将女婿斧劈死了。二姐却与一个后生,名唤崔宁,一同逃走,被人追捉到来。望相公可怜见老汉的女婿身死不明,奸夫淫妇,赃证见在,伏乞相公明断!"府尹听得如此如此,便叫:"陈氏上来!你却如何通同奸夫杀死了亲夫,劫了钱,与人一同逃走?是何理说?"二姐告道:"小妇人嫁与刘贵,虽是个小老婆,却也得他看承得好,大娘子又贤慧,却如何肯起这片歹心?只是昨晚丈夫回来,吃得半酣,驮了十五贯钱进门。小妇人问他来历,丈夫说道为因养赡不周,将小妇人典与他人,典得十五贯身价在此。又不通我爹娘得知,明日就要小妇人到他家去。小妇人慌了,连夜出门,走到邻舍家里借宿一宵,今早一径先往爹娘家去。教他对丈夫说:'既然卖我,有了主顾,可到我爹娘家里来交割。'才走得到半路,却见昨夜借宿的邻家赶来,捉住小妇人回来。却不知丈夫杀死的根由。"那府尹喝道:"胡说!这十五贯钱,分明是他丈人与女婿的,你却说是典你的身价,眼见的没巴臂的说话了。况且妇人家如何黑夜行走?定是脱身之计!这桩事须不是你一个妇人家做的,一定有奸夫帮你谋财害命。你却从实说来!"

那小娘子正待分说,只见几家邻舍,一齐跪上去告道:"相公的言语,委是青天!他家小娘子昨夜果然借宿在左邻第二家的,今早他自去了。小的们见她丈夫杀死,一面着人去赶,赶到半路,却见小娘子和那一个后生同走,苦死不肯回来。小的们勉强捉她转来,却又一面着人去接他大娘子与他丈人。到时,说昨日有十五贯钱付与女婿做生理的,今者女婿已死,这钱不知从何而去。再三问那小娘子时,说道她出门时,将这钱一垛儿堆在床上。却去搜那后生身边,十五贯钱分文不少。却不是小娘子与那后生通同谋杀!赃证分明,却如何赖得过?"

府尹听他们言言有理,就唤那后生上来道:"帝辇之下,怎容你这等胡行!你却如何谋了他小老婆?劫了十五贯钱?杀死她亲夫?今日同往何处?从实招来!"那后生道:"小人姓崔名宁,是乡村人氏。昨日往城中卖了丝,卖得这十五贯钱。今早偶然路上撞着这小娘子,并不知她姓甚名谁,那里晓得她家杀人公事?"府尹大怒,喝道:"胡说!世间不信有这等巧事,他家失去了十五贯钱,你却卖的丝恰好也是十五贯钱,这分明是支吾的说话了。况且他妻莫爱,他马莫骑,你既与那妇人没甚首尾,却如何与她同行同宿?你这等顽皮赖骨,不打如何肯招?"

当下众人将那崔宁与小娘子死去活来拷打一顿。那边王老员外与女儿并一干邻佑[105]人等，口口声声咬他二人。府尹也巴不得了结这段公案[106]。拷讯一回，可怜崔宁和小娘子受刑不过，只得屈招了，说是一时见财起意，杀死亲夫，劫了十五贯钱，同奸夫逃走是实。左邻右舍都指画了十字[107]。将两人大枷枷了，送入死囚牢里。将这十五贯钱给还原主，也只好奉与衙门中人做使用，也还不够哩！府尹叠成文案[108]，奏过朝廷。部复申详[109]，倒下圣旨，说崔宁不合奸骗人妻，谋财害命，依律处斩；陈氏不合通同奸夫杀死亲夫，大逆不道，凌迟[110]示众。当下读了招状，大牢内取出人来，当厅判一个"斩"字，一个"剐"字，押赴市曹[111]行刑示众。两人浑身是口，也难分说。正是：

哑子漫尝黄檗[112]味，　　难将苦口对人言。

看官听说："这段公事，果然是小娘子与那崔宁谋财害命的时节，他两人须连夜逃走他方，怎的又去邻舍人家借宿一宵？明早又走到爹娘家去，却被人捉住了？这段冤枉，仔细可以推详出来。谁想问官糊涂，只图了事，不想捶楚[113]之下，何求不得？冥冥[114]之中，积了阴骘[115]，远在儿孙近在身，他两个冤魂也须放你不过。所以做官的切不可率意断狱[116]，任情[117]用刑；也要求个公平允明[118]。道不得个死者不可复生，断者[119]不可复续。可胜叹哉[120]！

闲话休题。却说那刘大娘子到得家中，设个灵位守孝。过日，父亲王老员外劝她转身[121]，大娘子说道："不要说起三年之久，也须到小祥[122]之后。"父亲应允自去。

光阴迅速，大娘子在家巴巴结结[123]，将近一年。父亲见她守不过，便叫家里老王去接她来，说："叫大娘子收拾回家，与刘官人做了周年，转了身去罢。"大娘子没计奈何，细思父言，亦是有理；收拾了包裹，与老王背了，与邻舍家作别，暂去再来。一路出城，正值秋天，一阵乌云猛雨，只得落路往一所林子去躲。不想走错了路，正是：

猪羊走屠宰之家，　　一脚脚来寻死路。

走入林子里去，只听他林子背后大喝一声："我乃静山大王[124]在此！行人住脚，须把买路钱[125]与我！"大娘子和那老王吃那一惊不小，只见跳出一个人来：

头带干红凹面巾，身穿一领旧战袍，腰间红绢搭膊裹肚，脚下蹬一双乌皮皂靴，手执一把朴刀[126]。

舞刀前来。那老王该死，便道："你这剪径的毛团[127]！我须是认得你。做这老性命着与你兑㉚了罢!"一头撞去,被他闪过㉚空;老人家用力过猛,扑地便倒。那人大怒道:"这牛子㉛好生无礼!"连搠㉜一两刀,血流在地,眼见得老王养不大㉝了。那刘大娘子见他凶猛,料道脱身不得,心生一计,叫做脱空计㉞。拍手叫道:"杀得好!"那人便住了手,睁圆怪眼,喝道:"这是你甚么人?"那大娘子虚心假气的答道:"奴家不幸,丧了丈夫;却被媒人哄诱,嫁了这个老儿,只会吃饭。今日却得大王杀了,也替奴家除了一害。"那人见大娘子如此小心,又生得有几分颜色,便问道:"你肯跟我做个压寨夫人㉟么?"大娘子寻思,无计可施,便道:"情愿伏侍大王。"那人回嗔作喜㊱,收拾了刀仗,将老王尸首掼入涧㊲中;领了刘大娘子到一所庄院前来,甚是委曲㊳。只见大王向那地上拾些土块,抛向屋上去,里面便有人出来开门,到得草堂之上,分付杀羊备酒,与刘大娘子成亲。两口人且是说得着㊴。正是:

　　　明知不是伴,　　事急且相随。

不想那大王自得了刘大娘子之后,不上半年,连起了几注大财,家间也丰富了。大娘子甚是有识见,早晚用好言语劝他:"自古道:'瓦罐不离井上破,将军难免阵中亡。'你我两人,下半世也够吃用了,只管做这没天理的勾当,终须不是个好结果。却不道是'梁园虽好,不是久恋之家㊵',不若改行从善,做个小小经纪,也得过养身活命。"那大王早晚被她劝转,果然回心转意,把这门道路㊶撇了;却去城市间,赁了一处房屋,开了一个杂货店,遇闲暇的日子,也时常去寺院中念佛赴斋。

忽一日在家闲坐,对那大娘子道:"我虽是个剪径的出身,却也晓得冤各有头,债各有主。每日间只是吓骗人东西,将来过日子;后来得有了你。一向不大顺溜,今已改行从善。闲来追思既往,正会枉杀了两个人,又冤陷了两个人,时常挂念,思欲做些功德超度㊷他们,一向不曾对你说知。"大娘子便道:"如何是枉杀了两个人?"那大王道:"一个是你的丈夫,前日在林子里的时节,他来撞我,我却杀了他。他须是个老人家,与我往日无仇,如今又谋了他老婆,他死也是不肯甘心的。"大娘子道:"不恁的时,我却那得与你厮守㊸?这也是往事,休题了。"又问:"杀那一个又是甚人?"那大王道:"说起来这个人,一发天理上放不过去;且又带累了两个人,无辜㊹偿命。是一年前,也是赌输了,身边并无一文,夜间便去掏摸些东西。不想到一家门首,见他门也不闩,推进去时,里面并无一人。摸到门里,只见一人醉倒在床,脚后却有一堆铜钱。便去摸他几贯,正待要走,却惊醒了那人,起来说道:'这是我丈人家与我做本钱的,不争你偷去了,一家人口都是饿死!'起身抢出房门，正待声张起来。是我一时见他不是话头，却好一把劈柴斧头在我脚边，这叫做人急计生，绰起斧来，喝一声道：'不是我，便是你！'两斧劈倒。却去房中将十五贯钱尽数取了。后来打听得他，却连累了他家小老婆，与那一个后生，唤做崔宁，冤枉了他谋财害命，双双受了国家刑法。我虽是做了一世强人，只有这两桩人命是天理人心打不过去的；早晚还要超度他，也是该的。"

那大娘子听说，暗暗地叫苦："原来我的丈夫也吃这厮[144]杀了！又连累我家二姐与那个后生无辜受戮[145]。思量起来，是我不合当初做弄他两人偿命。料他两人阴司[146]中也须放我不过！"当下权且欢天喜地，并无他说。明日捉个空[147]，便一径到临安府前叫起屈来。

那时，换了一个新任府尹，才得半月，正值升厅，左右捉将[148]那叫屈的妇人进来。刘大娘子到于阶下，放声大哭；哭罢，将那大王前后所为：怎的杀了我丈夫刘贵，问官不肯推详[149]，含糊了事，却将二姐与那崔宁朦胧偿命；后来又怎的杀了老王，奸骗了奴家。"今日天理昭然，一一是他亲口招承[150]，伏乞相公高抬明镜[151]，昭雪前冤！"说罢又哭。

府尹见她情词可悯[152]，即着人去捉那静山大王到来，用刑拷讯，与大娘子口词一些不差。即时问成死罪，奏过官里。待六十日限满，倒下圣旨来："勘[153]得静山大王谋财害命，连累无辜，准律杀一家非死罪三人者斩加等，决不待时[154]；原问官断狱失情[155]，削职为民；崔宁与陈氏枉死可怜，有司[156]访其家，量行优恤[157]；王氏既系强徒威逼成亲，又能伸雪夫冤，着将贼人家产一半没入官[158]，一半给与王氏，养赡终身。"

刘大娘子当日往法场上看决[159]了静山大王；又取其头去祭献亡夫，并小娘子及崔宁。大哭一场。将这一半家私舍入尼姑庵中[160]。自己朝夕看经念佛，追荐亡魂，尽老百年而终。

①这篇话本选自《京本通俗小说》。明代冯梦龙将其编入短篇小说集《醒世恒言》，题为《十五贯戏言成巧祸》，题下原注："宋本作《错斩崔宁》。"此次编选时，略去原本开头的一部分。　②根基：这里指家产。　③时乖运蹇（jiǎn 简）：时运不好。　④不济：不中用。　⑤一发：越发。本等伎俩：指原来的本领。　⑥消折（shé 舌）：亏损耗尽。　⑦赁（lìn 吝）：租。　⑧齐眉："举案齐眉"的略语，指夫妻间互敬互爱。典出《后汉书·梁鸿传》。梁每次给人捣米归来，其妻孟光将备好的饭食托盘至眉送上。　⑨子嗣（sì 四）：后代。　⑩小娘子：此指妾（小老婆）。　⑪勾当：事情。　⑫运限：命运。　⑬落寞：这里是落魄的意思。　⑭定时：一定。亨通：发达。　⑮员外：原为

官名,后来泛指有钱有势的人。 ⑯日逐:每天。 ⑰泰山:岳父。 ⑱打叠:收拾。
⑲须索:要。 ⑳寒温:指见面时问候的话语。 ㉑姐夫:丈人对女婿的客气称呼。
与下文的姐丈同义。 ㉒计较:考虑。常便:长久妥善的打算。 ㉓不成:难道。
㉔只索守困:只得过穷日子。 ㉕赍(jī机)助:以财物助人。 ㉖撰:同赚。 ㉗贯:
古时通用铜钱,用绳子穿成串,一千个铜钱叫作一贯。 ㉘开张:商店开业。 ㉙驮
(tuó 驼):背负。 ㉚经纪:生意。下文生理同义。 ㉛就里:内情,底细。 ㉜朦
胧:此作神志恍惚。 ㉝寒家:谦称自己的家。 ㉞"若是"五句:这段话是以说话人
的身份讲的。 ㉟李存孝:五代时后唐君主李克用的养子,后被处以车裂之刑(即五
马分尸)。 ㊱彭越:汉初名将,封梁王。后被吕后处死,剁成肉酱。这里用李、彭事
喻死之惨酷。 ㊲捱(ái 皑):指吃力地拖着步子走。 ㊳挪(nuó 娜)移:转借。
㊴典:抵押。 ㊵顺溜:指时运顺利。 ㊶言语:指口角。 ㊷沉吟:迟疑。 ㊸款款
的:慢慢地。 ㊹无端:无缘无故。 ㊺讨个分晓:问个明白。 ㊻题:通"提"。
㊼家火:什物。 ㊽做不是的:干坏事的人。此指小偷。 ㊾出豁(huò 或):想办法。
㊿青钱:铜钱。 ⓼你须不尽道理:你真不讲道理。 ⓽不争:助词。此作"如果"解。
⓾计结:了结。 ⓾相持:相打。 ⓾活动:灵便。 ⓾声张:大声叫喊。 ⓾绰
(chāo 抄):抓。 ⓾"呜呼"二句:祭文结尾常用此二句表示哀悼死者,此用以加强
语气。伏惟尚飨(xiǎng 响),请来享受祭品吧。 ⓾拽扎:包扎。爽俐:干净利落。
⓾失晓:早上睡过了头。 ⓾区处:处置。 ⓾恁的:这样。 ⓾半酣(hān 憨):半
醉。 ⓾好歹(dǎi 待上声):无论如何。 ⓾执命:追究凶手偿命。 ⓾搭膊:一种搭
在肩上的布袋,前后各有开口,可以盛放东西。 ⓾莲脸:粉红色的脸。 ⓾秋波:形
容水汪汪的眼睛。 ⓾好生:甚是。 ⓾万福:唐宋时妇女见人行礼,手在左衣襟前
拂一拂,口称"万福"。后来习用为妇女行礼的代用词。 ⓾奴家:旧时妇女自称。
⓾权:暂且。 ⓾方寸:心。此指胸前。 ⓾小人:后生自称。 ⓾褚家堂:在杭州东
城,相传为唐代书法家褚遂良故里。 ⓾带挈:带领。 ⓾厮赶:相随同行。 ⓾跷
蹊(qiāo qī 敲七):奇怪。 ⓾对理:当面申辩。 ⓾地方:地保。 ⓾不是话头:话
头不对。 ⓾休:罢了。 ⓾皂丝麻线:牵连。 ⓾勒掯(kèn 恳去声):逼迫。 ⓾厮
挽:相挽。 ⓾干连人:有牵连的人。 ⓾分豁:分辩。 ⓾昭然:明明白白。 ⓾委:
确实。 ⓾交割:交代。 ⓾可又来:宋元时口语,含有"亏你说得出口"之意。 ⓾养
赡(shàn 善):养活。 ⓾使见识:用计谋。 ⓾因依:缘由。 ⓾天网恢恢,疏而不
漏:语出《老子》。漏,原作"失"。是说天道公平,作恶必定受惩,不会漏掉一个坏人。
恢恢,宽广的样子。疏,稀,指网眼宽。 ⓾府尹:宋时京都所在地的知府官,品位较
一般知府高,称府尹。 ⓾相(xiàng 项)公:旧时百姓对知县、知府等长官的敬称。
⓾片言:指一两句拌嘴的话。 ⓾伏乞:敬请。 ⓾看承:看待。 ⓾没巴臂:无凭
据。 ⓾青天:喻贤明公正的长官。 ⓾支吾的说话:搪塞的言辞。 ⓾首尾:关系。
⓾邻佑:即邻右,邻居。 ⓾公案:此指官司。 ⓾指画了十字:不识字的人,不能自

书姓名,画个十字代替签押。　⑩⑧**叠成文案**:做成公文。　⑩⑨**部复申详**:由刑部批回下面衙门上报的公文。　⑩⑩**凌迟**:即剐(guǎ 寡)刑。先分割罪犯的肉体,然后再断咽喉,是一种酷刑。　⑪⑪**市曹**:商肆聚集之处。古时于市曹行刑。　⑪⑫**漫尝**:空尝。**黄檗**(bò 簸):一种苦味的中草药。又作黄柏。　⑪⑬**搖楚**:杖刑。用竹杖或木杖拷打罪犯。　⑪⑭**冥**(míng 名)**冥**:幽暗昏昧。　⑪⑮**阴骘**(zhì 志):阴德。此指"欠了阴债",是一种迷信的说法。　⑪⑯**率意**:随意。**断狱**:判决刑事案件。　⑪⑰**任情**:随意。　⑪⑱**明允**:是非清楚,判断确当。　⑪⑲**断者**:指被砍下的头、被肢解的躯体。　⑫⑩**可胜**(shèng 圣)**叹哉**:哪里感叹得尽啊!　⑫①**转身**:此指改嫁。　⑫②**小祥**:对去世者的周年祭。　⑫③**巴巴结结**:此有努力维持之意。　⑫④**大**(dài 代)**王**:强盗头目。　⑫⑤**买路钱**:此为强盗对行路人强索财物的套话。　⑫⑥**朴**(pō 坡)**刀**:一种窄长有短把的刀。⑫⑦**剪径**:拦路抢劫。**毛团**:畜生(骂人的话)。　⑫⑧**兑**:拼。　⑫⑨**闪过**:侧身躲过。⑬⑩**牛子**:宋元时强盗的行话,即畜生。　⑬①**搠**(shuò 朔):扎。　⑬②**养不大**:活不了。⑬③**脱空**:脱身。　⑬④**压寨夫人**:强盗头领的妻子。　⑬⑤**回嗔**(chēn 琛)**作喜**:转怒为喜。　⑬⑥**撺**(cuān 汆):抛掷。　⑬⑦**委曲**:曲折。　⑬⑧**说得着**:话语投机。　⑬⑨**梁园虽好,不是久恋之家**:谚语。是说梁园虽然可爱,但毕竟不是自己的家,不可久恋。梁园,汉梁孝王(刘武)接待宾客的大花园,故址在今河南省开封市东南。　⑭⑩**道路**:行当。　⑭①**功德**:指打醮、诵经。旧时迷信说法,诵经礼佛可消灾得福。**超度**:旧时迷信说法,为冤魂诵经可使之脱离苦海。　⑭②**厮守**:在一起。　⑭③**无辜**(gū 姑):无罪。⑭④**这厮**:这家伙。　⑭⑤**受戮**(lù 路):被杀。　⑭⑥**阴司**:阴间。　⑭⑦**捉个空**:找个没事或没人的时候。　⑭⑧**左右**:指立在公堂两边的公差。**捉将**:拉着。　⑭⑨**推详**:认真审理。　⑮⑩**招承**:供认、承担。　⑮①**高抬明镜**:指审案件明察确当。为恭维之词。　⑮②**悯**(mǐn 敏):哀怜。　⑮③**勘**(kān 刊):细查。　⑮④**"准律"二句**:是说依照法律,杀害了一家人或杀害三个罪不该死的人必须立即问斩,不须等到秋后才执行。　⑮⑤**失情**:不合实情。　⑮⑥**有司**:主管的官员。　⑮⑦**量行优恤**(xù 序):按照实情,给以优厚的抚恤照顾。　⑮⑧**没入官**:将财产没收归公。　⑮⑨**决**:处决。　⑯⑩**舍**:捐赠。

快嘴李翠莲记①

入话②:

出口成章不可轻， 开言作对③动人情；
虽无子路④才能智， 单取人前一笑声。

此四句单道：昔日东京有一员外⑤，姓张名俊，家中颇有金银。所生二子，长曰张虎，次曰张狼。大子已有妻室，次子尚未婚配。本处有个李吉员外，所生一女，小字翠莲，年方二八。姿容出众，女红针指⑥，书史百家，无所不通。只是口嘴快些，凡向人前，说成篇，道成溜⑦，问一答十，问十道百。有诗为证：

问一答十古来难， 问十答百岂非凡。
能言快语真奇异， 莫作寻常当等闲⑧。

话说本地有一王妈妈，与二边说合，门当户对，结为姻眷，选择吉日良时娶亲。三日前，李员外与妈妈论议，道："女儿诸般好了，只是口快，我和你放心不下。打紧⑨她公公难理会⑩，不比等闲的，婆婆又兜答⑪，人家又大，伯伯、姆姆⑫，手下许多人，如何是好？"婆婆道："我和你也须吩咐她一场。"只见翠莲走到爹妈面前，观见二亲满面忧愁，双眉不展，就道：

"爹是天，娘是地，今朝与儿成婚配。男成双，女成对，大家欢喜要吉利。人人说道好女婿：有财有宝又豪贵；又聪明，又伶俐，双六、象棋通六艺⑬；吟得诗，做得对，经商买卖诸般会。这门女婿要如何？愁得苦水儿滴滴地。"

员外与妈妈听翠莲说罢，大怒曰："因为你口快如刀，怕到人家多言多语，失了礼节，公婆人人不欢喜，被人笑耻⑭，在此不乐。叫你出来，吩咐你少则声⑮，颠倒⑯说出一篇来，这个苦恁⑰好！"

翠莲道：

"爷开怀，娘放意，哥宽心，嫂莫虑。女儿不是夸伶俐，从小生得有志气。纺得纱，绩得苎⑱，能裁能补能绣刺；做得粗，整得细，三茶六饭⑲一时备；推得磨，捣得碓⑳，受得辛苦吃得累。烧卖匾食㉑有何难，三汤两割㉒我也会。到晚来，能仔细，大门关了小门闭；刷净锅儿掩厨柜，前后收拾自用意。铺了床，伸开被，点上灯，请婆睡，叫声'安置'㉓进房内。如此伏侍二公婆，他家有甚不欢喜？爹娘且请放心宽，舍此之外值个屁！"

翠莲说罢,员外便起身去打。妈妈劝住,叫道:"孩儿,爹娘只因你口快了愁!今番只是少说些。古人云:'多言众所忌'。到人家只是谨慎言语,千万记着!"翠莲曰:"晓得。如今只闭着口儿吧!"

妈妈道:"隔壁张大公㉔是老邻舍,从小儿看你大,你可过去作别一声。"员外道:"也是。"翠莲便走将过去,进得门槛,高声便道:

"张公道,张婆道,两个老的听禀告:明日寅时㉕我上轿,今朝特来说知道。年老爹娘无倚靠,早起晚些望顾照!哥嫂倘有失礼处,父母分上休计较。待我满月回门来,亲自上门叫聒噪㉖。"

张大公道:"小娘子放心,令尊㉗与我是老兄弟,当得早晚照管;令堂亦当着㉘老妻过去陪伴,不须挂意!"

作别回家,员外与妈妈道:"我儿,可收拾早睡休,明日须半夜起来打点㉙。"翠莲便道:

"爹先睡,娘先睡,爹娘不比我班辈㉚。哥哥嫂嫂相傍我,前后收拾自理会。后生家熬夜有精神,老人家熬了打盹睡。"

翠莲道罢,爹妈大恼曰:"罢,罢,说你不改了!我两口自去睡也。你与哥嫂自收拾,早睡早起。"

翠莲见爹妈睡了,连忙走到哥嫂房门口高叫:

"哥哥嫂嫂休推醉,思量你们忒㉛没意。我是你的亲妹妹,止有今晚在家中。亏你两口下着得㉜,诸般事儿都不理。关上房门便要睡,嫂嫂,你好不紧急。我在家,不多时,相帮做些道怎地?巴不得打发我出门,你们两口得伶俐㉝?"

翠莲道罢,做哥哥的便道:"你怎生还是这等的?有父母在前,我不好说你。你自先去安歇,明日早起。凡百事,我自和嫂嫂收拾打点。"翠莲进房去睡。兄嫂二人,无多时,前后俱收拾停当。一家都安歇了。

员外、妈妈一觉睡醒,便唤翠莲问道:"我儿,不知甚么时节㉞了?不知天晴天雨?"翠莲便道:

"爹慢起,娘慢起,不知天晴是下雨。更㉟不闻,鸡不语,街坊寂静无人语。只听得:隔壁白嫂起来磨豆腐,对门黄公舂糕米。若非四更时,便是五更矣。且待奴家先起。烧火、劈柴、打下水,且把锅儿刷洗起。烧些脸汤洗一洗,梳个头儿光光地。大家也是早起些,娶亲的若来慌了腿!"

员外、妈妈并哥嫂一齐起来,大怒曰:"这早晚㊱,东方将亮,还不梳妆完,尚兀自㊲调嘴弄舌!"翠莲又道:

"爹休骂,娘休骂,看我房中巧妆画。铺两鬓,黑似鸦,调和脂粉把脸搽。点朱唇,将眉画,一对金环坠耳下。金银珠翠插满头,宝石禁步[38]身边挂。今日你们将我嫁,想起爹娘撇不下;细思乳哺养育恩,泪珠儿滴湿了香罗帕。猛听得外面人说话,不由我不心中怕;今朝是个好日头,只管都噜都噜说甚么!"

翠莲道罢,妆办停当,直来到父母跟前,说道:

"爹拜禀,娘拜禀,蒸了馒头索了粉[39],果盒肴馔[40]件件整。收拾停当慢慢等,看看打得五更紧。我家鸡儿叫得准。送亲从头再去请。姨娘不来不打紧,舅母不来不打紧,可耐姑娘[41]没道理,说的话儿全不准。昨日许我五更来,今朝鸡鸣不见影。歇歇进门没得说,赏她个漏风的巴掌[42]当邀请。"

员外与妈妈敢怒而不敢言。妈妈道:"我儿,你去叫你哥嫂及早起来,前后打点。娶亲的将次[43]来了。"翠莲见说,慌忙走去哥嫂房门口前,叫曰:

"哥哥、嫂嫂你不小,我今在家时候少。算来也用起个早,如何睡到天大晓?前后门窗须开了,点些蜡烛香花草。里外地下扫一扫,娶亲轿子将来了。误了时辰公婆恼,你两口儿讨分晓[44]!"

哥嫂两个忍气吞声,前后俱收拾停当。员外道:"我儿,家堂[45]并祖宗面前,可去拜一拜,作别一声。我已点下香烛了。趁娶亲的未来,保你过门平安!"翠莲见说,拿了一炷,走到家堂面前,一边拜,一边道:

"家堂,一家之主;祖宗,满门先贤:今朝我嫁,未敢自专。四时八节,不断香烟。告知神圣,万望垂怜!男婚女嫁,理之自然。有吉有庆,夫妇双全。无灾无难,永保百年。如鱼似水,胜蜜糖甜。五男二女,七子团圆。二个女婿,达礼通贤;五房媳妇,孝顺无边。孙男孙女,代代相传。金珠无数,米麦成仓。蚕桑茂盛,牛马挨肩[46]。鸡鹅鸭鸟,满荡鱼鲜。丈夫惧怕,公婆爱怜。妯娌[47]和气,伯叔忻[48]然。奴仆敬重,小姑有缘。不上三年之内,死得一家干净,家财都是我掌管,那时翠莲快活几年!"

翠莲祝罢,只听得门前鼓乐喧天,笙歌聒耳,娶亲车马,来到门首。张宅先生[49]念诗曰:

高卷珠帘挂玉钩,　　香车宝马到门头。
花红、利市[50]多多赏,　　富贵荣华过百秋。

李员外便叫妈妈将钞[51]来,赏赐先生和媒妈妈,并车马一干人。只见妈妈拿出钞来,翠莲接过手,便道:"等我分!"

"爹不惯,娘不惯,哥哥、嫂嫂也不惯。众人都来面前站,合多合少等我散。抬轿的合五贯[52],先生、媒人两贯半。收好些,休嚷乱,掉下了时休埋怨！这里多得一贯文，与你这媒人婆买个烧饼，到家哄你呆老汉。"

先生与轿夫一干人听了，无不吃惊，曰："我们见千见万，不曾见这样口快的！"大家张口吐舌，忍气吞声，簇拥翠莲上轿。一路上，媒妈妈吩咐："小娘子，你到公婆门首，千万不要开口！"

不多时，车马一到张家前门，歇下轿子，先生念诗曰：

鼓乐喧天响汴州㊳，　　今朝织女配牵牛。
本宅亲人来接宝，　　添汝舍饭㊴古来留。

且说媒人婆拿着一碗饭，叫道："小娘子，开口接饭。"只见翠莲在轿中大怒，便道：

"老泼狗，老泼狗，教我闭口又开口。正是媒人之口无量斗，怎当你没的翻做有。你又不曾吃早酒，嚼舌嚼黄胡张口。方才跟着轿子走，吩咐教我休开口。甫能㊵住轿到门首，如何又叫我开口？莫怪我今骂得丑，真是白面老母狗！"

先生道："新娘子息怒。她是个媒人，出言不可太甚。自古新人无有此等道理！"翠莲便道：

"先生你是读书人，如何这等不聪明？当言不言谓之讷㊶，信这虔婆㊷弄死人！说我婆家多富贵，有财有宝有金银，杀牛宰马做茶饭，苏木㊸、檀香做大门，绫罗缎匹无算数，猪羊牛马赶成群。当门与我冷饭吃，这等富贵不如贫。可耐伊家忒恁村㊹，冷饭将来与我吞。若不看我公婆面，打得你眼里鬼火生！"

翠莲说罢，恼得那媒婆一点酒也没㊺，一道烟先进去了；也不管她下轿，也不管她拜堂。

本宅众亲簇拥新人到了堂前，朝西立定。先生曰："请新人转身向东，今日福禄喜神在东。"翠莲便道：

"才向西来又向东，休将新妇便牵笼㊻。转来转去无定相，恼得心头火气冲。不知哪个是妈妈？不知哪个是公公？诸亲九眷闹丛丛，姑娘小叔乱哄哄。红纸牌儿在当中，点着几对满堂红㊼。我家公婆又未死，如何点盏随身灯㊽？"

张员外与妈妈听得，大怒曰："当初只说娶个良善人家女子，谁想娶这个没规矩、没家法、长舌顽皮村妇！"

诸亲九眷面面相睹，无不失惊。先生曰："人家孩儿在家中惯了，今日初来，须慢慢的调理她。且请拜香案，拜诸亲。"

合家大小俱相见毕。先生念诗赋,请新人入房,坐床撒帐㊹:

新人挪步过高堂,神女仙郎入洞房。
花红利市多多赏,五方撒帐盛阴阳。

张狼在前,翠莲在后,先生捧着五谷,随进房中。新人坐床,先生拿起五谷,念道:

撒帐东,帘幕深围烛影红。佳气郁葱长不散,画堂日日是春风。
撒帐西,锦带流苏㊽四角垂。揭开便见姮娥面,输却仙郎捉带枝。
撒帐南,好合情怀乐且耽㊾。凉月好风庭户爽,双双绣带佩宜男㊿。
撒帐北,津津一点眉间色。芙蓉帐暖度春宵,月娥苦邀蟾宫客㉘。
撒帐上,交颈鸳鸯成两两。从今好梦叶维熊㉙,行见玭珠来入掌㉚。
撒帐中,一双月里玉芙蓉。恍若今宵遇神女,红云簇拥下巫峰㉛。
撒帐下,见说黄金光照社㉜。今宵吉梦便相随,来岁生男定声价。
撒帐前,沉沉非雾亦非烟。香里金虬㉝相隐映,文箫今遇彩鸾仙㉞。
撒帐后,夫妇和谐长保守。从来夫唱妇相随,莫作河东狮子吼。

说那先生撒帐未完,只见翠莲跳起身来,摸着一条面杖,将先生夹腰两面杖,便骂道:"你娘的臭屁!你家老婆便是河东狮子!"一顿直赶出房门外去,道:

"撒甚帐?撒甚帐?东边撒了西边样㊱。豆米麦满床上,仔细思量象甚样?公婆性儿又莽撞,只道新妇不打当㊲。丈夫若是假乖张㊳,又道娘子垃圾相㊴。你可急急走出门,饶你几下捍面杖。"

那先生被打,自出门去了。张狼大怒曰:"千不幸,万不幸,娶了这个村姑儿!撒帐之事,古来有之。"翠莲便道:

"丈夫丈夫你休气,听奴说得是不是?多想那人没好气,故将豆麦撒满地。倒不叫人扫出去,反说奴家不贤惠。若还恼了我心儿,连你一顿赶出去。闭了门,独自睡,晏㊵起早眠随心意。阿弥陀佛念几声,耳伴清宁倒伶俐㊶。"

张狼也无可奈何,只得出去参筵劝酒。至晚席散,众亲都去了。翠莲坐在房中自思道:"少刻丈夫进房来,必定手之舞之的,我须做个准备。"起身除了首饰,脱了衣服,上得床,将一条绵被裹得紧紧地,自睡了。

且说张狼进得房,就脱衣服,正要上床,被翠莲喝一声,便道:

"堪笑乔才㊷你好差,端的是个野庄家㊸。你是男儿我是女,尔自尔来咱自咱。你道我是你媳妇,莫言就是你浑家㊹。哪个媒人哪个主?行甚么财礼下甚么茶⑮？多少猪羊鸡鹅酒？甚么花红到我家？多少宝石金头面？几匹绫罗几匹纱？镯缠冠钗有几付？将甚插戴我奴家？黄昏半夜三更鼓，来我床前做甚么？及早出去连忙走，休要恼了我们家！若是恼咱性儿起，揪住耳朵采头发，扯破了衣裳抓碎了脸，漏风的巴掌顺脸括，扯碎了网巾⑯你休要怪，擒了你四鬓⑰怨不得咱。这里不是烟花巷⑱，又不是小娘儿⑲家，不管三七二十一，我一顿拳头打得你满地爬。"

那张狼见妻子说这一篇，并不敢近前，声也不则，远远地坐在半边。将近三更时分，且说翠莲自思："我今嫁了他家，活是他家人，死是他家鬼。今晚若不与丈夫同睡，明日公婆若知，必然要怪。罢，罢，叫他上床睡吧。"便道：

"痴乔才，休推醉，过来与你一床睡。近前来，吩咐你，叉手站着莫弄嘴。除网巾，摘帽子，靴袜布衫收拾起。关了门，下幔子⑳，添些油在晏灯㉑里。上床来，悄悄地，同效鸳鸯偕连理。休则声，慎言语，雨散云消脚后睡。束着脚，拳着腿，合着眼儿闭着嘴。若还蹬着我些儿，那时你就是个死！"

说那张狼果然一夜不敢则声。睡至天明，婆婆叫言："张狼，你可教娘子早起些梳妆，外面收拾。"翠莲便道：

"不要慌，不要忙，等我换了旧衣裳。菜自菜，姜自姜，各样果子各样装；肉自肉，羊自羊，莫把鲜血搅白肠；酒自酒，汤自汤，醃鸡不要混腊獐。日下㉒天色且是凉，便放五日也不妨。待我留些整齐的，三朝点茶㉓请姨娘。总然㉔亲戚吃不了，剩与公婆慢慢噇㉕。"

婆婆听得，半晌无言，欲待要骂，恐怕人知笑话，只得忍气吞声。耐到第三日，亲家母来完饭㉖。两亲家相见毕，婆婆耐不过，从头将打先生、骂媒人、触夫主、毁公婆，一一告诉一遍。李妈妈听得，羞惭无地。径到女儿房中，对翠莲道："你在家中，我怎么吩咐你来？教你到人家，休要多言多语，全不听我。今朝方才三日光景，适间㉗婆婆说你许多不是，使我惶恐千万，无言可答。"翠莲道：

"母亲你且休吵闹，听我一一细禀告。女儿不是村天乐㉘，有些话你不知道。三日媳妇要上灶，说起之时被人笑。两碗稀粥把盐蘸，吃饭无茶将水泡。今日亲家初走到，就把话儿来诉告㉙，不问青红与白皂，一迷㉚将奴胡厮闹。婆婆性儿忒急躁，说的话儿不大妙。我的心性也不弱，不要着了㉛我圈套。寻条绳儿只一吊，这条性命问他要！"

妈妈见说，又不好骂得，茶也不吃，酒也不尝，别了亲家，上轿回家去了。

再说张虎在家叫道："成甚人家？当初只说娶个良善女子，不想讨了个

五量店中过卖[⑩]来家,终朝[⑩]四言八句,弄嘴弄舌,成何以看[⑩]!"翠莲闻说,便道:

"大伯说话不知礼,我又不曾惹着你。顶天立地男子汉,骂我是个过卖嘴!"

张虎便叫张狼道:"你不闻古人云:'教妇初来。'虽然不致乎打她,也须早晚训诲[⑩];再不然,去告诉她那老虔婆知道!"翠莲就道:

"阿伯三个鼻子管[⑩],不曾捻着你的碗。媳妇虽是话儿多,自有丈夫与婆婆。亲家不曾惹着你,如何骂她老虎婆?等我满月回门去,到家告诉我哥哥。我哥性儿烈如火,那时教你认得我。巴掌拳头一齐上,着你早地乌龟没处躲!"

张虎听了大怒,就去扯住张狼要打。只见张虎的妻施氏跑将出来,道:"各人妻小各自管,干你甚事?自古道:'好鞋不踏臭粪'!"翠莲便道:

"姆姆[⑩]休得要惹祸,这样为人做不过。尽自伯伯和我嚷,你又走来添些言。自古妻贤夫祸少,做出事比天来大。快快夹了里面去,窝风所在[⑩]坐一坐。阿姆我又不惹你,如何将我比臭污?左右[⑩]百岁也要死,和你两个做一做[⑩]。我若有些长和短,阎罗殿前也不放过!"

女儿听得,来到母亲房中,说道:"你是婆婆,如何不管?尽着她放泼,象甚模样?被人家笑话!"翠莲见姑娘与婆婆说,就道:

"小姑,你好不贤良,便去房中唆调[⑪]娘。若是婆婆打杀我,活捉你去见阎王!我爷平素性儿强,不和你们善商量。和尚、道士一百个,七日七夜做道场。沙板棺材罗木[⑫]底,公婆与我烧钱纸。小姑姆姆戴盖头[⑬],伯伯替我做孝子。诸亲九眷抬灵车,出了殡儿从新起。大小衙门齐下状[⑭],拿着银子无处使。任你家财万万贯,弄得你钱也无来人也死!"

张妈妈听得,走出来道:"早是[⑬]你才来得三日的媳妇,若做了二三年媳妇,我一家大小俱不要开口了!"翠莲便道:

"婆婆休得要水性[⑯],做大不尊小不敬。小姑不要忒侥幸,母亲面前少言论。訾[⑰]些轻事重报,老蠢听得便就信。言三语四把吾伤,说的话儿不中听。我若有些长和短,不怕婆婆不偿命!"

妈妈听了,径到房中,对员外道:"你看那新媳妇,口快如刀,一家大小,逐个个都伤过。你是个阿公,便叫将出来,说她几句,怕甚么!"员外道:"我是她公公,怎么好说她?也罢,待我问她讨茶吃,且看怎的。"妈妈道:"她见你,一定不敢调嘴。"只见员外吩咐:"叫张狼娘子烧中茶吃!"

那翠莲听得公公讨茶,慌忙走到厨下,刷洗锅儿,煎滚了茶,复到房中,打点各样果子,泡了一盘茶,托至堂前,摆下椅子,走到公婆面前道:"请公公、婆婆堂前吃茶。"又到姆姆房中道:"请伯伯、姆姆堂前吃茶。"员外道:"你们只说新媳妇口快,如今我唤她,却怎地又不敢说甚么?"妈妈道:"这番,只是你使唤她便了。"

少刻,一家儿俱到堂前,分大小坐下,只见翠莲捧着一盘茶,口中道:

"公吃茶,婆吃茶,伯伯、姆姆来吃茶。姑娘、小叔若要吃,灶上两碗自去拿。两个拿着慢慢走,泡⑩了手时哭喳喳。此茶唤作阿婆茶,名实虽村趣味佳。两个初煨⑪黄栗子,半抄⑫新炒白芝麻。江南橄榄连皮核,塞北胡桃去壳㭎⑫。二位大人慢慢吃,休得坏了你们牙!"

员外见说,大怒曰:"女人家须要温柔稳重,说话安详,方是做媳妇的道理。哪曾见这样长舌妇人!"翠莲应曰:

"公是大,婆是大,伯伯、姆姆且坐下。两个老的休得骂,且听媳妇来禀话:你儿媳妇也不村,你儿媳妇也不诈。从小生来性刚直,话儿说了心无挂。公婆不必苦憎嫌,十分不然休了吧。也不愁,也不怕,搭搭凤子⑫回去吧。也不招⑫,也不嫁,不搽胭粉不妆画。上下穿件缟素衣⑭,侍奉双亲过了⑮吧。记得几个古贤人:张良、蒯文通⑯说话,陆贾、萧何快掉文,子建、杨修⑰也不亚,苏秦、张仪⑱说六国,晏婴、管仲说五霸⑲,六计陈平、李左车,十二甘罗并子夏⑬。这些古人能说话,齐家治国平天下。公公要奴不说话,将我口儿缝住吧!"

张员外道:"罢,罢,这样媳妇,久后必被败坏门风,玷辱上祖!"便叫张狼曰:"孩儿,你将妻子休了吧!我别替你娶一个好的。"张狼口虽应承,心有不舍之意。张虎并妻俱劝员外道:"且从容⑬教训。"翠莲听得,便曰:

"公休怨,婆休怨,伯伯、姆姆都休劝。丈夫不必苦留恋,大家各自寻方便。快将纸墨和笔砚,写了休书随我便。不曾殴公婆,不曾骂亲眷,不曾欺丈夫,不曾打良善,不曾走东家,不曾西邻串,不曾偷人财,不曾被人骗,不曾说张三,不与李四乱,不盗不妒与不淫,身无恶疾能书算,亲操井臼与庖厨⑬,纺织桑麻拈针线。今朝随你写休书,搬去妆奁⑬莫要怨。手印缝中七个字:'永不相逢不见面。'恩爱绝,情意断,多写几个弘⑭誓愿。鬼门关上若相逢,别转了脸儿不厮见⑭!"

张狼因父母作主,只得含泪写了休书,两边搭⑬了手印,随即讨乘轿子,叫人抬了嫁妆,将翠莲并休书送至李员外家。父母并兄嫂都埋怨翠莲嘴快的不是。翠莲道:

"爹休嚷,娘休嚷,哥哥、嫂嫂也休嚷。奴奴不是自夸奖,从小生来志气广。今日离了他门儿,是非曲直俱休讲。不是奴家牙齿痒,挑描刺绣能绩纺。大裁小剪我都会,浆洗缝联不说慌。劈柴挑水与庖厨,就有蚕儿也会养。我今年小正当时,眼明手快精神爽。若有闲人把眼观,就是巴掌脸上响。"

李员外和妈妈道:"罢,罢,我两口也老了,管你不得,只怕有些一差二误,被人耻笑,可怜!可怜!"翠莲便道:

"孩儿生得命里孤,嫁了无知村丈夫。公婆利害犹自可,怎当姆姆与姑姑!我若略略开得口,便去搬唆与舅姑⑬。且是骂人不吐核,动脚动手便来拖。生出许多情切话,就写离书休了奴。指望回家图自在,岂料爹娘也怪吾。夫家、娘家着不得,剃了头发做师姑⑭。身披直裰⑮挂葫芦,手中拿个大木鱼。白日沿门化饭吃,黄昏寺里称念佛祖念南无,吃斋把素用工夫。头儿剃得光光地,哪个不叫一声小师姑。"

说罢,卸下浓妆,换了一套绵布衣服,向父母前合掌问讯⑯拜别,转身向哥嫂也别了。

哥嫂曰:"你既要出家,我二人送你到前街明音寺去。"翠莲便道:

"哥嫂休送我自去,去了你们得伶俐。曾见古人说得好:'此处不留有留处。'离了俗家门,便把头来剃。是处⑰便为家,何但⑱明音寺?散淡⑲又逍遥,却不倒伶俐!"

> 不恋荣华富贵,一心情愿出家。身披一领锦袈裟⑳,常把数珠㉑悬挂。每日持斋把素㉒,终朝酌水献花。纵然不做得菩萨,修得个小佛儿也罢。

---

①本篇选自《清平山堂话本》。 ②入话:话本小说的一种结构。又称"得胜头回"或"得胜利市头回"。以引子的形式,置于一篇话本的开头。其体裁或诗词或故事。其内容与正文情节相似或相反。是说话人为了候客、垫场、引人入胜或点明本事,用作叙述正文之前的一段补白。 ③作对:即作对子。 ④子路:孔子的学生仲由。子路是他的字。 ⑤员外:即员外郎。指正员以外的官员,可用钱捐买,故旧小说戏曲中常用以通称有钱有势的豪绅。 ⑥女红(gōng工)针指:一切针线活计。红,通"工"。 ⑦溜:顺口溜。 ⑧等闲:轻易,平常。 ⑨打紧:要紧。 ⑩难理会:这里解作难应付。 ⑪兜答:亦作"兜搭"。曲折。这里引申为多心眼,难对付。 ⑫伯伯、姆姆:妇女对丈夫的哥哥、嫂嫂的称呼。 ⑬双六:又称"双陆",古代的一种棋类游戏。六艺:原指礼、乐、射、御(骑马)、书(书法)、数(算术),这里泛指各种技艺。 ⑭笑耻:即耻笑。 ⑮则声:作声。 ⑯颠倒:反而。 ⑰恁(rèn任)的:如此,这般。

⑱苎(zhù 注):麻。 ⑲三茶六饭:泛指各种饭食。茶,茶食。指饼饵等干点。 ⑳碓(duì 对):舂米的石臼。 ㉑匾食:饺子、馄饨一类的面制食品。 ㉒三汤两割:泛指宴席上的菜肴汤羹。 ㉓安置:安歇。这里是请人睡觉、休息的客气话。 ㉔大公:大伯。 ㉕寅时:早晨三时至五时。 ㉖聒噪(guā zào 瓜造):打扰、麻烦的意思。 ㉗令尊:敬称别人的父亲。 ㉘令堂:尊称别人的母亲。着:差遣。 ㉙打点:收拾。 ㉚班辈:同辈。 ㉛忒(tè 特):太。 ㉜下着得:即"下得",忍心。 ㉝伶俐:干净、畅快。 ㉞时节:时候。 ㉟更(gēng 庚):指打更声。 ㊱早晚:这里当"时候"讲。 ㊲兀(wù 务)自:还在。 ㊳禁步:古代妇女挂在裙边或鞋上的小金铃。 ㊴索了粉:制好了粉条。 ㊵肴馔(yáo zhuàn 摇赚):鱼肉之类的菜。 ㊶可耐:怎耐,可恨。姑娘:这里指姑妈。 ㊷漏风的巴掌:张开五指打的巴掌,言其打得很重。 ㊸将次:就要。 ㊹讨分晓:放明白些。 ㊺家堂:家中供神的地方。 ㊻挨肩:言其多。 ㊼妯娌(zhóu li 轴里):兄弟的妻子互称或合称。 ㊽忻:同"欣",喜悦。 ㊾张宅先生:阴阳先生,婚丧时相吉凶的迷信职业者。 ㊿花红、利市:指喜庆时赏赐的钱物。 (51)将钞:拿钱。钞,纸币。 (52)贯:古钱中间有孔,可用绳索贯穿成串,一千钱称一贯。 (53)汴州:开封。 (54)含饭:当时结婚的一种仪式。 (55)甫能:才能够。 (56)讷(nè):语言笨拙。 (57)虔(qián 前)婆:贼婆。骂人的话。 (58)苏木:一种珍贵的木材。 (59)村:粗野。 (60)"恼得"句:句末可能脱掉了"喝"字。 (61)牵笼:牵牲口。笼,即笼头,指代牲口。 (62)满堂红:一种用红彩绢做成的方灯笼。 (63)随身灯:点在死人脚后的灯。 (64)坐床撒帐:旧时结婚的一种仪式。 (65)流苏:丝线接成的穗子。为帐幕、旌旗上垂下的装饰物。 (66)耽(dān 丹):尽情欢乐。 (67)宜男:即萱草,俗称金针菜。旧时传说孕妇佩带萱草花则生男孩,故名宜男。 (68)蟾(chán 蝉)宫客:这里指新郎。 (69)好梦叶维熊:《诗经·小雅·斯干》:"吉梦为何,为熊维罴(pí 皮)。"又:"大人占之。维熊维罴,男子之祥。"意为梦见熊罴是生男的预兆。罴,熊的一种,俗称人熊或马熊。《山海经·西山经》郭璞注:"罴似熊而黄白色,猛憨能爬树。" (70)玭(pín 贫)珠来入掌:喻指妇女怀孕,不久就会生下男孩来。玭珠,即蚌珠。 (71)"红云"句:是用楚怀王梦见巫山神女,并与之欢聚的典故来说明新婚之喜。 (72)黄金光照社:古代迷信者认为,"非凡人物"降生,往往有异常预兆,如金光满屋,这种现象称之为"照室"或"照社"。社,指家中祭的土地神。 (73)虬(qiú 求):传说中一种有双角的龙。 (74)"文箫"句:唐人小说载进士文箫在歌场遇见仙女吴鸾,最后结为夫妻。 (75)河东狮子:比喻悍妒强横的妇女。 (76)样:"漾"或"飏",抛撒。 (77)打当:收拾、整理。 (78)乖张:性情怪僻,不合人情。 (79)垃圾相:恶俗不堪的样子。 (80)晏:晚。 (81)伶俐:这里是"干净"的意思。 (82)乔才:坏家伙。 (83)野庄家:粗俗的庄家人。 (84)浑家:妻子。 (85)茶:这里指聘礼。 (86)网巾:丝织的网状巾,古人用以裹头发。 (87)鬈(gōng 工):头发松乱。 (88)烟花巷:即妓院。 (89)小娘儿:指妓女。 (90)幔子:帐子。 (91)晏灯:可能指寝灯。晏,安。 (92)日下:目

下,眼前。 ⑬点茶:泡茶,这里指办理茶饭。 ⑭总然:纵然。 ⑮噇(chuáng床):大吃大喝。 ⑯完饭:婚后的第三天,女家送"三朝礼"到男家。 ⑰适间:方才。 ⑱村天乐:可能是"村夫乐",粗俗鄙陋的意思。 ⑲诉告:即"告诉"。 ⑳一迷:一味。 ㉑着了:中了。 ㉒五量店:出卖油、盐、酱、醋、酒的店铺。过卖:店铺的伙计。 ㉓终朝:整天。 ㉔成何以看:成什么样子。 ㉕训诲:教诲。 ㉖三个鼻子管:多管闲事之意。 ㉗姆姆:同"母母",弟妻对嫂子的称呼。 ㉘窝风所在:风吹不到的地方。 ㉙左右:反正。 ㉚做一做:做做对,拼拼命。 ㉛唆(suō 梭)调:挑拨。 ㉜罗木:上好的木材。 ㉝盖头:头巾。 ㉞下状:即告状。 ㉟早是:幸而。 ㊱水性:随波逐流,没主见。 ㊲訾(zǐ子):诋毁,说别人的坏话。 ㊳泡:烫。 ㊴煨(wēi 威):在火上慢慢烤熟。 ㊵半抄:半把。 ㊶壳柤(zhā 渣):壳皮。 ㊷凤子:蝴蝶。疑指绣着蝴蝶的轿子。 ㊸招:指招婿。 ㊹缟素衣:白色的孝服。 ㊺过了:过世,死去。 ㊻张良、蒯文通:他们和下面所列的陆贾、萧何、陈平、李左车,都是汉初有计谋、善说话的人。 ㊼子建、杨修:三国时极有才学的人。子建是曹植的表字。 ㊽苏秦、张仪:战国时能言善辩者。苏以"合纵"主张,张以"连横"主张,分别游说六国。 ㊾晏婴、管仲:均为春秋时齐国的名相。五霸:指春秋时期齐桓公、晋文公、秦穆公、楚庄公、宋襄公五位国君,他们都曾做过诸侯的领袖。 ㊿甘罗:战国时代秦国人,十二岁在秦相吕不韦手下任职,出使赵国,说赵王割地与秦。子夏:孔子的学生卜商的表字。 ㉛从容:慢慢地。 ㉜亲操井臼(jiù 旧):亲自操持家务。井指汲水,臼指舂米。庖(páo 袍)厨:厨房。此指厨房之事。 ㉝妆奁(lián 连):嫁妆。 ㉞弘:大。 ㉟厮见:相见。 ㊱搭:按。 ㊲舅姑:这里指公婆。 ㊳师姑:尼姑。 ㊴直裰(duō 夺):和尚、道士穿的宽大长袍。 ㊵问讯:出家人向人合掌行礼。 ㊶是处:处处。 ㊷何但:何只。 ㊸散淡:自由自在。 ㊹袈裟(jiā shā 加沙):和尚披在外面的法衣,由许多长方形小块布片拼缀制成。 ㊺数(shǔ 暑)珠:念经数佛珠。 ㊻持斋把素:信佛的人守戒律、吃素菜。